重庆市文化和旅游研究院艺术档案成果

含知识浅说
表演概述

重庆市文化和旅游研究院◎编

夏庭光演出剧本选

上下卷：上卷

夏庭光◎著

吉林文史出版社

图书在版编目（CIP）数据

夏庭光演出剧本选 ：上下卷 / 夏庭光著 . ——长春 ：吉林文史出版社，2020.6

ISBN 978-7-5472-6921-3

Ⅰ . ①夏… Ⅱ . ①夏… Ⅲ . ①川剧－地方戏剧本－作品集 Ⅳ . ① I236.71

中国版本图书馆 CIP 数据核字（2020）第 091997 号

XIATINGGUANG YANCHU JUBENXUAN SHANGXIAJUAN

书　　名　夏庭光演出剧本选：上下卷

重庆市文化和旅游研究院◎编

著　　者　夏庭光
责任编辑　王丽环
特约编辑　姚良俊
封面设计　双安文化 · 向加明
出版发行　吉林文史出版社
地　　址　长春市福祉大路 5788 号　　邮编：130118
网　　址　http://www.jlws.com.cn
印　　刷　重庆市开源印务有限公司
开　　本　787mm × 1092mm　1/16
印　　张　59.75
字　　数　883 千字
版　　次　2020 年 6 月第 1 版　2020 年 6 月第 1 次印刷
书　　号　ISBN 978-7-5472-6921-3
定　　价　128.00 元（上下卷）

重庆市文化和旅游研究院
艺术档案成果转换编委会

主　任　刘　旗

副主任　朱　茂

成　员　刘建国　宋俊红　严小红　刘德奉　谭小兵　刘春泉

主　编　刘德奉

副主编　谭小兵　刘春泉

编　辑　黄桂祥　李　祎

前言

文化艺术档案是文化艺术单位和文化艺术工作者在创作、演出、教育、研究、交流等工作和活动中形成的，对国家和社会有着保存价值的各种文字、图片、声像、实物资料，是宝贵的文化艺术历史资源。它不仅是文化艺术活动的真实见证，更是文化艺术发展的重要根脉，是研究文化艺术发展的重要参考。因此，收集这些珍贵的历史资料，并进行科学管理、开发利用是一项重要的文化工作，是“功在当代，利在千秋”的文化事业。

重庆市文化和旅游研究院具有30多年历史，是重庆市文化艺术领域唯一的艺术专业研究机构。自成立以来，除了加强基础理论、应用理论研究以外，高度重视艺术档案建设，收藏了大量的文字、图片、音像资料及相关实物。特别是2015年7月，当时的重庆市文化委员会将“重庆市艺术档案管理中心”设立于我院以后，加快了艺术档案建设步伐，完善了现代化的保存设施，加大了艺术档案征集力度，短短的几年时间内，新征集手稿7514页、图片2048幅、图书6821册、光盘873盘、录像带963盘、录音带577盘，数字化处理了一大批艺术档案资源，使一个集收藏丰富、管理科学、合理应用于一体的艺术档案管理形象渐渐展示于世人面前。

2018年，我院收藏了夏庭光先生曾经演出过的川剧剧本115个。夏庭光先生是川剧表演艺术家，首批国家级非物质文化遗产名录“川剧艺术”的国家级代表性传承人。他自幼随父习艺，5岁登台演出。师承川剧大师张德成，参师彭天喜、姜尚峰等。主攻文武生，兼演须生、小丑。从艺80

多年来，夏庭光先生一直致力于川剧艺术事业，他不但能演，而且能导、能编、能教，在继承前辈成果的基础上，不管是人物塑造或是导演剧目，既保留了传统，又有所创新，形成了自己的独有艺术特色。在我院收藏这些剧本中，除了剧本的本体内容以外，每个戏中还增加了夏老先生对演出细节的描述，比如舞台的摆场，角色的服饰，妆容的描画，道具的掌握，程式的运用以及对台词、唱词的理解、体会等等，极大地增加了剧本的实用性，使其对于川剧剧目的传演具有重要意义。因此，我院为了使珍藏的文献档案得以充分利用，进一步向社会传播其文化艺术价值，同时也希望在大力弘扬优秀传统文化的今天，能为重庆具有地方艺术特色的“川剧”的传承和发展贡献一份力量。对此，我们从中精选了 67 个剧目集结成册，编辑出版《夏庭光演出剧本选》。

《夏庭光演出剧本选》的出版，虽然经过编者的辛勤努力，但是由于时间局促，水平有限，在编辑的过程中错漏难免，不当之处，敬请读者和专家批评指正。

重庆市文化和旅游研究院

2020 年 4 月 10 日

序：人无他有 人有他异

一般来说，序言都应该在一本书完稿以后来写。可对《夏庭光演出剧本选》，我就禁不住在此书刚刚动笔时，就来写序言，因为有话想说。

在为庭光先生校订《川剧品微续集》时，我就在想，以夏庭光先生这样，有着70多年舞台生活历程，以他的见多识广，以他的能演、能导、能编、能教，以他的艺术生涯、艺术修养，以他国家级川剧艺术传承人的身份，他还应该、还能够为川剧艺术做出些什么贡献？在一次朋友小聚中，我就向庭光先生正式提出建议，建议他编写一本《夏庭光演出剧本选》。

有朋友不以为然。因为在朋友眼中，看过的一些艺术家的"演出剧本选"，都没能展现出艺术家自身的特色来。

我说不然。夏庭光先生的"演出剧本"，有他自己的特色。这特色大约有四点。

第一点——人无他有。

庭光先生在他70多年的从艺生涯中，看了、学了、演了不少的戏。这些戏，并非是"通关"的大路货，是从中华人民共和国成立后，特别是改革开放的30多年的川剧舞台上，是他"独家经营"的特产，是其他的艺术家们所少演或没有演过的，在今天，更是除他和他所传授的学生之外，无人演出的剧目。比如演杜十娘复仇的《活捉李甲》；演独占花魁的《卖油郎》；演杨广凶残、毒杀亲兄的《药毒杨勇》；演骄横失败的《吕布败归》；演薛丁山全家惨遭屠戮，老徐策为保忠良之后，帮助薛家报仇伸冤的《法场换子》《举狮观画》《徐策观阵》等等，都是“只此一家，别无分店”的剧目。如果他不演，这个剧目就会湮没。如果他不传承，川剧就会因此减少一些剧目，岂不可惜？我们今天喟叹“老演老戏”，就是因为没能注意到对老艺术家的剧目的抢救、继承、保留，致使今天的演出剧目越来越少。假若庭光先生的这一“槽”戏，也像过去诸多老艺术家一样的人走戏亡，川剧剧目的家底就会日削月减，越来越薄。曾经有顺口溜说川剧舞台是“天天过《秋江》，夜夜《拷红》娘。永不关门的《迎贤店》，一年四季《做文章》”。到现在，恐怕连能演好《秋江》《拷红》《迎贤店》《做文章》的都不多了。再不及时抢救、继承，川剧难保只剩下变脸了——吐火都吐不过人家！但若有100个健在的老先生，也如庭光先生一样，一人能拿出10个“人无我有”的戏，那数目就蔚为大观矣！

第二点——人有他异。

川剧的“四条河道”，各有各的戏路。各个剧团有各自的“窝子戏”，各个名家甚至各个演员，都有自己的“私房戏”。其中尽管有的大同小异，但往往就是那些小异，显示了不同的艺术修养、艺术造诣、艺术见解。也往往就是那些小异，造成了川剧舞台的五彩缤纷。《夏庭光演出剧本选》中，“人有他异”最突出的戏，就是《抱尸归家》。

在20世纪50年代初出版的《川剧》小册子里，有一辑刊载了胜利川剧团编导组整理的传统折子戏《抱尸归家》，剧中一韵到底，都是用的“开排韵”。“一家人都在把陈采怪”的唱段在当年也很流传，群众中还有以此谐音的“恶搞”——“一家人都不吃泡咸菜(把陈采怪)”。后来，因为傅(三乾)派弟子周裕祥，以及周（裕祥）门弟子赵又愚等，演出故事相同的《西关渡》，而《西关渡》中的“一家人地皮皆哭动”的“崆峒韵”唱词，影响全川渝，《抱尸归家》则难得一见了。但庭光先生的《抱尸归家》，不仅穿戴有异、表演有异、唱词有异，连道白也有异。这就叫“膏药同是一张，各人熬炼不同”，因此，他的“陈采”自有他的风味。这些特点，若能通过“演出剧本”留传下来，也更加彰显了川剧艺术的五光十色。

第三个特点——人窄他宽。

就笔者所见，一般川剧艺术名家，往往都只在本工的剧目上下功夫，其“演出剧本”也较窄，都是其本行角色的戏，没有兼演行当的剧目。《夏庭光演出剧本选》与之不同的另一个特点，就是“人窄他宽”。庭光先生的戏路宽，他本工文武小生，师承姜尚峰、彭天喜；他业师张德成是川剧大师，他父亲夏长青习丑角，是“瘟猪子”中的好先生。他从小跟他父亲跑滩学戏。因此，他除了擅演本工的文武小生外，也能演文老生、靠把老生，于小丑戏也能在行。而且在这些行当中，都有自己的“一槽戏”。《夏庭光演出剧本选》中，就有承袭川剧大师张德成的《骂王朗》，承袭小生太斗姜尚峰的《周仁献嫂》《书馆悲逢》《水牢摸印》《思亲诘问》《上关拜寿》，承袭彭天喜彭大王的《李存孝显魂》《盗书打盖》《火烧吕布》《出祁山》《踏五营》《李陵碑》，夏长清老先生传授的《抱尸归家》《问路斩樵》、《伍员须白》《卧龙吊孝》，还有张松樵、杨子澄、曾广云、徐文帆、刘玉书等老先生传授的《银瓶绑子》《收姜维》《卖油郎》《下河东》《捡柴》等。

第四个特点——人略他详。

今天，有一些青年演员，想学一些戏，念熟了剧本，也学会了唱腔，但不知道角色的脸谱、人物的穿戴，更别说舞台上的调度与表演，即使有了剧本也无可奈何，无法搬上舞台。《夏庭光演出剧本选》则与众不同的，还有对每个戏的“概述”——有场上的摆设（摆场），有角色的穿戴、脸谱的画法、道具的掌握，有对台词、唱词的理解、体会，有表演程式的运用等等，比不少老先生的演出剧本说得详细、明白，这对“演出剧本”的保留、传承，无疑是有大意义的。夏庭光先生的想法是，不仅要有剧本，还应有剧照，还要有他自己对各剧的“概述”，才能真正起到传承的作用。我想，如果再能配上各个剧目的录像，那就更完美了。

以上就是“夏庭光演出剧本”的大致特点。

当然，特点不一定是优点，也不一定是缺点。特点就是能体现他自身的特殊之点。我想，有这四点，庭光先生应该，也有责任，把他这本《夏庭光演出剧本选》整理出来的。

令人高兴的是，我的建议很快得到了庭光先生的首肯，并同时提出了他的设想——可见他也是酝酿了很久的，我们可谓“所见略同”啊！

欣喜的是，《夏庭光演出剧本选》已开始付诸笔楮，我们且期待着庭光先生的第四本专著的问世吧！

曾祥明

2012 年 3 月 13 日

题　记

川剧梨园有四句“顺口溜”:唐三千,宋八百;唱不完的“封神”“西游”,演不完的“列国”“三国”。此话虽是形容之词，然川戏剧目之丰富、多彩，是毋庸质疑的。川戏大的流派——川西、川北、资阳河、下川东，各有“一槽戏”;同一河道的不同班社又有本班的“看家戏”;师承不同,也有一些“私房戏”，若说川戏剧目“多如繁星”，亦不为过。

剧目，愚下认为：不应该仅是只有台词的脚本，它应是包含了历代伶人日积月累、无以伦比的绝妙手法和唱念做打的精湛艺术，是吾辈义不容辞当传承后世的。鉴于此,鄙人起了《夏庭光演出剧本选》的试写“念头”。在酷喜川剧友人曾祥明先生的“煽动”下，其念更坚。

“演出剧本选”，所选之剧目的宗旨乃八个字：人无我有，人有我异。并附上表演的大概叙述、戏中涉及的有关知识的浅说。若可能，还附上一两张人物造型照和剧照以及个别戏的唱腔曲谱。提供给年轻艺友作参考，也为川剧专门家奉上半砖一瓦的研究素材。

夏庭光

2012 年 3 月

目　录

上　卷

下 卷

01 抱尸归家（高腔）

夏长清◎传授

剧情简介

陈采见裁缝潘林妻起意，假与潘结拜，又出资同潘林贩盐米，于西关渡谋害，火化其尸，送尸骸归潘家。潘家顿生疑窦，陈采卖弄唇舌，巧掩真相，使疑团化灰。此乃全本《西关渡》之一折。

人　物： 陈　采（小　丑）
尤　氏（青　衣）
潘　父（老末角）
潘　母（老　旦）
潘　龙（娃娃生）
潘　虎（娃娃生）

【舞台中设一桌，两旁各二椅，素色桌围椅帔。潘父、潘母、潘龙、潘虎上。

潘　父
潘　母　（同唱【水荷花】）

乌鸦高叫叫声怪，
叫得人慌心乱怀。（坐）

◎潘父戴白抓子，穿“麻布衣”捆绦，古铜色裤，白统袜，古铜色夫子鞋，挂麻二满满口条，拿鹅毛扇；潘母，麻发，着古铜色老旦素装束绦，白裙，泥巴色夫子鞋；潘龙、潘虎戴孩儿发，穿茶衣、裤，布鞋。

◎“老末角”乃川戏须生（生角）行之一种。现时戏曲界将演员的分行，简称为生旦净末丑，于川剧不大适合。川戏分行是：小生（太子会）、小旦（娘娘会）、花脸（财神会）、须生（文昌会）、小丑（土地会）。若简称，川戏应叫生、旦、净（花脸）、须、丑。

陈　采　（内喊：“潘林……”继上场）好贤弟！三魂七魄不要跟到来啊！

◎陈采，头戴红栏梳，身着红褶子，下穿“鸡把腿”的玉色彩裤，足登粉底朝鞋，一根数尺长的白绫孝帕横搭栏梳交叉下坠于胸前左右，手捧搭有白色方巾的骨灰匣。画有“豆腐干”的商人陈采，浑身红色戴孝，形成较大的反差；“戴孝”的陈采，与“三魂七魄不要跟到来”的台词又形成另一个反差；再听听下面的词句，反差就更大了——

陈　采　（唱【不是路】）

喜降天外，
金屋顷刻藏乖乖。（入潘家）

◎情绪低沉的【不是路】，适宜表达真正披麻戴孝人物的情感——自然不是这位假戴孝的陈大官人。他预谋害夫夺妻的计划即将宣告成功，“金屋藏娇”近在顷刻。他亲送骨灰匣儿到潘家，自然要“表演”一番啊！

潘　父
潘　母（同唱）

君归来，
为何戴孝愁满怀？

陈　采（唱【调子】）

二老请坐且忍耐，
千万千万要节哀（呀）。

◎“哀”字约带泣声唱。

潘　父
潘　母啥子事哟？

陈　采（唱）西关渡令郎失足归阴界（呀），
火化其尸匣内埋。

【潘家二老惊闻噩耗，昏倒椅上；潘龙、潘虎急下报信。尤氏内：“夫哇！”冲上……抱尸匣痛泣……

◎陈采一见尤氏，色眼顿开……即时抑情，移步至椅坐下，以袖作拭泪状。

尤　氏（唱【红衲袄·二流】）

抱尸匣咽喉——
俱哭坏，

尤　氏　（唱）颗颗珠泪湿胸怀。

那陈采假善心肠歹，

无故施恩怀鬼胎。

临行时妻要夫多防戒，

不料今日遭祸灾。（转对二老）

奴夫死其中情难解，

不搬尸回更疑猜。

潘　父　（唱【二流】，稍快）

越思越想，

人气坏，

陈采莫坐站起来。

我儿随你做买卖，

活人变成死尸骸。

既然我儿命不在，

就该将尸搬回来。

火化其尸有谋害，

要打官司才下台。

打官司！打官司！

潘　母　对，打官司！走！走！

◎陈采在【凤点头】锣鼓中安慰潘父母坐下，左转身至尤氏身边步止乐停，一双色目凝视尤，脸上出现胜利者的奸笑，右肩挑逗式地微微耸动……锣鼓续奏前曲伴陈采至台中结束。

陈　采　（唱）一家人都在（吔）怪陈采（哟）

怪陈采……

◎“都在”出口,紧随发一惊诧的“吔”字,右手从左袖内取扇猛开——锣鼓配以单锤“壮”,再接唱“怪陈采”。

陈采从袖内拿出的折扇非其他戏用的白纸扇，而是一柄扇骨扇叶清一色的黑纸扇。先父亲自传授此戏时再三叮咛：你师爷吴东山（川北名丑）演陈采要自备一把黑纸扇（那时，包括现在的剧团都没有全黑色的齐纨），不用白扇子。红色衣帽挂白孝，再配漆黑的纸扇，更能外化陈采其人。

陈　采（唱）他二老气得嘴巴歪。

◎随“歪”字歪嘴，在鼓板运行中稍停，无声嘻笑后再唱——

一见尸匣眼哭坏，
小房内哭出一个玉人来。

◎双目斜视坐于右边的尤氏（视线不离地直唱到“一颦一笑多自在”）。

你看她秀发如墨不佩花儿戴，
柳眉杏眼粉桃腮。
唇红齿白逗人爱，
十指如笋动情怀。
杨柳腰枝风流态，
三寸金莲步尘埃。
丽质天生把王嫱赛，
恰好似广寒仙子下瑶台。
一颦一笑多自在，
哭脸儿更比笑脸乖。

◎“你看她”左手持扇头角慢展扇，向右挽花，右脚退左脚后半蹲斜身接唱；"柳眉……"一句，扇移左手，右手食指近腮；"十指如笋"右手收扇一小花抚左手颈，左手自幺指到拇指顺序屈形地随行腔转动；"动情怀"右手扇把于胸微划一小圈；边唱"哭脸儿……"渐左转身面对观众，紧接收敛笑容。

◎"王嫱"，即王昭君。（详见后《活捉李甲》的"知识浅说"）"广寒仙子"，指月宫嫦娥。

怕的是佳人把体哭坏，
我陈采人财两空划不来。

◎"两空"扇拍左掌，速分摊，"不"字延腔配头部急左右摆动，收于"来"字——双手握扇于肚前。

这件事怎能把我陈采怪，
怪只怪美貌佳人起祸胎。

◎按强盗逻辑，正大光明地叙述：我行劫，是你有诱我动心的珠宝；我谋夫，是你有引我起意的漂亮老婆。

那一日闲游至潘林的店门外，
一见佳人我足难抬。
想方设法与潘林来结拜，
又骗他盐米大船往下江开。
那夜晚船停泊西关渡界，
正遇端阳佳节来。
劝吃酒我费尽唇舌使潘林开了戒，
三杯酒醉得他偏偏倒倒连眼睛都睁不开。

◎“偏偏倒倒”——身躯微晃，醉眼茫然；“睁不开”——眼眯于“开”，随发出“嗤”声的冷笑……

又诓他船头赏景图凉快，
脚一绊乒乓就往水头摔。
一篙竿送他二世做买卖，
掩痕迹用火化尸骸。

◎“脚一绊”抬右腿即落于“乒”，左脚即起即落于“乓”；“水头摔”，两食指绞“棒棒扇”（收拢之扇）一圈，扇头向下；“一篙竿”——双手擎扇，“送他”——扇朝前戳；“掩痕迹……”开扇从下向上微抖，左掌配之。

盘尸回他们疑心我有谋害……

◎收好的扇儿移左手横握，右手食、中指拍额——顺势下滑至下巴，双眼先转后眨——鼓眼以“打、打打打……打”相配，计上心来：“哼！”鼓师亮板接唱——

不说他们几句只怕是幺不倒台。
非夸口只需我舌尖摆一摆，
管教他疑团化冰灰。
陈采上前把舌卖……把舌卖，

◎唱“陈采”后，以扇戳巾；“把舌卖”：左手执扇，右手食指于“舌”字时，举于唇前，随“卖”字的行腔，指尖向前转动，遂在“把舌卖”帮腔后的锣鼓中拿扇、右脚踢褶、以扇绞褶，下意识地步向尤氏、扇抛褶，展扇欲为尤摇……警惕地收扇，转向潘家二老——

二老莫坐……请起来。
你令郎品貌端庄人实在，
屈做裁缝埋其才。
我大绅粮跟你们裁缝结拜失体态，

◎开扇过头、双足掌垫起，随下句唱词蹲躯——

高长子突然矮下来。
我出钱他去做买卖，
盐米大船往下江开，
端阳节他要把宴摆，
我劝他反说我惜钱财。
三杯下肚好爽快，
他还要一瓶才开怀。
酒后船头去小解，
呵吙！
失足就把跟斗栽。
西关渡水急通大海，

◎“波浪扇”—— 扇开平抖——随“海”字腔。

三天三夜才把尸首捞起来。

◎左右手划动，再由下往上作捞状，继而收扇，两手拇、食、中指握扇头扇把拟尸。

天气炎热怕尸坏，
水打棒臭了（哎哎哎……）哪个抬？

火化其尸出无奈，
一路给他端灵牌。

◎扇开三分之一—拟灵牌，双手捧。

大绅粮为朋友我把孝戴，

◎左手携胸前孝示。

哪一个不说我陈采呆。
一拢屋反说有谋害……
哎！

◎“哎！”左手食指，右手的扇尖同挑胸前孝向身后（鼓眼——打）继左手扯孝绫（打）狠狠地往地上一甩（壮——【单锤】），紧接——

（唱快【二流】）
谋害二字从何来。
谋你的田园莫半块，
谋你的铺面都是佃来开。
谋你的灰包捻小菜，
谋你的尺子剪刀把衣裁。
谋你的骨头车钮子卖，
谋你的头发绷罗筛。
要打官司也不睬，
前头去我后头来。
千两银往衙门甩，
看公道朝倒哪边挨。

打官司拖得你爱不爱，
弄得你倾家荡尽财。
做好事（吔）反不识好歹（呀）！

◎手抓褶前襟、跺足、气得嘟嘴喘气，扇猛摇……

自作自受自跳岩。

◎一段“风头板”的快【二流】，展示陈采惯耍“嘴皮子”的技巧，亦表现他习用呵哄骇诈征服对方的手腕。

帮腔帮“自作自受自跳岩”是帮腔功能之一——代表观众的心声，亦为恶人陈采“恶有恶报”作预示……

潘家受陈采蒙蔽，更为生计，不得不将媳尤氏改嫁陈。中秋节，陈携尤氏及潘子赏月，潘二子持竹杆池边玩耍，将一蛤蟆挑得四脚朝天，触动陈采以篙戳潘林的记忆，彼时神智错乱，“坦白”出谋夫夺妻阴谋。尤氏具状上告，八府巡按将陈采绳之以法。全本《西关渡》，故有《蛤蟆报》另名——此是后话。

陈　采　气人！怄人！嗯！

◎端椅重放出声响，坐椅跷“二郎腿”，黑扇猛扇，气得不停地出粗气……

潘　母　大官人，大官人！
陈　采　走，打官司！
潘　母　大官人，打啥官司哟！
陈　采　常言道：钱官司，纸道场。你屋头有好多银子跟我打官司？！
潘　母　是啥！

陈　采　再说，谋害安得上吗？我谋你们啥？你东边有田？

潘　母　莫得。

陈　采　西边有土？

潘　母　莫得。

陈　采　那就有金山银山？

潘　母　更莫得！

陈　采　未必你屋头出了活——宝哇！？

◎"活"字同时，双目视尤氏，"宝"字后转面对潘母于语气词"哇"。

潘　母　哪里有啊！

陈　采　那我谋啥呀？！

潘　母　我那老头子怄气气糊涂哪，吊起下巴乱说。大官人大人有大量，莫跟他一般见识。

陈　采　这屋头总有一个懂事的。儿子死了他怄气，兄弟死啦，未必我不——怄气呀！？要是把我怄得个有好有歹的，你们一家又靠哪个哟！

潘　母　是呀，就靠大官人啰！

陈　采　好！潘林与我虽是结拜兄弟，但情同手足。他的二老就是我的……

潘二子　爷爷、婆婆！

潘　母　乱说！

陈　采　就是我的亲爹亲妈。

◎为达目的，不惜厚颜无耻。语气要越真实越好。

潘　母　不敢当哟！

陈　采　他的儿子就是我的……

潘二子 哥哥!

潘　母 喝喝瓮鼻子!

陈　采 就是我的亲侄儿。他的妻子也就是我的……

潘二子 妈!

潘　母 癞蛤妈!

陈　采 也就是我的（妻）亲——

◎“亲”字前含混地念一“妻”，语音不断继变为“亲”——

弟媳。从今以后，你们全家的生活度用，包在我的身上。油盐柴米，我会派人按月送来。

潘　母 多谢大官人。

陈　采 我要回铺子看一下。先走啦!

潘　母 大官人，你要来哟!

陈　采 要来，要来，兄弟死了我——更要来!

◎“我”字延音，眼视美人——作这一切，都为她，焉不来嘛!

潘　母 大官人慢走。

陈　采 妈！你请留步。（出门）哎呀呀呀……若非我三寸不烂之舌，今天只怕是猫抓糍粑——脱不到爪爪！哎，我又出钱又受气，到底为的啥哟……哎，牌打一张，骰中一点，千万千万都是为的她啊！哈哈哈……（下）

◎“妈！”要喊得亲热巴适，达到“呵人哄人”的目的可不惜身份；“哈哈哈”笑声刚出，急用扇掩嘴，然后，得意地摇扇、起腿、拈褶，舒畅而去。

潘　父 打官司，打官司……

潘　母　屁钱莫得，打啥官司！？

尤　氏　呀……

潘　母　还哭啥！炒胡豆下稀饭。

【帮腔帮【莫词歌】……

·剧　终·

◎这场风波之了结，一是陈采的奸狡；二是潘家丧失生计，只能依赖陈采。

没有台词的【莫词歌】，正是潘家莫可奈何情境的表达。

注：1. 陈采的一大段唱，根据曾祥明先生的建议，稍有增加。

2. 重庆市艺术研究所、重庆市川剧院资料室存有我演出实况的录像影碟。

3. 唱词下有横线者是高腔的帮腔。全书同，不再注。

附　记

川剧在形成、发展的历史中，就有东南西北四条河道的大流派；还有“膏药同一张，熬炼各有方”的师承风格。仅以《抱尸归家》（有的演此单折也以全本《西关渡》为剧名）论，唯师爷吴东山有陈采假戴孝、使用黑子扇的戏路。可见，川剧传统表现手法之丰富多彩。

2012年3月1日初稿

02 镫打石雷 选场（弹戏·甜皮）

彭天喜◎传授

◎“弹戏”，本应称弹腔，但已习惯作弹戏，如同灯调，都习叫作灯戏一样。

剧情简介

秦王李世民被李密囚禁，魏徵改李密诏书，纵世民逃走。李密知，命程咬金追赶。咬金“做过场”（假意）追至千秋山被护驾的王君可战败。归途遇秦二哥叔宝，恐其劫回秦王，遂将秦双锏骗去，实不知秦琼为暗护李世民而来。李密又遣猛将石雷率兵追杀，秦琼见状欲救，然手无兵刃，无奈摘马镫与石鏖战，终击毙石雷。

人　物：石　雷（花　脸——武生应工）
秦　琼（正　生）
李世民（小　生）
马　童（武　行）
王君可（杂　角）
传令官（杂　角）
兵　卒（挂　子）

接 令

【场中设高台——两桌并拢横摆，后桌上置椅，前桌下放脚箱。

【奏“翻山锣鼓”，兵卒吼“翻山调”，持彩色大旗上——“站门”……

◎川戏传统的大旗又称彩旗——用三色或五色均可，非现而今一律的红色；“站门”（又称“大站门”）与“挖开”皆属传统程式，两程式大体相似。不同的是，前者行动缓慢，一对一对地出场，至中场停顿片刻再迈步行至台口又停，继左右转身，立于两旁——八字形；持大旗的双数挂子在台前向右转同时要将右手的大旗换左手，立于右边时须将大旗还原（单数与此相反）。“站门”，用于点将、排寨、发兵等，显示军威雄壮。“挖开”，行走较速，在中场、台口均不停而分站八字队形，用于其他场境。

【石雷至“九龙口”亮相，至台中左右审视兵容后，右转身迈步上高台就坐。

◎“九龙口”，即中场弓马桌右角方向，是步出上马门亮相的最佳位子。

◎石雷，戴额子（盔）插雉尾，穿红色大靠，斜套红蟒束带，足登扎花（或青色）靴。面揉肉色勾画五彩脸：红眉、圆眼、大口，首扎红蓬头，鬓插红耳发。出场迅速，迈步稳重，至台中右手反抓双翎视左，抛翎；左手反抓双翎看右，再抛翎，继向右猛转身双手掏翎高举停顿，再抛翎，抬左腿顶蟒、左手握蟒，雄赳赳地大步冲向高台，左臂甩左靠旗，快速左转身坐椅。展示猛将气度。

◎时下，有的演员在台口亮相后左转身至坐椅，又左转就位——此乃违传统程式之规的“裹草簾子”。

【兵卒向内抄，回原地侍立。

石　雷　（念诗）

大将豪气贯长虹，
锤打关西震关东。
统领雄兵十万众，
驰骋——

兵　卒　（吼）吙哦！（收大旗）

石　雷　（念）疆场逞威风。

◎石雷是个哑人。“座诗”以及后面的台词，都以哇呀哪哼等单音组合，演员用“吼喊”的抑扬顿挫和肢体动作的紧松刚柔表现其戏词的大致意思。

石　雷　本帅石雷。操演之期（拿令旗），大令下（挥令旗）……

传令官　（内“石雷接令！”急上）石雷接令！（抛令旗后急下）

◎传令官戴帔帔巾，穿绣花袍，捆鸾带，套龙头，红裤青靴，嘴挂一条龙口条（胡须）。

石　雷　（观令旗）咋咋、咋咋咋……（放令旗）众军！

兵　卒　扎！

石　雷　刀出鞘！

兵　卒　扎！

石　雷　弓上弦！

兵　卒　扎！

石　雷　大队齐出，捉拿秦王！

兵　卒　扎！

石　雷　马童！

马　童　（内应：“在！”）

石　雷　带——马！

◎解带、脱袍、甩蟒、扳双翎、飞坐椅定相……

◎马童捆打帕，穿打衣（全套），系风带，足下打鞋，脸揉紫黑色，粗眉大眼，画络儿胡。

兵　卒　杀！

◎石雷下高台，兵卒左右包抄——右四人头旗上桌；左四人尾旗上脚箱，站成梭字块高低两层的传统程式双“一条龙”，大旗全展开，挡遮兵卒面；石雷扮演者运用“跳打花脸”的虎掌和“掌盘式口”“推衫子”——整理戎装；马童牵马上，乐台配以战马狂嘶疯鸣——表现战马反常。

◎石雷跨上征鞍“溜马”，马童以翻、跌、滚、扑的大小斤斗紧密配合石雷的“懒翻身”“串蹦子”“探海”“飞岔”以及“翎子功”的点、转、扫、摆等的花子……战马时而止蹄，时而倒退，时而昂首奋蹄朝天——石雷勒缰单腿独立向后仰身，马童“跑提”过人；石雷左脚着地、探身、后蹬右腿（拟马后蹄）——马童倒蝶子落地起身紧接硬人倒地毙命……

◎久经驯练有素的战马，一开始就狂嘶，跟“老伙计”——马童闹矛盾；更不服从主人驱驶，甚至奋蹄踢死马童——意如“风折帅旗”，示出征不利。

石　雷　哇呀呀呀……（抛鞭下马，抱尸恸嚎）……（继上马下）

◎“抱尸恸嚎”，锣鼓套吹【架桥风如松】，石雷盔上雉尾伴随痛哭情绪由慢到快要“太极图”……兵卒持旗围石雷行反顺圆场掩马童下；兵卒头旗为主帅带马，兵卒于下场方，队形变“壕子口”，石雷挥鞭打马——锣鼓先三子钹“丑、丑、丑”紧接【冲头】——石雷跃飞双腿——拟马奔腾，从中急下，兵卒成双尾随下场。

镫打

【撤去高台，留下一桌拟山。

【李世民、王君可由上马门乘马慌忙上。战鼓响，众兵幕内："杀！"下马门出站小八字队形，石雷握双锤出……

石　雷　（一见秦王）咋咋咋……

【交战，王君可败下，石雷直取秦王，世民虚晃一剑，逃走——下马门入，石雷率兵紧追下。

◎李世民俊扮，戴全插（盔）加雪帽，穿粉红绣花袍捆鸾带，外披雪子，红裤青靴；王君可俊扮，头上封侯巾，身上蓝色绣袍、鸾带，红裤青靴，嘴挂青三。二人皆佩剑。

秦　琼　（骑马急上。唱【三板】）

好魏徵改诏施巧计，
秦王幸作脱网鱼。
怕李密派追兵难以抵御，
乘快马抄捷径护驾心急。
耳畔内忽闻得杀声四起，
下坐骑登高山细看端的。（下马，上山，眺望）
观帅旗书石字是石雷贤弟……

【秦王逃，石雷、兵卒追下。

秦　琼　（唱）观前面一败将是秦王无疑。

哎呀不好！观看石雷率兵穷追不舍之人，定是二主秦王！情况危急，待俺下山相救……哎呀不可！那石雷的双锤凶猛异常，万夫莫敌，而今我手无寸铁，如何能救哇！

（唱）程咬金骗某双锏是何意，

害得兄赤手空拳无良机。（回忆）

啊……

怨七弟好心肠做了蠢事，

怎把兄误当成追秦王之敌。（思索）

事紧迫摘马镫权作兵器……（下山、脱褶、取镫、上马）

愿苍天助秦琼一臂之力。（下）

◎秦琼头戴大帽，身着红绣花袍系鸾带，外套绣花红褶，红裤青靴，俊扮，嘴上三绺青须。

◎下山时，“骗马”下桌；上马挥鞭，向左旋转紧续快趱步——似黄骠马狂奔。

李世民 （内唱【倒板】）

似游鱼离网罗又遭浪巨……

【李世民下马门逃出，石雷追世民上马门下，兵卒尾随……

李世民 （上，唱【三板】）

见猛将马连马追赶甚急。

【石雷再次追赶秦王下场……

李世民 （上，唱）

未必然天绝吾丧身此地……（【扫黄板】）

◎【扫黄板】即是主奏乐器盖板子与锣鼓同步奏几个音符代替下句唱词，其作用是加快戏的节奏，更表现情急如火。

◎【扫黄板】除用于弹戏【三板】外，还用在高腔的【飞梆子】——譬如《反五关》的纣王被黄飞虎战败后唱：幼年托梁换过柱，而今老来骨肉疏。吩咐余化把关堵……【扫黄板】结束。【飞梆子】的【扫黄板】仅以锣鼓代替下句台词。其用意同前。

【石雷呐喊追李世民圆场，再行顺“眼镜圈”；石雷移锤于一手，猛抓世民——只抓住帔风，甩掉帔风再擒对方；秦琼下马门上救世民下；阻拦石雷，二人战斗……

◎石雷见是秦琼：“二哥！请让道。我奉命捉拿李世民！”（以手比划配以哇呀哪呀）；秦琼：“我奉命叫你收兵！”（手语）；“啊……拿旨来！”“来得急，忘了带！”石雷眼见秦王逃远，暴跳如雷，与秦琼动起手来……全身披挂、手握双锤的石雷，见秦琼无盔无甲无双锏，“哼哼哼……”一片冷笑声后，挥锤直取秦琼；秦琼不敢怠慢，躲闪双锤——以缓节奏的【半登鼓】配演员的慢动作；石雷猛余少智，秦琼灵活多变——抛出左手之镫，取石头部，【半登鼓】速度随之渐快；雷满不在乎地举双锤相迎；秦快速进身，镫击石前胸——石雷惨叫，“硬人”倒地；秦琼拭汗，倒地的石雷“挺身蹦子”复起（【半登鼓】止，激越锣鼓配），双锤高高举，怒吼连连发：“哇呀呀呀……”“雪花盖顶”扑向秦琼，秦闪身躲过，照准用力过猛、身躯前倾的石雷背心狠狠一击；石雷“变身硬人”再次倒地，秦琼筋疲力竭……

秦　琼（唱【三板】）

镫打石雷是天意，（掷蹬下马）

望贤弟赴幽冥灵魂安息。（跪地三拜）

·剧　终·

附　记

大幕《镫打石雷》，前面还有改诏、释放、佯追、骗锏四场，其重点是接令、镫打。

从剧中人石雷的造型和形体动作的“蹬打”看，明明该“跳打花脸”（也叫“猫儿花脸”）扮演，为啥由武生应工呢？因石雷这个角色“溜马”一段的技巧——尤其是“翎子功”，旧时，非武生饰石雷莫属。

出现在传统剧目里的哑人虽不多，也有那么几个，其共同点都莫得一句台词，惟此戏的石雷有诗有白，为扮演者提供了吼喊做着的依据，算是此剧的一大特点。若时下演出，配上字幕，更显戏的可视性。

2012 年 3 月 5 日初稿

2012 年 5 月 27 日修改

⑬ 卖油郎 （高腔）

曾广荣◎传授

剧情简介

源自《醒世恒言·卖油郎独占花魁》的川剧传统戏《卖油郎》，其全本名《独占花魁》《西湖院》；单折又叫《秦重抱瓶》。全本，早已少见于舞台，单折，现时也不常演。

卖油郎秦重偶见杭城名妓花魁娘子月貌花容，引动情丝。遂日积月攒，凑足花魁身价银十两，衣帽焕然一新，赴西湖院。不巧，花魁被富豪接去，二更大醉而归，和衣而眠。秦见状殷勤侍奉，将冷茶壶温于怀中。夜半，花呕吐，秦以衫盛之，以茶喂之。花魁知情，愧感。二人互询经历，皆为金酋入侵，家遭变故，流落异乡。花魁早存从良之心，见秦重忠厚老诚，且知情识趣，愿委身事，遂与秦重约会。

后虽经波折，有情人终成眷属。

人　物：秦　重（文生丑）
花　魁（花　旦）
王九妈（摇　旦）

◎秦重，戴蓝色栏梳，捆文生网巾，不提眉，俊扮，印堂（两眉间）抹淡“太阳红”添画小丑脸谱“大汤圆”，内穿浅色茶衣系白色短裙加风带，外着不合体的蓝色褶子，浅色裤，白统袜，玉色夫子鞋。

◎从上马门背身登场：恭恭敬敬地向幕内的老板一拜告辞；高兴地左转身亮相……

秦　重（唱【红衲袄·一字】）

喜滋滋离开了——

保和堂当铺，

◎帮腔中，惊喜地左顾右瞧身上的襕衫，再瞅瞅足下的文履，在【一字板】锣鼓里迈开脚步——出左脚甩左手，动右腿右手掸袖。穿惯短衫草鞋的秦卖油，一经“打扮”，连路都不会走了，自己也好笑；他迈步踩着前襟，差点摔个趴扑，又“噗哧”一声，自笑难禁……

秦　重（唱）租头巾租文履又租衣服。

租来的长与短难合尺度，

踩衣襟差一点摔个趴扑。

西湖院是往日常来之处，

今日里不卖油事出特殊。

好容易凑足了十两之数，

会一会花魁姐美貌仙姑。

心儿喜脚儿快三步当一步，

王九妈!

叫一声王九妈快开院屋。

◎【红衲袄】，据说在黄钟宫内称【红锦袍】，在昆曲中曰【大红袍】，在南吕宫才有【红衲袄】之名。【红衲袄】在川戏高腔曲牌里是一支极普通、易学不易精的“万能”曲牌，也是高腔曲牌之王——使用【红衲袄】的传统戏文就有百余本之多；川戏各行所饰的帝王将相、才子佳人、凡夫走卒……诸多角色皆可运用，喜怒哀乐、离合悲欢……诸多情绪皆可表达。

◎《卖油郎》全折仅用【红衲袄】，适应秦重、花魁、王九妈三个性格不相同的人物，对卖油郎尤其合适。

◎秦重登场的第一段唱，行腔宜少，仅“会一会花魁姐美貌仙姑”要腔，表现老实的秦重对花魁爱意的初示。

◎“西湖院”，位于西湖的妓院。西湖的名称，最早在两汉时已见记载。到了唐朝，因湖位于钱塘县境内，就叫它钱塘湖。又因湖在城的西面，仍称西湖。北宋诗人苏东坡在杭州做地方官时，写过一首诗：水光潋滟晴方好，山色空濛雨亦奇；欲把西湖比西子，淡妆浓抹总相宜。别出心裁地把西湖比作我国古代的美女西施，因此，西湖又称西子湖。

王九妈（下马门出，唱）

西湖院有花魁财神相助，
朝进金暮进银硬是舒服。

秦　重　王九妈！（拍门）

王九妈　（唱）听敲门一定是来了财主……（留腔，开门）
哟！才是秦卖油哇！

◎王九妈捆花头，额部斜贴一大块“水并并”，玉色褶裤，外套玫瑰红背心。

◎“留腔”，即唱腔中的“齐、留、甩、黄”——唱腔的一种程式。“齐”，乃唱完，“留”，还要继续，“甩”，交给他人接，“黄”，就是【扫黄板】。

秦　重　九妈！（施礼）

王九妈　哎呀！（背）看他今天这个样儿，穿戴得头齐尾齐的，不像是来卖油的……嗯！（对秦）哎呀，秦小官人，你今天穿得衣之时之，是到哪里去踩桥赴宴啰？

秦　重　我今天……特地来拜会你老人家的（张口——鼓眼“打”配）……

王九妈　哎哟！拜会我这个老婆婆做啥哟！？

秦　重　拜会你老人家的花——魁——姐。

◎秦重的以上两句台词，要说得碍口含羞，尤“花魁姐”三字，未出唇先觉脸红，声音低到几乎难以听清，随之配左手食指抚脸（锣鼓——“才”）、垂首（“乃乃乃……”）——表现极不好意识的害羞窘相。

王九妈　啊！（背）他来过几回了都嘛！是我喊他穿好点，像样点；我又喊他今天来。我咋个搞忘了啦？！我真是贵人头上多——忘——事哟！只要他有钱，管他卖油卖醋的哟！

（唱）既来要小官人快请进屋。

秦　重　（唱）从袖内取纹银十两之数，

会花魁聆听她吟诗唱曲。

◎捡来的“吟诗唱曲”文词，要唱出一边想一边唱的味道和很不习惯的拗口感觉：“吟诗……唱……曲”；手中的一锭银子在运腔中拿出收回——反反复复，又于王九妈眼前晃动（非戏要对方，而是话说完就给）——头部亦随着“挽颈花”，硬搬文人的酸味，腔完银归九妈手。

王九妈　（唱）接过了十两银——

哈哈哈……

打个不住……

◎帮腔里，“哈哈”继续，抛银接锭，“欢灯”献媚——

秦小官人咧!

（唱）不凑巧花魁儿尚未回屋。

张员外请我儿去吃晌午,

等不到天插黑宴散终曲。

小官人莫性急——

随我一路……（王引秦小圆场进花魁房）

王九妈 秦小官人请坐。

秦　重 谢谢九妈。

【王九妈下，端茶复上。

王九妈 （唱）上等的龙井茶泡上一壶……

秦小官人请用茶。

【二更敲响。王九妈打瞌睡。

秦　重 （唱）耳听得谯楼上打罢二鼓,

看起来无缘份我也无艳福。

丫　环 （上马门内白）妈娘！姐姐回来啦!

王九妈 （醒）哎呀！回来啦，回来啦!

（唱）听说是女儿回——

妈来搀扶……

【王九妈下，掺花魁上。

◎“龙井茶”，杭州名茶。元代诗人虞集在游龙井（龙井茶产地）时也曾写下：烹煎黄金芽，不取谷雨后，同来二三子，三咽不忍漱。

◎花魁梳古妆头，戴翠插花，穿米色古装，罩同色雪帽和披同色雪子。

王九妈 哎呀，咋个又吃得稀糊滥醉哟!

【王九妈扶花魁进屋，为花取雪帽……

王九妈 又下雪了哇!

【王九妈为花魁再解雪子，秦重接、搭桌右边椅上……

王九妈 （唱）乖乖儿坐一下娘去理铺。（整理后，扶花魁上床）

秦小官人！

（唱）今夜晚硬有点对之不住，

秦　重 九妈！

（唱）请放心花魁姐由我侍服。

王九妈 那好，那好！我就不陪你了哈！（拿雪衣帽出门拉门，下）

【更鼓声。

秦　重 （唱）夜深沉谯楼上——

打罢三鼓，

【秦重离位，轻移步至床边听……

秦　重 （唱）花魁姐带了酒和衣睡熟。

怕的是她饮酒多少时要吐，

呕吐后需香茶润一润唇朱。

有秦重在小房细看清楚，

桌案上幸好有一把茶壶。（以手试壶）

待我来解纽扣把壶暖住，

抱茶壶如怀冰……

寒气彻骨。

◎秦重唱“把壶暖住”，放壶于衣内——深深吸气一口——“吃个辣子”（行话）乐台给予重重地一小锣、铰子——“才”，身抖面肌颤，紧接以“牙打牙”的颤音唱“抱茶壶如怀冰”，在帮腔时归椅静坐。

【谯楼四鼓声。

花　魁 （拨开耳帐，唱）

心有事酒浇愁——

愁愈满肚，

花　魁 （唱）这一阵昏沉沉两眼模糊。

心烦躁止不住——

便要呕吐……

【秦重以衣接，脱衫置于桌下地上。

花　魁　（唱）叫丫鬟捧香茶姑娘润唇朱。（留腔）

【秦重取壶，以脸试壶，然后扶住花魁喂茶……花魁抿了一口，睁眼见秦，微微一怔，推壶，下榻。

花　魁　（唱）见一人立房中所为何故，

或姓张或姓李是商是儒。

秦　重　（唱）花魁姐要动问……（呵嚏）……

小可叙述……

◎“喷嚏”，本是一个人的鼻黏膜受到刺激而引起。但四川人对打喷嚏有一种特殊的解释，就是有人背后说坏话或思念，才导致打喷嚏。此时秦重打喷嚏却是：夜深天寒，以肉体暖壶，兼之脱去脏衣，更是冷得钻心——感冒了。故在唱“花魁姐要动问”时，表现实实控制不住，“呵嚏”——打了个声脆响亮的喷嚏。

◎在“小可叙述”后的锣鼓中，先示歉意，放壶桌上，再为花魁端椅，欲扶她就坐，觉不妥，做个请坐的手式；遂端椅向花魁靠近，也觉不当，然后置椅与她对坐——向花魁施礼后再坐——坐得端端正正，双手搁腿上，两眼不乱盯。

秦　重　（唱【二流】）

容小可将来历禀说明目。

祖籍在汴梁城村名石柱，

敝姓秦单名重幼未读书。

家不幸先丧了我慈祥老母，

父出家抛下我音信杳无。

最可恨金酋贼侵我疆土，

烧民房抢民财黎民遭辱。
汴梁破逃临安流荡四处，

◎汴梁——古称大梁，又称汴京、东京，即河南开封；临安——浙江杭州。杭州西湖西部诸山，旧时统称武林山，故杭州又别称武林。

多感得朱十老收留于吾。
他教我做生意恩同父母
担油桶卖香油暂把口糊。
那一日偶然把花魁姐的面睹，
你赛过了嫦娥貌广寒仙姑。
要会你需要有十两之数，
你看我小买卖怎能拿出。
为攒钱，
三年来我不辞奔波辛苦，
为攒钱，
三年来挑油桶晚归早出。
为攒钱，
三年来卖香油跑遍万户，
为攒钱，
三年来跑寺庙又跑西湖。
为攒钱，
三年来我天天吃素，
为攒钱，
三年来茶泡饭，未见一点点油珠珠。
三年来总算凑十两整数，
见一面花魁姐心满意足。
今日里从上午等到晌午，

从晌午又等到谯楼更初。
谁知你酩酊醉恶心呕吐，
你来看（离座，指襕衫）打脏了这件衣服。
小生意哪有钱把新衣添做，
怕的是保和堂他要原物。
呕吐后需热茶润唇暖肚，
冷茶壶，揣胸前，
肉挨壶壶挨肉才得温嘟。

（转唱快【二流】）

我为你三年来不辞劳苦，
我为你三年来只吃稀粥。
我为你担断了扁担无数，
我为你油梆梆敲成碎木。
我为你西湖院走成大路，
我为你吃咸菜嘴未沾肉。
今夜晚我花了十两之数，
只落得冷冰冰抱了一把茶壶。
花魁姐你看我苦也不苦，
小秦重真算得情深意笃。

◎此唱段是戏的重点。慢【二流】的六个“为攒钱”，七个“三年来”的唱，要注意腔上的变化——如轻重缓急、半念半唱、延音切音、偶断偶续……快【二流】，是整段唱“抠腰子”之处。要特别注意吐词清晰，吃不得“裹绞”；整个唱段中，比划动作宜少而精，重在突出秦重老诚情专。

◎唱罢“苦也不苦”带个“呵”字音，鼻一吸、右手食指像小儿拭鼻涕的“打横槌”结束；“小秦重真算得情深意笃”帮腔中，瓜呆呆地伫立，傻痴痴地盯花。在“比君更苦”时，回坐椅上聆听。

花　魁　（唱【二流】）

听君言奴身世——

比君更苦，

家住在汴梁城家父寒儒。

皆因为金酋贼累犯故土，

汴梁破双亲散丢奴单孤。

被拐骗堕落在烟花之户，

久有心觅知己火坑跳出。

君钟情于奴家奴心领悟……（留腔）

此有纹银二十两赠君，望君好好经理生意。三日之后，请君再来，奴有好音相告。请君切记，万无失约。

【鸡鸣。

秦　重　深谢花魁姐厚意，小可告辞了！

帮　腔　（帮）愿天下有情人终成眷属。

◎“愿天下有情人终成眷属”——帮出观众的心声。

【大分家】锣鼓：秦重抱脏衣，二人拉门，冷风吹来，秦畏寒，花魁关切，花送重出房，示“三指”叮嘱，秦重点头；一股更大的寒风袭来——“哎嚏”—— 秦重又一个脆响的喷嚏……

◎两次“喷嚏”，既有趣，又入戏，更是塑造人物不可忽视的细节。

·剧　终·

注：重庆市川剧院资料室存有2012年5月26日演出的实况录像光盘。

附 记

著名小生曾广荣老师擅演此戏。他年轻时以文生俊扮，多几岁后以文生丑应工秦重。笔者向曾老师学《卖油郎》时，他说：卖油郎可以文生俊扮唱，也可以文生丑演。据他多年的演出实际效果看，文生丑饰秦重较文生俊扮好——好就好在与“秦卖油”粘得更牢，贴得更紧。

幼时听我父亲讲，川戏早年没有文生丑。是一位喜演《痴儿配》的文生老先生（父说得有姓有名，可惜我已忘怀），在某乡镇演出该剧的痴儿后，听到“稍感不足”的评价……翌年，又到该乡镇唱庙会戏，他又演《痴儿配》，“稍感不足”没有了。原来，老先生在痴儿的俊扮文生妆上添了一块白粉，并在文生瓜、丫、痴、呆的基础上，融进了丑行的滑稽、风趣的表演，使痴儿的唱念做更显得自然流畅。从此，诞生了“文生丑”。也出现了“文生丑”应工的《独占花魁》《蝴蝶媒》（后之《乔老爷奇遇》）《荷珠配》等。

“文生丑”，不仅拓展了文生行当，也丰富了川戏的表演艺术，成为“非遗”川剧的一绝！

2012 年 5 月 15 日夜 初稿

5 月 25 日夜

④ 祝英台打店（高腔）

彭天喜◎传授　夏庭光◎整理

剧情简介

《祝英台打店》又名《百花楼》，是《柳荫记》的后续故事。

三月清明，梁山伯母、妹为山伯扫墓，途遇狂风暴雨，误投百花楼黑店，店主淫贼熊文通，企图欲囚梁母，强逼梁妹。为山伯碰坟殉情的祝英台，幸骊山老母相救，收在膝下为徒，传授武艺。英台奉师命下山营救了梁母梁妹，惩处恶徒，火焚黑店。

人　物：熊文通（武　丑——武生应工）
　　　　祝英台（武　旦）

【场上正中设一桌二椅，绣花摆场。

祝英台 （内唱【锁南枝】）

奉师命，下骊山；（帮）

【祝英台上。

◎祝英台捆大头，系白绫（孝帕），身着白色短袄加风带，下穿白色跑裤、彩鞋，手执竹棍由上马门上，亮相后接——

（唱）奉师命下骊山，

为救梁妹赴尘凡。

◎以起伏的趱步拟驾云而来，至下场方时右转定相。

那日碰坟险中险，

◎在帮腔的【专腔】运行里慢旋至台左。

祝英台 （唱）那日碰坟险中险，

骊山老母来救援。

◎缓行至中场停。

祝英台 （唱【一字】）

虔心骊山苦修炼，

练就武艺十八般。

（唱【二流】）

梁兄母妹身遭难，

师命奴下山解危难。

巧把孝妇扮，
贼难识机关。
一解梁妹难，
二为民除奸。
不畏艰和险，
不畏敌凶顽。
行程用目看，
(唱【一字】)
百花楼——
就在眼面前。

奴祝英台。梁兄山伯为奴身亡，奴欲碰坟殉情，多感吾师骊山老母相救，得免一死。是奴随师在骊山朝夕修炼，技艺大进。只因梁兄母妹于三月清明为梁兄扫墓，途遇暴雨，误投百花楼黑店，被店主熊文通囚禁。是奴奉师之命，下山解救，惩罚恶贼。来此已是百花楼。店家，开店来！

◎【锁南枝】是川戏的常用曲牌，共立“四柱”(帮腔。其中“虔心骊山”的放腔、最后结束的扫帮在外)。偶见传统戏《营门斩子》，樊梨花饰者让腔师省掉“专句”——即第三句的帮，太离谱违规，于传承曲牌体的高腔无利。

◎“骊山老母”，旧作“梨（黎）山老母”。“骊山老母”又作骊山姥。有关骊山老母的说法不一，据清人俞樾推断，她是生于殷、周之间的骊山女，到唐代，骊山女被尊为神仙。

◎祝英台的一段【锁南枝】和道白“自报家门”“造片”是以“倒叙”的形式介绍剧情和预示戏的“下文”；以武旦应工的角色在“店家，开店来”和与熊文通对面时的表演，须夹杂一点花旦味——起迷惑对手的作用。

熊文通 （内）来——啦！（上）

◎熊文通头上歪戴红栏梳，鬓旁垂露发，左耳处插浅绿色草花，内着青打衣（亮右膀），腰捆绣花风带，绿裤，白色袜，足登朝鞋，外穿红色、玉色鸳鸯褶子；左手握酒壶，右手拿扇儿；脸谱勾画畸形破脸：左眉似扫帚，右眉如鼠形，左目细小一条缝，右眼黑大像炭圆（演出时，演员左目微闭，右眼大睁），面斜嘴扯，蛇须样的胡子，印堂（两眉间）和右脸下部的红色是留下的刀伤瘢痕。

◎随着“来——啦”的拖音，扇儿掩面冲上——鼓眼“打打打……”配合，在锣钹合击的单锤“壮”，落扇于胸亮相——

熊文通 （唱【红衲袄·一字】）

正在后面喝七八（哟哦），

<u>喝七八</u>，

◎“七八”——“九”（酒）也。

◎熊文通在【一字】帮腔中继倾壶饮酒，发现酒已完，摇壶无酒，再随手向幕后抛壶。继接唱——

熊文通 （唱）忽听门外叫店家。（登腔——收腔——打酒嗝）

祝英台 开店来呀！

熊文通 呀……

（唱）听声音（哪）好似鹦哥（蹲身、扇移左手，右手拇、中指作雀嘴动）

在说话，

又像是个女娇（哦——哦）娃（作女子态）。

熊文通开开门儿看真假（留腔，开店出门——惊艳）……哟……哟……哟！

（唱【二流】）

硬是一位救苦救难的活菩萨（呀嘿嘿）。

你看她头上捆根白帕帕（手作缠头状），
身上穿件白花花（两手扯衣状）。
头发如墨染，
映日放光华。
眉毛弯弯画，
眼睛直顾眨。
樱桃口，
白牙巴，
两个脸墩——闪呀嘛闪红霞；
十指尖，腰杆细，
脚下金莲一卡卡。
比我妹好看（啰），
赛过我的妈。
女客人，活菩萨，
既来了，咿儿呀，哪哈哪哈哈，
请进店内耍呀、耍呀、耍呀、耍呀哪哈哈哈
耍呀……

◎在【云里白】锣鼓中：祝英台故作态缓步欲进店，熊文通翘左腿掸鞋上灰阻；英台竹杆敲熊脚尖。熊文通收腿，英台慢跨门槛，熊以右手卡祝金莲——英台勾脚踢中文通鼻尖——文通吃哑巴亏强忍；熊为英台掸椅尘，请祝坐；英台再次作态踿，熊模仿踿动。

熊文通（唱）熊文通后面把酒拿。（留腔，下场下）

◎祝英台在【云里白】伴奏中：放竹棍，跃腾上桌左角椅左足独立身斜视下场方，再左转身，右足踏桌，弓马桩式巡看；然后左脚离椅，斜躯勾脚继察视店内环境；闻熊步声，收左足，从桌上“侧狮”［“侧狮”单脚着地，“漫子”双足落，皆为小武功（翻跌）的称呼］落地，若无其事地坐于椅上。

熊文通 （端酒盘上，摆盘斟酒，接唱）

来来来——
我们喝它个：
一星敬，
二仙茶，
三星捧照，
四季发，
五经魁首，
六骏马，
七个巧巧，
八大拿，
九长寿，
十朵花！（留腔，【云里白】）

◎熊文通与祝英台举杯——熊一饮而尽，祝趁熊喝酒时，倾酒身后；文通再次斟酒与祝同饮，祝如前；第三次如是。英台执壶斟酒敬熊……

熊文通 你不吃呀？我吃……对，我又吃……好，我再吃……哎呀，吃……吃……吃不得了啰……

（唱）这一阵喝得我头儿昏，
眼儿花，
手儿软，
脚儿麻，
浑身上下——

（唱【一字】）

似糍粑。（醉倒椅上）

祝英台 熊文通！狗贼！

（唱【飞梆子】）

尔玉皇卖谷天仓满，

今日落在奴手间。

吹口气竹杆化利剑……

看剑！

◎“玉皇卖谷天仓满”，玉皇大帝的谷仓，称为天仓；民间歇后语“玉皇大帝卖谷子——天仓满了”形容坏事做尽的恶人，命该绝了。

◎祝英台向幕内掷竹杆换剑，刺向熊贼；熊睁眼见利刃刺来，速起左转，端椅左挡右挡，再放椅以右脚蹬开宝剑，欲前扑抓对方；英台闪身躲过，挥剑削熊“埋头”，熊遂脱衣绞械，祝剑挑衫飞；熊退至桌边，右脚从桌下勾出钢刀，偏偏倒倒地向祝左砍右砍，英台巧拨而过；熊文通稍稍定神后，一声呐喊，挥刀连续三“蹦子”——刀砍向英台；祝以剑削掉熊手中刀，飞起一腿踢文通——熊“镖椅仰躺”（镖椅比镖桌易，但全身仰躺椅上艰难——需演员苦练身体的“硬翘劲”），祝快速转身以剑点心——淫贼惨叫毕命。

祝英台 （唱）一剑将儿丧黄泉。

待奴去至后面，救出梁兄母妹，火焚百花楼！（抛剑、旋转、接剑，“金鸡独立”造型）

·剧　终·

附　记

1. 武丑，川剧不归小丑行，而隶属武生行当。川戏传统剧目《盗银瓶》（全本《佛手桔》之大幕）的邱小乙，《夜宴释盗》（全本《春秋配》之单折）

的石金甫以及《男女盗》的梁上君，《拦马》的焦光普，《时迁偷鸡》《时迁盗马》的时迁，《盗冠袍》《水擒白玉堂》《水擒花蝴蝶》的蒋平，《水擒史文恭》的阮小七，《莲花湖》的杨香武，《双打店》的矮脚虎王英等等皆由武生应工。武丑不仅要运用武生的翻跌滚扑、刀枪棍剑等技巧，还融小丑行的滑稽、幽默、风趣于其中，塑造诸多类形不同的人物。

2. 根据老师彭天喜的传授，整理时，减掉了母女“扫墓”、误“投店”两小节戏和相应的人物梁母、梁妹，仅保留了第三节的重点戏。

3. 老师传授此戏时再三告诫，打斗不宜过多。一个只会几手“狗刨搔”又喝得稀糊滥醉的淫贼，自然无能跟祝英台较量。

“桌下勾刀”，要捷巧，才能突出熊文通的职业特性。

剧本整理于 1994 年 3 月 2 日

2012 年 7 月 10 日 初稿

2013 年 10 月 2 日较改

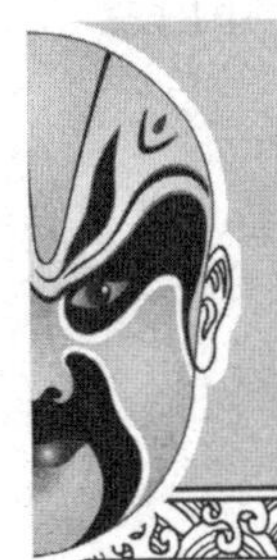

05 思亲诘问（高腔）

姜尚峰◎传授　夏庭光◎整理

剧情简介

《思亲诘问》乃川剧“高腔四大本”之一《琵琶记》的选场。

每逢佳节倍思亲。中秋之夜，独居书房的蔡伯喈思双亲，念五娘，想到陈留的灾荒，忧虑感叹；适牛小姐至书房邀请伯喈赏月，见相公连连叹息，又闻“五娘、姑嫜、陈留灾荒”之语，经询问，知其缘由，愿到父台前，惋言禀述，伯喈转忧为喜。

◎“诘”，此处作追问、盘问解。

◎“高腔四大本”，还有《金印记》（又名《黄金印》）、《红梅记》（又名《红梅阁》）、《投笔记》（又名《班超》）。

◎“陈留”，旧县名。秦置县，治所在今河南开封东南陈留城。

人　物： 蔡伯喈（文　生）
牛小姐（花　旦）

【书房。舞台左侧横摆一桌，桌上置“文房四宝”（纸笔墨砚）和一盏红色纱罩灯；中场正置一桌，桌右角同放一纱罩灯，桌中搁茶具，桌前并排二椅。摆场用绣花浅蓝色。

【蔡伯喈满怀思乡思亲之情，缓步由下马门上。

◎蔡伯喈戴苹果绿状元头，身穿苹果绿褶子，外套浅蓝帔，红裤青靴。

蔡伯喈 （唱【忆秦娥】）

望家乡，

中秋思念二爹娘。

【牛小姐兴致冲冲地由上马门上——已入书房。

◎牛小姐梳花头，玉色裙袄，外套同色帔，足穿淡色彩鞋。

牛小姐 （唱）中秋夜……

蔡伯喈 （叹气）唉……

牛小姐 （止步唱）

相公他何故愁肠？

◎在“相公他何故愁肠”帮腔中：蔡伯喈上书案就位；牛小姐轻退至“并排椅”后。

蔡伯喈 （念）今宵月明正团圆，

几处凄凉几处喧。

牛小姐 （念）但愿人生得长久，

岁岁千里共婵娟。

◎“婵娟”，月亮别称之一。

蔡伯喈 唉！

（唱【香罗带】）

当初别亲离故乡，

牛小姐 （唱）自言自语费猜详。

见相公……

蔡伯喈 （唱）……二爹娘……

牛小姐 （唱）隔窗……

蔡伯喈 （唱）倚门频频望……

◎蔡伯喈在【香罗带】起腔离坐，慢步至上场台口凭窗眺望；牛小姐在【香罗带】第二句帮腔中缓移步至并排椅的左椅角；"二爹娘"的"二"字紧接"见相公"的"公"字腔，"隔窗"、"倚门"，两个演员同唱——唱腔起收一致。

蔡伯喈 （唱）望断云山雁落行。

【蔡伯喈凝视远方，牛小姐近书桌细瞧……

牛小姐 （唱）近未闻相公读书声朗朗，

也未见他提笔做文章。

蔡伯喈 苦哇……

牛小姐 （低语）他苦啥呀？（坐椅）

蔡伯喈 （唱）苦只苦名登金榜，

牛小姐 （唱）不枉君十载寒窗。

蔡伯喈 （唱）怨只怨添个鸳鸯伴，

牛小姐 （唱）喜只喜淑女配才郎。

蔡伯喈 妻——呀……

牛小姐 （起身低应）喂！才一下下没有看到，他就在想我呀！

（唱）夫妻们朝夕相伴影儿样，

一刻不见——

他嘴儿念，
心儿想，
神儿慌。（下桌欲近伯喈……）

蔡伯喈 （唱）思贤妻想糟糠，
新婚两月我赴帝邦，

◎伯喈唱“赴帝邦”慢往台左移动；同时，牛小姐向并排椅后隐身。

留妻一人——
我的好五娘……

牛小姐 五娘？！

蔡伯喈 （唱）奉姑嫜。

牛小姐 姑嫜？！……

◎“糟糠”，旧指穷人用来充饥的酒渣糠皮等粗劣的食物。此处喻共患难的妻子。“姑嫜”（亦作姑章），即丈夫的母、父——婆婆、公公。

蔡伯喈 （唱）愁只愁……

牛小姐 他又在愁啥呀？！

蔡伯喈 （唱【彩腔】）
哎呀呀，愁只愁……

◎【彩腔】运行：蔡伯喈、牛小姐向台右、台左行半圆场……再双双向中场退步，形成“背靠背”……

（唱【二流】）
愁只愁陈留三载天干旱，
树无枝叶草无秧。

牛小姐 与你何干？

蔡伯喈 （唱）老者饿死沟渠丧，

少壮逃难到他乡。

牛小姐 杞人忧天！

蔡伯喈 （唱）二爹娘，

风前烛，

瓦上霜，

挨得过岁月，

度不过饥荒。

（唱【一字】）

怕只怕……

牛小姐 （唱）……怕什么呀……

◎“怕什么”的“怕”字与伯喈的第二个“怕”字同出口，蔡“怕”后的行腔与牛的“呀”腔同步。

蔡伯喈 （唱）赶不上披麻执杖。（拭泪）

◎在【香罗带】的【一字】扫腔终时，二人左右转身对面——伯喈迅收拭泪袖。

◎此段戏，皆为二人的自言自语——行话曰“内心独白”。“心有灵犀一点通”的牛小姐自能闻蔡伯喈的“心声”，这就是不同于生活的“戏”。

牛小姐 相公！

蔡伯喈 啊……夫人！

牛小姐 相公请坐！

蔡伯喈 夫人请坐！

牛小姐 坐！

蔡伯喈 （同时）坐！

◎牛小姐略挪并排椅为小八字，二人换位同坐——牛小姐让伯喈坐左——“大手边”，以示亲敬。

蔡伯喈 夫人，中秋之夜，为何不去赏月？
牛小姐 妻正是来请相公赏月。
蔡伯喈 啊……夫人何时到此？
牛小姐 相公你……（学伯喈拭泪）妻就到了。
蔡伯喈 这……风沙刺眼……
牛小姐 待妻看看。
蔡伯喈 已无事了。
牛小姐 无事了……眼内无事，心中——有事！
蔡伯喈 这个……
牛小姐 相公，何事苦思量？
蔡伯喈 夫人，有事恼人肠。
牛小姐 试说也无妨！
蔡伯喈 只怕你寻消问息，愁上加愁。
牛小姐 自古道，无事而戚，谓之不祥。君自赘相府以来，难道还少了你的什么？然何忧闷？
蔡伯喈 我……
牛小姐 待妻猜上一猜。
蔡伯喈 夫人不用猜。
牛小姐 要猜，一定要猜！相公你——（起身端椅近伯喈坐）
（唱【青衲袄】）
食的是猩唇烧豹胎，
穿紫罗腰间系的白玉带。
君家上朝多气派，

人役呼道队列开。
五色彩旗队前摆，
三檐伞儿头上盖，
谁不夸，
草庐秀士今做了朝中的栋梁材。
相公呀！
头名状元君中了，
相府千金君娶了，
人间二美君占了
为然何闷闷恹恹，
终朝愁容不开怀？

蔡伯喈 （唱）说什么猩唇烧豹胎！
想下官攻书之时，
吃的是粗茶淡膳，
穿的是襕衫芒鞋，
行也由我，
坐也由我——
任自在。
到而今，
头戴乌纱，
腰束玉带，
足登皂朝，
却怎能随意踹。
学不得严子陵登钓台，
怕做了——
杨子云阁上灾。

◎“严子陵登钓台”：严光字子陵，会稽余姚（今属浙江）人。曾与刘秀同窗，刘秀（汉光武）即位后，他改名隐居。后被召到京师洛阳，为谏议大夫，他不肯受，归隐于富春山耕钓以终。后人名其钓处曰严陵潮（亦曰富春江）。“杨子云阁上灾”：杨雄字子云，西汉文学家。少时好学，博览多识，酷喜辞场。被爱辞赋的成帝召入，侍从祭祀黄门郎。王莽称帝后，子云校书于天禄阁。后受人牵累，即将被捕时，跳阁自杀……

◎在帮腔中：蔡伯喈、牛小姐均缓起身，慢动步，分行台口左右。牛小姐继转对蔡——

牛小姐　（唱）莫不是怨妻性情乖？

蔡伯喈　（摇头）……

牛小姐　（唱）莫不是出言无状把夫伤害？

蔡伯喈　不是。

牛小姐　（唱）莫不是画堂中缺少三千客？

蔡伯喈　非矣！

牛小姐　（唱）莫不是绣屏前少了十二钗？

蔡伯喈　越猜越远了！

牛小姐　（帮【二流】）

这不是来那不是……（重）

莫不是……

有一个得意人儿在天涯外！

蔡伯喈　（唱）一语击破心思海，

不由人簌簌泪满腮。

◎在【二流】帮腔中：蔡伯喈不乐地转至桌后；牛小姐略思后转面——唱“莫不是有一个”，帮“得意人儿在天涯外”时近桌前；伯喈在帮腔尾的重音单锤惊坐椅上。场上短暂静后，牛小姐真诚关怀地——

牛小姐　相公！（念韵白）

夫妻何事苦相防，

莫把闲愁积寸肠。

蔡伯喈 夫人！

（念）各人打扫门前雪，

休管他人瓦上霜。

牛小姐 他人瓦——上——霜……

（唱）自古道难将我语和他语，

蔡伯喈 （唱）未卜她心似我心。

牛小姐 相公！

蔡伯喈 夫人！

牛小姐 蔡——议——郎！

蔡伯喈 牛——小——姐！

牛小姐 五娘、姑嫜、陈留灾荒……相公，这是“他人瓦上霜”吗？

蔡伯喈 这……夫人，你都知道了？

牛小姐 （点头）……

蔡伯喈 吓！……惜爱二春！与夫人打茶来！

◎牛说“五娘、姑嫜”，鼓眼配“打”，“陈留灾荒”，鼓眼击“把”（单签子为“打”，双签同敲为“把”）；蔡“这……”与重击的【闷锤】同时，“夫人，你都知道了”语轻并稍带颤音；伯喈“吓……”的同时，双手微向上掀移状元头——鼓师伴以轻微的“打、打……”

牛小姐 相公呀！

（唱）不必惊慌太谨慎，

书房除妻无外人。

◎牛小姐在两句帮腔里为蔡伯喈倒茶、奉茶；伯喈起身接茶转敬小姐，牛请蔡饮；伯喈喝茶，小姐接杯放书桌，遂携蔡手至中场坐，又为蔡正冠拭汗。

牛小姐 君家呀!

（唱）缘何终朝生愁闷，

缘何终朝叹气声。

奴与君良缘夙缔，

同衾共枕，

相敬如宾。

你哄妻怎的，

瞒妻则甚。

陈留郡，

荒旱紧，

家人盼君常倚门；

盼儿盼夫杳无信，

埋怨君家是薄情人。

怪君家——

（唱【一字】）

对妻只说三分话，

未曾全抛一片心。

蔡伯喈 哎呀……

（唱）贤夫人!

休怪我守口如瓶，

只为令尊势若焚。

叹双亲存亡未审，

五娘她安危难定，

下官终朝如失魂。

牛小姐 相公就该……（作修书手式）

蔡伯喈 （离座唱【二流】）

下官曾修书带银，

到而今雁落鱼沉。

虽非是烽火连三月，
却真是家书抵万金。
我将解朝簪，
除缙绅
返泉林
（唱【一字】）
和夫人双双两两归故井。

◎唱词中的“烽火连三月，家书抵万金”，出自唐朝“诗圣”杜甫的《春望》。全诗写天宝年间安（禄山）史（思明）之乱，叛军攻陷长安（今陕西西安），作者忧伤国事，眷念家人的殷殷情怀。此两句意是他慨叹在这烽烟不断的战乱时期，一封家信，真胜万金啊！

◎帮“双双两两归尽锦”蔡伯喈亲昵地拥妻步至台中，牛小姐喜悦地感叹问——

牛小姐 相公何不早言，以免忧愁如此。
蔡伯喈 还望夫人，在令尊面前讨个归期。
牛小姐 妻知道。（欲行）
蔡伯喈 （拉住，慎重地）夫人还须巧言，切莫说破。
牛小姐 不妨事。风化所关，观瞻在望，父焉不顾仁义。
蔡伯喈 只是……
牛小姐 相公不必忧虑，我自有道浬，不由我爹爹不从。
蔡伯喈 好。下官送过夫人！夫人请慢走！
牛小姐 你——呀！
（唱【滚】腔）
少献殷情，（重）
休作——
假惺惺。（大分家）

蔡伯喈 哈哈哈……

牛小姐 你——笑了!

◎牛小姐“你——笑了”以左手食指戳蔡额——伯喈身后闪，小姐扶；蔡以左手食指还戳——牛故意“哎呀”大叫闪身；蔡急扶住，牛还之以舒心地微笑，伯喈亦笑……

【分下。

·剧 终·

附 记

传统戏的《思亲》《诘问》，前者是蔡伯喈的“独角戏”，后者为蔡伯喈与牛小姐的“对对戏”。因两戏单薄，除在全本《琵琶记》中“露脸”外，从无人单独演出。

《思亲诘问》，是根据我老师姜尚峰传授之《思亲》《结问》并参考“中国十大古典悲剧”之一，高则诚《琵琶记》的“望月”“衷情”合二为一整理，成为首次以折戏戏份登上川剧舞台。

“思亲”小节，蔡伯喈、牛小姐以各自的独唱抒怀，令戏相连，使情相牵，并自然而然转入“诘问”；“诘问”一段，通过唱念较妙地反映出新婚夫妇的生活情趣。全出戏的“打帮唱”、念、做，切记“自然”二字。若以人的“立”“行”譬比：不可脚跟不着地而立，也不可迈大步而行，“跂立”“跨行”，非此戏淡雅的格调。

整理后的《思亲诘问》成折单演，可为日后传承川剧“高腔四大本”之一《琵琶记》的“开路先锋”的马前卒。

剧本整理于2001年9月27日完稿

2012年7月16日 初稿

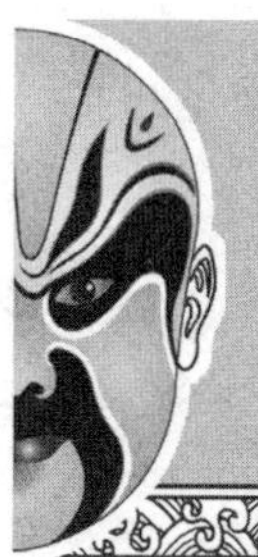

06 法场换子（胡琴·二黄）

夏长清◎传授　夏庭光◎整理

剧情简介

《法场换子》又名《徐策舍子》，事出《薛刚反唐演义》。

薛刚御街闯祸，张台进谗，薛家满门冤斩。阳河总镇薛猛，不纳宋濂言，一家三口被绑赴刑场问斩。徐策不忍忠良绝后，以与薛蛟同庚的独生子金斗暗换。

人　物：徐　策（老　生）
张　台（花　脸）
薛　猛（正　生）
马　氏（正　旦）
家　院（杂　角）
刀斧手（杂　角）

【舞台正中设两椅背靠，台左斜置二椅，摆场素色。

【刀斧手押薛猛、马氏从上马门上，“挖开”列队，张台随后于中。

◎刀斧手揉脸，粗眉大眼。戴帔帔巾加额子插雉尾一支，穿紫色袍斜套金钱褂，红裤打靴，挂腰刀。

薛猛俊扮，扎高桩水发，挂青三（胡须），着青褶，红裤青靴，披罪绳。

马氏青衣头，打水发，蓝色素衣，内白腰裙，足下深色彩鞋，披罪绳，抱婴儿。

张台（亦作泰）画二饼饼，戴尖纱加套龙。嘴挂草登喳（胡须），着黑蟒束带，红彩裤，青靴，怀抱尚方剑。

◎“尚方”，秦汉以后为少府的属官，制办官庭器物。“尚方剑”乃皇帝御用的宝剑。刘基《赠周宗道》诗曰“先封尚方剑，按法诛奸赃。”

薛　猛　（唱【二流】）

叹薛猛镇阳河将士拥载，
全忠孝夫妻回朝来。
奸臣当道今遭害，
万不料法场把刀开。

马　氏　（唱）且喜薛刚逃出外，
但愿三叔无祸灾。
夫妻一死忠孝在，
怎忍姣儿赴刑台。

刀斧手　走！

【薛猛、马氏被押坐斜场椅；刀斧手站椅后斜“一品墙”。

张　台　（唱）恨薛刚称王霸把我打坏，
想不到今天该我张台歪。
杀薛家一满门杀得痛快，

斩尽杀绝免留祸胎。

哈哈哈……（扬扬得意地坐中场椅）

【乐台奏法鼓一通。

徐　策　（内唱【倒板】）

法场内催命鼓响……（上马门出）

把人（鼓眼：打、打）急坏……

◎徐策头戴相貂，身穿白官束带，下着红彩裤、青靴，项下麻三（胡须），面部淡抹青油。

◎在“打、打”的鼓眼右手抓袖，“坏”字延腔时趱步，微抖髯向前至台左角止，继右脚独立，双袖掸须退步，右手掸官衣后襟、左脚收，跌坐；家院急上扶起。

◎家院，素色罗帽、褶子、鸾带、彩裤，白统袜、夫子鞋，嘴挂青三，手提搭红绫的长形竹篮。

家　院　家爷，家爷！

徐　策　（唱【三板】）

快快赶路莫迟延。

（与家院往里翻行，再返回至台口，一踉跄）

家　院　（扶徐）家爷小心呀！

徐　策　（唱【梅花板】）

金斗儿睡篮内不声不响逗人爱，

儿怎知顷刻父子两分开。

为救孤儿父实无奈，

为救孤儿，

你的娘悲悲切切，

切切悲悲哭哀哀——

狠心肠抛舍了十月怀胎。

家院！ 法场上你千万要小心谨慎切莫懈怠，
露马脚老夫满门要受灾。
望法场近咫尺我们快快快……

◎最后一个“快”字的运腔中：左手提官衣向左行转身，遂对上场台角走左脚前右脚后的催步、右水袖同时掸髯至台角停，反半圆场，再走顺半圆场；家院抚篮、尾随。

刀斧手 喂！

徐　策 （唱【二流】）
法场上杀气森森刀剑排。
张台贼亲自监斩把忠良宰，
终有一天你张台也要赴望乡台。

张　台 呵嚏！

徐　策 （唱）那一旁绑的是薛猛元帅，
侧旁绑的女裙钗。
马氏女持双刀名扬四海，
巾帼英雄盖世才。
如今夫妻皆遭害，
更可怜三月婴儿——薛蛟呀……
还未睹人世就赴泉台——
怎不叫老夫痛伤怀。
家院忙把祭礼摆……

【弦乐奏【哭皇天】，家院放篮中场椅后、取烛摆烛……张台起身请徐策坐……

徐　策 （坐）替老夫一拜。

【家院拜后收祭物。

徐　策 （离位）薛猛儿，马氏媳，薛蛟——

（唱【哀腔】）

我的侄孙儿呀！

刀斧手 喂！

【徐策怒视张台，张赔笑，继挥手命刀斧手退下，又端椅近徐扶坐。台欲坐中场另一椅，觉不妥，遂将椅移至上场侧坐。家院于中场以身遮竹篮。

徐 策 （唱【阴调】）

老徐策禁不住珠泪满腮。
你薛家自投唐功高世盖，
十大功保唐室稳固帝台。
儿的父驰骋沙场数十载，
儿的母征西域布阵把兵排。
才换得四海河清库存器械，
庆太平国泰民安无兵灾。
薛猛儿统雄兵镇守边塞，
薛猛儿欠思量你大大不该。
千不该，万不该，
不该命薛刚回京把寿拜，
薛刚不该把酒开。
屡因酒误事不知改，
偏偏倒倒上御街。
拳打探花如草芥，
脚踢太子倒尘埃。
神象毁，门丁栽，
一气之下又打张台。
唐主闻讯胆气坏，
你薛家满门斩金阶。
马氏媳你出身将门有气派，

为然何也与这蠢才一样呆。
宋濂言语全不解，
宋濂死谏也不动怀。
纵不反也应该逃身在外，

◎“纵不”二字后“刹一脚”（乐止静场），“反”字低音缓唱；“也应该”三字一字一眼地唱，“却为何”后恢复行弦。

却为何舍命死保忠孝牌。
你夫妻尽忠尽孝死无碍，
小薛蛟作刀下鬼冤哉枉哉。
况而今薛刚在外不知好和歹，

◎不知薛刚音讯，乃徐策舍子救孤的关键，要唱得清楚明白。

清明节谁为你薛家扫坟台。
更何况薛家冤仇仇似海，
未必然这冤仇化冰灰。

◎心情激、登腔唱“冤仇”，“仇似海”一字一顿，加快速度唱“未必然”一句。继转缓——

老徐策只说得唇焦气喘……
（唱【二流】）
招招手家院近身来。
以少爷换薛蛟手脚要快。
我头晕目眩倒……倒……倒尘埃。

【吹……

◎徐策假意晕眩倒向张台，张见状惊扶，徐拉住台向前倾跪地上，张台用力扶徐，策慢慢挣扎；同时，家院从篮内抱出“耍太子”（称婴儿道具的术语）直奔马氏，马氏拒，家院急放薛怀，再从马氏手中夺过薛蛟；张台扶起徐策，徐眼左视——见易子未遂，再次抚台头部跌倒；猛含感激泪交金斗于马氏，家院速放薛蛟于篮内；二通法鼓响，徐策、张台起，刀斧手上——

徐　策　薛猛！马氏！我的儿哪！

（唱【三板】）

可怜我年迈人绝了后代，

只等到三炮响——

儿哪！收儿的尸骸。

◎第一句背身轻唱。

张　台　（高举尚方剑）押下去！

刀斧手　走！

【刀斧手“一品墙”变“壕子口”，薛猛、马氏从中往下马门入，张台跟，刀斧手随下；徐策、家院目视下场方；法鼓第三通敲响，斩首声传出……

徐　策　哎呀！

【徐策大惊抛冠，家院接帽，徐策昏坐椅上……

家　院　家爷，家爷！

徐　策　（唱）三炮响钢刀落魂飞天外……

◎此段唱未写“板式”，即是续唱前标明的【三板】，其他唱亦如是。

◎此句，悲激、由低渐高地唱“三出头”（唱法的术语）：“三炮响（锣鼓：弄壮）钢刀落（壮共壮）魂飞（把打丑、壮共壮共壮丑）天外……”“三出头”的唱法，突出人物极悲极愤的情绪，亦强化该段戏的急烈气氛。

薛猛！马氏！我的（低声）……金斗儿哪！

（唱）血淋淋的人头滚下来。

金斗儿休把为父怪，

儿来生转世……

儿哪！切莫投官宦人家的胎。

【唢呐吹婴啼声……徐策、家院大惊——

徐　策　快走！

【家院递相貂，速提篮；徐策慌乱中将冠反戴，以官衣前襟掩竹篮与家院战战兢兢地原路下。

·剧　终·

附　记

一折戏两个婴儿，仅在此发出一声啼叫，有异峰突起之艺术效果——算是“一鸣惊人”矣！【哭皇天】常用唢呐伴奏，此戏却弦乐负担。留唢呐仅吹婴啼，妙矣！

听父亲说，“换子”前，还有一段家院报信、夫妻商议舍子的情节，戏虽不长，大可不必。此场徐策的第一段唱已作交代，足也。该省则省，少而精好。

2012 年 7 月 20 日初稿

2012 年 8 月 5 日修改

2013 年 5 月 7 日校改

附01 举狮观画（胡琴·二簧）

夏长清◎传授

剧情简介

薛家蒙冤，满门抄斩，徐策舍子救孤。十七年后，薛蛟成人，精文善武，力能举鼎。徐见时机成熟，以画图讲述蛟之家谱和蒙冤之事，并修书令薛蛟送占山为王的薛刚，嘱以兵谏，除奸正国。

人　物：徐　策（老　生）
薛　蛟（武　生）
家　院（杂　角）

◎徐策，穿戴与《法场换子》同，仅麻三换白三，添白扇一把；家院戴黄罗帽，穿同色褶，捆鸾带，下着深色彩裤，白统袜、黄夫子鞋，青三换麻三；薛蛟俊扮，两鬓垂露发，戴粉红玉儿巾，着同色绣花袍，捆鸾带，外穿同色绣花褶，同色绣花跑裤，花打靴。

【台中一桌二椅，红色摆场。

薛　蛟　（下场出，念对）

书斋读孔圣，
校场射红心。

俺，徐金斗。久居书房，身体不爽，时才支开老院哥，不免悄悄出府一游。（圆场）吓！见那府门外一对石狮，甚是好看，俺不免脱衣　带举狮玩要一番！（脱衣，整装上场进）

【家院上。

家　院　（念对）

端茶至书房，

不见少年郎。

吓！这个小少爷啰，叫我捧茶，谁知他转眼不见。少爷！小少爷……（望上场内）哎呀！原来他在府门外举狮玩耍。这一只石狮没有千斤，也有八百，他能举狮过头顶，好大的臂力呀！真是苍天有眼，薛家祖宗有德，也不枉老爷舍子救孤的一片苦心哪！（拭泪）哎呀，小少爷年轻骨嫩，恐有闪失，家爷归来，必要问罪于我。小少爷！快把石狮放下来，不要伤着哪里呀！（急下，拉薛蛟上，拿衫与蛟披上，原路下）

徐　策（上场出，唱【二流】）

朝廷待漏五更冷，

老徐策早朝面圣君。

怎奈君昏庸不把忠言听，

薛家冤十七载至今未明。

时才间满怀心事把府进，

府门外一对石狮为何并存。

谁人力举千斤鼎，

但愿是小薛蛟——薛门的后代根。

张台贼尔的死期近，

小薛蛟就是你的对头人。

兴冲冲二堂且坐定，

唤来家院问详情。（坐）

家院快来！

家　院（上）参见老爷。

徐　策爷问汝，府门之外的一对石狮原是左右各一，今日为何并存一处？

家　院禀家爷，时才小少爷府门玩要，举狮作戏，将石狮放在了一起。

徐　策你说什么？

家　院　小少爷举狮玩耍，放在了一起。

徐　策　哎！你家小少爷小小年纪，焉能举之得起？

家　院　老奴亲眼所见，绝非谎言。

徐　策　是你亲眼所见？

家　院　是老奴亲眼所见。

徐　策　没有说谎？

家　院　没有说谎。

徐　策　你不要逗老爷开心啊！？

家　院　我知道老爷听了一定高兴。

徐　策　老爷高兴。

家　院　高兴！

徐　策　你也开心！？

家　院　开心！

徐　策　哦……哈哈哈……

家　院　哦……哈哈哈……

徐　策　家院，快唤小少爷二堂答话。

家　院　是。

徐　策　转来！将画室打开。

家　院　老奴知道。（下）

薛　蛟　（上，念对）

　　　　耳听爹爹唤，

　　　　迈步到堂前。

　　　　孩儿金斗参见爹爹。

徐　策　薛蛟！

薛　蛟　爹爹，您在叫谁？

徐　策　我就是在叫你呀！

薛　蛟　儿是徐金斗哇！

徐　策　你不姓徐，你姓薛！你不叫金斗名薛蛟！你非吾儿，是我的侄孙儿哪……

薛　蛟　爹爹，此话从何说起呀！？

徐　策　薛蛟！我的孙儿哪！

（唱【幺板】）

小薛蛟，休作惊，

金斗本是你小叔名。

你非徐门后，

你乃薛家根，

你是薛家……

孙儿哪……

后代根。

（唱【一字】）

来来来随我把画室进……（圆场入室）

观图画儿便知其中原因……

其中原因。（坐）

薛蛟，往上跪。儿抬头看——中堂画上人就是儿的祖父平辽王薛仁贵和儿的祖母一品诰命柳迎春。儿向左看——征西大将军薛丁山、征西元帅樊梨花——儿的爷爷、婆婆。儿向右看——儿的亲父阳河总镇薛猛，儿的亲母双刀将马氏。儿看——那黑脸大汉乃儿的三叔薛刚。儿哪，你再看哪——（离位）那血淋淋的婴儿，就是爷爷的独生子、与儿同庚的小叔徐金斗！十七年前，在那法场之上，爷爷用他换你，才留下忠良之后，儿的一条小命哪！

薛　蛟　爷爷！（膝步，跪吹）

徐　策　正是：（念诗）

十七年光阴荏苒，

十七年薛家蒙冤。

十七年今遂心愿，

十七年哪——
慰金斗含笑九泉。
【薛蛟端椅，搀徐策坐。

徐　策　（唱【阴调】）

老徐策讲画图心潮翻滚，
忆往事不由人珠泪纵横。
儿祖籍山西龙门郡，
儿祖父薛仁贵征东扬名。
儿爷爷薛丁山征西将领，
儿婆婆樊梨花曾把西平。
儿的父名薛猛阳河总镇，
儿的母双刀将出身将门。
儿三叔叫薛刚从小任性，
性刚烈见不得不平的事情。
最恨他饮酒无度不自省，
常常酒后把事非生。
十七年前薛刚酒醉御街观景，
他不该拳打探花又打龙孙。
家庙神毁尽，
门丁倒埃尘。
张台门牙损，
京城天地惊。
唐主闻凶讯，
张台怂圣君。
君把谗言信，
你薛家三百口刀刀见血血溅龙庭。
你的父愚忠愚孝行事蠢，
拱手交印束手就擒。

一家人绑赴法场问斩令，
儿出生三月实可怜。
老夫闻凶讯，
无奈舍亲生。
用金斗换儿命，
保存了薛门后绝了我徐家后根。
且喜得十七载儿无灾无病，
且喜得儿专意演武修文。
且喜得读孔圣儿勤学发奋，
且喜得练弓马件件皆精。
且喜得今日儿举千斤鼎，
且喜得天有眼儿祖宗有灵。
近闻得你三叔盘踞山岭，
又得配武艺超群的纪鸾英。
既然是主上昏庸不把忠言听，
用兵谏发兵围皇城。
不要江山不要印，
专拿张台害人精。
拿着张台用绳捆，
打成猪羊祭祖坟，
挖他肝取他心，
宰贼首级点天灯。
那时节老夫方消心中愤，

（唱【三板】）

你列祖列宗亦发笑声。

薛　蛟　（唱）深谢爷爷救儿命，
深谢爷爷抚养恩。
儿愿只身去送信，

儿愿报仇统大兵。

徐　策　好好好！

（唱）爷爷即刻修书信，

儿收拾行装便登程。

一路须当要谨慎，

用金斗暂且莫用薛蛟名。

见薛刚替爷爷骂他一顿，

你叫他带罪立功快发兵。

一路上切不可骚挠百姓，

除奸正国慰亡灵。

薛　蛟　孙儿谨记。

徐　策　随爷爷来！（携蛟叮咛下）

·剧　终·

注：重庆市川剧院资料室存有笔者 2011 年 1 月 15 日演出光盘。

附　记

《举狮观画》的重点为“观画”的讲白和“教孤”的【阴调】。“观画”，画室的中堂、两侧一画皆无，全赖徐策饰者通过讲白、手式、表情，将薛仁贵至“血淋淋的婴儿”徐金斗一幅幅图画呈献在观众的听觉、视觉、感觉里，也就是扮演人给观众现场“绘画”。“观画”为“教孤”铺垫，前段若得看官共鸣，【阴调】自然获彩。

2012 年 7 月 22 日　初稿

07 徐策观阵 （胡琴·二黄）

夏长清◎传授　夏庭光◎整理

剧情简介

薛蛟奉命投书，一月无音，徐策忧思成疾。一日，家院报，寒山兵围皇城，薛蛟现在城外。徐病愈，乘马至城楼观阵。徐策见薛刚布阵严谨，军容整齐，重现薛家将威风，高兴得手舞足蹈。遂命蛟儿传话薛刚虚张声势攻城，自己急忙上殿面君。

人　物：徐　策（老　生）
　　　　薛　蛟（武　生）
　　　　家　院（杂）
　　　　兵　卒（褂　子）

【舞台正中置桌（桌上备相貂和玉带），桌前摆椅，摆场红色。

【小打（小鼓、小锣、镲子操作的术语），徐策上。

徐　策　（念引）

朝思暮盼，

盼薛蛟搬兵回正国除奸。（坐）

◎徐策头系黄绫帕戴太师巾，外捆显示病态的青绫，嘴上挂白三口条，着白官系白裙，穿红彩裤，踏粉底青靴，拄拐杖；即将上场的家院同《举狮观画》装扮。

◎“引”有大小之分，大引子为四句，小引子（一般就称“引子”）为两句。四句为何不叫诗，两句为啥不称对？大小引，不仅念还要有腔有调地吟唱，这就是同样的句式，而谓引，不是诗、对的区别。

（念诗）

唐主昏庸信谗言，

薛家满门蒙奇冤。

舍子救得忠良后，

含辛茹苦十七年。

老夫徐策。十七年前，薛刚酒醉，御街闯祸。

张台国贼，隐瞒真情，谎本奏圣，天子恼怒，将薛家满门三百余口，立斩午门。薛猛侄儿，不听宋濂之言，交出阳河总镇兵权，回京面圣，一家三口被绑赴法场。老夫闻讯，如刀刺心，不忍忠良绝后，事又急在眉梢，万般无奈，与夫人商议，舍却独生子金斗，在法场才救下三月的婴儿薛蛟。十七年后，薛蛟文就武成，力能举鼎，故将他的身世和薛家之冤告知，并修书一封，命他往寒山山寨面见他的三叔薛刚，叫他即刻兵发长安，实行兵谏，老夫便可乘机面圣，奏明薛家蒙冤原委。天子为解皇城之危，必将张台国贼定罪。

薛蛟自去，时近一月，音信杳无。老夫忧思成疾，医药罔效。薛蛟哇薛蛟，儿在何方啊？

◎“老夫徐策”和余下的讲白，乃传统程式“自报家门”“造片”。通过“自报家门”，观众便知这位病恹恹的老头是谁；通过“造片”（即“倒叙”），观众亦晓戏的前因——舍金斗救薛蛟的《法场换子》，十七年后教孤的《举狮观画》；也诱观众欣赏此折的欲望。

（唱【倒板】）

老徐策坐病房自思自叹，

（唱【夺子】）

思薛蛟，盼孙儿，

盼孙儿，思薛蛟，

我茶饭不想坐卧不安。

◎《举狮观画》的【幺板】与此戏的【夺子】，其实都是一样的“三眼一板”唱法，可根据情绪唱不同的慢、中、快速。两者不同点是，【幺板】可“平起”，【夺子】必在【倒板】后唱。

（唱【一字】）

薛蛟儿离长安（*起身离位*）一月将满，

屈指算也应该早到寒山。

莫不是在途中儿遇凶险，

二莫非在途中偶染风寒。

三莫非小薛刚把安乐贪恋，

忘却了父兄仇不共戴天。

薛家冤十七载若不能明辨，

老徐策到死时难闭眼，

我抱恨九泉。(回位坐)

◎“病”中的白发老人徐策从步履蹒跚地出场,声弱微吟的“引”“诗”、道白以及一板有气无力、声涩忧婉的唱,时而还咳嗽几声,基本是“静似湖水”的“冷”处理。然而,必须注意抑扬顿挫的技巧——如讲白的“如刀刺心”“必将张台国贼定罪”,唱词的“小薛刚把安乐贪恋”“我抱恨九泉”,戏的节奏才有起有伏有变化,戏才“冷”而不平。

◎旧时,有的演员在唱【倒板】前总爱在【倒板】的行弦中“无病呻吟”——“哎”上一声——据说是为试“调”。无缘无故地“哎”,不宜效仿。此戏徐策唱【倒板】前,却需在“过门”中来一声“哎”的叹息——符合“病”中而心事重重的年迈人。

【锣鼓缓转急,家院由上场笑上。

家　院　家爷,大喜!大喜!

徐　策　唉!你看家爷的病势,一天一天沉重,还有啥大喜啊!

家　院　老奴把这桩喜事说出,家爷的病么,马上就会好!

徐　策　啊,那你快说!

家　院　回来了,回来了!

徐　策　谁回来了?

家　院　小少爷回来了!

徐　策　哪个小少爷?

家　院　噫,金斗小少爷呀!

徐　策　唉!十七年前,在那法场之上,你金斗小少爷替换薛蛟,被张台国贼这样一刀!身首两断,他……他……他回不来了哟!(泣)

家　院　啊……我喊惯了。一月前的金斗小少爷——现在的薛蛟小少爷回——来——了!

徐　策　吓!(松手弃杖)你说什么?

家　院　薛蛟小少爷回来了！

徐　策　你再说一遍！

家　院　薛蛟小少爷回来了！

徐　策　啊！（解绫帕，看）现在哪里？

家　院　现在城外。

徐　策　为何不进城？

家　院　城门关得严严实实，守城兵将失魂落魄。

徐　策　嗯！如此说来，寒山山寨的大兵已至！？

家　院　正是寒山山寨的大兵兵围皇城。

徐　策　哈哈……哈哈……哈哈哈……

家　院　我说家爷听了这桩喜事，病就会好！

徐　策　家爷害的就是这桩心病哪！（解裙抛裙）

（唱【三板】）

闻言报令老夫欣喜无限，

真果是心病心药病愈痊。

张台贼你死期已不远，

恶有恶报必循环。

家院与爷把衣换，（弃巾戴相貂，束带，出府上马）

吾先去城楼再奏龙颜。（下）

【家院退下。

◎徐策上马左转，挥鞭打马——锣鼓配以象征坐骑的铃声——马锣单敲“弄”，再策马，再配“弄”，徐策左侧鞭花催马，足行催步踏出拟似马蹄的响声，马锣遂连打“弄弄弄……”唢呐拟吹出马儿嘶鸣声，送徐策往“上马门”入场。

◎从家院哈哈连天地急匆匆上场起，戏便由“冷”进入“暖”的阶段。徐策闻喜报，心病顿解，饰徐策的演员通过与家院的对白，弃杖、解帕、脱裙、大笑的层层递进，表达人物情感的变化、起伏，音量（尤唱【三板】的头句)、节奏的渐转高亢、明快，身段动作的幅度也比“冷”时放大、舒展，借以宣泄人物欣喜、亢奋、激动、急切的心情。为表现徐策急去城楼观阵，他上马欲急驰，偏偏马儿顽皮，原地不迈蹄，主人狠狠加鞭，并以催步踏出台板的“得得”响声——尤似烈马狂奔图呈献在观众的眼前。

【空场。兵卒上场出“挖开”，薛蛟上。

◎薛蛟俊扮，鬓旁垂露发，戴独独冠，翎毛倒插，穿白绣花袍，捆同色鸾带，白绣花跑裤，登同色绣花打靴，持“马挽手”、白战枪。

薛　蛟　（唱【二流】）

三叔营中把我遣，

薛蛟领兵去叫关。

但愿早见爷爷面，

里应外合本奏君前。

张台贼进谗言薛家蒙难，

今日里要昭雪十七年的冤。

儿郎们刀出鞘齐声呐喊……

兵　卒　活捉张台！除奸正国！

薛　蛟　（唱）活捉张台正国除奸。

【兵卒下场下，薛蛟随下。

【战鼓声，马嘶声，呐喊声。舞台左侧斜置一桌——拟城楼，桌后放一脚箱。

徐　策　（内唱【倒板】）

皇城外（下场出）战鼓冬冬山岳震动……

◎徐策勒马右行至台口一停，急冲中场后部遂打马、撇衣，左转身至台口——戏由“暖”转“热”。

（唱【三板】）

心急如箭马如风……

◎“风”字的“拉警报”（拖长腔）中，左手撩官衣前襟左角原地旋转……继停顿少许，行反半月形至台右，挥鞭打马、舞官衣……再停，然后双手攀丝缰走碎步圆台到下场台口角下雕鞍，喘息、捶腰；左手提衣，右手抚栏，登楼，少止后，左手抓袖，右手攀衣行至桌后，踩脚箱登上城楼。

徐　策　（观后）嗨咿！老夫观看城外兵将，整整齐齐。排兵布阵，首尾相顾。你看那戈矛耀日，旌旗盖地。人似蛟龙，马如猛虎，尤有昔年薛家将之雄。嘿嘿，好严谨的阵势哇！

（唱【梅花板】）

老徐策步上城楼我兴冲冲，
手抚城垛观阵势，
看兵容。
我要从头一二看，
仔仔细细观，
我要看（啦）……
看个从容。（◎ 1）
耳听得城楼下，
战马嘶鸣炮声轰，
众儿郎，
一个个，
振臂高呼，
除奸正国，
正国除奸，

报仇雪恨，
雪恨报仇，
声声……
声声震长空。（◎ 2）
众将士，
一个个，
铠甲鲜明映日红。
刀枪剑戟，
剑戟刀枪，
旌旗招展，
招展旌旗
重现薛家将——
薛家将的旧威风。（◎ 3）
帅旗上，
斗大的薛字映眼中，
帅旗下，
见一人，
头戴乌牛盔，
身穿乌牛甲，
手执宝雕弓。
面黑如锅底，
吼声似雷霆，
定是薛刚率兵拢，
定是薛刚率兵拢。（◎ 4）
一女将，
恰似一只凤，
绣鸾大刀护前胸。
金盔上的雉尾随风动，

定是侄儿媳妇纪鸾英，
一位巾帼的好英雄。
我再看……（◎ 5）
见薛刚令旗挥舞号兵勇，
哗啦啦排开阵势一重重。
一字长蛇阵，
二龙齐出洞。
天地三才阵，
四面把网绷。
五虎擒羊阵，
六鹤赛大鹏。
七子七仙阵，
八门金锁快如风。
九宫太阳阵，
十面埋伏设要冲。
阵阵险要，
嘿！
阵阵凶。（◎ 6）
老夫越看兴越高，
老夫越看兴越浓。
兴越高，
兴越浓。
我兴高……（◎ 7）
兴浓。
哈哈哈……
我往近处看……（◎ 8）
又得见一少将，
头戴束发紫金冠，

一身银甲跨玉聪，
一杆战枪似白龙，
定是薛蛟小儿童。
薛蛟哇，
我的孙儿（哪）……（◎ 9）

◎【梅花板】是“观阵”的重头段：唱、做兼之“换头锣鼓”的变化，令戏“热”够——详情请阅以下的“表演概述”。

1.“我要看（啦）”的“啦”字上延腔，右手食指挑髯；“看个从容”后，右手拨髯回位——与“换头锣鼓”的马锣“弄”同步，再右掌抚“口条”侧耳听。

2.“声声”左手食指挑髯，“声声震长空”拨须回，继撣右袖举望。

3.“薛家将的旧威风”右拇指竖微转，遂左袖撣举视。

4. 右车身捲右袖瞭望，速左车身捲左袖瞭望。

5. 右转侧身、翻袖、抛髯，又左转侧身、抛髯眺望。

6.“一字长蛇阵”唱速渐快，“阵阵凶”后，抚掌大笑。

7. 从“老夫越看兴越高”起双袖下垂、前后绞甩——随腔慢至快；“兴浓”后续笑声。

8. 左手撩官衣望，继右手撩官衣视。

9.“我的孙儿（哪）”拖腔中——

【薛蛟：“爷爷！”上场上，下马，跪；卒尾随上，接马，“一品墙”跪。

薛　蛟　爷爷，孙儿薛蛟回来了！

徐　策　薛蛟！

薛　蛟　爷爷！

徐　策　果真是你呀？

薛　蛟　正是小孙儿。

徐　策　莫非是梦哇？！

薛　蛟　红日高悬。

徐　策　薛蛟！我的孙——（碎步向桌沿）儿哪！（跌滑坐——左手提衣、右斜身、翘右腿、坠右袖）

◎惊喜万分的徐策，随着抖颤“孙”字的喊声，碎步、踩虚、跌倒桌边造型的惊险“梭坐”，表现了老徐策乐极险生悲而忘乎所以的情绪，自然把替古人担忧的观众从“热”推向“烈”的气氛。

（唱【襄阳梆子·倒板】）

见薛蛟恰似一场梦……（眼视城下）

尾呀……（起身）

（唱【一字】）

老徐策悲喜交加谢——（向天连续揖）苍穹。

天有眼留下了忠良苗种，

严冬过喜逢春冰解雪融。

薛蛟哇！

（唱【夺子】）

孙儿哪！

往后退，

莫靠拢。

防暗箭，

防阴谋。

转告儿三叔快快把兵用，

虚张声势把城攻。

攻城势要猛，

攻城势要凶，

要切记只可假攻莫真攻。

唐主闻讯必惊恐，
爷爷趁势奏九重。
为社稷唐主岂能再把张台宠，
定舍这条害人虫。
拿着这张台祭坟冢，
告慰你——

（唱【二流】）

薛家的列祖列宗。

薛　蛟　孙儿记下了。

【薛蛟上马，原路下，兵卒紧跟下。

徐　策　（唱）老徐策急忙上殿把本讼……

◎下桌至楼口，双手提官衣，满心喜悦地、自慢到快脚行插步下梯，脚下一滑险些跌倒，以袖拭汗；然后牵马至台口右侧上马——

若不杀张台贼（呀）天（拖腔登足）理难容！

哈哈，哈哈，哈哈哈……

【双手勒缰、踏碎　往原路下；马锣仍配“弄弄弄”续敲。

·剧　终·

◎“烈”从“梭桌子”始，到此结束。“烈”来得突然，亦须收得干脆。

注：重庆市艺术研究所、重庆市川剧院资料室存有重庆市“抢救老艺术家舞台艺术工程”、笔者演出的录像。因摄演出实况，难免有差误之处，请以剧本和“表演概述”为准。

附　记

《徐策观阵》省去了原有的《接书》《起兵》《围城》等场次，仅保留“闻报”“观阵”和两场间的薛蛟短短的“过场戏”。场次减少，人物相应减少，精炼了情节，集中了时间，留下了“精粹”——《观阵》。《观阵》，是戏核、戏胆，也即是戏的重点。《观阵》，最为集中、突出，也最充分地表现剧中主人公的性格和情态，也是演员唱做的重头戏。

2012 年 8 月 2 日初稿

2013 年 5 月 10 日校改

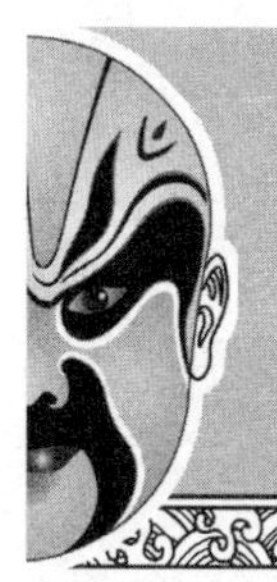

08 活捉李甲 （高腔）

姜尚峰◎传授　　夏庭光◎整理

剧情简介

《活捉李甲》乃全本传统戏《百宝箱》的最末一场，源自《警世通言·杜十娘怒沉百宝箱》。

杜十娘自赎身，随李甲返故里。李甲见利忘义，在瓜洲渡以千金将十娘转卖给盐商孙富。十娘知李负心，痛悔莫及。在李、孙一手交钱一手交人时，她站立船头，当着两岸父老诉说自己身世的不幸，斥责李甲负义，怒沉百宝箱，投江自尽。

李甲人财两空，朝思暮想那价值万金的百宝箱成疾。是夜，杜十娘鬼魂至，引李至江边，甲见百宝箱飘浮江心，舍命扑去，李甲葬身鱼腹。

人　物：李　甲（文　生）
　　　　杜十娘（鬼狐旦）
　　　　李　氏（花　旦）

【台中一桌，桌上置彩烛，桌后两椅背靠，椅左角偏前放一脚箱。摆场绣花色淡。

李甲由上场上。

李　甲　（唱【香罗带·一字】）

那年离家到帝邦，（帮后重唱）
携带千金赴科场。
实指望禹门三级浪，
名登金榜姓字扬。

◎随腔举拇指、挽颈花……笑容戛然收敛——

又谁知三场考罢无指望，
名落孙山愧难当。

◎“名落孙山”：孙山应试，考中了末名举人。回到家乡，有人向他打听同考人的情况，他说：解名尽处是孙山，贤郎更在孙山外。

（唱【二流】）

无面回乡党，
无言对爹娘。
京都闲游荡，
终日意彷徨。
遇名妓，
杜十娘。

◎“京都”，彼时乃明朝万历年间的燕都北京。

◎杜十娘，姓杜名嫩，排行第十，院中都称为十娘。

沉鱼落雁美，
赛过西施与王嫱。

◎西施、王嫱（昭君）中国古代四大美人之二，另两美女是貂蝉、杨玉环。有天下第一美女（西施）、天下第一才女（王昭君）、天下第一艳女（貂蝉）、天下第一媚女（杨玉环）之说。

会吟诗，把曲唱，
琴棋书画件件强。
带千金，入院房，
朝欢暮乐度时光。
千金尽好景不长，
求亲无门，
借贷无方。
鸨儿天天骂，
赶我出院房。
好杜孅，好十娘，
自赎身，愿从良。
夫妻们，
双双对对，对对双双，
返故乡。

（叹气后唱碰板【二流】）

瓜洲渡，风雪狂，

◎“瓜洲”，古镇名，又称瓜埠洲。在江苏省邗江县南部，与镇江市隔江斜对。

偏遇孙富，

老奸巨滑的孙盐商。

他邀我酒楼上，

假献好心话衷肠。

责我耗千金，

说我又娶娼。

他慨然舍千两，

要我卖十娘。

归舟对妻讲，

好十娘愿嫁孙富作次房。

又谁知交人交银时，

杜十娘打开百宝箱——

（唱快【二流】）

珍珠玛瑙箱内装。

看得人眼红，

看得人心慌。

只可惜杜十娘，

百宝箱一并——

（突慢——吸气泣状）

投了江。

（突快）

气得我咬牙切齿怨孙富，

捶胸顿足恨十娘。

害得我财也空人也亡，

最痛惜……价值万金的百宝箱。

百宝箱，百宝箱，哎呀呀百宝箱，

令李甲朝思暮想，暮想朝思——

（唱犯【解三醒】腔）

想得人（哇）——（转【香罗带·二流】）

病人膏肓。（上桌坐）

◎“想得人”一句，腔收在带哭泣的“哇”字音。

◎李甲，头戴浅蓝色角角巾，内扎矮桩水发（川戏水发分高、矮桩两种。高桩，武生、正生用，矮桩则是文生、小丑扎。据我见闻：男角使用“矮桩水发”同角角巾、文生、小丑捆的网巾，穿的褶子以及用白色“香汗衣”袖头代替水袖一样，乃川戏独有），外捆示病容的青绫帕，穿领边绣花的青褶系白色短裙，下穿文生浅色裤、白袜、朝鞋，外披浅蓝色衫，手杵竹棍（文生持竹棍或拐杖不宜一把抓——即握拳状，会失掉“文生味”）；本来面容，淡黑色画眼、描眉、搽唇，脸抹青油——一副病入膏肓态。

◎【香罗带】，是李甲全折戏中唯一的一段带“说明书”似的以及刻画人物内心的主要唱。其最基本的特点是：压嗓低吟，放喉高唱极少。反映出李甲“朝思暮想百宝箱”——“相思病”的病。

根据词意，配以自然而做的少许手式，并注意几处情绪的转折——如“名登金榜姓字扬”转“又谁知”；“朝欢暮乐度时光”换“千金尽”；“交银交人时”与“杜十娘打开百宝箱”等。

李　甲　（念诗）

朝思暮想百宝箱，
想来想去病牙床。
可恨十娘绝情妇，
你投江，何必带走百宝箱。

学生，姓李名甲字子先。赴考不弟，幸遇十娘。杜十娘自赎其身，随我返家。恨孙富以千金诱我转卖十娘；更恨十娘抱百宝箱投江，不为我留下一件，害得我人财两空。归家之后，思念百宝箱，忧郁成疾，恐难愈矣！

李　氏　（上场上，唱【忆秦娥】）

夫染疾，

公婆忧虑奴泪泣。
奴泪泣，
幸苍天垂怜降神医。（入房）

◎李氏捆花头，着浅绿色裙袄。端汤药。

李郎，病体如何？

李 甲 忧郁之疾，神仙难治。

李 氏 婆婆为夫之病，每日参经念佛；公公为夫之病，遍访名医。正好访着傅轼亮……

李 甲 啥！（顶抛披衣）你说什么杜十娘？！

李 氏 李……郎，不是杜石良，是神医傅轼亮……

李 甲 啊！是傅轼亮，不是杜——十——娘？

李 氏 妻何曾说过杜石良啊！到是李郎在昏迷之时，常常念道杜石良、白保香、白保香、杜石良，他们是什么人呀？

李 甲 住嘴！（触棍）我何曾说过杜十娘！？我哪里又道过百宝箱！？你真是无中生有！（连续触杖）

李 氏 李郎，李郎，你有病之人，不要生气。可能是妻耳邪，听错了。

李 甲 哎……闲话少说。那傅神医又怎样？

李 氏 那傅神医趁李郎昏睡之时，与你切脉处方，药已煎好，李郎快快服用。

李 甲 药都冷了吧？

李 氏 药正温热，李郎请服。

李 甲 （接药）……

李 氏 傅神医说，服了此药，李郎十……

李 甲 十啥？（放碗）

李 氏 十日便会见效。

李 甲 在我面前，少提十呀九哇！

李 氏 是是是，你妻不说了。李郎快服药嘛！

◎以上对白，李甲误将“傅轼亮”听成“杜十娘”和提到“百宝箱”“十”字，提高嗓门发气外，其余可说得乏力欠气；李氏则注重温顺礼让。

李 甲 （欲服药，见碗内映出杜十娘影）……杜——十——娘！（变脸）

李 氏 （惊呼）李郎……李郎……

◎杜十娘梳古妆，头戴白泡花长绫，身着白色古装，外披同色雪子。

◎杜十娘扮演者，早于开幕前（旧时，随打杂师摆椅时上）隐藏靠背椅后，在李甲“欲服药”的马口，站上弓马椅，双目怒视；李甲端碗欲喝药时，突见杜十娘身影，双手抖，面肌颤，紧接喊出“杜十娘”——吹动碗内纸灰——脸变黑；在李氏惊呼“李郎”同时，杜十娘下椅与李氏背靠背磨转对李甲——

李 甲 （惊视）杜十娘！

◎李甲抓竹棍狠击——杜与李氏磨还原位，李氏被击头部昏倒；十娘挥动雪子——竹棍飞，李甲骇坐椅，掸袖斜身；杜站脚箱、背向观众、怒视薄情郎——

杜十娘 （唱【锁南枝】）

李甲贼 ！

黑心肠！

李 甲 有鬼呀！……有——鬼——呀……

◎李甲惊恐高呼“有鬼呀！”右脚踢褶、双手接、战兢兢行至台口与十娘照面——吓得魂不附体：“有——鬼——呀……”返回中场又遇十娘；

杜抓李巾，再抓甲衣领至上场台侧；李独立垂袖——双袖、右脚前后甩动——亮“吊脚鬼式”相。

杜十娘 （唱）骂李甲 ，黑心肠!

心似蛇蝎性豺狼。

◎杜十娘擎住李甲如提“木偶”，左摆右摆，再挽一圈；李甲蹲身，水袖左右先后向外甩小花；十娘甩甲至左——二人背身高低定相——

海誓山盟全虚谎……

◎李甲随【专腔】“海誓山盟……”左转身“叭人”，在腔尾、杜跺足的一锤“壮”跪地，十娘同时转身对观众——

杜十娘 （唱）海誓山盟全虚谎，

负义忘恩丧天良。

◎杜十娘舞双绫逼李——甲跪行半月形至上场侧，水发平甩随。

杜十娘 （唱）为千金——

竟把廉耻丧……

◎在“为千金”后的“一丑一弄壮”锣鼓里，十娘握李发，甲起立、半屈身亮“宽肩鬼式”，在帮腔运行中左右微微晃摇；腔完转【二流】节奏的锣鼓中，杜松握发手，李瘫于地。

杜十娘 （唱快【二流】）

为千金情义一概忘。

为千金眼瞎心不亮，
为—— 千—— 金，
卖奴苦命的杜十娘。
你枉读诗书无志向，
你枉称七尺貌堂堂。
你摸胸膛想一想……

李　甲　十娘呀……（向左跳——纵身“飞跪”）我常常在想呀……

杜十娘　想啥？

李　甲　想——你嘛！

杜十娘　呸！你想的不是奴——
（唱）<u>是那百宝箱</u>！

李　甲　百宝箱，百宝箱……我就是想（低声）百宝箱啊！

杜十娘　你想百宝箱？随奴来！

◎锣鼓中：李甲起，作揖感谢。右腿踢褶、嘴咿褶，双袖上下甩——右袖掸褶后襟、身略左偏、随十娘走圆场；李氏苏醒见状，尾随甲后。

杜十娘　百宝箱在那里！（水响声，百宝箱随波飘出）

李　甲　（狂喜）百宝箱，百宝箱……（欲扑）

李　氏　李郎！（拉住）那是江河呀……

◎李甲掀开李氏，足踢褶前襟蹬后襟；杜舞雪子旋转，李甲提褶前后襟俯身原地转“风车”——似入江河漩涡之中，遂垂双袖，身一起一伏飘动——湮没在波涛中下；李氏惨叫“李郎”前扑，十娘舞动阴风阻，李氏后退下；杜十娘碎步圆场、交叉行后，原地快旋，再纵跳——双足脚尖落地——脚尖占占步下。

“脚尖舞”，乃川剧表演艺术家琼莲芳先生始创。1957年，重庆市川剧院一团巡回演出上海，他在《放裴》一剧饰李慧娘运用“脚尖”功夫，获沪文艺界和广大观众好评，《新民晚报》以“中国芭蕾”撰文，大加赞誉。后传授给川剧表演艺术家苹萍运用于《千里送京娘·阴送》，苹萍又将此技再授予关门弟子王蓓，迄今仍保留于川剧舞台。

“脚尖舞”丰富了“鬼从风行”的舞蹈身段，用于《活捉李甲》中的杜十娘鬼魂一角，恰到妙处。

·剧 终·

注：重庆市川剧院资料室存有笔者应邀参加“第二届中国成都国际非物质文化遗产节·川剧经典折戏专场”、2009年6月5日演出于锦江剧场的实况光盘。对此影碟，须有三点说明：

1. 事先不知整台演出不闭幕启幕，故杜十娘扮演者未提前隐身椅后；

2. 演出时，大衣箱一时找不出腰裙，故没捆；

3. 出演该剧时，笔者已七旬有六，不敢登朝鞋，只能穿夫子鞋演，请勿效仿。也因年岁，仅用跳于左侧再跪，未使用纵身“飞跪”，请以“概述”为准——李甲为求不死，纵身“飞跪”正是刻画人物心态之技。

提到“飞跪”，请容我再附言几句：某位文生演某戏，只需双膝点地即可的情节，却突来个纵跃“飞跪”，虽得掌声，虽获奖项，却失“格”，却毁“戏”；又损己名，又误后人。京剧大师梅兰芳先生曾说：现而今，有的人演戏，只存技，没“戏”了！——金石良言啊！

附 记

《活捉李甲》的整理，仅做了不伤筋骨的减法。删去了杜十娘“上路”一场和李母及李母与媳妇的一段戏，将原45分钟的演出时间压缩到现在的22分钟，令戏无拖沓之感。

川剧的“活捉戏”不少，可谓“一戏一招”——不同的“活捉戏”有不同的看点。杜十娘活捉李甲既不“卡颈子”，也不借助“拿鬼”之力，而是“投”其伪君子李甲所“好”——要百宝箱不惜命，终令忘义逐利的李子先“三魂渺渺归水府，七魄悠悠入冥途”。即是这出“活捉戏”的特色。

2012 年 6 月 4 日初稿

2013 年 5 月 10 日校改

2013 年 9 月 12 日再改

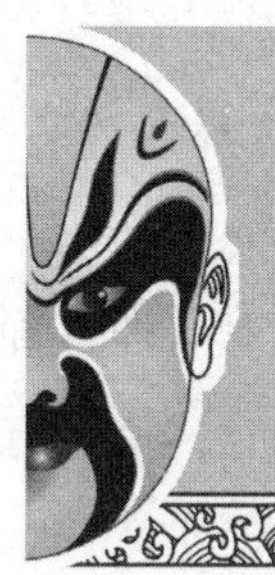

09 出祁山（胡琴·西皮）

彭天喜◎传授　夏庭光◎整理

剧情简介

大幕《出祁山》,事出《三国演义》——“赵子龙力斩五将”。

孔明出祁山，伐中原，兵至沔阳被西凉大将韩德率四子及西羌诸路兵八万所阻。孔明知猛将韩德善使开山大斧，有万夫不当之勇,韩德四子皆精通武艺。孔明以激将法激老赵云出马，终刀劈五虎，大获全胜。

人　物：赵　云（靠甲老生、靠甲花脸）

韩　德（靠甲花脸）

孔　明（老生）

韩　瑛（杂）

韩　瑶（杂）

韩　琼（杂）

韩　琪（杂）

马　童（武行）

童　儿（娃娃生）

探　子（杂）

兵　卒（褂子）

◎祁山，在甘肃礼县东。汉在西汉水北岸山上筑城，极为严固，即今祁山堡。

◎中原，按古称河南及其附近之地；东晋、南宋亦有统指黄河下游者。现泛指整个中国。

◎沔阳，古县名。西汉置，治所在今陕西勉县东，以在沔水之阳（北）而得名。

◎西凉——凉州下辖的金城、酒泉、西海、敦煌等西部八郡。基本范围在甘肃中西部和青海的东南部。

◎西羌，即居西部的羌族。

◎赵云，以武生应工的诸多戏文，皆用花枪，此剧赵云使大刀，恐是因戏之需吧！

（一）

【空场。

【吹［炮火门］，八兵卒持大旗、韩瑛、韩瑶、韩琼、韩琪从上马门上，站对“出将”方的斜“一条枪”韩德上。

韩　德　韩德！

【兵卒“挖开”列八字，四虎子站中“一品墙”，韩德“起霸”……“起霸”毕，兵卒对抄下，四虎子分列八字；四兵卒抬开山斧，韩德持斧，兵卒下，四子下，韩德下。

◎韩德开（画）“翻山脸”，颏下兜腮胡须，戴黑色大额子、高挑雉尾，扎（穿）黑大靠，红裤青靴或黑扎花靴。韩瑛等包巾额子、绣花袍（色各异）、捆鸾带，同色彩裤、打靴，揉画颜色各异的花脸脸谱，手持双鞭、双刀、橄榄双锤、八角双锤。八兵卒持三色或五色的彩色大旗。

◎“起霸”乃川剧表现武将出战前整装待发的传统程式之一。其名，有的戏因剧中人物名而易——《虎牢关》的吕布用，叫“起布”，《大战爱华山》

的金兀术曰“起金”,《破屯留》的王翦谓“起翦”,《霸王挑车》的项羽名“起霸”。有人将“起霸”与“推衫子”划等号是错误的。“起霸”与“推衫子”的最大不同点是：“起霸”的人物要带兵率将上场，在“起霸”过程中，兵卒要呐喊助威，伴“起霸”的击乐为【半登鼓】（详见《川剧品微续集·各说各》279 页的《“推衫子”等于“起霸”？》篇）。

◎“四兵卒抬开山斧”，一展示猛将韩德力大无穷；二是孔明唱词“开山大斧重千斤”的形象化；三则是与下一场赵云出征，马童一人扛刀的悬殊对比。所以，四兵卒扛斧要行动缓慢，举步艰难，韩德要只手拾斧，四兵卒要松口大气，以袖拭汗。

◎“过场戏”仅“韩德”二字的台词，然而，却是全剧气势的铺垫。

（二）

【中场一桌，桌上置令筒（签筒代）、插令旗；桌前一椅，左方一椅，红色摆场。

诸葛亮 （“小打”上，念引）

忧战事夜难安枕，

报先帝三顾之恩。（坐）

（念诗）

先帝托孤白帝城，

为兴汉室尽余生。

率师伐魏出祁山，

但愿苍天顺吾心。

吾，汉军师中郎将复姓诸葛名亮字孔明。吾欲伐魏久已，奈有司马懿总雍、凉之兵。今曹睿小儿中吾反间之计，司马懿遭贬，故上出师表一道，后主准奏。吾统雄师，兵出祁山，讨伐中原。吾师兵至沔阳。时闻一报：曹睿小儿遣驸马夏侯楙（音冒），调集关中诸路军马，又有西凉大将韩德亲率四子和西羌之兵八万，阻吾前军。久闻韩德凶猛异常，有万夫不挡之勇，驾下四子皆非等闲之辈，吾当如何遣将……嗯！要胜猛将韩德父子，看来非威武将军赵云不可。怎奈子龙已过古稀之年，吾又怎忍派此重任……嗯，待吾激他一激。童儿！

童　儿　（上）侍候师爷。

◎诸葛亮出场至呼童儿和赵云登台，涉及了川剧传统的引、诗、“自报家门”“造片”，请参读《川剧品微续集》的《诗对》（12页）、《“自报家门”与“造片”》（146页）、《引子》（217页），在此恕不细讲了。

◎“雍、凉”，即雍州、凉州。

“反间之计”——即“反间计”。“反间计”乃中国古典兵学的谋略之《三十六计》。其他三十五计是：瞒天过海、围魏救赵、借刀杀人、以逸待劳、趁火打劫、声东击西、无中生有、暗渡陈仓、李代桃僵、顺手牵羊、打草惊蛇、借尸还魂、调虎离山、欲擒故纵、抛砖引玉、釜底抽薪、混水摸鱼、金蝉脱壳、关门捉贼、远交近攻、假途伐虢、偷梁换柱、指桑骂槐、假痴不癫、上屋抽梯、树上开花、反客为主、美人计、空城计、苦肉计、连环计、走为上计。

◎诸葛亮戴万卷书（盔），穿八卦衣（蟒），捆蓝（黄）绫帕，挂麻三胡须，穿红裤乌靴，手持鹅毛扇。

◎童儿戴“孩儿发”，着浅色短褶，穿彩裤夫子鞋。

诸　亮　传吾将令，有出战韩德者，小营答话。

童　儿　是。（取令）军师大令下，有出战韩德者，进小营答话。

赵　云　（内）来了！（上）

◎赵云应声后，童儿返回插令于筒。

（念对）

曾记当年战长坂，

而今须白两鬓斑。（入内）

老将赵云参见军师。

◎赵云戴白扎（盔），捆黄绫帕，嘴挂白三口条（胡须），内穿白龙箭束带，外套白绣花褶，穿红裤青靴或白绣花裤、白绣花战靴，持白扇。靠甲花脸演赵云则戴白满口条，其于皆同上述。

◎初出茅庐的孔明登台点将时——《三闯辕门》由文生应工，赵云武生扮演，皆是伙小子；《黄鹤搂》《芦花荡》《卧龙吊孝》，孔明已是挂青三的正生演，赵云还是光嘴巴的武生；《战汉水》的汉军师戴青三，赵云乃该武生应工，则戴青口条；而《出祁山》的孔明由“青”变“麻”，赵云却“突飞猛长”是白胡子了，恐怕还是因戏之需吧！

诸葛亮 老将军请起，赐座。

赵　云 谢。

诸葛亮 老将军不在后营歇息，进帐则甚？

赵　云 这……请问军师，时才传令为了何来？

诸葛亮 韩德父子五人率西羌兵八万，阻我前军。传令诸将可有愿出战韩德者。

赵　云 老将是随令而来，请命出征，大战韩德！

诸葛亮 你么……老了！

赵　云 咹！老只老得头上发！项下须！未必胸中韬略，手中兵刃，也老了不成！？

诸葛亮 老将军话虽如此，只是你年愈七旬，今非昔比哟！

赵　云 咹，军师！

（唱【二流】）

汉军师说话扫人兴，

说什么俺赵云年高带岁不能够将兵。
叹老将家住在常山真顶，
时未来袁绍帐下做了一名打草军。
那日放马在高山岭，
磐河桥传来了一派杀声。
老将高碑观动静，
却原是公孙瓒与袁绍刀对兵。
公孙瓒连连吃败阵，
颜良文丑穷追不舍老公孙。
老将一见心生愤，
平素好打抱不平。
彼时间我跨骑敝马手提一根打马棍，
无盔无甲一马扑进阵当心。
棒打颜良贼逃命，
脚踢文丑贼掉魂。
公孙瓒反败转为胜，
磐河桥俺投效北平太守老公孙。
我主北平废了命，
那时我才投刘君。
曾记得长坂坡一阵，
只杀得日月无辉天地不明。
糜夫人丧身葵花井，
俺赵云掩心甲内藏幼君。

（唱快【二流】）

单人独骑闯敌阵，
七进七出杀曹兵。
拾得青钢剑一柄，
只杀得，曹兵将，

死的死，亡的亡，
尸骨堆山，血流成河，
一个一个，个个鬼神惊。
老将越杀越有兴，
不提防，失脚跌下陷马坑。
仗着幼主洪福顺，
哗啦啦，祥光一道云，
连人带马跃出陷马坑。
入汉营我处处获全胜，
出祁山为何不用我老赵云。

诸葛亮 （唱）老将军话虽这样论，
你亦非昔年的威武将军。
当年长坂正英俊，
现而今须发如雪过七旬。
更何况韩德五虎甚凶狠，
开山大斧重千斤。
老将军倘若把兵领，
有闪失岂不负你一世英名。

赵　云 （唱）汉军师长敌志话不中听，
俺赵云也非是怯阵之人。
那韩德纵然能举千钧鼎，
俺赵云一人能敌百万兵。
那韩德纵是猛虎出山岭，
俺赵云要拔他项下须几根。
那韩德纵是蛟龙出海境，
俺赵云要剥他的龙皮抽龙筋。
俺赵云，若出阵，
管叫他韩瑛、韩瑶、韩琼、韩琪、

韩德父子五人齐丧生。
俺赵云，若败阵，
愿取我老人头悬挂中军。

◎“常山真顶”，就是今河北正定南。“长坂”，今湖北当阳市当阳镇。“北平”，三国时的北平在今河北唐山市丰润区东南。

◎赵云的两段唱，演员据词意而比划，切注意老而不衰之气势。

诸葛亮 老将军此话当真？

赵　云 俺赵云一言九鼎！

诸葛亮 你量得就？

赵　云 量得就！

诸葛亮 你拿得稳？

赵　云 拿得稳！

诸葛亮 军中无戏言？

赵　云 愿立军令状！

诸葛亮 这又何必。

赵　云 即刻就写！（吹，写，交）

诸葛亮 （取令）老将军听令，赐你三千人马，出战韩德！

赵　云 得令。这才叫话嘛！（下）

诸葛亮 哈哈，哈哈，哈哈哈……

（唱【浪里钻】）

老赵云他还是当年的情性，
几句话激发他壮志雄心。
老赵云一出阵韩德死定，
我料想夏侯　必乱全军。

（唱【二流】）

非夸口胜魏兵十拿九稳，

用不了三五日直取凤鸣。

叫童儿饯行酒预备齐整，

饯别了老将军领兵出征。

赵 云 （内唱【倒板】）

适才后营把甲更，（弃外衣上）

（唱【二流】）

浑身打扮赛天神。

头上再把金盔整，

丝鸾大带紧紧身。

胸前牢系护心镜，

虎头战靴牢牢登。

耀武扬威把帐进，

汉军师你看我能不能将兵。

诸 亮 （唱）亲手奉上酒一樽，

祝将军此去大功成。

赵 云 （唱快【二流】）

用手接过酒一樽，

将酒不饮谢神灵。

军师宽心小营等，

等候俺云传捷音。

叫马童！

抬刀顺马把兵进……

【八兵卒执旗从“入相”处出绕场下，马童牵马抬刀上，赵云上马持刀。诸葛亮、童儿下。

赵 云 （唱）此一去——

杀他个地裂天崩。

【马童、赵云下。

◎赵云唱“抬刀顺马”：左右手划分“刀”斜式、右腿立左腿起，唱“顺马”时，随腔跨右腿左旋转、左足立，继落右脚、右手挑髯随“把兵进”“剑指”出，再拨髯回转身理带；“此一去”跨马右转身，马童翻至右，左手反握刀把竖刀；“杀他个”挥刀杵刀，马童翻至左，“地裂天崩”猛拍刀叶——旋一圈，左手握刀，左足立，右手勒马倒腰——定相；遂速回身立，刀换右手，左手勒缰至台口，再刀移左手、抛髯、勒马缰，马童拉马由“出将”口入。

（三）

【战鼓三通后接吹［炮火门］，双方兵卒上下场分上绕下、赵云、韩瑛上。

赵　云　来将通名？

韩　瑛　大少爷韩瑛！

赵　云　好将！

（唱【二流】）

战鼓不住咚咚震，
阵前来了小韩瑛。
老将为儿算算命，
明年今日儿祭辰。

【赵云劈韩瑛，兵卒分出包抄下，韩瑛隐下（以下如是），韩瑶上。

◎“好将”二人碰械反顺转定相。唱中：“打兜”、反顺拖、挥刀“半过河”，右手腕花反回、以刀绞鞭停——唱“明年今日儿祭辰”劈瑛——韩瑛“抢背”落马，马童上举刀割头，八兵卒持枪绕下。

◎“打兜”“半过河”以及“过河”“反削头”“削头”等，皆是打斗中的术语。

赵　云　来者何人？

韩　瑶　二少爷韩瑶！

赵　云　娃娃！

（唱）两军战鼓咚咚敲，

来了猛将小韩瑶。

休夸儿的武艺好，

难逃老将这一刀。（杀韩瑶）

◎“娃娃”，挥刀“反削头”，二人换位，起《头堂》（单对把子名）……唱到“难逃老将这一刀”劈对方“抢背”（小武功——翻跌之一的术语）落马，韩瑶“双刀滚堂”——砍赵骑马腿，赵云“圆台背花”——防敌双刀；继劈瑶——韩“硬抢背”着地，马童上砍头，兵卒上抄“眼镜圈”原路下，韩瑶隐下。

【韩琼、韩琪率兵上。兵卒分下。

赵　云　送死者是谁？

韩　琼　三少爷韩琼！

韩　琪　四少爷韩琪！

赵　云　来得好！

（唱）老将越杀越兴起，

又来韩琼和韩琪。

力贯膀臂金刀举……

叫奴才——

身首异处肉化泥

【斩韩琼、韩琪，兵卒绕场下，赵云下。

◎“来得好”起《三节面》（群挡中的一种名称），唱到“金刀举”时，“举”字延腔——圆台削二将“埋头”，然后，二将双锤压刀，赵抽刀劈二将，马童上砍头，兵卒包抄绕场下；马童走“扫堂”接“旋子”下；赵云右手掌“旋刀”，继右腿跨转，遂右膀“弹刀”、接刀定相，刀换手勒马下。

◎斩四将的三段唱与打相连——边唱边打，极考演员功力。须注意唱亮词，打有序及紧松快慢。

（四）

【中场一桌。兵卒“挖开”，韩德上。

韩　德　（唱【二流】）

四个虎子齐出马

瓮中擒鳖把赵云拿

儿郎们酒宴快备下

少爷归，为他们披红戴花。

探　子　（内）报下！（上）四位少爷，被赵云刀劈马下？

韩　德　啥？！

探　子　四位少爷，被赵云刀劈马下！

韩　德　哎呀！

【探子下。

韩　德　儿哪！（恸哭）

【吹［架桥风如松］。

韩　德　（唱【三板】）

闻噩耗晴空霹雳炸……

韩瑛！韩瑶！韩琼！韩琪！我的儿哪！

恰似乱刀把心扎

苍须老儿敢称霸

带马！

【韩德上马，兵卒下。

活捉赵云把心挖。（下）

◎韩德一声大叫“哎呀”掀桌（桌四脚朝天）、扑向中场、抚桌脚大嚎——吹奏【架桥风如松】，盔上双翎随唢呐吹奏而舞，配合恸泣情绪。

（五）

【战鼓声浓，兵卒两边上列队，赵云、韩德上对阵。

韩　德　（唱【倒板】）战鼓震天咚咚打……

尾呀！哈哈！老狗！

赵　云　（唱【二流】）

阵前来了将黑煞。

我观他，黑盔黑甲黑战马，

韩　德　（唱）观老狗，白须白马白盔甲。

赵　云　（唱）问声丑鬼儿姓啥？

韩　德　（唱）不识韩德尔老眼瞎。

问声老狗是哪个？

赵　云　（唱）长坂威名谁不夸。

韩　德　（唱快【二流】）

开口我把老狗骂，

竟敢把某爱子杀。

赵　云　（唱）四个儿子候你驾，

赵云送尔回老家。

金刀一举……

韩　德　（唱）斧劈下！

【赵云败下，兵卒下。

韩　德　（唱）追老狗，不怕你逃往天涯。（下）

（六）

【锣鼓压音轻敲，赵云自下马门败上，韩德追上，斧削赵云盔，云逃，西羌兵枪挑头盔站上场方斜“一品墙”，兵卒追下，韩下。

（七）

【赵云败，韩德追……对阵……

赵　云　哎呀有鬼！你儿子来了！

韩　德　吓！娃娃！快来……

赵　云　来接你！

【赵云刀劈韩德，马童、兵卒上。

赵　云　（唱【倒板】）

一场鏖战俺胜了，

（唱快【二流】）

韩德五虎人头刀上抛。

俺赵云人老——我的刀不老，

汉军师帐前报功劳。（率兵卒下，复上，下马）

◎赵云在“阴锣鼓”中疲惫地勒马由上马门出至中场，喘气吹髯（行话“吹胡子”——“吹胡子”也有窍门，先理髯之中端少许，脱离整体的粘联，便于运气吹浮……幕内韩德高呼“哪里走”遂急追上，斧削赵头，再挥斧以“泰山压顶”式猛劈云；赵云横刀架接，急速后退，继双腿颤抖（拟似战马承受压力不支）；赵云急中生智：“哎呀有鬼！（韩德收斧）你儿子来了！”……韩德“吓！”瞧寻；赵云“来接你！”刀削韩马脚，德以斧压刀，赵云巧妙抽刀，韩前倾、斧陷地；赵刀削德手、斧脱落，云再以刀削韩马腿，德落马扑地，赵云快速举刀下劈——乐台起【架桥风如松】——赵云大笑抛摆髯口，然后再补一刀，继左手横握刀、右手“剑指”亮相，马童上取韩头，兵卒上（韩德隐下）站中场“一品墙”；赵云背身杵刀喘气——起【倒板】……云转身唱“一场鏖战俺胜了”——“警报”“拉”足——显示老赵云获胜之狂喜。

（八）

【下场：诸葛亮、童儿、兵卒上“挖开”；上场：兵卒“挖进去”，马童持五“彩头”（*原为纸做勾画的人头，现时川剧院团皆无，以红绸包一砣代之*）上、赵云上，下马入帐。

诸葛亮 祝老将军大获全胜！

赵　云 （低笑）哼哼，哈哈，阿……哈哈哈……

（唱【三板】）

开口就说老将老，
闭口说我的岁月高。
刀劈了韩德五虎！
我究竟老不老哇？
俺赵云仍然是长坂英豪。

诸葛亮 与老将军贺功！

·剧　终·

◎赵云唱【三板】的头两句须压嗓低唱，第三句“刀劈了韩德五虎”用力高喊，同时双脚一跳，继身体摇晃，再乏力地轻念“我究竟老……老……老不老哇”；“俺赵云仍然是”放嗓拖腔，“长坂英豪”双手握拳亮“举鼎式”仍然激昂地唱——“豪”字出口即止，并紧接咳嗽喘气……

注：重庆市川剧院存有我演出实况录像。实况演出的光盘若与“概述”

有异，请以“概述”为准。如赵云初登场是戴相貂，穿白官——此虽是我继承老师的穿法，但总觉不妥，故作改动。老师在天有灵，亦不会责罚我这个不肖之徒。

附　记

这是一出靠甲须生（花脸）的犯功戏。

演员一是要有副好嗓子，而且会唱；二是要会耍“柴块子”（川戏班行话，即是会把子功），而且娴熟；三是……

我二十来岁已跟老师学会了此戏，并多次细心地看老师演出。然，老师那时总不让我演。一因年轻，与剧中人物的年岁差距甚大；二因艺术修养不足，体会不了剧中人的情感。故，我首唱此戏已是“天命”至“半百”的年龄阶段，后在七旬有二时，市文化局为老艺术家录像我还演过一次（重庆市川剧院资料室、市文化艺术研究院存有演出实况的光盘）。三是要有良好的身体素质。否则，“万事”虽备，欠了“东风”，遗憾啊！

上世纪80年代初整理

2012年8月10日－12月13日抄写完稿

2012年12月15日修改

2013年9月9日再次修改

⑩ 韩信斩樵夫（胡琴·西皮）

夏长清◎传授　　夏庭光◎整理

剧情简介

《韩信斩樵夫》，又名《韩信斩樵》《问路斩樵》。

韩信彻夜兼程，逃离楚营，奔汉中投刘邦。天明，行至三岔路口，询问樵夫，得知经陈仓道往汉中之小径。韩信恐霸王追兵至，樵夫泄漏消息。故斩樵夫，往陈仓道而去。

人　物：韩　信（武　生）
　　　　樵　夫（小　丑）

◎韩信，淮阴人。故有“淮阴韩信”“淮阴将”之说。韩信不得志时，乞食度日并受屠夫胯下之辱。初投项羽，不受重用，仅为执戟郎中；后投汉，得萧何荐，登台拜将，助刘邦灭楚。

◎淮阴，郡名。南北朝时期东魏置，治所在怀恩（隋改淮阴，今淮阴东西南），辖境约当今江苏清江市及洪泽、盱眙、淮阴三县。1958年与清江市合并改设淮阴市。1964年市、县分开，复置淮阴县。古迹有韩信故里、韩信城。

◎屈死的樵夫转世乃陈仓女——吕后在未央宫命持菜刀斩韩信的那个侍女。韩信功高，天下所有兵器上皆刻铸有一个“韩”字，汉高主刘邦曾说“逢‘韩’不死”。唯家用厨具的菜刀未刻“韩”字，韩信死于陈仓女的菜刀下——“因果报应”的传说。

韩信临死时，猛踢一脚，陈仓女毕命——即是川剧源自古典名著《聊斋志异·聂小倩》——《飞云剑》中的陈仓老鬼。

【空场

韩　信　（内放【倒板】）

快马加鞭……

◎“放”，即是唱。【倒板】，可能是【导板】之误，这与将【散板】叫【三板】的情况相似。但，川戏早已习惯——约定俗成，故沿袭川戏的传统称谓。

◎韩信头戴红色“兵盔子”（褂子——士兵头帽），身穿青素袍，套“金钱褂”（又称“兵褂子”——兵卒衣），腰捆白鸾带，下着黑色跑裤、打靴，外敞穿素青褶，腰佩剑，持黑色马鞭。“快马加鞭”——边唱边由“出将”口——上马门上，急至下场方（与上马门“九龙口”位子相对处）亮相。接——

趁黑夜……

◎马鞭从左向右挥舞圆圈，双足趱步与“趁黑夜”拖腔同起同止；收鞭，向左速旋转至台中定相。接转——

（唱【三板】）

心急如箭事紧迫。

怕的是楚霸王知某逃也，

但愿得早离却这龙潭虎穴。

◎“楚霸王”，乃“力拔山兮气盖世”的项羽，自立“西楚霸王”，统辖梁、楚地区的九个郡，定都彭城（今徐州）。后兵败垓下，自刎于乌江。

◎在激越锣鼓配合下走快步圆台于下场台角止行，猛加三鞭策马，双腿跃跨——意纵马飞过溪涧；双足落地即起左脚独立，右脚后勾，双手勒缰，右斜身亮“望月式”（“望月式”以及“三掉身”“金鸡独立”“魁星点斗”“探海”“卧鱼”等等，皆川剧“登打”或曰“式口”（舞姿）中的一种称谓）。在起【一字】的行弦中收式，挥衫拭汗。

（唱【一字】）

俺韩信生不逢辰时运孬，

双亲故居寒舍无产无业。

自幼儿学韬略能骑善射，

习孙武十三篇兵书战策。

投项羽某指望战功标写，

又谁知楚霸王不识豪杰。

（唱【大过板】）

逢张良真算得才高智者，

说刘邦喜贤士——

（唱【二流】）

胸襟宽阔。

他荐某投汉王将项羽别舍，

因此上彻夜兼程马不歇。（从“入相”—— 下马门下）

◎“韬略”，即是文、武、龙、虎、豹、犬六韬，上、中、下三略；“孙武十三篇”，即《孙子兵法》；张良，韩国人（彼时韩国为河南中部、西南部——即今河南郑州、许昌、平顶山、南阳四个地区），谋士，后为留侯；刘邦，沛县人，人称沛公。灭秦扫楚创汉（建都长安——今陕西西安，史书上称西汉）——高祖矣。

◎胡琴西皮、二黄的【倒板】【一字】【二流】【三板】等，皆是一种唱法的板式。

◎【一字】转【二流】的唱段，根据词意作少许的比划动作，与前段戏的【三板】形成激缓之别。

“马不歇”后，挥鞭挽手、抛鞭、靠背、左足跨腿右转、涮鞭、猛舞褶、右足独立、左手勒马，停顿瞬间，快步冲下。要求整组动作流畅敏捷，突出人物的一个“急”字。

◎马鞭，川戏又习吽马挽手。

有人说“以鞭代马，以桨代船”。其实，马鞭就是马鞭，船桨即是船桨，它代替不了马、船，“代”字不妥。若用“示”或“拟”可能恰当——观众透过演员手中的马鞭、船桨，加上联想，马、船活也。

【乐台敲打五更、鸡鸣。樵夫披衣由下马门上，开门看天，打哈欠……

◎樵夫戴灰蓝色素栏梳，穿灰蓝色“茶衣”（对襟短衫）、捆白色短腰裙、束素风带，蓝色裤，白统袜，足登草履，披浅色褶子。面揉“劳动色”加淡红、勾眉描眼、画白色“豆腐干”——小丑脸谱之一。

樵　夫（唱【占占子】）

五鼓响，公鸡叫，

拿千担，拿柴刀。[下场弃褶，拿千担（一根两头尖的粗竹杆）、捆柴绳、砍柴刀复上]

急急忙忙走山道，（出门锁门）

今天要砍——

（唱胡琴西皮【二流】）（下同）

柴一挑。（上场下）

◎听父辈说，【占占子】本属高腔类，但早已习惯在多种声腔使用。

韩　信（上场出唱【二流】）

旭日东升散晨雾，

汗流浃背湿衣服。

不觉来到三岔路，

不明路径问樵夫。（下马）

（向内）樵夫哥！

樵　夫（内应）来啦！（担柴由下场上）

（唱【占占子】）

砍柴起劲儿，

砍了一大捆儿。

声声喊哥儿，

杰士！

（唱【二流】）

有点啥事儿？（放柴担）

韩　信 樵夫哥！

（唱【浪里钻】）

俺本……楚营一兵勇，

因有公干行匆匆。

三条路叫俺步难动，

不知哪条去……（左顾）去呀……（右盼）

樵　夫　你究竟要去哪的哟？

韩　信　樵夫哥！

（唱）不知哪条去——（低声）汉中。

【架桥——间奏。

◎【浪里钻】是西皮中的一种唱法，节奏较自由。

◎“低声”轻唱“汉中”二字前，再环视左右。

◎汉中，郡名。公元前312年秦惠王置，因水为名。治所在南郑（今陕西汉中东）。

樵　夫　啊……我默到啥子事哟！这点小事呀，你要去汉中！

韩　信　（急掩樵夫嘴）樵夫哥，这是军机大事，你要低声些呀！

【架桥止。

◎“急掩樵夫嘴”——配一【闷锤】(单锤重击称谓)，韩信再次环视——“打打打……”重激转轻缓的鼓眼配合，韩信待鼓签敲打停后才缓说后面的台词。

樵　夫　啊……啊……啊……我这个人平素大声武气说话搞惯啦！（仍然大声）你说你要……

韩　信　（示意樵夫低声）……

樵　夫　啊……（低声）去——汉——中——哇！

◎“去汉中”三字以“气声”吐，“哇”字还正常。

韩　信　请樵夫哥指点路径。

樵　夫　有一条路！

韩　信　走哪一条路？

樵　夫　走左边小路再经过栈道……

韩　信　那栈道……

樵　夫　那栈道自汉王刘邦大兵经过，就烧断了。

◎“栈道”，古代在山崖上用木材架起，修成的道路。刘邦纳张良谋，兵过后栈道焚毁，以绝项羽之疑虑。后故有韩信“明修栈道，暗渡陈仓”（陈仓，在今陕西省宝鸡市东，乃古代的战略要地）之策。

韩　信　难道别无他路了吗？

樵　夫　路到有一条，可惜只一人知晓。

韩　信　此人现在何处？我登门求教。

樵　夫　此人非别，就是我的老汉。

韩　信　哦……

樵　夫　莫“哦”，你“哦”我吃亏。

韩　信　……是小哥家严。小哥家……

樵　夫　岩下茅草房。

韩　信　有劳小哥带路。

樵　夫　老汉不在家。

韩　信　到哪里去了？

樵　夫　到丰都去了。

韩　信　几时去的？

樵　夫　上个月去的。

韩　信　何时回来？

樵　夫　不回来啰！

韩　信　为何不回？

樵　夫　死都死了，咋个回来呀！？

韩　信　啊！如此说来，这条去汉中的路已无人知道了！？

樵　夫　还有一个。

韩　信　他也在丰都吗？

樵　夫　呸呸呸……他还没得那么快到丰都。

◎丰都乃四川一县（现属重庆），东汉时，就有“鬼城地府”之称，在明朝罗懋登的《西洋记》里又称“丰都鬼国”。相传，世人百年后都要去丰都报到。“到丰都去了”，即是人已死的意识。

韩　信　他在哪里？

樵　夫　远在天边……

韩　信　近呢？

樵　夫　在眼前！

韩　信　啊！就是小哥呀？！

樵　夫　岂敢，岂敢。

韩　信　请小哥快快告知于某。

樵　夫　莫急莫急。壮士要到汉中，只有一条道可去。

韩　信　是哪一条道？

樵　夫　陈仓道！

韩　信　阵——仓——道！　请问小哥从哪条路可往陈仓？

樵　夫　壮士！

（唱【占占子】）

你从中，

走到终。

再向东，

就上陈仓道——

（唱【二流】）

转眼拢汉中。

韩　信　此话怎讲？

樵　夫　这里有三条路，你走中道，走到尽头处，你再向东走，即是陈仓道。

韩　信　深谢了！

（唱【二流】）

多谢小哥来指点，

你指路的恩德重泰山。

◎“泰山”“五岳”中的东岳，在山东省。成语“泰山压顶”比喻其极重。

俺日后若把奇功建，

得点水亦当报涌泉。

辞别小哥上鞍鞯……

【韩信上马，樵夫挑柴……互易位行。

韩　信　（唱）防未然俺还须叮咛一番。（下马）

樵夫哥请转！

樵　夫　（回，放担）你还要问啥子？

韩　信　小哥，到陈仓的密径，除你之外，还有人知道吗？

樵　夫　别处不知。我们这个地方，除我之外，再无第二个人了。

韩　信　啊……

樵　夫　就问这个？！（欲挑柴）

韩　信　樵夫哥……

樵　夫　又有啥事？

韩　信　俺今日问路之事，千万不可对他人谈起！

樵　夫　我这个人不爱跟别人摆龙门阵。

韩　信　要是楚营将士到此……

樵　夫　我晓得告诉他们你走的哪一条路。

韩　信　啥？！（猛抓樵夫手）

樵　夫　哎哟……啥子？

韩　信　（放手）那更千万说不得！

樵　夫　我不说，他们咋个找你呀？

韩　信　就要他们寻不到才好！

樵　夫　你整他们走冤枉路哇！？

韩　信　这……小哥，我此次公干是亲奉霸王之命，不可泄露他人。你若多嘴多舌，就有杀身大祸！

樵　夫　好好好，我就一问三不知。

韩　信　多谢樵夫哥。耽误你太久，小哥请回吧！

樵　夫　不忙，不忙。等你走了我再走。

韩　信　却是为何？

樵　夫　免得你又把我喊转来。

韩　信　笑谈了。樵夫哥！

（唱慢【二流】）

樵夫哥休怪俺三番两次，
两次三番请回尊驾，
请恕俺问路人絮絮滔滔，
滔滔絮絮嘴喳喳。
皆因为……皆因为我秘密公干关系大，
我去汉中……我去汉中……把敌情察。
楚霸王军令森严谁不怕，
泄露军机把头杀。
小哥哇……我的樵夫哥，
你要牢记俺的话，
若有人问我的去向……
你摇摇头，

◎樵夫摇头。

摆摆手，

◎樵夫左手摆。

摇头摆手，

◎樵夫摇头，再加右手摆动。

摆手摇头，

◎樵夫双手摆，脑壳摇——如同“巴浪鼓”儿（旧时挑担货郎招徕顾客的一种用具，也是儿童的玩具之一）。

摇头摆手哇……

◎樵夫随腔——头手加速摇摆……

你千万——莫回答。

◎樵夫头，手停于“万”字腔后，“莫回答”——连连点头。

若要说，你就说你专心专意在此把樵打，
从未见过咱。
也未见人跨战马，
也未见人过山洼。
且待俺办完公干平安返回楚营下，
俺定要送厚礼酬谢樵夫哥指路的大恩——
亲自到你家。

辞别小哥俺上坐马……（拉马欲上，急停）

樵夫哥！

你千万千万要记住我嘱托之言……

莫把事做差！（上马由下场去）

◎这板慢【二流】是演员此折戏的主要唱段，尤其是颠倒重复句和多次的延腔拖音，须注意行腔的变化。

樵　夫　（唱【占占子】）

这个问路人，

硬是有点神。

一下精叫唤，

一下语低声。

啥子秘密鸡？

啥子秘密蛋？

弄得人脑壳昏。

他时而热，

他时而冷，

叫我摸不到门。

我如同蛤蟆跳枯井，

不冬（懂）不冬理不伸。

管它是石灰还是粉，

我先送柴卖钱钞——

（唱【二流】）

再把“莽莽”（饭）吞。（挑担从上场下）

◎这段【占占子】是饰樵夫者最长的一节唱词。唱者须以紧松快慢的节奏以及较有形象化的动作配合——如“蛤蟆跳枯井”的蛤蟆形状。

韩　信　（内唱【倒板】）

韩信马上细思想……（从下马门急上）

（唱【三板】）

越思越想俺太荒唐。

俺虽然再三再四对樵夫讲，

只怕他见利起不良。

万一他对追兵道出俺去向，

眼见得大祸起萧墙。

◎“大祸起萧墙”，借用成语“祸起萧墙”或“萧墙祸起”，也作“衅发萧墙”。萧墙，古代官室内当门的小墙，即照壁。比喻内部。

绝后患除祸根棋先为上，

◎“棋先为上”，借用“棋语”：棋先一着，满盘皆活；棋错一着，满盘皆输。

追赶樵夫马蹄忙。（向上场急下）

樵　夫　［左手提竹篮——内装食物，右手拿千担（千担上系绳）由上场上］

（唱【占占子】）

一挑柴出售，

买米又打油。

还有一壶酒，

（唱【二流】）

回家乐悠悠。（下场入）

韩　信　（下场出，唱快【二流】）

行过山垭嘴，

不见樵夫回。
莫非他图富贵，
领楚兵把某追。
又道是一人难把众兵退，
若被擒投汉王希望化成灰。
棋错一着俺好悔，
加鞭追他马如飞。（上场下）

◎急唱急行“线 8 字”……

樵　夫　（上场上，唱【占占子】）
有酒又有菜，
回家细安排。
逍遥且自在，
一醉——
（唱【二流】）
明天才起来。（下场入）

韩　信　（下场出，唱快【二流】）
马疾如箭矢，
赶了数里余。
不见樵夫心焦虑，
但愿他未泄机密。（反圆场）

【樵夫上场出与韩信人马相撞，马嘶，樵夫跌倒，韩信急下马，扶樵夫……

◎韩信三上两下，急促紧迫，锣鼓猛打激敲，突出韩信如焚的心情；樵夫出场下场悠闲自得，小打锣鼓缓慢轻奏，配合樵夫欢悦情绪。一急一缓对比，文武之道。

韩　信　樵夫哥……

樵　夫　哎哟哟哟……骑马咋个不长眼睛啰……嗨！哪个又是你！？

韩　信　樵夫哥，你还没有回家呀？

樵　夫　我把柴担回家，未必我光吃柴呀？

韩　信　那你的柴呢？

樵　夫　有了钱，就不要柴啦！

韩　信　钱！钱是哪来的？

樵　夫　未必是抢来的呀！这是我卖……

韩　信　卖啥！（急抓住樵夫）

樵　夫　哎哎哎……你吼啥子！？我还有啥卖的，卖柴噻！

韩　信　哦……（松手）

樵　夫　那还不饿！你耽搁我半天了，究竟你回来做啥哟？

韩　信　我……我还有一事请教樵夫哥。

樵　夫　莫说请教。有啥就问，问完了我好回去弄饭。

韩　信　樵夫哥，这世上有什么人不能说话？

樵　夫　这个……啊！这世上有三种人不能说话。

韩　信　哪三种人？

樵　夫　一是哑巴。

韩　信　二咧？

樵　夫　才生下地的崽崽。

韩　信　这三？

樵　夫　死人。

韩　信　啥？！

樵　夫　你又吼啥子！

韩　信　死——人——不能说话……

樵　夫　是噻，人都死了还能说啥子话咧！

韩　信　多谢樵夫哥指教。（躬身施礼）

樵　夫　你太客气啦！（还礼）

【韩信拔剑斩樵夫……

樵　夫　哎……你要我不说……话……哟……（倒地死）

韩　信　小哥！樵夫哥！哎呀……

（唱【三板】）

宝剑一举他的命结果……
樵夫哥！小哥呀！
俺韩信为绝后患莫奈何。
俺忍心杀你休怪俺的错，
怕的是你泄露了俺的去向——要被追兵捉。
俺韩信异日若登将帅座，
你指路的大恩不会忘却。
俺定要为你树碑建坟墓，
定为你做七七四十九天的大道场——超度我的恩人樵夫哥。
望小哥在天灵护佑于我……

【韩信挥剑挑土掩尸——樵夫携随身道具虚下，韩信大礼拜，上马……

（唱）保佑俺建奇功——姓名标写凌烟阁。（原路下）

·剧　终·

◎“凌烟阁”，图画开国功臣。“天子画凌烟之阁，言念旧臣”。

◎韩信下场前：行圆台后止步，急下鞍拴马，徒步返回；脱衫舞衣——扫灭蹄印——圆场回；斜穿衣、拴褶、解绳上马急下。

附　记

《韩信斩樵夫》包罗了“二月落花浮水面，楼台倒影弄池塘”两句话，十四字的二子（砍柴起劲儿）、黑白（快马加鞭趁黑夜）、骡驼（俺日后若登将帅座)、八达（你千万莫回答)、糊涂（来到三岔路)、灰堆（不见樵夫回)、天仙（你指路的恩德重泰山)、喉头（回家乐悠悠)、嚎啕（公鸡叫)、青城（再把莽莽吞)、崆峒（转眼拢汉中)、提携（马疾如箭矢)、螳螂（追赶樵夫马蹄忙）——川剧十三个半韵（二子韵用字窄，故称半个韵）——这是川剧传统折戏中绝无仅有的一出。是初入梨园学习韵脚的发蒙戏，也是武生行习唱胡琴西皮的发蒙戏之一，因它基本概括了西皮的所有板式。此戏，无疑是出自前辈艺人之手，是一出川戏梨园称得上“三百千”（注）的启蒙教材。

注："三百千"，即是《三字经》《百家姓》《千字文》。是旧时蒙童入学的传统启蒙教材读物。

附02 张良访韩信（胡琴·二簧）

夏长清◎传授　夏庭光◎整理

剧情简介

《张良访韩信》又名《张良访信》《访韩信》。

韩信在项羽帐下为执戟郎，郁郁不得志。张良乘机劝信投奔刘邦，并赠宝剑和荐书，望韩早离楚营。

人　物：张　良（文生、正生）

韩　信（武　生）

【舞台正中置一桌二椅，素色摆场，桌上搁彩烛。

张　良　（上，唱【二流】）

在灞上送别了汉王刘邦，

张良背剑访贤良。

为访贤哪顾得千里流荡，

为访贤哪顾得万里奔忙。

为访贤哪顾得朝行雾瘴，

为访贤哪顾得暮走羊肠。

探得淮阴一名将，

韩信二字记心旁。

他幼时勤读兵书见识广，

三略六韬件件强。

只可惜明珠尘掩光未放，

投项羽只做一个执戟郎。

因此上改道装，

潜身楚营把他访，

但望此去愿可偿。（小圆台）

（唱【梅花板】）

黑压压营盘无灯亮，

呀！

暗中透出一束光。

月影下，

见一人抬头把月望，

唉声叹气意彷徨。

你看他虎背熊腰身健壮，

你看他英姿飒爽气昂昂。

你看他银枪挥舞英雄相，

你看他时而停枪怨满腔。

你看他营外踱步震山响，

你看他——

壮志难酬恨夜长。

（转快唱）

此人定是淮阴将，

正需他登台拜将辅汉王。

急急走，走忙忙，

天赐良机访栋梁。（下）

韩　信　（上，拭汗。唱【二流】）

韩信对月自嗟叹……

想俺自入楚营，屡屡献策，均得不到项羽采纳，反说俺乃庸人之见。久居人下，出头无期。好不闷煞俺也！正是啊！

（念诗）

大鹏展翅恨天低，

时运不济奈何兮。

空怀登台拜将志，
只怨天公把俺欺。
（唱）胸怀壮志梦难圆。
俺韩信自幼把武练，
论兵书论韬略熟记心间。
胯下辱，
只怨某人穷志短，
实指望终有日光耀祖先。
投项羽被埋没宏图难展，
朝夕愁闷心生烦。
口口声声把天怨……

张　良　（上，唱）

事在人为休怨天。

韩　信　吓！你是何人？

张　良　你不知吾，吾却知你。你熟读兵书，谙悉六韬；上知天文，下晓地理；有运筹帷幄之术，决胜千里之法；昔受胯下之辱，能屈能伸，胸怀大志；项羽渡淮，将军投之，奈重瞳不识君才，不纳君策；居人膝下，壮志难酬。惜乎，淮阴韩信啊！

韩　信　啊！你是张……

张　良　（急止）……

韩　信　（低语）张良先生！

张　良　韩将军！

（唱【幺板】）

悄悄地，莫高声，
夜声人静，人静夜深，
营外说话怕人听，
营外说话，

将军！

怕人窃听。

【韩信引张良入帐……互坐。

张　良（唱【一字】）

叹刘邦芒砀斩蛇承天运，
举义师一呼百应讨暴秦。
怀王殿同项羽分兵挺进，
直捣咸阳大功告成。
按理说后到咸阳听封赠，
先到为王便是尊。
又谁知项羽违约不守信，
汉王势弱不敢力争。
而今偏居在南郑，
时时刻刻盼东征。（重唱）
只可叹汉营有兵缺严训，
汉营有将又缺调将才能。
汉营需人掌帅印，
汉营需人将三军。
韩信，韩将军！
你知地理晓天文，
运筹帷幄藏万军。
能排兵，能布阵，
决胜千里兵法精。
居楚营如笼把鸟困，
何时展翅效长鹰。
韩将军……
若是弃楚顺天命，
投汉王，
凌烟阁标君姓名。

或去或留将军定，
张良就是举荐人，
张良就是——
（转唱【二流】）
举荐人。

韩　信　（唱）张先生一席话情通理顺，
俺韩信似久旱盼来甘霖。
请升座受韩信大礼恭敬，
谢先生为韩某指引迷津。

张　良　好好好！
（唱【三板】）
宝剑一口把君赠，
荐书一封紧藏身。
望将军早日离此境，
来朝逢，君定是统兵挂帅韩大将军。

【大分家】韩信送张良出帐，分下。

·剧　终·

注：重庆市川剧院资料室存有我艺徒易传林演出的实况录像。

附　记

1. 此戏，文生、正生（须生行当挂青三的称呼）皆可出演张良。不同行当饰同一角色的戏例还不少，如《藏舟》的清河王刘缵，文生、武生、正生都演。故事情节无异，唱讲台词一样，仅装扮有别。此剧的张良都是同样的穿、戴、拿：头戴道巾、飘带斜拴，身着着衫套道帔系绦，深色裤、白统袜、夫子鞋，背背宝剑，手执纹帚。

韩信穿戴与《问路斩樵》同，只是不着青衫，不挂剑。

2. 此折，也是文生、正生学胡琴二黄腔的发蒙戏。

⑪ 萧何追韩信（胡琴）

夏长清◎传授　夏庭光◎整理

剧情简介

该剧，出自元杂剧《萧何月夜追韩信》。萧何三次入宫保荐韩信，奈刘邦简贤慢客，月余无果。韩信不甘久居人下，单骑出走。萧何闻讯，月夜追赶韩信；萧何再次向信表明再荐之意，若汉王不允，愿与韩信共谋进退；韩信感知己情，同萧何返回南郑。

人　物：萧　何（老　生）
　　　　韩　信（武　生）
　　　　家　院（杂　角）

闻　信（二黄）

【舞台正中设一椅，红色椅帔。

萧　何　（观书由上场门上，唱【二流】）

吾主爷时未至天涯流荡，
独一人背龙泉路过芒砀。
挥利剑斩蟒蛇福从天降，
举义师讨暴秦天下名扬。
怀王殿同项羽各分兵将，
两路分兵挺进咸阳。

◎“龙泉”，剑名。相传晋代张华见斗、牛二星之间有紫气，后使人于丰城狱中掘地得二剑，一曰龙泉，一曰太阿。“龙泉”之另说，请阅《韩信问卜》“附记”。“芒砀”，芒山、砀山合称。在河南永城县东北；“咸阳”，古都邑名，在今陕西咸阳市东北二十里。秦置县，并为国都，秦始皇统一六国后，大造宫殿；秦亡，为项羽焚毁。

（唱【梅花板】）

先到咸阳为王上，
后到咸阳辅朝纲。
也是我主洪福广，
一路上得遇陆贾、郦生和张良。

◎【梅花板】，二黄的一种唱腔。乃表演艺术家吴晓雷始创（详情请阅《川剧品微续集·〈五台会兄〉的【梅花板】》）；陆贾、郦生、张良皆是从汉高祖平定天下的谋臣。

秋毫无犯军威壮，
吾制约法有三章。

◎《汉书·刑法志》约法三章曰："杀人者死，伤人及盗抵罪。"

项羽不把信义讲，
反将我主贬汉王。
楚汉相争战鼓响，
只可惜，我营中，缺少个：
知天文，晓地理，
运筹帷幄，决胜千里，
出谋划策的主帅想良方。

（唱【一字】）

叹老夫巧识淮阴将，
韩信韬略比人强。
因此上老夫竭力荐主上，
但愿得，我汉王，言听计从，
重用韩信，拜为大将，
除掉项羽，兴我家邦——

（唱【二流】）

兴我家邦。

◎"淮阴将"，指后封三齐王、淮阴侯的韩信。

◎以老生［须生（亦叫生角）行戴麻三、白三的称谓］应工的萧何，戴太师巾，着白开氅或白蟒（内穿黄褶系绦），红裤青靴，项下白三口条（胡须）。

◎【二流】（亦叫【扣扣板】，为二黄自由节奏的散板）转【梅花板】，又转【一字】的唱段，其作用有三：(1) 初登场的萧何扮演者，要唱得一板定"乾坤"，吸引观众往下看的欣赏欲望；(2) 用唱的方法"造片"——

忆述往事的传统程式，为即将“闻报”韩信出走和次后的“赶信”“劝信”作预垫；(3) 一段的三个小节唱，重点是中节的【梅花板】——尤其是“只可惜”至“出谋划策的主帅想良方”，要反映出人物为汉营忧虑转机、求贤如渴的情绪。“叹老夫巧识淮阴将，韩信韬略比人强”两句腔后，均辅以舒心的笑声——情绪由忧转喜。【一字】转【二流】的【扫腔】“兴我家邦”，不宜照不恰当的传统唱法“兴我家（啊吓）——‘锣鼓’……邦”，这“锣鼓”插入（不安锣鼓又不符【扫腔】之规）必将完整的句式割开，让听者猜谜。可将四字一气呵成：“兴我家（啊吓）邦”，“锣鼓”后再重唱四字，仍符【一字】转【二流】的【扫腔】规律。

【家院（戴黄罗帽，穿绛色褶，系白鸾带，古桐色裤，长白袜，黄夫子鞋，挂麻三）急匆匆上。

家　院　禀家爷，大事不好！

萧　何　何事惊慌？

家　院　淮阴韩信，单人独骑，出走东门！

萧　何　吓！你在怎讲？

家　院　淮阴韩信，单人独骑，出走东门！

◎家院重复加重语气，萧何闻之一惊！

萧　何　吓！你看得清楚？

家　院　看得清楚！

萧　何　看得明白？

家　院　看得明白！

萧　何　是淮阴韩信？

家　院　是淮阴韩信！

萧　何　他怎生打扮？

家　院　头戴武生巾，身穿绣箭袍，背背宝剑，跨骑青鬃马。

◎萧何与家院的“问答”，语气渐渐加重，速度渐渐趋快。

萧　何　坏了！（丢书）

（唱【三板】）

听说走了淮阴将，

我一片苦心付汪洋。

怨只怨我汉王简贤慢客把祸酿，

我汉营失去了擎天的栋梁。

事紧急无容再多想，

追韩信返南郑再禀汉王。

◎彼时，汉营将士离南郑而去者多有发生。萧何不失时机先追后禀，亦造成刘邦对萧叛他而去的误解，后将信赶回，方释疑。此也表现萧为汉谋贤的当机决断。

◎二黄中的【三板】【二流】都是自由的散板，不同者，【三板】的唱法和锣鼓都较【二流】急迫。此段，唯“怨只怨我汉王简贤慢客把祸酿”一句，要速度缓慢，收音低吟，尤注意下对上的情绪分寸。

家院带马！

家　院　相爷何往？

萧　何　追赶韩信！

家　院　天色将晚了。

萧　何　黑夜又何妨。

家　院　相爷还未用晚膳。

萧　何　一餐事小，一将事大呀！

◎“一将事大”，是这段对话的主句，要讲出系汉兴亡的激情。

（唱）家院带马休多讲……（脱袍上马）

快马加鞭走忙忙。（下）

【家院拾书收蟒、端椅下——代替“打杂师”。

◎萧何唱“走——忙——忙”同时划鞭、挽鞭、握鞭靠腰际，向左抛髯，左手勒缰绳，台步慢转快至下场下。

赶 信（西皮）

【空场。

韩 信 （内唱【倒板】）

怨汉王对韩某不恭不敬……

（上场上，唱【二流】）

单人独骑出东门。

勒马停蹄望南郑。

越望南郑越伤情。

汉王不把某的计策听，

某岂能庸庸碌碌过此生。

催马加鞭往前奔，

夜色降令韩信倍感凄怜。（下）

◎韩信头戴封侯巾（行内又叫武生巾），身穿玉色绣花袍束鸾带，红裤青靴，背剑，持青色马鞭。

◎通过【二流】板式唱出韩信壮志未展、欲去难舍的郁郁情绪。

萧 何 （内唱【倒板】）

出东门恨马慢……（由上马门急上）追赶韩信，

（唱快【二流】）

这一阵汗流浃背湿衣襟。

三岔路口我把樵夫问……（架桥）

◎萧何脸搽少许青油加弹水珠，帽内白蓬头垂于两鬓旁的一绺白发松乱——突出急于赶信心情的形象外化。

◎在“恨马慢”的拖腔里冲至“九龙口”挥鞭高举、左手勒缰——锣鼓一锤半“壮丑”定相;“追赶”,马鞭向下横握抓缰,左手提褶——鼓签“打、打”相配，紧接唱“韩信”，延腔行半月形至上场台口，右手缩鞭，左手勒马止。接唱“风头板”(行话,即是锣鼓停后即开口,不等“过门”)快【二流】。后面【三板】转快【二流】也如是。

◎“架桥”——行话，即是弦乐不停的“间奏”，亦称“行弦”。

（向下场幕内）那位樵夫哥，老夫马上有礼了！

樵　夫　（答内白）还礼了！

◎“答内白”，川戏的程式之一，就是讲话者不出场。

萧　何　请问樵夫哥，可曾得见一位头戴武生巾［左手“剑指”（食、中指并拢术语）指首］，身穿绣箭袍（左袖掸出即内翻），背背宝剑（左袖反翻、马鞭搭背、左腿跨于右脚前、躯体右斜），跨骑青鬃马（收鞭勒马）的壮士从此经过？

樵　夫　见过，见过。

萧　何　好，好！他从哪条道路而去？

樵　夫　从中而去。

萧　何　好，好！去了多久？

樵　夫　哎哟！恐怕有五十余里了啊！

萧　何　呀……

（唱【三板】）

老萧何闻此言又喜又惊。
喜的是知韩信去的路径，
惊的是五十余里遥远路程。

唉！

（唱快【二流】）

为国家求良将何惧远近，
行千里赶万里也要追寻。
求良将哪顾得夜凉风冷，
忍饥挨饿也不辞艰辛。
老萧何趁月色……（挽袖扎衣）赶——路（左手拇、食指理须挑髯，右手划鞭——鼓签打、打，）要紧……（“溜马”下）

◎“要紧”二字的腔要登足拖够——表现人物不惧辛劳，不畏途艰，为求一将的意志。

◎“溜马”（川戏程式之一）在“架桥”套锣鼓中进行：

1. 左手食指拨髯（“挑”向外，“拨”向里）归原位，右手“马挽手”搭右肩，双手擎缰绳，右腿起向左原地一转后再向左跨，口条同时向左抛；再向右做同样的“跨”“抛”“擎”动作，如是各两次；

2. 一惊——山道狭窄，马鞭向下直垂，左手护右褶袖，双脚占步平行向右至台角，下垂的马鞭同时右旋转；再一惊——前方乱石阻，左腿起，原地左旋，马鞭同时左转——一圈后停；

3. 髯口自右向左抛旋圆圈，勒马的双手同时，双足趱步向左横行至台角；

4. 左手拈褶，右手挥鞭打马，双脚前行后退，后退前行，背部让观众感觉到人物已喘息不停；再抖褶、上下挥鞭、摇首、颤须行圆台至下场方；

5. 马挽手搭肩，双手勒马、弹髯，双足交替踏步向前至上场方台口；

6. 左手提褶，右手挥鞭策马，胡须左右摆，双足由慢至快趱步到下马门处，即跨左腿、鞭靠背右急旋，再速上下挥鞭、弄褶、快趱步急下。

◎此是一出老生唱做并重的犯功戏,“溜马”是“做”的看点。使用“台步功”“髯口功”和马挽手技巧,反映萧何黑夜兼程、马行崎岖山径的苦境;也证实萧何“一将事大”的心语;亦为“劝信”的主要唱段作了形象化的铺垫。

劝　信(西皮)

韩　信　(接唱慢【二流】)

行了一程又一程。

跨青鬃翻山越峻岭……(策马登山)

(唱【一字】)

玉兔升霎时天地明。

想当初某在淮阴郡,

熟读兵书满腹经伦。

初投项羽欲求上进,

谁知他不纳某计策半毫分。

投汉营险些儿身遭不幸,

说救命多感恩人夏侯婴。

(唱【大过板】)

萧相国召见某谈今把古论,

算得是汉营中——

(唱【二流】)

韩信的知音。

只说是举荐俺汉王深信,

又谁知俺韩信乃居人下人。

一时心中生气愤,

不辞而别离了汉营。(鸾铃声响)

耳边厢忽闻鸾铃震……

萧　何　（内）韩信！韩将军慢走！

韩　信　（唱）不知何人呼俺姓名。（行半月形）

【萧何冲上，两马相撞——马嘶，萧何抛鞭坠马，韩信下马急扶……

◎“玉兔”，月亮的美丽别称之一。

◎韩信唱【一字】中，须注意：夏侯乃复姓，不宜在“夏”字行腔，将夏侯二字割离；【大过板】要唱出对“伯乐”萧何的感激之情。

◎萧何“抛鞭坠马”，只需踉跄碎步，单膝点地，抖颤髯口即可，翻不得“硬背壳”之类的武功，否则，破坏戏的风格。

韩　信　相国……相国……（扶起萧何）跌着没有？

萧　何　还好，（喘息）还好……没有跌死，差点把老夫累死哟！（拭汗，走向下场方与韩信换方位——韩信拴好萧受惊坐骑）

韩　信　老相国有何军机大事，夜走荒郊？

萧　何　嘿嘿，老夫未曾问你，你反来问老夫！韩将军，你又有何军机大事，不辞而去？

韩　信　这……一言难尽！

萧　何　哎，韩将军！

（唱慢【二流】）

道什么一言难说尽，

老萧何岂不知将军之心。

你幼读兵书战策勤发奋，

下知地理上晓天文。

只可惜良马未遇识骏者，

◎“良马未遇识骏者”，意将韩信比作良驹，未遇伯乐。伯乐，相传古之善相马者。认为相千里马“得其精而忘其粗，在其内而忘其外”。

喜鹊未把高枝登。
你初投项羽无机显学问，
因此你才投汉营。
老萧何识将军三生有幸，
听将军谈古今天下奇人。
我也曾向汉王三次保本，
实可惜我汉王冷淡将军月余春。
韩将军心生愤，
怨不平。
身背宝剑，跨骑青鬃不辞行，
连老夫也不告一声。
老夫闻讯雷轰顶，
哪顾得山又高，水又深，
水深山高，山高水深，
崎岖道，夜沉沉，
饥肠辘辘我腹中疼，
只身单骑追将军（哪）。

◎双手勒马状，髯抛右，占占步与拖腔的“哪”音同起同止。继接——

望将军！
休急性，三思行，
因小失大误自身。
不看僧面看佛面，
不看汉王看黎民。
若看萧何薄情份，
请随我，回南郑，
舍死忘生再保将军。

管保你，
握兵符，统雄兵，
统雄兵，立功勋，
光宗耀祖换门庭。
汉王若是不应允，
老萧何，
愿随将军，
双骑出走并肩行。
做一个不闻不问，
不问不闻的世外人。
我的韩将军——
你说好不好？

韩　信　好！

萧　何　（唱）你道行不行？

韩　信　行！

萧　何　（唱）既说好，既道行，
同上雕鞍返汉营。

【大分家】接吹【尾煞】，上马并行……马惊鸣……

韩　信　相国……

萧　何　不妨事……

【同下。

◎此段慢【二流】，是全剧“唱”的重点之一，更是“劝信”的重点。鉴于唱词中的“连把子”（行话）句式（如“哪顾得山又高，水又深，水深山高，山高水深……”）和人物的年迈、地位，我采用京剧“麒派”（周信芳）唱腔“重字轻音”“腔断意不断”的某些韵味，组织了一板有别于川戏一般西皮【二流】的唱腔，表达萧何为国求贤的赤诚以及对韩信的真情实感。

注：重庆市川剧院资料室存有我演出该剧的影碟。

附　记

元杂剧《萧何月夜追韩信》，主要写韩信“叹良金美玉何人晓，恨高山流水知音少”不得时至萧何举荐、登台拜将，到项羽于乌江“羞扯龙泉去自刎”终结。川剧仅摄取了“追信”的情节，以小见大，刻画塑造了一代为国求贤的宰相萧何。

儿时学演此戏，1990年元月对剧本删繁就简作了一点整理，舍弃韩信“自报家门”“造片”的“走信”小节，对剧词也作了少许的减改润色，全戏的演出时间也大大地浓缩，令戏更为集中紧凑。

2013年4月校改

附03 韩信问卜（胡琴·西皮）

夏长清◎传授　夏庭光◎整理

剧情简介

刘邦拜韩信为将，终灭楚建汉。淮阴侯韩信外出访贤，过猛石岩，遇仙人鬼谷子王禅，卜其年寿不过三十三岁。韩信生气，问其原因。王禅数落他减寿之罪，韩信忧心忡忡而去。

人　物：王　禅（老　生）
　　　　韩　信（正　生）

【舞台下场方横置一桌，桌上放“文房四宝”。 桌后一椅，中场一椅，均用素色摆场。

王　禅　（内放【倒板】）

驾祥云离了云梦山……

（上、唱【一字】）

来了我鬼谷子名叫王禅。

叹老汉在仙山苦修苦炼，

只修得金身铁骨鹤发童颜。

此一番下仙山非为别件，

为的是向韩信指点机禅。

行来至三岔路祥云低按，

吹仙风猛石岩化座茅庵。

进卦棚坐椅上铺纸展砚，

掸拂尘将布帘悬挂高竿。

观红日已当空彩霞一片，

掐指算小韩信——

（唱【二流】）

即到此间。

韩　信　（上，唱）

三齐王打马离长安，

辞别高祖来访贤。

三岔路口举目看，

猛石岩下一茅庵。

布帘高挂迎风展，

卦棚二字映眼帘。

下座马进卦棚一旁立站，

问我一声再答一言。

王　禅　（唱【一字】）

请将军快落座休要立站，

我二人面对面好把心谈。

问将军是卜卦或是相面，

是测字你还是推算流年。

韩　信　（唱【二流】）

俺一非要测字二非相面，

三不是要卜卦推算流年。

进卦棚问道长事儿一件，

请道长说一说俺的寿缘。

王　禅　（唱【一字】）

观将军貌堂堂体壮身健，

一定是在朝阁身居显官。

问寿缘请恕我直言奉谈，

我算你活不了三十三。

韩　信　可恼！

（唱【三板】）

闻一言不由人气冲霄汉，
游方野道敢胡言。
别人算我七十二，
你竟敢断我不满三十三。
怒轰轰拔出龙泉剑，
一剑将尔丧黄泉。

王　禅　慢仗些！

（唱慢【二流】）

挡定将军你且慢，
暂息雷霆听吾言。
请将军收回龙泉剑，
稍安勿躁细听愚老道根源。
别人算你有七十二，
我算你不满三十三。
并非吾妄断，
其中有渊源。
你一不该九里山前活埋母，
为占风水你竟做了不孝的儿男。
活埋母把寿减，
减你青春寿八年。
二不该问路把樵夫斩，
枉死城又把冤鬼添。
问路斩樵把寿减，
减你青春寿八年。
三不该受高皇二十四拜，
君拜臣臣受之你灭伦欺天。
臣受君拜把寿减，

减你青春寿八年。

四不该明修栈道暗渡陈仓计阴险，

三军儿郎一个一个发怨言。

定此计应该把寿减，

减你青春寿八年。

五不该逼霸王乌江饮剑，

可怜他盖世英雄抱恨终天。

乌江逼霸把寿减，

减你青春寿八年。

五八减你四十岁，

因此上你难满三十三。

韩　信　（唱）听他言不由人疑信参半，

这老道恰好似仙人下凡。

适才鲁莽失检点，

还望道长要海涵。

辞别道长把路趱，（上马）

大丈夫将生死付与苍天。（下）

王　禅　（唱【一字】）

一见得小韩信他把路趱，

我观他面带愁容忧郁心间。

我虽然用言语将他指点，

怎奈他执迷不悟也是枉然。

又道是人算不如天算，

小韩信杀身祸就在眼前。

（唱【大过板】）

未央宫就是他生命终点，

掐指算寒霜降——

（唱【二流】）

九月十三。
吹仙风忙把茅庵掩，
驾祥云回洞府乐享清闲。（下）

·剧 终·

附 记

1. 全折除五个字的两句道白外，其余皆唱，明眼人一看便知：这是一出传统的老师教徒弟学胡琴西皮唱腔的“发蒙戏”。

2. 王禅头戴老人巾，穿黄褶套道帔，系丝绦，下着黄裤、长统白袜、黄色夫子鞋。手拿拂尘。俊扮小生妆，印膛点红“一颗印”，加金粉，上眼皮亦描金，捆黄绫帕，嘴挂白三。“鹤发童颜”造型也；韩信戴大帽或封侯巾，着红色龙箭套龙头或披雪子，系鸾带，下穿红彩裤、青靴。戴青三，挂宝剑，持马鞭。

3. 唱词中提到的“龙泉剑”，原名龙渊剑。相传：龙渊剑是春秋时代锻造名将欧冶子在浙江龙泉县的龙渊为楚王所铸，其剑锋利无比。到了唐代，为避唐高祖李渊之“渊”字讳，便改称为“龙泉”。

“龙泉”，在传统戏里也泛指宝剑。

◎以上的多出戏，已涉及了我舞台艺术生涯中本工和兼演的三个行当——文武生、须生、小丑。故简约说说川戏班的各行：旧时，称会——小生太子会，小旦娘娘会，花脸财神会，须生文昌会，小丑土地会，穿兵卒、衙役等的叫得胜会，乐员是集贤会。各会（即是各行）中，还有分法——如小生，就有文生、武生两个大类，文生又分书生、商生、官生、文生丑等，武生又分靠甲、短打、武丑等；小旦细分花旦、奴旦、闺门旦等；花脸分唱功、讲口、跳打等；须生（又叫生角）分正生、老生、老末角、红生等；小丑有官衣丑、褶子丑、老丑丑、丑旦等之分；得胜会里有褂子（兵）、马衣、上天龙等；集贤会里分硬（击乐）软（管弦）场面，再根据操作的乐器分鼓师、大锣、大钹、上手琴师等。

◎多出戏中人物的穿、戴、拿，又涉及到箱倌——管男女蟒袍、褶子等的大衣箱，管男女大靠及男角龙箭、袍子、打衣、褂子等的二衣箱，管硬盔软巾、各式口条等的饰扎头，管桌椅、刀枪、彩马等道具的奇宝箱（又称杂箱），它的负责人就是捡场的打杂师。打杂师的工作既繁琐又有技术性——留待《火烧吕布》剧目时再简说。

2013年9月28日校改

⑫ 醉打瓜精（胡琴）

彭天喜◎传授　夏庭光◎整理

剧情简介

五代十国（即习称的“残唐五霸”）时期。刘高（字知远）在哥嫂处饮罢分家酒返归。告知三娘：哥嫂仁德，将百亩瓜田分予夫妻。李三春惊曰：瓜园常出瓜精，此乃哥嫂诡计。刘高闻知，怒气难遏，提棍降妖。知远受金甲神指点，获兵书宝剑，遂别妻投军。

人　物：刘　高（武　生）
　　　　李三娘（青　衣）
　　　　金甲神（花　脸）

◎刘高戴青罗帽，两鬓垂露发，着青缎袍捆白鸾带，下穿青跑裤、青打靴，持白铜棍（与高腔戏路《夺棍·打瓜》所持的木质“齐眉棍”有别）。

李三娘捆青衣头，着浅玉色衣束风带，下系白色裙、穿浅色彩鞋。

金甲神头戴黄色包巾加额子，插风火翅，横搭红绫，画五彩脸描金，鬓插红耳发，项下红扎（胡须），打黄靠（不用靠旗）加道帔，红裤青靴，左怀抱宝剑（剑上红绫泡花系兵书），右手持纹帚。

【空场。

【金甲神下马门上。

金甲神 （念）金盔金甲闪金光，
亲奉玉旨点愚盲。
刘高本是神龙降，
助他建业为帝王。

吾，金甲神是也。皆因刘高久困沙陀，无出头之日。好比蛟龙未得云雨，恰似猛虎无翼飞腾。吾奉玉帝差遣，亲临瓜园，赐他兵书宝剑，点化他邠州投军，助他完成后汉帝业。远远观见，刘高来矣！（下）

◎刘知远为“五代十国”后汉的创建人。“五代十国”还有后梁、后唐、后晋、后周、吴、南唐、吴越、楚、闽、南汉、前蜀、后蜀、荆南、北汉。

◎沙陀，又作沙陁。古部落名。西突厥别部。唐（太宗）贞观年间居金沙山（今尼赤金山）之阳，蒲类海（今新疆巴里坤湖）之东。唐宪宗时，酋长朱邪执宜内附，处盐州（今属广东省惠州市）。刘高与川戏《苟家滩》逼死王彦章的统兵官、后晋的石敬瑭、《沙陀搬兵》又名《沙陀国》《珠簾寨》奉唐王旨平黄巢起义的李克用均为沙陀人，并称沙陀三族。

◎邠州，唐开元十三年（公元 725 年）改豳州为邠州。治所在新平（今彬县），彼时辖境相当今陕西彬县、长武、旬邑、永寿四县。

◎玉帝，又称玉皇、玉皇大帝、玉皇上帝、张玉皇（传说姓张名坚，字刺渴，渔阳人)，是中国民间信仰中的最高神。恰如《聊斋志异》所说：“天上有玉帝，地下有皇帝”，它乃是封建皇权在鬼神世界的象征。

◎金甲神，玉帝手下的神将之一。

刘　高　（唱二黄【倒板】）

进瓜园似觉得天旋地转……

◎在【倒板】的行弦中，刘高右手提棍由上场门醉步登台，唱“进瓜园”三字的腔尾左转身，双手握棍右侧身亮相；“似觉得”后，收势，跨左腿右转，右手持棍，左手握拳，左侧身亮相；“天旋地转”又左转，身对左台角杵棍，继双手上下擎棍，右侧身定相。

（唱【夺子】）

这一阵为什么头重足轻，
足轻头重，
目眩眼花，
眼花目眩。

◎唱【夺子】中：体摇晃、脚交叉左右跨，左手配词意比画，然后，左手杵棍，右手握拳拐靠杵棍左手作卧状亮相，并作欲呕意……于起唱时收势。

（唱【一字】）

俺刘高自幼习文把武练，
练就了武艺一十八般。
舞棍棒……（舞棍）
舞棍棒如同似雪花耀眼，
舞战枪……（耍枪）

舞战枪又好似银蛇蜿蜒。（棍靠腿滑落地）

（唱【老调】）

◎【老调】与【梅花板】【平板】一样，皆属“二黄”的一个品种。用唢呐伴唱，其腔慷慨激昂，若仍以胡琴伴唱，其腔婉转低雅，视情而择。此处，根据刘高的情绪和台词的内容，自然是用唢呐为佳。

俺好比大鹏鸟有翅难展，
又好比出海龙困在浅滩。

◎唱【老调】的两句词时：“俺好比”后——右脚踢鸾带搭左肩，左足独立下蹲，右脚弯曲盘于左腿上，双手展开拟鸟翅，昂首视空，接唱“大鹏鸟有翅难展”，收式、起立、以肩弹带，继续下句“又好比出海龙（“龙”字，腔行低音与后四字情合）”——双手“剑指”向外划圈，“困在浅滩”——右腿踢带缠腰，左手接带丢带、顺势左转、遂接“二起腿”，再侧身“跳卧”定相。待转【一字】锣鼓套弦中速收式起身。

（唱【一字】）

家不幸回禄灾毁于一旦，
更不幸父亡故母又归天。
家贫如洗炊烟断，
常混赌场磨时间。
马王庙偷鸡受轻贱，
多感得员外带俺回庄园。
只说另眼来相看，
华堂扫地脸无颜。

◎“回禄灾”，即常说的“回禄之灾”，通常指火灾，意思是天赐之“禄”

被收回。

（唱【梅花板】）

后方知员外心本善，
命俺扫地为的磨炼俺。
许三春配与俺恩德非浅，
也是我祖宗有德天赐缘。
又谁知，
岳父亡岳母故好景突变，
哥嫂常常生事端。
闹分家哥嫂说了千百遍，
俺刘高怎经受反复纠缠。
时才饮罢分家宴，
谢哥嫂分夫妻百亩好瓜田。
归家我对三娘谈，
三娘说，
分瓜田哥嫂畜意奸。
瓜园常有瓜精现，
俺刘高一听怒冲冠……怒冲冠！

◎唱第一个“怒冲冠”拖腔的同时,起“小红（洪）拳”（“小红拳”“大红拳”乃武术中的一种套拳的名称）始式，续左转侧身下蹲、双手抚右膝、左脚蹬“鸡心腿”（武术腿式语）、速“云手”（行话俗称“糊壁头”）、收腔亮握拳式，然后续唱第二个“怒冲冠”转【三板】。

（唱【三板】）

提棍棒到瓜园细查细看，
不降妖刘知远枉称奇男。（风声）

一霎时黄沙起怪风扑面……

◎至下场方，舞棍三“绷子”于上场方蹲身斜式。

【金甲神上。

刘　高　（唱）果见瓜精在眼前。

举棍棒打瓜精除掉恶患……（挥棍降妖……昏倒）

◎“挥棍降妖”：刘高、金甲神在【半登鼓】缓慢节奏中登四角的“上下”式口；刘高举棍打妖，金甲神拂尘挥动，刘高“抢背”着地（锣鼓停，干鼓配）起圆台的“乌龙绞柱”，金甲神挥“纹帚”配合，最后，刘高跃起举棍……昏倒下场方……

金甲神　（唱【扑灯蛾】）

叫声刘高听吾言。

吾非瓜精把世乱，

金甲神奉旨到凡间。

残唐五霸刀兵不断，

要汝为民解倒悬。

吾赐汝兵书和宝剑，

【刘高起，跪接……

金甲神　（唱）即刻投军到边关，到边关。

刘高听着：吾乃金甲神，奉玉帝敕旨，赐汝兵书宝剑。兵书，排兵布阵，变幻莫测；宝剑，斩将夺关，万夫难挡。汝即刻到邠州投军，建功立业。日后，夫妻父子必有团圆之时。吾当之言，牢牢谨记。吾回天廷复命去矣！（下）

【刘高复卧于地。

李三娘　（内唱【倒板】）

李三春进瓜园……（上场出）

把刘郎呼唤……（曲行，见倒地的刘高）

刘郎！夫哇！（膝行，泣声）喂——呀！

（唱【阴调】）

见此情不由奴珠泪涟涟。

刘郎夫带酒回不听妻劝，

提棍棒要降妖自命不凡。

想那日（起身）在华堂与刘郎初见，

奴观君语惊人气度昂然。

失罗帕在华堂暗示心愿，

禀爹娘得与君巧配良缘。

父母亡哥嫂把家业掌管，

一心心施诡计如禽兽一般。

权不念兄妹情把夫妻要拆散，

闹分家又分夫百亩瓜园。

分瓜园是哥嫂把夫暗算，

李三春闻此讯心似油煎。

果不料刘郎夫身遭危险……

（唱【二流】）

你看他人事不省卧倒平川。

刘郎死李三春已毁万念，

寻一死随刘郎同赴九泉。（欲碰壁）

【刘高苏醒起身，李三春头撞刘高胸，抬头……

李三娘 （惊）哎呀！

刘　高 三娘，三娘，三娘！

李三娘 刘……郎……你是人嘛是鬼哟！？

刘　高 俺明明是人，何言是鬼呀？！

李三春 刘郎，你还在呀？

刘　高　一个大活人，还会掉嘛！

李三娘　你未曾死呀？

刘　高　三娘之恩未报，俺刘高还死不了！

李三娘　你呀！把妻吓坏了。

刘　高　啊……时才你见我昏迷在地，以为俺已作黄泉之客。故而你（学三娘碰墙状）……哈哈哈……

李三娘　你还笑啊！

刘　高　三娘，这下就好了！

李三娘　什么好了？

刘　高　时才昏迷之中，恍惚有人言道：他非瓜精，乃上界金甲神。奉玉帝旨意，赐俺兵书宝剑，要俺即刻邠州投军，建功立业。

李三娘　兵书宝剑何在？

刘　高　时才明明在俺手中，现不知到哪里去了？！

李三娘　莫非刘郎昏迷之中的胡思乱想？！

刘　高　当时的情景历历在目；金甲神之言，刻刻记心。绝非乱想胡思！

李三娘　夫妻瓜园寻找。

【刘高、李三娘分寻。

李三娘　刘郎，四下皆无！

刘　高　三娘站远些，待俺以棍掘土！（掘土小圆场，乐台“小打”配）三娘，你来看！那不是兵书宝剑哪！（放棍拾剑）你看上面还有字迹——

李三娘　（念）兵书宝剑赠刘高，邠州投军立功劳。

刘　高　（念）兵书宝剑赠刘高，邠州投军立功劳。

李三娘　（同念）兵书宝剑赠刘高，邠州投军立功劳。

刘　高　（同念）兵书宝剑赠刘高，邠州投军立功劳。

李三娘　果是神人所赐。

刘　高　你我夫妻望空拜谢呀！

（唱西皮【倒板】）

得兵书获宝剑心潮翻涌，

李三娘 （唱【一字】）

夫妻们撮土为香谢苍穹。

刘　高 （唱）好三娘真情义把神感动，

李三娘 （唱）是刘郎性善良以吉化凶。

刘　高 （唱）到邠州去投军——

李三娘 （唱）妻把夫送，

实难舍——

刘　高 （唱）好三娘义深情浓。

（同唱【大过板】）

望三娘在家中千万保重，

李三娘 （同唱【大过板】）

望刘郎在边关千万保重，

李三娘 （唱）只盼夫多杀敌……

（唱【二流】）

多立战功。

刘　高 （唱）三餐茶缮——

李三娘 （唱）妻自弄，

衣服破了——

刘　高 （唱）我自己缝。

李三娘 （唱）李三春等候奴夫喜报拢，

刘　高 （唱）刘知远战胜归来祭祖宗。

李三娘 （唱）那时节哥嫂还有何计用，

刘　高 （唱）羞煞他小人辈无地自容。

李三娘 （同唱）

夫妻将分别心中悲痛……

刘　高 （同唱）

夫妻们将分别心中悲痛……（抱泣）

李三娘 刘郎！

刘　高 三娘！

李三娘 夫哇！

刘　高 妻呀！

李三娘 （唱）闻孤雁哭泣声——

刘　高 （紧接前“声”唱）

声撼长空。

◎【一字】【二流】中的“上搭下”，尤【大过板】的同唱，演员须事先“吃”好“各食”，唱时方能默契。

【刘高拿棍，同李三春难割难舍地从原路下。

·剧　终·

注：重庆市川剧院资料室存有我1998年演出的实况录像。

一因演出录像，二因年岁关系，力不从心（如“抢背”“乌龙绞柱”已不敢为），必有出入。请以剧本和“表演概述”为据。

附　记

此戏另有高腔“五袍”之一的《红袍记·打瓜》。《打瓜》，因戏单薄，只能与前折连演，故名《夺棍打瓜》。《醉打瓜精》虽与《打瓜》情节相同，却是一出“有啃头”——唱做皆重的武生犯功戏，也是彭（天喜）大王的“私窝子戏”。

老师教戏时，特别强调一个“醉”字。也就是说，饰刘高的演员从登台亮相至“昏倒”尘埃，始终贯串“醉”——唱做（尤舞棍弄枪）皆不离“醉身子”（表现剧中人酒后身法的术语），切不可唱做时清醒白醒，亮相时才醉意方归。

以青衣应工的李三春，也虽之前（《扫华堂》和过场戏“花烛”）乃是闺门旦，此是一个刚跨入“青衣”行列的青衣，不同于后受哥嫂折磨的《磨房产子》以及十余年后与子偶遇的《打猎汲水》和与刘高重逢——《磨房会》的青衣；更不同于《铡美案》携儿带女的秦香莲、夫死抚孤《三娘教子》的王春娥和《三孝记》（又名《辩非记》——“二十四孝”中安安送米的故事）的青衣庞三春，应掌握从闺门旦“过度”到青衣的分寸。

剧本整理于1998年10月12日

2013年3月30日完成电子文本

2013年6月21日初稿

2013年9月7日修改

附04 夺 棍（高腔）

姜尚峰◎传授 夏庭光 芈 萍◎演出

人 物：刘 高（武 生）
李三春（青 衣）

【台正中置一桌二椅，素色摆场（“摆场”，桌围、椅帔、椅垫也）。

李三春 （上，唱【月儿高·一字·昆头子】）

自与——

（唱【月儿高】腔）

刘郎偕连理，

恩爱夫妻如鱼水。

李三春 （唱）无端哥嫂太相欺，

妄折夫妻两分离。

刘 高 （上，唱）

盖世英雄无人比，

刘知远困在沙陀地。

无端哥嫂太相欺，

虎落平阳龙离水。

刘 高 （念诗）

义重怀冰暖，

情疏相火寒。

富交朋友易，

贫结弟兄难。

俺，姓刘名高字知远。从早哥嫂家中饮罢分家酒宴，临行之时，哥嫂言得明白，分家之事切不可对三娘提起。有道是，夫妻夫妻，有事同知。想我们乃年少夫妻，少年夫妇，怎的不讲，怎的不说！

（唱）俺与她年少夫妻，
少年夫妇，
怎的不讲，
怎的不说。
还须要，
归家庭，
一桩桩，
一件件，
对三娘——
说一个详和细。（重）

刘　高　开门来！

李三春　（唱）手托香腮闷沉沉，
耳听有人叫开门。
开开柴扉目观瞬，
却原是带醉刘郎回家庭。
夫呀夫……
在哪里吃得来沉沉大醉，
酒醉醺醺，
不管妻——
受奔波来受劳顿。（重）

刘　高　（唱）说什么受奔波来受劳顿，
俺刘高岂是无情人。
常言道今朝有酒今朝醉，
明日有事明日忧。

得一年来过一年，
得一月来过一月，
得一日来过一日，
得一时来过一时，
做一个——
随年随月随时过。（重）

李三春 （唱）说什么随年随月随时过，
你妻把夫莫奈何，
莫奈何——
搀夫草堂坐。（重）

刘　高 （跌后）吓！什么将俺闪跌一跤？！

李三春 是门……

刘　高 是人，拿去宰头！

李三春 是门坎。

刘　高 拿去损了！

李三春 成功者不可损坏。

刘　高 三娘莫非与它留情？

李三春 刘郎……你要……开恩啦！

刘　高 门坎啦门坎！不是三娘与汝讲情，尔的人头早已落地。还不叩头谢恩……去吧，去吧，去吧！……（忍呕）醉了，醉了，醉了……打茶来。

【李三春接刘高衣、棍，放，端茶……

刘　高 吓！为何不叫丫鬟，你亲自前去？

李三春 丫鬟被哥嫂带去了。

刘　高 三娘，你受苦了。俺刘高异日得志，多买丫鬟服侍于你。（视杯）看打！

李三春 刘郎，你在打谁？

刘　高 你看这杯中有一红脸大汉，圆睁双眼，将俺瞧着！

李三春　刘郎，那是你的醉容。

刘　高　怎么说是俺的醉容？我怎会醉成这个样儿？！喂，喂，嗯……走了，他走了……吓！他又回来了……我要把你抓……尾呀呀……醉了，醉了……三娘，俺有一个饮法……

李三春　怎样饮法？

刘　高　流星赶月，一气而干。

李三春　刘郎，此乃茶，并非酒。

刘　高　三娘情义有，茶也当得酒。（饮茶放杯）三娘，这就是你的不是。

李三春　何言妻的不是呀？

刘　高　往日归来，你要与俺见上一礼，今日为何礼都不见？！

李三春　……为妻见礼，你带醉之人不要还礼。

刘　高　要还礼……醉了，醉了！

李三春　刘郎，你在哪里赴宴，吃得来沉沉带醉？

刘　高　我……饮的是休妻酒。

李三春　哪家妻子不贤，被她丈夫休了？

刘　高　并非哪家妻子不贤，是你哥嫂相逼，我把你休了！

李三春　你妻未犯七出之条，然何将妻休了？

刘　高　你哥嫂相逼，我实出无奈。

李三春　哎……

刘　高　我把你休了。

李三春　刘郎……

刘　高　我不要你了。

李三春　夫呀！

刘　高　不要你了，不要你了，不要你了！

李三春　（唱【青衲袄·一字】）

夫好比泥塑人儿——

任人欺，

纸糊栏杆妻如何靠得你。

李三春 （唱）从早间哥嫂家中——

设华宴，

妻在那屏风后面，

看得清楚，

听不明白。

奴本当上前去说上几句，

又怎奈三叔在堂前……

我哥哥乃愚蠢之辈，

我嫂嫂乃饶舌的妇人，

奴欲言不好言，

欲怒不敢怒，

妻只得——

忍气吞声含悲泪。

刘　高 （唱）三娘何得泪如雨，

俺刘高岂是无志的。

三娘，我有三难忘。

李三春 哪三难忘？

刘　高 （唱）一难忘——

岳父岳母恩情重，

二难忘三叔为媒配佳妻。

唯有这三难忘——

难忘三娘的恩和义，

上有青天作证明！

李三春 既不忘妻恩义，然何将妻休却？

刘　高 时才乃作戏之言，并非休书，写的是分关。

李三春 妻不信。

刘　高 你——来——看！（怀内取文书示）

（唱）上写着——

刘知远与李鸿信！

刘　高　（唱）李刘二家把家分，

倘若告到官前去，

尚有分关作证明。

李三春　怎么说，我们的家就分了？！

刘　高　三叔做主，把家分了。

李三春　不知怎样分法？

刘　高　上、中、下三股分法。

李三春　上一股？

刘　高　三叔每年纳粮上税，三叔分去。

李三春　中一股？

刘　高　长子不离旧窝，哥嫂分去。

李三春　你我夫妻就无安身之处了？！

刘　高　三娘，这一下好了哇！哥嫂仁德，将百亩瓜园分到你我夫妻，慢道说吃瓜，就是卖瓜子也吃不完啦！

李三春　哎呀，刘郎中计！想那瓜园常有瓜精出没！

刘　高　（惊）噫得！

（唱）听闻瓜精！

怒气腾腾，（帮【滚腔】）

恶气上升！

刘　高　不提瓜精则罢，提起瓜精，我的酒醒大半！从早哥嫂家中饮酒，有人报道，看瓜之人被盗瓜之贼打伤，哪里是瓜精伤人，明明是欺李家无人。三娘，呈防手来！

【李三春取棍交刘高。

刘　高　待俺去！

李三春　哪里去？

刘　高　降服瓜精！

李三春　刘郎，那瓜精要吃人啦！

刘　高　哎！那瓜精都要吃人，山中豺狼虎豹吃些什么？！本得与你讲书，你何书不知，哪书不晓。有一辈古人你可愿听？

李三春　刘郎请讲。

刘　高　听道：昔日高祖未遇时来，身背三尺龙泉，荡游天下，行至芒砀山前，偶遇蟒虫挡路，高祖拔剑在手，叫道一声蟒虫呀孽障！孤若无福，孤丧汝口，孤若有福，汝丧孤手。言罢之后，将剑插于尘埃，那蟒虫缠剑一十八节而亡。后来高祖起兵于沛，破秦灭楚，一统天下。我么问你，那高祖姓什么？

李三春　姓刘。

刘　高　俺呢？

李三春　也姓刘。

刘　高　唵哎！姓刘便姓刘，说什么也姓刘。山东宰相山西将，他丈夫来俺丈夫！

（唱【二流】）

五百年前共一家，（重唱）

不同宗祖也同华。

高祖斩蟒为皇帝，

刘高今日效效他。

瓜园纵有瓜精现，

（帮【滚腔】）

纵有瓜精，（重）

某不怕它！

李三春　（唱、帮）

刘郎胆儿比天大，（重唱）

瓜精二字全不怕。

慢道说夫去打夫去拿，

你妻闻言心害怕，

莫奈何——

与夫双膝跪下。（拉衣）

刘　高　三娘，你莫非疯了？

李三春　非疯。

刘　高　魔了？

李三春　非魔。

刘　高　非疯非魔，跪着则甚？！

李三春　妻不要你去降服瓜精。

刘　高　我不降服瓜精，你我夫妻哪来度用？！

李三春　妻愿洗衣浆裳，暂度时日。

刘　高　我堂堂男儿，反赖于女流。你撒手！

李三春　我不撒手。

刘　高　我叫你撒手！

李三春　我不。

刘　高　你再不撒手……看打！

李三春　我爹也死了，妈也死了，要打，你就把我打死嘛！

刘　高　哎呀……妻呀！

（唱【摇板】）

喂呀——

三娘妻……

我和你年少夫妻，

恩爱夫妇，

慢说是打，

就是骂也骂不出口哇……

三娘妻呀……

（转【二流】）

本得不去时，

哥嫂家中说大话。

本得要去时，

三娘阻挡咱。

也罢！若念夫妻情，

瓜园来看咱。

不念夫妻情，

凭在你心下。

（帮【滚腔】）

纵有瓜精，（重）

某去拿它！（下）

【刘高轻掀李三春倒地。

刘　高　三娘，妻呀，俺去了！（下）

李三春　（挣扎起）

（唱）埋怨哥嫂做事差，（重唱）

不该将瓜园分与他。

时才刘郎说的话，

三春心如利刃扎……

忙将柴扉来掩下。

（帮【滚腔】）

高叫刘郎，（重）

奴随君家！（下）

·剧　终·

1979 年 3 月记录

附　记

1. 从剧本看《夺棍》，实无“考人”之处，较之《醉打瓜精》，甚至《红袍记》中的《扫华堂》都易于演唱。但，老师传授此戏时的两句话：“醉态始至终，酒醉心明白。”切为重要，请有兴学《夺棍》的年轻艺友参考。

2. 川剧有高、昆、胡、弹、灯五种声腔，昆腔乃其中之一。昆腔，源自昆山腔，自落户川班子后，习称“川昆”。昆腔，在川戏的传统剧目里，已无全本的昆腔戏，零零星星的单折亦无多了。但川戏前辈在运用昆腔为戏情，为人物服务的手法上，可谓煞费苦心——【昆头子】即是很好的例证。【昆头子】不仅在高腔戏用，胡琴的二黄戏亦用。

我老伴苹萍饰李三春唱【月儿高】使用【昆头子】，确确实实唱出了“恩爱夫妻如鱼水”的情趣。据我知，演《夺棍》用【昆头子】起【月儿高】腔，仅她一人。

3.【青衲袄】运用【滚腔】，也仅此《夺棍》一戏——也是据我所知。(《思亲诘问》，是我整理时借用此戏的)【滚腔】，是帮腔帮“专门”腔的一种称谓——如【香罗带】的【彩腔】，【红衲袄】的【合同】，【锁南枝】的【专句】，【梭梭岗】的【飞句】等。

2013 年 6 月 26 日凌晨 3 时

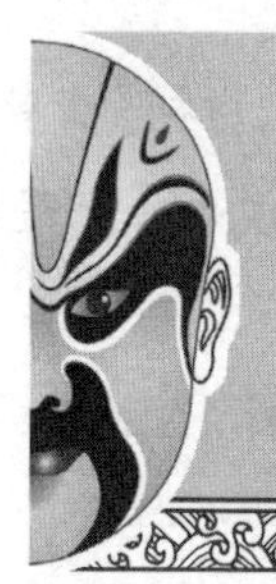

⑬ 夜宴释盗 选场（弹戏）

彭天喜◎传授

剧情简介

武举张雁行，不识科考之道，被试官削掉功名，积愤于胸。适好友相邀上集侠山入伙，夜赴李府辞行，公子春华备酒作践。

石金甫潜入李府行窃，贪酒被擒。李公子赠银诲石，放金甫离去。

石金甫改邪归正，作卖针头线脑杂货的小贩，在《青石涧》（又名《掀涧》）惩治了剪路的侯尚官——此是后话。

人　物：石金甫（武　丑）
　　　　李春华（文　生）
　　　　张雁行（花　脸）
　　　　家　院（杂）

◎石金甫，画似青蛙形小丑脸谱，蝌蚪眉，绿豆眼，蝌蚪胡，下唇点蝌蚪红，两眉间画头下尾上蝌蚪印堂红（此红含邪中存正之意）；头上斜戴青色素拦梳，身穿青色素打衣，腰捆深蓝色风带，光颈子，高挽袖，下穿青色裤、白统袜、青圆口布鞋。

李春华，戴素色角角巾，着素色褶，下着素色裤、白袜、青朝鞋，持扇。

张雁行，画“黑三块瓦”脸谱，黑满须，戴封侯巾，穿黑色绣花褶，红裤青靴，持扇。

家院，戴黑二满满口条，素罗帽，素褶加鸾带，素裤，白统袜，素夫子鞋。

【舞台中一桌（竖摆）二椅，桌后隐置一脚箱，淡雅的绣花摆场，桌上置彩烛。

【乐台奏“大出场”锣鼓伴张雁行由上场方出。

张雁行 （念诗）

自矜勇力果敢，
堪夸智谋颇多。
去岁乡试登科，
今日英雄拓落。（小圆场）

家　院 （下场上）张爷至了。（向内）有请公子。

李春华 （下场上）仁兄！

张雁行 贤弟！

李春华 仁兄请！

张雁行 贤弟请！

【吹打中张、李分宾主落坐，家院捧茶，二人饮后，家院接杯下，复上。

李春华 仁兄为何脸带怒容？

张雁行 可恨试官恋财，无端削去为兄功名。

李春华 来日方长，终有……

张雁行 朝廷昏暗，仕途多弊，功名二字，兄已看淡。受朋友邀请，上集侠山入伙。兄今夜特来辞行。

李春华 仁兄！上山为盗，岂不毁兄前程。望兄再思……

张雁行 贤弟，集侠山乃劫富济贫、替天行道的英雄，绝非为害一方的山贼，贤弟竟可放心。为兄去意已定，弟不必多言。

李春华 这个……人各有志，小弟不便强劝。弟备薄酒，与兄践行。

张雁行 好！弟兄今日一别，不知何时再聚。兄与弟痛饮通宵！

李春华 家院，看酒来！

家　院 是。（下，端酒复上，摆酒）

李春华 无须侍候，歇息去吧！

家　院 是。（关门，下）

张雁行 （念）酒能助豪兴，

李春华 （念）人情杯中乐。

张雁行 贤弟请！

李春华 仁兄请！

【吹……李、张靠椅眠。更鼓声起，冷场少许，石金甫从上马门上……

◎石金甫三“虎跳”后，右腿跨盘左腿接“扒滚”于台中左足落地、右腿盘左腿上之式不变，蹲身、右手握拳托腮、拐触右腿上至唱毕收式。

石金甫 唉！

（唱【夺子】）

家母七旬遭病磨，
缺少数数（意为钱）怎抓药。
想去做生意，
本钱无着落。
若是扛包裹，
幼小体质弱。

爬树手脚灵，
攀房幼儿学。
只得行此道，（作偷状）
实在莫奈何。
白天睡大觉，
黑夜才干活。（扫【罢儿腔】）

◎根据唱词，作少许的手式动作，蹲姿不变。

我——石金甫。自幼父丧，老母多病。
家贫如洗，只好做这不要本钱的买卖。
最惧鸡鸣犬吠，喜的夜静风和 ；
明知王法躲不过，哎哟哟，也暂解燃眉之火。
听说李府公子仗义疏财，爱救人危。
今晚去照顾他，借几个数数，跟老娘抓几服药，也为我买壶烧酒，解解——（抿嘴吞口水）馋。
（望）李府还有好远好远哟，待我驾个“筋斗云”（原地“前扑”——“干大锣”——“当”配）——拢啦！
【间奏起——其间，根据表演配以“小打”“干大锣”“大锣边”“子钵”“干鼓”，石金甫“提斗抢背”时，【冲头】锣鼓结束，起【三板】。

◎石金甫至大门旁蹲身侧耳听，面呈微笑，欲从怀内摸刀——骤然狗叫声传来，大惊，快步直冲台口——脚上台沿一滑，梭坐台沿向后倒身，冷场片刻（间奏止，只敲二鼓——更声）……间奏恢复，快速起身，以矮身法快步行至下马门，跳跃拍脚、落地变弓箭桩视左盯右，如是至上马门顾左看右——一股亮光透窗而出（中场桌后方）；起“跺子”腾空，下落时双手撑脚箱“竖鼎”，继收腿立于脚箱上，左转身，以手食子沾唾液戳窗纸，遂睇一眼向内窥视——室内静静悄悄；石高兴地跳下，以腰间的风带浸水，速返回扭风带，再从怀内取小刀（以右手“剑指”拟刀）拨窗闩；小心翼翼地推窗，然后破窗而入（“穿猫越桌”）……

张雁行惊醒，金甫“倒氵八滚”蹿于桌左旁——瞬息传出猫叫声，雁行说“夜猫捉鼠”后继续入梦乡……停顿片刻；石缓慢地露头倾听，再起身欲干活，一股诱人的酒香，令金甫无法控制——他口水连吞，手抓喉咙，拿起酒壶贪婪地狂喝：腰际靠桌角，倒身仰饮，“氵八滚”着地，双脚夹壶倾酒入口，遂起身扑向桌边，再转身以颈项枕桌沿（“滚桌”饮酒）——左滚饮，右滚饮，绕桌滚饮；已吃得“二麻二麻”，摇壶耳听——壶空无酒，放壶——壶放空下坠，金甫惊慌抬脚——壶落脚面，踢壶飞，双手接，轻搁桌；石“脚打脚”地想在室内寻觅值钱的东西……往前一蹿，头撞门，石惊叫“哎哟”“倒氵八滚”倒在张身前，雁行惊醒，抓住金甫后领，用力一甩——石“提斗抢背”着地下场方，再起身跌坐地下——

【李春华醒，家院拿棒上。

张雁行 毛贼！

（唱【三板】）

小毛贼竟有天雷胆，

入室偷盗藐视俺。

李春华 （唱）好男儿何故自作贱，

若有隐情尔实言。

石金甫 大爷，相公呀！（跪）

（唱【二流】）

石金甫岂是懒惰汉，

只为老娘病魔缠，

夜行生活非自愿，

想为娘偷点买药钱。

李春华 啊！原来是个孝子。

张雁行 贤弟，休为这小毛贼谎言所骗！

石金甫 大爷，相公，小子说的句句实话，岂敢扯谎说白。倘若不信，小子的家离李府不远，就在那大黄桷树下的茅草棚，一问便知。

李春华 如此说来，那位满头银发、手杵竹杖、面黄体弱的老太太，就是石小哥的母亲？

石金甫 正是。

李春华 仁兄，小哥所言非虚，乃是实情。家院，呈五两纹银来。

家　院 是。（下）

【李春华扶起石金甫，家院复上，银交李手。

李春华 石小哥，这五两纹银送你……

石金甫 这个……

张雁行 什么这个那个，给你就收下！

李春华 为你老娘抓药治病，再买些油盐柴米，余下银两，做个小小生意，切不可……

张雁行 再做强盗！

石金甫 小子再也不敢了！

张雁行 再做强盗，我张雁行要打破你的天灵盖！

石金甫 多谢张大爷，李相公。

家　院 石小哥哇！

（念）我东人恩多义多。

李春华 （念）休再做夜行生活。

张雁行 （念）若有难集侠山寻我。

石金甫 吓……集侠山……那不跟我一样……

张雁行 嗯！

（念）众英雄仗义惩恶。

石金甫 啊……小子拜辞。（欲行原路）

张雁行 嗯！走大门！

李春华 家院，掌灯送客。

家　院　是。(下)

【起［大分家］锣鼓，家院提灯笼上，开门送石，金甫出门，突然转回——

石金甫　(激动地) 张大爷，李相公！(“飞跪”连连磕头……)

【李春华、张雁行扶石……

家　院　小哥，随我来！

【石金甫拭泪随家院下。

张雁行
李春华　(同笑) 哈哈哈……

·剧　终·

附　记

1. 全本《春秋配》，乃传统“弹戏四大本”春、梅（绎亵）、花（田错）、苦（节传——即建国后整理改编的《芙奴传》）之一。传说，《春秋配》出自四川文人李调元先生之手（有兴者请参阅重庆市艺术创作中心编、重庆大学出版社出版的“重庆老艺术家作品丛书”、笔者拙著《川剧品微·神来之笔》第 139 页）。

2. 老师传授此戏时已年逾花甲，只可言传，无法身教——示范，尤以颈项枕桌沿的“滚桌”，老师常常督促我练，讲其要领，点示卯窍；又谆谆教导：此技难练难精，较之三张高桌上翻“倒提”要艰难到十倍至二十倍。的确如师所说，仅“滚桌”一项技巧，我整整“保秘”练夜功三个月……“滚桌”熟练后，其他技巧就是小菜一碟。当我准备上演此戏时——

“瞌睡正遇枕儿来”。20 世纪 50 年代，重庆市胜利川剧团编导组整理了全本《春秋配》，由薛艳秋老师和我执导，陆青云司鼓，苹萍饰江秋莲，刘玉书饰李春华，爱美玲饰江母，刘震新饰张雁行，杨三武饰侯尚官，我饰石金甫。

整理本保留了《释盗》《拷打》《拾柴》《回柴》《掀涧》的“原汤”，

丰富了石金甫赴集侠山《报信》的讲唱，排导上加强了劫法场《救李》的打杀场面。整理本只留单线——春华、秋莲，删去了雁行之妹张秋鸾（《春秋配》原为秋莲、秋鸾同配春华）和有关情节。

《春秋配》在重庆市市中区的胜利剧场和小龙坎的工农剧场，先后连续演出 50 余场，可谓座无虚席。

《春秋配·夜宴释盗》演出，老师没有目睹，遗憾（老师于 1952 年 7 月在杨家坪劳动川剧院演完他最后一戏《磐河桥》，长辞川剧舞台）……

《春秋配》在胜利剧场首场戏毕后，我同“小小武行”的兄弟在大众游艺园侧旁的劳动食店宵夜，特意留出“上把位”，摆好碗筷，斟上酒，举杯默念道：老师，你的心血没有白费，《夜宴释盗》演出啦……

2013 年 6 月 30 日夜 7 月 1 日修改

附05 捡 柴（弹戏）

刘玉书◎传授 夏庭光 革 萍 骆骏臣◎演出

剧情简介

江秋莲被晚母强逼同乳娘抛头露面拾柴，李春华送友返归经山涧坡见，询问详情，义赠纹银。《捡柴》又名《拾柴》《山涧坡》，乃全本《春秋配》之一折。

人 物：李春华（文 生）
江秋莲（青 衣）
乳 娘（老 旦）

【舞台左侧置一脚箱。

江秋莲 （内）苦哇……

【乳娘，麻发，穿古桐色衣系风带，下白裙、夫子鞋，背背篼上；江秋莲青衣头，着玉蓝苦褶子，缓步出。

江秋莲 （唱苦皮平起【一字】）

出门来羞答答把头低下，
禁不住泪珠儿点点如麻。

乳 娘 （唱）终有日熬出头不受打骂，
劝小姐免伤怀且把泪擦。

江秋莲 （唱）闺阁女捡芦柴惹人笑话，
忍着泪待父回告诉于他。

乳 娘（唱）弱女子她只宜刺绣窗下，
来荒郊怎受得这样波折（唱“扎”）。

小姐，你就在此歇息，老奴去捡些芦柴，也好回家。

江秋莲 喽呀，好苦呀……（坐土台——脚箱）

【李春华戴素色角角巾（帽后飘带挂于巾上——飘带可搭可拴，视戏而为），着素色褶、裤、白袜、朝鞋，乘马（浅色马鞭）上。

李春华 （唱甜皮【二流】）

从早间送朋友扬鞭走马，

归来时不觉得红日西斜。（架桥）

吓！见一小大姐土台落泪，不知何故……待我问明。（下马欲行）……又道是男女交言，于礼有碍。这这这……啊，那旁有位老妈妈拾柴，不免上前请教。那位老妈妈，学生有礼了。

乳　娘 你有米，我有柴。

李春华 （一笑）生是请问……

乳　娘 大路在前，小路在后。

李春华 非也。

乳　娘 会飞？！随便走。

李春华 笑谈了。请问老妈妈，那位小大姐因何啼哭？

乳　娘 哭起耍，与你何干！

李春华 这……

乳　娘 你才是多——管——事！

李春华 （唱）生本是好意儿上前问话，

老妈妈她何故不愿回答。

若不问心儿里有些牵挂，（对秋莲）

问大姐为然何露面山椏。

乳　娘 哎！你是盘查司？你是访查司？岂有此理！

江秋莲 乳娘呀！

（唱苦皮【倒板】）

蒙君子致殷勤再三问话……

乳　娘 小姐，男女交言，其礼有碍。

江秋莲 （唱【一字】）

虽然是男女别不得不答。

李春华　妈妈，你们家住哪里？

乳　娘　天敞坝！

李春华　天敞坝在哪里？

乳　娘　天底下！（传话——下同）问我们家住何处？

江秋莲　（唱）家住在洛郡庄魁星楼下，

乳　娘　洛郡庄，魁星楼。

李春华　门前有何标记？

乳　娘　门上有门神，两旁有对联。他问有啥标记？

江秋莲　（唱）庄门外有几株槐柳交叉。

乳　娘　听到没得？！

李春华　请问贵姓？

乳　娘　百家姓上头有！问姓名？

江秋莲　（唱）奴的父名江韶字表德化，

乳　娘　江德化！

李春华　做何生理？

乳　娘　卖瓜子、落花生！

李春华　大小是生意。

乳　娘　没找你借本钱！他问做啥生意？

江秋莲　（唱）为生计贩谷米奔走天涯。

乳　娘　卖米的！

李春华　来到荒郊何事？

乳　娘　吃多了，消饱胀！他又问到荒郊做啥？

江秋莲　（唱）在家中受不过晚娘打骂，

强命奴山涧波来拾芦桠。

李春华　哦……

乳　娘　你饿啦！

李春华　闻大姐之言，却原晚母不贤……妈妈，生有白银一锭，拿回家去多买些芦柴，也免在外受此风霜。

乳　娘　哼！你富你自有，我贫我自守。哪个要你施舍！

李春华　妈妈，生一片诚心，并无他意，银放尘埃，生去也。（欲行）

江秋莲　君子……

乳　娘　菌子！

李春华　妈妈要说话？

乳　娘　我两个莫得话说！

江秋莲　君子呀！

（唱甜皮【二流】）

问君子因何故郊外走马，

乳　娘　（传——下同）你也吃多了，出来消饱胀！？

李春华　（唱）送朋友返李庄路经山垭。

乳　娘　他送友而归。

江秋莲　（唱）烦乳娘请公子姓名留下，

乳　娘　家住李庄，当然是百家姓上的赵、钱、孙……

李春华　（唱）生姓李名花字春华。

乳　娘　如何？！李春华！

江秋莲　（唱）李公子赠银情义厚恩大，（施礼）

乳　娘　我家小姐给你施礼啦！

李春华　何敢当得！（还礼）

【江秋莲施礼，李春华还礼，反复……

乳　娘　好啦，好啦，行啦，行啦……够啦！（跺脚）哪有哪门多米（礼）哟！

（唱）时已晚莫耽搁快点回家。

【李春华牵马停步视秋莲，江秋莲缓缓移袖视春华，乳娘以身遮挡二人视线……分下。

·剧　终·

附 记

向刘玉书老师学《捡柴》，事出偶然。还是20世纪50代的胜利剧场，午台演出五个折子戏。开报的李正方老师为凑时间，也为花色品种齐全和摆演员，开了《捡柴》补“缺”。偏偏凑巧——刘老师夜感风寒，又吐又屙，无法上台。因我是《春秋配》全本的导演之一，救场演出的担子自然落在了我的肩上。救场演出后，姜尚峰老师要我“回”个“炉”——去向玉书老师认认真真地再学……

一月后，李老师有意开了《拷打捡柴》，让我复演——为栽培后辈，李老之深情厚意，令我铭记至今。

配演乳娘的骆骏臣老师，是1901年成立于自贡的臣字科社的学生，与曹俊臣（曹大王）、李瑞臣、段宾臣等同科，其本行是武生。我的“吕布戏”《小宴》，师承表演艺术家彭天喜、姜尚峰，但【大红衲袄 · 一字】唱段的词，有几句“子子”（戏词）却是骆伯伯（川话读骆的音为诺，故有的老先生与骆老开玩笑喊“诺侯”大爷，有的年轻人不懂，也跟到喊诺侯伯伯。“诺侯”即是“吊巴”——鬼也）“送”（教）的。原词是：司徒府中设华宴，你一杯我一盏杯杯饮干。汉天子登基龙耳软，十常侍在朝贼专权。骆老看我演出后说：【大红衲袄】“立柱”的那几句欠妥，尤“十常侍在朝贼专权”。提到宦官十常侍就会联系到何进无谋，引狼入室——董卓进京，吕布不是自己打自己的脸吗？！骆老“送”的“子子”是：司徒府摆金杯又弄玉盏，红酒绿花玉叶鲜。听声环不住响耳畔，香风吹来透珠帘。汉天子登基龙耳软，各路诸侯动狼烟。

骆老师进重庆市得胜大舞台时，年逾古稀，只能唱一些“上朝房但得见红日高照”排朝的头旗（第一个）“老款款”以及“购买丝鞭事，报与相爷知”（《三击掌》）的头旗院子等配角。骆老师生就一副“婆婆相”，当时“得胜”缺老旦，他也乐意承担一些老旦的配角。骆师傅从未学此行，但他艺术经验、生活积累丰富，配演乳娘得心应手，颇受观众欢迎。一个配角，演成了助戏的“抢角”，可见功底深厚。

《捡柴》，作为附件纳入“剧本选”，主要是想保留川剧传统的表现手法——传声筒，不致使戏久别舞台而遗失。若有兴趣者，请阅我拙著《川剧品微·续集》中的《“传声筒”“肉电话”》（68 页）篇，恕不在此详说了。

2013 年 8 月 26 日夜

⑭ 柳毅遇美（弹戏）

曾广云◎传授　夏庭光◎整理

剧情简介

书生柳毅游海赏景，遇龙宫女舜华、琼莲。柳生、舜华一见钟情，遂订婚约。柳又为世弟张羽代求琼莲，莲亦允诺，并互赠信物。

人　物：柳　毅（文　生）
　　　　舜　华（闺门旦）
　　　　琼　莲（花　旦）
　　　　侍　儿（奴　旦）

◎柳毅戴角角巾，穿鸳鸯褶，下着鸡把腿文生裤、白袜青朝鞋，衣帽色彩鲜艳，持白扇。舜华、琼莲梳古妆，着古装，肩披长绫，穿彩鞋，面部描金点仙气，持羽毛扇。侍儿梳古妆，着褶裤套长架架，系风带，穿彩鞋，持团扇。三女角的衣着色艳有别。

【舞台左斜置一桌二椅，桌前插耳帐——拟楼，摆场、耳帐色艳。

舜　华　（内）妹妹请！

琼　莲　（内）姐姐请！

【起【一字】过门中，侍儿带路由下马门上，舜华、琼莲同上。

舜　华　（唱【一字】）

轻移莲步珮环响，

琼　莲　（唱）惊起海鸥乱飞翔。

舜　华　（唱）姊妹们自幼儿水府生长，

琼　莲　（唱）好姐姐居洞庭天各一方。

舜　华　（唱）忆幼情姐思妹朝盼暮想，

琼　莲　（唱）思姐姐想姐姐妹懒梳妆。

舜　华　（唱）为大伯祝寿诞随父同往，

琼　莲　（唱）姊妹们才相聚珊瑚寿堂。

舜　华　（唱）且喜得大伯允同游海上，

琼　莲　（唱）看一看人世间美好风光。

◎【一字】唱段中，适当地变换方位，互配动作。宜少忌繁。

侍　儿　禀小姐，来到蜃楼。

琼　莲　带路！

【小圆场，琼莲请姐姐先行，舜华携琼莲登楼于中场，侍儿随后。

侍　儿　哎呀，好好看的蜃楼啊！

舜　华　（唱【夺子】）

　　观蜃楼黄金柱霞光闪亮，

琼　莲　（唱）观蜃楼碧玉瓦画栋雕梁。

舜　华　（唱）观窗外白茫茫烟波荡漾，

琼　莲　（唱）观远山绿悠悠鸟语花香。

侍　儿　哎呀，二位小姐，你们看这蜃楼雕栏宛转，精巧玲珑，凡间工匠哪里造得出来哟！

琼　莲　姐姐，此是第一层，已是眼前一望无涯。若到第二层，不知怎样宽阔。

舜　华　正是：欲穷千里目，

琼　莲　更上一层楼。

侍　儿　二位小姐请。

【侍儿带路，舜华、琼莲携手行……

舜　华　（唱【二流】）

　　姊妹携手把楼上，

【舜华、琼莲再登楼（上桌），侍儿尾随上楼（站椅）。

琼　莲　（唱）沙滩一对美鸳鸯。

姐姐，姊妹常在画上看鸳鸯，枕上绣鸳鸯，书里读鸳鸯，今日才见鸳鸯鸟哇！

舜　华　妹妹呀！

（唱）龙宫生来水府长，

　　哪见人间真鸳鸯。

琼　莲　姐姐，小妹前日在书本上见潘安掷果、宋玉窥墙的故事，甚是疑惑，难道人间真有这样标致的男儿，妹和姐这双眼，怎么未见一个？！

舜　华　妹妹，宋玉、潘安乃是凡生，姐和妹……怎得见呀！

琼　莲　唉……姐妹前世未修，生在这龙宫水泽，他日于归，不知嫁个什么样的男儿呀!

【舜华含羞,以指轻戳莲额,侍儿以指刮脸,琼莲以扇掩面……

琼　莲　（唱）投胎误落水中央，

怎叫鳞甲伴霓裳。

舜　华　（唱）宋玉潘安休指望，

相逢除非梦一场。

◎宋玉、潘安，传说中的两位美男子。

柳　毅　由上马门出，展扇，移左手，右手理飘带，远视亮相。

（唱【一字】）

游海岸顿觉得神清气爽，（收式，扇还右手，行弧形）

山连水水连天一派风光。（扇用“波浪式”随词，遂双手挽扇侧身视——）

薄雾中一朱楼高有数丈，（身转正，惊喜视）

楼台上恰好似女英娥皇。

◎女英、娥皇是远古传说中尧帝之女，尧不传位予子而禅让与舜，并将女儿双双配舜帝。

学生柳毅。别了张羽贤弟,来至东海访友,不料此地甚是荒凉,游兴索然。欲别友返回,又为友人苦留,终日闲坐,好生寂寞。今日独游海滨，观见大海之中现出朱楼一座，还有两位佳丽，真可是海市蜃楼,月宫仙子！……惜乎呀惜乎,无路可通呀！（背身斜视蜃楼）

侍　儿　小姐，那海岸之上，有位书生！

琼　莲　在哪里？

侍　儿　在那里！

琼　莲　（望）呀！姐姐，你看那生伫立岸边，凝视姐姐。

舜　华　他是在观海赏景。

琼　莲　不，他是在看姐姐！

舜　华　呸！他无心赏景，就是看妹妹你呀！

琼　莲　嗯，是在看你……

舜　华　看你！

琼　莲　看你！

侍　儿　哎呀，是在看两位小姐！

琼　莲　多嘴！姐姐，你看那书生的样儿，恰似潘安在世，宋玉复生。何不让他至楼前细观详问呀？！

舜　华　好道好，无路可通呀！？

琼　莲　姐姐何不架一座雀桥呀！

舜　华　呸哟！父王知道，多生事端。

侍　儿　哎呀，小姐不说，奴婢不讲，龙君如何得知。

琼　莲　对！姐姐，你就使法嘛！

舜　华　把你莫奈何了！

（唱【二流】）

手中扇儿晃三晃……

【神桥出现……

柳　毅　呀！

（唱）雾散海中现桥梁。

蓬莱仙岛已在望，

学生何必再彷徨。

放大胆移步把桥上……

【柳毅上桥……

◎“神桥”，乃打杂师横置于舞台中央的一根普普通通的板凳——行话叫作“板凳桥”。柳毅上桥，即饰柳毅者在“板凳桥”上的身段舞姿展示：

他扇儿插项，外褶搭腕，登登朝鞋，紧紧脚带；再取扇展扇，同时抛褶，左脚缓举，踏上桥头，右脚随跟——一滑仰身，继向前倾——“蜻蜓点水”……然后，收式，体慢左侧，同时，右腿横跨、左手理飘带，右手白扇竖，双目右视蜃楼，“磨步”至桥中；向右转身，同时，右脚落、左腿横、弹飘带、扇儿移左手、右手理帽带、目斜视舜华，身躯蹲而复起，如是三次——“三起三落”……海涛骤响，惊梭坐桥、身左倾、右腿缩、左脚翘——少许停顿……

侍　儿　（同时惊叫）哎呀！

舜　华　（同时惊骇）吓……

琼　莲　（同时惊骇）吓……

舜　华　海深桥窄，你——要——小心些呀！

柳　毅　唉唉唉……

（唱）骇得人冷汗透衣裳。

◎柳毅弹带，挥袖拭汗（舜华也以袖拭汗，侍儿与琼莲细语，琼莲偷乐），遂收腿踩桥起身，再视桥下，浪声未止，毅心有余悸……以手拍胸定神；扇回右手，双手翻扇右举，双足“磨步”，双眼仍不离蜃楼上的舜华……近桥尾，收扇挑外褶搭腕，左脚踢褶前襟，以扇挑褶后襟，紧随跃身下桥。神桥隐去——打杂师端板凳下。

◎饰柳毅的演员“留腔”后，乐台以轻重缓急的锣鼓配合他们在桥上、楼上的身段和人物的情绪，打杂师收“桥”后，偃锣息鼓。

多感小姐时才为生担忧，学生一礼相谢。

琼　莲　姐姐，那生与你见礼呀！

舜　华　妹妹，他在给你见礼。

侍　儿　哎呀，你们推来推去，人家咋个回神哪！？

琼　莲　姐姐……（催促还礼）

舜　华　奴家万福了。

柳　毅　（收礼抬头）呀……

（唱）观此女似嫦娥从天而降，
尘世间哪有这绝色娇娘。
她在上我在下心事难讲，
错过了好姻缘终身恨长。
小姐，学生有不情之请。

舜　华　相公但讲无妨。

柳　毅　学生欲借楼一望，以穷远目。不知小姐可允否？

舜　华　这……男女有别，殊不雅观。相公既要登楼，姊妹下楼相让。

柳　毅　这个……深谢了。

舜　华　侍儿带路。

【“架桥”—— 间奏……侍儿引，舜华、琼莲下楼；柳毅退让至台左……

舜　华　相公请！

柳　毅　（痴视舜华，呆立不动）……

侍　儿　相公……相公……相公！

【“架桥”止。

侍　儿　你要借楼观景，我们小姐下楼相让。你为啥子又顿起不动喃！？

柳　毅　人去楼已空，美景无缘逢。

舜　华　相逢若春梦，灵犀一点通。

柳　毅　知我者，小姐也。学生姓柳名毅字士肩，潼津人氏。满腹文才，无意功名。年已弱冠，尚未择配。今与小姐不期而遇，真乃天作之合。学生不揣冒昧，欲求百年之好。

◎“弱冠”，《礼记·曲礼上》：“二十曰弱冠。”弱，年少。古代男子二十岁行冠礼，故用以指男子二十岁左右的年龄。

侍　儿　哎呀呀呀……（插入舜、柳之间）我们小姐姓啥叫啥你都不晓得，你就……

琼　莲　多嘴！（向柳）姐姐乃是龙——氏舜华，奴名琼莲。

柳　毅　学生失敬了。（一揖）

琼　莲　（还礼后）姐姐，姊妹常以不得其配为忧，今遇才郎，姐姐……

舜　华　（微微点头）……

琼　莲　（喜对柳）百年之约，姐已允诺。只是……

舜　华　白头之吟，其能免否！？

◎“白头之吟”：“白头吟”，乐府《楚调曲》。古辞写男有二心，女来决绝，并表示“愿得一人心，白头不相离”，故以《白头吟》名篇。《西京杂记》载：西汉司马相如，将聘茂陵女为妾，其妻卓文君作《白头吟》表示决绝，相如遂打消原意。

柳　毅　生若负义，皇天不佑。（跪）

舜　华　相公……（示意请起）

（唱）君一诺千金把心放，

柳　毅　（唱）学生焉敢负名芳。

望卿恕却生孟浪，（眼视琼莲）

舜　华　（唱）君莫非为妹选东床。

◎“东床”，《晋书·王羲之传》：“太尉郗鉴使门生求女婿于导（王导），导令就东厢遍观子弟。门生归，谓鉴曰：‘王氏诸少并佳。然闻信至，咸自矜持；惟一人在东床坦腹食，独若不闻。’鉴曰‘正此佳婿邪！’访之，乃羲之也。遂以女妻之。”后因称女婿为“东床”。

柳　毅　真可谓心有灵犀一点通呀！生有一世弟姓张名羽字伯腾，人品才学胜生一筹。若令妹不弃，学生作伐如何？

舜　华　（回视琼莲）……

琼　莲　凭在姐姐。

舜　华　（对柳）舍妹已允。

柳　毅　既蒙慨允，还求各赐一物为信。

舜　华　奴有鲛绡帕一张。（视琼莲）

琼　莲　妹有水晶珮一枚。

【侍儿接，送柳生。

柳　毅　（收入袖内）生有白扇一柄，世弟幸有诗稿一笺在我身旁（取诗笺），请收存。

【侍儿接、送。

柳　毅　待生即刻返回，与世弟商议，同央媒说亲。

舜　华　家父杜客深居，纵有冰人到来，亦难晤面。姊妹回禀，君待好音。

柳　毅　生又如何……

舜　华　……（略思）来年八月十五，依然在此一会。

柳　毅　记下了。

舜　华　姊妹出游许久，恐家父悬望。

柳　毅　如此，学生拜辞了。

（唱）若非月老暗引向，

琼　莲　（唱）织女岂能会牛郎。

柳　毅　（唱）愿时光快似箭十五早降，

舜　华　（唱）待来年月圆时好事成双。

【吹［尾煞］：毅拜别登桥、下桥，遥望退行，华、莲如是……

·剧　终·

◎柳毅至桥头，右脚踢褶，右手接褶侧——此时，舜华舞动手中羽扇——大锣边敲“厂浪浪”——小生右旋（挂左手幺指的外褶和右手接住之褶随右旋飘飞）止步、停褶，回望、碎步退行下，二旦亦然。

同是行“神桥”，先难后易，这就是“戏”。

剧本整理于2001年1月16日

附　记

《柳毅遇美》又名《蜃楼遇美》，是源于民间传说“柳毅传书，张羽煮海”的传统戏全本《蜃中楼》之一出，有时演“遇美”单折，亦以《蜃中楼》为剧名。在我舞台生涯七十六年里，仅看过全本两次：上世纪四十年代，随父跑滩搭班在赤水县和重庆市的得胜大舞台。在“得胜”饰柳毅者，就是曾广云老师。

老师教戏时说，走好“板凳桥”，其他戏如履平地。而今演需要在板凳上做戏的《滚灯》的板凳，是根据戏需的高、宽、长度定做；那些年代试演时打杂师才向茶房酒馆现借。“板凳桥”演时难走，我练时也借一次练一次（幸好，得胜大舞台的后门紧挨菜园茶社）——难练啊！

眼下，年轻艺友若学演“遇美”，只须自身努力，无须顾及板凳了。

平坦的舞台，假设一座要多大、多宽、多长的无形神桥，或按传统以一桌二椅拟桥，未尝不可？按时下的灯光布景，可设计一座色彩鲜艳的神桥。但是，这些都不利于或不完全利于发挥演员的表演技巧，失掉或减弱了川剧艺术的特有功能。“遇美”，也无欣赏之点。

以前，不少观众进场看戏，尤其是他已看过多回，已熟悉的戏并不完全是甚至完全不是来看故事情节，而是来欣赏戏中的某一点——看《蜃楼遇美》就是看“板凳桥”上一些较有难度的舞蹈身段和由此引发出的两位一见钟情的年轻情侣彼此相连的“心线”。

2013年7月15日初稿

2013年10月10日修改

⑮ 三难新郎（高腔）

姜尚峰◎传授　夏庭光◎整理

剧情简介

此戏取材于《今古奇观》中的《苏小妹三难新郎》：秦少游大登科金榜题名，小登科洞房花烛。孰料被才女所难，幸苏东坡暗中指点，方得“绝对”圆篇。

人　物：秦少游（文　生）
　　　　梅　香（奴　旦）
　　　　苏东坡（正　生）

◎角色穿戴：

秦少游戴状元头插官花，穿玉色褶，红裤青靴，持白扇；

梅香古妆头，褶裤套“梅香”架架（奴旦服饰的行称）加风带，彩鞋；

苏东坡戴武状元头，穿蓝色官，红裤青靴，持扇。

◎秦少游，姓秦名观字少游，扬州府高邮人。腹饱万言，眼空一世，生平敬服只有苏家兄弟，以下的都不在意。

苏东坡，姓苏名轼，字子瞻，别号东坡，四川眉州（眉山）人。父苏洵，字允明，别号老泉。弟名辙，字子由，别号颍滨。苏家父子都有文经武纬之才，博古通今之学……天下称苏家父子，谓之“三苏”；称他兄弟谓之“二苏”。

【舞台右方斜横置桌，桌后搁椅，桌上放“文房四宝”、彩烛或灯、三种酒器、三个纸包；中场（左斜）处正放一椅，摆场喜色。

【吹打中，梅香由下马门上，复查桌上酒器、纸包后，出房门向上场方拜请，秦少游在“文场”锣鼓伴奏下喜悦登场。

秦少游 （唱【红衲袄·二流】）

人逢喜事精神爽，
月到十五分外光。
昨日名登龙虎榜，
今宵洞房效鸳鸯。
来到洞房用目望，
孔雀屏开兰麝香。
一张桌儿齐门放，
三个纸包摆中央。
桌上酒器分三样，
旁边侍立小梅香。
这事儿令人费猜想……
莫不是等候亲友来贺房。

秦少游撩衣往内闯，

梅　香　（唱）挡定贵人不用忙。

秦少游　这是何意？

梅　香　小姐说：新贵人虽然高中，不知才学究竟如何。今晚还要重考三场！

秦少游　啊……（微笑）我问你，桌上酒器为何分为三种？金樽内——

梅　香　是美酒。

秦少游　玉盏内——

梅　香　是香茶。

秦少游　瓦杯内——

梅　香　是淡水。

秦少游　我若三场中试？（心里话：（下同）这是必然的）

梅　香　饮金樽内的美酒。

秦少游　（戏言）我若两场中试，一场不中？（这是不可能的）

梅　香　品玉盏内的香茶。

秦少游　我若一场中试，两场不中？（这是更不可能的）

梅　香　喝瓦杯内的淡水。

秦少游　（满不在乎地）我要是三场都不中喃？（除非我不提笔）

梅　香　（非常认真地）罚凉水三碗，在后书院攻书三月，还要重考！

◎“心里话”——有“内心独白”之意。准确地讲，就是“潜台词”。什么是潜台词呢？即台词的内在实质——包括台词中所包含的或未能由台词完全表达出来的言外之意。

秦少游　（微笑）既有此举，何不早对我明言？

梅　香　恐你夹带旧诗古文！反说监考不严。

秦少游　何人监考？

梅　香　就是奴婢。

秦少游 哎呀，（又一微笑）好严的场规呀！

（唱）只说夫妻成恩爱，

洞房瞬变考场来。

秦少游满腹皆文采，

三道题目何难哉。（上桌坐）

◎“皆文采”腔稍登足，微挽颈花。

梅 香 “何难哉”？！ 新贵人未看题目，怎知不难？

秦少游 漫说三道题目，就是三十道，何难之有！

梅 香 未必吧？

秦少游 梅香，转告你家小姐：我若一题不中，也愿重考！

梅 香 啊……要罚凉水三碗？

秦少游 喝尽。

梅 香 攻书三月？

秦少游 情愿。

梅 香 重考啊？

秦少游 自然。

梅 香 （稍停，微笑地）新贵人，你自己说的哟！？

秦少游 决不食言！

梅 香 好！

秦少游 头道是什么题目？

梅 香 一首诗。要解得心合意合。

秦少游 你稍候。（放扇、打开纸包）

（念）铜铁入洪炉，

蝼蚁上粉墙。

阴阳无二义，

天地我中央。

此诗倒还有拆有解：铜铁投入洪炉之内，经猛火煅炼，必然熔化，是一个“化”字（写——下同）；蝼蚁上粉墙……缘壁而上，是一个“缘”字；阴阳无二义，是一个“道”字；天地我中央……上为天，下为地，人居中，是一个“人”字。合拢念来——化、缘、道、人！（“才扎”——“才”，小锣、铰子合奏，“扎”，铰子、签子同击）何故有此呀？！……啊！前番小妹到白衣庵降香，我扮就化缘道人偷看小妹的貌容，想被她识破……（微笑）我不如将此四字回诗一首（写）：化工何意把春催，缘到名园花自开。道是东风原有主，人人不敢上花台。化缘道人题。

呈去。（拿扇）

梅　香　（接，欲行）……

秦少游　你去对你家小姐说，我是一挥而就。

◎“我是”后稍停，“一挥而就”讲出酸味，扇儿微摇。

梅　香　（“小打”——才乃乃乃……下后即上）与新贵人道喜。

秦少游　道什么喜呀？（明知故问）

梅　香　头场中试。

秦少游　哈哈哈……我说难不着我，是不是难不着我哇！头难头难，头场中试，也就不难了。二场是什么题目？

梅　香　四句诗，每句包含一辈古人。

秦少游　你稍待。（放扇、展纸包）

（念）宫庭符可窃，
帐下婢能诗。
诸郎渐避舍，
簪花格调奇。

诗中含有几辈古人……嗯，我不如将这几辈古人还诗一首

（写）：窃符救赵信陵君，一代经师郑康成。绣口珠玑谢道韫，书法入妙卫夫人。呈去。（拿扇）

梅　香　（接，欲行）……

秦少游　转来。你去问你家小姐是不是这几辈古人？（情悦地摇扇晃脑）

◎信陵君即魏无忌，魏安厘王之弟。战国时，魏安厘王二十年，他设法窃得兵符，救赵胜秦。郑康成，名玄。汉桓帝时官至尚书，后因十常侍之乱，弃官归田，居于徐州。郑有文人学者遗风。家中侍婢皆通《毛诗》。谢道韫，东晋女诗人，谢安侄女，聪慧有才辩。一次在家赏雪，谢安曰："何所似也？"安侄曰："撒盐空中差可拟。"道韫曰："未若柳絮因风起。"谢安大悦。世称"咏絮才"。卫夫人，东晋女书法家，姓卫，名铄，字茂漪，河东安邑（今山西夏县）人。工书法，师钟繇，正书妙传其法。王羲之少时，曾从她学书。

梅　香　是。（下复上）给新贵人道喜。

秦少游　又道什么喜？

梅　香　二场中试。

秦少游　你看我连完三场，饮美酒，入洞房。三场是什么题目？

梅　香　七个字的对儿。

秦少游　尾呀呀呀……想我攻书以来，不知对过多少对儿，这七个字的对儿，怎么难得倒我哇！（放扇展题）

（念）闭门推出窗前月，一句淡话。这样看来，你家小姐出题也不为奇。

梅　香　奇到不奇，有些尽巧。

秦少游　什么尽巧？！你稍候

【梅香坐中场椅。

秦少游　（不经意地再瞅题目）闭门推出窗前月。（微笑）嗯，我要对好，我要对好，方显得出我胸中的才学！（视题）闭门推出窗前月……（略思）嗯，对这个！（提笔欲写，停）啊，对哪个！（欲写又止……猛悟）哎呀，是个绝对呀！？（【闷锤】——锣钹合奏——重击）

（唱）初见容易细思难，

◎此折戏，自始至终皆以“文场”（川剧音乐的术语，也是行话）锣鼓伴奏，此时突来一个重重的切音【闷锤】，打得观众席欢声骤起，也打垮了秦少游自夸才华的骄气，可谓一锤点“睛”。川剧前辈真了不得呀！

秦少游 （唱）闭门推出窗前月。

这个对儿看似浅，

要对工稳实在难。

秦少游将身离书案——（离位至左台角）

推开纱窗把月观。（思）

闭门……推出……窗、前、月……啊，有了！（踢褶接褶，速回书案提笔又停）

梅　香 新贵人对好没有吗？

秦少游 文在工而不在急呀！

梅　香 啥时候了，人家都打瞌睡啦！

秦少游 莫忙，莫忙！

（唱）梅香一旁在催卷，（更鼓声）

谯楼三点更鼓阑。

背地我把小妹怨，

不顾人丢底在眼前。

洞房只隔门两扇，

犹如隔了万重山。

今夜文思无半点，

小小对儿受磨难。

◎“背地”“在眼前”和后两句要细声低唱。

梅　香　新贵人，对好没有吗?

秦少游　哎！（放笔）对不好又怎样！？

梅　香　奴婢焉敢怎样。新贵人自己夸口：一场不中，也愿罚凉水三碗，后书院攻书三月，重考！

秦少游　哎呀，不好呀！

（唱快【二流】）

悔不该自把大话谈，

攻书三月重圆篇。

我仔细看，仔细观……（拿题再阅）

闭门推出窗前月，闭门……推出窗前月……（放题于桌，以袖拭汗，持扇微摇）闭门……推出……（摇扇加速增大）窗——前——月……闭门……哎呀，（低声）难坏了！

（唱）秦少游二次离书案——（秦撩衣出房）

顾不得头上风露寒。

秦少游对月自嗟叹……

苏东波　（上场出，唱）

苏东坡闲步进花园。

七月七日鹊桥现，

吾妹与新郎偕凤鸾。

行过花荫举目看，

为什么新郎把月观。

独自一人自嗟叹……

秦少游　唉！想我秦少游平素自夸才华，今夜，一位女宗师出了七个字的对儿，她出的是“闭门——推出——窗前月”，我怎么一时想之不起，对之不上。羞哉呀，羞哉呀！

苏东坡　啊，哈哈哈……（即止）

（唱）却原是吾妹在把新郎难。
新郎才学本不浅，
想则是一时蒙心间。
我本得上前去指点，（鼓眼：打、打打打打……打打）
吾妹知道生烦言。
呃！（打打，加快唱）
我不指点谁指点，
我不点穿谁点穿。
捡顽石（还原韵唱）
击得水花溅……（拾石投水，乐台配之“厂浪浪”声响）

◎“厂浪浪”——大锣边单击延音。“厂浪浪”敲打简单，作用不可小视。请参阅《川剧品微·续集》之《厂浪浪》（147 页）。

“厂浪浪”起，少游退步，以袖拂去衫上的水珠——

秦少游 （唱）谁在与我作戏玩。（稍停，鼓眼垫“打打打打……打打”）
但则见天空月影纷纷散，
霎时不见水底天………（有所触动）
闭门……推出……窗前月……（略停）投石……冲开……水——底——天……（再一停）闭门推出窗前月……投石冲开水底天！（喜）闭门推出窗前月，投石冲开水底天。（加速再复念一次）好好好！

◎“好好好”与“小打”“才才才”同步，锣鼓直接快速的【小赶锤】：秦少游右足踢褶，小快步上桌；苏东坡以扇拍掌与“才才才”同时，急右转身用小“朝天步”下场。

秦少游 （快唱）

触动灵机抽身转，
豁然一旦贯通焉。（挥笔写）
闭门推出窗前月，
投石冲开水底天。
管教宗师发笑脸，
今夜考试作了难。（帮腔中，秦少游微微拭汗）

秦少游 梅香，梅香！（梅香自前说白后靠椅作睡状，呼叫时方醒）拿去！

梅　香 （接，下后复出）与新贵人道喜——三场完毕。

秦少游 （得意地）我说难不着我，是不是难不着我呀！？

梅　香 难到难不着，只是……天都快亮啦！

秦少游 呃……（略侧面——“才乃乃乃……”配）

梅　香 咚咚咚！（脚踏三步配嘴念）

秦少游 你在则甚？

梅　香 考试完毕，放炮出场！

秦少游 哦，还要放炮出场啊！

【吹［尾煞］……秦少游展扇离位，欣喜迈　……略右侧身傲视梅香，［尾煞］中断……梅香以左手食指指秦首，再回指己额头；少游会意，收扇轻轻地在额前一刮后视扇尖，速以左手中指抹扇、弹汗珠；香含笑，以食指微刮脸……

秦少游 尾呀呀呀（慢展扇半开掩面【尾煞】继续……下）

【梅香出房下。

·剧　终·

附　记

1.《三难新郎》乃全本《爱波涛》之一折。在我七十六年的演戏生涯中仅见过一次，记忆已淡，连场次也回忆不全，加上老师教此折时说的，大概有“选婿”“饰道”“庙会”“求亲”“赴试”“三难”“洞房”。《爱波涛》恐已绝迹。可幸者，《三难新郎》常常演出，尚存传后世之望。

2.“初见容易细思难”，是戏上的一句唱词，也是演好这出戏的“戏核”。老师教戏时常训导：这个戏学会容易，演出也容易，演好却非易事啊！要注意：“秦少游满腹皆文采，三道题目何难哉”——持才的傲气骄气演足；“初见容易细思难”的“难”演够；“管教宗师发笑脸”的喜字演“欠”，方收起承转合之艺术效果。

3. 梅香是配角。但，旧时川戏班有个不成文的规定，非“当家”奴旦扮演不可。因她不仅是小姐的“传声筒”，而且是考场的监考官，还是未登台的“苏小妹”。用我老伴苹萍的话来讲：“这是一个‘喝过墨水’的丫鬟”。

4.“打本子”（编剧）的前辈，用娴熟的编剧技法，写活了戏的主角秦少游和配角梅香、苏东坡，亦写活了不在场而在戏中的才女苏小妹，是值得川戏专职编剧者学习研究的珍贵艺产。

5. 川剧的“特级观众”曾祥明先生写了一篇短文，指出剧本中不能自圆其说的漏洞，我认为有理。故在“三道题目何难哉”唱后与秦少游问“头道是什么题目”之前加了一段梅香、秦少游的对白。为了与增添对白呼应，也改动了后面梅香回答秦少游“还要重考”的那段话以及秦少游紧接唱词的第一句。特此说明，并向祥明友致谢！

未改动过的《三难新郎》，早些年我曾在重钢工会文化室演出，留有摄像。因场境、摄像技术，尤其是临时组合，效果肯定欠佳。不过，总有一碟供艺友参考。

附：曾祥明《〈三难新郎〉剧本的漏洞》

传统本的《三难新郎》有点漏洞一直没得到解决。试以《川剧与观众》1995 年第 1 期刊发的剧本为例（相信这个本子也是个“通关路子”的）。

当梅香告诉秦少游：

梅　香　新贵人哪能得知，小姐说新贵人虽然高中，不知你的才学究竟如何，今夜晚下么，我们小姐还要重考哩!

秦少游 啊，要重考?

梅　香 要重考。倘若新贵人中了头名，就饮美酒，进洞房。

这里就出现了一个漏洞——今夜“重考”的只有秦少游一人（敢多么?），一个人考试，尾一名是他，头一名也肯定是他。这个“中了头名”，是不是说他三场都考及格了，考了个“第一等”（相对只考中两场而言）呢?看来，梅香这句台词，应该去掉“头名”二字，成为——“倘若新贵人中了，就饮美酒，进洞房。”

下面，秦少游对着桌上的三样酒器问——

秦少游 倘若连中三场呢?

梅　香 就用金樽饮美酒。

秦少游 倘若一场不中，连中两场呢?

梅　香 就请用玉盏内的香茶。

秦少游 倘若两场不中，只中一场呢?

梅　香 就用瓦杯内的淡水。

秦少游 三场都不中呢?

梅　香 哎呀，新贵人休得见怪，我家小姐言得明白：罚凉水三碗，在后书房攻书三月，还要重考!

这里又出现了一个漏洞：连中三场自然是“饮美酒，进洞房”，那么“一场不中，连中两场呢”或“两场不中，只中一场呢”? 梅香的回答是“用玉盏内的香茶”和“用瓦杯内的淡水”，能不能进洞房? 梅香并没有说。苏小妹的“法制”有疏漏啊!

等到秦少游再三思索，都对不出“闭门推出窗前月”，就要起无赖来——

秦少游 对不着，今夜晚要怎样? （放笔）

梅　香 对不着么? 小姐吩咐过的，罚凉水三碗，后书房攻书三月，还要重考。

这就跟前面的奖惩矛盾了! 原是说“三场都不中”，才“罚凉水三碗，在后书房攻书三月，还要重考”。秦少游明明考中了两场——字谜和古人都猜对了的，就算对不出这七字对儿，也是“一场不中，连中两场”，怎么会受到“三场都不中”才应得的惩罚？无论姜尚峰、孙群演此剧，看到这里，我都为秦少游抱不平。

连康芷林所演的秦少游，都受的是这种不公的待遇——“后来，当丫头不停地一再向他催卷，他有些莫可奈何了，竟至说出：‘今夜晚上我就对不起这个对儿，未必然你们小姐会把我怎么样吗？’这分明是在说“黄话”了……可是尽管这样，丫头还不放松他。丫头说：‘对不起，我家小姐倒不会把你怎么样，只是要饮凉水一碗（少饮两碗，优惠），罚在外厢攻书三月，再来重考！’这是给他一个新的威胁。”（见1959年10月《峨眉》创刊号，周慕莲《初见容易细思难——回忆康芷林先生表演的〈三难新郎〉》）

看来这确实是剧本的漏洞了。一个似乎几十年都没发现、当然也没有去堵的漏洞。

如何去堵住这个漏洞？“一场不中，连中两场”，饮香茶、进洞房，那就没有后面的戏了。看来该从秦少游身上打主意。先让这位自命不凡的新贵人把劲提足，由他嘴里说出这样的话来——

秦少游 三场都不中呢？

梅　香 哎呀，新贵人休得见怪，我家小姐言得明白：罚凉水三碗，在后书房攻书三月，还要重考！

秦少游 哼哼，前去告诉你家小姐：漫道是三场都不中，只要有一场不中，新贵人都情愿罚凉水三碗，在后书房攻书三月，再来重考！

梅　香 新贵人，你莫把话说大了啊！

秦少游 蠢丫头，这是说大话吗？嘿——！

（唱）只说夫妻成恩爱，
谁知今夜考奇才。
秦少游满腹皆文采，
三道题目何难哉！
梅香，我莫问你，头道题目是怎样的？

前面把劲提过火了，后面才知麻烦。到最后说了黄话——

秦少游 对不着，今夜晚要怎样？（放笔）

梅　香 对不着么，我们倒不敢怎么样，只是新贵人自己说的，愿罚凉水三碗，后书房攻书三月，再来重考咯！

让他请君入瓮、作茧自缚，这既不失本剧的情节、风格，又不失秦少游的人物形象，不知方家们以为如何？

（载 2012 年第 4 期《川剧与观众》）

⑯ 伍员奔途 选场（弹戏·苦皮）

夏长清◎传授　夏庭光◎整理

剧情简介

春秋时，楚平王（熊居）昏庸无道，听信佞臣费无忌谗言，纳媳乱伦。平王怒太师伍奢诤谏，诛伍奢，斩伍尚，灭伍族，又遣武城黑率兵捉拿伍员；伍员夫人贾氏自刎，伍员托孤渔婆，单人独骑逃出棠邑，欲投他国借兵，报仇雪恨。

人　物：伍　员（正　生）

◎伍员打高桩水发，俊扮抹淡油，戴青三，着绣花白袍捆黑色鸾带，下穿红裤青靴，腰挂佩剑，持黑色马鞭。

【空场。下场方幕内置脚箱（拟石）备用。

伍　员　（内唱【倒板】）

俺伍员出棠邑深更半夜……

◎策马急上至“九龙口”速反身观望追兵，继左右“摆发”视，遂挥鞭转身巡看前方，再行“半月形”，左旋、举“马挽手”定相。

（唱【二流】）

抬头看见柳梢斜挂秋月。

回头望离棠邑十里多也，

◎挽鞭回首，急行速转——风声效果起，抖手掩面……

◎“棠邑”，古邑名：春秋楚地，在今江苏六合。公元前559年楚子囊率师至棠。

秋风起透心寒五内崩裂。

◎风声继起，抛髯、回抛，垂马鞭随身右旋，风续，再抛髯，身左转，鞭仍旋……亮相。

夜深沉人睡尽闭门掩舍，

俺伍员冷清清夜半孤客。

◎右反身向里，再左侧身返回中场。

（唱【夺子】）

想当初临潼会无人敢惹，
某鞭打柳在雄夺回银车。
众王侯见了俺谁不称谢，
打卞庄踢蒯聩名震各国。
到如今反不如乡间田舍，
某的父进忠言——

◎“进忠言”——双手拇、食指理须抛须搭左右膀——

（唱【二流】）
身遭不测。

◎两膀弹须归位。

◎卞庄、蒯聩，一是邓定公之将，一是卫国世子。川剧有以靠甲武生应工伍员的《临潼会》戏文，但冯梦龙编著的《新列国志》书上无此故事，涉及伍子胥仅由“楚平王聚媳逐世子”“伍子胥微服过昭关”开篇，正所谓：看戏莫观书，戏书有出入。

◎临潼，县名。在陕西省渭河平原东部，南依骊山，北跨渭河。

某兄长返郢都被昏王杀也，
某夫人闻噩耗自刎殉节。
夫人死丢娇儿伍某怎舍，
多感得老院哥送儿出虎穴。
托渔婆抚孤儿仁义可写，
报仇后再谢她养育之德。

◎郢都，楚京城。在今江陵纪南城，因在纪山之南，也称纪郢。

◎急勒缰左行小“半月形”，紧接左侧向右行小“半月形”再右侧身、鞭搭肩、勒马至中场——

（唱快【夺子】）

俺伍员到各国去把兵借，

反回朝与父兄报仇杀贼。

某拿着楚平王誓不饶赦，

某定要食儿肉活饮儿血。

父兄仇若得报——

（唱【二流】）

某恨方泄，

某纵然死九泉心也喜悦。

◎戏中有两次唱快【夺子】，均为激越锣鼓止、不等“过门”即开口。“父兄仇若得报”：左手握口条，右手掌于胸际；“某恨”——以“鼻音”哼唱，唱出咬牙切齿、誓报不共戴天之仇的气势。

某，伍员字子胥。恼恨楚平王无道，父纳子媳，屈斩吾父某兄，杀我伍族满门，又命武城黑率兵捉拿于某。夫人自刎殉节，是某托孤老院哥，单人独骑逃出棠邑，投奔他国，若借得兵将，誓报这血海深仇哇！

◎“誓报这”：挥马鞭，左手握（锣钹合击“壮”），“血海”：翻鞭、右“剑指”（鼓签击“打打”），“深仇哇”：“吼喊”登足——显其人物报仇雪恨决心；遂配合起【倒板】锣鼓挥鞭、挽鞭、握鞭、抛髯定相。

（唱【倒板】）

走三日行三夜不敢贪睡，（行小圆场）

怕的是武城黑带兵来追。

楚平王灭人伦不知忏悔，

杀吾父（锣鼓：打打打一打弄壮）

斩吾兄（锣鼓同前）

情理有亏。（左转勒马稍曲向里，急止，速右转返回）

（唱快【夺子】）

到各国若借得雄兵百队，

驱大兵杀叫你国破家危。

擒着了楚平王打成粉碎，

尸抛山喂野兽——（单锤——“壮”）

（唱【二流】）

你死无所归！（继行小圆场，觉身体不适）

这一阵口舌燥肚中乏馁，（马嘶，左右双脚趱占步）

但则见跨下马眼泪长挥。

下坐马砍草料某将马喂！

（【扫黄板】，举鞭亮相）

◎下马，拔剑砍草：屈身缓步，行半圆场劈草——头部的水发随着上下盘旋的剑花自右至左舞动极慢的圆圈——锣鼓、台步、宝剑、水发在打击乐的同一节奏里行、舞、甩；然后以“弓箭庄”站定，渐加剑、发舞甩的速度，继舞剑花——鼓师用“干鼓”配合，再转“垮岩锣鼓”……喂马，遂以袍拭剑，插剑入鞘。搬石（脚箱）抹汗坐石歇……

唉！（唱【一字】）

出棠邑某行了三日三晚，

追兵远俺伍员心中方安。

闻太子逃睢阳宋国避难，

他逆子某孤臣同病相怜。

某不免到睢阳去会子建，

求宋君！（先后顿右左髯、再回拨，拱手——锣鼓配）
求宋君借大兵杀回楚南。
拿着了无道君碎尸万段，（足踏石，左握须，右握拳——锣鼓配）
保太子坐楚都重振河山。
说什么臣伐君下把上反，
某想起伐无道后称圣贤。（起身）

◎睢阳，在今河南商丘市睢阳区。当时宋国国都。楚南，五代十国时的楚国史称南楚；楚国又称荆、荆楚。

（唱【夺子】）
夏桀王宠妹嬉朝纲大乱
汤伐夏国号商六百余年。
殷纣王宠妲已罪恶深厌，
西伯侯访子牙礼敬恭谦。
周武王伐殷纣孟津会战，
殷纣王摘星楼火化灰烟。
周幽王宠褒姒失去大典，
烽火台戏诸侯披挂不全。
申伯侯借戎兵臣把君反，
周幽王被杀死丧身骊山。
累代的无道君死于不善，
未必然楚平王——
（唱【二流】）
你保得平安？！（腔登足拖够——唱出满腹愤恨）

◎桀、纣、幽皆无道昏王。子牙乃“太公八十遇文王（西伯侯）”的姜尚字子牙，辅周伐纣的功臣。孟津，古黄河津渡名。在今河南孟津县东北、孟县西南。骊山，一称郦山。在陕西省临潼县城东南。因山形似骊马，呈纯青色而得名（一说古骊戎居此得名）。相传山上有烽火台，为周幽王为博褒姒一笑，举烽火戏诸侯处，故有“褒姒一笑失天下”之说。

【战鼓、马嘶声、喊杀声起，伍员左转身右足踏石瞭望……

（唱【三板】）

耳畔内忽听得人声呐喊，（站石再望、倾听）

呐喊声似在说要捉某亡臣伍员。

到不如俺上马与贼一战……（上马行至“九龙口”停，挑须拨髯，思索返回中场）

（唱【二流】）

又未知武城黑率兵若干。

常言单丝不成线，

一人敌众难上难。

况朝夕赶路人劳马倦，

若被擒父兄仇（哇）何人（双掌摊式）承担。

罢罢罢！（唱【霸腔】——弹戏中一种激昂高亢的专用腔，较一般腔型音域超高3-8度，多为武生、靠甲须生专用。此处仅唱【霸腔】的上半节）

催马把路赶，（小圆场）

紧加鞭离却这虎穴龙潭！

◎随“虎穴龙潭”挥舞马鞭，然后，马鞭贴背跨左腿右旋，髯向左抛甩，右脚独立，继左足独立，横鞭勒马，遂挥鞭打马，急冲入场。

·剧　终·

剧本整理于1994年11月2号

注：重庆市川剧院存有笔者1994年演出实况的影碟。

附 记

1. 大幕戏《背鞭逃国》场次约10场左右，《伍员奔途》亦有用大幕名。此段的"过场戏"有武城黑率兵追赶、伍员自叹、登山观望、卞庄奉命迎伍。整理时删去了"过场戏"，成为"一场清"的"独角戏"。

2. 原演出，伍员要背鞭，因减去了与武交战的情节，其鞭无用的"马口"，故省。

3. "奔途"，是一折颇考演员唱做的功夫戏。饰伍员者，需有一副训练有素的好嗓并兼有擅唱会做的基本功，方能胜任。全折，演员务须贯注急激情绪，表达人物愤恨心态，誓报家仇之志愿。

2014年1月7日夜

附06 伍员出逃《斩伍奢》选场（胡琴·西皮）

夏长清◎传授　夏庭光◎整理

剧情简介

伍员惊闻父兄被楚平王屈斩，武城黑率师临城，夫人自刎。伍员托孤后，单人独骑逃离棠邑。

人　物：伍　员（正　生）
贾　氏（正　旦）
老　院（老　生）

◎伍员戴“马超盔”，着白蟒束带（内穿白绣花袍，捆黑色鸾带），红裤青靴，俊扮，挂青三。贾氏捆大头，着蓝色帔，下衬白绣花裙，穿深色彩鞋。老院戴黄色罗帽，穿同色褶捆带，长白袜，黄夫子鞋，挂麻三。

【舞台正中设一桌，桌上置宝剑，桌前一椅，蓝色绣花摆场。

伍　员　（上，念引）

力能拔山扛鼎，
胸藏百万雄兵。
父囚缧绁时颤惊，
兄回朝吉凶难定。（坐）

（念诗）

曾记当年赴临潼，
金盔银甲逞威风。
立功报效君恩宠，
也曾挣下汗马功。

某，伍员字子胥。楚国监利人氏，吾父伍奢，吾兄伍尚，均在楚平王驾下为臣，父居太师，吾兄与某同镇棠邑。恼恨平王无道，父纳子媳，败坏伦常，吾父直谏遭囚。前番圣旨到关，说什么平王思过，赦父出狱，尊为相国，并加封吾兄鸿都侯，封某盖侯之职，命我弟兄火速回朝谢恩。是某思之，父获罪被赦，已为万幸，弟兄有何功劳加封侯爵？明明是昏王惧我弟兄重兵在握，远在棠邑，恐于他不利，故定此斩草除根之计！是某再三阻兄，怎奈兄长决意返都。并言道：兄以顺亲尽忠为孝，若有他故，弟投别国以报仇雪恨为孝。是某放心不下，命老院哥随兄同行，若有不测，也便即通信息。自兄回朝，某常挂念，好不愁煞人矣！

（唱【一字】）

昨夜晚鼓三更寝难入梦，
恍惚间得见了吾父某兄。
父见儿只哭得咽喉疼痛，
兄见弟只哭得泪珠殷红。
父言道尔兄长诗书枉诵，
解不开棉里藏针圣旨一封。
父难效西北侯道远任重，
你兄长效邑考心志相同。
兄说道昏王计被弟言中，
到而今兄好比飞鸟入笼。
弟平素性刚毅有智有勇，
父兄仇望吾弟牢记在胸。

（唱【大过板】）

只说是一家人欢聚与共，
却原是在南柯——

（唱【二流】）

梦里相逢。

这几日思父兄茶饭懒用，

这几日思父兄懒挽雕弓。

这几日思父兄懒把笔动，

这几日思父兄难展笑容。

望郢都眼欲穿忧心忡忡，

这真是云山阻隔信难通。

老　院　（上）二帅爷……（跌倒）

伍　员　（扶老院）命你随大帅爷返京，今狼狈而归，朝阁定有变故？

老　院　哎呀二帅爷！可恨平王无道，竟将老太师、大帅爷斩首国门！抄杀全家！又命武城黑带领人马，来棠邑捉拿二帅爷全家。

伍　员　哎呀！（昏坐）

老　院　二帅爷苏醒！

伍　员　（唱【倒板】）

闻言报急得人满腔血涌……

老爹爹！母亲娘！好兄长呀！

（唱【三板】）

泪似滂沱手捶胸。

好兄长不听弟劝把奸计中，

兄顺亲反将父母命送终。

楚平王听信谗言怂，

屈斩某的父和兄。

（唱快【二流】）

某不才统兵十万众，

父兄仇不报枉称英雄。

叫家院快把旌旗动……

老　院　二帅爷！你怎么忘怀了。前番奉旨钦差调大帅爷回朝之时，已摘去了兵权！

伍　员　哦!

（唱【三板】）

某已是孤掌难鸣缩手无谋。

【老院移椅于桌左角，伍员坐。贾氏急上。

贾　氏　（唱）时才丫鬟把信送，

可怜满门罹刀锋。（对伍员）

将军快把雄兵统，

杀却昏王祭姑翁。

伍　员　哎呀夫人！俺伍员而今兵权已无。欲投奔邻国借兵报仇，不能顾汝，奈何，奈何！

贾　氏　尾呀将军！大丈夫含父兄之仇，如割肝胆，君可速行，勿以妾为念哪！

（唱【二流】）

君仇不共戴天重，

妾晓三德与四从。

虽女流生性非阘茸，

岂以弱质累英雄。（拔剑速下）

老　院　（见夫人拔剑急跟下，捧剑复上）禀二帅爷，夫人……自刎！

伍　员　吓！（抛盔脱蟒，端椅甩发）夫人哪！

（唱【三板】）

夫人自刎某心痛……

夫人！贤夫人！我的妻哪！

（唱）鸳鸯比翼不再逢。（战鼓声）

战鼓声震贼兵拢……

【老院急下速返。

老　院　二帅爷，武城黑兵临城下！

伍　员　哦……

（唱）贼兵临城来势凶。

夫人死尚未垒坟冢……

老　院　自有老奴。

伍　员　受我一拜！（跪）

老　院　折煞老奴了！

伍　员　（唱）后事拜托老院公。

【婴儿啼声传出……伍员惊……

伍　员　老院哥，我的儿哪……

老　院　哦哦哦……

【二人同起，老院下，抱婴儿复上交伍员。

伍　员　（唱）三月婴儿何处送？

老　院　二帅爷免虑！小少爷可交渔婆抚养。

伍　员　哪个渔婆？

老　院　就是常常送鲜鱼进府的渔婆。渔婆夫妇为人老诚，与老奴交往甚密，二帅爷大可放心！

伍　员　好！再受俺一拜！（跪拜）

（唱）老院哥抱少爷快离府中（交婴与老院）

老　院　（以衣掩婴）二帅爷保重！（急下）

【战鼓声激。

伍　员　（挂剑牵马，唱）

到邻国若借得千军万勇，（上马）

我不杀楚平王天理不容。（下）

·剧　终·

1994 年 10 月 31 日整理

附　记

“选场”的剧本整理删去了武城黑及其有关情节，对唱词稍有改动和丰富。

伍员以唱为主，仅闻贾氏自刎时有抛冠（讲罢“不能顾汝，奈何，奈何”后背身抚椅，故抛冠向外，由老院接）、解带、脱蟒敞蟒、快速旋转、端椅趱步、垂首甩发——这一组瞬间完成的动作，需演员做得流畅利索，既显其技，更要技融于情。

2013 年 12 月 21 日夜

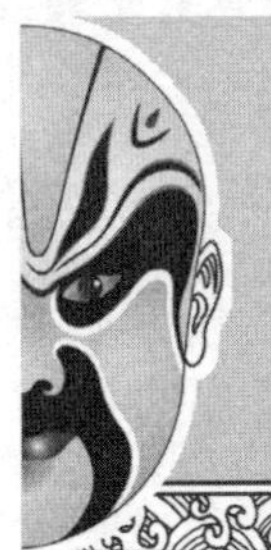

⑰ 伍员须白（高腔）

夏长清◎传授

剧情简介

伍员逃至昭关，见画影缉拿文告，出关艰难。幸东皋公相救，藏居后园。伍员终日愁烦，苦思无策，身困昭关，一夜须白……

《伍员须白》，又名《困昭关》，这是一出须生的唱功戏。

人　物：伍　员（正　生）
　　　　东皋公（老　生）

◎伍员头戴封侯巾（又名武生巾），身穿蓝色衣，红裤青靴，俊扮，挂青三，腰悬宝剑。

◎东高公戴鸭尾巾（又名英梳）或员外巾，身着黄褶套泥巴色长架架系丝绦或内穿褶子外套帔，下穿深色裤、长统袜、黄色夫子鞋或红裤青靴。

【舞台正中设耳帐拟床，舞台右竖置一桌，左右各设一椅，桌上放灯，摆场素雅。

东皋公 （端酒盘由上马门出，念诗）

薄田托祖荫，
书斋阅古今。
忠良反受制，
英雄泪满襟。

老汉东皋公是也。数日前访友而归，路经昭关，关门戒备森严，不知何故。观看榜文，方知临潼斗宝英雄伍员一家惨遭灭门之祸，画图缉拿子胥，令老朽伤感不已。刚离昭关不远，得见一人与画图之像无异，老汉拦阻询问，果是逃亡的伍员将军。是老汉痛惜英雄，速将伍员带回，藏身后园，欲设法助他混出昭关。想老朽有一好友名唤皇甫讷，面貌与伍员相似，已命家童前往相请。时才家童回庄禀报，皇甫讷明晨即至。故备薄酒与伍员解愁，并告知此事。待老汉往后园一行。（圆场、进屋）伍将军！房内无人……想是他赏月散心去了。老汉也不惊动于他。出关之事，待皇甫讷至时，再告伍员好了。（放酒盘于桌，出门原路下）

◎昭关，故址在今安徽含山县比小岘山，两山对峙，其口可守。春秋时位于楚国东部边境，当吴楚两国交通要冲。楚平王时，伍子胥过此关投吴。

伍　员 （内昆【新水令】走板）

困昭关心烦意乱——

【伍员忧虑地由下马门上，至与上场的“九龙口”相对处亮相

望长空月照窗前。（缓行至台中前）

楚平王昏庸暴敛，

纳子媳情理不端。

杀吾父兄，（挥右拳击左掌——锣鼓以“才才壮”配合。小锣、铰子合敲为“才”，大锣、大钵合击称“壮”）

满门含冤。

（唱【新水令】【一字】）

千古奇冤，（重）

满腔仇恨向谁言。

◎川剧的昆腔又习称为“川昆”。高腔曲牌中的【新水令·走板】可由帮腔全部帮完，也可由演员昆后再转入原曲。昆【走板】乃川戏前辈在【昆头子】基础上的延伸，是前辈灵活运用昆腔的一大贡献。

◎演员在“满腔仇恨对谁言”的帮腔和锣鼓套腔的重拍时握剑、转身、跺足，表达其“满腔仇恨”的情绪，接唱时再面对观众。

伍　员　（唱）恨平王朝纲涣散，

父纳子媳人伦倒颠。

吾父直言谏，

罢职囚牢监。

吾兄奉诏转，

父兄丧金銮。

伍家满门被冤斩，

发兵捉拿俺伍员。

实可怜夫人殉节死，

托孤渔婆某离深渊。

日夜兼程把路赶，
欲到吴国借兵还。
谁知昭关遇凶险，
画图张贴难过关。
（唱慢【二流】）
东皋公救某难，
将俺藏身后花园。
一连数日眉不展，
夜夜何曾得安眠。
我好比哀哀长空雁，
又好比蛟龙困浅滩。
我好比鱼儿遭网陷，
又好比遇险无舵船。
（唱快【二流】）
孤雁失伴，
龙困浅滩。
鱼遭网陷，
无舵舟船。
想到此——
（唱【一字】）
肝裂肠断，
好叫某坐立难安。

◎整个唱段，贯穿“愤恨忧愁”四字。“肝裂肠断”一句，“肝”字腔登足，似如胸中积“火”的喷射。下句和“人说饮酒解愁烦”的帮腔以低沉声调而帮，达承上启下之效。

【间奏……伍员入门见桌上酒肴。

伍　员　观看桌上美酒，定是东皋公所送。东皋公哇东皋公，你虽有心救俺，却无法助某出关！（坐桌左角椅，斟酒饮，第二杯时停……放杯）唉！（间奏止）

（唱【一字】）

人说饮酒解愁烦，（重唱）
以酒浇愁愁更添。
这昭关不足一箭远，
犹如隔了万重山。
想当初临潼斗宝威风显，
各路王侯称赞俺。
叹今朝家破人亡只身逃窜，
进退维谷举步艰。
天啊天！（离位、登腔）
为何不助某心愿，（更鼓三点，风声起）
夜静更阑晚风寒。

◎伍员在【圆圆】锣鼓中关门，取剑放桌，步向床榻……急停步转身，至桌前拿剑，再拨帐放剑，合衣而眠。

东皋公　（上场上，唱【二流】）

更鼓频传，（重）
月移花影上栏杆。
轻轻移步窗外站，（侧耳听——鼓眼：打打打……）
且喜将军已安眠。（重）

【东皋公原路返，更鼓四点。

伍　员　（撩帐——青髯换麻三。唱【一字】）

心中有事难合眼，（重唱）
翻来覆去睡不安。（离床）

（唱【二流】）

背地只把东皋公怨，

叫人难猜其中缘。

若是真心救某难，

为何几日不开言。

若说他贪图富贵要将某献，

我观他慈眉善目非行奸。

思父兄冤死好伤惨，

此仇不报心不甘。

【五鼓鸡鸣……东皋公上。

东皋公 （上，唱【二流】）

喜上眉尖，（重）

且喜好友到庄前。

手拍门高声喊，

伍将军开双门环。（重）

伍　员 （拨帐，唱【二流】）

听鸡鸣，五更天，五更天，

越思越想啊……心愁烦。

◎伍员在第二个“五更天”的帮腔后右手撩帐唱“越思越想”，帮的“啊”腔中闭帐——在帮腔尾一重锤时拨帐亮相——麻髯变白；“心愁烦”后的急促锣鼓中离床至台中。

◎戏中有两次变换口条：一是在耳帐内“青髯换麻三”，此有充裕的时间取髯换髯。二是由麻变白，仅掩帐即开的瞬息，必须演员手儿麻利，“变口条”迅速，方达伍子胥困昭关，一夜须白的艺术效果。

惜乎，而今还没有添制青宽于麻，麻宽于白的“变口条”的专用胡须，否则，效果更好。

（唱快【二流】）

想当初为官宦，

朝廷待漏五更寒。

到如今奔荒郊，

宿村院，

冷冷凄凄，

凄凄冷冷势孤单。

俺伍员空怀复仇愿，

难雪父兄冤。

东皋公 伍将军开门！

伍　员 （唱）耳听有人喊

开门看详端。（重）

【伍员开门，东皋公见伍大惊——磨半圆场——伍员居台右。

东皋公 吓！伍将军为何一夜须白！？

伍　员 怎会如此？！

东皋公 你自观看！

伍　员 待某一观！（【五锤半】——甩髯视须大惊）哎呀！（“哎呀”同时抖髯……昏坐桌右角椅）

东皋公 将军，将军！

伍　员 （唱【二流】）

一夜白鬓，一夜白鬓，

（唱【一字】）

颗颗珠泪湿透衫。

冤仇未报容颜变，

一事无成两鬓斑。

捶胸顿足把天怨，

天哪！

（起身，转【二流】）

莫非天意灭伍员。（重）

东皋公 老朽与将军道喜。

伍　员 何喜之有阿？！

东皋公 我有一好友皇甫讷，与将军面貌相似，已经到庄。欲与将军更换衣帽，代你闯关。而今你青鬓变白，又与画图差异甚大，正好混出昭关。这岂不是喜！

伍　员 啊！老丈如此大恩大德，请升受我一拜。（跪）

东皋公 折煞老朽。（跪）

伍　员 （唱【尾煞】）

一夜须白世稀罕，
深谢老丈援救俺。
但愿出关无凶险，
结草衔环当报全。

【大分家】锣鼓中伍员、东皋公起，伍员至榻取剑同东皋公出门同下。

·剧　终·

剧本写于 1994 年 12 月 25 日夜

注：学我《伍员须白》的重庆市川剧院的车小佩曾于渝蓉演出，市川剧院资料室和四川省川剧院存有该戏的实况录像。此剧传授后，接受“特级川剧观众”曾祥明好友建议，对剧本的唱词稍有修改，请以剧本和“表演概述”为准。

附　记

以川剧演义春秋时楚平王废太子建、纳媳乱伦、诛伍奢满门、伍员逃国的故事有三种声腔的大幕戏：一是高腔的《出棠邑》，二是胡琴的《斩伍奢》，三是弹腔的《背鞭逃国》。声腔不同，剧名有别，人物也有增减，其情节亦有小异，但，都是伍员为第一主人公。

三个大幕戏里，并不包括独立单出的《伍员须白》。不仅此戏，还有内盘叫法的“武昭关”——《鱼禅寺》（伍员顶盔贯甲，故又将伍员戴软巾、穿褶子的《伍员须白》称着“文昭关”）、《渔夫辞剑》《渡芦》（与《渔夫辞剑》同一胡琴声腔，同一故事，不同者是“辞剑”老丑丑扮渔夫，《渡芦》的渔夫则是老生饰演）……

从“伍员故事戏”，便可稍窥川戏剧目的丰富，多样声腔的妙用，表现手法的深厚，非其他戏曲剧种可跟川戏打个“过身”（川剧打斗的术语）的。

2013 年 10 月 30 日夜

2014 年 1 月 9 日修改

附07 鱼禅寺（胡琴·二黄）

夏庭光◎整理演出本

剧情简介

春秋时，楚平王无道，纳媳乱伦。屈斩伍氏满门，伍员保太子建妻及子奔逃。卞庄率兵追赶，被困鱼禅寺中。太子妃马昭仪托子投井，伍员怀藏世子芈胜突围。

人　物：伍　员（靠甲须生）

马昭仪（青　衣）

【舞台正中置桌，插黄色耳帐。

马昭仪　（内放【倒板】）

兵困鱼禅——

伍　员　（唱）马后追……（上）

（唱【夺子】）

但得见君夫人怀抱世子珠泪双垂。

（唱【一字】）

某眼前若有这雄兵百队，

杀叫那卞庄贼有命难回。

（唱【老调】）

在柳荫拴战马整整鞍辔，

虎头枪插丹墀抖擞雄威。

（唱【一字】）

迈虎步进了鱼禅内，

等一等君夫人——

（唱【二流】）

商议突围。

马昭仪 （上，唱）

兵困鱼禅马后追，

保驾将军紧跟随。

伍将军快把雄威整，

好保母子远逃生。

伍　员 夫人！

（唱）君夫人在上臣奏本，

俺伍员奏本夫人听。

马昭仪 将军请讲。

伍　员 （唱）幼主爷龙游浅水遭虾戏——鱼虾作混，

君夫人退毛鸾凤不如鸡——难以飞腾。

卞庄贼得胜猫儿强似虎——威风凛凛，

俺伍员虎落平阳被犬欺——孤掌难鸣。

眼见得卞庄兵步步逼近——将鱼禅围困，

俺伍员纵骁勇独骑单人——难敌众兵。

到而今我保……保只保得龙世子，

实实难再保君夫人。

马昭仪 吓！

（唱）闻一言来怒生嗔，

骂声伍员不忠臣。

临潼会上你斗什么宝，

万马军中枉逞能。

保皇家四口丧二命，

我不靠将军靠何人。

伍　员 夫人！

（唱）君夫人休得怨为臣，
臣不保夫人有隐情。
君夫人三十单二岁，
俺伍员四十少八春——不敢与夫人同庚。
白日里臣保主天涯逃奔——翻山越岭，
到晚来夜宿在古庙凉亭——无有他人。
知道者臣保主奉天承运，
不知道反说是夫……

马昭仪 夫啥？

伍　员 （唱【三板】）
一个妻字未出唇君夫人脸上泛红云——她怒气生嗔。
伍员撩铠忙跪定，
祝告虚空过往神。
俺伍员保主有二意，
死在千军万马林——不得超生！

马昭仪 啊……
（唱【二流】）
伍将军一席话情通理顺，
真果是护主人赤胆忠心。
伍将军且在西廊等……

伍　员 遵命！（下）

马昭仪 （唱【阴调】）
这一阵马昭仪心乱如焚。
儿出生帝王家应有福份——娇儿哪……
孰能料乖乖儿你生不逢辰。
都只怨儿公父乱伦失性，
才害得一家人逃国谋生。
儿的父投宋国现无音信，

伍将军保母子历尽艰辛。
又谁知鱼禅寺贼兵逼近，
伍将军为保儿……娘不能同行。
撩衣裙移莲步把大雄殿进，
马昭仪深施礼虔诚求神。
望神灵保佑儿脱离绝境，
望神灵保佑儿无险无惊。
望神灵保佑儿无灾无病，
望神灵保佑儿返回郢城。
望神灵保佑儿执掌朝政，
望神灵保佑儿富国强民。
小娇儿在怀中酣睡安静，
儿怎知顷刻间母子离分。
解纽扣再喂儿乳奶一顿，
母子别隔阴阳相会梦魂。
娘对儿衷肠语难以表尽……

伍　员　（上，唱【三板】）
来了临潼斗宝人。
事危急夫人早——早作断定，
若耽误要脱身万万不能。

马昭仪　（唱）双手交你龙世子，

伍　员　（唱）恭身施礼接王孙。
掩心甲内来藏定，（藏子）
拜别夫人我就登程。

马昭仪　且慢！

伍　员　（唱）靴尖未踏葵花镫，
夫人又在唤为臣。
夫人有旨早传命，

我好保世子远逃生。

马昭仪 将军哪！

（唱【二流】）

且稍停来慢稍停，

夫人言话你是听。

饥饿时给儿一碗膳，

伍　员 记下了。

马昭仪 （唱）寒冷时与儿加衣襟。

伍　员 臣知道。

马昭仪 （唱）倘若平安回朝政，

你为君来儿为臣。

伍　员 哎呀！

（唱【三板】）

君夫人何得罪为臣，

俺伍员岂是不忠人。

异日夺回楚天下，

君是君来臣是臣。

话说明夫人快快寻……

马昭仪 寻什么？

伍　员 （唱）寻……寻自尽——夫人！

少时刻追兵至后悔不赢。

马昭仪 （唱）伍将军好比剑无情，

斩断母子两离分。

将身去至葵花井，

不如一死早超生。

伍　员 （唱【倒板】）

耳畔内忽听得水声震……

哎呀夫人呀！

（唱【三板】）

葵花井内丧夫人。

皇宫富贵今何在，

花容月貌水中沉。

非是为臣不保主，

保夫人难以保幼君。

忍悲痛持战枪掀墙掩井，

太平年再来垒皇坟。

【战鼓声。

伍　员　（唱）耳畔内忽听战鼓震，

定是下庄发来兵。

将身上了葵花镫，

保世子突重围舍死忘生！（下）

·剧　终·

注：【阴调】唱词，根据钟先礼戏友提供修改。特此致谢！

附　记

1.《鱼禅寺》又名《掀墙》，行称“武昭关”。旧时为“麻”观众，也作正式剧名写上宣传粉牌，现时不宜习用。

2.《鱼禅寺》未标传授人，非我“无师自会”，而是我东捡西“偷”，随演随改而成。应该说，传授我此戏的师友太多太多——还有“玩友”中的人。将它作为附件收入，亦有不忘授艺师友之意矣！

2012 年 11 月 16 至 22 日完

2014 年 2 月 25 日修改

注：重庆市川剧院资料室存有我2003年11月15日演出的实况录像碟。

剧本整理于2000年11月2日

2013年12月16日写完电子文本

⑱ 李陵碑 选场（胡琴）

彭天喜◎传授 夏庭光◎整理

◎杨继业乃史书上宋太宗时的杨业，作过郑州防御史、代州刺史，担任守边御辽重职。因作战英勇，人称“杨无敌”。关于他的死也有记载：“兵败被擒，不食三日而死”。戏上却是被困两狼山，孑身鏖战，在敌层层包围、紧逼时，碰碑殉国。使杨老令公的死，更添了悲壮激烈的感情色彩，更产生了感染观众的艺术魅力。

剧情简介

宋辽交兵，令公杨继业被困两狼山，遣七郎突围求援。元帅潘仁美公报私仇，不发一兵一卒，反将七郎乱箭射死。杨令公久等七郎不归，又命六郎回朝搬兵。老继业兵尽粮绝，又遭敌步步紧逼，毅然碰碑殉国。

人　物：杨继业（靠甲老生、花脸）

◎杨继业打白蓬头——下坠两鬓的一绺白发松乱，捆黄绫帕，戴白三（花脸应工戴白满），着黄龙箭束黄带，穿红裤青靴，持刀和黄色马鞭，面不着色，抹少许青油。

一张不着任何颜色的本来面孔，有“先形夺人”之艺术效果：更显示杨老令公饥累交加，为整折戏作了预先的铺垫。

【舞台中右侧置一背向堂座、搭素椅帔的“弓马椅”—— 拟作石碑。

【激烈战鼓声，喊杀声……

杨继业 （内唱西皮【倒板】）

号炮震天杀声喊，（在缓打轻击的锣鼓里，饥疲不堪地左手拖刀上）

（唱【一字】）

杨继业被困两狼山。（挽马鞭握缰亮相）

杨家将被辽兵尽皆冲散，（左横刀，右勒马）

杨家将众儿郎血洒阵前。（头晕目眩）

（唱【大过板】）

老继业这一阵眼花缭乱，（马嘶鸣，向左趱步，又向右甩鞭花趱步）

座下马直喘气——

（唱【二流】）

移步艰难。（催马不行，下马，视马，马不支倒地）

哎呀……（抛刀——右脚后起接刀放地）马——呀……（挑髯向右、抖手、趱步倾前，右膀弹回髯）你就死了呀……（双掌抖颤，右膝跪，捶胸）（在【架桥风如松】吹奏中向右抛圆圈髯）

（唱【三板】）

战马倒地气息断……

马，好马，你就死了呀！
老将心中好痛酸。
你随老将常征战，
经历战场万万千。
孰能料——
今日一败（摊手抖髯随腔“惨”字）甚凄惨，
连累尔又饥又累先赴黄泉。（内喊杀声起）
喊杀声声连成片……（寻刀拾刀，身无力，刀杵地）
杨继业浑身乏力倒平川。（右膝缓点地，挣扎举刀不起、抖刀，再奋力挥刀——舞“滚堂刀”，继挥刀扫“乌龙绞柱”，倒卧（面朝里）……瞬静，风声起）

（唱二黄【倒板】）

杨继业这一阵心乱神恍……
六郎，七郎，随父杀！

（唱【夺子】）

叫六郎和七郎，
随父挥刀上战场。
杀辽兵斩辽将，
杀他个尸骨堆山喊爹喊娘。

（唱【老调】）

睁眼看仍被困两狼山上，
六郎儿七郎儿今在何方。

◎“风声起”后，在【倒板】锣鼓、行弦中慢向观众转身，右手握刀、左手握拳枕头，低唱……随腔缓缓起身，右膝跪、双手杵刀支身，唱完突立，呼叫二子，“随父杀”刀转右手杵地继唱【夺子】——“随父挥刀上战场”刀挽右手颈花、踏步“弓箭庄”，左手箭指，“杀辽兵斩辽将”握刀左劈右削，“杀他个尸骨堆山喊爹喊娘”用力抖刀，再随单锤“壮”睁眼——见无人——

随起【老调】中巡视一圈——失望叹气……“睁眼看”右手杵刀靠膀、左手挑髯指前方，随“仍被困”拨髯回，右转，刀换左手靠体、右手挑髯指地唱“两狼山上”；唱完下句撩袍拭汗。

◎【老调】，众多传统戏文皆唢呐伴唱，其腔浑厚雄壮、慷慨激昂。彭（天喜）大王传授此戏的【老调】，仍以伴奏二黄的胡琴伴唱，弦律丝毫不变，但气氛低沉。饰剧中人物者也压声微唱，易激为弱，合戏情境，合人情绪。

（唱【一字】）

皆因为辽宋不和相对抗，
恨辽邦常出兵侵我边疆。
大郎儿……
大郎儿替宋王把命丧，
二郎儿陷敌阵自刎身亡。
三郎儿，父的三郎儿……
三郎儿马踏如泥浆，
四八郎失落在萧邦。
五郎儿出家当了和尚，
只剩下六郎与七郎。
此番辽邦把边城抢，
烧杀抢劫民遭殃。
潘仁美挂帅把印掌，
杨家父儿把先锋当。
敌众我寡辽兵壮，
潘仁美按兵不动为哪桩。
为国为民他不思想，
公报私仇助辽邦。
杀一阵，
败一仗，

杨家将死的死来伤的伤。

命七郎突出重围请兵将，

一去数日——

（唱【二流】）

信渺茫。

（唱【梅花板】）

昨夜晚困睡中军帐

偶得一兆不吉祥

我梦见，

朗朗晴空出月亮，

又梦见，

茫茫黑夜出太阳。

梦见了，

七郎儿被潘贼捆绑在花标上，

潘仁美咬牙切齿恨满腔。

（加速唱）

大吼一声把箭放，

箭如雨矢如蝗，

七十二箭透胸膛，

我惨死的七郎。

（唱【二流】）

但愿此梦是虚恍，

但愿苍天祐忠良。

望祖宗，

保七郎逢凶化吉身无恙，

愿祖宗，

保七郎平平安安无损伤。

万无奈又命六郎回朝往，

怕只怕搬得救兵……

儿哪！

为父送丧。

【战鼓声声……

（唱【三板】）

山下战鼓连声响，

辽兵如麻遍山岗。

只身突围实无望……（缓行圆场，荆棘挂袍，挥刀劈棘——舞“圆台背花刀”……见碑）

见一石碑竖道旁。

李陵碑！李陵……吾想李陵乃汉武帝之将，奉旨讨伐匈奴被擒。食君之禄，不思报国，苟且偷生，投降匈奴。汝有何颜面，树碑于此！？像汝这样叛逆之臣，无耻之辈，神鬼难容！天地共愤！你看老将抖擞精神，挥动金刀，劈毁汝的李陵碑！（右手刀花亮相）

（唱【襄阳梆子·倒板】）

满腔怒气实难泄，

（唱快【夺子】）

大骂李陵叛国贼。

为人臣应把忠字写，

食君禄应当思报国。

叛臣贼子罪难赦，

老将把尔石碑拆。

金刀一举——

（唱【二流】）

光四射，

杨继业挥刀把碑劈。（战鼓激烈，喊杀声近）

（唱【三板】）

又闻战鼓震山野，

辽兵围山势紧迫。

舍死一战（挥刀舞背花、旋身亮相）把君恩谢……（体力不支滑倒，挣扎起，转身又滑倒，奋力握刀冲下）

【内喊杀声连续三次……杨继业空手背身上，左右手顿须拨髯，再向右抛口条，紧接“假抢背”着地；内反复高喊：“活捉杨继业！”速起立……

杨继业 哼！尔妄想！

（唱）杨继业为国尽忠名垂竹帛！（碰碑——伫立碑前，岿然不动）

◎“表演概述”中涉及到的“挑”“拨”“抛”“顿”等，皆是川戏须生“髯口功”里的用法术语名。如“挑”，无论左右均为向外；“拨”则向里将髯拨回原位等等。

注：重庆市文化艺术研究院和市川剧院资料室存有我演出实况录像，可供参考。因岁月无情，其中的“乌龙绞柱”也“绞”不起了，请以“概述”为准。

·剧　终·

附　记

大幕《两狼山》，又名《李陵碑》，事出《杨家将演义》。全剧共分入侵、校场、分兵、交战、遣子、箭射、托兆、碰碑八场，此折乃全剧的重点——“碰碑”，单演该出，也常用全剧名。

“碰碑”单折还有另一种演法：加四名辽将，两堂（八人）辽兵，在杨继业唱【一字】中多次交锋打斗；杨老令公碰碑前也是明场厮杀，不作幕内暗场处理。仍是“众星捧月”的“独角戏”。

“碰碑”是一折颇考演员唱做的戏——“柴块子”（把子功）娴熟，“嚼弦子”（唱胡、弹）尤佳，还要“本钱”（嗓音、身体）足够，方可胜任。据我知，京剧也有此戏，以“碰碑”而言，其难度无法跟川剧相比。

与《李陵碑》故事基本相同，人物、情节有异的，川剧还有一弹腔戏路的《六郎搬兵》。

2014 年 1 月 11 日

附08 杨六郎搬兵（弹戏）

彭天喜◎传授　夏庭光◎整理

剧情简介

杨老令公，因遣七郎赴潘洪处求援杳无回音，又命六郎突围回朝搬兵。杨六郎面见八贤王时，惊悉噩耗，即写奏章面圣，求宋王惩治奸佞潘仁美。

紧接此戏的故事，乃《调寇审潘》。

人　物：杨六郎（武　生）
八贤王（正　生）
太　监（杂）
二番将（杂）
八番兵

（一）

【空场。

【幕内喊杀连天……

杨六郎　（内唱甜皮【倒板】）

单人独骑……（持枪急上）战辽鬼……

【二番将持大刀追赶六郎上，打“三节面”…… 众番兵左右上，包抄——围六郎……六郎枪挑一将落马（抢背着地），另一将打掉六郎战枪；六郎拔剑对敌，番兵“架枪”布阵，六郎“钻烟囱”急下；番将挥手——众兵返回——双反抄而下。

杨六郎　（策马急上唱【二流】）

只杀得血染征袍天地灰。

老帅父被围虎口内，

粮缺兵寡形势危。

（唱【霸腔】）

恨只恨奸贼潘仁美！

（唱【三板】）

假公报私情理亏。

奉父命回朝搬兵把敌退，

趁黑夜拼死突重围。

（唱快【夺子】）

愿天公能作美，

愿天公助我杨家威。

愿天公睁眼惩奸魅，

愿天公保俺平安回。

紧催座马——

（唱【三板】）

蹄声碎，

心急如焚马如飞。（挥鞭打马急冲下）

（二）

【下场方横置一桌，桌上放纱灯，桌后一椅，桌右角设一椅，朱色摆场。

八贤王（上，念引）

神思乱，

心不安；

身居南晶宫，

时刻忧边关。（坐）

（念诗）

大辽无端侵边疆，

社稷不安民心惶。

保国幸有杨家将，

只恐佞臣害忠良。

吾，八贤王赵德方。可恨辽邦，无故兴兵，侵犯宋土，杀吾子民，烧吾民宅，边关黎民惨遭涂炭之苦。太师潘洪请命挂帅，要杨令公父子作马前先锋，其中之意，不难识别。谁知宋王纳潘贼之荐。我想潘贼之子潘豹，前番摆擂称霸，死于杨七郎拳下。潘杨两家早有不解之仇，此番出征，潘仁美必然借手中之权，暗害杨家。怎不令本宫忧心啊！

（唱【二流】）

叹昨晚得一梦甚是凶险，

昼出月夜升日乾坤倒颠。

狂风吹暴雨降金梁折断，

海水枯鱼虾尽百花凋残。

又闻得中原地嚎声一片，

大雪飘色殷红地覆天翻。

不祥兆惊得人浑身是汗，

赵德方思忠良神往边关。

【太监急上。

太　监　禀贤王，郡马杨延昭返京，参拜贤王。

八贤王　吓！快快有请！

太　监　有请！

杨六郎　（急上）贤王……

八贤王　郡马……观看郡马血透战袍，风尘满面，莫非边关战势有变！？

杨六郎　贤王！

（唱【一字】）

边关地军情紧战势骤变，
潘仁美心歹毒用计甚奸。
贼命我杨家将孤军出战，
贼言明他率师随后驰援。
老帅父被敌困粮草全断，
遇强敌无救兵突围艰难。
命七弟向潘洪搬兵解难，
又谁知弟去后无信回还。
盼救兵盼不到——

（唱【二流】）

父心焦烂，
才命我突围回朝把兵搬。

八贤王 （唱）郡马言令本宫心生愤怨，
潘洪贼全不顾宋室江山。

郡马连夜兼程，饱受辛劳，宫中暂歇。本宫即刻进宫面圣，请君降旨派兵救援。过来，掌灯升轿！

太　监 是。（向内）掌灯升轿！

【八贤王、太监下。

杨六郎 （唱）八贤王真算得忠肝义胆，
为社稷为杨家不辞辛艰。
求苍天要助某搬兵心愿，
求苍天保帅父祐七弟平安。（伏案昏睡，更鼓频传）

（唱【倒板】）

霎时间忽听闻惊雷闪电……（惊醒）
哎！才是一梦呀！

（唱【二流】）

醒来时见星斗散布满天。
梦七弟遭不幸身中乱箭，

又梦见老帅父血洒平川。

纵然是日有思夜有所念。

此梦兆为何故无际无边。

【八贤王、太监上。

杨六郎 贤王进宫，片刻即返。莫非……

八贤王 本宫尚未入宫。

杨六郎 救援如救火。贤王何故未曾进宫？

八贤王 这……此刻纵有天兵神将，也无用矣！

杨六郎 吓！……贤王何出此言？

八贤王 我……

杨六郎 贤王欲言又忍，有甚隐情？

八贤王 这，这，这这这……

（唱【二流】）

杨郡马追问吾不把君见，

强忍珠泪心痛酸。

花言巧语恐难骗……

本宫哪来难言之处，哪有什么隐情之迷啊！

杨六郎 既无难言之处，又无隐情之迷，何故不进宫面圣？请派救援之兵喃？！

八贤王 这个……

杨六郎 莫非贤王也惧潘贼之势！？

八贤王 我……我怕什么！惧贼何来！

杨六郎 那又为啥？你说！你讲！

八贤王 ……也罢！

（唱）请郡马休生气细听吾言。

哎呀郡马！本宫正欲进宫面圣，轿至御街，却获边关急报！

杨六郎 吓！那急报言些什么？

八贤王 七郎延嗣往元帅潘洪大营求发援兵，谁知老贼怀恨七郎打死他子潘豹，不但不发一兵一卒，并将七郎绑于花标之上，乱箭射死！杨老令公，内无粮草，外无援兵，困于两狼山上，杨家将士战死沙场，为国捐躯！可怜可怜，老令公碰碑而亡！

杨六郎 哎呀！（昏倒——“硬人”）

八贤王 郡马苏醒！

杨六郎 （唱苦皮【倒板】）

闻噩耗恰好似泰山倾倒……

帅父！七弟！潘洪贼呀！

（唱【一字】）

杨延昭禁不住珠泪双抛。

我杨家自投宋忠心把国保，

东西战南北征常建功劳。

（唱【夺子】）

皆因为潘仁美犬子潘豹，

摆擂台出狂言藐视英豪。

我七弟性刚烈年纪太小，

挥皮拳将潘豹命丧阴曹。

此一番御辽兵贼设圈套，

欲灭我杨家将杀人借刀。

我七弟真不愧英雄年少，

突重围求援兵重任承挑。

千不料万不料，

乱箭下丧了英雄命一条——

七弟呀……你壮志未酬……

（唱【二流】）

命已夭。

老帅父身经百战谁不晓，

痛今朝中奸计血洒荒郊——

老帅父哇……你为国尽忠青史标。

八贤王 （唱）劝郡马须节哀听吾相告，

潘洪贼害忠良罪责难逃。

杨六郎 （唱【夺子】）

八贤王一语千金胜珍宝，

潘洪贼害杨家罪恶滔滔。

宋王爷知实情定降圣诏，

拿潘洪治贼罪斩首市曹。

急急忙忙……

（唱【三板】）

写奏表……（吹，疾书奏折……交贤王……）

除奸佞杀潘贼吾恨方消！

八贤王 即刻上殿面君！

杨六郎 多谢贤王！

【杨六郎跪揖，八贤王即扶——亮相。

·剧　终·

2000 年 12 月 28 日夜整理剧本完稿

附　记

《杨六郎搬兵》乃大幕《六郎搬兵》选场，全剧仅有“遣六郎”“夜突围”“会贤王”三场。此戏曾传我艺徒黄杰波（重庆市忠华川剧艺术团）演出，后又教重庆市川剧院女小生孙群演——因孙群不会动“柴块子”打杀，故取掉了番将辽兵，两种演法，均可完成该折戏。有兴趣学演《杨六郎搬兵》的武生艺友，可“量体裁衣”而定。

2014 年 1 月 14 日夜

⑲ 伐东吴 选场（胡琴）

夏长清◎传授　夏庭光◎整理

剧情简介

八阵图陆逊遇险，白帝城刘备托孤。

刘备点东西两川人马伐吴，为关羽、张飞报仇雪恨，中陆逊火攻惨败，幸赵云救驾，兵败白帝城；陆逊穷追不舍，困于八阵图，幸遇黄承彦相救得脱。刘备染重疾，急召诸葛丞相赴白帝托孤。

人　物：刘　备（老　生）
陆　逊（武　生）
关　兴（武　生）
张　苞（花　脸）
赵　云（靠甲须生）
马　童（武　行）
太　监（杂）
二　将（杂）
兵　卒（褂　子）

一、出 师

【台中设“高台”(两桌并拢，桌上置椅，桌前搁脚箱的称谓)，前桌左右各设一椅（椅背朝观众），白色摆场。

【吹［炮火门］，四兵卒持大旗上场出站“一条枪”，关兴上。

关 兴 （念对）

父仇不报恨难平！关兴！

【兵卒、关兴由“入相”门下。四兵卒、张苞自下场出——如前（方向相反）。

张 苞 （念对）

不雪父仇枉为人！张苞！

【兵卒、张苞从“出将”门入。八兵卒持大旗由“上马门”上——“大站门”走法，遂八字列队。刘备上，吹……刘备上“高台”坐。

◎刘备捆黄绫帕，戴王帽（内打白蓬头)，着黄蟒束带，下着红裤青靴，挂白三，头带孝（帽上横搭白长凌)。关兴戴绿包巾额子，垂露发，打绿大靠，红裤青靴，红霸儿脸，盔上横搭白绫。张苞戴黑包巾额子，插耳发，打黑大靠，红裤青靴，黑霸儿脸，盔上横搭白绫。两堂褂子戴穿兵卒帽服，“兵盔子”上加捆一条白绸，持彩色（三色、五色均可）大旗。

刘 备 （念诗）

年迈苍苍统雄兵，
御驾亲征出国门。
誓报弟仇雪吾恨，
不灭东吴不遂心。

孤，刘备字玄德。惊悉二弟麦城蒙难！三弟阆中遇刺！范疆、张达两个叛将，割吾三弟首级，投奔东吴。此仇此恨，孤若不报，枉为蜀川之君。谁知，诸葛军师、子龙四弟均竭力阻孤，说什么：今曹丕篡汉，人神共愤，汉贼之仇，公也；兄弟之仇，私也。劝孤以天下为重，要孤以养兵卒之力，别作良图。是孤思之：桃园结拜，刘关张尤为一体，朕不为弟报仇，纵有万里江山，何足为贵！因此，孤调川将数百员以及五溪番兵番将共七十余万，誓踏平东吴！活捉吴狗！自孤出师，战无不胜，攻无不克，连胜十余阵，东吴臣民，闻风丧胆！如此看来，诸葛军师、子龙四弟行兵，亦不及孤！可笑孙权无谋，江南无人，竟拜一黄口孺子陆逊为将。孤灭东吴，时不远也！眼下军威大振，正可一鼓作气，驱得胜之师，攻取彝陵。过来！传先行！

关　兴　报！（上）关兴告进！（入）参见万岁！

张　苞　报！（上）张苞告进！（入）参见万岁！

刘　备　人马可曾齐备？

关　兴　整装待发，

张　苞　听主差遣。

刘　备　直取彝陵！

关　兴　响炮！

张　苞　抬营！

众兵卒　（吼）呜噜噜……（“堆辕门”：1）

◎麦城，古城名。相传为楚昭王所筑，故址在今湖北当阳东南。阆中，古县名。秦置县。在四川省北部，嘉陵江中游。彝陵亦作夷陵，战国楚邑，在今湖北宜昌市东。

◎刘备“造片”（述事讲白），根据演员的轻重缓急，适当配以锣鼓。“自孤出师”至“时不远也”一段，演员要注意讲出刘备自傲轻敌的情绪，为后之惨败埋下伏笔。

刘　备　（唱西皮【倒板】）

号炮连声惊天地，(2)

（唱【一字】）

戈矛耀日展旌旗。(3)

刘关张桃园三结义，(4)

誓同生死永不移。(5)

（唱【大过板】）

破黄巾护汉室万民皆喜，(6)

虎牢关战吕布——

（唱【二流】）

诸侯惊奇。

烧赤壁破曹兵战史载记，

取蜀川坐成都才建帝基。

未想到一荆州桃园离异，

二弟亡三弟故令孤悲泣。

（唱快【二流】）

报弟仇伐东吴两川兵聚，

雄兵到如洪水推沙卷泥。

传皇令急行军快如箭矢……

【关兴、张苞上马下；刘备上马，兵卒绕场，站斜场“一品墙”。

刘　备　（唱）众儿郎似虎豹电闪风驰。

◎传统程式“堆辕门”：

1. 八兵卒以旗拟枪站左右弓箭桩，关兴、张苞左右踏脚箱亮弓箭桩配，刘备以微小的动作“登式口”（下如是）。

2. 关、张领兵对抄，关、张经椅上桌于刘备左右；褂子头旗（领头人）上椅，里高外低八字形展旗。

3. 兵卒对抄、左右二人、四人于前站半月形、旗展三分之二；关、张下桌于桌前左右配。

4. 褂子再次对抄（抄即向内，翻乃向外），收旗，旗尖朝下，站台前半月形；关、张左右登椅。

5. 兵卒两边翻，刘备左右各二卒，桌前左右各二卒，大旗成＾形高举；关、张于左右。

6. 兵卒对抄、站台前ソ形、大旗下垂平头展开；关、张于旗后；“破黄巾”后的一锤——“壮”时，持旗人下蹲；【大过板】后，兵卒、关、张回原位，大旗收。

◎虎牢关又名汜水关，在洛阳以东，今河南荥阳市西北部汜水镇境内。赤壁，在湖北省蒲圻市（今赤壁市）境内。成都，据《太平环宇记》记载，是借用西周建都的历史经过，“以周太王‘一年成邑，三年成都’，因之名曰成都”。五代时，后蜀帝孟昶偏爱芙蓉花，命百姓在城墙上种植芙蓉树，花开时节，成都“四十里为锦绣”，故成都又称芙蓉城，简称蓉城。

【关兴、张苞下场上。

关　兴　禀万岁，陆逊小儿乘高守险！

张　苞　拒不出战！

刘　备　在孤预料之中。小儿胆怯，安敢再出！此时天气炎热，我军屯于赤火之中，取水不便。这这这……（略思）孤的皇令下：命各营皆移于山林茂盛之地，近溪傍涧之处，待过夏到秋，并力进兵！

关　兴　万岁不可！我军密林避暑，恐中陆逊诡计！

刘　备　哎！小儿有何谋也！孤甲兵七十余万，扎营数百余座，横占七百余里，陆逊小儿纵使诡计，其奈孤何！速速传令，不得有误！

（唱【二流】）

关兴儿休得起疑虑，

传孤皇令把营移。

密林避暑养锐气，
以逸待劳蓄战力。
陆逊无知何所惧，
井底蛙他怎敢与孤对敌。
两军对垒须斗智，
灭东吴只不过就在瞬夕。
军令如山非儿戏！

关　兴　遵命。移营！

【兵卒“挖后拥”。

刘　备　关兴、张苞听令！

关　兴　在。

张　苞　在。

刘　备　（唱）你弟兄巡营望哨探敌实虚。

关　兴　得令！

张　苞　得令！

【刘备、关兴、张苞、兵卒分下。

◎“出师”的“堆辕门”要整齐化一，方显蜀军的势气、骄气。

二、思弟

【舞台正中设床帐，台右置桌搁椅，桌上放灯，摆场素色。

【间奏中太监端酒器上、摆酒、侍立。刘备从下场观书上，叹气……

◎太监俊扮，戴“珠珠盔”（太监帽），盔上横搭白绫，穿浅色褶，红裤青靴。刘备戴软王帽，帽系长白绫下坠身后，内穿黄褶，外套同色帔。

刘　备　（唱【二流】）

金乌坠玉兔升昼转黑夜，
思二弟想三弟孤心痛彻。
桃园结拜忠义者，
大破黄巾名显赫。
忆献帝许田把鹿射，
欺君压臣曹孟德。
青梅煮酒操心毒也，
孤闻雷假失箸骗过阿瞒离虎穴。
烧战船破曹兵乃吾军师把东风借，
又谁知伤孤手足是碧眼贼。

◎“金乌、玉兔”比喻日月。“许田”，指许昌郊外。许昌在河南省中部，乃曹操迎汉献帝时建为都城。“阿瞒”，曹操小名。“碧眼”，指孙权（孙权生就一双绿目）。

【架桥（即间奏），刘备坐椅、放书，太监斟酒，备心烦饮，二更起。

刘　备　（唱【倒板】）

耳听樵楼二鼓响……
二弟！云长！孤的二弟呀！

（唱【二流】）

思念二弟关云长。
云长弟喜读春秋豪气壮，
义薄云天刚志强。
弟兄们徐州失散不知去向，
保皇嫂弟假意把曹降。
弟接孤信三次辞曹把贼府庭上，

曹拒不见弟——孤的二弟印悬高梁。
单骑千里人敬仰，
寻孤心急意迫忙。
过五关斩六将，
古城壕斩蔡阳。
弟镇荆州威名响，
单刀赴会敌惊惶。
不料吕蒙把诡计想，
暗袭荆州白衣渡江。
弟走麦城把命丧，
叫孤日夜好悲伤。（架桥）

◎“春秋”：《春秋》，是春秋时期鲁国史官编写的一部编年体断代史，是我国现存最早的历史著作。它记载了鲁隐公元年到鲁哀公十六年——二百四十二年鲁国的历史，而且涉及到同时代全国发生的其他事件，是一部很有价值的史书。

由于《春秋》记事简略，后人为它做了很多补充和评论，这些补充和评论，叫做“传”。给《春秋》作传的共有三家，合称“春秋三传”。

◎“徐州”：即楚汉相争时的彭城。徐州辖小沛、下邳，在江苏省西北部。

◎“过五关斩六将”：东岭关孔秀，洛阳太守韩福、牙将孟坦，汜水关卞喜，荥阳王植，滑州秦琪。

◎“暗袭荆州白衣渡江”：东吴拜吕蒙为大都督，总制江东诸路军马；点兵三万，快船八十余只，选会水者扮作商人，皆穿白衣……

荆州：三国时的荆州是一个地域概念。向东抵今湖北、江西交界，向南直达今广西桂林，向西到今贵州境，向北到达今河南境内。东汉时，荆州辖七郡，东汉末辖南阳、南郡、江夏、零陵、林阳、武陵、长沙、襄阳、章陵——后世称“荆襄九郡”。荆州，现在的湖北荆州市。

【架桥：太监为刘备斟酒，备端杯……三更响，刘备叹气放杯。

刘　备　三弟，翼德，孤的好三弟呀！

（唱）耳听谯楼三鼓催，
思念三弟猛张飞。
虎牢关枪挑吕布金冠诸侯佩，
当阳桥大吼三声如惊雷。
过巴州义释严颜英雄对，
葭萌关夜战马超将中魁。
镇阆中功高人称谓，
虎尾钢鞭丈八蛇矛显神威。
恨只恨范张两个害人鬼，
黑夜行刺——
孤的好三弟……
弟身首异处一世英名化成灰。
坐蜀川只盼弟兄三人长相会，
又谁知孤独存——只落得万感千悲。

◎当阳桥又名长坂桥。今当阳市，处于鄂西、沮漳河下游，荆山山脉以南。东与荆门市接壤，东南与江陵相邻，南抵枝江，西与宜昌相连。是著名的三国古战场。

巴州即今四川巴中。据《三国志·蜀书·关张黄赵传第六》，义释严颜是在江州（今重庆渝中区）。

葭萌关，故城在今四川广元市元坝区昭化镇以北五华里的土基坝，关城已荡然无存。

“范张”指叛将范疆、张达。传闻，范张行刺后，割张飞首投东吴时至云阳境，慌忙掷头于江，故云阳临江有张飞庙。

【更鼓四响。刘备端杯饮……沉重地叹气放杯。

刘　备　（唱快【二流】）

以酒解愁愁难解，
以酒浇悲悲满怀。
但愿早日将敌败，
踏碎江南尽成灰。
到那时蜀中臣民人人把孝戴，
取孙权狗头祭坟台。
好二弟好三弟阴灵且等待，
等等兄随后陪弟来。

太　监　请万岁节哀，保重龙体。夜已深了，请万岁安歇。

刘　备　唉！

（唱慢【二流】）

难道说孤不知龙体为重，
桃园情胜过了同胞弟兄。
同生死共患难世人称颂，
谁曾想孤为君弟不得善终。
哀二弟哭三弟孤咽喉疼痛，
只哭得天地悲山河动容。
孤只盼唱凯歌取敌首祭弟坟塚，
求苍天助孤王伐吴成功。

◎抓住场名——思弟，就抓住了数段唱的核心：吟出情，唱出义。否则是“白天白唱，黑了黑唱”。

【太监为刘备宽衣、扶备入帐。太监下。更鼓声……火声……关兴急上。

关　兴　禀万岁，御营东屯起火！

刘　备　救火！

关　兴　遵命！（下）

张　苞　（上）禀万岁，御营南屯起火！

刘　备　救火！

张　苞　遵命！（下）

关　兴　（上）禀万岁，御营起火！

张　苞　（上）禀万岁，御营起火！

刘　备　哎呀！

【刘备抛帐、扑出，太监急上扶备，关、张左右保护；东吴二将率兵分上追刘备——“三穿花”，关、张抵御，二将带兵围关、张成两堆，刘备、太监被冲散、各分下。

三、烧营

【空场。战鼓声、呐喊声迭起……下场门：马童翻上，赵云持枪急上。马童配合赵云的“骝马”舞蹈……赵云察堪后，挥手，兵卒绕场急下；马童翻“出场”（又名跑踺）过赵，云刷枪、抛枪、背身左手接（马童“骗马飞岔”配）勒缰、马童起拉马冲下。

刘　备　（唱【倒板】）

大火弥天——（刘备蓬头、面抹青油、狼狈从上场出，接唱——

狂风卷（随“风”字腔双袖弹髯，挫步前倾，单膝点地），

（唱【三板】）

座座连营冒浓烟（挣扎起身，双手拈褶前后襟，随“烟”字拖腔，原地旋转）。

往东逃（右手抓袖，左手提褶，摆髯左行圆台）……

向西窜（左手抓袖，右手提褶，抛髯右行圆台）……

四面恰似火海般。

（唱快【二流】）

此时玄德自嗟叹，
自悔自恨自羞惭。
悔不该不纳丞相谏，
悔不该不听四弟言。
悔不该密林扎营把敌小看，
竟忘了茂密森林火易燃。
两川兵被孤王毁一旦，
怕只怕寡人命难全。
恳求苍天要长眼，
保祐孤平平安安度过这一关。

【幕内喊杀声大作……陆逊带兵上，追刘备圆台……陆逊举枪刺备、赵云上拨枪敌逊……关兴、张苞救刘备下。赵、陆打“枪架子”接小快枪半节……陆逊败退。马童翻上，接圆台旋子、赵云于台中原地骗腿转……遂马童拉马行圆场，关、张、太监、兵卒簇拥刘备下场上，赵云下马。

赵 云 救驾来迟，万岁恕罪。

刘 备 若非四弟即时救援，孤命早丧孺子之手。（吹）四弟怎知孤……

赵 云 马良向丞相报送万岁扎营图本，故遣末将率兵救援。

刘 备 诸葛神人也！

（唱【三板】）

诸葛丞相真神算，
运筹帷幄股掌间。
早知孤今日有危难，
何不事先对孤谈。
怪寡人一意孤行不听劝，
到而今一败涂地——
有何颜面返蜀川。（头晕眼花）

众 万岁，万岁……

刘　备 前面是什么所在？

关　兴 白帝城！

刘　备 白帝城……速召丞相，孤有重托！

【吹【尾煞】，兵卒“挖后拥”，太监搀护刘备，关兴、张苞护驾；马童为赵云带马，云持枪上马断后……

◎此场名“烧营”，实不动半点火星。

川剧的粉火（又称烟火、彩火）是川戏打杂师（即捡场者）必须掌握的一项特殊技巧，其名目有“滚龙抱柱”“仙女散花”“苏秦揹剑”“黄龙缠腰”等等，既手打，也口吐，操作灵活，花样繁多。川剧使用粉火特技最多的戏有《火烧濮阳》《火烧上方谷》《火烧棉山》，唯《火烧濮阳》最能吸引顾客——无论是寒冬数九或是三伏夏天的营业淡季，一挂《火烧濮阳》戏牌，便可“客满”高悬。粉火，除专戏专用外，也用于出神现妖跳鬼和有火烧情节的某些戏中，但是少而精——不乱运用特技。按理说，火烧连营七百余座、八百余里，胜过濮阳一城多也。然，观众爱看烧曹操，不愿火烧刘皇叔——“尊刘贬曹”的传统观念。故“烧营”时，仅以“厂浪浪”的大锣边点缀即可。再者是，被烧的刘备既不能“变脸”——吹黑色纸灰扑面，更不能“摔死肉”——用翻跌的“背壳”之类的武功，用点褶子、髯口技足够也。

◎赵云头扎高桩水发，一条白绫横搭，一条白绫扎泡花捆头坠后（反映出驰援艰辛），扎白靠，白绣花裤、靴，俊扮，戴青三，持白色战枪。

陆逊戴插双翎的全插，俊扮垂露发，穿红龙箭，下着红裤青靴。

关兴、张苞卸靠穿绿、黑绣花袍束带，挂剑、持鞭。

马童穿打衣全套，足下白袜打鞋。

东吴二将戴色各异的包巾额子，穿绣花袍，下穿同色裤、打靴。

四、托 孤

【台中一椅，台右侧一椅，红色椅帔。

刘 备 （唱二黄【倒板】）

伐东吴——（头戴软王帽加捆长黑绫帕后坠，身穿黄褶加系白腰裙，外披黄蟒，面不涂色，只搽淡油，手杵龙头杖。在太监搀护下，缓慢地上）

遭惨败令孤痛恨（“恨”字拖腔，胡须摆抖，颤步至台前）……

（唱【夺子】）

刘玄德怨声天，

恨声地，

怨天恨地，

恨地怨天，

苍穹大地，

何故无情（“情”字延腔，杖猛触地，遂气喘咳嗽）。

（唱【一字】）

恨吕蒙！

白衣渡江暗袭荆州郡，

吾二弟走麦城捐躯命倾。

吾三弟在阆中被刺丧命，

刘玄德闻噩耗痛不欲生。

报弟仇伐东吴孤亲把兵领，

两川兵浩浩荡荡出国门。

恨只恨乳气未干的小陆逊，

用一条火攻计烧孤连营。

烧连营八百座天惊地震，

众将士被烧得死的死亡的亡，

焦头烂额盔甲无存。

多感得好军师派子龙救应，

刘玄德遇厄运重病缠身。

白帝城写遗诏托孤重任，

孤朝夕盼孔明——

（唱【二流】）

如盼甘霖。

◎此种【一字】转【二流】为顺腔自然转换的方法。

◎白帝城：白帝城，位于大江北岸，长江三峡的瞿塘峡口，西汉以前，名鱼腹县。王莽篡汉时，据说：有一个叫公孙述的人自立为蜀王，初建都于成都，后迁都鱼腹，筑紫阳城。殿前有一井，常有白雾升空，公孙述认为是好征兆，就自称白帝，将鱼腹县改名白帝城。

【太监扶刘备坐，备昏睡。孔明捆蓝色或黄色绫帕，戴万卷书（盔），穿八卦衣（蟒），下红裤青靴，脸抹淡红，挂麻三，持鹅毛扇上。

孔　明　（唱）君命诏不辞劳兼程而进，

星夜赶赴白帝城。

万岁爷染重疾实属天命，

托孤事迫眉梢面见圣君。（小圆台）

太　监　参见丞相。

孔　明　起去。万岁现在何处？

太　监　永安宫养神。

孔　明　吾在宫外候命，少时万岁醒来，望速告知。

太　监　万岁早有口喻，承相到时，即刻进见。

孔　明　如此，带路。（入）

太　监　禀万岁，丞相到！

刘　备　（唱【倒板】）

适才间梦见了二弟三弟容影，

（唱【二流】）

好贤弟请孤王同游天廷。

耳畔内闻人声渐渐苏醒……

太　监　禀万岁，丞相到。

刘　备　啊！（惊起，激动地唱）

却原是来了孤辅国重臣。

◎此句与前“如盼甘霖”呼应，唱出激情，唱出托孤的心愿，为下段【阴调】“铺轨”。

孔　明　老臣奉诏来迟，乞请万岁恕罪。

刘　备　爱卿何罪之有。旅途辛劳，绣凳赐坐。

孔　明　谢。

【太监为孔明设椅。

孔　明　参军马谡随臣探望，万岁可容他一见否？

刘　备　马谡……就是那马幼常？

孔　明　正是。

刘　备　马谡言过其实，先生今后用之须慎。

孔　明　老臣牢记。

刘　备　孤与丞相有要事相商，改日召见好了。

孔　明　是。万岁龙体如何？

刘　备　唉！孤不听丞相忠言，率师伐吴，今遭大败，又患重疾，恐时日不多矣！

（唱【幺板】）

见丞相禁不住珠泪滚滚，

刘玄德忆往事心潮难平。

（唱【阴调】）

汉运衰黄巾乱山河破损，
结桃园举义师大破黄巾。
虎牢关战吕布三英联阵，
诛董卓多感得貂蝉钗裙。
董卓死出曹操乱世奸佞，
射白鹿贼挟天子应群臣。
青梅酒论英雄贼设陷阱，
孤闻雷假失箸取信贼心。
拐曹兵出许都实属侥幸，
东西闯南北奔无处立根。
徐元直荐先生令人堪敬，
下南阳冒风雪三请先生。
自先生入汉营军威大振，
博望坡烧曹兵首战功成。

◎三国中的南阳，指的是南阳郡，也就是现在的河南省南阳市和湖北省襄樊市的部分地区。《三顾茅庐》——诸葛亮隐居的卧龙岗，《博望烧惇》（夏侯惇）的博望坡均在南阳境内。

赤壁战孙与刘以少取胜，
据荆州暂栖身不遂吾心。
张永年献地图才把川进，
坐蜀川应先生鼎足三分。
万不料为荆州桃园失损，
孤不听先生劝一意孤行。
到而今遭惨败身染重病，

白帝城怕是孤葬身的坟茔。
叫内侍将丞相绣凳移近，（太监为孔明移椅）
君臣们面对面促膝谈心。
从袖内（离位，孔明亦离座）取遗诏（黄色绢）丞相受命（孔明跪接）……
孤的丞相，（携诸葛起）
汉基业赖丞相大力支撑……
孤的爱卿。（在“过门”中，太监搀刘归位，孔明亦坐）

◎【阴调】是全场的重点，“从袖内”至“孤的爱卿”两句，又是重中之重。

孤死后辅阿斗（即后主刘禅）执掌朝政，
只可惜阿斗儿少才缺能。
望丞相念在孤三顾情分，
望丞相念我们创业艰辛。
望丞相如既往忠心耿耿，
望丞相施仁政富国强民。
望丞相将阿斗当亲生多多教训，
你和他内是父子外君臣。
阿斗为子若不孝顺，
家法严惩不容情。
阿斗为君若乱朝政，
你废却他无道的小昏君。
刘玄德肺腑言绝非虚论，

（唱【二流】）

望丞相为国家为黎民不徇私情。

孔　明　万岁托孤重任，我亮义不容辞。扶保幼主，亮自当鞠躬尽瘁，死而后已。

刘　备　（惊喜于心）丞相，你在怎说？

孔　明　鞠躬尽瘁，死而后已。

刘　备　得先生此言，孤无虑矣。请升受孤一拜。（顶蟒离身，跪）

孔　明　折煞老臣矣！（跪）

刘　备　（唱【三板】）

听丞相一席话孤心放稳，

鞠躬尽瘁 、死而后已（一字一顿——强化“八字”）——

字字千钧。

刘玄德到此时无虑无恨

【太监、孔明扶刘备起。

刘　备　（唱）孤长眠九泉下——亦发笑声……（腔由强渐弱，即连笑声）哈哈哈……呃（定睛、含笑、气绝）

孔　明　万岁……（跪）

【太监扶刘坐椅，随即跪，吹……

·剧　终·

剧本先后整理于 1995 年 2 月 21 日、1999 年 7 月 20 日

附　记

1.《伐东吴》共六场，另有《八阵图》陆逊的“坐帐”（含连场的“观山”“遣将”）、“困阵”。旧时，《八阵图》常常独立唱，很难连演全本。笔者一生中也仅看过两次：一次是在江津的仁沱鸡公槽青年军二〇二师六〇六团出“堂会”，该团川戏迷团长张止戈点《伐东吴》，我父亲夏长清饰刘备；第二次是“靠把生角”向明德演刘皇叔——是我老汉给向老师念的“子子”（台词）。从此，可能再无缘目睹，故将“选场”纳入我的“剧本选”——纵无人继承，留档备查亦好。

2.“托孤”是“选场”中唯一可独立成章的戏，单折演用《白帝城》《白帝托孤》或《白帝城托孤》《刘备托孤》均行。重庆市川剧院资料室存

有我2004年7月3日的演出实况录像;后传授予年轻艺友万明府专场演出,也有影碟存资料室。

3."选场"中的刘备,必须是一位既会"抖摆"(做功)又擅"卖唱"(唱功)的演员方能承担——尤"托孤",不擅唱,"托孤"就会演成"温开水","挽"不好全本的"圈圈"——不得"善终"。

4.川剧的《伐东吴》,无疑源自《三国演义》,但"托孤"对刘备的处理就胜过《三国演义》第八十五回"刘先主遗诏托孤儿"和小说《刘备皇帝》第五十八回"诸葛亮千里奔波赴白帝·昭烈帝万念俱灰托后事"的描写,可见川戏前辈深究刘备其人的功力了不得!详情请参阅笔者拙著《川剧品微·刘备托孤》(11页),恕不赘述了。

2014年1月27日初稿

附09 刘谌哭庙（胡琴·二黄）

夏长清◎传授

剧情简介

魏将邓艾领兵偷渡阴平，兵临成都。蜀后主刘禅不纳忠谏，听信谗言，不战请降。其子北地王刘谌欲以死报国，谌妻自刎，谌杀子诛女，哭诉家庙后拔剑殉国。

人　物：刘　谌（武生·正生）

【台中竖神帐——黄色。

【刘谌打高桩水发，额系白绫后坠，身穿白龙箭束黑带，下红裤青靴，俊扮抹油（正生演挂青三），左手提二头，右手握宝剑。

刘　谌　（唱【倒板】）

进祖庙……（摇摇晃晃地上）

不由人心中悲惨……

（唱【悲头】）

我的崔夫人！（缓慢行圆场，进庙放头于神案，参拜）

（唱【夺子】）

将人头放神案祭奠祖先。

（唱【一字】）

汉高祖未遇时天涯流窜——宏图难展，

闯天下身背着三尺龙泉——一身孤单。

那一日行至在芒砀地面，

偏遇着一蟒蛇它把路拦。
汉高祖手握着三尺利剑，
叫一声蟒蛇妖细听吾言。
孤有福丧孤手将汝劈斩，
孤无福丧汝口不怨苍天。
言罢后斩蟒蛇一十八段，
看起来谋事在人成事在天。
举义师聚集了英雄好汉，
灭暴秦除强楚一统河山。
汉高祖登了基河清海偃，
汉基业传后世代代相传。
传位到桓灵帝宠幸太监，
普天下刀兵起遍地狼烟。
先皇祖未遇时贩履挑担，
二皇祖杀熊虎该换容颜。
三皇祖生得来豹头圆眼，
宰乌牛杀白马义结桃园。
破黄巾——
破黄巾那时节威名震撼，
先皇祖为县令屈居平原。
虎牢关——
虎牢关战吕布三英联战，
丈八矛挑吕布头上金冠。
孰能料——
孰能料徐州城桃园失散，
二皇祖被曹兵围困土山。
来了说客张文远，
顺说二皇祖降曹瞒。

上马金下马宴，
美女十名全不贪。
先皇祖河北修书简，
二皇祖三次辞阿瞒。
连辞三次曹不见，
匹马单刀出五关。
过五关把六将斩，
古城会皇祖们又得团园。
奔荆州投刘表欲兴炎汉，
又谁知蔡夫人大为不贤。
跃檀溪先皇祖身遭危难，
水镜庄黉夜里得遇高贤。
先皇祖隔墙壁亲耳听见，
伏龙凤雏得一人天下可安。
徐元直走马把诸葛先生荐，
为访贤冒风雪三顾茅庵。
新野县与曹贼一场大战，
博望破烧曹兵胆颤心寒。

（唱【梅花板】）

长坂坡先皇祖又遭大难，
皇祖母乱军中丧生井泉。
好一个四皇祖浑身是胆，
百万军中——
单人独骑，
一手执枪 ，
一手挥舞青钢剑，
七进七出保主还。
出重围撩开铠甲仔细看，

那时节我父王睡怀中——
昏昏沉沉，
昏昏沉沉梦正酣，
他一睡就睡来几十年——
从未醒一天。
曹孟德领人马八十三万，
一心想灭东吴吞并江南。
东吴臣武将人人皆愿战，
文职官有的人袖手旁观。
鲁子敬过江把先皇祖见，
好军师过江东激瑜激权。
他也曾舌战群儒智谋显，
他也曾草船借箭在浓雾间。
他也曾借东风把法力施展，
他也曾赤壁鏖兵或烧战船。
只烧得曹兵将，
水中死，火中亡，
八十三万人马一个一个丧黄泉。

（唱【二流】）

垂手儿得荆州志犹未满，
张永年献地图才取蜀川。
二皇祖走麦城桃园失伴，
三皇祖在阆中噩耗又传。
为报仇伐东吴孙刘开战，
恨陆逊使火攻火烧营盘。
先皇祖白帝城身遭大限，
我的先皇祖啊！
我父王才执掌蜀汉江山。

谁知他宠奸佞朝纲混乱，

全不想先祖们创业艰难。（战鼓声激，人声鼎沸）

（唱【三板】）

耳畔内战鼓响人声呐喊，

邓艾贼进皇城就在眼前。

老天爷呀！

你何苦灭蜀汉，

俺刘谌尽忠死不辱祖先！（跪拜自刎）

·剧　终·

2000 年 10 月 31 日夜整理完

注：重庆市川剧院资料室存有我 2001 年的演出实况碟。此戏已传授市川剧院女小生孙群艺友，遗憾的是仅演唱两次，迄今尚未复演，恐已还给我了。

附　记

【刘谌哭庙】又名【哭祖庙】。与此戏情节相同的还有吾业师张德成佳作之一的高腔戏路的【杀家告庙】。【哭祖庙】仅是个独角的唱功戏——也是武生、正生初入梨园的发蒙戏。高腔才有“杀家”，而且人员众多。【川剧剧目辞典】将两戏划等号——【杀家告庙】又名【刘谌哭庙】【哭祖庙】(382 页)，而且将声腔仅标高腔，是欠妥的。

2014 年 1 月 27 日夜

⑳ 斩王莽（胡琴·西皮）

彭天喜◎传授　夏庭光◎整理

剧情简介

《斩王莽》又名《剐王莽》《剐莽台》，乃大幕《云台观》之一出。刘秀命押王莽于云台观行刑。马武姚期知岑彭受莽殊遇，又是莽义子，故荐岑斩莽。岑彭接令如闻惊雷，既不敢抗命，又碍王莽之情，只得割臂肉献莽，以示报恩绝情。王莽见执斩者乃义子，满腔怒气，狠食岑肉。岑以剑穿莽心，王莽临死抬腿猛踢，岑彭气绝。

人　物：王　莽（粉　脸）　岑　彭（武　生）
刘　秀（文　生）　邓　禹（正　生）
邳　彤（小　丑）　姚　期（花　脸）
马　武（花　脸）　太　监（杂）
刀斧手（杂）　上天龙（杂）

◎王莽打白蓬头，粉脸抹青油，挂白满，穿黄褶系白裙，戴罪绳，下着红裤青靴。

岑彭戴大帽，帽檐遮眼，内打高桩水发，内穿白绣花袍捆鸾带，外着白绣花褶，下红裤青靴。俊扮搽淡油。

刘秀戴全插，着红蟒束带，下穿红裤青靴，俊扮。

邓禹戴中纱加套龙，俊扮挂青三，着蓝蟒束带，下红裤青靴。

邳彤戴狗儿盔，画二饼饼，戴草登喳，穿绣花深蓝褶，下红裤青靴。

姚期戴黑色包巾额子，穿绣花黑褶子，红裤青靴，画黑三块瓦，戴黑满，插耳发。

马武戴绿色包巾额子，穿绣花绿褶子，红裤青靴，画五彩脸，戴红喳，插耳发。

太监戴珠珠盔，俊扮穿褶，红裤青靴，抱上方剑。

四刀斧手戴额子插单翎，穿袍捆带套金钱褂斜穿，跑裤打靴，揉脸，挂腰刀。四上天龙穿戴上天龙衣帽。

◎王莽，字巨君，汉元帝皇后王政君的侄子。汉哀帝死，没有儿子，太皇太后王政君收取玺绶，迎年仅九岁的平帝即位，太皇太后临朝称制，国家政事委于王莽。平帝14岁时非常精明，王莽便毒死平帝，在宗室里选一个仅两岁的孩子为皇太子，后废之，强索玺，正式登皇帝宝座，改国号为“新”。

◎刘秀，字文叔，汉高祖第九代孙，灭莽兴汉，为光武帝。

【下场方竖设一桌，桌上放椅，桌头前搁脚箱，摆场泥巴色。上场方置一椅，中场放五椅，其中一椅靠右侧，红色椅帔。

王　莽　（唱【倒板】）

大吼一声肝肠断……

【刀斧手押王莽上，刀斧手站中场“小八字”。

王　莽　（唱【一字】）

老王莽披枷戴锁忆当年。（走“四面镜”又叫“车斗方”）

悔不该松棚设会宴，

悔不该毒平帝一命归天。

（唱【大过板】）

悔不该孤把汉室篡，（“四面镜”结束）

悔不该年迈苍苍——

（唱【二流】）

坐金銮。

悔不该铲草未成把根断。

悔不该让刘秀羽翼长全。

悔不该当今驸马赘吴汉，

悔不该命吴汉镇守潼关。

悔不该武魁状元把岑彭点，

悔不该收岑彭为义子又赋兵权。

悔不该孤把这白蟒台建，

悔不该台成后未杀邳彤留祸端。

白蟒台是孤传诏建，

今日送孤命归天。

千悔万悔悔不转，

老王莽只怨人不怨苍天。（押坐高台，刀斧手站桌后斜“一品墙”）

◎王莽全段唱词有12个“悔不该”，其中有真有假，演唱者要抓住人物痛心恨愤的“悔不该”——“铲草未成把根断”和“收岑彭为义子又赋兵权”，方能唱出莽的“心悔”。

【邳彤、岑彭上。邳彤端香烛盘。

邳　彤　（唱）今日老王临大限，

岑　彭　（唱）法场祭奠走一番。

邳　彤　（唱）急急忙忙把香烛点，

岑　彭　（唱）愿恩父灵魂早升天。（二人跪）

王　莽　（唱快【二流】）

一见邳彤气破胆，

一见岑彭怒冲冠。

孤王待你恩不浅，

为父待你恩如山。

你不该泄漏蟒台将孤献，

你不该背叛为父献出棘阳关。

寡人不愿别一件，

愿你死后尸不全，

天雷打你这不孝儿男。

【邳、岑起身坐。

◎潼关，隶属陕西渭南市潼关县。棘阳关，今属河南新野县高庙村一带。城址南北五里，东西三里。

邓　禹　（上，唱【二流】）

今日王莽将处斩，

念前情祭奠备纸钱。

整整衣冠把礼见，

愿老王跨鹤赴西天。（参拜）

王　莽　（唱）邓禹先生来祭奠，

孤王感激在心田。

孤当初待你有恩典，

为何苦苦要辞官。

你助刘秀把孤犯，

不然怎复汉江山。

刘秀为人甚奸险，

先生千万防未然。

孤劝先生早盘算，

恐日后你也会有孤今天。

【邓禹坐中靠右侧椅。上天龙头旗捧香烛盘，姚期、马武、太监、刘秀上。

刘　秀　（唱）白水村举旗把兵点，

夺回汉室锦江山。

生擒王莽云台观，

仇报仇来冤报冤。

法场假意来祭奠，（上天龙站刘秀椅后“一品墙”，太监侍立秀左侧，头旗设祭）

愿外公的灵魂早早升天。（拜后坐）

王　莽　（唱）刘秀法场排香案，

猫哭老鼠做一番。

为外公不愿别一件，

只愿你汉江山（咬牙切齿、面带笑容）

万年万年万万年。

【上天龙头旗收祭礼。

刘　秀　（唱）王莽口把祝词谈，

我知他含恨在心间。

时辰已到传令箭，

姚期将军听孤言。

本御赐你上方剑，

你送王莽下九泉。

姚　期　（接剑唱）

接过皇令某自叹，

我与王莽无仇冤。

恕臣交还上方剑，

斩王莽离不得马武上前。（交还剑）

刘　秀　（唱）回头二次传令箭，

马武将军听孤言。

想从前王莽不把将军选，

今日可报昔日冤。

马　武　（接剑唱快【二流】）

双手接过上方剑，

不由马武心喜欢。

怒气冲冲拔利剑……

（唱慢【二流】）

猛然一事想心间。

叹当初京城赴科选，

王莽贼不点俺马武中岑男。

会烧山只用火一线，

会杀人何须磨刀尖。

回头交还上方剑，

斩王莽离不得岑彭将官。（还剑）

刘　秀　（唱）将军一言将孤点，

命岑彭斩王莽双管两全。

法场三次传令箭，

岑彭将军听孤言。

亲赐将军上方剑，

立斩王莽报台前。

岑　彭　哎呀！（抛帽、甩发、脱衣、接剑）

（唱【倒板】）

皇令下骇得人心惊胆颤，

（唱【一字】）

俺岑彭这一阵心似油煎。
想当初松棚会王莽设宴，
药毒了平帝王篡位夺权。
幼主君得神助幸免厄难，
走南阳历艰险年复一年。
白水村举义师反莽兴汉，
兵到处如破竹斩将夺关。
俺岑彭顺天意投明弃暗，
破京都擒王莽云台观前。
剐莽台要立即将莽处斩，
斩王莽姚马将推让再三。
幼主君传皇令不把他人遣，
斩王莽偏要俺岑彭承担。

（唱【大过板】）

曾记得俺岑彭京司赴选，
校场地聚集了——

（唱【二流】）

群雄千员。
俺岑彭射红心连中三箭，
眼见得中武魁股掌之间。
忽听得场外马武一声喊，
他要与俺比武来夺元。
我二人御校场一场鏖战，
那马武武艺精非比等闲。
比罢武把王莽见，
老王莽不点马武中俺岑男。
武魁状元俺独占，
又收俺为义子他恩重如山。

老恩父时常对俺施恩典，
又命俺统师戍边掌兵权。
只可叹天不从人愿，
一场好梦不能圆。
到而今王莽树倒猢狲散，
剐莽台恩父大限在瞬间。
俺岑彭剐莽台凝神细看……
观恩父绑台上二目炯炯胸有怨言万万千。
观幼主坐一旁庄严神威不可犯，
他龙目闪闪似把俺心事来看穿。
我若遵命把恩父斩，
子杀父如欺天——
我是忘恩负义男。
我若抗命不照办，
皇令下重泰山，龙颜怒——
我身首异处人头挂高杆。
这真是前是崖后是坎，
左是火坑右深渊。
左也难右也难，
违命难从命难——
叫俺岑彭好为难。
（唱【三板】）
势成骑虎无主见……
啊！
（唱）猛然想起圣人言
割股奉亲有名传，
做一个恩报恩冤了冤。
俺这里整戎装忙把袖绾，（下，复上时左臂缠红绸，左

手持肉（红色纸封代），右手握剑，站立脚箱上）
敬请恩父把儿的肉餐。

◎岑彭从上场起，心存内疚之情——“内疚”之情贯穿整段唱词。

王 莽 （唱）小岑彭献上肉一片，
气得王莽咬牙管。
你子杀义父遭天谴，
我吃你肉尤如哇——
喝儿的血！（单锤）咬儿的心！（单锤）吞你的肝！（气足腔长，恨贯腔中）

岑 彭 （唱）俺岑彭咬牙管、紧闭眼、用剑把心点！（刺莽）

王 莽 呵……（抚胸咬呀唱）
一脚踢尔丧黄泉！（狠狠地踢）

【岑彭惨叫“哎呀！”抢背落地起立、喷血（口彩）、定睛、“硬人”倒地死；王莽冷笑“哼 哼”……“啊”叫 一声，双目睁、吹口条（干鼓配），遂闭目、倒椅气绝（吹）。

太 监 禀千岁，王莽已斩，岑将军身亡。

刘 秀 唉，岑将军哪！（吹）岑将军尸首白绫包裹，金井玉葬。（怀恨讲）王莽尸首……（稍停，变换语气）以礼葬之。

邓 禹 打扫金殿，千岁登基。

【吹［尾煞］。闭幕。

◎金井，指井栏上有雕饰的井。古典诗词中常用来指宫庭园林里的井。金井玉葬，指皇家的葬礼规格。

·剧 终·

注：王莽唱词，曾参考川剧表演艺术家金震雷唱词整理。

附　记

大幕《云台观》共有刘秀“发兵”、云台“擒莽”、王莽“哭帐”、莽台“斩莽”四场，其重点是以讲白（王莽）为主的“哭帐”和以唱见长的“斩莽”。此大幕，20 世纪的 50 年代，重庆市胜利剧场的胜利川剧团常演，《斩王莽》，也仅在 80 年代的重庆市川剧院老艺员演出团与观众见面一次。今年初，市川剧院的花脸封世海提出要学，看来，《斩王莽》传承有望。

剧本整理于 2000 年

电子文本写于 2014 年 1 月 31 日（农历正月初一）

2014 年 2 月 2 日 修改

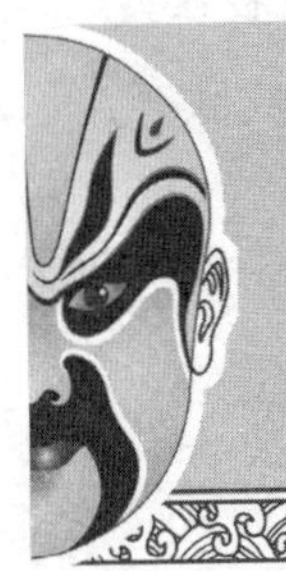

㉑ 周仁献嫂（弹戏·苦皮）

姜尚峰◎传授　夏庭光◎整理

剧情简介

明嘉靖时，严嵩、严世藩党羽严年见被害充军的杜文学妻胡氏貌美，欲纳为妾。以还兵马郎官职为饵，诱逼杜义弟周仁。周受杜千金解危之恩，以妻替嫂全义。

人　物：周　仁（文　生）
　　　　李　氏（花　旦）
　　　　胡　氏（青　衣）

◎周仁戴柳叶翅的状元头，内打矮桩水发，着红官衣束带，下穿红色彩裤、青靴，俊扮搽淡油。

李氏捆花头，素色帔裙、彩鞋。

胡氏青衣头，着“苦褶子”，系白裙，脚下素色彩鞋。

◎插柳叶翅的状元头，是川剧颇具特色、唯川戏独有，也是突出川剧文生“书卷气”的一顶头帽。

周　仁（内放【倒板】）

奉承东狗奴才兽心人面……

◎“架桥”音乐中：周仁双手端带、低头、沉步出场，慢慢抬首，一脸忧怨愤恨，端带的手颤抖难禁；右左掸袖看，右手抚帽，抚翅——心潮起伏，思绪杂乱……“哼！”顿足、取冠、掷地、抬右腿欲踏……

（唱【哀腔】）

哎……我踏……踏……踏又踏不下呀！

◎抬起的右腿随着“我踏……踏……踏”的三个“踏”字三落三起，【哀腔】结束后，以纱帽为中心，独脚行一圈，仍不敢踏。继落脚左转背身、左手握带颤抖、盯帽、起左足欲踏，收腿落地。反身右转、抬右足踏、仍不敢。占步退、收脚。两手水袖交替旋转，缓步近帽，双袖绾抚带视帽——进一步表现周仁矛盾的心态……遂以抖动的双手拾帽、顿足转躯——头部的水发随之平旋……最后，以莫可奈何之情戴帽。

◎【哀腔】又称【哀子】，是用于含悲带苦、哀恳求助、莫可奈何之类情绪的一句专门唱腔。

（唱【二流】）

贼不该将嫂嫂献与严年。

（念）躲脱不是祸，

是祸躲不脱。

非我周仁道了这两句言语。想我奉了胡氏嫂嫂之命，打听杜文学仁兄消息。行至长街，偶遇奉承东这个奴才，一眼将我瞧见，命其左右将我绳捆索绑，带进严府。严年见我满脸笑容，下位亲松其绑，并还我兵马郎官职。是我问其情由，却原三月二十八日，严贼在太保庙中得见我胡氏嫂嫂一面，意欲纳她为妾，凑成十全大美。知我周仁在彼，恐从中作梗，故尔还我兵马郎官职，要我将嫂嫂献与严年。闻听此言，满腔怒气，欲骂不能，欲打不可，欲走无法脱身，只得权且应允，出府之后，另谋良策。这、这、这……这将如何是好哇！（搓手凝思）哎！想胡氏嫂嫂，妇道人家，你烧的什么香？赶的什么会？如今惹火烧身。与我周仁何干？待我回家，将胡氏嫂嫂梳妆打扮，送进严府。我的官也复了，禄也有了，祸也免了。此言有理，献嫂去！（右手抓袖，左手撩衣，急走至下场方右脚独立，停步沉思……右转身、右手翻袖）哎呀不可！（撣袖、至中场）我若将胡氏嫂嫂献与严年，日后杜文学仁兄刑满归来，问到于我，你家胡氏嫂嫂向哪里去了？我又拿何言答对？岂不被天下人骂我周仁不仁不义！哎呀，我才献不得呀！（想）嗯，我不免回家叫吾妻与胡氏嫂嫂收拾行装，黄夜逃走。对，三十六计，走为上策。走！（甩左袖，右踢衣，急行至下场方，左足立，突止，思索……左转身，左手翻袖）哎呀，走不得！（撣袖、至中场）我想严府爪牙颇多，耳目甚众，若知我们潜逃，势必画影捉拿。若将我们拿获，我周仁一死，倒还事小，只是胡氏嫂嫂名节亦难保。我献也献不得，逃也逃不掉，这这这……这才把人两——难了！（随"了"字音，双袖向里或向外搅圈花……然后，右转身、左翻袖抚带、右手抚额，突然想起往事）事到而今，我倒想起往事来了。想我周仁曾作兵马郎之时，奉君圣诏，押送粮饷，边庭听用。行至黄河地界，不知水贼从哪里打听得来，我乃文职之官，所带随从无几。那夜三更时分，水贼蜂拥上船，竟将粮饷一并抢尽。我只得回朝面君请罪。天子恼怒，将我问斩。多亏文武保奏，免去死罪，摘去我兵马郎官职，交至刑部，命我限期偿还这一项银两。我只得卖尽田园，当尽家产，还剩一千未还，我夫妻万般无奈，头插草标做一个卖身抵债。那日杜文学仁兄长街经过，见我夫妻悲泣不止，问其情由，方知卖身原委。命家院取来纹银一千，我才得偿债脱罪。仁兄如此大恩大德，无以为报，我夫妻商议，怀揣卖身文约，去至他府为奴作婢，以报千金之恩。谁知去至他府，仁兄以礼相待，将我夫妻请至堂前，胡氏嫂嫂又将吾妻接入后堂。仁兄在前厅设宴相待。酒席筵前，我又取出卖身文约，言明为奴作婢之事。仁兄叫道一声，周仁哪，好贤弟，区区小事，何必挂齿，言罢之后，将卖身文约撕得粉碎。我二人言语投机，结为金兰之好。霎时，丫鬟报道，吾妻与胡氏嫂嫂在后堂拈香。彼时我言道，尘世之上，只有男子结拜，哪有女子拈香？仁兄言道，我们男子结得拜，她们女子也拈得香。又道是：男子结拜共患难，女子拈香替生死。你看她们姊妹面貌相似，日后若有不测，也好抓生替死。如今嫂嫂遭此大祸，我不免回家将吾妻梳妆打扮，替嫂嫂进府完婚。我岂不是仁也有了，义也全了。此言有理，回家去……哎呀不可！我妻平素性情执拗，叫她做的事，她偏不去为。叫她走东，她偏要去西。这这这……啊——我少时回家，假言要将嫂嫂献与严年，她们有姊妹之情，必然不允。我便乘机言道，我乃男子，爱莫能助。她定要替嫂嫂进府，我便顺水推舟。只是吾妻性情刚烈，怎会忍辱偷生，必然怀藏利刃，与贼以死相拼……（猛地一停）李氏！

（唱【哀腔】）

哎………你才是替死的鬼呀……

（唱【二流】）

杜仁兄舍千金救我危难，

我周仁舍糟糠将嫂嫂保全。

恨只恨天空降下无情剑，

斩断了我美夫妻百年情缘。（踢官衣右转，取冠，右手高举狠拍纱帽，起腿、左手拈衣圆场）

◎太保庙之神，传说姓张，人称张爷。太保手执玉斧，救护百姓。玉帝敕封为南天伏魔王，称护国勇南王。

◎刑部，为司刑法、监狱、诉讼等之官衙。

◎金兰——来自《世说新语·贤媛》“山公与嵇、阮一面，契若金兰”。《易系辞上》“二人同心，其利断金，其心之言，其臭如兰”。根据这些典故，朋友间情投意合，结为异姓兄弟或姐妹，称结金兰；也就是拜把子。

◎此段戏讲多于唱，演员根据词意，灵活运用抑扬顿挫的方法，达到紧松快慢的情绪，切须注意口齿清晰，字正意准。“踏帽”“拍帽”（虽仅一个简单的动作）是这段戏的重点——“踏帽”“拍帽”是贯穿一气、前后呼应的艺术处理。

我先后观摩过若干个《踏纱帽》（此段戏名，行称“周仁耍路”），唯老师有“拍帽”一手，肯定是老师自创的硕果——一个仕途上的弱者，唯一能作的就是对着纱帽发泄——拍帽。

周　仁　开门来，开门来！

【胡氏执烛上、李氏随上。

胡　氏　（放烛，开门）啊……（掩面）叔叔回来了。

周　仁　（故意）谁是你的叔叔？谁是你的叔叔？往下站！

李　氏　（不解，安慰嫂嫂后）周郎……

周　仁　李氏！哈哈……哈哈！

（唱【哀腔】）

我的李氏妻呀……哈哈哈（以腔唱笑声）……唉……（背泣后携李氏进门，同李氏关门）

（唱【二流】）

一见得李氏妻心花怒放，

我周仁这一阵欣喜若狂。

今日里真算得——（面对观众：潜台词是“祸”。再转对妻）喜从天降……

胡　氏　叔叔……

周　仁　哎，哪个是你的叔叔啊？！

（唱）我见不得你这些眉眼过场。（端左边椅坐）

李　氏　（唱）周郎夫归家来装模做样，

为然何对嫂嫂一反平常？

哪来的乌纱帽他戴在头上？

你何时官复兵马郎？

周　仁　（离位唱）

李氏妻——（“刹一脚”，压嗓唱）休要问其中的情况，

我周仁时运至好事成双。

来来来同为夫去把福享……

李　氏　你叫为妻去享福？那我们嫂嫂呐？

周　仁　哪个嫂嫂？

李　氏　胡氏嫂嫂呀。

周　仁　她姓啥？

李　氏　胡氏嫂嫂自然姓胡嘛！

周　仁　她夫君姓啥？

李　氏　就是杜文学仁兄啊！

周　仁　你姓啥？

李 氏 妻姓李嘛。

周 仁 我周仁又姓啥?

李 氏 你姓周呀!

周 仁 好道!她姓胡，你姓李，她夫君姓杜，你夫君姓周。我哪来的哥哥?哪有什么嫂嫂?

（唱）现而今哪顾她姓胡姓张。（回坐倚上）

胡 氏 （唱）叔叔他莫非是遇了魔瘴?

周 仁 啥?不是我遇了魔，是你遇魔了!

胡 氏 （唱）未遇魔为然何言语癫狂?

李 氏 （唱）你快把实言语对妻详讲。

周 仁 好好好!

（唱）事到此说实情料也无妨。

只因三月二十八日，严年在太保庙中得见你那胡氏嫂嫂一面，意欲纳她为妾!故尔还我兵马郎官职，要我把她梳妆打扮，送进严府。你我夫妻就享福了啊!

李 氏 吓!你、你、你…说的什么?

周 仁 把你那胡氏嫂嫂梳妆打扮，送与严年!

李 氏 （气）你说得好……近身来。

周 仁 哎。

李 氏 （打周仁一耳光）可恼!

◎李氏打周仁耳光，要真打，要打出响声。既是李氏“恨”情的表达，也是周仁“装模做样”的渴求，同是舞台效果的必需。请参阅拙书《川剧品微·续集》——《打耳光》（28页）。

（唱【三板】）

周郎夫说的话廉耻尽丧，

又忘恩又负义行同豺狼。

杜仁兄赠银恩你全不思想

得点水报涌泉你、你、你……古训全忘!

胡 氏 （唱）闻凶讯奴心中刀绞一样，

都怪我太保庙还愿焚香。

严年贼权势大难逃罗网，

妹休怪叔叔他负义把恩忘。

周 仁 李氏咦!

（唱【夺子】）

恨严嵩严世藩两个奸相，

严年贼仗权势独霸一方。

若不允严年贼必然强抢，

若逃走地无缝无处躲藏。

若要怨只怨她——自惹风浪，

（唱【三板】）

不献她未必然哪——我替她——拜堂。（仍回坐）

李 氏 啊!（思）周郎，想我与胡氏嫂嫂面貌相似，又与嫂嫂有拈香之情，奴愿替嫂!

周 仁 （结束"反常"戏）谁呀?

李 氏 你妻李氏。

周 仁 去不得!（起身）你进得严府，若是贪恋荣华富贵，到时叫道一声：严老爷呀严老爷，奴乃周仁之妻李氏，并非杜文学之妻胡氏!那时，严贼知我移花接木，必然再次强抢。她的名节难保，我也有杀身之祸，岂不是赔了夫人又折兵哪!

李 氏 奴若变心，愿对——（跪）

周 仁 嫂嫂!我们也跪嘛（跪）……

胡 氏 （唱【哀腔】）哎……

李 氏 （唱）哎……

周 仁 （唱）哎……

◎“赔了夫人又折兵”：《三国演义》第五十五回“玄德智激孙夫人孔明二气周公瑾”——刘备携孙尚香返回荆州，周瑜率兵追赶，遇伏累败……“周谕急急下得船时，岸上军士齐声大叫曰：‘周郎妙计安天下，陪了夫人又折兵！’”这里是借而用之。

◎三个“哎”音的【哀腔】要依序逐渐升级，然后同唱——

李　氏　（唱）我的周郎夫——

胡　氏　（唱）我的好妹妹——

周　仁　（唱）我的李氏妻——

李　氏　（唱【二流】）

这件事亏了你冥思苦想，

周　仁　（唱）事紧急我才用激将一方。

胡　氏　（唱）谢妹妹再造恩铭记心上，

周　仁　（唱）请嫂嫂与贤妻快快梳妆。

【李氏、胡氏下。

周　仁　（唱）耳畔内忽听得鼓乐声响——

【串枝莲】吹奏起。

【周仁开门出。

幕后白　搞好了没得？快点！

周　仁　来了，来了！

【李氏着红帔、持匕首上，将匕首藏于身。胡氏持盖头随上。

李　氏　周郎，夫哇！

周　仁　（急掩李嘴，大声地）嫂嫂——！

胡　氏　妹妹——！

【三人哭泣。周仁于场上向内拱手，胡氏送李氏入上场内。复上。

周　仁　嫂嫂——

（唱【三板】）

收行装——

【胡氏下，提包复上；周仁弃帽脱衣。

周　仁　（唱）趁夜黑（吹烛出门）逃往他乡。

【周仁、胡氏同下。

◎周仁“收行装”的行腔延至“弃帽脱衣”毕；“逃往他乡”唱出紧迫感并边唱边行线8字，然后于台口“短暂停”，继续唱腔尾的“啊”音急冲而下。

·剧　终·

注：重庆市川剧院资料室存有我1998年10月1日的演出实况。因有多方的原因，影碟与剧本、概述有不完全相符处，请以剧本和概述为准。

附　记

《周仁献嫂》(也名《耍路献嫂》) 乃全本《忠义烈》之一出。剧本的整理，主要是压缩精炼。减去了“耍路”中主人公内容完全相同的讲后唱及“献嫂”里可唱可不唱的唱词。令1小时零10分的戏，浓缩到40余分。另是改变了戏的“收煞”,将“冷幺台”改为了“热收场”——周仁保嫂“逃往他乡”。

戏中的周仁，即是中国传统美德重信崇仁、义薄云天的艺术形象的代表人物之一。不忘恩，践承诺，守信义的九字箴言，就是这个人物的性格核心。饰演者，望能体会这人物的核心要素。还有，饰周仁者必须抓住戏的三个重点——前段“踏帽”“拍帽”，后段的“反常”，演好此三处，全戏便不在话下。

鄙人拙著《川剧品微 · 续集》里有一篇《学、演〈周仁献嫂〉》，可供有兴趣的艺友参阅，此处就不必啰嗦了。

剧本整理于上世纪60年代

1983年10月25日再次整理

附10 义列传（弹戏）

夏庭光◎改编

剧情简介

明嘉靖时，兵部侍郎杜显遭奸相严嵩父儿诬陷致死，杜子文学充军。严氏党羽严年见文学妻貌俊，欲纳为妾，以还杜义弟周仁兵马郎官职诱逼周献嫂。周仁受义兄千金之恩，以妻李氏替嫂全义。李氏刺年未遂，自刎殉节。神宗（万历）继位，查明杜显被诬，文学袭父职，奉诏缉拿严氏余党，严年及其凤承东受惩。周仁“献嫂”真象大白，弟兄重聚。

人　物：周　仁（文　生）
　　　　李　氏（花　旦）
　　　　杜文学（正　生）
　　　　严　年（花　脸）
　　　　凤承东（小　丑）
　　　　胡　氏（青　衣）
　　　　四旗牌（杂）

场　次：一、软　逼
　　　　二、义　替
　　　　三、殉　节
　　　　四、哭　坟
　　　　五、出　京
　　　　六、捉　严
　　　　七、重　聚

一、软 逼（甜皮）

【舞台正中设一桌，桌前桌左皆置一椅，绣花摆场

严　年（头戴舅子巾，内穿红褶外套蓝帔，下着红裤青靴，画猪腰子脸谱。持齐纨上）

（念引）

昨夜做一合欢梦，

醒来才是一场空。（坐）

（念诗）

恩父严嵩压当朝，

恩兄世藩权位高。

严年虽未受官诰，

独霸一方称富豪。

吾，严年。原在老相爷府中作一小小门官，只因我会甜言蜜语，又善于巴结奉承，讨得老相爷欢心，收我为螟蛉义子。而今我势压一郡，富甲一方。只因三月二十八日，游玩太保庙，见一绝色佳人，使我魂魄顿消啊！

（唱【二流】）

我严年虽然有九房妻妾，

无一人赶上她天姿国色。

若得此女，便能凑成十美。彼时问其我新收的干儿子严承东，此女是谁？干儿子言道：此女非别，是他故主杜文学的老婆胡氏。我想杜文学之父杜显，与我恩父素来不和。前番奉旨出征，大获全胜，捷报返京，我恩父压而不奏，并在万岁近前奏这个老儿按兵不动，贻误战机，有投敌之意。万岁恼怒，令他自刎而亡，又查抄杜显家业，将杜文学发配充军哪！

（唱）我恩父奏一本天昏地黑，

杜显亡子充军破了家业。

如今杜家无人，那胡氏可唾手而得。我欲命家丁抢来。我那干儿子进言道，他在杜家作门客时，便知胡氏性烈，若是硬抢，胡氏不是悬梁，便是投河，弄不到手。干儿子一言把我提醒了哇！

（唱）恩父时常对我说，

这些事不可太露泄。

干儿子又说道：杜文学充军之时，将胡氏托义弟周仁关照。说起周仁，我又想起来了，那周仁原为兵马郎，押运粮饷遭劫，万岁将他谪贬为民。我便将此事禀告恩父，恩父用了二指大个帖儿，复周仁之职，官诰由我带回。那周仁受我之恩，必然助我。一可得美人，二可免恶名。命干儿子探访周仁，数日未归。这娃娃到哪里喝花酒去了啊！？

（唱）干儿子已去了三天两夜，

我严年想美人心忙意迫。

凤承东 （头戴矮方巾，绿褶套玉兰长架架，腰系丝绦，黑裤、白统袜、浅蓝夫子鞋，手持鹅毛扇，脸画白色眼镜圈，嘴上挂丑三口条。上）

（念对）

奉命访周仁，

马到大功成。

干儿严承东向干爹复命。给干爹请安。

严　年 起去。

凤承东 干儿给干爹捶背。

严　年 免了。

凤承东 干儿给干爹捶腿。

严　年 罢了。

凤承东 干儿给干爹……

严　年　莫打哈哈。干爹命你办的事呢？

凤承东　已经办妥。

严　年　周仁？

凤承东　已经找到。

严　年　现在何处？

凤承东　厅外候传。

严　年　带进来！

凤承东　是。（向内）周仁，走快点！

周　仁　（内唱【倒板】）

画虎画皮难画骨……

凤承东　走快点啰！

周　仁　（头戴青二生巾，身着青褶子，青裤、白袜、朝鞋，身带绳。）

（唱【一字】）

知人知面不知心。

凤承东作门客貌似恭顺，

又谁知树倒散狐狲。

离杜府投严年现出本性，

露出了小人辈势利之形。

实可叹杜老伯含恨自刎，

杜仁兄被抄家发配充军。

兄去后胡氏嫂时常忧闷，

奉嫂命探兄讯遍访友人。

凤承东见了我用绳绑捆，

他带我至严府见他东君。

一路上费猜详猜之不定——

（唱【二流】）

猜之不定，

我周仁难识破其中隐情。

那严年我与他素不识认，
用此举叫我来居心何存。
放大胆进严府小心谨慎，
只待他问一言再答一声。

凤承东 胆大周仁！见了我干爹——严年严老爷怎不下跪！？

严　年 跪个屁！我把你这个不会办事的奴才！我叫你把周仁周老爷请来，你却绳捆索绑。你娃娃真是有眼不识秦山！

凤承东 （低语）干爹，不是秦山是泰山。

严　年 唔……我还不晓得是泰山！我说你把泰山当成了秦山。还不向周老爷赔礼。

凤承东 是是是，小人给周老爷赔礼了。（欲去松绑）

严　年 往下站！待我来给周兄松绑。（解绳）下人无知，我给周兄赔罪。

周　仁 严老爷不必了。

严　年 周兄请坐。奉茶！

【架桥中凤承东移中椅于右，再端茶，严年、周仁饮茶……

周　仁 我周仁与严老爷素未谋面，不知唤我进府有何见教？

严　年 四海之内皆兄弟，相逢何必……（向凤）啥咧？

凤承东 （低声）曾相识。

严　年 相逢何必曾相识呀！

（唱【夯子】）

周兄的大名我早听，
周兄的文才四海惊。
周兄的品格我尊敬，
周兄的遭遇我忧心。
我干爹为兄请圣命，
官复兄原职在朝廷。
请兄进府报喜讯，

我施恩不望兄报恩。

周　仁　请问严老爷的恩父是……

凤承东　就是一人之下，万人之上的严嵩严老相爷！

周　仁　啊……我周仁无功于朝廷，为何又官复原职？我不曾为严相爷效力，怎劳相爷为我出面请求复官？我与严老爷也无瓜葛，怎劳为我复官用心尽力呢？又道是：无功不受禄……

严　年　周兄，受禄……受禄……

凤承东　（低递话）必有功。

严　年　对！我干儿子说得好，受禄必有功嘛！

周　仁　严老爷定有用我周仁之处，还是请当面言明？

凤承东　这个……

严　年　这个不在忙上。先请周兄换了官诰，小弟还要在后堂设宴，为周兄贺喜。酒席筵间，我们再慢慢细谈。干儿子！

凤承东　干爹！

严　年　请周老爷下面更换官诰。

凤承东　是。周老爷请！

周　仁　奇怪呀！

（唱【二流】）

世间多少怪异事，
周仁今日坠迷云。
凤承东先用绳索请，
严年对我献殷情。
我与他素来无情份，
为我复官藏祸根。
左思右想难猜准，
用言语拭探无耻人。

凤兄！

凤承东　周老爷！

周　仁　咹！想凤兄在杜文学仁兄府上作门客之时，你我就弟兄相称，今日如何这样称呼？

凤承东　此一时，彼一时矣！

周　仁　啊！请问凤兄，时才严老爷叫兄为干儿，兄称严老爷为干爹，是否小弟听错了？！

凤承东　不不不，一点不错。他是千真万确的干爹，我是万确千真的干儿。

周　仁　观兄与严老爷的年纪，他幼你长，这干爹干儿是否颠倒了？！

凤承东　这就叫有奶便是娘，有钱便是爹。

周　仁　啊……难怪，难怪，杜仁兄惨遭不幸，凤兄就不辞而别。

凤承东　这就叫识时务，为俊杰啥！

周　仁　啊！凤兄高见，高见！

凤承东　并不高见，只要周老爷愿学，今天一学就会。

周　仁　啊……今日有何事，能让我周仁识时务，成俊杰？

凤承东　这个嘛……少时在酒席上，周老爷自会明白。

周　仁　凤兄何不先告知一二？

凤承东　这个嘛……先机不可泄露！

周　仁　啊……

（唱）凤承东这奴才欲言又忍，
　　　我这里想探明也无从探明。
　　　吉与凶祸与福听天安命，
　　　酒席上听他言再见机而行。

【凤承东送周仁下复回。

凤承东　干爹，为何不对周仁明言？

严　年　你懂个屁！这叫做欲擒……欲擒……

凤承东　故纵！

严　年　对！常言道：吃人酒饭，与人担待；得人钱财，与人消灾。少时，他官服穿在身，美酒喝下肚，再叫他献出胡氏……

凤承东　他若不允？

严　年　难离严府！

凤承东　他若假允？

严　年　假亦当真！

凤承东　他若潜逃？

严　年　难逃掌心！

凤承东　给干爹道喜！

严　年　赏你酒一瓶！

凤承东　哈哈……

严　年　哈哈……

凤承东　哈哈哈……

严　年　（唱）人伕轿马备齐整，
　　　　吹吹打打迎新人。

凤承东　（唱）恭喜干爹好福份，
　　　　我又多个干娘亲。

严　年　哈哈哈……

凤承东　干爹到后堂来啦！

【吹［唢呐皮］……凤承东搀扶严年下。

——闭　幕

二、义　替（苦皮）

（即《周仁献嫂》）

三、殉　节（甜皮）

【舞台下场方耳帐，上场方一桌二椅，桌上置灯，红色摆场。

【在［串芝莲］吹奏中启幕，李氏取下盖头掷于桌上。

李　氏　（唱【一字】）

恨严嵩弄权柄忠良受害，
杜伯父自刎亡人神悲哀。
严年他仗贼势任意作怪，
太保庙嫂还愿无端降灾。
凤承东见利忘义把主卖，
周仁夫全大义巧计安排。
李氏女替嫂嫂桃将李代，
怀利刃拼一死除掉狼豺。
观洞房银烛烧张灯结彩，
恰好似活棺木把严贼葬埋。
听谯楼鼓三更耐心等待，
等一等活死人——

（唱【二流】）

严年到来！

严　年　（幕内：呵嚏！我来啦！身穿红帔，肩挂红绸，醉态上）

（唱【一字】）

众宾客扭倒劝酒心不快，
严老爷想的是佳人乖乖。
且喜得干儿子为我把围解，
急忙忙抽身溜往洞房中来。（架桥）

美人！乖乖！

【李氏闻声搭盖头。

严　年　（入房）我的乖乖，严老爷把你冷落了！（欲揭盖头）

李　氏　（以手止）严老爷……

严　年　哎呀，硬是乖乖哟！

（唱）观美人羞答答红巾把头盖，

又不肥又不瘦好一副身材。

杨柳腰姿风流态，

裙边露出花花鞋。

好似嫦娥下了界，

好似貂蝉美琼钗。

严年整冠躬身拜……（架桥）

美人哪乖乖咦！都怪那些吃福喜的宾客，不懂事的忝肥娃，扭倒敬酒，缠倒贺喜，从一更闹到三更，实实把乖乖冷落了。我这厢赔礼了。

【严年见礼，李氏欲拔刀，严起身，李止。

严　年　乖乖，你把盖头揭去，让严老爷再细看看你的芳容……你揭嘛……你……啊……她还不好意思。好好好，待严老爷与你亲自揭……

【李氏趁严揭盖头，拔刀猛刺——

严　年　哎呀！

（唱【三板】）

啥东西亮晃晃刺我胸怀。

狗贱人真不识好歹，

洞房耍刀大不该。

李　氏　严年贼！

（唱）严年贼罪恶深似海，

姑奶奶送你上望乡台。

【李氏追刺严年……严年跌倒高呼“有刺客呀！”……凤承东急上踢门，严、凤抓住李氏……

李　氏　（高呼）周仁，我的夫——杜文学刑满归来，定不饶你和凤承东忘恩负义之徒！夫哇！要见你妻不能得够了！（咬凤承东抓己之手）

凤承东　哎哟……（松手）

【李氏自尽。

严　年　呵呵……我的乖乖……

凤承东　我的干妈咦!

严　年　正是:昨夜一梦牡丹红,忽遇狂风折西东。

凤承东　干爹,梦应该得红鸾喜,唉……今朝不红来朝红。

严　年　还红个屁哟!乖乖都死了。

凤承东　干爹,天涯何处无芳草,有钱有势随便找。

严　年　会说话,说得好!

凤承东　干爹,这胡氏的尸首……

严　年　呸!啥胡氏?啥胡氏?她跟你干爹我拜过堂,就是你的……

凤承东　干妈。

严　年　对喏!

凤承东　干妈的尸首?

严　年　白绫裹尸,厚葬树碑。

凤承东　这个……

严　年　这个就显得你干爹——我严老爷不仅有情,而且有义。

凤承东　更让世人骂那献嫂的周仁小子不仁不义!

严　年　速速去办!

凤承东　是。

严　年　哎呀,我的美人乖乖哟!(走向李氏拾匕首,见刃上血一惊,刀落地,手抚胸)好险呀!

凤承东　干爹……干爹……哎哟(摸被咬伤的手)

——闭 幕

四、哭 坟(苦皮)

(即《周仁哭坟》)

【下场一椅拟坟，椅右靠中放脚箱，素色摆场。

周　仁　（打矮桩水发，头系白色长绫，玉色褶，浅色裤，朝鞋，提装香烛的竹篮，持白色纸幡，内唱【倒板】）

天昏昏地沉沉……（上）云低雾暗……

李氏，妻呀！

（唱【哀腔】）

我的李氏妻呀！

（唱【二流】）

哭一声李氏妻你死得好冤。

三月里清明节把妻祭奠，

我周仁到坟台烧纸化钱。

李氏！（即掩口，视周围，低声）我周仁祭你来了。

【以盖板（弹戏的主奏乐器——亦叫盖板子）奏【哭皇天】，周仁设祭拜……坐脚箱。

正是：一夜夫妻百日恩，恩爱夫妻情更深；严贼好似无情弹，弹打鸳鸯两离分——

（唱【哀腔】）

哎……弹打鸳鸯两离分！

（唱【一字】）

想当初我周仁曾为官宦，

奉君诏运粮饷去到边关。

那一日船行至黄河地面，

偏遇着一干水贼蜂拥上船。

将粮饷齐抢去未留半点，

我只得请罪见龙颜。

嘉靖主发了怒传旨问斩，

说讲情多亏得文武两班

（唱【夺子】）

死罪赦活罪难免，

谪官职交刑部限期偿还。

卖尽田园和家产，

偿来还去，还来偿去，

还剩一千无力还——难呀难上难。

夫妻们头插草标长街站，

哪顾得丢人出丑耻与廉——

（唱【二流】）

哎呀呀，羞煞我周氏祖先！

（唱【一字】）

杜文学闲无事长街游转，

见此情问事因才知根源。

好一个杜文学——

（唱【夺子】）

侠肝义胆，

命家院取来了纹银一千——

我周仁偿官债脱罪身安。

杜仁兄舍千金世间稀罕，

赛过了管鲍分金古圣贤。

我夫妻怀揣卖身契，

永世为奴无怨言。

杜仁兄以礼相待设华宴，

他说道些许小事——

我的好贤弟不用谈。

他又说钱财如粪土，

仁义胜金钱。

言罢后，

卖身契撕成了纷纷碎片，

情同志合结金兰。

又谁知晴空霹雳事突变——

（唱【二流】）

事突变！

严嵩贼严世藩两奸相弄权柄兄家遭不白冤。

（唱【夺子】）

杜仁兄被充军流放边远，

临行时对周仁嘱托再三。

兄说道你嫂嫂请弟照看，

兄归来效犬马结草衔环。

孰能料一波未平——

（唱【二流】）

一波泛，

太保庙嫂还愿事起无端。

（唱【一字】）

严年贼，天杀的贼！

他那里得见了嫂嫂一面，

欲纳嫂为妻妾把十凑全。

贼复我兵马郎要我把嫂献，

我岂能见利忘义遗臭万年。

李氏妻明大义替嫂解难，

我周仁保嫂嫂避祸乡间。

李氏妻真果是巾帼肝胆，

怀利刃拼一死欲除贼奸。

又谁知——

（唱【二流】）

苍天不长眼，你不长眼！

贼未除，我的妻呀！命归天……我的妻呀！

你死得壮烈，

我活得孤单。

妻一死全节义世人称赞，

我周仁蒙不白不敢声言。

但愿得有一朝天遂人愿——

（唱快【夺子】）

仁兄平安返，

拿本奏君前。

邀集文共武，

合力除谗奸。

那时节：杀严嵩，诛世藩，万剐严年——

（唱快干【夺子】）

剥贼皮，

抽贼筋，

挖贼心，

掏贼肝。

取贼人头——

（唱【二流】）

祭坟前（哪哇）！

这一阵哭得人肝肠寸断，

抬头看天色晚路断人烟。

情依依别贤妻我把路趱，

夫妻们要相会在地府黄泉。

李氏，妻呀，为夫不陪你了……

【大分家】锣鼓起，周仁含泪久　视坟、缓缓退下。

——闭 幕

五、出　京（甜皮）

【台正中置桌，左设一椅，红色摆场。

杜文学　（戴中纱加套龙，着蓝蟒束带，下穿红裤青靴，俊扮挂青三。捧旨上（唱【二流】）

感圣恩除却了严嵩奸相，

吾才得袭父职返回朝堂。

钦奉王命缉余党，

但愿从此社稷昌。（吹【将军令】，放旨于桌参拜后坐）

（念对）

善恶到头终有报，

只待来早与来迟。

下官杜文学。吾父杜显，位兵部侍郎之职。只因南蛮作乱，我父奉命南征，连胜数阵，捷报回京。恼恨奸相严嵩压而不报，谎本奏圣，谓父按兵不动，有暗降之意。天子下诏命父自刎并抄查家业，将吾发配充军。吾只得遣散门客，托妻义弟。谁知忘恩负义的周仁伙同凤承东，竟将吾妻献与严年。吾妻胡氏怀藏利刃刺贼不果，殉节身亡。且喜苍天有眼，又感海瑞等一干忠良之臣联名上疏，弹劾奸相，天子下诏搜查，获奸相罪证。斩了世藩，贬了严嵩，并命下官清查严贼羽翼。旗牌走来！

四旗牌　[戴帓帓巾加额子，穿绣花袍套龙头（头帽服装可一色亦可红、蓝、白、黑四色），跑裤打靴，挂腰刀，面俊扮或揉脸。上]参见大人。

杜文学　两厢侍立，听吾吩咐。

（唱【倒板】）

吾主爷金殿把旨降，

（唱【一字】）

查严贼党羽灭强梁。

切不可使严嵩爪牙漏网，

切不可留隐患再生祸殃。

（唱【夺子】）

尔等们换素服暗暗探访，

访一访夫人死后葬何方。

带随从查周仁不可孟浪，

要查明他夫妻隐居哪乡。

（唱【二流】）

尔带精锐短刀手（对旗牌甲），

悄悄包围严家庄。

人伕轿马备停当（对旗牌乙），

切记出京莫张扬。

四旗牌 是。

【吹［尾煞］，杜文学下，四旗牌分下。

——闭 幕

六、捉 严（甜皮）

【下场方横设一桌，桌后及桌右角各置一椅，黑色摆场。

凤承东 （端酒盘上，念）

近来流言纷纷传，

都说斩了严世藩。

严嵩为民在讨饭，

咦！ 莫非阴沟要翻船。

想我凤承东怀才不遇，时运不佳。先投杜文学作一门客，谁知那个不识时务的老头儿杜显，与严嵩作对，被老相爷谎奏一本，落得个人亡家破，儿子充军。我只好见风转舵，投向严年，厚着脸皮给他当干儿。哪晓得，近日谣传严嵩这座大靠山也垮了杆……咦！严嵩垮杆，严年必然倒霉，我恐怕也要跟到栽！要是迟早都跑不脱，不如早点悄悄溜！今天趁严草包饮酒高兴之时，我就扯谎，找个借口，离开这是非地。对！就是这个主意。（向内）有请干爹。（放酒盘）

严　年　（上，念）

昨夜梦见垮岩，

不知吉凶安在。

干儿子！酒宴摆好没有？

凤承东　只等干爹入席。

严　年　（坐）干儿子，干爹这两天睡不好觉光做梦，精神恍惚饭懒吞。来来来，陪干爹喝两杯。

凤承东　干爹在席，哪有干儿子的座位。

严　年　哎呀，吃一回算一回。坐哟！

凤承东　（坐）干儿子给干爹斟酒。

严　年　干儿子请！

凤承东　干爹请！（吹）

严　年　哎呀，寡酒难吃　！（放杯）

凤承东　这好办。照往回的规矩，到香粉楼去喊几个会弹会唱会陪酒的姐儿妹儿来陪干爹就是啥！

严　年　好！快去快回！

凤承东　是。（背）去了我还回来呀！（欲走）

【四旗牌上，凤承东返回。

凤承东　你们是……

旗牌甲　谁是严年？

严　年　我就是严年严老爷！（下席）你们没长眼睛认不到哇！？

旗牌甲 谁是凤承东?

凤承东 我……

严　年 这里没有凤承东。只有我的干儿严承东！（指凤）

旗牌甲 尔等听着:严嵩专权,陷害忠良,严世藩私通倭寇,图谋篡位。天子将严嵩削职、世潘斩首。严贼余党，一并缉拿归案，听候兵部侍郎杜文学大人发落。绑了!

严　年 完蛋啦!

凤承东 溜不脱啦!

严　年 （唱小【三板】）

难怪昨夜眼睛跳，

凤承东 （唱）突然大祸降今朝。

严　年 （唱）万不料靠山一齐倒，

凤承东 （唱）带惜鄙人跟到遭。

严　年 严承东，干儿子……

凤承东 呸！老子姓凤不姓严，啥子干儿子？！我胡子巴叉的，你娃娃给我当干儿还差不多!

严　年 咦！你娃娃要遭雷打哟!

（唱）你娃娃干爹都不认了?

凤承东 （唱）谁认你倒灶的大草包。

严　年 （唱）胡氏死你娃脱不到爪，

凤承东 （唱）只怪你癞皮猴想吃盘桃。

四旗牌 走！（押严、凤下）

——闭 幕

七、重　聚（苦皮）

【舞台场境同“哭坟”。

杜文学 （旗牌引道，乘马上唱【二流】）

受皇恩御赐我冠诰紫绶，
这都是天怜悯忠良出头。
美夫妻遭横祸一旦分手，
只落得享皇恩荣显坟坵。

旗牌甲 禀大人，来此便是夫人坟台。

杜文学 接马。祭礼排开。

【吹［哭皇天］……一旗牌从耳幕内端椅放中场，一旗牌设祭，杜文学施礼后挥众下。

杜文学 夫人，贤妻呀！只说鸳鸯并栖，琴瑟永固。谁知恶奴仗权，长埋冰肌玉骨，飞鸿失伴，常悲独凤孤鸾。想当初守节立志，喜今日吐气扬眉。奉丹诏而荣封，捧冠诰以旌表。来此坟台，但则见愁云惨惨，草色凄凄，如有灵兮，夫人，享其祭矣！

（唱【一字】）

杜文学祭坟台心潮澎湃，
禁不住血泪儿点滴土台。
贤夫人以死殉节志不改，
吾主爷勅旌表理所应该。
三牲祭礼墓前摆，
何常见妻把口开。
凤冠何尝见妻戴，
怎不叫人痛心怀。

（唱【夺子】）

追想生前多恩爱，
相敬如宾两和谐。
今朝坟在人不在，
孤鸿独宿空自哀。
望妻阴灵——

（唱【二流】）

稍等待，

报仇后文学陪卿来。

旗牌甲 （上）禀大人，周仁寻到。

杜文学 好！把这忘恩负义之徒，带至坟台。

旗牌甲 带周仁！

【旗牌押周仁上。

周　仁 （念）乡间躲避严贼害，

谁知偏偏祸寻来。

众旗牌 跪下！

杜文学 下跪是谁？

周　仁 周仁。

杜文学 抬起头来，看我是谁！

周　仁 （慢抬头，惊喜）哎呀……是仁兄！（起立）

杜文学 啊……你还认得我这个仁兄嘛？！

周　仁 仁兄千金之恩，小弟终身难忘。怎不认得！

杜文学 你既难忘千金之恩，为何恩将仇报！？

周　仁 仁兄所言恩将仇报，莫非指的周仁献嫂之事。待小弟……

杜文学 你……你……你也知道！（打周仁一记耳光）

周　仁 仁兄息怒，容弟……

杜文学 嗯！谁听你花言巧语。过来！

众旗牌 喳！

杜文学 你与我打、打、打！

【二旗牌挥皮鞭打周……

周　仁 哎呀！

（唱【倒板】）

皮鞭落打得人肝裂胆碎……

杜文学 打！

【旗牌继打周……

周　仁　（唱【三板】）

打得我这一阵魂散魄飞……

杜文学　打！

周　仁　（唱）杜仁兄暂住刑容道原尾，

说明后任兄打任兄杀任兄施为。

哎呀仁兄哇！小弟献嫂是实出无奈，故尔……

杜文学　住口！我知你为了你那小小的兵马郎官职实出无奈！为了见利忘义实出无奈！

周　仁　哎呀仁兄！弟求兄请一人到此，兄便知其中真情。

杜文学　请谁到此？

周　仁　就是胡氏嫂嫂！

杜文学　胡说！人死怎能复生？

周　仁　坟前碑文是胡氏嫂嫂，但坟内……却非嫂嫂！

杜文学　坟内是谁？

周　仁　就是与胡氏嫂嫂面貌相似——小弟的结发妻子李——氏——呀！

杜文学　吓！

【胡氏急上。

胡　氏　（见周惊）叔叔……何方狗官将叔叔打得皮开肉绽？！

周　仁　嫂嫂来得好！此官非别，就是我们叔嫂朝思暮盼的杜仁兄！

胡　氏　吓！（看）杜郎……

杜文学　呸！不知羞耻的贱人！你夫妻狼狈为奸，献嫂求荣。而今为保周仁的狗命，竟厚颜无耻，叫我为夫，真是痴心妄想！

胡　氏　杜郎，妻与李氏妹妹面貌相似，外人不易识别，难道你也忘了，妻的眉心有一颗小小的红痣！

杜文学　嗯！待我看来！（细观眉心）胡氏，难道你真的未死？

胡　氏　多感叔叔舍妻全义，妹妹舍死相救！

杜文学 哎呀弟妹呀！（扑向坟台）

周　仁 （同时）妻呀！（扑向坟台）

胡　氏 （同时）妹妹呀！（扑向坟台）

【众跪。

杜文学 周仁！我的好贤弟呀！

周　仁 仁兄！我的好仁兄呀！（吹后起立）

旗牌甲 禀大人，严年、凤承东带到！

杜文学 带上来！

【旗牌押严、凤上，见胡惊……

严　年 哎呀，打鬼！

凤承东 （同时）哎呀，打鬼呀！

胡　氏 你们就是害人鬼！！

杜文学 胆大的奴才！依仗严嵩父儿之势，危害乡里，作恶多端。圣上有旨，严氏余党，就地正法。过来！将严年、凤承东斩首祭坟！

【斩严、凤。

杜文学 贤弟请升，受夫妻一拜！（杜、胡跪）

周　仁 折煞弟矣！（还跪）

·剧　终·

剧本整理于1999年7月7日完稿

附　记

《义烈传》是在传统全本戏二十四场《忠义烈》的基础上，以老师姜尚峰、先父夏长清教的《周仁献嫂》《周仁哭坟》为轴，进行改编的。1999年，重庆市川剧院老艺员演出团首演于该院的排演厅，反应异常良好。一位八旬有五的川剧老戏迷激动地步入后台，握着我正在下妆的双手说：“谢谢……谢谢！谢谢你们老艺员！让我在有生之年再睹了一次《忠义烈》，虽不是‘原汤’，乃有原味！谢……”扶老翁到后台，侍候身边的孙女亦连道“谢谢”……

《义烈传》，虽像昙花一现，我坚信，艰程万里，后演有期——也是我将它纳入附件之由。

2014年2月13日夜

㉒ 斩马谡（胡琴·西皮）

杨子澄◎传授　夏庭光◎整理

剧情简介

诸葛亮与司马懿对阵，遣马谡守街亭。马谡违训扎兵且不纳王平之谏，街亭失守。孔明设空城计脱险返汉中，责王平，挥泪斩谡，上表请罪。

人　物：孔　明（老　生）
马　谡（正　生）
王　平（武　生）
童　儿（娃娃生）
刀斧手（杂）
上天龙（杂）

【舞台正中设前后二桌，后桌上放坐箱，前桌上放文房四宝和令筒，两桌间置脚箱，后桌右设一椅，红色摆场。

◎孔明捆黄（蓝）绫帕，戴万卷书（盔），内扎麻蓬头，身穿八卦衣（蟒），下红裤青靴，持羽毛扇，面淡红抹淡油，挂麻三。马谡头扎高桩水发，穿红龙箭束带，披罪绳，红裤青靴，俊扮搽青油。王平俊扮加淡油，扎高桩水发，着白绣花袍捆带，红裤青靴，披罪绳。童儿，俊扮，戴孩儿发，穿茶衣一套，浅色夫子鞋。刀斧手戴包巾额子，穿绣花袍加鸾带套龙头，着跑裤（衣帽色各异）穿打靴，俊扮，挂腰刀。上天龙，“上天龙”衣帽，抱“站堂刀”。

孔　明　（内放【倒板】）

马幼常失街亭令吾憎恨……（面呈怨恨，沉步在“武机头”中由上马门出）

马谡！幼常！你……你你你……你误山人矣！（前以鼓眼重敲配，后重击闷锤——“壮”）

（唱慢【二流】）

这一阵诸葛亮思绪难平。

（唱快【二流】）

皆因为司马懿与吾对阵，

悔——不——该——

（干唱【一字】）

遣马谡镇守——

（行弦唱）

镇守街亭。

街亭地虽微小胜过重镇……（直转【二流】腔）

（唱【二流】）

临行时对马谡再三叮咛。

吾要他依山近水把兵顿，

他偏偏高山顶上扎连营。
仅一战失街亭令吾陷困境，
万无奈孤注一掷弄险西城。
司马懿疑心重不敢把城进，
吾才得化险为夷绝处逢生。（直接转换【一字】）

（唱【大过板】）

吾算就魏蜀吴割地分鼎，
险些儿此一战——

（唱快【二流】）

化为灰尘。
返汉中吾把军威整，
今日里必须要赏罚严明。
叫童儿升宝帐传吾号令……

◎街亭，位于甘肃省天水市秦安县城东北40公里的陇城镇，是战略要地。因街头有亭而命名之。

童　儿　（上）升帐！

【乐台擂鼓三通。刀斧手、上天龙内吼“翻山调”——“吙哦……”两边上，八字列队，孔明上坐，童儿侍立于左。

孔　明　（唱）与吾快快带王平。

童　儿　带王平！

【刀斧手上马门下，押王平上，站上场方小八字形。

王　平　（唱）忽听丞相唤王平，
骇得王平胆战惊。
迈步且把宝帐进，

◎刀斧手“挖进去”回原位。王平垂首进帐，跪中场——

丞相台前领罪刑。

刀斧手 王平带到！

孔　明 （唱【倒板】）

帐下儿郎一声禀，

（唱【二流】）

带来了将军小王平。

我观他胸存积怨泪滚滚，

脸带愁云身披罪绳。

亏了你再三把忠言进

只可惜马谡不纳半毫分。

亏了你绘就了扎营地图速报禀，

只可惜败局已定仍失街亭。

一要怪我错委任马谡失谨慎，

二要怪马谡无谋误将军。

三要怪将帅不和乱方寸，

四要怪各扎营寨把兵分。

理难容情可宥法减一等，

重责你四十刑棍罚在后营。

【刀斧手押王平进下场门。内喊：一十、二十、三十、四十！押王平复上。

刀斧手 （甲禀）刑毕！

王　平 谢丞相不斩。

孔　明 唉……

（唱）重责王平心不忍，

打在了将军身——

痛在了山人的心。

望将军痛定思痛吸教训，

从今后以身作责儆全军。（挥手）

【童儿为王平取罪绳，王平："末谨紧记！"往下马门下。

孔　明　（唱【三板】）

回头忙传二支令，

再带马谡大罪人！

童　儿　带马谡！

刀斧手　扎！（急下，内喊："带马谡！"）

马　谡　（内唱【倒板】）

一声呐喊人惊讶……

◎刀斧手刀出鞘押谡至台中，二人于马谡左右，二人于后——成为反八字队形。

（唱【二流】）

棋错一着事做差。

进宝帐见丞相双膝跪下……

◎刀斧手"两边翻"归原位，马谡面向观众跪中场。

有罪人不敢抬头把话答。

刀斧手　马谡带到！

孔　明　大胆！

（唱快【二流】）

一见马谡肝胆炸，

气得山人咬碎牙。

你立军状把赌打，

失军机甘愿把头杀。

斩！

马　谡　（惊起，唱【三板】）

斩令一出心惊诧，

这是我自作自受只怨某家。

马谡一死心牵挂……

母亲！老娘！要见儿不能得够了！

（唱）谁奉养我八旬老白发。

丞相哪丞相！（跪左侧）末将出兵之时，先立军令状，又违丞相嘱咐之言。而今失却街亭，理应处斩。奈家有八旬老母无人侍奉。末将死后，望求丞相，另眼看待老母。马谡纵死九泉……也感丞相的大恩大德呀！（拭泪）

孔　明　啊……

【凤点头】锣鼓猛击激敲。

孔　明　（唱【二流】）

马将军休得珠泪洒……

【孔明下位扶马谡起，孔明心沉步重地至台中右侧前，童儿端椅请师爷坐，马谡跪……

孔　明　（唱）本相心中乱——如麻。

马将军你自入汉营随吾驾，

你也曾东西争战南北砍杀。

你也曾出谋把策划，

本相有意将你提拔。

此一番镇守街亭非戏耍，

临行你也把海口夸。

说什么司马懿父儿你不怕，

你马谡定杀他个流水落花。

我也曾三番两次嘱咐话，

我要你依山、近水——

依山近水把兵扎。

你偏偏高山屯兵布人马，

王平直谏也不采纳。
反出恶语将王平骂，
错一着输全盘你呀——
差也不差。
司马懿行兵多奸诈，
仅一战溃全军你丢盔卸甲。
街亭虽小乃汉中咽喉关系大，
险些儿毁吾全局水呀——
水推沙。
猛然间想起了白帝城……
先帝托孤时的一句话，
君说道马谡他言过其实嘴喳喳。
到而今果应前言不虚假，
马将军你效了纸上谈兵的小赵括。
将军老母……
无需牵挂，
本相自会厚待她。
说到此强忍泪咽喉撕哑……

马谡！

你死后怨不得我诸葛亮——
只怨你误国误家以身试法。

斩！

【孔明反身抚椅，左袖拭泪；刀斧手押马谡下，法鼓三通，斩声……孔明强忍悲痛，再次拭泪……刀斧手复上禀……

◎成语“纸上谈兵”：比喻空发议论，不解决实际问题。战国时赵国名将赵奢之子赵括只有兵书知识，“言兵事，以为天下莫能当”，后与秦国交战，全军覆灭。

◎“马将军何得珠泪洒”是全折戏的主要段，演员须以情唱，以“心”唱，含怨唱，含泪唱，方能感人。

孔　明　（唱【三板】）

诸葛亮修本章回京见驾……

融墨！

【童儿挪椅于前桌左端，急融墨，孔明写本——吹，写毕。刀斧手、上天龙“挖后拥”。

孔　明　（唱）有罪人见吾主领受责罚。

【孔明下，童儿等随下。

·剧　终·

附　记

《斩马谡》是老生的唱功戏。开场的第一个唱段，板式可谓复杂——【二流】转【一字】，【一字】换【二流】，还有“干唱”“直转”——是我除杨子澄老先生演《斩马谡》外，其他胡琴戏里从未见过的。可以肯定地讲，这是杨老师根据戏情戏境时的孔明复杂心绪所创。那些年代，演这类戏是不排练的。但，这第一个唱段，杨老一定要与“坐桶子”的“打鼓佬”和“横起扯”的上手师“吃”“合（读“郭”）食”，才能“三合一”。这正是“膏药是一张，熬炼各有方”。我业师张德成谈艺教戏时曾说：娃娃，演戏要演“细”，无“细”不出戏啊！

2014年2月20日夜

2014年2月26日夜修改

㉓ 卧龙吊孝 （胡琴·二黄）

张松樵 夏长清◎传授 夏庭光◎整理

剧情简介

东汉末。周瑜定“假途灭虢”计，欲暗取荆州，被孔明识破，反中埋伏兵败，接诸葛书信气极而亡。诸葛亮基于联吴拒曹大计，赴柴桑祭奠。东吴诸将深恨孔明，意欲杀之；卧龙处险不惊，哀悼致词，情笃理合，周夫人小乔以礼相待。

人 物：孔 明（正 生）
赵 云（武 生）
鲁 肃（老末角）
甘 宁（正 生）
家 院（杂）
小 乔（花 旦）
文臣甲（杂）
文臣乙（杂）
周 泰（花 脸）
四丫鬟
二家将（杂）
八兵卒

起 程

【台中一椅，左侧一椅，朱色摆场。

【孔明戴万卷书，着八卦衣，下红裤青靴，俊扮挂青三，持鹅毛扇在“小打”伴奏中由“出将”口上。

孔 明 （念引）

观天象将星将坠，

叹公瑾命在垂危。（坐）

（念诗）

周瑜决策取荆州，

山人先知第一筹。

他望长江香饵稳，

怎知暗里钓鱼钩。

周瑜兵败芦花荡，撤兵巴丘，接吾手书，必然胜怒。吾想周瑜一计不成，二计不就，“假途灭虢”又如竹篮打水。兵损将折，谋事不成，定气积于胸，恐命在旦夕。孙刘联盟，合兵破曹实乃公瑾力主，方有今顶足之势。吾与公谨如箭似弓，而今眼见宝弓将折，箭无依附，此情此景，凡人难解，实令山人痛惜！

【赵云戴白杂（盔），穿绣花白褶，腰佩剑，俊扮。上。

赵 云 （念对）

军师命人传见，

莫非兵发江南。（入内）

参见军师。

孔 明 四将军请坐。

赵 云 军师命人传见俺云，莫非要趁周瑜兵败之际，速取江南！

孔 明 非矣！如今顶足之势，贵在孙刘联盟。前次用兵，吾实出无奈。

赵　云　请问军师，另有何差遣？

孔　明　吾夜观天象，见将星即将坠落，料周瑜赴黄泉只在顷刻。吾即赴东吴，祭奠公瑾，要把四将军劳上一劳。

赵　云　军师万千不可！周瑜若死，江南诸公定恨先生入骨，此时过江吊孝，岂非自投罗网！

孔　明　周瑜在世，亮且不惧。周瑜去世，又何惧之有。

赵　云　军师胆识过人，成竹在胸。俺云赴汤蹈火在所不惜，护送军师去，定保军师还！请问军师需带多少人马？

孔　明　不再需一兵一卒，有将军足之够矣！

赵　云　这……

孔　明　四将军不用多虑，此去东吴有惊无险。

赵　云　请问军师何时启程？

孔　明　劳将军速备祭礼，即刻过江。

赵　云　末将遵命。（原路下）

孔　明　正是：

孙权折损擎天柱。
东吴长夜失明珠。
公瑾多谋少气度，
我亮从此（鼓眼打、打）知音无（呵）。（吹【尾煞】）（往“入相”门下）

◎：1.“假途灭虢”：以借路为名，实意是要侵占该国或该地。虢（音国），春秋时诸侯国名。晋侯假道于虞以伐虢。宫之奇谏曰：“虢，虞之表也。虢亡，虞必从之。”虞公不听劝谏，答应晋军过境。结果晋国灭虢后，回师途中也灭虞。假途灭虢，也作假道、借道灭虢。

2. 巴丘，山名，在湖南岳阳。相传，夏时后羿杀巴蛇于此，骨堆如丘，故名。三国时乃吴重镇，鲁肃等皆曾率兵屯戍此地。

3. 柴桑：柴桑郡即今之江西省九江市。

◎“起程”是一场“造片”（说明书）式的“过场戏”。演员须注意收场的四句诗的情绪，尤“我亮从此知音无”一句——表现孔明对周郎的真情实感。故在“从此”后要短暂地一停，“知音”的“音”字带泣呕，延音至“无”与吹奏的唢呐奏出的低音同步——“呵”……并以袖拭泪——这是为“吊孝”场的真情铺垫。

过江

【舞台中设一桌二椅，桌前置一椅，蓝色摆场。

【鲁肃戴中纱，穿蓝官束带，下红裤青靴，面部刷点干红，戴黑二满满口条。忧虑重重地下马门上。

鲁　肃　（唱【二流】）

孙与刘只为荆州郡，
讨荆州难坏我作保的人。
都督巧把妙计定，
明取蜀川暗取荆州城。
只说是这条计十拿九稳，
又谁知骗不了诸葛孔明。
都督北关吃败仗，
芦花荡折将又损兵。
那孔明一封信都督难忍，
只气得捶胸顿足把血倾。
周都督病势危愁坏子敬，
求天保求地祐求神显灵。（坐桌前椅）

◎川剧的鲁肃，除关公单刀赴会的《临江宴》由老生（戴麻三）应工外，其余戏都归老末角（戴黑、麻、白二满满和一匹瓦黑口条的称谓）。不是表现其人“胸怀韬略，腹隐机谋”，而是着重“忠厚老诚”四字，此戏乃不例外（请参阅我写的《川剧品微·〈盗书打盖〉的鲁肃》22 页）。

【甘宁俊扮挂青三口条，头戴包巾额子，穿绣花袍捆鸾带（均白色），挂宝剑。急匆匆地从上马门上（出马门即已入府——下同）。

甘　宁　大夫！大事不好！

鲁　肃　甘将军何事惊慌？

甘　宁　周都督他……

鲁　肃　都督病势怎样？

甘　宁　都督他……他……他升天了！

鲁　肃　哎呀……

甘　宁　末将先赴周府了！（拭泪下）

鲁　肃　都督！周都督！英年早丧，东吴不幸矣！

（唱【三板】）

闻噩耗周都督突然命殒，

我东吴遭不幸坠落星辰。

天不假年悲公瑾，

伤心何处望归魂。（转身抚椅拭泪）

【家院脸刷干红，挂“下驾口条”（比主要角色的胡须次的叫法）青三，戴罗帽，穿褶捆带，长裤统袜，夫子鞋（皆深灰或绿色）。上马门上。

家　院　禀家爷，孔明先生过江，为都督吊孝。

鲁　肃　吓！（一怔坐椅）周都督刚刚归天，诸葛亮已过江吊孝，真是未卜先知。都督哇都督，你那“假途灭虢”之计，又如何瞒他得过啊！（向家院）有请！

家　院　是。（欲行）

鲁　肃　转来！不用管他。你速吩咐下面，设宴后堂。

家　院　是（移中场椅于左，下）

鲁　肃　我不请你，看你进不进府？！

孔　明　（内）山人来矣！（孔明（万卷书换八卦巾，其于乃如故。）上。赵云随上。）

（唱【平板】）

过东吴就闻得都督噩讯，

柴桑层层布愁云。

鲁子敬有意不相请，

山人缓步到客厅。

若大一座客厅，未必然没有一个人嘛？下人不在，总有一只看家的……

鲁　肃（急出）我再不出来，你那“狗”字就要出口了！

孔　明　大夫，你在呀？

鲁　肃　我还没有死！

孔　明　山人以为大夫不在府内，故尔“请”字也无一个哇！？

鲁　肃　我知你会不请自进。

孔　明　知我莫如大夫。我二人就在这厅外闲谈吗？！

鲁　肃　厅门大开，还需我请吗？

孔　明　恭敬不如从命，告进。（入内）

鲁　肃　四将军请进。（赵云入内）

孔　明　大夫，我们立而叙谈，就不必坐了嘛！

鲁　肃　我这客厅还少得了你这位大军师的座位吗？！

孔　明　山人告坐。

鲁　肃　四将军请坐。

赵　云　谢坐。（入坐，冷场片刻。）

孔　明　鲁大夫，山人在荆州之时，常常听人谣传，江南水贵。山人不信。今日到了柴桑，方知谣传不假，使我确信无疑。四将军！

赵　云　在。

孔　明　你带一百两纹银，出府看看，能买得到茶水三杯，好为我们和鲁大夫润润唇，解解渴哇！

鲁　肃　你搁到哟！何时江南水贵，啥时候我府中又缺茶咧？！

孔　明　大夫府中有茶待客呀！？

鲁　肃　这——你够了啊！奉茶！

孔　明　哈哈哈……

【间奏……家院捧茶上，敬茶，孔明，赵云，鲁肃饮茶，家院端杯下，间奏止。

鲁　肃　请问先生过江的来意？

孔　明　大夫，你问山人吗？

鲁　肃　不问你，难道问我自己吗！

孔　明　大夫哇！

（唱【一字】）

鲁大夫又何故假意动问，

来柴桑你是知其中原因。（架桥）

鲁　肃　你是来为周都督吊孝！？

孔　明　自然不是为大夫吊孝。

鲁　肃　你为我吊孝！？恐怕你今天来柴桑给都督吊孝，明天我鲁肃赴荆州要为你吊孝咧！

孔　明　山人还未死，你为我吊啥孝啊！

鲁　肃　你离死也不远了！

（唱）都督死都怪你那封书信，

气死了周都督你又假意虚情。

众将士见了你定生怒愤，

拨宝剑（离位）割你头，抽你筋，

断你四肢挖你心，

剁成肉酱烹成羹。（端椅至中场偏右重放坐）

孔　明　（唱）鲁大夫说话欠分寸，

是非曲直全不分。（端椅近鲁坐）

江南地文武诸公不愚蠢，
皆理会各为其主一片心。
赤壁战孙与刘以少取胜，
周都督与山人谊厚情深。
故人亡来吊孝焉惧险境，
吾纵然粉身碎骨，碎骨粉身，
死酬知己百世留名——

（唱【二流】）

百世留名。

鲁　肃　（起身，感动地唱）

诸葛亮一席话道理通顺，
与都督谊笃情殷殷。
面对此情与此境，
先生！
吊孝时我子敬竭力护君。

赵　云　大夫！（离位）

（唱【三板】）

忆当年战长坂七出七进，
单骑救主敌万兵。
灵堂地纵然是刀山剑岭，
请大夫放宽心护驾有俺云。

鲁　肃　好！请问先生另带有从人若干？

孔　明　大夫，你猜。（伸出两指）

鲁　肃　两千！

孔　明　（摇头）……

鲁　肃　两百！

孔　明　多了。

鲁　肃　二十名高手！

孔　明　就是山人与四将军。

鲁　肃　你真是才高人胆大！

孔　明　子敬兄你为我保驾！

鲁　肃　耶！你又把我笼起了啊！

孔　明　哈哈哈……

鲁　肃　请先生与四将军馆驿下榻，少时子敬陪送，明日，我肃先去灵堂，看看火候，先生随后再来。

孔　明　谨遵大夫之命。就此告辞……

鲁　肃　慢！先生何往？

孔　明　山人与四将军在府宅前后左右找一鸡毛小店裹裹腹，然后回府好与大夫同往馆驿。

鲁　肃　你搁到啊！我后堂早为你设下了接风筵席，谁要你去找鸡毛店喝酒吃饭。旁人知道，岂不说我鲁子敬简贤慢客呀！

孔　明　大夫既知来者是客，为何连一个“请”字都吝啬呀？

鲁　肃　耶！我少说一个“请”字，你连本带利都捞回去了啊！

孔　明　哈哈哈……

鲁　肃　请上席！

孔　明　这才像个主人家嘛！

【吹……三人同笑下。

◎此场，重在一个“趣”字，演出轻松的气氛，同是为“吊孝”一场的紧激场面作铺垫。

吊　孝

【灵堂：舞台左侧横置一桌，插白色耳帐，桌中竖“东吴大都督周公瑾之灵位”牌，桌右角设一椅，中场偏右分摆二椅，摆场一律白色。帏幕在胡琴奏【哭皇天】里启动。桌左右二丫鬟侍立，另二丫鬟扶着孝服的小乔由下马门上，桌左的丫鬟燃香后呈主人，小乔敬香、参拜后坐，另二丫鬟于桌左右侍立。【哭皇天】乐止起【倒板】——

◎小乔捆大头戴孝，头顶长绫扎泡花，余绫坠胸前左右，着白色帔、裙，穿白色彩鞋。四丫鬟梳古妆头，戴孝，穿白色古装。

小　乔　（唱【倒板】）

见灵牌哭得奴心疼气短……
都督！夫哇！奴的周郎夫哇！

（唱【阴调】）

禁不住伤心泪泪珠涟涟。
叹奴夫拜都督水军掌管，
练水师习战阵军纪明严。
江南郡众武将任君调遣，
论谋略赛孙武古圣先贤。
曹操贼发雄兵把东吴侵犯，
抗曹兵全赖夫一人承担。
烧赤壁破曹兵实属罕见，
江南地庆升平得保平安。
何曾想为荆州孙刘开战，
恨孔明一封信夫气绝归天。
奴的周郎夫哇！
周郎死我东吴从此多难，
周郎死毁天柱折弓断弦。
周郎死吴侯悲群臣怀念，
周郎死天地愁日月星寒。
周郎死奴从此琴弦折断，
周郎死玉镜台懒整容颜。

周郎死提羊毫懒赋诗简，
周郎死懒移步少捲珠帘。
夫妻们似鸳鸯偏遇无情弹——鸳鸯散……

（唱【二流】）

要相逢除非是梦里团圆。
恨只恨诸葛亮用计奸险，
奴定要替夫君报仇雪冤。

◎【阴调】是小乔唯一的主要唱段，运用婉转绵柔之声，唱出“恋意悲情”。何时坐唱，何时离位，演员可根据台词，灵活处理，但不宜动荡过多过大。

家　将　（上马门上）禀夫人，江南文臣武将前来吊祭。
小　乔　有请。
家　将　有请！（下）
【二文臣和甘宁、周泰上。
文　臣　（念）都督丧了命，
甘　宁
周　泰　（同念）
叫人恨难平。

◎家将俊扮，戴包巾额子，穿绣花袍捆鸾带，下穿跑裤打靴（色异或一色），挂剑。文臣俊扮，戴文武状元头（门扇翅），着绿、黑官束带，红裤青靴，挂青三、麻三。甘宁同前，周泰画黑三块瓦脸谱，戴黑色包巾额子，着黑绣花褶，红裤青靴，挂黑满口条，腰挂宝剑。以上人物及鲁肃、孔明、赵云、兵卒皆戴孝。

【吹［哭皇天］，文臣及甘宁、周泰拜灵。小乔还拜。

小　乔　请众位大人，众位将军前厅待茶。

【文臣、甘宁、周泰："谢夫人！"下，家将上。

家　将　禀夫人，鲁大夫过府吊祭。

小　乔　有请。

家　将　有请！（下）

鲁　肃　（上，唱【二流】）

孔明吊孝过江南，
鲁肃心头有点悬。
但愿无惊亦无险，
只求老天保平安。

【吹［哭皇天，鲁肃拜灵。小乔还拜。

小　乔　大夫请坐。

鲁　肃　谢坐。吴候惊悉都督逝世噩耗，痛不欲生，昏倒宫中，而今玉体尚未安好。命下官转致夫人，务要节哀，勿损贵体。

小　乔　吴候关怀，小乔感激。只是……

鲁　肃　夫人有何事，下官当即转奏吴候。

小　乔　都督之死，懒夫诸葛亮定计所害。请大夫转奏吴侯，点兵率将，与都督报仇，为东吴雪耻。

鲁　肃　这个……夫人……（背）夫人在气头上，孔明若来吊孝，岂不是火上加油。我得赶快抽身，去馆驿挡驾。（对小乔）夫人言得极是，言得极是。待下官即刻入宫奏禀吴侯……

家　将　（急上）禀夫人，诸葛亮过江！

小　乔　吓！

◎小乔闻报微微一怔："吓！"；鲁肃大惊——以手揿帽。

家　将　前来吊孝！

小　乔　啊！

家　将　已到都督府！

小　乔　好——哇！

鲁　肃　（离座背白）好个啥……坏了！

小　乔　我正要请大夫转奏吴侯，发兵报仇，他却自来送死！鲁大夫……

【鲁肃以手敲头，心急火燎……

小　乔　鲁大夫！

鲁　肃　啊……（帽还原）夫人。

小　乔　请你代我出迎，将这个懒夫带进灵堂。

鲁　肃　遵命。（欲走）

小　乔　大夫！说我有请。

鲁　肃　是。这如何是好哟！（急下）

小　乔　请甘周二位将军。

家　将　是。（向内）请甘将军、周将军！（甘、周上）

甘　宁
周　泰　（同）参见夫人。

小　乔　请起。

甘　宁
周　泰　（同）请问夫人有何差遣？

小　乔　二位将军！那诸葛亮懒夫过江吊祭来了！

甘　宁　好哇！请夫人传命，拿下孔明。与我家都督报仇雪恨！

小　乔　将军之言，正合我意。你等两厢埋伏，等那孔明到此，我将视机，你们需看我脸色行事。

周　泰　未将遵命！

小　乔　二位将军请退。

【甘宁、周泰下。

小　乔　（对家将）吩咐都督府家将刀出鞘，弓上弦，四周埋伏，待命而出，活捉孔明懒夫！

家 将 遵命！（下）

孔 明 （内唱【倒板】）

诸葛亮过江南甘冒风险……

【甘宁、周泰、二家将带兵卒包抄上——

◎甘宁、周泰引兵由上场大幕位急冲至下场台口处——四卒站甘、周身后“一品墙”；同时，二家将领兵由下场底幕位急出至上场方“九龙口”，兵卒站二家将身后的“一品墙”，均向小乔禀设伏状况（吹）；小乔施礼谢甘、周。甘、周引兵往下场底幕去，同时，二家将引卒行上场方大幕处下。

肃穆的灵堂，瞬间刀光剑影，造“山雨欲来风满楼”气势，为卧龙吊孝是又一次铺垫。

◎八兵卒穿“挂子服饰”全套，持“水银刀”。

孔 明 （内）大夫请！

鲁 肃 （内）请 ！

【小打“武机头”……孔明、鲁肃、赵云上。

鲁 肃 哼！（“机头”结束在“哼”一单锤——“壮”）你呀你呀！

孔 明 我又怎样？

鲁 肃 我给你说得清清楚楚，明明白白，我先到灵堂，看看火候，你随后再来。你偏偏……

孔 明 山人正是谨遵大人之命，在馆驿等候。但大夫一去灵堂，许久未归，山人思之，大夫不归，火候已熟。山人来得是否恰在火候上呀？！

鲁 肃 你来得恰恰在火头上！就是江南诸公饶你，周夫人也要取你的“九斤半”（脑壳的民间俗称）！

孔 明 哎呀，这这这……如何是好哇？！

鲁 肃 三十六计，走为上策！

孔 明 走？

鲁 肃 走!

孔 明 是……该……走!

鲁 肃 哎哎哎……你往哪里走?

孔 明 往灵堂走哇!

鲁 肃 你你你……你到灵堂去做啥哟! ?

孔 明 大夫，你才问得怪哟，到灵堂去吊孝嘛!

鲁 肃 我说你到灵堂不是吊孝!

孔 明 是啥呀?

鲁 肃 去送死!

孔 明 大夫呀!

（唱【夺子】）

既到此又何惧刀山剑岭，

剑岭刀山，

龙潭虎穴，

虎穴龙潭。

鲁 肃 我犟你不过啊! 孔明先生到!

【鲁肃陪孔明进灵堂，小乔出迎，赵云查看，甘、周上于灵桌左侧、拨剑……赵云注目甘、周……孔明向云微微摇首；小乔示意，甘、周隐退。孔明参小乔，小乔还礼，请孔明坐，孔明落坐于中场椅，鲁肃松了一口气。

孔 明 （唱【一字】）

鲁大夫请代吾摆设香案……

鲁 肃 香案排开。

【丫鬟甲乙设祭。

孔 明 （唱）待山人整整冠掸掸尘，

躬身施礼拜倒灵前——

（唱【二流】）

拜倒灵前。

【胡琴奏［哭皇天］……

鲁　肃　（赞礼）进位……整冠……圆领……掸尘……跪……叩首……再叩首……三叩首……起……读祭文。

◎在"三叩首"时的鼓眼"打打打……壮"中：八兵卒两边上成八字列队，甘、周、二将同时两边上成中场靠里的"一品墙"，举刀拔剑；赵云拔剑对将，鲁肃惊颤，孔明仍拜如故；小乔摇头示意，甘挥手，众退，赵转身。小乔呼鲁，肃惊魂稍定拭汗，继呼"起"，孔明起身，小乔还拜。乐止。接——

孔　明　（朗读祭文）呜呼公瑾，不幸夭亡！修短故天，人岂不伤！我心实痛，酹酒一觞；君其有灵，享我蒸尝！呜呼公瑾！生死永别！朴守其贞，冥冥灭灭。魂如有灵，以鉴我心：从此天下——（忍泪泣声念）更无知音，呜呼痛哉！伏惟尚飨。（悲泣焚烧祭文）

小　乔（感动泣）喂呀……

【鲁肃亦拭泪……

孔　明　（唱【襄阳梆子·倒板】）

诸葛亮焚祭文珠泪满面……

【二家将上拨剑……赵云护孔明，鲁肃惊慌，小乔挥手示退，家将下。

孔　明　公瑾弟呀！（放扇捧灵）

（唱【一字】）

哭一声公瑾弟吾心痛酸。

曹孟德领人马八十三万，

他妄想灭东吴吞并江南。

周都督虽年少颇具肝胆，

排众议抗曹兵语言惊天。

火攻计你与吾英雄所见，

命山人借东风南屏山前。
庞士元他把那连环计献，
黄公覆苦肉计火烧战船。
孙与刘破曹兵赤壁鏖战，
曹孟德遭惨败窜回中原。
万不料为荆州——

（唱【二流】）

公瑾弟，你英雄气短——我的公瑾弟呀！（扑案，放灵，拿扇）

【甘宁、周泰、二家将分上……鲁肃不知如何是好，赵云抚剑注视，小乔摇头示退，四人复下。

◎孔明扑案于桌左，甘等分上于台右成一排欲拔剑，小乔起身示意，甘等速返回，小乔归位。

孔　明　（唱）空留下美名儿万古流传。

（唱【夺子】）

公瑾弟曾顾曲风雅可羡，
公瑾弟论用兵孙武一般，
公瑾死亮虽生无弓之箭，
知我者公瑾弟惧我者阿瞒。
诸葛亮不避斧钺把弟祭奠，
望贤弟在天灵知我心田。
这一阵哭得人——

（唱【二流】）

肝肠寸断，肝肠寸断……
亮碰死在灵堂，
公瑾弟呀——

我们同赴九泉！（欲碰）

【鲁肃、赵云急阻；甘宁、周泰、二家将率兵上；小乔起身示众将不可动手。

◎八兵卒分上至台右侧后站“梭字块”队形，甘、周、家将台前拔剑出鞘……小乔护孔明，赵云拔剑护诸葛，鲁肃惊吓……甘等收剑侍立于侧。

鲁　肃　人道公瑾与孔明不睦，今观其祭奠之情，人皆虚言矣！

小　乔　孔明多情，都督量窄呀！（拭泪）鲁大夫，劝先生不要过于悲痛。请陪先生馆驿歇息。

甘　宁　（低声）夫人，为何不杀孔明？

小　乔　孔明先生祭奠都督，情真意切，杀之不义。烦二位将军转告江南诸公，万万不可为难孔明。

甘　宁　是。

小　乔　小乔有孝在身，恕不远送先生了 。

鲁　肃　下官代送。

孔　明　告辞。唉！

（念）我亮自叹知音少，

如今越乏少知音。

苍天既让公瑾死，

天哪！

尘世何必留孔明。

都督！

小　乔　（闻知落泪）周郎！

孔　明　公瑾弟！

小　乔　夫哇！

孔　明　（同时）我的好贤弟呀！

小　乔　（同时）奴的周郎夫哇！

鲁　肃
甘　宁　（同时）都督哇!
周　泰

·剧　终·

1999 年 7 月 16 日剧本完稿

附　记

《卧龙吊孝》整理时,删除了孙权闻周瑜归天的“噩耗”一场及“吊孝”中过府祭奠的一节戏，意图是令戏集中在主人公诸葛亮的身上。听父说：旧时，该剧常与《芦花荡》连缀演出，作为“夹黄路子”的全本戏：芦花荡公瑾惨败，柴桑郡卧龙吊孝——《三气周瑜》。

戏的传授人写有表演艺术家张松樵和我父夏长清，其实教我此戏者，只是我老汉。所以，1999 年整理本上都没有冠张老的名字，现应该遵父训——父亲教此戏时曾说：《卧龙吊孝》是你张松樵伯伯的“私窝子戏”，是老汉一字一句“偷”来的。他“吊孝”的【襄阳梆子】唱得特别好，令闻者伤悲，使听者泪垂，演出了孔明祭瑜的真实情感。《卧龙吊孝》，我教过你师兄赵文联，他唱得不错，但欠缺点气质。演不出诸葛亮的大智大勇、处险不惊。以后你若唱，须加倍注意，切记，切记!

2014 年 3 月 3 日夜

附11 芦花荡（弹戏·甜皮）

彭天喜◎传授

剧情简介

周瑜定“假途灭虢”计，明取西川暗袭荆州，被孔明识破，周瑜反中埋伏，兵败芦花荡，接孔明书信，气极……

人 物：周 瑜（武 生）
张 飞（花 脸）
孔 明（正 生）
赵 云（武 生）
黄 忠（老 生）
魏 延（花 脸）
蒋 钦（杂）
周 泰（花 脸）
甘 宁（正 生）
下书人（杂）
兵 卒（褂子两堂——八人）
上天龙

第一场 点 将

【舞台正中横置前后两桌，前桌上放文房四宝及令筒，后桌上放坐箱，两桌间放脚箱，红色摆场。

【吹［点将］：赵云、黄忠、魏延、张飞相继上。

赵　云　（念）大战长坂不可当，

黄　忠　（念）惯习百步箭穿杨。

魏　延　（念）杀了韩玄归汉室，

张　飞　（念）大喊三声断当阳。

赵　云　赵云字子龙。

黄　忠　黄忠字汉升。

魏　延　魏延字文长。

张　飞　张飞字翼德。

众　人　请了！军师升帐，两厢侍候。

【兵卒、上天龙上，孔明上。

孔　明　（念）赤壁鏖战败奸雄，

三局鼎立势成功。

周瑜妙计成何用，

难逃吾的掌握中。

吾，汉军师中郎将复姓诸葛名亮字孔明。前番子敬过江，说什么奉吴侯意旨，愿孙刘合兵，共取蜀川，作为郡主出阁之资。山人料定，此乃周瑜小儿“假途灭虢”之计。又道是，来而不往非理也：昨日悬牌，召集诸将，布兵遣将，吾要挫挫公谨的锐气。过来！请众将军进帐！

兵　卒　请众将军进帐！

众　人　报，赵云（黄忠、魏延、张飞）告进！参见军师！

孔　明　诸位将军请起。

众　人　谢。

孔　明　诸位将军近来可好？

众　人　怎劳军师动问，军师安好否？

孔　明　承问了。

众　人　军师昨日悬牌，不知有何差遣？

孔　明　众位将军！周瑜小儿定下“假途灭虢”之计，明取蜀川，暗袭荆州。今日要把诸位将军劳上一劳。

众　人　马革裹尸，在所不惜！

孔　明　山人大令下，……

【张飞跃跃欲动……

孔　明　子龙听令！

赵　云　候。

孔　明　命你镇守北关，城门紧闭，高插白旗。周瑜来时，点破其计，嘲笑于他；交战之时，只可胜他，不宜穷追。

赵　云　得令！（上马下）

孔　明　大令下……

【张飞如前……

孔　明　黄忠听令！

黄　忠　候。

孔　明　伏兵公安，袭击周瑜，胜而勿追。

黄　忠　得令！（上马下）

孔　明　山人大令下……

【张飞……

孔　明　魏延听令！

魏　延　候。

孔　明　命你埋伏江陵，周瑜来时，杀他个溃不成军，只放周郎逃入芦花荡。

魏　延　得令！（上马下）

孔　明　收了点将牌。

众　兵　收了点将牌。

张　飞　莫忙，莫忙啊！军师今日有些不公！

孔　明　三将军从何说起？

张　飞　往日出战，老张不在头队，便在二队，今日军师为何不遣老张？

孔　明　山人早已遣过。

张　飞　何曾啊?

孔　明　待山人看看……(翻册)哎呀!把三将军翻夹了页啊!

张　飞　嗯……来嘛,来嘛!堂堂一员大将,被他翻夹了页啊!

孔　明　眼下有一桩公务,不知三将军可愿往否?

张　飞　莫非上天——摘月;下海——斩蛟!

孔　明　一非上天摘月,二非下海斩蛟。要三将军效昔年当阳之故!

张　飞　明白了!喂呀!哈哈!喂……

孔　明　你在做啥哟?

张　飞　军师要老张效昔年当阳之故嘛!

孔　明　见了周瑜,方需如此,你然何来吓山人呀?!

张　飞　哎……害得我攒了一包子的劲　!

孔　明　三将军听令!

张　飞　候。

孔　明　命你伏兵芦花荡,周瑜来时……

张　飞　明白了!(欲走)

孔　明　转来!周瑜来时,只可嘲笑于他,万不可伤他性命!

张　飞　这个……

孔　明　违令者斩!

张　飞　记下了!(上马下)

孔　明　融墨(修书——吹)传下书人!

众　兵　传下书人!

【下书人上。

下书人　参见军师。

孔　明　此有书信二封:第一封书信,周瑜兵到沙丘时投交;这第二封信,待周瑜兵败时呈递。

下书人　是。(下)

孔　明　正是:满江撒下网和钓,

何愁鱼儿不吞钩。

散队。

【兵卒挖后拥，孔明下，兵卒下。

第二场 坐 帐

【台中设“虎头案”（横置桌，桌前放脚箱称谓）蒋钦“推衫子”引周泰上。

蒋 钦 （念诗）

火烧赤壁兵将勇，

周 泰 （念）夺吾三郡恨卧龙。

蒋 钦 （念）都督妙计奇谋展，

周 泰 （念）智取荆州立头功。

蒋 钦 蒋钦。

周 泰 周泰。

二 将 请了！都督升帐，整顿人马侍候。

【褂子上，周瑜上，吹……坐。

周 瑜 （念诗）

龙争虎斗，

天昏地愁，

水军都督挂与某，

代管江南九郡州。

本都，周瑜字公瑾。前命子敬过江，二家约定沙丘会兵，今乃黄道吉日，理应起兵，来呀！传先行！

二 将 报：先行告进！参见都督。

周 瑜 人马！

二 将 齐备。

周 瑜 到了沙丘早报。

【吹，周瑜上马，圆场。

众 卒 下书人求见。

周 瑜 列队。（下马，坐）

周 瑜 传。

下书人 报！下书人告进。参见都督。

周 瑜 奉了何人所差？

下书人 军师所差。

周 瑜 呈书来。回禀尔的军师，言本都照书行事。

下书人 是。（下）

周 瑜 孔明懒夫修书前来，待本都拆书一观。（吹，观书）哈哈哈……

二 将 都督为何观书发笑？

周 瑜 二将！恼恨刘备，久借荆州不还，我与吴候商议，定下“假途灭虢”之计，明取蜀川，暗取荆州。前命子敬过江，二家约定沙丘会兵，兵至沙丘，孔明懒夫修书前来，请本都打从北关进兵，他君臣还要担酒牵羊出城劳军，少时去至北关，我一手抓住刘备！一手携着孔明！这荆州岂不是唾手可得！

二 将 都爷高才！

周 瑜 说什么高才矮才，一天没有几个时候，带马。

【圆场，站“嚎子口”。下场方竖一桌（拟城楼）。

兵卒甲 报下！我军来至北关，日高三丈，城门紧闭，城楼高插白旗一杆！

周 瑜 列队！本都自叹！我军来至北关，日高三丈，城门紧闭，城楼高插白旗一杆！吔！莫非懒夫又在用计……咹！哪怕他会用计，本都不往你计中而行。众军！接马叫城！

众 卒 开城来！（两边翻，站“一品墙”）

【兵丁为周置椅。

赵 云 （内放【倒板】）

北关城外放号炮。

【赵云率卒上，下马登城。

赵　云　（唱【二流】）

俺赵云提枪上城壕。

手抚城垛往下瞧，

但则见周瑜小儿曹。

城楼之下，敢莫非是周都督？

周　瑜　城楼之上，白盔银甲，莫非是四将军？

赵　云　正是俺云。

周　瑜　我瑜有礼。

赵　云　俺云还礼了。请问都督带领许多横鳞甲士，兵发何处？

周　瑜　请问四将军，是知而问之，还是不知动问？

赵　云　俺云是不知才问。

周　瑜　将军请听！昔者郡主出阁，缺少嫁资，我与吴候商议，二家合兵共取蜀川，以为郡主嫁资。前命子敬过江，二家约定沙丘会兵，兵至沙丘，尔军师修书前来，请本都打从北关进兵，你君臣还要担酒牵羊出城劳军，我军来自北关，日高三丈，城门紧闭，城楼高插白旗一杆。吔！这非侍宾之理吧？

赵　云　周瑜小子！你明明定下“假途灭虢”之计，明取蜀川，暗取荆州。漫说瞒俺云军师，就是帐下三军也瞒之不过，用计不高，众军，与我笑了！

众　卒　好笑哇！

周　瑜　（唱【倒板】）

一言而猜透了神机妙，（解帔，提枪上马）

（唱【二流】）

猜透了本都计笼牢。

勒马停枪把话表，

常山子龙听根苗。

奉命来把荆州讨，

取不转荆州某不还朝。

赵　云　（唱【二流】）

堪笑堪笑真堪笑，

周瑜小子计不高。

叫三军把城来开了！（【扫横板】）

【过场，周瑜下，赵云追下。

【周瑜率卒上。

周　瑜　哪里有道？

兵卒甲　公安。

周　瑜　败！

【众下。

【黄忠率卒上，

兵卒甲　来至公安！

黄　忠　两下埋伏！

【周瑜率卒上，过场，周瑜败下，黄忠追下。

【周瑜率卒上。

周　瑜　哪里有道？

兵卒甲　江陵。

周　瑜　败！

【魏延率卒上。

兵卒甲　来到江陵。

魏　延　埋伏两廊！

【周瑜率卒上，败下，魏延追下。

【周瑜率卒上，

周　瑜　哪里有道？

兵卒甲　芦花荡！

周　瑜　吓……败！败！败！

【赵云、黄忠、魏延上，过场，周瑜败下。

赵　云　请了！芦花荡有三将军把守，你我向军师复命。

【众下。

第三场　困　荡

【张飞上，“推衫子”。

张　飞　（念诗）

麻鞋草履渔夫装，
手执丈八蛇矛枪。
奉命把守芦花荡，
周瑜来时自作忙。（卒上）

张飞字翼德，奉了军师之命把守芦花荡前，周郎来时，我一手抓住头皮，一手扭着丝鸾，往上一举，往下一拌！花红脑水拌他娘一大坝！娃娃子，站东列西，听三老子一令！

（昆【四边静】）

忙将俺环眼儿大睁，
胡须儿在某的项上扎。
乌骓马如龙出水，
丈八矛把儿的命追。
众三军显雄威，
把周郎好一比胯下乌骓。（上马下）

周　瑜　（内唱【倒板】）

千谋百计入罗网（上）

（唱【二流】）

本都一着未提防。
在北关遇着子龙将，
猜透了本都的肺腑肠。
在公安遇着黄老将，

惯习百步箭穿杨。
在江陵遇着一员将，
姓魏名延字文长。
万无奈兵败芦花荡，
只剩某一人一马一杆枪。（过场）
（笑）哈哈哈……
这搭儿我不服诸葛亮，
神机妙算也不强。
芦花荡若有一员将，
岂不是生擒活捉俺周郎。
芦花荡无兵又无将，
逍逍遥遥回柴桑。
一马儿杀进芦花荡……（过场）

【伏兵出，周惊，瑜杀退伏兵，张飞上，过场。

张　飞　嘿嘿，哈哈，不得活。（过场，矛挑周冠）
（唱【二流】）
哗啦啦显出翼德张，
披头散发一员将。
跨骑坐马手提枪，
问尔周郎是不是？
切尔人头祭爷枪。

周　瑜　（唱【倒板】）
周公瑾误入芦花荡，（过场）
芦花荡偏遇着翼德张。
若问我是哪一个，
我本是水军都督叫周郎。

张　飞　（唱【三板】）
听说来了小周郎，

不由老张喜洋洋。
头一次设下河阳会，
某二哥保主过长江。
二一次设下胭粉计，
四弟保主招东床。
三一次设下“假途灭虢”计，
芦花荡偏遇着咱老张。

周　瑜　（唱【二流】）
这搭儿，哎呀，我才服诸葛亮，
神机妙算果然强。
勒马停枪把话讲，
翼德村夫听端详。
借荆州不还为哪样，
取不转荆州某不还乡。

张　飞　（唱【三板】）
只为荆州一块壤
孙刘连连动刀枪。
要想荆州休妄想，
除非是你死某又亡。

周　瑜　（唱【三板】）
闻太师绝龙岭前把命丧，
夫子蔡陈缺过粮。
周公瑾困在芦花荡，
怕只怕难以回柴桑。
虚杀一枪出罗网！（【扫黄板】）

【周瑜败下，张飞追下。

【吹［炮火门］——兵卒急上圆场站“一条枪”，甘宁上。

甘　宁　甘兴霸！

【兵卒下，兵卒甲抬枪带马，甘宁上马下。

【周瑜逃上“过场”…… 张飞追上“过场”…… 甘宁带兵上救瑜……

张　飞　周瑜呀小子！念尔共计破曹，有这么点点功劳，三老子不杀你，把尔笑了。嘿嘿，哈哈，去你娘的！（下）

甘　宁　都督苏醒！（吹打，下书人出场，示书，逃跑）

甘　宁　禀都爷，下书求见。

周　瑜　拿下。

甘　宁　逃走了。

周　瑜　可有书信。

甘　宁　现有书信。

周　瑜　呈书攒坐。（咳嗽，念信）

汉军师中郎将诸葛亮，至书于东吴大都督公瑾先生麾下。亮自柴桑一别，至今念念不忘。闻足下欲取西川，亮切以为不可。益州民强地险，刘璋虽暗弱，足以自守。今劳师远征，转运万里，欲收全功。虽吴起不能定其规，孙武不能善其后矣。曹操失利于赤壁，志岂须臾忘报仇哉。今足下兴兵远征，倘曹乘虚而至，江南齑粉矣！亮不忍坐视，特此告知，幸垂明鉴。（复念）倘曹乘虚而至，江南齑粉矣！江南齑粉矣！哟，才是封气书哇！（【干三板】）

周　瑜（念诗）

观罢懒夫信，
两眼泪长倾。
明是勾魂票，
取命的活阎君（【干三板】）

（念）天下灰黄起战劳，
天降孔明保刘朝。
一连损我三条计，

看来懒夫的计谋高。(【干三板】)

(念) 卧龙南阳睡未醒，

又添列曜下舒城。

苍天既已生周公瑾，

天呐！

尘世何须出孔明。(【干三板】)

甘　宁 哎呀，都督，若赐末将一支将令，愿将荆州取转。

周　瑜 谁哟。

甘　宁 甘兴霸。

周　瑜 咹咹……本都在世，用尽千谋百计，未能将荆州取转，本都去世，漫说取转荆州，就是一个胜字——难啰，难啰！前面什么地方？

甘　宁 巴丘。

周　瑜 巴丘……

(念) 眼望巴丘泪汪汪，

回首不住望柴桑。

既生瑜何生亮，

这封书气坏俺——周——郎！ (吐血)

·剧　终·

附　记

源自《三国演义》的川剧传统剧目《芦花荡》，是武生的重头戏。

大的而言，有两种戏路：一是武生应工的周瑜为主；一是以武生应工的大报为主，周瑜次之。周瑜每遭伏兵后，大报以娴熟的讲功和小武功配合，绘声绘色地禀述敌方状况。小的而言，“困荡”有多次变韵和一韵到底。

周瑜念诗后多次出现【干三板】，何谓【干三板】？就是剧中人不唱，乐队仅以锣鼓、盖板演奏，制造戏中需要的气氛。此【干三板】仅为弹戏独有。

老师彭天喜演此戏有几处要点，不敢隐藏，简略介绍如下：

赵云点破“假途灭虢”计，周谕羞愤埋首，以披风掩面，低沉放【倒板】“一言儿猜透了神机妙”的同时，先后左右竖翎——“一根葱”（竖单翎行称），复唱后三字时，抬头抖双雉尾；

周瑜连败后：哪里有道？兵卒回禀：芦花荡。周瑜：吓！坠枪垂首——双翎翎尖快速颤抖（急速思索），遂猛扬头，微声自语前两“败”字后，再放声说第三个“败”字——决心已定；

“千谋百计入罗网”出场，左手斜举枪，左足踏椅，右手挥鞭，左斜身放目察看，然后刷枪靠背，收鞭勒缰，俯首扫翎，扭躯后视——勒马回头望荆州。反映周瑜计露兵败仍心系荆州；

“只剩某一人一马一杆枪”后，周瑜巡视芦荡——面对下马门右脚独立磨步，盔上翎随马鞭自右经左圆圈旋转，达头、鞭、足“三合一”的艺术效果；

逃败中的周瑜，加鞭策马。先独脚斜探身，后速碎占步行，又独足碎步退，遂原地骗腿转，再飞叉起伏——描绘出芦荡的艰险环境及人物忙不择径的心态；

“吐血”，即是行称的“口彩”。注意拿“彩”要隐避，含“彩”要快捷，吐“彩”要显明，方收表现人物气极之艺功。

2014 年 3 月 13 日

24 踏五营（胡琴·西皮）

彭天喜◎传授　夏庭光◎整理

剧情简介

大幕《踏五营》乃《月下传枪》（此剧靠甲老生演唱胡琴，花脸唱弹腔）的后续故事，若连演全本，可名《传枪踏营》，是靠甲老生（花脸）的犯功戏。五代十国（亦称残唐）时，火山王杨艾月下传枪，亲送义子怀亮回高塘（关）认姓归宗。赵匡胤怒其藐视各路王侯，摆下“五虎擒羊（杨）阵”，欲灭杨艾之威。谁知杨艾单人独骑马踏五营破阵。匡胤不敌落马，杨见赵火龙护体，遂降，即后之扶保大宋的杨家将。

人　物：杨　艾（靠甲老生、花脸）
赵匡胤（红　生）
郑子明（花　脸）
张光远（武　生）
高怀德（正　生）
郭彦威（小　丑）
杨继业（武　生）
兵　卒

◎杨艾打白蓬头，系黄绫帕，戴黄额子配雉尾，挂白三（花脸挂白满）着黄龙箭捆鸾带，下穿红裤青靴，披黄褶，持大刀。

赵匡胤戴绿杂，穿绿靠（无靠旗），下红裤青靴，红脸，挂青三，持棍。

郑子明戴黑包巾额子，扎黑靠，下红裤青靴，持鞭，开左凤眼右龙眼的脸谱。

张光远戴苹果绿包巾额子，穿同色绣花袍捆带，跑裤打靴，拿双刀，俊扮，两鬓垂露发。

高怀德戴红帅盔插苍鹰顶，穿红靠，红裤青靴，挂青三，持枪。

郭彦威，小丑脸谱，挂“吊吊”（黑口条），戴酱色包巾额子，穿同色绣花袍束带，跑裤打靴，持剑。

杨继业俊扮垂露发，戴全插加双翎，穿粉红绣花袍束带，红裤青靴。

兵卒，褂子衣帽全套，拿花枪。

（一）

【空场。

杨继业 （骑马由上马门上）

（念）奉了帅父命，

四处探军情。

杨继业。奉了帅父之命，四处打探，探得赵匡胤摆下五虎擒羊阵，要帅父亲自破阵，决一雌雄。帅父不知，回营报信。（下）

◎川剧的戏词上有一字长蛇阵、二龙出水阵、天地三才阵、四门困敌阵、五虎擒羊阵、六合仙鹤阵、七子七仙阵、金锁八门阵、九宫太阳阵、十面埋伏阵等等。究竟这些阵式是何样儿？实难查找。此戏上涉及到的“五虎擒羊阵”，又当如何摆法？全凭川戏前辈演示：郑子明登桌，张光远、郭彦威持刀剑于桌前高举成剪刀架式，兵卒八字列队举枪，仍为剪刀架式——这就是“五虎擒羊阵”。大度的川戏观众只赏“事”（戏），而不究“是”。

（二）

【中场设虎头案。

杨 艾 （上，念引）

送罢义子怀亮，

望儿平安返乡。（坐）

（念诗）

怀亮习武有悟性，

老将传枪送子行。

娃娃虽是螟蛉子，

不是亲生亦亲生。

老将，火山王杨艾。为让义子怀亮认姓归宗，老将传枪送子，助儿越险出关。事后思之：老将传枪送子之举，定惊动各路诸侯存不服之心。故叫三子继业四处打探。去了许久，未见归来，小营稍候。

【杨继业急上。

杨继业 禀帅父，大事不好！

杨 艾 继业何事惊慌？

杨继业 你老人家月下传枪，亲送四弟越过虎口。赵匡胤说帅父目中无人，传下大令，摆下五虎擒羊阵，要生擒活捉你老人家！

杨 艾 哎嗳！赵闯子年轻气盛，为父年迈，让他一阵罢了！

杨继业 哎呀帅父！帅父若不破阵，岂不有损你老人家一世英名！

杨 艾 吓！儿在怎说！？

杨继业 有损帅父一世英名！

杨 艾 气煞（鼓眼：打打）父——（白髯摆抖——干鼓配）矣！（脱、绞、抛褶）杨继业！（单锤）抬父金刀（右手刀式斜举），你看为父单人独骑（左足独立，双手勒缰），马踏五营（跳离脚箱，趱步向前），刀退诸将（后退，右手刀式左劈右削），破他的（右转趋前，先后扳右左翎——三锤半配）阵势哪！（吼喊延声，继在起【倒板】锣鼓中身向左，翎左转，右手反抓翎定相）

◎上段讲、做，注重表达杨艾人老雄威仍存的气势。

杨继业 是！（下）

杨　艾（唱【倒板】）

一言激起英雄将！

（唱【一字】）

赵匡胤出言太荒唐。

摆阵势闯子娃娃不自量，

竟忘了老将威名震四方。

李存孝笔砚抓诸侯难挡，

老杨艾滚地法逃离战场。

练袖锤打存孝——

（唱【二流】）

练就袖锤打存孝存孝命丧，

谁知娃娃——李存孝娃娃五牛分尸一代英雄命（哪）……

命不长。

叹老将出生入死经百仗，

经历了轰轰烈烈，

烈烈轰轰，

大大小小，

小小大大，

万万千千，

千千万万战场。

五虎擒羊一人闯，

金刀袖锤管叫他马仰人着慌。

杨继业——

◎【一字】唱段的“过门”中适当配以抛、甩、挑、拨髯和握拳、刀掌、虎掌等动作，显其威；整段唱，可根据词意和演员的嗓音条件，运用扬、延、顿、抑之法，唱出威。在“杨继业”时，左转扳双翎、右脚踏脚箱（三锤半配））——接“传号令”（先后松翎：打、打）“战鼓擂响”：先作握拳击鼓状，遂双手弹须延腔、拍掌定相——仍不离“威”字。

杨继业 （上）在！

杨　艾 （唱）传号令战鼓擂响……

杨继业 是！擂鼓！

【战鼓三通——助威。

杨　艾 带马！

杨继业 是！（下）

【杨艾“推衫子”整戎装……杨继业抬刀牵马（只抬刀，不用马挽手）上，杨艾持刀上马。继业移位上场方。

杨　艾 （唱）看为父挥金刀（三涮刀）破敌阵（刀缠腰退）倒海（三刀花向前）翻江。（跨刀翻身，刀换左手，右手猛拍刀叶定相，再抛髯勒缰下——“威”字延续）

【杨继业分下。

（三）

【张光远持双刀带兵卒上——兵卒走线8字。

张光远 （唱【二流】）

杨艾老狗真大胆，
送子月下把枪传。
五虎擒羊阵凶险，
定擒老狗把营还。

【杨艾上“过合”

杨　艾　来将报名！

张光远　张光远！

杨　艾　娃娃！

（唱）听说来了张光远，
娃娃武艺本平凡。
敢与老将来交战，
看老将破阵踏营闯尔关。

【“半过合”架刀，兵卒钻下。开打——“双刀破大刀”……张光远败。

张光远　（唱【三板】）
杨艾人老刀熟练，
张光远越战越胆寒。
虚晃一刀忙逃窜……（下）

杨　艾　（唱）老将追儿到天边。（下）

◎川戏术语的“过合”“半过合”，可能是根据古时对阵的“回合”而舞台化的。

◎“到天边”：右手握大刀前部反刨翎、刀杆靠背、左脚跨右旋转，在“边”字的延音同时单手三涮刀杆、继抛刀，双手接、左腿独立抱刀定相，下。

（四）

【郭彦威持剑带卒上“挖开”。

郭彦威 （唱【二流】）

耳内听到战鼓擂，

擂得我心头像打雷。

尔等不许打瞌睡，

哪个抽筒是乌龟。（兵卒合拢至下场方站“一品墙”）

杨　艾 （上）娃娃纳名？

郭彦威 郭彦威！

杨　艾 娃娃！

（唱）听说来了郭彦威，

儿本当年偷牛贼。

敢与老将来对垒，

且把娃娃戏耍一回。

【郭彦威挥剑刺杨，艾刀把压剑，然后杨艾抬刀，郭后退，起［半登鼓］慢节奏锣鼓：二人“磨半圆台”……郭刺杨，杨刀压剑，轻抬刀，彦威倒退；慢“按荷花”两次；“半登鼓”结束，兵卒刺杨接“腰锋”（另三卒同），彦威刺杨，艾刀压，然后杨艾刀削郭盔，笑个不停……

郭彦威 （唱【三板】）

杨艾脾气不丁对，

把我帽儿来削飞。

三十六计走为贵，

还不快跑要吃亏。（下）

杨　艾 哈哈哈……

（唱）彦威小儿是鼠辈，

金刀轻取他的头上盔。

马踏两营老将精神更加倍，

紧催快马把儿追。（下）

◎“把儿追”：行小圆场，继右掌旋刀接左足立斜探身，再收右腿勒马式定相，下。

（五）

【高怀德持枪率兵上“挖开”。

高怀德 （唱【二流】）

五虎擒羊布山野，
专等杨艾入虎穴。
众儿郎四面埋伏旌旗扯，
顽石巨木把要道塞。（兵卒两边下）

【杨艾上。

杨　艾 来将报名！

高怀德 高怀德！

杨　艾 啊……（杵刀，左手抛须拨髯，右半转身再抛竖刀、左手夹挽刀，右手抛髯拨须，再握中绺耍髯——表现其激动之情）

（唱）听说来了高怀德，
老将心潮翻滚烈。
皆因为赵匡胤在高关把你父的头颅借，
你弟兄——怀德怀亮奔南北。
老杨艾收养怀亮为义子，
吾传他杨门枪法兵书战策。
怀亮儿认姓归宗要去也，
父子们依依不舍痛泣别。
狮子椏口使用杨门战枪把祸惹，
战败了崔龙赵虎贼。
那刘王骂老将纵子行凶罪难赦，
他要我绑子请罪免受责。

问详情老将岂能把怀亮舍，
月下传枪再次助儿出虎穴。
赵匡胤摆下五虎擒羊阵，
想把老将威风灭。
杨艾岂是怯阵者，
偏偏遇儿高怀德。
你兄弟是我螟蛉子，
你应把我叫干爹——我们父子交战……
娃娃！
（唱）人笑说。

高怀德 （唱）老伯父收养吾弟实感谢，
真是大恩又大德。
老伯父传枪送弟把诸侯惹，
高怀德让一阵即把兵撤。
撤兵！（兵卒两边上合拢下）

杨　艾 （唱【三板】）
高怀德撤兵退三舍，
老将这阵心喜悦。
快马穿营把道借，
踏营破阵在顷刻。（下）

◎一舍为三十里。“高怀德撤兵退三舍”，仅是说怀德退兵的形容词。

◎“皆因为赵匡胤在高关把你父的头颅借”：川剧有传统折戏《高关借头》(又名《高平关》),若连演为《观星借头》。故事说刘王与高宝童有仇，囚匡胤家人为质，匡胤若取得高首级方免其祸；宝童夜观天象，知己命该丧火龙星之手，自刎而死助赵。匡胤后践诺言，以妹配高怀德。

（六）

【郑子明持鞭率兵上（兵卒上、行、下，与随张光远同）。

郑子明 （唱【二流】）

二哥营中传将令，

要与杨艾比输赢。

众儿郎要道把守紧，

老狗来时一股擒。

杨　艾 （上，“过合”）丑鬼纳名？

郑子明 郑子明！

杨　艾 哈哈！

（唱）听说来了郑子明，

尔本当年卖油人。

佩服娃娃好膀劲，

扁担挑断十数根。

郑子明 可恼！

（唱快【二流】）

老狗说话不思省，

恶言恶语来伤人。

钢鞭一举废儿命！

杨　艾 娃娃！

（唱）提防老将的袖锤打背心。

【对阵——杨引郑，取锤打子明——

郑子明 哎哟！

杨　艾 哈哈哈……

郑子明 （唱【三板】）

久闻老狗袖锤准，

今日一见果然能。

杀不赢……诱他去闯阵……

来！（下）

杨　艾　（唱）追娃娃何惧尔（抛锤、接）设有伏兵。（斜身背刀再挽刀左旋移刀左手，摆髯定相后勒缰下）

◎“袖锤”，顾名思义是杨艾练就的一件暗器，此戏以带把的小银锤代用。

（七）

【台中设桌（桌上放银锤），桌后放脚箱，张光远、郭　威、郑子明领兵上，布阵。

【杨艾上于中场背身右足独立磨步向左，再左脚独立返回——破阵，转身对观众……继闯阵：先中后左再右入阵，举刀下劈中，引张、郭行“三穿花”后左击右打，张、郭败退；引郑小圆场，取锤打郑败下；最后刀挑左，又挑右，引兵卒半圆场“砍啰啰”，与兵卒丁打“九埋头”——刀劈丁“抢背”结束。

杨　艾　哈哈！哈哈！呵，哈哈哈（喘气笑，唱除第三句登腔外，其于皆边喘边唱）……

（唱【三板】）

破了五虎擒羊阵，

敌军溃败如山崩。

老杨艾越杀越有兴，

纵马提刀踏五营。

郑子明，张光远，偷牛贼！跑慢点……跑快了，老将追不赢啰！（杵刀、拍刀叶转一圈，然后肩扛刀，左手拉缰慢行下）

（八）

【舞台摆设照旧。赵匡胤持蟠龙棍由下场上。

赵匡胤 （唱【三板】）

赵匡胤自幼江湖闯，

今日偏遇老将杨。

恼恨杨艾月下传枪，送子出关，藐视各路诸侯。故尔摆下五虎擒羊阵，灭一灭老儿的威风。谁知杨艾这个老儿不带一将一卒，单人独骑，马踏五营，锤打郑三弟！闻听此报，怒冲牛斗，披挂提棍，独骑出营，会一会杨艾匹夫哇！

（唱）杨艾纵是天神降，

尔年迈怎敌某壮年的玄郎！

◎杨艾上于“九龙口”与下场方对称位的匡胤举刀举棍亮相，杨仍喘息。再“两边照”，“过合”，继以刀压棍——

杨　艾 （喘气讲）来者莫非是赵匡胤赵闯子？

赵匡胤 既知是某，何必多问。看某的蟠龙棍！

◎赵棍击杨，艾刀把拨，匡胤连续三棍似如泰山压顶，杨以刀弹开，登“上下式口”——

杨　艾 娃娃，你要一下一下的来哟！

（喘唱【倒板】）

一言未毕——娃娃，你就动棒……

【打斗——赵棍击杨左右腰锋四下。

杨　艾 喂！你让老将喘口气哟！

（唱【二流】）

赵闯子蟠龙棍儿不寻常，
赵闯子休莽撞，
慌甚慌来忙甚忙——
待老将喘喘气，
勒马停刀观看赵玄郎。（留腔视）
丹凤眼卧眉长，
一嘴青须飘胸膛。
朱砂脸英雄相，
好比三国的关云长。
左右缺少两员将，
少了关平和周仓。
哎！ 老杨艾欠思量，
长他的志气为哪桩。
赵闯子小玄郎，
快快下马来受降——
免在老将刀下亡。（登“上下式口”）

赵匡胤　（唱【倒板】）

久闻残唐杨老将……

【对打——杨艾挥刀左右连劈匡胤五记。

杨　艾　娃娃！老将的气息够了！

赵匡胤　（唱【二流】）

杨艾人老武艺强。
我观他黄盔黄甲黄骠马，
好比三国老将黄。
若得老将降宝帐，
齐心协力辅柴王。
玄郎虽然这样想，

收杨艾要想巧良方。
勒马住棍把话讲……
老将军听端详。
现而今天下惶惶刀兵荡，
各使计谋定家邦。
投真主是名将，
登高枝展翅能飞翔。
老将军想一想，
吾劝你下马降柴王。

◎“柴王”，乃匡胤结拜之兄，也是继后周太祖郭威的世宗柴荣。赵匡胤“陈桥兵变”，后周归宋。成语“黄袍加身”说，黄袍，指古代帝王穿的服装。《宋史·太祖本纪一》记载，宋太祖赵匡胤原为后周太尉，在陈桥驿发动兵变，“诸校露刃列于庭，曰‘诸军无主，愿策太尉为天子。’未及有对，有以黄衣加太祖身，众皆罗拜，呼万岁”。清代陈忱《水浒后传》第一回：“黄袍加身御海宇，五代纷争从此止”。

杨　艾　呸！

（唱【三板】）

听一言来气朝上，
三河军阵尔敢劝降。
你说的柴王是哪个，
不过是推车卖伞的小货郎。
你结拜的三弟郑子明，
也只能担油桶敲油梆。
尔本是宦门生来宦门长，
谁知你闯荡江湖混赌场。
而今统兵又帅将，

尔柴王也是草头王。

气来了，

金刀架棍——袖锤打！

【锤打赵，匡胤败下。

杨　艾　（唱）老将追儿——

闯子！

（唱）你哪里藏！（随“藏”字拖腔同时右跨腿舞“绞手刀花”，然后梭刀、抛凌空刀。双手接后再梭刀亮背身相，遂右手握刀把勒马下）

（九）

【场景不变。

赵匡胤　（内放【倒板】）

杨艾人老……（上场出）性情野，

（唱【三板】）

恰似猛虎出巢穴。

回头看——老杨艾飞马如箭射……

杨　艾　（上）看刀！（削赵两抱埋头，刀把点匡胤）

【赵匡胤落马。

杨　艾　（唱）赵闯子马失前蹄把马跌。

【锣边效果（旧时一把粉火——拟似火龙）……杨艾似觉昏眩——舞“转”“点”翎均可

杨　艾　啊……

（唱【浪里钻】）

一场恶战日至夜，

杀得天昏地皮黑。

赵闯子头上红光射，

恰好似火龙下天阙。

到后来定是为帝王者……

赵将军苏醒！（下马，跪地）

赵匡胤 （醒，见状惊）老将军这是何意？！

杨　艾 （唱【二流】）

降顺将军吾意决。

赵匡胤 好！

（唱）老将军可算明理者，

玄郎这阵心喜悦。

将军膝下几个子？

杨　艾 （唱）继凯继昌三子继业。

赵匡胤 （唱）老将军年迈如花谢，

怎为柴王创大业？

杨　艾 （唱快【二流】）

说什么年迈如花谢，

这金刀……（舞“背花刀”接“滚堂刀”）

能把狼烟灭。

赵匡胤 好、好、好！

（唱【三板】）

玄郎回营把荐书写……

【杨艾、赵匡胤牵马换位、上马。

杨　艾 （唱）三日后率子带兵会豪杰。

老杨艾降柴王……（视左右后低唱）实辅君也，为将军我杨家（登腔示心）甘洒热血。

【二人换位，杨艾杵刀示礼、急转身，左手擎刀，右手掏翎亮相，分下。

·剧　终·

2012 年 12 月 2 日夜写毕电子文本

附　记

重庆市川剧院资料室存有我2000年4月22日在院老艺员演出团的演出实况录像及2013年我传授给市川剧院封世海的演出实况摄影，可供吾界愿学此剧的年轻艺友们参考。但有点说明：

实况非静场录像，错误之处难免——甚至包括摄像者。再者，我当年演出后，对有些过繁之处已作适当地精减——艺无止境嘛！

艺友们若发现影碟与我“剧本选”有出入之处，可比较、思索，择其善者而从之，也可根据自身的条件而改之，只要是不伤戏的“龙脉”即可。

2014年3月19日夜

25 时迁盗马

彭天喜◎传授　夏庭光◎整理

剧情简介

时迁奉命买马，购得宝驹雪顶红及良骥数十匹，返回水泊梁山时，途经曾头市被史文恭夺去宝马。时迁夜入曾庄，盗回雪顶红，并将史马房一洗而空。

人　物：时　迁（武　丑）
　　　　史文恭（武　生）
　　　　四喽罗（杂）
　　　　四庄丁（杂）

◎水泊梁山：位于山东省西南部梁山县境内，由梁山、青龙山、凤凰山、龟山四主峰和虎头峰、雪山峰、郝山峰、小黄山等七脉组成。如今，八百里水面早已退缩，留给今人的是梁山泊遗迹东平湖。

◎时迁戴棕帽或以黑色抓子代替，左耳旁插红色草花，肉色底，两颊淡红，画双凤眼斜竖，描发叉的剑眉，印堂勾火焰，三角尖嘴；青色打衣全套，打揹绦，腰捆蓝色风带，脚下长统白袜、打鞋，外敞穿青褶，持白色马鞭，鞭上系红色小泡花。

史文恭俊扮（印堂画“箭红”），两鬓垂露发，头戴白色包巾加额子（插双翎），着白绣花袍，捆揹绦、鸾带，下白绣花裤、打靴，外穿绣花白褶，持白色枪。

四喽罗捆打帕，穿打衣全套，足下打靴（颜色可根据剧团情况定），背背水银刀，牵马（拿各色“马挽手”）。

四庄丁俊扮，戴兵盔子着褂子服饰全套（曾头市的庄主曾太公与官府联系紧密，决心跟梁山作对——故有官府兵卒的“军装”），先拿单刀（即水银刀），后有二人持枪。

（一）

【空场。幕内马嘶声……

时　迁　（内）过往行人站开些！俺的马——来——了哇！（马鸣声、马铃声不断——由上马门乘马上“遛马”）

◎ 川戏的传统程式“遛马”，可据不同的剧中人物和不同的情境使用各不相同的“遛”法。此戏的时迁购得雪顶红，欢快而返，心情舒畅，他的“遛马”：直冲至下场台口停步，左舞褶，右旋鞭，占占步后退于“九龙口”，左足立“探身”定相；收式，插鞭、旋褶向右行半月形至右台口，左足独立、右腿横跨、斜身定相；收式，身躯左扭、挽鞭握鞭，向里行半月形至下场方，舞褶甩鞭走“懒翻身”——如是三后停于上场台口，再挥褶摇鞭策马，由慢渐快地走圆场两圈半停于中场后部；扬鞭打马——双腿叉跃，紧接“骗马”再紧接连续“飞叉”……定相中场结束（“骝马”的锣鼓中配以马嘶、铃响声）——

时　迁（念诗）

忠义堂上奉差遣（拱手式），

披星（向左“洗面褶”）戴月（甩鞭搭背——右斜式）

遍平川（同时：甩鞭、左手接，右箭指与右脚左右交叉摆）。

且喜买得宝马转（挥鞭示马），

欢欢喜喜返梁山（插鞭、右腿同起，躯左扭、斜身勾右脚、双手勒马式）。

俺！（收式）夜静穿墙过，更深绕屋悬。偷营高手客，鼓上蚤时迁。奉了宋公明哥哥差遣，下山购买良马，且喜不辱使命，寻得雪顶红宝驹和良马无数。时正春暖花开，本想沿途玩玩耍耍，又恐延误日期，只得昼夜兼程，回山复命。弟兄们！

喽　罗（内应）喂！

时　迁你们走快点嘛！

蝼　罗（内）来啦！（牵马上“挖开”）

时　迁你们像缠了三寸金莲的小脚女人，走得好慢啰！？

喽罗甲时头领，你骑着千里宝马雪顶红，我们牵马儿，迈脚儿，喘气儿，就是用尽吃奶的劲儿，也赶不上你那四条腿儿啥！

时　迁哎呀！你们硬是缺脑儿，少心儿，不骑马儿，卖脚儿，个个是傻儿！

喽　罗我们是傻儿哪？！

喽罗甲我们不是傻儿，只是莫胆儿。

时　迁哈哈哈……让我笑破肚儿……算啦算啦，弟兄们莫胆儿，我也不骑马儿，跟大伙一齐动脚儿！

喽　罗　这才是打得拢堆的哥们儿！

时　迁　前面是啥码头？

喽罗甲　曾头市！

时　迁　曾头市！？

喽罗甲　曾头市与官府穿一条裤子，常常与我们梁山作对，尤其是那个姓史叫文恭的教师备了无数的囚车，扬言要捉尽梁山的头领，押送东京请赏。

时　迁　赖格宝打哈欠——口气不小哇！今天我们就经曾头市回梁山！

喽罗甲　哎呀，时头领要不得！

时　迁　啥子要不得？

喽罗甲　吴用军师常常告诫弟兄们，下山回山要绕曾头市而行。何况我们买有良马——尤其是世间稀有的雪顶红，若被夺去，如何是好呀！？

时　迁　哈哈哈……我偷盗的祖师爷时迁，不路过曾头市顺手牵羊，他们就该感谢我了，他那个屎蚊子还敢抢雪顶红？！弟兄们，胆儿放得大大的，步儿走得慢慢的，到曾头市去会屎蚊子，看他敢把时爷爷怎么样！

【吹：众牵马走“三穿花”—— 自慢转快，然后，时迁上马，飞驰而去，众喽罗亦上马追圆台高呼——

喽　罗　等到……（急下）

（二）

【中场搁一弓马椅，蓝色椅帔椅垫。

史文恭　（上，念诗）

立志灭叛乾坤净，

扫荡梁山四海清。

剿除晁宋诸头领，

何惧小小智多星。

俺，曾头市教师史文恭。

庄丁甲 （上）禀教师！

史文恭 何事？

庄丁甲 探得梁山头领时迁，买得良马数十，内有世间稀少的宝驹雪顶红，经曾头市回山。

史文恭 好哇！小小偷鸡贼，敢闯曾头市。徒儿们！

庄　丁 （内应）来了！（上）参见师傅。

史文恭 梁山草寇时迁，买马而归，胆敢路经曾头市。尔等随师，截杀时迁，专夺他的宝马雪顶红！

庄　丁 是。

史文恭 与师抬枪！

【史文恭脱衣整装——“推衫子”后拾枪，挥手，庄丁下。史要枪花后下。

【内喊杀声起——吹……庄丁上“挖进去”（庄丁甲牵着雪顶红），史文恭上掷枪——庄丁乙接。

史文恭 （念）小小砍杀瞬息过，

杀得喽罗奔山坡。

只为夺得雪顶红，

时迁侥幸得逃脱。

徒儿们！宝驹送往马房，细心看守！

庄丁甲 是。

史文恭 厅堂排宴，痛饮通宵。哈哈哈……

【吹……史文恭下，庄丁分下。

（三）

【喽罗牵马上，时迁急冲上。

喽　罗　时头领没有带伤罢？

时　迁　屎蚊子的几下狗刨捎，他伤得了我嘛！？

喽罗甲　只是宝马被他夺去了！

时　迁　屎蚊子夺我一匹，你看偷盗的祖师爷，今晚就盗他一群马！

喽　罗　吓！？

时　迁　你们近身来！（吹……向喽罗交代）

时　迁　各行其事！

【时迁与喽罗三处分下。

（四）

【更鼓声……庄丁甲乙持灯笼下马门上。

庄丁甲　（念）马房有人守，

庄丁乙　（念）我们去路口；

庄丁甲　（念）路口没得事，

庄丁乙　（念）干脆去喝酒。

庄丁甲　好！（大声地）喝酒！

庄丁乙　（急捂甲嘴）吼啥子！？师傅听到要挨抽！（拉甲轻脚轻行向二幕处下）

【时迁在更鼓声套小打中由上马门出——“轻跳”。

◎“轻跳”：“ 九龙口” 亮相后起虎跳前扑落于下场台口左右弓箭庄巡视，收式蹲身快碎步至上场台口左右叉腿蹲身察看；收式起圆台旋子后，对下马门三虎跳前扑入内场。

【锣鼓套吹……

庄丁甲　（慌忙上）禀师傅：柴房失火！

史文恭 （内）救火！

庄丁甲 遵命！（急下）

庄丁乙 （慌忙上）禀师傅：庄门前火把无数，马嘶人喊！

史文恭 （披衣上）抬枪！

【史文恭抛褶，庄丁乙抬枪上，文恭接、挥枪下，庄丁乙随下。

【时迁提秧鸡似抓庄丁丙、丁出至中场跳分腿踢庄丁抢背，二人起扑向时，时取竹筒一吹——闷烟闷得二人倒地走圆台“滚圆宝”（时迁于中场拍手跳跃）后起身偏偏倒倒分下；时迁从怀中取响铃向空抛（大锣边配“厂浪浪……”）后，即入内——马嘶声起……幕内抛“马挽手”，四喽罗依次接，时迁骑雪顶红上，领喽罗急行线8字，然后，喽罗于下场方站“一品墙”；幕内传出史文恭声：“中计！快追！”时迁闻声下马，马交喽罗甲，挥手，四喽罗下；庄丁甲持刀追上——时迁空手“夺刀”（单对把子名称——下同）……庄丁甲被踢抢背下；庄丁乙持刀追上与时迁打“对刀”……时夺乙刀踢庄丁抢背下；史文恭持枪追上，起“双刀枪”……单对结束亮相后：史涮枪刺时，迁一单刀夹腿弯，取竹筒吹闷烟——文恭头晕抛枪欲倒，庄丁甲、乙上扶住；庄丁丙、丁持枪上刺时迁埋头继扎时原地“骗腿”……迁挥刀削庄丁埋头、砍掉花枪，再急右转身以刀背对丙丁迎面去——丙丁惊惶张嘴欲呼——时迁用刀背堵口，丙丁含刀惊坐；时迁顺手摘二人兵盔（同时下场耳幕内推竖桌出），起势“镖桌”，落地后——

时　迁 （高呼）屎蚊子！时爷爷道谢了！（上桌将兵盔踢毽子似踢还）哈哈哈……

【乐台吹奏欢快的唢呐曲……

·剧　终·

附　记

小武戏《时迁盗马》，据老师说：这是我师爷曾耀庭（外号曾猴子）自己编的“私方戏”。而且还有一则小故事——

某年在某地唱庙会戏，一位姓石的会首要点一折酒戏（旧时，戏班每天演何剧目皆由会首定。会首宴客时的酒戏，临时宾朋到来的花戏，是除了每天早、中、午、夜四场外、而不给钱的例外演出。不过，酒戏、花戏时间上会首不要求，只要唱20分钟左右即可），而且要求师爷演时迁的戏。川戏中，时迁的单折只有《时迁偷鸡》。但是，石会首认为“偷鸡”不好，要演能表现时迁有英雄味的戏，他才满意。师爷想到《水浒》里有一姓段、外号金毛犬的人欲献一匹宝马给梁山而被曾头市夺去的情节，故编出了时迁宝马被夺而盗回并将史文恭马房一洗而空的《时迁盗马》。那次演后，师爷不断琢磨，后传给老师。师爷编演了时迁戏，但对石会首缘何偏点时迁戏待宾客，百思不得其解。后来在一家冷酒馆老板那里才知其谜——原来石会首早年是时迁的同行，发家后“金盆洗手”，但家里仍然供奉着“贼神”时迁的乌木雕像。

2014年3月21日

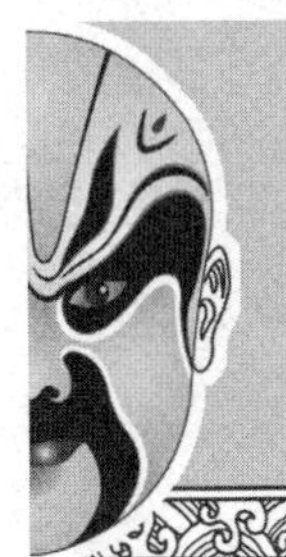

㉖ 罗成修书（胡琴）

夏长清 彭天喜◎传授

剧情简介

唐初，刘黑闼作乱。唐王命三王元吉挂帅，罗成先锋。元吉与秦王李世民积怨，欲剪除秦王羽翼，置罗于死地而后快。罗成负伤出战不利，返归时城门紧闭。成万般无奈，修血书，命义子罗春回京求援。

人 物：罗 成（武 生）

罗 春（娃娃生）

◎罗成俊扮，加抹淡油，戴配翎全插，头扎高桩水发，盘挽于左耳，配露发；身穿白绣花袍捆鸾带，下白绣花裤、青靴，拿花枪，持马鞭。

罗春俊扮，垂露发，戴粉红玉儿巾，穿同色绣花袍，系带，下同色裤，打靴，腰挂剑，持灯笼。

【舞台下场方直一椅背向外的弓马椅，素色椅披——拟城。台中横放一桌二椅，桌上放弓箭、宝剑、领条子（作割下的战袍用），摆场素。

罗　成　（内放二黄【倒板】）

南关外困坏了英雄好汉，（右手握战枪、幺指挂马鞭冲上，垂首坠“颤翎”——锣鼓以“状、丑丑丑……”配；遂吃力地抬头——表现人物历经多次鏖战后的疲劳状。再战枪换手，挥鞭策马行半月至中场）

（唱【夺子】）

一骑马一杆枪驰骋阵前。

（唱【一字】）

皆因为刘黑闼打来表战，
打一通连环表要夺江山。
吾主爷在金殿拆表观看，
文武臣闻听后胆颤心寒。
文班中无一人掌管令箭，
武班中无一人执锐披肩。
尉迟恭修宝塔工程未满，
秦二哥得下了卸甲风寒。
俺罗成在西凉买马回转，
三王爷一把手拉上金銮。
吾主爷在金殿传下诏简，
三王爷为元帅俺罗成先官。

三王爷与罗家原无仇患，
宫门上挂玉带结下仇冤。
兵到了两国地未曾交战，
我二家相对峙扎下营盘。
黄道日不要俺罗成出战，
黑道日偏要俺罗成当先。
头一阵打四十皮开肉绽，
二一阵打八十难上雕鞍。
三一阵一百二就要问斩，
说讲情多亏得满营将官。
死罪免还要俺负伤出战。
抱不稳判官头坐不稳马鞍。
杀东门……
杀东门只杀得天色将晚，
杀西门……
杀西门只杀得尸骨堆山。
杀北门只杀得人困马倦，
万无奈独一人直奔南关。
远望着南关城红灯——

（唱【二流】）

一盏……（小圆场）

◎“刘黑闼”：原为夏明王（建都明州——现属浙江宁波市鄞州区）窦建德帐下的大元帅，因窦被罗成所擒，国中无主，众将推刘，自称后汉王。

◎西凉，中国西部，故称，今属甘肃。西凉即凉州，还有武威、姑臧、前凉等别称。

◎“官门上挂玉带”乃说秦王“官门挂带”事：秦王李世民因出兵日久归来，往后宫相望王姊，王姊治酒留饮，至晚散。秦王打从彩霞宫走过，闻乐声轻往内一张——见太子建成、齐王元吉搂抱尹、张二妃作乐。若禀父，他们决然难保性命。故解玉带挂在宫门警示，戒他们不再妄为。谁知，增建成、元吉忌，并移恨于罗成等秦王府诸将。

◎黄道日、黑道日：黄道为吉日，黑道为凶日。老皇历中，凡逢青龙、明堂、金贵、天德、玉堂、司命六神为黄道，相反是黑道。

◎“杀东门”“杀西门”，先左再右踏脚于弓马椅，运用翎子功的“摆”“转”，反映出罗成连杀三门后人困马乏、精疲力竭之状。

◎“远望着南关城红灯——一盏”，是【一字】直转【二流】的唱法。

【罗春持灯笼上，登城。

罗　成（唱）问一声城楼上是何人把关。

罗　春（唱）我的父名罗成英雄好汉。
我的名叫罗春战将一员。

罗　成（唱）听说是罗春儿父欣喜无限，
你那里快开城为父进关。

罗　春（唱）这钥匙原本是三王掌管，
你的儿无钥匙怎样开关。

罗　成（唱）我这里只把那三王埋怨，
你陷害俺罗成两次三番。
父有心南关外修就书简，
罗春儿回朝阁去把兵搬。

罗　春（唱）老爹爹在城下快修书简，
你的儿去搬兵决不迟延。

罗　成好，红灯坠下！
（唱【倒板】）
南关外坠下了……
（转唱西皮【倒板】）
红灯一盏，

◎ 一句【倒板】腔，由二黄直接转入西皮的唱法，除此剧外，据我知，“别无分店”。

◎ 罗春背身察看城内——恐三王元吉突临（亦是避面对观众无戏可做之窘）。

（唱【一字】）

用手儿将红灯斜插马鞍。

军阵上未曾带纸笔墨砚，

拔宝剑割战袍权作纸笺。

（唱【大过板】）

咬中指（配一单锤——“壮”）把人的肝肠痛断，（“大过板”的行腔同时，盔上的雉尾微微旋转，衬托唱词之意）

凤翎毛且当作——

（唱【二流】）

写字笔尖。

（唱快【二流】）

头封书（跪写）拜请二主看，

臣跪请二主君细看详端。

三王爷与主君素有仇患，

军阵上害罗成心毒计奸。

二主君若把臣旧功系念，

望主君即发兵南关救援。

二封书——

（转唱慢【二流】）

拜见多拜见，（双翎随唱慢【二流】腔的节奏转动）

多拜上秦二哥细看详端。

想当初兄有难弟曾救难，

到而今弟有难望兄救援。

早三日弟兄们能够见面，

迟三日怕只怕相见艰难。

话未尽血已枯实难尽谈（翎速随腔加快）（马鞍桥取弓箭）

怕只怕伤着儿于心不安。

我这里折箭头留下箭杆，（折箭头、缠血书发箭）

罗春儿快马加鞭把朝还。

罗　春（唱）接书信不由人泪流满面，

怕的是父子们再见艰难。（下）

【战鼓马嘶声起……

罗　成（唱【三板】）

耳畔内战鼓响马嘶人喊，，

想则是刘黑闼带兵上前。

俺罗成急忙忙上了鞍战，

俺颇着一腔血（腔登足）洒——在——南关。（下）

·剧　终·

◎“洒在南关”:“洒——在”左右挥鞭,“关”字同时猛抛鞭,再左转涮枪、右足独立停顿后，冲下——表现罗成拼死一战的决心。

附　记

此戏，幼时得家父传授，后与彭老参师的第一天，就以发蒙戏《罗成修书》为起点，老师对唱腔、动作、尤其是翎子的运用，都不倦地细教详讲。使一出以唱为主的戏，增添了艺术的看点。

1983 年 10 月 29 日抄写

2013 年 12 月 3 日夜完成电子文本

2014 年 4 月 3 日修改

27 罗成带箭 （胡琴·西皮）

彭天喜◎传授　夏庭光◎整理

剧情简介

罗成困于南关，修血书命罗春赴京求救。刘黑闼兵至，罗成苦战，马陷淤泥河，身中乱箭，自尽而死。

人　物：罗　成（武　生）
　　　　刘黑闼（花　脸）
　　　　八兵卒（褂　子）

（一）

【台中设“虎头案”，［亮子］锣鼓，兵卒持大旗“站门”，刘黑闼上，兵卒吼“翻山调”，乐台吹［毛点将］……刘视兵容后上坐。

刘黑闼 （念诗）

领兵十万反大唐，
人强马壮某逞强。
偏遇罗成名虎将，
令孤——

【兵卒呐喊收旗……

刘黑闼 （念）令孤丧胆回马枪。

孤，后汉王刘黑闼。想孤久欲夺取李氏江山，前番修就战表，要与唐蛮决一雌雄。不料唐王派遣三王元吉为帅，罗成先锋。那元吉不足为虑，只是罗成仗着他罗氏回马枪，杀得孤大败亏输。幸喜那三王与世民有仇，累累加害罗成，使这个娃娃连杀三门，水米未沾。罗成小儿如今精疲力竭，人困马乏败走南关，孤正好乘虚进兵，追而擒之！擒而杀之！方消孤心头之恨。娃娃们，听孤一令！

（唱【倒板】）

孤在宝帐传将令，

（唱【三板】）

大小儿郎仔细听。
三餐战饭要饱饮，
鹞子鞋儿紧紧登。
人人奋勇去出阵，

不赏金来便赏银。

若有人生擒罗士信，

顷刻之间把官升。

谁敢畏阵惜性命，

立斩马下不容情。

娃娃们！

擂鼓摇旗把兵进……

【兵卒甲带马，吹［番鼓儿］……兵卒“合拢”再“两边翻”，遂行反顺“太极图”等，最后于下场方站“壕子口”……

刘黑闼 （唱）一鼓作气擒罗成。（从“壕子口”中下）

【兵卒成双冲下。

◎刘黑闼勾“黑三块瓦”脸谱，戴黑满，头上闯盔加翎，扎黑靠斜穿黑蟒束带，下红裤青靴。上阵时卸蟒拿大刀。兵卒穿“褂子”服饰全套，先持旗后拿枪。罗成穿戴拿与《罗成修书》同。

（二）

【空场。

【战鼓三通，喊杀震天。

罗　成 （内唱【倒板】）

战鼓三通……（上）杀声震……

◎兵卒内喊：活捉罗成！杀！由下场门“二龙出水”上，罗成左右拨——兵卒“两边翻”，紧接左右包抄分下。刘黑闼上与罗“过合”，挥刀三砍，罗刺刘腰锋，反涮枪打黑闼腰锋，刘败下。

罗　成 （唱【一字】）

刘黑闼带兵围南门。

杀四门累坏俺罗成士信……

【兵卒内喊：活捉罗成！杀呀！继上下马门“二龙出水”，罗成枪拨，兵卒“倒脱靴”下；刘黑闼上于台后中区削罗“埋头”，罗成引黑闼半圆场至台前欲使“回马枪”——刘大惊：“回马枪！”勒马急退（乐台配马嘶铃声）……狼狈下。

◎罗氏家传“回马枪”是啥招数？书上无只字描写，多亏川戏前辈补缺：枪拨对方武器，掉转枪头，回枪猛刺——这即是正宗的罗门“回马枪”。此戏亦如法炮制：刘黑闼举刀下砍，罗成拨刀，再掉枪头，便回枪欲刺……刘惊急退。

罗　成　（唱）杀一日战一夜水未沾唇。

【兵卒继内喊：活捉罗成！杀！“两边上”围罗走圆台……罗成于中心勒马骗腿儿原地旋转——盔上双翎随转圆圈……兵卒分下；刘黑闼上与罗厮杀——“大刀枪”后黑闼退下。

罗　成　（唱【大过板】）

俺也曾南关外修书把援请……

◎川戏胡琴西皮的【大过板】，至少有三种唱法，此戏的【大过板】不应与《罗成修书》相同；根据此戏演员又打又唱的承受力考虑，可唱“简化【大过板】”——即是在“修书把援请”词后进入【大过板】腔。

罗春儿回朝阁——

（唱【二流】）

搬请救兵。

怕只怕远水难把近火应，

杯汁怎能灭车薪。

贼兵团团来围困，

口声声要生擒俺罗成。

到此时只把元吉恨……（放腔）

报私仇害罗成煞费苦心。

头一卯责打某四十刑棍，

二一卯打八十鲜血淋淋。

三一卯便要传斩令，

多亏众将讲人情。

负重伤强令俺出阵，

他紧闭四门不让俺返大营。

你害俺罗成不足论，

怕只怕要丧失大唐的锦绣乾坤。

（唱快【二流】）

到而今外遇强敌内逢奸佞……

不求天不求地只靠俺罗门战枪显威灵。

舍死忘生再突阵，

抖擞精神（腔登足、拖够）杀敌兵。（“耍下场”——即舞枪花，亮相后冲下）

（三）

【场中置一桌拟山（素色桌围）。兵卒上“挖开”，刘黑闼上。

刘黑闼 （唱【三板】）

罗成娃娃好本领，

杀法骁勇赛天神。

孤家如何能取胜……

罗成骁勇哇，娃娃历害！我观罗成单人独骑，鏖战一日一夜，仍杀伤我兵将无数。我又怎样擒他呀！

（思索）有了！孤不免将这娃娃引至淤泥河，伏下强弓硬弩……哼哼！罗成那娃娃！纵不能将你生擒活捉，也要射你个乱箭穿心哪！

（唱）娃娃们！

埋伏弓箭射罗成。

【兵卒“包抄”分下，刘黑闼引罗成上，行圆场；刘黑闼登山（上桌），罗成马行淤泥河——三绷子接飞叉落地，抛冠，继单膝跪——

罗　成　（唱）俺罗成淤泥河马陷绝境……

刘黑闼　放箭！

【放箭效果……罗成舞枪御箭、中箭——

罗　成　哎呀！

（唱）身中雕翎无数根。

老天爷呀！！

（唱）为何要灭罗士信？！

刘黑闼　放箭！

【放箭效果……罗成续中箭，杵枪挣扎起……兵卒两边上。

罗　成　哎——呀！

（微声唱）俺罗成尽——忠——死……报主皇恩。（以枪刺喉——“硬人”倒地）

刘黑闼　真英雄也！

【吹……

·剧　终·

附　记

老师传授该剧，还有与兵卒交锋的“三股档”“五梅花”打斗，我三折（包括“修书”“显魂”）连演时作了点“减法”，仅使用同刘黑闼厮杀的“大刀枪”，否则演员负担太重了。

此戏的第一段做了点“加法”——对刘黑闼的讲唱稍有“添汤”——三出连演，让饰罗成者有喘息之机，单演，让观众得份“说明书”。

《罗成带箭》的罗成，要注意演出戏中刘黑闼的赞语“真英雄也”，方算及格。

2014 年 4 月 5 日

附12 罗成显魂（胡琴·二黄）

夏长清◎传授　夏庭光◎整理

剧情简介

罗成淤泥河尽忠，秦王李世民闻讯，悲痛欲绝。是夜见罗成至，诉说刘黑闼作乱、李元吉假公报私，致使阵亡之事。并托其后事。世民醒来，知是一梦。

人　物：罗　成（武　生）
李世民（文　生）

【台左横置一桌，桌上放文房四宝、纱灯，桌后搁椅，中场一椅。摆场玉蓝色。

李世民　（上。唱【二流】）

刘黑闼作乱把边境侵，
奸淫烧杀挠黎民。
父王金殿传皇令，
元吉挂帅罗成先行。
他二人原无旧仇恨，
挂玉带移恨罗将军。
先接罗成求援信，
血书字字动吾心。
又闻将军遭不幸，
淤泥河中箭丧良臣。
罗成死悲痛欲绝茶饭懒进，

坐不安稳寝不宁。（坐）

（念诗）

刘黑闼兴兵犯大唐，

元吉不该害贤良。

淤泥河死了罗成将，

折吾擎天一栋梁。

吾，秦王李世民。恼恨刘黑闼兴兵作乱，父王不该命元吉为帅，罗成马前先锋。元吉恨本御宫门挂带之仇，必移恨罗成。前接罗将军血书，言他被元吉无端责罚，负伤出战，元吉又紧闭关门，致使将军单骑拼杀，求我发兵援救。正欲禀明父王，讨旨出师。谁知噩耗传来，罗成将军马陷淤泥河，身中乱矢，为国尽忠。吾闻此讯，悲泣不止，茶饭不思。本欲写本奏圣，奈其中详情不明。罗成哪罗将军！你在天有灵，也应托梦于吾，鸣你屈死之冤哪！（上书案观书，昏睡）

罗　成（内唱【倒板】）

月昏暗阴风起……（上）伴送士信……

（唱【夺子】）

半虚空来了俺能征惯战、

疆场驰骋的大将罗成。

（唱【老调】）

俺往日班师回威风凛凛，

今夜晚返长安冷冷清清。

（唱【一字】）

迈虎步俺把这秦王府进，

往日情昔日境倍感伤情。

进书房整冠掸尘礼恭敬，

（唱【二流】）

惊醒了二主君梦中之人。

李世民 （吹……醒，惊）吓！你是罗将军？！

罗　成 正是末将。

李世民 哎呀，将军！（离位）前接将军求援血书，正欲禀告父王，即发援兵；又忽闻将军淤泥河殉难。今夜将军返都，莫非所报不实！？

罗　成 哎呀秦王！并非所报不实，末将亦不是阳世之人也！

李世民 吓！你……你……你……

罗　成 末将血战顽敌，马陷泥河，刘贼乱弩齐发，俺身中数箭，为国尽忠了！

李世民 将军哪！

罗　成 主君！

【吹……二人同泣。

李世民 将军之死，定是三弟元吉之过！

罗　成 哎，秦王！

（唱【幺板】）

多感秦王来动问，
提元吉不由俺——
秦王！怒愤填膺。

李世民 将军请坐。

罗　成 谢秦王。

【二人同坐。

罗　成 （唱【阴调】）

恨黑闼不义师侵犯吾境，
唐主爷闻边报文武皆惊。
秦二哥卸甲风寒染重症，
尉迟恭修宝塔未完工程。
俺罗成买马回金殿复命，
君传诏元吉为帅俺先行。

兵到了紫金关未成对阵，
我两家面对面扎大营。
三王爷与罗家无怨无恨，
二主君挂玉带移恨为臣。
黄道日不要俺领兵出阵，
黑道日偏要俺杀敌出征。
无端端被杖责险些丧命，
负刑伤跨征鞍痛彻吾心。
杀三门只杀得天色黑尽，
一骑马一杆枪杀到南门。
三王爷下密令城门闭紧，
万无奈修血书请求援兵。
明明知远水难救应，
字字血句句愤包含冤情。
刘黑闼率贼兵步步逼近，
俺罗成为社稷舍命一拼。
又谁知马陷淤泥难退进，
中乱箭罗士信为国命倾。
为人臣报效国家是本份，
为大将马革裹尸何惜身。
恨只恨——李元吉假公泄私愤……
（唱【二流】）
俺罗成忧的是社稷衰兴。
望秦王异日执朝政，
望秦王勤修政事爱庶民。
望秦王多把忠言听，
望秦王亲贤拒小人。
望秦王诛元吉消除患隐，

望秦王厚待臣罗氏后根。

满腹的衷肠话述之不尽，

【鸡鸣声……

罗　成　（唱【三板】）

金鸡报晓天渐明。

别主君辞秦王暗把泪忍，

【罗成施礼，李世民起身欲扶，复昏睡……

罗　成　（唱）驾阴风回转那地府冥城。（下）

【吹……李世民醒。

李世民　罗成！（离位）罗将军！哎，原是南柯一梦呀！罗将军之死，确系元吉所害，待我修本奏明父王！

【吹……李世民回位修本……

·剧　终·

附　记

这是一出难得一见的武生“唱功戏”。

家父教戏时曾说：川剧武生仅以唱为主的剧目太少，尤武生唱【阴调】更是少得可怜——《罗成显魂》恐怕是绝无仅有的一个吧！据我七十六年的舞台生活所见，的确如父言。

2014 年 4 月 7 日夜

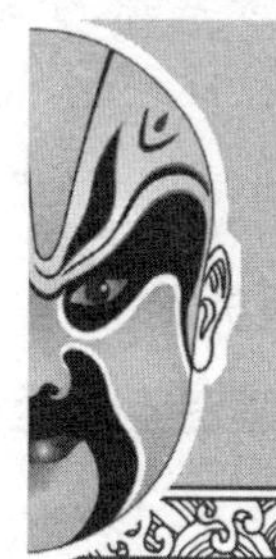

㉘ 三开张

夏长清◎传授　夏庭光◎整理

剧情简介

皂角岭十里碑酒店的张三旧业重操，三次祭神开张，恰逢薛仲儒三次上吊……后来二人结为异姓兄弟。

人　物：张　三（小　丑）
　　　　薛仲儒（正　生）

◎张三：画“三汤圆”小丑脸谱，两“脸墩”刷“汤圆”形淡红，八字眉，绿豆眼，翘八字胡，小圆唇；戴栏梳，着茶衣全套捆风带，下穿长统袜，夫子鞋，颜色素。

薛仲儒：俊扮（色淡），扎高桩水发，戴青三，穿青褶系丝绦，下红裤青靴。手拿高方巾。

【舞台正中一桌，素色桌围。桌后放一根板凳。

【冷场。张三笑嘻嘻地由下马门端香烛酒盘上，至台口仍无声地笑……

张　三　（收笑容，问观众）啥子哪？咹？说大声点嘛！？……哦……你——问——我是哪个呀？！我叫 ×——×——×（报自己姓名，说毕转身）啥子哪？哦……你不是问我尊姓大名啰，是问我演的哪个嗦？我还默到是问我哟！我演的那个……暂时保密，一下下你就晓得。（又欲转身）又啥子吗？你问我要做啥子？我演戏嘛！哦……你问我端起盘盘做啥哟？你不晓得呀？都听我说嘛！皂角岭十里碑酒店重新开张，我要焚香点烛敬财神菩萨。（转身放盘，边做边讲）点蜡烛……焚信香……上供礼……整冠、掸尘、下跪……磕响头（三个——小锣配）许个愿：财神菩萨保佑我生意兴隆，财源茂盛，开张大……

薛仲儒　（急冲上——干鼓配……甩帽，至店门，取招牌丢地——大钹打“丑”）……

张　三　（惊起）噫！打炸雷呀！？（见招牌）没有起大风嘛！？（出门见状大惊）哎呀……

◎薛仲儒甩招牌后，继解丝绦、绾结、再向挂招牌的铁勾上抛绦……张三一声大叫，以手接绳，薛以绦挂颈——【半登鼓】起：张提薛走顺反圆场，又反复左摆右摆（【半登鼓】加速），最后停于中（锣鼓断），张上提、薛垫脚,仲儒抖髯抖袖——一声"呵"闭双眼,张看着薛发笑……遂松手——干大锣"当"结束。

张　三　今天的观众"划得着",一张票既看川戏,又看泉州的提线木偶。(为薛取绦,扶薛)起来哟!吊颈嘛找大树子嘿,你咋个在我挂招牌的铁勾勾上吊哦?!好死不如赖活。算啦,算啦!想开点(绦还薛)想开点……(边劝边推薛下)唉!头回开张不利,再来……(挂招牌,进店)财神菩萨,保祐我开张——大……

◎薛仲儒在张说"保祐"时急冲上、取招牌甩于"大"字—— 干大钹配"丑"……

张　三　噫!招牌又落啦(边说边出门,见薛用绳在挂铁勾,猛拍薛肩)哎!

◎薛一惊,绦后甩——套在张后颈,两人速旋转原地圈——干鼓配,张三取绳,薛跌倒——干大锣"当"。

张　三　啥子!我这后颈窝吊不死人!(取绦扶薛)哎呀!人生一世,草木一春。有啥想不开的,过一下就好了。听人劝,得一半。想开点!(绦交薛劝下)好事不过三,再来!(又挂招牌,入内)财神菩萨保祐我开——(薛轻脚轻手地上取招牌……)这回说快点——开张大……("丑"—— 招牌落地)咦!又来啦!(急出、抓薛、夺绦、上吊——左手提绦,右手套颈)

薛仲儒　(见张舌伸出口大惊)小哥、小哥、小哥哇(哭泣)……

张　三　哭啥子?我又没死!

薛仲儒　小哥,你为啥要上吊?

张　三　嗨！奇哉怪哉，夜壶头栽蒜苔。你们说，该我问他嘛还是该他问我哟？！……你为啥要上吊喃？

薛仲儒　我……不想活了………（悲泣）

张　三　叫花子讨口要饭都不想死，我看你斯斯文文，识字通理，为啥不想活呢！？

薛仲儒　我羞于启齿。

张　三　羞于启齿，就是不好说？

薛仲儒　（点头）……

张　三　你弄醒豁哟，下面坐的人，都是掏钱买了票来看戏的观众。你不说，他们连你带我都不知是赵钱孙李或周武郑王，更不知这折戏演的啥？

薛仲儒　小哥啊……

张　三　等到，我去端根板凳来，我们一边摆龙阵一边说给他们听。（丢绳地上，端板凳）坐哦！

薛仲儒　（坐）我姓薛……

张　三　好嘛！（坐）

薛仲儒　名仲儒。

张　三　好嘛！

薛仲儒　娶妻庞氏。

张　三　好嘛！

薛仲儒　表弟卢春花，幼失父母，我夫妻将他抚养成人。

张　三　好嘛！

薛仲儒　大比之年，又筹借路资，送他赴考。

张　三　好嘛！

薛仲儒　表弟高中，出任江南提学道。

张　三　好嘛！

薛仲儒　我因困境无计，去道台府衙寻他。他不但不认，反而羞辱于我。

张　三　好嘛！

薛仲儒 写诗“江南地暖不留薛”——他将冰雪之雪，故意写成我姓薛之薛……

张　三 好嘛！

薛仲儒 下逐客令！

张　三 好嘛！

薛仲儒 他又差人追杀我！

张　三 好嘛！

薛仲儒 他差人追杀我！

张　三 好嘛！

薛仲儒 差人杀我呀？！

张　三 好嘛！

薛仲儒 好——嘛？

张　三 好嘛！

【薛仲儒气得浑身发抖，拾绳、出门，欲挂绳……

张　三 （急拉住）哎，你上吊有瘾哪！？

薛仲儒 我说我表弟下逐客令，你说“好嘛”；我说我表弟差人追杀我，你说“好嘛”。我不如吊死算啦！

张　三 哪……咋个说咧？

薛仲儒 要说：不好！

张　三 好嘛……哦哦，不好！（拿过丝绦，放凳上，拉薛坐）

薛仲儒 表弟给我下逐客令！

张　三 不好！

薛中儒 他又差人杀我！

张　三 不好！

薛仲儒 我向杰士说明原委，他不杀我……

张　三 不好！

薛仲儒 反与我结拜。

张　三 不好！

薛仲儒 又赠我路资。

张　三 不好!

薛仲儒 不杀我，与我结拜，又赠路资哦?

张　三 不好!

薛仲儒 我死了算啦！（拿绳）

张　三 （拉住）哎哎哎……又哪个?

薛仲儒 杰士不杀我，与我结拜，又赠路资，你为啥说“不好”?

张　三 你教我说的噻!

薛仲儒 这该说：好嘛!

张　三 好嘛！这又是说惯了的哟！（将绳系凳上）

薛仲儒 （速快）杰士不杀我。

张　三 （快接）好嘛!

薛仲儒 与我结拜。

张　三 好嘛!

薛仲儒 又赠路资。

张　三 好嘛!

薛仲儒 （气愤、语快）不料途遇拐子，骗去我银两包裹。

张　三 （接更快）好嘛!

薛仲儒 我走投无路……

张　三 好嘛!

薛仲儒 只好上吊?

张　三 好嘛!

薛仲儒 你莫拉到！（拿绳起身）

张　三 （起身踩凳）你又要——吊哇?

薛仲儒 我说受骗，你说好嘛；我走投无路，你说好嘛；我说上吊，你说好嘛。我只好吊死算啦!

张　三 我又该哪个说?

薛仲儒 不好!

张　三　好嘛！不不不……不——好！（拉薛坐）

薛仲儒　我途遇拐子，骗去我银两包裹。

张　三　不好！

薛仲儒　我走投无路……

张　三　不好！

薛仲儒　只得上吊寻死。

张　三　不好！

薛仲儒　（停瞬间）既知上吊不好。小哥，你为啥要上吊呀？

张　三　……你又听我的龙门阵！（蹲在板凳上）

薛仲儒　好嘛！（坐）

张　三　皂角岭十里碑酒店是我祖祖的祖祖、爷爷的爷爷、老汉的老汉一代一代传到我。

薛仲儒　好嘛！

张　三　十里碑依山傍水，水陆畅通，经商客人从早到晚川流不息。

薛仲儒　好嘛！

张　三　酒店生意，一向兴隆。

薛仲儒　好嘛！

张　三　偏遇赊欠的亲戚，白吃的朋友，把我吃垮杆。

薛仲儒　好嘛！

张　三　吃得我关门大吉。

薛仲儒　好嘛！

张　三　好个屁！

◎张三跳下板凳，凳一翘——薛仲儒坐地上（干大锣："当"）。

张　三　我酒店关门，还好哇？

薛仲儒　那我该说……

张　三　不好！

薛仲儒 好嘛!

张　三 嗯!

薛仲儒 不好!

张　三 哦!我只得东借西贷,凑足本钱(边说边移位)……

薛仲儒 不好!

张　三 我旧业重操。

薛仲儒 不好!

张　三 酒店开张!

薛仲儒 不好!

张　三 我酒店开张哦!?

薛仲儒 不好!

张　三 你比我还笨哪!

薛仲儒 (一惊坐凳——"当")……

张　三 应——该——说……

薛仲儒 好嘛!

张　三 对啰!我三次开张……

薛仲儒 好嘛!

张　三 你三次上吊!

薛仲儒 好……

张　三 你"嘛"不出来啦吓!?(笑……坐)我早就想请一位算账先生,你既走投无路,何不暂留店中。你往柜台上一坐——(左转骑坐凳)生面孔对熟脸嘴,那些赊欠、白吃的亲朋就不好意思来了。如何?

薛仲儒 好嘛!多谢小哥。请问尊姓大名?

张　三 啥子大名啰!我姓张,排行居三,都喊我张三。……嗨!(起,拉住差点摔倒的薛)同船过渡前世修,我三次开张,你三次上吊,有缘!我们何不结为(手比)……

薛仲儒 好嘛!

张　三　你的胡子长——该当（比大拇指），我——（比幺指）……

薛仲儒　好嘛！

张　三　不好！莫得这个——（比吹）不热闹。（向乐台）集贤会的兄弟伙，帮个忙噻！

乐　台　好嘛！

【吹，二人拜。

张　三　今天开张，酒菜现成。大哥请！

薛仲儒　贤弟请！

张　三　再吹一段噻！

乐　台　好嘛！

【吹［尾煞］……二人突止——乐停。二人同指招牌，再同拿同挂……

张　三　最后吹一盘！

乐　台　好嘛！

张　三

薛仲儒　（同时）　哈哈哈……

◎挂招牌后薛仲儒拾巾，张三取絛还薛。吹中，二人携手笑行……要进场时突止、吹断、张拉薛返台中——薛问“做啥？”张大声答“谢幕！”

·剧　终·

剧本整理于 2008 年 12 月 19 日

附　记

《三开张》又名《三上吊》，是传统全本弹戏《虎狼意》中唯一可单演的一折。此折只讲无唱，以反反复复的“好嘛”“不好”取胜。

俗话说，鬼跳三道都没人看。有人说，重复，是艺术上的大忌。在下愚见：

为重复而枯燥地重复，的确是一忌。若戏情需，人物要的重复，甚至离开“重复”就不成“席”，那就是不重复不行。《三开张》的看点，就是“重复”的艺术魅力。川剧源于生活的“重复”表现手法，堪称绝也！

2014年4月13日夜

29 范生赠银（高腔）

夏长清　刘玉书◎传授　夏庭光◎整理

剧情简介

范生送友返，经长街，见一孝女头插草标，询其情由，方知卖身葬母，范生赠银相助。

人　物：老　叟（老末角）
　　　　孝　女（闺门旦）
　　　　范　生（文　生）

◎老叟面刷淡红，红鼻子，捆蓝（黄）绫帕，戴白抓子，嘴上挂麻二满满胡须，穿鱼肚白粗布衣，捆绦，下着泥巴色裤、长统袜、夫子鞋，持竹杖。孝女，俊扮色淡，捆孝帕（拖于身后），孝衣系蔴，白裤白鞋，头插草标。范生俊扮戴花二生巾，飘带系于帽上，穿玉色褶，下玉蓝色裤、白袜青朝鞋，持浅色马鞭。

【空场。老叟内呼："女儿咧，走快点嘛！"孝女应："来啦！"父女从下马门出。

老　叟　（唱【红衲袄·二流】）

叹愚老自幼儿本地长大，

孝　女　（唱）老爸爸（唱"达"音）走南北贩过罗纱。

老　叟　（唱）谁知道行霉运生意做垮，

孝　女　（唱）一家人守薄田做点庄稼。

老　叟　（唱）得罪了火神爷家遭焚化，

孝　女　（唱）最痛心又死了疼儿的妈妈。

老　叟　（唱）棺材板莫一副咋个把葬下，

孝　女　（唱）插草标愿卖身安葬白发。

老　叟　女儿咧，跪倒嘛！

◎唱时，二人缓行小的线8字。

【孝女跪于台左，老叟立女右侧，拭泪。范生乘马由上马门出。

范　生　（唱）从早间送朋友扬鞭走马——

归来时日当午急速返家。

见孝女跪长街为的是啥……（干鼓垫眼：打打打……略思）

嗯！（下马）老伯！（施礼）

小大姐因何故草标头插。

老　叟　这个嘛……

范　生　请问老伯……

老　叟　我是乡巴佬，问路找不到。

范　生　学生不是问路。小大姐头插草标，是人卖草还是草卖人？

老　叟　相公，人卖草一挑，草卖人一标。（以哭声念）

范　生　老伯言及此事，眼含珠泪。不知何故如此呀？

老　叟　相公哇！老汉经商折本，又家遭火焚，更不幸是我老伴去了丰都……

范　生　丰都……

老　叟　死啦！家无分文，才让女儿头插草标哇……（拭泪）

范　生　哦……古人曰，男不入内，女不向外。小大姐抛头露面于世，令生实实难忍……（思）老伯，这里有纹银十两，安葬亡人后，还可暂度时日。

老　叟　这这这……

范　生　老伯不用推辞，（交银）学生去也。（牵马下）

老　叟　女儿起来。（取草标丢地）那位相公赠纹银十两，回家安葬儿的母亲。所剩之银，为父再做个小小生意，可供父女糊口了。

孝　女　爸爸，赠银相公家住哪里、姓甚名谁，日后也好报答。

老　叟　哎呀，老汉忘了问。

孝　女　那就快请那位相公转来嘛！

老　叟　走远啦！

孝　女　快喊嘛！

老　叟　（望）走了半条街啦！

孝　女　爸爸，快喊快喊……

老　叟　好好好……（向内）张相公，李相公，赠银的相公请转啰！

范　生　去远了！

孝　女　闻声不远！

老　叟　对对对，听得到声气，不算远啥！

范　生　（内）来了！（上，拴马）老伯，叫生转来何事？

老　叟　请问……

孝　女　相公呀！

（唱【一字】）

请相公稍留步民女启问——

老　叟　（唱）请相公稍留步民女……哦……我女儿启问，

◎孝女在整唱段中，多以袖（手）掩面或侧身视右，绝不可正视对方；老叟立于二人之间传话，进退往返自如；范生仅对老叟，严遵“非礼勿视”之训。

孝　女　（唱）问相公家何方尊姓高名。

老　叟　（唱）问相公家何方尊姓高名？

范　生　（唱）家住在本城地地名卉井，

老　叟　我们还是老乡嘛！

（唱）家住在本城地地名卉井。

范　生　（唱）贱姓范……

老　叟　哎呀，你跟我——外婆的外婆的外公同姓噻！

（唱）贱姓范——他姓范……

范　生　（唱）单名生……

老　叟　嗨！我俩个的名字有点挨边　——我叫熟！

（唱）单名生……

范　生　（唱）表字德承。

老　叟　我远房有个亲戚也会裱字画。

（唱）表字德承。

问完啦！

孝　女　（唱）儿问他……

老　叟　还要问哪？

孝　女　（唱）二爹妈……

老　叟　（唱）儿问他——我儿问你二爹妈……

范　生　（唱）早归仙境，

老　叟　哦……早到丰都啦！

孝　女　哎呀爸爸，他好可怜啊……

老　叟　（唱）再可怜怎比儿插标卖身。

孝　女　（唱）问相公几兄弟排行怎论，

老　叟　（唱）问相公几兄弟排行怎论？

范　生　（唱）上无兄下无弟只生一人。

老　叟　是根独苗苗！

（唱）上无兄下无弟只生——只他一人。

孝　女　（唱）问相公读诗书……

老　叟　（唱）问相公读诗书……

范　生　（唱）勤学发奋。

老　叟　（唱）勤学发奋。

范　生　（唱）只可——惜……

老　叟　（唱）只可——惜……

范　生　（唱）赴京考榜上无名。

老　叟　呵吙！

（唱）赴京考榜上无名。

孝　女　（唱）问相公……

老　叟　（唱）问相公……

范　生　（唱）老伯要问甚？

老　叟　（唱）老伯——女儿要问甚？

孝　女　（唱）儿问他呀哈吓哈吓……

老　叟　（唱）儿问他——你呀哈吓哈吓……

范　生　（唱）哈吓哈吓——是啥事因？

老　叟　（唱）哈吓哈吓是啥事因？

孝　女　（唱）心想问嗯……

老　叟　（唱）心想问嗯……

范　生　（唱）老伯请明问！

老　叟　（唱）老伯请明问！

把老汉都弄颠东啰！你究就要问啥嘛？

孝　女　（唱）哎呀呀羞答答……

老　叟　（唱）哎呀呀羞答答……

孝　女　（唱）难以出唇。

范　生　老伯无话可问。时已不早，学生告辞了。（牵马原路下）

老　叟　相公慢走！你呀你呀！老子晓得你要问啥！幸好那位过路的大婶帮了一腔，不然，老子都下不倒台。

孝　女　爸爸……

老　叟　好了好了。赶快去买棺材，请几个吹“呜嘟嘟”的，送你妈上山。

【吹［莫词歌］。

老　叟　嗨！有现成的呀！（携女下）

·剧　终·

附　记

《范生赠银》不知仅是单折或是有全本，学演时没想到有今天，故未问，遗为憾事。

父亲教的此戏，是一韵到底。刘玉书老师教的“赠银”是前唱“八达韵”，后换“青城韵”，此次整理，是采用“二合一”。

【莫词歌】，有腔无词。在含悲愁之处若用，皆以人声帮出，唯此戏特殊——唢呐吹奏，据我知是绝无仅存的一例。

《范生赠银》，是一出“悲情喜演”的“耍耍戏”。该剧运用川剧传统的“传声筒”（请参阅《川剧品微·续集》的《“传声筒”·“肉电话”》—68 页）艺术手法，令“耍耍戏”添了点笑料。

2014 年 4 月 18 日

㉚ 水牢摸印（弹戏·苦皮）

姜尚峰◎传授　夏庭光◎整理

◎“八府巡按”，在《历代职官表》里寻不到，可能只是戏曲上的官。既“代天巡守”，算皇帝的“特派员”——钦差大臣吧！

剧情简介

八府巡按董宏奉旨察广平、顺德二府，至邢台县接告豪绅刘应龙状，私访进府，被刘识破，囚于水牢，幸得丫鬟黄汝梅相救。

人　物：董　宏（文　生）
　　　　黄汝梅（奴　旦）
　　　　刘　三（小　丑）
　　　　家　丁（杂）

◎董宏俊扮（色淡，抹淡油），扎矮桩水发，着青衫，下穿红裤青靴，内红绫系印。

注：文生饰演穿褶的董宏，为何彩裤着红又不扎“鸡把腿”？不穿青朝鞋而穿统靴？全本《双合印》的董宏是八府巡按，头戴用圆宝顶的耳黼纹，着大红蟒束带，自然是红裤青靴。微服私访时，现场改装，不可能换裤更靴，再加之后逃走未遂，又被捉回，囚于县牢及获救出狱时再现场着官服，故此单折演出亦沿全本戏的穿法。

黄汝梅梳古妆头，双辫垂前胸，穿玉色短古装连裤，腰围白色短裙，捆风带，花彩鞋，持灯笼。

刘三，小丑脸谱，戴花红罗帽，着红褶捆鸾带，颜色彩裤，长袜夫子鞋。

家丁，素罗帽，素褶子加鸾带，素色跑裤，打靴。

【上场门方向竖置一桌，桌头前放脚箱，桌后搁一椅，素色摆场，午台左偏中处放一印。

董　宏　（内唱【倒板】）

三魂渺渺归阴界……

【架桥……刘三上开牢门。

刘　三　抬上来！

【二家丁抬董宏上，放于桌上。

刘　三　下去哟！（掀宏入水牢，关门锁门，带家丁下）

◎董宏昏昏沉沉地站立桌上，借刘三掀时左手撩褶前襟，右手掸后襟跳下，继原地甩发平转，再双膝跪、双袖搭亮相——

董　宏　（唱【三板】）

七魂茫茫又转来。（收式）

（念）灾祸无门，不慎自招。

本院董……本院董宏。与明为臣，职授八府巡按。奉君圣诏，巡察广平顺德二府。刚至邢台县(◎1)境内，众百姓拦轿喊冤，状告刘应龙狗子，仗他兄之势，横行乡里，鱼肉百姓，奸淫烧杀，无恶不作。本院更换素衣小帽，私查暗访。行至南关之外、天齐庙（◎2）内，见一老妈妈悲泣不止。问其原由，她乃张庞氏，子名张进中，娶媳金氏。不知刘应龙狗子在哪里得见金氏娘子一面，意欲纳她为妾，凑成十全大美。定下毒计，宴请张进中，待张酒醉之后，遍地洒下金银，诬良为盗。将张绳捆索绑，送至邢台县衙，狗官苦打成招。庞氏妈妈呼天天不应，叫地地无灵，只得来到神前哭诉。我与她写了词状一张，叫她到本院台前伸诉。与庞氏妈妈分别之后，偏遇刘府家人要请算命先生与刘贼相面。我便随机进府，与刘贼相面已毕，被他强留书房，说什么三日以后还要复相。本院在书房之中闷闷不乐，想起刘应龙弟兄平素所作所为，我便题诗一首，我写的这个……啊！兄似南山猛兽，弟赛北海蛟龙。舌似纯钢宝剑，心胜蛇蝎毒虫。写毕以后，伏案瞌睡。这张诗稿被他府家人拾得，献与刘应龙。刘应龙狗子不知在哪里拾得庞氏妈妈那张词状，词状诗稿两相对照，笔迹相同。将本院唤至堂前，一阵地好打——（【三锤半】：双袖上下舞动——拟打状）打得本院皮开肉绽。昏迷之中，不知被送到什么地方来了（◎3）上有利刀，旁有竹签，下有臭水齐胸，伸手不见五指，这是什么地方呀……哦！众百姓词状内称，刘应龙狗子私设水牢，枉杀无辜。本院定是被打入水牢来了。我岂能坐以待毙，我要寻一生路才好，寻一生路才好（◎4）吓煞呀，诧意哟！水面上漂来一副死尸，须眉尚存，其尸不朽。常闻老人言说：人死之后，其尸不朽者，身旁必定有宝。待我寻来……哎呀，我又怕鬼呀！哎！再隔三五几个时辰，无人搭救，我就是一个活鬼！我还怕的什么鬼，把胆儿放得宏宏的，待我寻来（◎5）果然有宝！死尸身上搜出一物；四四方方，好似印信。但不知它有多大前程……嗯，本院幼年曾习隔衣枚（摸）字之法，待我枚（摸）来……代、天、巡、守。（◎6）是一颗八府巡按印。莫非本院的掉了……（取印）本院的尚在呀！不知此印是真是假，我不面做一个双——合——印！果然是八府巡按印信。我想此印有一无二，这一枚又从何而至……啊！本院离京之时，海瑞海老恩师，赶至双塔寺前与我作饯，叫道一声：董宏啊，我的好贤契！三年前为师保举黄伯卿职授八台巡按，巡察广平、顺德。只见出京，未见回京。有人说他拐印潜逃，有人说他入山修道，有人说他被奸人暗害。你此番去至两地，务要查明黄伯卿的下落，为师也好回复圣命。由此看来，这死者定是黄伯卿无疑！定是他像本院一样微服私访，被刘应龙识破，打入水牢废命。黄伯卿哪老先生，你就无才……我有才，也不该来呀？！（◎7）

（唱【哀腔】）

哎……黄伯卿老先生哪……

（唱【二流】）

老先生阴灵你要保应，
出水牢我把你实情奏圣君。
眼睁睁无有人救我性命……

◎1. 广平府，始建于明洪武元年，治所在永年县。今河北省永平县广府镇。顺德，邢台市的历史名称。邢台县，属河北省邢台市。

2. 天齐庙又称东岳庙，供东岳大帝（亦称天齐神）。其祖庙即在东岳——泰山之岱庙（泰山又名岱宗）。泰山为五岳之首：东岳泰山，南岳衡山，西岳华山，北岳恒山和中岳嵩山。《孟子》说：“登泰山而小天下。”唐朝诗人杜甫《望岳》中亦云：“会当凌绝顶，一览众山小。”

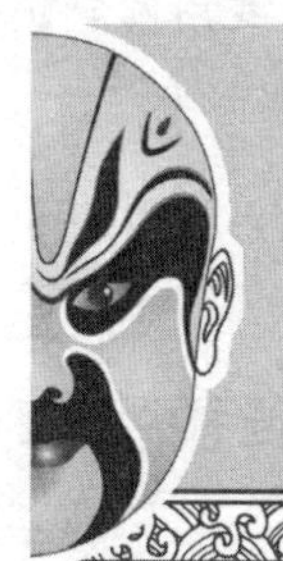

㉚ 水牢摸印（弹戏·苦皮）

姜尚峰◎传授　夏庭光◎整理

◎“八府巡按”，在《历代职官表》里寻不到，可能只是戏曲上的官。既“代天巡守”，算皇帝的“特派员”——钦差大臣吧！

剧情简介

八府巡按董宏奉旨察广平、顺德二府，至邢台县接告豪绅刘应龙状，私访进府，被刘识破，囚于水牢，幸得丫鬟黄汝梅相救。

人　物：董　宏（文　生）
　　　　黄汝梅（奴　旦）
　　　　刘　三（小　丑）
　　　　家　丁（杂）

◎董宏俊扮（色淡，抹淡油），扎矮桩水发，着青衫，下穿红裤青靴，内红绫系印。

注：文生饰演穿褶的董宏，为何彩裤着红又不扎“鸡把腿”？不穿青朝鞋而穿统靴？全本《双合印》的董宏是八府巡按，头戴用圆宝顶的耳鞴纹，着大红蟒束带，自然是红裤青靴。微服私访时，现场改装，不可能换裤更靴，再加之后逃走未遂，又被捉回，囚于县牢及获救出狱时再现场着官服，故此单折演出亦沿全本戏的穿法。

黄汝梅梳古妆头，双辫垂前胸，穿玉色短古装连裤，腰围白色短裙，捆风带，花彩鞋，持灯笼。

刘三，小丑脸谱，戴花红罗帽，着红褶捆鸾带，颜色彩裤，长袜夫子鞋。

家丁，素罗帽，素褶子加鸾带，素色跑裤，打靴。

【上场门方向竖置一桌，桌头前放脚箱，桌后搁一椅，素色摆场，午台左偏中处放一印。

董　宏　（内唱【倒板】）

三魂渺渺归阴界……

【架桥……刘三上开牢门。

刘　三　抬上来！

【二家丁抬董宏上，放于桌上。

刘　三　下去哟！（掀宏入水牢，关门锁门，带家丁下）

◎董宏昏昏沉沉地站立桌上，借刘三掀时左手撩褶前襟，右手撣后襟跳下，继原地甩发平转，再双膝跪、双袖搭亮相——

董　宏　（唱【三板】）

七魂茫茫又转来。（收式）

（念）灾祸无门，不慎自招。

本院董……本院董宏。与明为臣，职授八府巡按。奉君圣诏，巡察广平顺德二府。刚至邢台县(◎1)境内，众百姓拦轿喊冤，状告刘应龙狗子，仗他兄之势，横行乡里，鱼肉百姓，奸淫烧杀，无恶不作。本院更换素衣小帽，私查暗访。行至南关之外、天齐庙（◎2）内，见一老妈妈悲泣不止。问其原由，她乃张庞氏，子名张进中，娶媳金氏。不知刘应龙狗子在哪里得见金氏娘子一面，意欲纳她为妾，凑成十全大美。定下毒计，宴请张进中，待张酒醉之后，遍地洒下金银，诬良为盗。将张绳捆索绑，送至邢台县衙，狗官苦打成招。庞氏妈妈呼天天不应，叫地地无灵，只得来到神前哭诉。我与她写了词状一张，叫她到本院台前伸诉。与庞氏妈妈分别之后，偏遇刘府家人要请算命先生与刘贼相面。我便随机进府，与刘贼相面已毕，被他强留书房，说什么三日以后还要复相。本院在书房之中闷闷不乐，想起刘应龙弟兄平素所作所为，我便题诗一首，我写的这个……啊！兄似南山猛兽，弟赛北海蛟龙。舌似纯钢宝剑，心胜蛇蝎毒虫。写毕以后，伏案瞌睡。这张诗稿被他府家人拾得，献与刘应龙。刘应龙狗子不知在哪里拾得庞氏妈妈那张词状，词状诗稿两相对照，笔迹相同。将本院唤至堂前，一阵地好打——（【三锤半】：双袖上下舞动——拟打状）打得本院皮开肉绽。昏迷之中，不知被送到什么地方来了（◎3）上有利刀，旁有竹签，下有臭水齐胸，伸手不见五指，这是什么地方呀……哦！众百姓词状内称，刘应龙狗子私设水牢，枉杀无辜。本院定是被打入水牢来了。我岂能坐以待毙，我要寻一生路才好，寻一生路才好（◎4）吓煞呀，诧意哟！水面上漂来一副死尸，须眉尚存，其尸不朽。常闻老人言说：人死之后，其尸不朽者，身旁必定有宝。待我寻来……哎呀，我又怕鬼呀！哎！再隔三五几个时辰，无人搭救，我就是一个活鬼！我还怕的什么鬼，把胆儿放得宏宏的，待我寻来（◎5）果然有宝！死尸身上搜出一物；四四方方，好似印信。但不知它有多大前程……嗯，本院幼年曾习隔衣枚（摸）字之法，待我枚（摸）来……代、天、巡、守。（◎6）是一颗八府巡按印。莫非本院的掉了……（取印）本院的尚在呀！不知此印是真是假，我不面做一个双——合——印！果然是八府巡按印信。我想此印有一无二，这一枚又从何而至……啊！本院离京之时，海瑞海老恩师，赶至双塔寺前与我作饯，叫道一声：董宏啊，我的好贤契！三年前为师保举黄伯卿职授八台巡按，巡察广平、顺德。只见出京，未见回京。有人说他拐印潜逃，有人说他入山修道，有人说他被奸人暗害。你此番去至两地，务要查明黄伯卿的下落，为师也好回复圣命。由此看来，这死者定是黄伯卿无疑！定是他像本院一样微服私访，被刘应龙识破，打入水牢废命。黄伯卿哪老先生，你就无才……我有才，也不该来呀？！（◎7）

（唱【哀腔】）

哎……黄伯卿老先生哪……

（唱【二流】）

老先生阴灵你要保应，
出水牢我把你实情奏圣君。
眼睁睁无有人救我性命……

◎1. 广平府，始建于明洪武元年，治所在永年县。今河北省永平县广府镇。顺德，邢台市的历史名称。邢台县，属河北省邢台市。

2. 天齐庙又称东岳庙，供东岳大帝（亦称天齐神）。其祖庙即在东岳——泰山之岱庙（泰山又名岱宗）。泰山为五岳之首：东岳泰山，南岳衡山，西岳华山，北岳恒山和中岳嵩山。《孟子》说：“登泰山而小天下。”唐朝诗人杜甫《望岳》中亦云：“会当凌绝顶，一览众山小。”

3. 前后的讲白，演员可随词意选用微小的动作，锣鼓亦随讲的紧松、扬低、转换配之。

“不知被送到什么地方来了”后，在轻击的“垮岩锣鼓”（即“阴锣鼓”）中抚首、捶腿、颤立即下——头上被什么刺伤？抖手向上摸……又探侧，继嗅……再续——

4. 左右亮相、舞袖（作寻生路的准备），遂平甩发膝行小圆台——似撞作什么……用左手抚摸：头部、脚部、胡须，惊——

5. “吓煞呀，诧意哟！”右膝行返台中。“待我寻来！”双手拍胸，微拉衣亮相——示其决心。遂定神，为已状胆……再跪步甩发左行……手抖颤摸寻……摸出印——“果然有宝”再膝行返回。

6. 枚（摸）印，观众不可能看到微细动作的方向，但，演员必须先从左到下，再摸右到下。

7. 此折戏开始原有黄伯卿登场唱四句【二流】，还有娃娃生应工戴“加官壳”的黄伯卿的“尸身”。黄唱后坐下场方的背靠椅上，“尸身”仰卧于下。当董宏说“你不该来”时，“尸身”坐起讲“你有才？也不该来呀！”老师教戏时，已省。改为自问自答，效果与前一样。

黄汝梅 （内：“走呀！”上）

（唱）奉命厨下取银羹。

过水牢思亡父心中悲愤……

董　宏 海老师！老恩师！

（唱【滚板】）

我哭哭了一声海老师，

我叫叫了一声老恩师。

弟子今在水牢遭困，

步了黄伯卿的后尘。

你知也不知晓也不晓，

哎……我的老恩师

黄汝梅 （唱【二流】）

耳听得水牢内又有哭声。

（胆怯地）水牢内是人嘛是鬼哟？

董　宏 我是人哪！外面问话者是谁呀？

黄汝梅 刘府丫鬟。

董　宏 丫鬟姐！救命哪！（速揖）救命哪！（同前）救……（声嘶）……

【黄汝梅寻石、砸锁，推牢门，轻呼……董宏：“我上来……上来不到……”汝梅解风带裹石下抛；董宏闻声寻带、握带、膝行登桌、滑（黄同时“坐莲”）——手抚脚箱“斜身甩发”……汝梅再抛绫救董出牢至后门，寻石砸门锁，董急去出门跌，黄拉宏——“圆圈甩发”…… 董失印急下。

黄汝梅 （拾印）转来！

【董急返。

黄汝梅 你这个人啰，救了你连谢都莫得个。

董　宏 劳为你（急走）

黄汝梅 转来！

【董又复返。

黄汝梅 你姓甚名谁？因何被打入水牢？

董　宏 我是八——八字先生。

黄汝梅 你看（示印）

董　宏 吓……

黄汝梅 你不说我就要喊啰。

董　宏 喊哪个？

黄汝梅 喊三爷。

董　宏 哪个三爷

黄汝梅 刘应龙刘三爷。

董　宏 吓……

（唱【哀腔】）

小大姐你喊不得呀……

【黄汝梅还印，董收。

董　宏　（唱【二流】）

小大姐说话莫高声，

惊动了刘贼我活不成。

你问我是哪一个？

我就是八——

黄汝梅　八字先生？

【董示意黄巡视后——

董　宏　大姐！

（唱）我就是八府巡按董大人。

黄汝梅　大人申冤哪（跪）

董　宏　你要大人为你申冤，你看我被打得皮开肉绽，我又找哪个申冤啰。

黄汝梅　你是八府巡按，要与民作主。

董　宏　要作主，要作主。有何冤情快快讲来（示意黄起）。

黄汝梅　大人请听；奴名黄汝梅，乃良家女子，那日随父经过刘府，被刘贼抢进府来，估逼作妾。我父不允，被打入水牢废命。贼又将奴吊在西廊用皮柴拷打，惊动上房老夫人，收做侍女。大人申冤哪。

董　宏　刘应龙那狗贼！竟敢在光天化日之下，强抢民女，妄杀无辜。本院定将你碎尸万段！

黄汝梅　大人申冤哪！（跪）

董　宏　申冤，申冤啰！（示意黄起）

（唱）听她言更激起心中愤恨，

刘应龙真果是蛇蝎之心。

仗兄势横行乡里鱼肉百姓，

为此事——

（唱【夺子】）

王法何在天理何存。

不杀贼我枉授八府巡按印，

不杀贼何颜对圣君。

不杀贼难以平民愤，

不杀贼愧对水牢屈死的黄伯卿。

小大姐莫啼哭莫伤心，

本院言话你细听。

（唱快【夺子】）

在水牢你舍性命救我命，

你回府一定命难存。

来来来同本院逃离险境，

（唱【三板】）

拿着了刘应龙——

千刀万剐、万剐千刀！方遂心——

方遂心。（同下）

◎重唱“方遂心”时，“方遂”后，鼓眼垫“打、打”——右手携黄，左手提褶，在“心”字行腔同时“圆场甩发”至对下马门止步，继前倾、单膝点地，汝梅即扶，董反袖独立亮相后速同下。

·剧 终·

注：重庆市文化艺术研究院、重庆市川剧院资料室存有我七十二岁时参加重庆市“抢救老艺术家舞台艺术工程”的演出实况摄像。须得说明一点：鉴于年龄关系，唱做均有不到位的遗憾，望理解。

附　记

1. 全本《双合印》，仅《水牢摸印》可单演。此折，另有【胡琴·二黄】声腔的路子，情节相同，使用技巧无异，同是一出文生的功夫戏。

2.《水牢摸印》是我老师代表作之一。我业师张德成和参师的彭天喜、姜尚峰师傅传艺时都常说："第一要像，第二变样。""像"，像他——师承，像文（武）生或须生、小丑，再是像剧中人；"变样"，发展，融师传于己，显自身的风格——演一辈子戏只像老师，是没出息的学生。有位艺术大师亦说：像我者死，似我者生。

我对《水牢摸印》在"文化大革命"后复演，作了以下改动：

首先是减掉那些可讲可不讲、可唱可不唱、可做可不做的台词和动作，将原为50分的折戏浓缩到20多分钟。

其次是修改不合戏境、有损人物的情节——

黄汝梅知董是八府巡按后，请求严惩刘贼，为她申冤雪恨。原戏此时的董宏唱"本院为你报仇恨，你拿什么来谢大人？"——哪有点海瑞门生的清廉之风？！黄接唱"在水牢舍死救你命，你又拿什么来谢钗裙？"未离险境的巡按"月光之下观人品……收你上房当夫人。"汝梅再进一步："又拿什么为把凭？"既损清官象，又毁正义形。故一删一添——最后【二流】转【夺子】的唱段结束。

这样一改，若演全本如何连接？不难。刘三带家丁追赶，情急之下，董付印嘱黄往顺德示印求援，然后分逃，董故引家丁，汝梅脱险，宏再次被捉，戏可继续全本情节。

戏名《水牢摸印》，并不注重表现"水"的存在——包括董宏被救出后也不拧拧衣衫上的臭水。是不是历代前辈和我老师的疏忽？非也！董宏困水牢想的是寻生路，没时间考虑水的香臭；出水牢逃命要紧，也没时间去拧干衣上的水。再说，观众看戏亦不拘"小节"。

2014年4月23日

㉛ 骂王朗 （胡琴·二黄）

张德成◎传授　夏庭光◎整理

剧情简介

孔明率师出祁山、临渭水，大有扫灭曹魏之势。魏主命曹真为帅，王朗为军师。王朗想用唇舌退兵，反被诸葛痛斥，朗坠马吐血而亡。

事出《三国演义》。

人　物：孔　明（老　生）
王　朗（粉　脸）
关　兴（武　生）
张　苞（花　脸）
二魏将（杂）
蜀　兵（袖　子）
魏　兵（袖　子）
车　伕（杂）

◎孔明脸刷淡红，捆黄（蓝）绫帕，挂麻三，头戴万卷书，身穿八卦衣，下着红裤青靴，持羽扇。

王朗抹淡红的粉脸（不定妆——便于揉脸），白眉，捆黄绫帕，挂白满，戴金塔墩，着白蟒束带，红裤青靴，拿黄色马鞭。

关兴，红霸儿脸，垂露发，戴绿色包巾额子，穿绿软靠，红裤青靴，腰佩剑。

张苞，黑霸儿脸，插耳发，戴黑色包巾额子，穿黑软靠，红裤青靴，手拿鞭。

二魏将俊扮，戴包巾额子，穿软靠（色异），红裤青靴，挂剑。

蜀、魏兵褂子服饰全套，持大旗（皆色异）。

车夫俊扮，戴披巾，穿袍加鸾带、龙头，下跑裤打靴。

【空场。上马门：魏兵持大旗上，二将随上"挖开"后，继行"两边翻"…… 王朗乘马上。

王　朗　（唱【二流】）

诸葛亮吃了豹子胆，
井底蛙张嘴想吞天。
曹真都督大才干，
命老夫兵不血刃退蜀蛮。
儿郎们精神抖擞把旌旗展，
滚木巨石把要道拦，
勿需动戈矛和利箭，
且看老夫用舌尖。

【兵将合拢下，王朗催马缓下。

【蜀兵持大旗从下马门上，"挖开"后再"两边翻"，关、张随行……孔明乘车上。

孔　明　（唱）出祁山喜收姜维将，
蜀中又添一栋梁。

曹真匹夫不自量，

螳臂挡车妄逞强。

更可笑夸口的老朽王朗，

他敢与吾弄舌枪。

众军少时禁喧嚷，

看看王朗的好下场。

【兵卒合拢下，关、张随下，孔明车缓行下。

王　朗
孔　明 （内同唱【倒板】）

两军战鼓响咚咚……

【孔明、王朗两边上，关、张、魏将尾随。

王　朗
孔　明 （同唱【夺子】）

恰好似声声霹雳击长空，声声霹雳击长空。（车、马交叉行换位，关、张、魏将随）

王　朗 （同唱【一字】）

吾主爷金殿传诏使命重，

阻蜀军诛孔明万世奇功。

孔　明 （同唱【一字】）

吾主爷白帝托孤使命重，（车、马两边翻行换位，关、张、魏将随）

伐中原诛篡逆万世奇功。（车、马小圆场仍回原位）

王　朗
孔　明 （同唱）

传号令众儿郎缓缓行动……

【关兴、魏将挥手——蜀、魏兵分上绕台口下。

王　朗
孔　明 （同唱【二流】）

少时刻唇剑舌枪论雌雄。

【孔明、王朗对下，关、张、魏将后随下。

【闭幕

◎旧时无幕，只需明来明往的打杂师搬桌挪椅即可。下场方设“虎头案”，上场方设靠背椅，椅前放脚箱，均用绣花摆场。乐台三通战鼓后幕启：兵、将两边上，收旗分站桌、椅后斜“一品墙”，关、张、魏将站中“一品墙”；孔明、王朗分上，“九龙口”稍停后再至台口和反里对相，又于台中对相，磨反顺圆台……王朗马撞车马惊……再勒缰对孔明。

王　朗　四轮车上坐定一人，纶巾羽扇，敢莫非就是汉大丞相孔明先生？

孔　明　然也。黄骠马上坐定一人，敢莫非是军师、司徒王朗？

王　朗　吾之大名，早已如雷贯耳。不知者，皆无知之辈。你既知是老夫，还敢出营对阵，真自不量力也！

孔　明　哦！？

王　朗　哦！？

孔　明　哈哈！

王　朗　哈哈！

孔　明　（同笑）哈哈哈……

王　朗　（同笑）哈哈哈……

【孔明之车，王朗之马分于“虎头案”，靠背椅就坐。

◎此戏，传统的舞台调度有点意识：孔明不下车，王朗不下马就坐于“虎头案”“靠背椅”——自然都在车、马上，鄙人在其他传统戏里从未得见。学戏时，我请教过师傅：“为啥不下车？”“下了车坐地上吗？”我又问：“为啥不都坐‘虎头案’？让王朗坐‘靠背椅’比孔明高出一头？”“高一头有高一头的好处！”当时师傅未点明。现在思之：是先升后降——王朗坐高跌下；也是为后王朗坠马而更显著地铺垫。就是王朗马撞四轮车的马惊，也是为后王朗坠落坐骑的预兆！川戏前辈确实艺智非凡啊！

孔　明　请问司徒大人有何高论？

王　朗　自有高论。

孔　明　哦！？

王　朗　嗯！

孔　明　哈哈！

王　朗　哈哈！

孔　明　（同笑）哈哈哈……

王　朗　（同笑）哈哈哈……

孔　明　山人愿闻司徒大人的高论。

王　朗　汝洗耳恭听！尔之名，吾也闻，今幸一会。尔既知天命，又识时务，何故兴无名之师？

孔　明　吾奉诏讨贼，吊民伐罪，何谓无名？

王　朗　汝打胡乱说把……屁（不吐明，含混用“嗯”音而过）放哦！你读书读在牛屁股，不知审也不知悟。待我来指点于汝。常言道：无德让有德，有德者居之。天数有变，神器更易，而归有德之人，此自然之理也。自桓帝灵帝以来，黄巾倡乱，天下争横。董卓造逆，李傕、郭汜继虐；袁术僭号于寿春，袁绍称雄于邺土，刘表占踞荆州，吕布虎吞徐郡。盗贼蜂起，奸雄鹰扬，社稷有累卵之危，生灵有倒悬之急。我太祖武皇帝（指曹操），扫清六合，席卷八荒；万姓倾心，四方仰德。非以权势取之，实天命所归也。世祖文帝（乃指曹丕），神文圣武，以膺大统，应天合人，法尧禅舜，处中国以临万邦，岂非天心人意乎！今尔蕴大才、抱大器，自欲比管（名仲）、乐（名毅），何乃强欲逆天理、背人情而行事耶！岂不闻古人云：顺天者昌，逆天者亡。今我大魏带甲百万，良将千员。

谅腐草之萤光，怎及天心之皓月。尔可倒戈卸甲，以礼来降，不失封侯之位。国安民乐，岂不美哉！

孔　明　哈哈哈……

王　朗　笑啥！？少时让你哭都哭不赢！正是：

魏蜀对垒祁山峰，
停金息鼓且从容。
两军将士莫乱动，
听我王朗骂书虫。

魏兵将　好哇！

◎孔明闭目养神，时而摇动羽扇。

王　朗　（唱【二流】）

叹献帝懦弱国运退，
群雄蜂起民吃亏。
错用董卓虎狼辈，
李傕郭汜将贼随。
司徒王允把城坠，
汉室江山处处危。

（唱【梅花板】）

我太祖扫清六合功称伟，
席卷八荒扬国威。
论功劳位极人臣本无愧，
若非太祖——刘氏江山早成灰。
献帝脱袍自让位，
受禅台是座见证碑。
世祖登基成大魏，
四海恭服——不是老夫吹……

哈哈哈……

（唱）刘玄德本是下贱类，

织席贩履出身微。

见人啼哭流眼泪，

冒充善人假慈悲。

尔枉识时务不思悔，

蝼蚁妄图把大厦推。

叹老夫出身本高贵，

世代书香富门楣。

论读书我读了有百车千柜，

论写诗我写了几万堆。

老子（姓李名耳字聃）见我要打倒退，

孔子（姓孔名丘字仲尼）也要替我背。

讲阵法姜尚（又名吕尚、吕牙、姜子牙，世称姜太公）

也莫得老夫对，

孙子（姓孙名武）在世也难把老夫追。

尔若拜师在吾的马前跪，

我一肚皮的宝贝不教你又卖给谁。

骂得孔明啄（啄，zhua，音“抓”的二声）瞌睡呀……

哈哈哈……

王　朗　（唱【二流】）

骂得懒夫无话回。

哈哈哈……

魏兵将　（同笑）哈哈哈……

孔　明　哈哈哈……（睁眼）吾以为汉朝大老元臣，必有高论，岂期出此鄙语！吾有一言，诸军静听。昔日，桓、灵之世，汉统陵替，宦官酿祸；国乱岁凶，四方扰攘。黄巾之后，董卓、傕、汜等接踵而起，迁劫汉帝，残暴生灵。因庙堂之上，朽木为官，殿陛之间，禽兽食禄；狼心狗行之辈，衮衮当道，奴颜婢膝之徒，纷纷秉政。以致社稷丘墟，苍生涂炭。吾素知汝所行：（鼓眼：打、打）助逆贼，同谋篡！

王　朗　哦！（单锤“壮”）

孔　明　罪恶深重，天地不容！

王　朗　吓！（单锤“壮”）

孔　明　今天意不绝炎汉，昭烈帝（指刘备）继统西川。现幼主（阿斗——刘禅）承位，吾奉旨讨贼。汝只可潜身缩首，苟图衣食，安敢在阵前胡言乱语？！（鼓眼：把）汝即日将归九泉，有何面目见二十四帝！（指自汉高祖起的24个皇帝）

王　朗　这这这……（鼓签打打打……与“这”同出，一锤“壮”收）

孔　明　正是：兵马出西秦，雄才敌万军。

轻摇三寸舌，骂死老朽臣。

（王朗勒马起身——鼓签打打打……配，再一“闷锤”——“壮”与王朗惊坐同时。直接起【幺板】“过门”）

孔　明　（唱【幺板】）

两军战鼓休要擂，

听吾细说是与非。

（唱【一字】）

昭烈帝天生位尊贵，

汉天子认皇叔——

（唱【二流】）

把驾陪。

（唱【梅花板】）

山人行兵无敌对，

博望坡烧夏侯首战显威。

南屏山借东风谁不敬佩，

风助火力一艘艘战船尽化灰。

曹操贼险些变成鬼，
华容道啃土告饶方得归。
受禅台明明是曹丕篡位，
遗臭万年骂名垂。
谋杀献帝汝在内，（一单锤打王朗惊抖）
叛汉降魏尔良心亏——（“亏”字延音——王朗抖颤逾烈——签子“打打打……”伴随，再起换头锣鼓）
尔诗书枉读几千柜，
尔歪诗枉写几万堆。
说什么老子见你打倒退，
说什么孔子也要替你背。
说什么姜尚无汝对，
说什么孙武也难把汝追。
世间亦有无耻辈，
无耻辈不为尔敢为。
口出狂言汝悔不悔……（王朗配合腔吹胡鼓眼）
哈哈哈……

（唱【三板】）

汝枉在阳世把人皮披！

◎王朗气得“弹髯”，一声大叫“哎呀”—— 同时马惊嘶：王朗抛鞭、冠，梭坐椅上，继抖摆髯——干鼓配，“吐血”—— 大锣边“厂浪浪”……“揉脸”——“嗯”掸双袖——干鼓再伴，气绝，硬躺椅上——颈枕椅背死“壮丑”）

【王朗死，兵卒以大旗掩尸下，魏将拔剑退下，关、张欲追，孔明阻。

孔　明　（唱【三板】“三出头”）

几句话骂死王朗——王朗贼，

你看他坠马口吐血。

仁义师不把他的归路截，（兵挖后拥，关、张随，车离虎头案至台口）

谅曹真再无好说客。

哈哈，哈哈，哈哈哈……

【大分家】接吹【尾煞】：孔明下，关、张尾随，兵卒“暴腰”下。

·剧 终·

附 记

据师说，《骂王朗》是出大幕戏，极少全演。常唱者，仅此一折。

王朗数落孔明，要张扬，要气壮——用行话形容，是个高级的“颤翎子”，为被气死自埋伏线；孔明则以“闭目养神”，不屑一听对之。

孔明骂王朗，义正严词，专攻其弱；王朗则越听越羞、越气、越急、越愤——焉不死哉！

整理本有几点说明：

吸取了杨子澄老师演孔明“骂朗”时的开板唱法——【幺板】接【一字】；王朗唱词参用了黄晓富（晓字科班的著名花脸）老师的少许句子——如“骂得孔明啄瞌睡”；王朗甩鞭、抛冠、梭椅、摆髯、揉脸是采用赵瞎子（焕臣）老师演王朗的处理。

特此“泄密”，不敢贪天之功。

2014 年 4 月 25 日 4 月 28 日改

32 汤怀尽忠（胡琴·西皮）

彭天喜◎传授　夏庭光◎整理

剧情简介

事出《说岳全传》。

汤怀奉命护送新科状元张九成往金营五国城探望被囚的徽、钦二帝。汤怀连闯三关，直抵金大营。兀术诓擒九成，汤怀奋力救，身中乱箭，自刎报国。

人　物：汤　怀（武　生）
　　　　张九成（文　生）
　　　　金兀术（花　脸）
　　　　番将甲（杂）
　　　　番将乙（杂）
　　　　番将丙（杂）
　　　　番　兵（龂　子）

◎北宋的徽宗、钦宗连同皇族百官一起被金人所俘，押往金国极北之地——五国城（故址在今黑龙江伊兰县境内），并终客死于此。

◎汤怀俊扮，（闯三关后，脸抹淡油）戴黑色包巾额子，垂露发，穿黑色绣花袍，捆白色鸾带，下着红裤青靴，持白色战枪、白色马鞭。

张九成俊扮，戴状元头，穿红官衣束带，下着红裤青靴，持马鞭。

金兀术揉粉红底色，刷红，红眉黑眼，嘴大，插红耳发，戴玉儿巾上加宽红绫拖背至脚弯，外加黄额插翎，左右坠胡球，扎黄靠，下穿红裤青（花）靴，拿金雀斧。

番将揉（画）脸，戴额子扎蓬头，垂短胡球，穿绣花袍捆鸾带，颜色各异，下跑裤打靴，分别拿大刀、花枪、双刀。

番兵穿红色褂子服戴冬帽，拿花枪。

【舞台正中置两桌并拢横放的高台，桌前搁脚箱，红色摆场。前为虎帐，后拟高坡。

（一）

【吹[炮火门]，番兵上场门出，圆台后站“一条枪”，金兀术上。

金兀术 金兀术！

【番兵“挖开”，兀术立于脚箱，番将内喊：报下！上，站中场一排禀——

番　将 宋将汤怀，保新科状元张九成，来我营探望徽、钦二帝。

金兀术 好哇，好哇！三将听令！

番　将 候令。

金兀术 严守三关，管叫他有来无回！

番　将 得令！（下）

金兀术 大队随后！

【番兵合拢下，金兀术下。

（二）

张九成 （内唱【倒板】）

汤将军坐马上威风凛凛……

【汤怀“出将”口上，瞭望后引张九成上，半圆场，与九成同亮相。

张九成 （唱【二流】）

一骑马一杆枪压赛天神。
此一番到金营探望二圣，
回朝阁我保你官上把官升。

汤　怀 （唱）状元公休得这样论，
尽忠报国皆同心。
吾主爷登了基国运不顺，
普天下不遭灾就动刀兵。
恨只恨金酋贼乘虚南侵，
烧民房抢民财荼毒生灵。
最可恨掳去了徽钦二圣，
真果是奇耻辱羞煞国人。
秦桧贼在朝中玩弄权柄，
蒙圣聪压群僚暗害忠臣。
五国城徽钦二帝遭囚禁，
命状元过金邦秦桧他——不怀好心。
为人臣报效国家属本分，
你奉君诏，我奉将令，
护驾往金营。
此一去何辞这鞍马劳顿，
怕……（背）

（唱快【二流】）

怕只怕此一去羊入虎群。

我本得将实言对他谈论，

又恐怕吓坏了读书之人。

将此话权且在——

（唱慢【二流】）

舌尖藏隐……

状元公！

尊一声状元公你请细听。

此一番赴金营探望二圣，

一路上有汤怀你且放心。

此一去何惧他刀山剑岭，

此一去何惧他虎豹狼群。

此一去何惧他层层关隘涉险境，

此一去何惧他千员大将百万兵。

（唱快【二流】）

有汤怀一杆枪把你保定，

保君去保君还不损状元半毫分。

来来来同汤怀（腔登足——“壮”一锤结束）

催马（鼓签：打、打）

前进……（拖腔中行圆台）

【战鼓响，杀声起……汤怀请状元避下，虚插马鞭。

◎汤怀的长段唱：一是“说明书”，二是安抚状元，三是表岳家将汤怀“明知艰险也愿为”的赴死决心。饰者要掌握行腔的抑扬缓急，唱出气势。

【番兵“入相”门出绕场（汤怀枪拨）下。

【番将甲挥刀战汤怀——打“大刀枪”头子后，番将“三盖”—— 连砍汤怀三刀，汤怀巧拨后枪扎番将右肩——将亮败相下。

汤　怀　（唱【三板】）

一杆枪杀教他（与“他”字腔同时舞三次“转身背花”）鬼哭神惊。

张九成　（上，唱）

适才头关交一阵，

汤将军武艺颇惊人。

催马同往二关进……（小圆场）

【战鼓又响，杀声再起，状元避下。

【番兵上、绕、下同前。番将乙持枪与汤怀打“小快枪”头、尾，汤枪扎（扫）番将“抢背”下。

【张九成复上——

张九成　（唱）汤将军枪法镇敌兵。

催马急往三关进……

【第三次战鼓响、杀声起……

张九成　（唱）又听得战鼓响战马嘶鸣。

【张九成再避下。番兵上、绕、下同前。

【番将丙持双刀与汤怀打“双刀枪”前段，汤挑将“硬背壳”结束。

【番兵上绕“半月形”（掩番将丙下）后站下场“一品墙”。

【金兀术持斧上压汤枪……

金　术　来将何人？

汤　怀　岳元帅帐下之将汤怀是也！

金兀术　何故闯关？

汤　怀　奉君命，保状元，探望二圣。

金兀术　状元公何在？

汤　怀　状元公请上前。

张九成 （上）四太子请了！

金兀术 请了。状元公来我国探望二圣，有失远迎。请！

【番兵换站“壕子口”，张九成与汤怀眼神交流后行……

金兀术 拿下！

【张九成下，番兵队形还原。

汤　怀 金兀术哇，贼酋！状元乃上国使臣，汝如此无礼，信义何在？！

金兀术 兵不厌诈，谈何信义。杀！

【金兀术与汤怀斧枪并架，番兵钻下。金、汤亮“上下式口”后“过合”，汤枪刺金，兀术斧压，汤挑斧——兀术败下。汤怀“耍下场”亮相后追下。

（三）

【兵将上“挖开”，金兀术上。

金兀术 过来！挖下陷坑，弓箭手埋伏两厢。

【吹……番将行小圆场挖坑。

汤　怀 （内唱【倒板】）

闯三关（上）杀得俺——（“俺”字延腔中：枪拨将甲大刀，打将乙“腰锋”（甲、乙换位），继扫将丙“埋头”，定相接唱）

人乏马困……（“马困”中勒马趱步前行，右速转身回——乐台配马嘶声，三蹦子——最后落右脚独立，勒马仰身，继起飞叉——如是三，再左转跳落飞叉）

（唱【三板】）

不提防落入贼的陷马坑。

金兀术 哈哈哈……

汤　怀 （唱）耳边厢忽听得笑声阵阵……

金兀术 （唱）开言叫声汤将军。

汤将军，何不降顺于孤，赐你高官厚禄。

汤　怀　呸！（唱）

俺本是岳家将宋室之臣，

岂能屈膝求一生。

金兀术　（唱）叫儿郎放箭休迟顿……

【番将乙、甲挥枪、大刀刺、砍汤怀，

【汤左手擎乙枪并同时双手战枪刺向前后——番将丧命；乐台奏“放箭”效果——“厂厂厂……”

【汤怀以快速“云手”御箭，身中乱矢……

汤　怀　（唱）俺汤怀拼一死报答圣君。

◎“报答”后，双手接番将丙砍来的双刀，继起跳出坑接唱“圣——君”杀番将，再以右手刀向兀术猛投刺（金斧劈刀），遂快步上脚箱举刀欲砍；番兵四枪刺向汤身，汤怀身负重伤，转面，以刀自刎。

·剧　终·

剧本整理于1987年11月21日

注：此戏已传授重庆市川剧院青年演员李万果，院资料室存有他演出实况录像。

附　记

《汤怀尽忠》的整理，除唱词稍有易动外，主要是删——减去了岳飞坐帐、接旨、遣将；“闯三关”一场清；“坠坑”“带箭”“自刎”一次了，令戏精炼不拖沓。

2014年5月2日

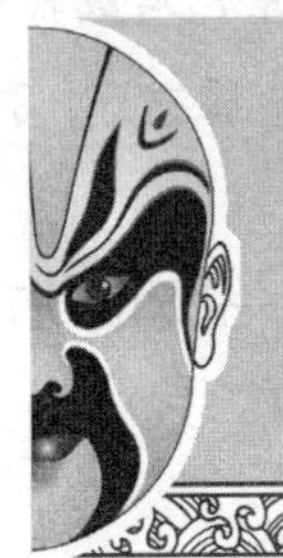

33 刺王庆（弹戏·苦皮）

彭天喜◎传授　夏庭光◎整理

◎“巡城兵马司”专理捕盗、斗殴等事，维持京都治安。

剧情简介

宋朝，高俅党羽柳占雄盖车金填御库谋官。高俅命巡城兵马司王庆让职遭拒，命柳、王在御花园（即庆春园）比武夺职。王庆枪伤占雄，天子欲斩，文武保本，发配充军。高俅暗嘱解差，途中刺杀王庆。王庆察觉，挣断镣铐，除却二差，逃命天涯。

此乃川剧传统大幕戏《庆春园》的后续故事。

人　物：王　庆（武　生）
　　　　解差甲（猫儿花脸）
　　　　解差乙（襟襟丑）

◎王庆俊扮抹青油，头扎高桩水发，捆罪红，坠露发，身穿青素袍，斜穿罪衣系鸾带，下青跑裤打靴，戴手铐加铁练。解差甲画畸形脸：左眼左下斜，右眼右上斜，红嘴歪，白粉随眼、嘴勾，眉亦随眼画上挑下垂。解差乙短眉，小眼，细口，鼻梁涂圆形白粉。解差甲乙均戴软皂棣帽，着酱色袍捆带，同色花裤扎脚，足登夫子鞋，背背包袱，腰插刀，手提杀威棒。

【舞台正中竖置一桌，桌左右置一椅——拟山、石。

【小打：解差甲、乙由上马门出。

解差甲 （念）奉了太师命，

解差乙 （念）命我们刺王庆。

解差甲 伙计！高俅高太师命我二人在押解途中把王庆“卡嚓”（手比杀）了，回京领赏银二千两，这是笔好买卖哟！哈哈哈……

解差乙 笑啥子？！那王庆是巡城兵马司，武艺过人。在庆春园比武，就只一枪，把柳占雄腿子上戳了这么大个洞。你我两个要想刺杀他，莫得那么容易。恐要成为王庆的下饭菜哟！

解差甲 搁倒啰！王庆那吓是巡城兵马司，现在是囚犯；那吓他手执战枪，现在是身戴镣铐。又道是明枪易躲，暗箭难防。在途中我们给他一顿杀威棒，再寻个卡卡角角下手，保管万无一失。

解差乙 你说到说得好，我心头总是悬的啊！

解差甲 悬啥子？！刺杀不了王庆，太师面前交不了差，我俩个吃饭的“买卖”（指头）都保不住！那才“悬”咧！

解差乙 我……

解差甲 闲话少说，时间不早了。早点杀了王庆，今晚上我俩兄弟去吃花酒。

解差乙 好嘛！

二　人 （向内）王庆！起解啦！

王　庆 （内唱【倒板】）披枷戴锁（出场）——

出东京……（◎1）

（唱【一字】）

思想起庆春园事恼煞人。（◎2）

吾主爷登了基宠信奸佞，（◎3）

朝阁事任高俅肆意横行。

皆因为连年征战国库空损，

柳占雄盖来了车金杠银。

我朝中爵位满无官封赠，

高俅贼暗地里巧计来生。

高俅贼修书信把某相请，

他请某殿帅府饮酒谈心。

酒席间高俅贼把隐情谈论，

他要某把兵马司之职让与他人。

◎“东京”，古称大梁、汴梁、汴京等，即河南省开封市。

1. 二差押王在“出东京”的延腔中行小圆场，继挥棍打王埋头，庆躲过，独腿退步，二差棒击王背，庆“硬背壳”着地，速起定相——双目怒视差。

2. 解差乙举棒，王庆怒目逼退差乙至上场台口；乙棒打庆右腿，（解差甲棒扫王埋头过乙处）王庆右腿点地，膝行甩发，二差同时点棍逼，至下场台口后差甲打王埋头还位，差乙打王腿，庆右脚蹬棍定相。

3. 解差先后棒打王胸，庆双手擎棍，以头上水发击差——原地牵动差——甩发……遂丢棍——二差坐地喘息（背向观众）——给王庆“特写镜头”。

（唱【夺子】）

兵马司本是某功劳所挣，

又非是裙带官恩赐之臣。

高俅贼他见俺执意不允，

他那里一计不成二计又生。

第二日见圣上贼奏谎本，

他要俺与柳贼比武夺职定输赢。

庆春园——

（唱【二流】）

一霎时天惊地震……

◎二差慢起身，缓行线8字……

（唱【夺子】）

柳占雄他与俺棍棒相见刀枪相迎。

某念他填国库让他一阵，

用枪把轻点了柳贼前心。

谁知他不识时务不猛省，

他枪枪不离某的咽喉半毫分。

那时节气得俺忍无可忍，

挥银枪——

（唱【二流】）

刺柳贼左腿带伤痕。

（唱【夺子】）

高俅贼在御园谎本奏圣，

他奏俺刺柳贼早起反心。

怒恼了吾主爷传下斩令，

多感得文共武与我留情。

死罪免谪去我兵马司印信，

又将俺——

（唱【二流】）

披枷戴锁发配充军。

一路上二解差手毒心狠，
杀威棒打得俺鲜血淋淋。
我与他往日无仇近日无恨，
一定是高俅贼借刀杀人。
俺王庆还需要小心谨慎，
防明枪更防他暗剑伤身。
抬头看崎岖道高山峻岭，

◎差甲乙一前一后走小圆场，差乙："伙计，上山啦！"遂拉葛藤交王庆，王移差甲——三人同起腿同落步……至半山，二差举棒打王腰部——庆"镖桌"，站立桌上（意跃上山顶），二差再次劈头盖脑棍击王，庆双手握棍，将二差往上提——二差上椅，再朝下杵——二差梭椅、脚颤、惊呼："松不得手哦！"王庆又将二差提起、丢棍；三人下山，走小"三穿花"……

又得见黑压压一座森林。（王庆坐下场方椅——拟石上磕睡）

解差乙 哎哟呀……伙计！我说王庆不简单，你还不信。一顿杀威棒虽把他打惨了，我们也遭他整够啦！

解差甲 伙计，你看！你看他累惨啦，睡觉了。我们发财的时机到啦！哈哈哈……（掩嘴）

解差乙 你胆子大，你去！

解差甲 你心细，你去！

解差乙 你去！（反复）

解差甲 你去！（反复）好好好，我俩个都莫推。我喊一二三，一齐动手！

解差乙 要……得……嘛！

【解差甲至左，二人放棍、拔刀、轻动步近王庆……

解差甲 （细声喊并伸指拇）一……二……三——砍！

【王庆速起，右足踩刀，继上椅。

解差乙 哎呀，是装睡觉的呀！

王　庆 二位差哥！俺王庆与你们无冤无恨，一路之上，棍棒加害，在这森林之中，又刺杀于俺，这是何故？

二　差 王大人，王爷爷哪，你怪不得我们，这是高俅高太师密令我们杀你呀！

王　庆 可恼！

（唱【三板】）

听一言不由人心中愤恨，
高俅贼真果是蛇蝎之心。
气来了挥镣铐将二贼废命……

◎王庆挣断手铐，跳下椅，差甲乙先后砍王埋头，王庆以铐击差夺刀；二差拾棒打王，庆以刀拨，再走"双刀滚堂"——砍二差腿，二差挥棍打；王庆起身，刀劈二差。

逃天涯报仇雪恨待时辰。（行腔中舞双刀，结束亮相后急下）

·剧　终·

剧本整理于 1996 年 1 月 24 日

注：此戏已传授给原重庆市九龙坡区川剧团艺友郑峰和重庆市川剧院青年演员李万果，均演出。郑峰处和川剧院资料室存有演出实况影碟。

附　记

《刺王庆》原为三场，第一场接信——柳占雄接义兄高俅密扎，知王庆发配充军，带家丁追杀，报庆春园一枪之仇。第二场起解——情节如上剧本。第三场宿店——柳家丁跟踪至客栈，误杀店小二。柳占雄亲率家丁深夜潜入店内，结果被王庆所杀。

整理本删弃了头尾，并将刺杀王庆的任务移交给两位解差，压缩了时间，保留了戏的“筋头”。

2014 年 5 月 7 日

重庆市文化和旅游研究院艺术档案成果

含 知识浅说 表演概述

夏庭光演出剧本选

上下卷：下卷

夏庭光◎著

重庆市文化和旅游研究院◎编

吉林文史出版社

34 宫宴赶关（胡琴·西皮）

夏长清◎传授　夏庭光◎整理

剧情简介

八月十五，西凉王薛平贵寿诞，鸿雁凌空口吐人言，骂薛无情无义。平贵开弓打雁，获妻王宝钏血书。夜宴时灌醉玳瓒公主，改装返唐看望苦守一十八载的贤妻。公主快骑追赶，平贵实告其情，玳瓒鉴于薛重情义，遂赠信鸽，若遇他故，愿驱兵接应。

“赶关”若单演，名《赶三关》。

人　物：薛平贵（正　生）

玳　瓒（武　旦）

四宫女

◎薛平贵俊扮，戴草王帽（盔）插雉尾，垂胡球，穿红蟒束带，下着红裤青靴，挂青三。改装后穿红龙箭（不扎袖头）捆鸾带，外斜穿金钱褂，佩宝剑，持马鞭。

玳瓒俊扮，戴女帅盔插双翎，垂胡球，着大宫装。改装后戴孔雀冠，仍插翎、挂胡球，穿“武身子”，佩宝剑，持马鞭（衣、鞭与薛色异）。

四宫女戴翠翘，穿古装。

◎“玳瓒”，传统戏里一直习用“代战”。“特级川剧观众”曾祥明先生认为代战不像女性的芳名，建议改有含玉之意的“玳瓒”，故采纳之。

【台中一桌二椅，桌上放宫灯，红色摆场。

【吹奏……四宫女从下场捧酒盘、果盘上，摆后侍立两厢；薛平贵与玳瓒携手由上场出，至台中，吹停。

玳　瓒　（念诗）

八月十五寿筵开，

薛平贵　（念诗）

鸿雁传书龙庭来。

玳　瓒　（念）宫中张灯齐结彩，

薛平贵　（念）宝钏血书动孤怀。

【吹继续：平贵、玳瓒互谦让后，左右分坐——薛坐“大手边”—— 左椅，吹奏止。

◎“鸿雁传书”：汉朝时，苏武出使匈奴，被单于流放北海牧羊。10年后，汉与匈奴和亲，但单于假称苏武已故，仍不让他回汉。与苏武一起出使的常惠，把苏武的情况密告汉使，并设计，让汉使对单于讲：汉帝打猎射得一雁，足上绑有帛书，叙说苏武在某个沼泽地放羊。单于只有让苏武归汉。后来，“鸿雁传书”的故事便流传，成为千古佳话。“鸿雁”，也比喻书信和传递书信的人。

◎两个剧中人同念一首心情各异的诗，平贵扮演者，则要表达其内，掩饰其外。

玳　瓒　今乃薛郎寿诞之期，为妻今夜再次宫庭设宴，愿薛郎岁岁今朝，愿夫妻白头偕老。

薛平贵　公主美意，孤王心领。只是在那龙庭之上，文武百官为孤祝寿，已饮酒过量，恐不胜酒力了。

玳　瓒　薛郎海量，再饮无妨。一杯寿酒，薛郎请！

薛平贵　公主请！

玳　瓒　（唱【倒板】）

玳瓒女在宫庭重把宴摆，

（唱【一字】）

祝薛郎寿比南山无病无灾。
一杯酒祝薛郎福如东海，
二杯酒祝薛郎再展宏才。
三杯酒祝西凉民安国泰，
愿夫妻长斯守常伴妆台。

◎宫女甲在玳瓒公主祝酒唱词后的“过门”中至桌后斟酒三次，再回原位。

薛平贵　（唱）想当初魏虎贼将孤暗害，
感公主救命恩鸳鸯合偕。
又辅孤坐西凉恩德永载，

玳　瓒　（唱）薛郎夫深情谊永不忘怀。

薛平贵
玳　瓒　（同唱【大过板】）执银壶斟琼浆深谢卿（君）爱……

◎二人同唱的【大过板】，仅后半句“深谢卿（君）”起。在“执银壶斟琼浆”中，平贵、玳瓒均离位提壶、互斟酒；在“深谢卿（君）爱”的行腔里同端杯敬酒，腔完同饮。然后，薛告辞离席……

薛平贵 （唱）薛平贵背转身——

（唱【二流】）

泪湿银腮。

在西凉转瞬十八载，

王宝钏一十八年苦难挨。

观书斑斑血迹在，

字字苦情令王哀。

我本当讲实话——怕公主不解，

话到嘴边口难开。

去劝酒灌醉她——

公主哇……

孤实出无奈，

讲实情待等孤长安归来。

公主盛情设宴，孤要转敬三杯。

◎“西凉”，隋时名雍州，唐时为陇右道，唐中时曰西凉。西凉在凉州以西，故名。西凉在汉、隋、唐时期在青海、甘肃、内蒙古、新疆一带。“长安”，西周时的镐京，今之陕西省西安市。

玳　瓒 妻怎劳薛郎敬酒。

薛平贵 公主受之无愧。想我平贵受奸人魏虎所害，多感公主救命之恩。这第一杯酒感谢孤的救命恩人。

【吹……玳瓒饮酒。

薛平贵 蒙公主不弃，招为驸马。这第二杯酒，感谢孤的贤妻。

【吹……玳瓒饮。

薛平贵 这第三杯酒……

玳　瓒 妻已醉了……

薛平贵 父王晏驾，贤妻辅孤执掌西凉朝政，一十八载，公主尽心尽力，这第三杯酒是感谢孤的辅国功臣。公主一定要饮。

玳　战 好……妻只饮……这……一杯了……

【吹……玳瓒饮——醉……

◎“驸马”一词，舞台演出中常闻，我也当过几次驸马爷——狄青《盗二宝》、陈世美《铡美案》、伍云光《盗金菊》以及此戏的薛平贵，但对“驸马”由来，却半点不晓。读罢曾祥明《观剧者说·驸马公》方知：“‘驸马’：‘驸’是形声字，从马，付声。副马，本义是指驾副车或备用的马，又指驾副车的马。引申几匹马共同拉车，位于旁边的马叫‘驸’。汉代有‘驸马都尉’的官，原来是近侍官的一种，后来皇帝的女婿常做这个官，‘驸马’就成了公主丈夫的专称”。

◎平贵敬酒虽是执行前唱词之意。但：其言出自肺腑，其情源自心扉。演员要掌握好表演的尺度。

薛平贵 公主……公主……你真的醉了。（向宫女）扶公主歇息。

【宫女乙、丁掺公主上场下。薛平贵挥手——宫女甲、丙退去。

薛平贵 公主哇公主，休怪孤王不辞而别了！

（唱【三板】）

贤公主休把平贵怪，

孤归心似箭实难延。

急急忙忙把戎装改……（吹……进场更装复出）

归来时再请罪拜谢裙钗。（向上场施礼后急下）

【五鼓鸡鸣。宫女甲由下场上。

宫女甲 有请公主！

玳　瓒 （上）何事惊慌？

宫女甲 大王改换戎装，只身仗剑，单人独骑，直奔三关。

玳 瓒 吓!

宫女甲 奴婢恐大王有甚闪失，禀请公主定夺!

玳 瓒 这才奇怪呀!

（唱）薛郎何故失常态，

不辞而别大不该。

传命备马休懈怠，

追薛郎问一问其中由来。

更衣!

【玳瓒下，宫女甲向内喊："备马!" 下。

【空场。

薛平贵 （内唱【倒板】）

八月十五王寿诞……（从上场方策马出）

（唱【二流】）

八月十五王寿诞，

鸿雁凌空吐人言。

它高声骂低声怨，

骂孤是个不仁不义无情无信的负心男。

骂得孤王心生厌，

骂得孤王怒冲冠。

命宫人取弓弹，

弹打鸿雁——见一物飘飘荡荡，

荡荡飘飘坠金銮。

命宫人拾起呈王看，

一封血书展眼前。

上写着狠心的薛平贵，

无音无信十八年。

不把寒窑念，

不思旧情缘，
忘却了受苦受难，
朝思暮盼你的王宝钏……
忘了王宝钏。
看得孤王泪满面，
看得孤王心痛酸。
因此上灌醉女玳瓒，
改戎装单人独骑奔三关。

玳　瓒　（内）薛郎！慢走！

薛平贵　吓！

（唱【三板】）

耳畔忽听有人喊，
定是公主追赶俺。
急急忙忙把路趱，
公主至脱身难上难。（挥鞭头顶右旋，随即右转身打马冲下）

玳　瓒　（内唱【倒板】）

千怨万怨把薛郎怨……（策马急上）

（唱【三板】）

私自出走不留言。
紧催坐马把夫赶，
追薛郎问一问其中根源。（右挥鞭，翎右旋，打马冲下）

薛平贵　（上唱快【二流】）

催马我把头关过，
眼见红日往西落。
心忙似箭急如火，
快马加鞭速如梭。（下）

◎边唱边行线8字；“急如火”放腔行小圆台；“速如梭”后走曲线形，乐台配马嘶声，薛猛加三鞭，继右转身，挥鞭催马、微摆髯、趱步下。

玳　瓒　（上唱快【二流】）

薛郎行事你有错，

瞒妻出关却为何。

高叫薛郎等着我，

薛郎！慢走！

（唱）有甚心事对妻说。（下）

◎前三句唱时的走法皆同前。第四句后仍行曲线、马嘶：玳瓒勒僵、俯首转翎后退，再策马点翎、催步向前，继挽鞭花、握鞭、左脚立右腿勾亮相后急下。

薛平贵　（上唱【二流】）

出二关到三关实属侥幸，

又闻后面马蹄声。

回头望——公主飞马近……（左转至上场方）

玳　瓒　（内喊）薛郎……（急上至下场方）你还想跑哇？！

薛平贵　（唱）我只得下马求钗裙。

【平贵、玳瓒同下马。

玳　瓒　薛郎！站过来！

薛平贵　公主不用喊，孤王自然要站——过——来！

玳　瓒　你近一点！

薛平贵　公主不用吩咐，孤王也会走近一点。

玳　瓒　你……（指薛）你……你好狠心！（打平贵一记耳光——高举轻落）

（唱【三板】）

一见薛郎满腔恨，
你为啥无故离宫庭。
快把实情对妻论，
若隐瞒我匣中剑——（拔剑）
绝——不——容情。

◎“容情”后剑回鞘，猛转身，暗拭泪——锣鼓：前配一锤半，后鼓眼打打打…伴。

薛平贵 哎，公主呀！
（唱【二流】）
贤公主休得生怨恨，

◎在【凤点头】锣鼓中亲切地抚玳瓒肩，缓缓地拨妻转身，以袖为玳瓒擦泪……公主撒娇地推开薛手，面呈微笑。

且听为王说隐情。
叹为王父母早丧命，
丢下我伶仃孤苦独一人。
家贫如洗陷困境，
只得寒窑暂栖身。
乞讨误把王府花园进，
偶遇王相的三千金。
她见孤梦中现龙影，
她听孤谈吐藏经伦。
那一日王宝钏彩楼招婿称胜景，
那绣玑偏偏落在我花郎身。
父要悔婚她不允，

父女击掌断恩情——愿随孤寒窑度光阴。
吃粮投军图上进，
降服烈马立功勋。
唐主欢喜把官赠，
王允奏本——我后军督抚改先行。
在营中接二连三受刑棍，
多感苏龙讲人情。
贼魏虎手毒心肠狠，
灌醉俺绑缚马背送你营。
感公主施恻忍，
赘驸马继王位杀身难报父王和你的恩。
八月十五千秋庆，
鸿雁传来你宝钏姐姐一十八载——
寒窑受苦的凄惨情。
因此出关返原郡，
我的贤公主呀……
你也不愿孤是一个喜新厌旧、忘恩背义的负心人。

◎“后军督抚”，在“唐朝官职一览表”里无踪无影，可能是戏班前辈封的吧！

◎“赶关”的长唱段，要以“心”唱——尤最后一句，要唱得情动玳瓒，感染观众。

玳　瓒　（唱）听薛郎一席话情通理顺……（略思后）
玳瓒女亦非是无情之人。
此番回乡要谨慎，
提防仇家起歹心。
此有金鸰鸽（以短白绸挽结代）赠夫，为妻屯兵三关，若有变故，妻见信鸽即刻发兵接应。

薛平贵 深谢公主!

（唱【三板】）

深谢公主把信鸽赠，

你真是通情达理的贤夫人。

玳　瓒（唱）薛郎快快上鞍蹬……（为平贵牵马）

薛平贵（同唱）

无变故即返西凉城。

玳　瓒（同唱）

有变故兵发长安城。

【玳瓒上马，二人施礼，分下。

·剧　终·

剧本整理于 1998 年 5 月 2 日

注：我 2000 年在重钢工会文化室演出《赶三关》留有实况录像。尽管演出场址和摄影效果欠佳，也可供参考。有一点说明，纳入“剧本选”的剧本，又经整理，表演亦有变易，请以此本为准。

附　记

“薛平贵与王宝钏”的传说故事，川戏有两种声腔交叉演出（俗称“夹黄路子”——即高腔夹皮黄）的全本戏：上本名《红鬃烈马》，下本叫《算粮登殿》。有的戏班以高腔搬演全本，有的“河道”（川戏分下川东、资阳河、川西坝、川北河四条大的河道——实则四个大的流派）以“夹黄路子”演。能成单折的有《三击掌》（高腔）、《蓆棚击掌》（胡琴）、《贺窑》（高腔，实无唱。是一出“耍耍戏”）、《别窑投军》（高腔）、《探窑》（高腔）、《三打》（高腔）、《三打薛平贵》（胡琴）、《宫宴赶关》（胡琴）、《武家坡》——若连唱回窑名《骂坡回窑》(高腔)、《寒窑会》(胡琴)、《算粮登殿》(高腔)。

“夹黄路子”的形成,我想大略有两种因素:一是川剧有五种声腔的“家当”,可任其择用;二是演员根据自身对某种声腔之长。如川剧大师张德成只唱高腔的《三击掌》,丝弦大王天籁也只演胡琴的《蓆棚击掌》。如此之例,在其他戏文里亦不罕见。

2014 年 5 月 21 日

附13 寒窑会（胡琴·西皮）

夏长清◎传授 夏庭光◎整理

剧情简介

薛平贵从西凉返回，在武家坡与王宝钏相遇，恐其不贞，出言戏之……后释疑，分别一十八载的患难夫妻，寒窑相聚。

人　物：薛平贵（正　生）
王宝钏（青　衣）

◎薛平贵的穿、戴、拿同《赶三关》。

王宝钏捆“苦头”（即青衣头饰），着“苦褶子”，颜色用浅蓝或深灰、青色均可，提挑野菜的小菜篮。

【空场

薛平贵　（上马门上，唱【二流】）

在西凉辞别女玳瓒，
单人独骑返长安。
本得乘马穿城过，
怕的是惊动魏虎起事端。
紧催座马绕城转，
武家坡就在眼面前。
武家波前举目看，
见一乡嫂提菜篮。
前影未曾瞧得见，

观后影……观后影好像吾妻王宝钏。

平贵下马把妻喊……（下马）

不可，不可呀！

若冒认民妇遭蜚言。

周公制下仁义礼……

乡嫂！

王宝钏 （内）来了！（下马门上）

薛平贵 （唱）平贵掸尘整衣冠。

那位乡嫂，卑军这厢有礼了。（施礼）

王宝钏 （以袖掩面）非亲非故，不便还礼。

薛平贵 乡嫂不还礼，卑军不见怪。

王宝钏 军爷莫非迷失路途？

薛平贵 并非迷失路途。我是找人问姓。

王宝钏 姓甚名谁？

薛平贵 王丞相之女，薛平贵之妻王宝钏。

王宝钏 王——宝——钏！？军爷与她有亲？

薛平贵 非亲。

王宝钏 有故？

薛平贵 非故。

王宝钏 非亲非故，找她则甚？

薛平贵 我……与平贵大哥同营报效，受他之托，带来了万金家书。

王宝钏 啊……怎么说，我薛郎有家书归来？

薛平贵 如此说来，你就是……

王宝钏 平贵寒妻。（无意放袖后，即举袖）

薛平贵 呀！

（唱）十八年才见妻一面，

容貌不及彩楼前。

头上缺少帕遮脸，

八幅罗裙少了半边。

背地我把王允怨，

一样儿女两样看。

含悲忍泪将妻认……

王宝钏 军爷，家书喃？

薛平贵 啊，啊，啊……

（唱）紧开口慢开言。

倘若她不守妇道失捡点，

平贵岂不落笑谈。

我这里花言巧语将妻探，

探一探王三姐节志坚不坚。

假意儿弓杈摸一把……

啊吙！掉了，掉了！

王宝钏 军爷什么掉了？

薛平贵 （唱）书信不知落在了哪一边。

王宝钏 常言道家书值万金。你放在何处？

薛平贵 弓衩内面。

王宝钏 可是紧要之处？

薛平贵 正是。

王宝钏 为何失掉？

薛平贵 想是前途取弓打雁，沽酒作肴，在那里失掉了。

王宝钏 尾呀……一十八载，才有薛郎家书归来，却被你失掉了！

薛平贵 我的……薛大嫂不用啼哭，这封书信，卑军还记得。

王宝钏 你不是好人！

薛平贵 从何说起？

王宝钏 偷看家书，吞没了押书银两。

薛平贵 薛大哥修书之时，我在一旁收拾行装，走过去看了几行，走过来看了几路，故而记得个大概。

王宝钏 如此，请军爷道来。

薛平贵 我的……薛大嫂哇！

（唱【一字】）

八月十五月正圆，

薛大哥修书慰宝钏。

隔山隔水难见面，

在梦里思念妻……两三番。

王宝钏 （唱）但不知我薛郎身可康健，

也不知我薛郎可否平安。

薛平贵 （唱）你问我——薛大哥身还康健，

你问我——他平安还算平安。

王宝钏 （唱）我薛郎在边关可把功建？

十八载升过几次官？

薛平贵 （唱）俺平贵——大哥常把功建，

屡建功遭魏虎屡次摧残。

累死了红鬃马险些问斩，

感苏龙讲人情——

（唱【二流】）

法度从宽。

责令他买马补槽把期限，

又怎奈薛大哥手中无钱。

王宝钏 这……这这这如何是好！？

薛平贵 家贫邻里富。找人借嘛！

王宝钏 找谁借呀？

薛平贵 找卑军嘛！

王宝钏 啊……可曾还你？

薛平贵 他还啥哟！

（唱）我找他讨借债一再拖欠，

到而今连本带利整三千。

王宝钏 吓！我薛郎当时借你多少？

薛平贵 三——两。

王宝钏 三两……为啥要还三千？

薛平贵 这叫利滚利，筋斗利。

王宝钏 天哪……这样的大利钱，我薛郎如何还得起呀！

薛平贵 薛大嫂不着急，他有办法呀！

（唱）立下字据把大嫂典，

典当了王宝钏。

王宝钏 吓！……（收袖）你说我薛郎把我当了？

薛平贵 当给我抵债。

王宝钏 我问你：官凭什么？

薛平贵 印信。

王宝钏 私喃？

薛平贵 文约。

王宝钏 拿来！

薛平贵 好嘛！（假取）

王宝钏 （背）拿出来，我就（作撕状）……

薛平贵 吓！险些上当。前面什么地方？

王宝钏 三家店。

薛平贵 三位长者？

王宝钏 当员官。

薛平贵 好！

（唱）我们同去三家店，

验文约你随我走——反悔也枉然。

王宝钏 哎！

（唱）我父在朝为大官，

府中金银用不完。

借你银子还银子，
借你钱来还你的钱。

薛平贵 （唱）卑军家住在边关，
家中金银堆积山。
江湖找钱江湖用，
只要大嫂我不要钱。

王宝钏 （唱）休把你的富豪赞，
我府的丫鬟院子有万千。
武家坡一声喊，
拉拉扯扯去见官。
打棍子上夹板，
披枷带锁丢牢监——
你思前容易悔后难。

薛平贵 （唱）大嫂休把大话谈，
卑军有钱不怕官。
上上下下去打点，
定把你断与俺。

王宝钏 （唱快【二流】）
听他言心生怨，
骂声薛郎无心肝。

薛平贵 （唱）一听三姐高声骂，
越骂孤王越喜欢……
（唱慢【二流】）
常言青酒红人面，
财帛打动人心田。
从怀中取出银一锭，
这锭银三两三钱三分三——
送与大嫂把家安。

买麦子磨麦面，
打手饰和钗环。
扯绫啰缝缎衫，
任你吃任你穿——
夫妻们欢乐过几年。

王宝钏 （唱快【二流】）
这锭银三两三钱三分三，
送与为娘把家安。
买麦子磨麦面，
打手饰和钗环。
扯绫罗缝缎衫，
任娘吃任娘穿。
为娘百岁归天后，
埋娘买副水晶棺——
你孝子的名儿天下传。

薛平贵 （唱）任你说得莲花现，
任你说得天地翻。
卑军起下不良意，
一马——
驮你到边关!

王宝钏 吓!
（唱【三板】）
一见军爷红了脸，
宝钏这阵心胆寒。
奴非宝钏王三姐……

薛平贵 啊……

王宝钏 （唱）那旁来了王宝钏。
抓把黄沙撒他脸……（抓沙撒薛，急由原路下）

薛平贵 （手遮面，再看）咦，走得好快呀！

（唱）霎时不见妻宝钏。

平贵牵马把妻赶……

【薛平贵牵马原场——王宝钏上马门出，行圆场，平贵尾随……宝钏进窑。

王宝钏 （唱）进窑急忙把门关。

薛平贵 （拴马）王三姐，我的妻呀！

王宝钏 呸哟！

薛平贵 我是平贵回来了！

王宝钏 哎！

（唱）时才说是当兵汉，

而今又说夫回还。

说得对时重相见，

若强逼我碰死丧黄泉。

薛平贵 三姐！使不得呀！

（唱【二流】）

高叫三姐你且慢，

且听平贵话当年。

我与卿王府花园初见面，

卿听我谈吐不平凡。

你父悔丝鞭卿不愿，

愿随俺破窑受饥寒。

吃粮投军把功建，

魏虎害俺两三番。

灌醉俺绑缚马背往敌营赶，

感玳瓒赘驸马又扶俺驾坐金銮。

八月十五设寿宴，

鸿雁传书吐人言。

取出金弓银弹打，

打下了——

半幅罗裙血字斑斑。

三姐不信呈去看，

夫妻分别有十八年。

王宝钏 吓，你想诓我开门哪？

薛平愦 窑门不用开，打开天窗嘛！

王宝钏 你知道有天窗！？

薛平贵 自己的寒窑，怎会不知。

【王开天窗，薛投罗裙。

王宝钏 （看）哎呀，真是他回来了！（开门见薛，又急关）

薛平贵 哎……为何又关了哦？

王宝钏 我薛郎哪像你胡子巴叉的哟！

薛平贵 三姐呀！

（唱）少年子弟江湖老，

红粉佳人两鬓斑。

三姐不信梨花照……

王宝钏 我寒窑哪有梨花镜？

薛平贵 有口破水缸！

王宝钏 哎呀！破水缸他都晓得呀！（照）

（唱）十八年老了王宝钏。

开开窑门把夫见……

【王开窑门，平贵入，宝钏打薛一记耳光——高举轻落。

王宝钏 （唱）这一掌打你负心男。

薛平贵 （唱）三姐为我受苦难，

一掌打得理当然。

隔山隔水音信断，

不敢冒然返家园。

怀中取出番王印，
十八载你守出龙一盘。

王宝钏 （唱）宝钏接过王印看，
不枉我寒窑受熬煎。
西凉有个女玳瓒，
他为正来奴为偏。（还印）

薛平贵 （唱）说什么她为正你为偏，
你与孤结发本在先。
为王封你昭阳院，
双凤齐飞伴驾前。
三姐！摆驾来！

王宝钏 噫……

薛平贵 哈哈哈……（吹……携宝钏手下）

·剧 终·

剧本整理于1998年2月

附 记

父亲教此戏时说，他这个戏来源于“小川北”的著名武生王兴啸。一个武生缘何会须生戏？那年代不兴退休，七老八十还要在舞台上“摇肝摆肺”，才能供家养口。所以，唱小生的必学须生戏——作转行的退路。

胡琴的《寒窑会》与同一故事高腔的《骂坡回窑》一样，要演得有趣。

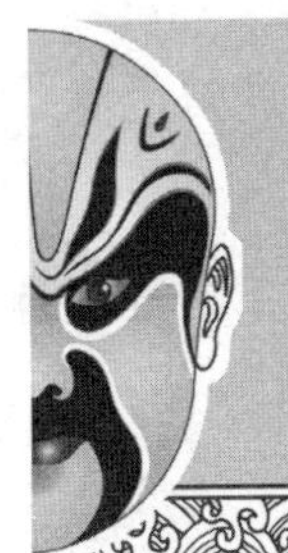

㉟ 杀瞿义（弹戏·甜皮）

夏长清◎传授　夏庭光◎整理

剧情简介

书生瞿义家道寒微，无法度日，夫妻欲在数九天卧雪自尽。幸遇家财万贯的张仲坚（排行居三，人称张三）相救，结为金兰，留府治疾，又赐瞿义万金，飘洋过海。瞿时来运转，偶拾明珠，敬献隋文帝，被封进宝状元，授验宝官之职。义数载无音，其妻思夫患病。张闻瞿获官，受弟媳托，赴京探讯。一日，瞿义早朝毕，马经御街，恰逢张三，为顾官体，扬长而去，张三至府投帖遭拒。张仲坚是夜飞身入府，欲探其因，闻瞿义要以毒酒加害，怒不可遏，手刃负义之徒。

人　物：瞿　义（小　丑）
　　　　张仲坚（花　脸）
　　　　门　官（老末角）
　　　　马　衣（杂）

◎瞿义俊扮，鼻梁画“大汤圆”脸谱，嘴挂“一撮金”口条（胡须），戴矮纱配桃儿翅，穿红官衣索带，下红裤青靴。前持马鞭，后拿书。

张仲坚画红“三块瓦”，戴黑满口条。头戴绿雪帽，身着绿绣花袍，捆鸾带，披绿色雪子，下红裤青靴，腰挂剑。

门官刷点干红，挂“二满满”口条，戴黑色中纱帽，着蓝官衣系带，下红裤青靴。

马衣戴“红海椒”（红色抓子），穿“马衣服”，下着红跑裤、青打靴，拿彩旗。

【空场。道锣后，四马衣持彩旗由上马门上、挖开，瞿义乘马上。

瞿　义　（唱【二流】）

进宝状元殷祖德，

隋帝夸我了不得。

天子恩赐状元宅，

朝罢归来心喜悦。

【马衣唱道下，瞿义随下。张三下场乘马上。

张仲坚　（唱）弟媳思夫昼兼夜，

张三思弟情亦切。

闻贤弟获官天赐也，

快马策鞭赴京阙。（道锣声传来）

道锣声声震街舍……（观望）

呀！观看那高头大马上坐定一位红袍官长，好似贤弟瞿义……好！

（唱）待俺下马立道侧。（下马）

【马衣上，圆场后站上场方“一品墙”，瞿义随上。

瞿　义　（唱）验宝官儿职不孬，

格外获利比禄烈。

朝夕焚香把皇恩谢……

张仲坚 （呼）红袍官长敢莫非是瞿义贤弟！

马衣甲 禀大人：人丛之中，有人高呼大人的官讳。

瞿　义 哦……待我看来……（巡视）呀！观看人丛之中，有一红脸大汉好似义兄张仲坚张三哥？！待我下马……（欲下马急止）哎呀不妥！我堂堂朝廷命官，认一庶民百姓，岂不有失官体？……嗯！（对马衣甲）

（唱）呼我之人认不得。

回府！

【马衣吼道往下场门人，瞿义昂头策马而去。

张仲坚 这是何故！？那红袍官儿明明是瞿义贤弟，并有下马相认之意，然何又策马而去……哦！御街之上，人多眼杂，恐失官体。待俺赶至状元府。（上马圆场，下马拴缰）

门　官 （下场上）站住！

张仲坚 门官大人，我是你家状元公的故友，现有名帖，烦劳通禀。

门　官 （接帖）故友……名帖……（以手背拍帖两下，摊手示意）

张仲坚 （取银）十两纹银，不成敬意。

门　官 （收银）这就不必了。你稍候。（下后复上）

张仲坚 你家大人……

门　官 我家大人观罢名帖，说了四句我弄不懂的话，还好，记得最后三个字。三个字是：认——不——到！（丢帖下）

张仲坚 这是何故？！御街之上，为顾官体，不能相认，这还罢了；见了名帖，拒而不见，难道这书生忘恩负义……也罢！今夜三更，飞身进府，看个究竟，再作道理。

（唱【三板】）

　　小瞿义若忘恩决不饶赦，

　　三尺剑定把尔狗头来切。（上马上场下）

【中场设一桌，桌上放文房四宝、纱灯一盏，桌后一椅，红色摆场。下场方竖置一桌，素色摆场——先拟屋脊梁，后拟粉壁墙。瞿义脱官衣换红褶红帔，持书。

瞿　义　（内唱【倒板】）

叹下官时运不济身遭困……

【张三急步由下马门上，行反圆场，察右再行圆场看左，继走半月形至中见书房门半掩，潜入，遂观上场方——似见瞿，飞身上桌。瞿义上马门上。

瞿　义　（唱【一字】）

双亲故无薄田家渐凋零。

守寒窗磨铁砚欲求上进，

场场考考场场榜上无名。

数九天缺寒衣油盐皆罄，

万无奈携妻子卧雪了残生。

多感得张三哥救夫妻性命，

再造恩又结拜赐我金银。

游海外拾宝贝陡转红运，

夜明珠献隋帝平步青云。

验宝官虽不大财路颇顺，

哪银水一股股暗流进门。

御街上逢三哥未曾相认，

他投帖我拒绝有愧于心。（“架桥”（即行弦）……缓慢上桌，展书阅……）

读《春秋》不由人扪心自省……

哎！

我瞿义行不义枉取此名。

（唱【夺子】）

无三哥我已死得梆梆硬，

无三哥赠万金咋个海外行。

无三哥我哪能把宝贝整，

无三哥拿啥子敬献帝京。
得点水报涌泉古有名训，

张仲坚　（唱）张仲坚既施恩且望报恩。

瞿　义　（唱）三哥唱得多好听，
不图报找我是啥事因。

张仲坚　（唱）一别三载杳无信，
不知凶吉或死生。
弟媳思你忧成病，
为兄思弟手足情。

◎瞿义的所唱以及下面的所讲，都是自言自语的“内心独白”，张仲坚——包括观众是不会听到的。但是，演戏是不等于生活的一门艺术，演员必须把剧中人物的“肠肝肚肺”让观众听个一清，看个二楚——这就是戏。不然的话，张三咋个“杀瞿义”哟？！

瞿　义　（唱）闻言令我——
（唱【二流】）
打冷噤……（“架桥”）
哎呀，倒是我瞿义差矣！想我早朝而回，行至街前，得见故人张三，我未曾瞅睬于他，各自回衙。他又随跟步迹，赶至府门呈帖投见，我又以绝情诗相拒，他必气恼于我。想我受过他救命赠金之恩，反与结拜义兄绝交，岂不成了负义之徒？！这这这……哦！有了，不免明日命得人役，前去（离桌至台中）将三哥寻着，接进衙来……

◎在剧中人的眼里，已出现面带怒容的张仲坚（站立桌上的张三脸带怒色）

屹立于府门之外——

以礼恭敬……

◎瞿义施礼相迎，双手扶着“张三”，步入客厅，赐以上座——他从桌后端椅摆中场桌前，扶“张三”就坐——

我言道一声张三哥呀张三哥，因小弟从早饮酒过多……

◎张三似乎反问了一句：饮酒过多？

……是嘛！饮酒过多！

◎“为官人酒要少饮，事要正为”——通过瞿义扮演者的面部情绪反映，好像听到并未坐于中场椅上的张三以教训的口吻说了这句话。

对，对，对，谨遵三哥教诲：为官人酒要少饮，事要正为。

◎站立桌上的张三点头。

都怪造酒的杜康，使小弟两眼昏花，未认出我的三哥。三哥有大量，定不会怄气……

◎张三好像在说：大人不见小人怪！

三哥说得好！大人不见小人怪。容小弟与三哥赔罪。

◎瞿整冠掸尘，大礼参拜居于上座的“张三”——桌上的张三挥手：请瞿起并脸呈笑容……

三哥笑了，笑了！哈哈哈……

◎桌上的张三似乎亦发出朗朗笑声……

谢谢三哥！

◎瞿义起身，快步凑近椅边，挽扎两袖，满面堆笑地向坐在椅上的“张三”捶背……突然停手，走向观众——脸上出现弧疑的表情——

哎呀不对！（锣鼓一“壮”，“架桥”断）想我离开张家数载，我那月娘妻子年少貌美，三哥与她朝夕相处，这其间……他两人……（眼珠滴流流地转——干鼓配）嗯！（【冲头】锣鼓）一不做，二不休，备下毒酒，明日请张三进府……嗯嗯嗯……张三！（以下干鼓伴）你不——得——活！（一“闷锤”——“壮”）

张仲坚 恨！（猛一跺足）瞿义！狗才！（跳下桌抓住瞿）

瞿　义 哎呀三哥哇！我错啦！

张仲坚 可恼！

（唱【三板】）

大骂瞿义不是人。

怒轰轰拔出剑一柄……

瞿　义 三哥饶命哪！（跪，连连磕头）

张仲坚 （唱）要饶命——阴司求阎君！

【张左手抓瞿领，行反圆场后向里一甩——义向里“飞跪”，张三挥剑劈冠；瞿义一声惊叫：“哎呀”，张三剑劈瞿颈——义以帔遮头（示头被砍下）；张从桌围下取出“彩头”（“彩头”，原为纸扎，现以红绸包裹代替），跳出书房上桌（此时之桌拟墙）亮相……

·剧　终·

剧本整理于2002年元月

附 记

《杀瞿义》，行称“杀无义”——有时正式作宣传名。

《杀瞿义》是全本《三异图》中的一折。《三异图》，据说源自《隋唐演义》、《虬髯客传》、元杂剧《风尘三侠》、明传奇《红拂记》。这些书里戏里，似乎都没有“杀瞿义”的影儿。我之见闻，《杀瞿义》唯川剧独有。

川剧传统弹戏《三异图》，是两个故事交缠进行：

一是救瞿义至手刃负义徒；二是三原李靖拜谒越国公杨素，杨府歌姬红拂爱靖英俊，偕李私奔。杨派兵追赶，张三误为捕捉刺客，挥剑杀退。红拂、李靖、张三旅店相逢，红拂谙悉江湖之道，闻张三名，亲昵地称呼三哥。三人言语投机，胸怀大志。后李靖辅李渊（大唐开国皇帝），仲坚飘海外，都建功勋。

全本《三异图》，只《杀瞿义》《店房会》可单演。

《三异图》之“三异”，即张仲坚一口好胡须，江湖人颂虬髯公；李靖貌俊身秀，人称美男子；红拂青丝垂地，天下长发女（《店房会》“三异”相聚，道出剧名）。

《杀瞿义》的看点，是早于谐剧的川戏传统的“谐剧”表现手法：从“哎呀，倒是我瞿义差矣”——“哎呀不对”，运用“谐剧”手法，使得这段独白更赋予形象化的特色，增强了艺术的感染力。

2014 年 6 月 1 日夜

36 九焰山（胡琴·西皮）

彭天喜◎传授　夏庭光◎整理

剧情简介

唐时。薛蛟奉三叔薛刚命，单人独骑至九焰山战乱世祸民的袁妖。袁见薛英俊年少，以言挑逗，蛟毫不动情，奋力拼搏，袁吐妖气败薛，薛用真武大帝梦中所赐的捆妖绳，终缚妖女。

人　物：薛　蛟（武　生）

　　　　袁　妖（武　旦）

◎薛蛟俊扮，印堂刷散淡红加点“一颗印”（显稚气），头戴独独冠，翎毛倒插，脑后坠青绫，额前捆银块勒条，两鬓垂露发；穿白绣花袍套排疏，系鸾带，下穿白绣花裤（或红彩裤）、白绣花靴（或青靴），持白色双头枪（后怀揣风带——拟作捆妖绳）。

袁妖俊扮，印堂画“一颗印”描金，眼皮点金粉（示妖气），头戴孔雀冠，插雉尾，两耳旁垂小辫，身着紫红紧袖“武身子”，腰配“吊带短裙”，下穿同色跑裤、打靴，持红色双头枪。

◎“真武大帝”：真武，原名玄武，宋代因避讳始祖赵玄朗（赵匡胤），改玄为真。湖北武当山是我国著名的道教胜地，也是道教敬奉的真武大帝的修炼、发祥地。

◎“印堂红”：多用于川剧文武小生。种类有一朵云、一颗印、半边桥、箭红、冲天红、旭日红、风流红、火焰红、月牙红、闪电红等。详情，请参阅《川剧品微·“印膛红”》（165 页）。

【空场。

薛　蛟　（上马门出至中场亮相。唱【二流】）

三叔营中亲差我，

九焰山去把袁妖捉。

提枪跨马急如火……（右手勒马走反半月形）

袁妖打阵来！

与少爷大战八百合。

打阵来！

袁　妖　（下马门出，涮枪亮相。唱）

战鼓咚咚如雷过……（与薛“眼镜圈”，对视惊喜）

哎哟，好美的男子呀！（向右摇头，以扫翎挑逗，在【浪里钻】“过门”中左视右瞅）

（唱【浪里钻】）

九焰山来了个小哥哥。

手中若有降摩杵，

赛过西方将韦驮。

奴若与他（稍停再唱）同床——（斜身下蹲作睡状）

卧……

（唱【二流】）

也不枉狐仙把道学。（缓近薛蛟）

◎韦驮，又名韦琨、韦驮天、韦驮菩萨。担当佛寺的卫戍工作，是南方增长天王手下为首的八将之一。降魔杵又名金刚杵。

薛　蛟　呸！

（唱【三板】）

真果是妖女残花朵，

不知羞耻胡乱说。

举枪将儿命结果……

袁　妖　好！

（唱）看看谁强哪个弱。

【薛蛟刺袁，妖以手推枪，再互刺，彼此擎枪向里翻——二人背身举枪定相。在【倒板】锣鼓中再向外翻，举枪亮相……

袁　妖　（唱【倒板】）

战鼓连声马嘶叫……（◎）

薛　蛟　（唱【一字】）

烈马嘶鸣战鼓敲。

袁　妖　（唱）观少将头戴金盔双雉绕，

薛　蛟　（唱）观女将头戴金冠凤雉飘。

袁　妖　（唱）观少将身着战袍绣鹰鹞，

薛　蛟　（唱）观女将身穿锦战袍。

袁　妖　（唱）观少将坐下马如虎似豹，

薛　蛟　（唱）观女将跨下骑红如樱桃。

袁　妖　（唱）观少将手中枪银光闪耀，

薛　蛟　（唱）观女将手中枪似蛇出巢。

袁　妖　（唱【大过板】）

观少将赛吕布脸儿俊俏，

薛　蛟　（唱）观女将似妲己——

（唱【二流】）

九尾狐妖。

◎ 1.【倒板】后双枪插地成倒“人”字形背身亮相，【一字】过门的套打锣鼓里，二人转身扳单翎亮相，薛蛟接唱第二句后收式；

2. 双方各唱两句中皆不用【一字】过门而接唱；

3.“如虎似豹”——薛蛟勒马趱步至下场方，袁妖勒马占步至上场方，“红如樱桃”——二人以同样步法返回；

4.“观少将手中枪……”唱中，薛出枪刺袁，妖绞枪后反刺薛“蓬头”——蛟弓箭桩接，薛唱“观女将手中枪……”推袁枪，再划枪打袁蓬头——妖低身接；

5. 袁妖【大过板】后段的行腔里扳右翎、缓磨步近薛，抛翎挑逗结束。以上【一字】，双方须配合默契，方收边唱连做的艺术效果。

袁　妖　（唱）问声将军尊名号，

何方来的小儿曹。

薛　蛟　（唱）三叔薛刚谁不晓，

少爷姓薛单名蛟。

劝你下马受绑套，

少爷饶汝命一条。

袁　妖　（唱）莫把大话说早了，

你我还未把阵交。

你若顺奴把命保……

薛　蛟　看枪！

◎薛蛟挥枪刺袁妖，袁手推枪后扯“上下式口”，“过合”、打“小快枪”前段——至薛踢腿止，二人横枪相对起慢节奏的【半登鼓】：反顺高低式口亮相，再双枪触地，扳翎磨反顺半圆台，起“坐莲”序式，紧接缓打“枪架子”，再里外翻——袁妖挑逗薛蛟；然后相对，【半登鼓】止，干鼓配（展示“翎子功”后继起【半登鼓】用翎时如前——下同）“交叉点翎”；继背枪、抱枪、挽手、小圆台“转翎”，遂背身“摆翎”，接对面垂首“转翎”，二人左右分转——“托手枪”（三锤——“壮壮壮”配，激烈锣鼓起），继打“小快枪”后半段，然后干鼓伴“枪扎颈”；薛刺袁，袁跨腿夹枪，妖枪刺蛟——即停、收回、以手轻打薛蛟脸，再翻身扳翎亮相，缓缓离去——下场门下。

薛　蛟　（唱）九焰山定要擒袁妖。

哪里走！（“耍下场”追下）

袁　妖　（上，唱【三板】）

小薛蛟人俊武艺好……（略思）

有了！迷魂气叫他神魄飘。

【薛蛟追半圆台至下场方，袁妖右手扳翎蹲身吐妖气——薛蛟独脚左转（翎随舞），败下。

袁　妖　小薛蛟！小哥哥！你不要跑，奴家才舍不得杀你呀！（“耍下场”，追下）

薛　蛟　（上，唱）

妖气迷眼黑雾罩……

哎呀不好！袁妖口吐妖气，令俺神思缭乱，双目难睁。我又如何擒她……啊！昨晚梦寐之中，忽见真武大帝降临，并赐我捆妖绳一根，降妖服魔，百发百中。彼时拜谢大帝，将绳收藏怀中，不知是真是假……（摸绳出）果然在此！此乃真武大帝助俺功成！

（唱）捆妖绳量尔无处逃。

【薛蛟引袁妖上，袁欲再吐妖气……

薛　蛟　捆妖绳！

袁　妖　（大惊）哎呀……（抛枪）

【薛蛟平直抛绳——绳缠袁腰，蛟踢袁“坐莲”（此“坐莲”乃盘腿跳跃坐地，前“坐莲”是把子单对名）。

薛　蛟　（枪逼）走！

【袁妖撒娇后，起身掏双翎逗薛……

薛　蛟　走！（押袁妖下）

·剧　终·

1955年2月 整理

1999年12月 再次修改

附　记

《九焰山》又名《盗丹还丹》。“盗丹还丹”，是袁妖口吐迷魂气令薛蛟迷性动情，行欢娱事，妖盗其精，蛟面色如雪（以扑粉盖红），骨瘦如柴。真武大帝赐薛蛟仙药吞服，再行鱼水欢时，薛蛟之精失而复还（刷去扑粉加干红），并生擒狐妖。整理本去掉了这一情节。

戏中的“翎子功”用得较多——老师传授时有意而为，让学者加强锻炼。我学后与老伴苹萍唱至2000年3月带王蓓演出（重庆市川剧院资料室有录像）和此次纳入“剧本选”都“原封”未动。愿学的艺友，可酌情用“一”法。

2014年6月 端阳节夜

㊲ 访周处（高腔）

夏长清◎传授　　夏庭光◎整理

剧情简介

晋时，太守王浚赴义兴（今江苏宜兴县）上任接百姓状，告孽蛟、猛虎、周处危患地方的三害。王太守微服私访周处，以蛟虎喻处，痛数其罪。周处闻言惊愧，愿改前非，打虎斩蛟，为民除害。

人　物：王　浚（老　生）
　　　　周　处（跳打花脸）
　　　　张小二（小　丑）

◎王浚打白蓬头，捆黄绫帕，戴白抓子，穿土黄褶子系绦，下着泥巴色裤、白统袜、黄夫子鞋，嘴挂白三，持竹杖。

周处五彩全脸（红眉），戴绿色罗帽，穿同色绣花袍捆鸾带，外敞穿同色绣花褶，下跑裤打靴。

张小二抹淡红，画眉勾眼，鼻梁上竖画蛋形白粉，戴蓝色栏苏，着蓝色茶衣加短白腰裙捆风带，下黑色裤、白统袜、夫子鞋。

【中场竖置一桌。左设一椅，右设靠背椅，浅蓝摆场。

周　处　（上场出，唱【扑灯蛾】）

天不怕地不怕，
要吃要穿随意拿。
若是哪个惹某家，
不死也叫他肉开花。

某，周处。自幼父母双亡，家无产业。幸喜某力大无穷，爱弄刀棍，在这义兴地方终朝茶房进酒肆出，倒还过得快活。又有几日没有照顾张小二，待某往张家楼一行。（圆场）张小二开店来！

张小二　（下场上）咦！听这惯熟的声气，好像是周处。

周　处　还不开门，某便要……

张小二　（急开门）周大爷打不得哟！

周　处　财神菩萨来了，怎么慢吞吞的？！

张小二　（背）你这个财神菩萨多来两回，我这张家楼就垮杆啰！

周　处　啥！

张小二　没说啥呀？！

周　处　今天有好酒好菜吗？

张　二　陈年老酒坛坛香，蒸炒煮卤样样齐。我给周大爷抱一坛老酒，拿一个卤猪头，你拿回去慢吃慢饮。

周　处　不！周大爷今天兴致好，就在你店中饮酒吃饭。

张小二 哎！哎呀！（背）他在堂上一坐，哪个还敢进我张家楼哇！？

周　处 啥！

张小二 没说啥呀！？

周　处 带路！

张小二 哎哎哎……（圆场）

周　处 张小二！好酒好菜尽管端上来！（坐靠背椅的椅背上）

张小二 是是是。（向内）好酒好菜端上来！（背）吃了反正不给钱。（下，端酒盘复上）

周　处 酒冷菜凉再叫你！

张小二 我今天只好做关门生意啰！（下）

王　浚 （杵竹杖上场上。唱【园林好】）

老夫义兴把任上，（重唱）
父老纷纷到公堂。
人人呼冤呈词状，
状告三害太猖狂。
一告孽蛟兴恶浪，
二告猛虎把人伤。
三告周处蛮横不把道理讲，
横行乡里民遭殃
我想到周处自幼失教养，
养成了横行霸道的坏行藏。
那周处自幼好拳棒，
十八般武艺件件强。
我又想到打虎斩蛟需猛将，
周处正好派用场。
因此上我卸公服换庶装，
扮一老叟到街坊。
去把周处访，

巧妙用唇枪。

但愿他迷途知返、改恶从善、洗心换肠——

（唱【一字】）

除却三害！

除三害得一栋梁。

王　浚　老夫……（左右略视——鼓眼：打、打打打打……伴）义兴太守王浚。老夫到任不久，百姓状告三害：一是长桥恶蛟，二是南山猛虎，三是那蛮汉周处。三害不除，老夫寝食难安。故改换庶服，巡访周处，以巧言劝喻。若得周处悔悟，义兴三害除矣！时才衙役禀报，那周处正在张家楼饮酒，老夫急急忙忙往张家楼一行（圆场）。来此已是张家楼，店家！

张小二　（内应）来啦！（上念）

周处坐店堂，

生意就清凉。

耳听有人喊……

咦！未必寿星嫌命长！（开门见王……打量）

哎呀，才是王大人哪！（跪）

王　浚　哎哎哎……（扶起）店家为何大人称呼？

张小二　大人上任之时，小可在接官亭看热闹，见过大人的慈祥面容，故尔认得大人。

王　浚　好好好，你既认得老夫，老夫也不瞒你。你可不用声张！

张小二　哎哎哎！

王　浚　店家，我莫问你，周处可还在你店中？

张小二　正在店中饮酒。

王　浚　如此带路。

张小二　大人呀，那周处蛮不讲理啊！

王　浚　我正是为他而来。

张小二　大人若有闪失，小可吃罪不起。

王　浚　店家放心。那周处再不讲理，对我这个乡间的老头儿也不会动手动脚吧？！

张小二　这到是。好像他从没有欺侮过老头、妇女、小娃儿。

王　浚　啊……（面喜点头）这到好哇！请店家带路。（随店家圆场）杰士，老汉可在此一坐吗？

周　处　坐嘛！老子一人饮酒正觉莫趣，多个人好摆龙门阵。

王　浚　深谢了。（竹杖放桌边，坐）店家，请给老汉烫一壶烧酒，拿两碟小菜。

张小二　大……

王　浚　（急止）大壶不要，要小壶。

张小二　啊啊啊……（舌头一伸……下，端酒复上）王……

王　浚　（起身紧接）忘了什么？

张小二　哦……忘了给你烫热点。

王　浚　（摸壶）正好，正好。（接酒盘放桌上）店家请歇息。（归位）

张小二　差点又说漏嘴。（下）

周　处　老头，喝酒喝酒！

王　浚　杰士请！

周　处　请啰，请啰！

【吹……周处狂饮，王浚端杯欲饮……

王　浚　唉！

周　处　老头！你为啥哀声叹气哟？

王　浚　杰士有所不知，义兴多灾多难，出了三害呀！

周　处　啥！？义兴出了三害？我怎么不晓得呀！？老头儿，有哪三害？这第一害是啥？

王　浚　（念）杰士有所不知道，
第一害就是长桥蛟。
兴风作浪把孽造，
船毁人亡丧波涛。

周　处　第二害？

王　浚　杰士呀！

（唱【扑灯蛾】）

第二害就是南山虎，

过往行人尽遭诛。

那南山是商贾的必经路，

而今路断行人疏。

周　处　这第三害？

王　浚　啥？（故意颤抖）

周　处　第三害？

王　浚　哎！（更惊——“弹髯”——激烈地干鼓配合）

周　处　（见状诧意，越加追问）老头！（拍肩——一锤“壮”）我问你这——三——害呀！

王　浚　（故意加码）骇……骇……骇煞人也！（抛帽、起身、躲藏椅后）

（唱【锁南枝】）

提此害，心惊颤！

【周处下椅扶王浚归坐。

王　浚　（唱）提此害心惊颤，

汗流浃背湿衣衫。

周　处　他是精是怪？

王　浚　（唱）他比精怪更凶险……

【王浚在［专句］帮腔中又离位想躲避，周处又扶归座。

王　浚　（唱）他比精怪更凶险，

周　处　到底是个啥？

王　浚　（唱）本是义兴一壮年。

周　处　哦……（回坐椅上）

王　浚　（唱）谈此人幼小失教管——

（唱【一字】）

好吃懒做皆占全。
横不讲理又蛮干，
不辨是非爱动拳。
危害地方祸不浅，
义兴父老苦难言。
若论此人性本善，
他是一个血性男。
只可惜——（离位）

（唱【二流】）

他不能为国出力，
为民分忧，
打虎斩蛟，
轰轰烈烈干一番。
反被人与虎蛟并称三害，
弄得来天怒人怨，
此害不除呀——

（唱【一字】）

义兴难安！
义兴难安！（王浚在帮腔中回座，察周处反应）

周　处　啊！这第三害非虎非蛟，竟如此可恶！老头儿！这第三害姓甚名谁？俺去找他！

王　浚　杰士！（突起，掩周处嘴，左看右看后，微声喊）杰士呀

（唱【二流】）

悄悄语莫高声……

（低声唱）

悄悄语莫高声，
你我说话怕人听。
若问此害名和姓，

他姓……（锣鼓以“课打课”伴奏……再视店堂）

周　处　你怕啥？有我！

王　浚　他姓周……

周　处　吓！？

王　浚　单名处——

周　处　啊！

王　浚　（仍低唱【一字】）

周处就是此害名！

周　处　（在王浚【一字】行腔中搓手跺脚，口连“哇呀呀呀”……腔完梭坐椅上——“壮”——闷锤后紧接）我好恨哪……

王　浚　提起周处谁不恨啰！

周　处　我好悔呀！

王　浚　知悔就——（竖拇指，回坐椅上）

周　处　（快【二流】）

我好悔我好恨！（张小二上）

我好悔我好恨，

周处成了害人精。

谢老丈将俺警醒，

俺周处……

王　浚　吓！（锣鼓一“壮”断，佯装惊惧）你就是……

周　处　俺就是老丈说的第三害！

王　浚　（有意试之）你要饶命哪！（欲跪）

周　处　（急扶）老丈！

张小二　（拿过竹杖，准备帮忙）……

周　处　（唱）俺周处立志做好人。（双膝跪，在帮腔中叩头）

（唱慢【二流】）

谢老丈谆谆训……

谢老丈谆谆训，

永世不忘教诲恩。

俺今后改恶性！

王 浚 好！（扶周起——“壮”）

周 处 （唱【一字】）

打虎斩蛟某担承！

某担承！

张小二 （放下竹杖）吓！王大人真有本事！

周 处 （惊，拉张小二低声问）谁是王大人？

张小二 这就是义兴太守王大人！

周 处 俺有眼无珠，大人恕罪！（欲跪）

王 浚 （扶住）杰士知错能改，善莫大焉。请随老夫回衙，即命衙役助杰士打虎斩蛟。

周 处 俺一人足够！何必兴师动众！？

王 浚 与杰士助助威也是好的。

周 处 听从大人吩咐。

王 浚 （摸银）酒资在此（交张小二）。杰士请！

周 处 不用大人破费（从张手中拿银还王）。张小二，酒钱拿去（摸银付张）。

张小二 周大爷要为民除害，这台酒算我请客。

周 处 拿到！

张小二 不能收。

周 处 再不收，看打！

张小二 哎哎哎……你往天吃了不给钱，问你要，你要打；今天不收钱，也要打。咋个老毛病不改哟！

【三人同笑——吹……王浚携周处出店下，张小二笑下。

·剧 终·

剧本整理于 1995 年 3 月 27 日

附　记

《访周处》又名《太守访处》《访处除害》。

父亲教此戏时曾说，《访周处》乃大幕《除三害》之一折，是老生、花脸为主的戏。《除三害》大幕，父亲在岳池县家乡油炸溪仅看过泰鸿班一次演出，此后，常见唱者仅“访处”单出了。《访周处》，是父亲多次跟萧荣华、廖三吉等人配演张小二时，用“电脑”死记下来的。

整理本《访周处》，删去了太守“闻报”——衙役禀报周处去向，当场改装的“过场戏”，其于变动不大，仅作了台词的修改。

《访周处》，描写了一个地方父母官重诲轻惩、爱惜人材的为官之道。

2014 年 6 月 7 日

㊳ 书馆悲逢（高腔）

姜尚峰◎传授

剧情简介

汉代。陈留郡蔡伯喈高中状元，闻牛相欲赘为婿，修本辞官未果，天子赐婚入赘。其时，家乡饥荒，父母去世，赵五娘身背公婆遗容，上京寻夫。在弥陀寺幸遇牛小姐，伯喈、五娘才得相会。

人　物：蔡伯喈（文　生）
　　　　赵五娘（青　衣）
　　　　牛小姐（花　旦）
　　　　家　院（杂）

◎“陈留”，秦始皇时置陈留县，汉代设郡。今河南开封陈留镇。

◎蔡伯喈俊扮（色不宜浓）戴配柳叶翅的状元头（内扎矮桩水发），里着玉色褶，外穿玉蓝官索带，下红裤青靴，持扇。

赵五娘俊扮（色淡），青衣苦头，捆孝，穿“苦褶子”（宜淡色），白腰裙，足下素色鞋。

牛小姐俊扮（色艳），花头，粉红帔，同色裙，下穿绣花彩鞋。

家院刷淡红，戴黄罗帽，穿同色衣捆鸾带，下古桐色裤、长袜、夫子鞋，挂麻三口条。

【台中一桌二椅——摆场素雅，桌后左角（拟中堂）挂画。

蔡伯喈 （内喊“悲头”：“伯喈爹！”缓步由上马门出）蔡邕娘！（仍慢行至“九龙口”停）爹娘啊！

◎喊“悲头”和下面【解三醒】中的唱“哀子”，都是一种传统程式。前为呼叫，后为唱。“哀子”，可唱亦可“以念代唱”，视情而定。喊“悲头”，必须是三次。用喊“悲头”，也必须紧接是唱。

◎【解三醒】，亦称【解三星】，多适追忆、感叹等情绪。（凝视远方——似乎看到了家乡唱【解三醒】）

叹双亲把儿空悬望——（蔡邕微叹气摇首至台中）
你孩儿……（唱该曲牌的主腔）
枉读了五车文章。

（唱【哀子】）

我想那不会读书的儿郎，

（唱【一字】）

侍奉双亲在高堂。
想我会读书的儿郎，
不能把双亲来奉养。

（唱【哀子】）

想在那花田饮宴之时——

我双亲言道：

伯喈孩儿，

愿儿禹门三级浪，

攀丹折桂玉炉香。

慢道说伯喈爹娘，

还有我两月妻房赵五娘，

站立在双亲侧旁。

口称道：

伯喈儿夫，

妻愿夫黄卷青灯努力三场，

早换来紫绶金章。

书中自有千钟粟，

不能回家奉高堂。

书中自有黄金屋，

别下前妻守空房。

（帮【合同】）

我也是还思想再思量……

蔡伯喈　（唱）这都是诗书误我，

我误爹娘。（重帮）

◎“五车文章”或五车诗书，皆形容读书多，学识丰富。出自《庄子·天下》：“施惠天下，其书五车。”

“禹门三级浪”：禹门，又名龙门，在今山西河津县西北。相传夏禹所凿后人怀念其功德，称为禹门。古人赞“禹门三级浪，平地一声雷。”同“攀丹折桂”一样，皆喻金榜题名。

◎“两月妻房”，指婚后的时日。

◎“黄卷青灯”或“青灯黄卷”皆形容读书人发奋。黄卷指书籍。古时纸张多用黄色的一种料济涂染，以防虫蛀。元·叶颙《书舍寒灯》诗：青灯黄卷伴更长，花落银红午夜香。

◎“紫绶金章”，紫色印绶和金章，古时丞相用。借指高官显爵。“千钟粟”“黄金屋”以及“书中自有颜如玉”——出自宋真宗赵恒的《劝学诗》——激励古人勤奋、向往功名的话。前朝人说后朝人的话或故事，这在戏曲舞台上可谓屡见不鲜。如小说《镜花缘》也有其例：第四回，武则天在御园赏花时自叹：“……我以妇人而登大宝，自古能有几人？将来真可上得《无双谱》的。”《无双谱》，清代金古良作，纪录从汉张良起到宋文天祥止这一时期四十个“独一无二”的人的事迹，武则天是历史上唯一的女皇帝，也被编入。《无双谱》是唐以后的书，作者有意把真实的书名作为假想的书名。

◎缓速的文场锣鼓伴蔡伯喈沉重的步伐登台，一张似无表情的面孔，透示出他大登科金榜题名，小登科洞房花烛后的内心痛苦，恰好地展现了贯串人物行动的思亲之情。伯喈思亲的怀念之情主要是通过【解三醒】——全折戏唯一最长的唱段来抒发的。演员要极好地发挥艺术嗓音的优势——腔随情凝重低沉，千回万转，刻画出人物彼时彼地的心境，为整折戏打好基础。“思亲”唱不好，“悲逢”上不去。

（念诗）

隆恩宠信封议郎，
不准辞官转故乡。
八旬老母倚门望，
两月妻房盼断肠。

下官蔡邕字伯喈。陈留郡人氏，爹爹蔡从俭，母亲秦氏，娶妻赵五娘，大比之年上京应考，得中头名，官封议郎之职。前番与夫人商议，欲转回陈留。不免去到书房，候夫人回音。

（小圆场入房）

◎“议郎”，郎官的一种。秦置，西汉沿习，属光禄勋。议郎为顾问应对，参预朝政。

(念) 一进书馆把头抬，
但见古画齐展开。(配小锣铰子：才才才)
孟宗哭竹今何在，
郭巨埋儿天赐财。(才扎)

◎“孟宗哭竹”：孟宗，三国时江夏人（今湖北省武汉市江夏区）。母年老病重，医嘱用鲜竹笋熬汤可治。适严冬，孟到竹林哭诉，忽地上长出嫩笋——“孟宗哭竹冬生笋”，母喝汤病愈。“郭巨埋儿”：郭巨，晋代隆虑（今河南林县）人。家贫奉母，后来，妻生一男婴，郭思：如果养子便无力奉母，与妻商议埋儿。挖地时，忽见一坛黄金，上有铁制证书：“天赐郭巨”——“郭巨埋儿天赐财”。夫妻得金，孝敬母亲兼养儿子。孟宗、郭巨皆是二十四孝中的孝子。孝，是中华民族的美德，是传统文化之精髓。元代，郭居敬录古代24个孝子的故事，编成《二十四孝》。其他还有：孝感天地、亲尝汤药、啮指痛心、芦衣顺母、鹿乳奉亲、戏彩娱亲、卖身葬父、刻木事亲、行佣供母、怀橘遗亲、扇枕温衾、拾葚异器、涌泉跃鲤、闻雷泣墓、乳姑不怠、王祥卧冰、恣蚊饱血、扼虎救父、尝粪忧心、弃官寻母，涤亲溺器、安安送米。

我伯喈慢说效他，就是踩他芒影也很艰难。呀！（视台左方）但见这旁挂定一古画，此乃是三月三鲤鱼跳龙门，跳得过洋洋得意而去，跳不过频频摇首而归。我伯喈倒效了洋洋得意而过，怎不做频频摇首而归？！……此乃是一轴上画，下人不知挂在侧旁，倘有官员至此，岂不嘲笑？待我把它移至中堂……

◎往旁拾杆——以手中之扇拟作取画之具，取虚拟之画，缓行几步——乐台以“小打”配……“挂回原处”，“小打”照旧，演员挂画放具，再步回中堂——

◎芒影即芒鞋的影子。芒鞋，用植物的叶或杆编织的鞋子，就是草鞋。

呀！中堂又被一画占定，画不重挂，挂回原处……呀！我观这轴画的两位老人家好生面熟……我伯喈好像在哪里会过的……（坐桌左椅细观）哦！好像与下官同船过过渡？……不是，不是……不是同船过渡……好像与下官同桌饮过宴来的？！……（边说边起身，移坐右椅，再细看）不是……也不是。（沉思）这两位老人家，好像是我们陈留郡的？在原郡地方好像教过下官的？！……（再细想）不看不像，越看越像！好像我伯喈爹！蔡邕娘！

◎上段讲、思、做中，除“好像我伯喈爹！蔡邕娘”以单锤——“壮”击打外，其余均以鼓眼、“小打”相伴……

蔡伯喈 （唱）二爹娘你也来了……

哎呀爹娘啊！（起身扑向画图，突然“刹车”——“壮”打演员背部的微微一耸，急转身呼）琴、学二童！（【冲头】将演员的急步打至台前）惜、爱二春！（“壮”，见四周无人）哎呀呀呀……（才乃乃乃——铰子小锣敲击配）我把这画上的两位老人家叫了一声爹娘，倘若下人在此，我的脸面何存。（缓转身再视图画）

（念）观看二老面带黄，

手执竹杖走忙忙。（以扇拟杖——“才、才、才”配“走、忙、忙”）

莫非饥寒遭病恙……

叫人辗转费猜详。

（唱犯【下山虎】）

沉吟暗想，

暗想沉吟……

思想陈留二爹娘。

（帮原【解三醒】二流腔）

你是那谁家爹来哪家娘？！

◎此处换犯【下山虎】，突出了剧中人物琢磨不定、辗转猜疑的情绪。表现出川剧前辈灵活运用高腔曲牌的智慧。

蔡伯喈 （唱）既是我伯喈爹蔡邕娘，

怎不见行孝媳妇在侧旁。

我的妻赵五娘甚贤良，

能会针黹奉姑嫜，

（唱【一字】）

二爹娘——

必不会穿这破损损的烂衣裳。

（帮【二流】）

儿也曾修书回故乡！（重帮）

（唱）父在家乡，

儿在洛阳，

两下里无有一个人来往。

哦！我也是知道了明白了——

莫不是长街上画工先生，

画不画由他擅主张，

弄笔尖——

（帮“自由腔”）

误画形像。（重帮【二流】腔）

◎此段戏是前“思亲”的延伸、深化。演员的唱做应继贯串人物“思亲”之情的层层递进，为“悲逢”铺路。

家　院　（下马门端茶上奉茶）……

蔡伯喈　（放扇、接茶，视图，双手敬茶……略停、收回，饮茶、放杯）……将画呈来。

家　院　（放茶盘桌上，取画呈图）……

蔡伯喈　（细观）观看这两位老人家画得真正俨然……将画原挂。

家　院　（接图，有意以图反面示）……

蔡伯喈　慢！后面还有诗句……此画在哪里拾得？

家　院　夫人在弥陀寺拾得。

蔡伯喈　哦！请夫人书馆答话。

家　院　有请夫人！（放图于桌，端盘下）

牛小姐　（上马门出，念）

耳听得相公传叫，
想则是观诗着恼。
水墨丹青真巧妙，
且莫忙实言相告。
见过相公有礼。

蔡伯喈　夫人请坐。

（念）弥陀寺内去降香，
拾得丹青画一张。
家院将来书馆挂，
何人题诗费猜详。

牛小姐　（念）堂堂相府海样深，
书馆哪有外人行。

想是当年旧笔迹，

相公错认一时新。

蔡伯喈 墨迹犹新，夫人请看。

牛小姐 待妻看来（取画观诗）……相公，诗句中可有正道、乱道？

蔡伯喈 宋弘不弃糟糠，则为正道。

牛小姐 哪是乱道？

蔡伯喈 黄允弃糟糠就是乱道。

◎“宋弘”，京兆长安人。汉光武即位拜太中大夫。时帝姊湖阳公主新寡，帝令公主坐屏风后，召见宋弘曰：“谚言贵易交，富易妻，人情乎？”弘曰：“臣闻贫贱之交不可忘，糟糠之妻不下堂”。“黄允”，东汉人。权臣袁隗想把女儿许他，黄允极喜，休却原配夏侯氏。

牛小姐 我朝之中可有乱道。

蔡伯喈 我朝之中只有正道，无有乱道。

牛小姐 若有呢？

蔡伯喈 下官指花轻轻一弹，就把他的考程弹掉。

牛小姐 轻弹哪轻弹，犹恐把自已的考程弹掉。

蔡伯喈 夫人，你好不贤哪！

牛小姐 相公，你好不孝，不义呀！

蔡伯喈 何言我不孝不义？

牛小姐 家有八旬父母，两月妻房，你孝在哪里，义在何方？！

◎一重重“闷锤”——“壮”伯喈张嘴无语、起而复坐。此处表情非惊非诧——因蔡邕家况在《思亲诘问》时已尽告牛。只是反映人物“思亲念乡”之情再次被牛小姐触动。

蔡伯喈 （唱【下山虎】）

说来堪笑，（重帮，帮腔中牛小姐捧画放桌）
此事儿定有蹊跷。
纵然是我前妻她丑陋你俊俏，
夫人啊！
岂肯将她来撇掉。

牛小姐 （唱）伊家富豪，（重帮）
更兼你青春年少。
既然是她丑陋奴俊俏，
相公啊！
何不将她来撇掉。

◎饰牛小姐者须知，所唱之词，非词中之意。

蔡伯喈 （唱）语言颠倒，言语颠倒，
好叫人心中烦恼。
夫人，请来受我一礼！

牛小姐 此礼何来？

蔡伯喈 （唱）望夫人快快说来我知晓！

牛小姐 我不知道。

蔡伯喈 （唱）哎呀，我好不知事的——
夫人呀！
说什么不知道不晓得，
常言道人过有影雁过落毫。
有一朝水清石现，
慢道说是夫人，
就是令尊大人岂肯与他——
甘休罢了！

牛小姐 （唱）君休烦恼，（重帮）

听妾身细说根苗。

本得说与夫知道，

犹恐你哭声渐渐高。

蔡伯喈 我问那题诗人？

牛小姐 （唱）远方来了一大嫂。

蔡伯喈 是不是两位老的，后跟一个少的？

牛小姐 一个少的带着两位老的。

蔡伯喈 是不是一位少的扶着两位老的？

牛小姐 正是一位少的背着两位老的。

蔡伯喈 ……她姓啥？

牛小姐 （唱）她姓赵名五娘，

特把君家来寻找。

蔡伯喈 （唱）听说五娘妻来到……（喜悲交集）

望夫人……请他来相见便了。

牛小姐 （出门向内）有请姐姐！

赵五娘 （上马门上）……

（唱【吊子】）

忽听得书馆吵闹，

想必是观诗罗唣。

又听得夫人相召，

还须要谨慎为妙。

牛小姐 姐姐，相公正在思念于你。

赵五娘 待我去。

牛小姐 （阻）见了相公，只可报喜，不可……报忧。

赵五娘 我知道。

（唱）头上取下麻和孝，（五娘藏孝帕袖内）

腰间解下苧麻绦。（五娘掷绦——解、掷皆虚拟）

牛小姐 （入内唱）

题诗之人她来到，

看你认得到来认不到。

蔡佰喈 （急撩袍欲出——（五娘已入）从视履向上，见五娘面容一愣，唇微颤后）你是——五娘……

赵五娘 （音颤）是——我。

蔡伯喈 （咽喉哽哽地）你……好嘛？

赵五娘 我（极力控制）——好。

蔡伯喈 （含泪）五娘，我的爹呢？

赵五娘 （微摇头）……

蔡伯喈 我的娘呢？

赵五娘 （微摆手）……

蔡伯喈 张大公？

赵五娘 好、好、好！（左手竖拇指——无意露孝，急掩）

◎牛小姐在帮腔“看你认得到来认不到”后背身以微小的耸肩、拭泪、叹息、转身、侧身等助戏……见五娘露孝一惊。“助戏”既不可抢戏，也不能无戏——在蔡伯喈“昏倒”前，牛小姐都处“助戏”阶段，是颇考饰者功力的。

蔡伯喈 （见孝微惊）哎呀！

（唱）五娘妻！

问到爹来把头摆，

问到娘来把手摇。

我问到一声张大公，

你连说数声好、好、好；

我观你袖内露出麻和孝，

你不说家园我理会了。

莫不是父……死娘还在，

母……死……父未来？

你把从别后——

快快说与我知晓。

赵五娘 （唱）从别后遇饥荒，

树无枝叶草无秧。

老者辗转沟渠丧，

少者逃难到四方。

蔡伯喈 （急切地）二爹娘？

赵五娘 （唱）活活饿死草堂上。

蔡伯喈 （痛极——眯眼抓胸）五娘——

（唱）买棺材？

赵五娘 （唱）哪有银钱买棺材，

你妻万般无又奈；

头上剪下青丝来，

卖了头发买棺材。

蔡伯喈 （在帮腔中抚五娘头）垒坟台，垒坟台？

（唱）垒坟台！

赵五娘 （唱）你妻万般无又奈，

罗裙兜土垒坟台。

蔡伯喈 哎……

赵五娘 你来看！

（唱）十指尖尖都磨坏！

蔡伯喈 （在帮腔中双手紧握五娘十指贴胸）……张大公（微声）坐视不理呀？！

赵五娘 （唱）张大公——

真可好！

每年照顾知多少。

此乃是天干年岁，

自身难保——

他哪有代职之劳。

蔡伯喈 （唱）听说双亲饿死了，

不由人魂散魄消。

（悲痛万分地）伯喈爹！蔡邕娘！爹娘啊！（昏倒椅上）

牛小姐 （唱）哎呀——贤姐姐

（唱【摇板】）

小妹方才嘱咐于你，

不可报忧，

相公闻讯昏迷，

若有差错，

你我姊妹身靠何人了。

贤姐姐！

赵五娘 （唱）双亲不死，

他就不哭，

为姐不来，

他就不悲，

他是……猫儿不吃死老鼠——

（压嗓低帮）

假慈悲！

平素他思念什么？

牛小姐 思念公婆。

赵五娘 要见生的不能得够，要见死的……（忍悲，对蔡）你来看！

（帮【滚】）

描画丹青，

纸绘真容，

妻带得有来！

蔡伯喈 伯喈爹！蔡邕娘！爹娘呀！

◎在帮【滚】腔中：蔡伯喈苏醒，牛扶蔡至中场右侧；赵拾画展图于中场左侧，伯喈："爹娘呀"撩袍跪地——双膝缓行至画前（赵跪举图，牛亦跪于蔡右手旁）——接唱【摇板】……

◎我曾见有位饰蔡伯喈的文小生，在"昏倒"时倒"硬人"，在呼"爹娘呀"时"飞跪"，继取帽猛"甩发"急"膝行"——自然"挨巴巴掌"。我也在学后初演时用过一次"甩发跪步"获彩。老师传授此戏就谆谆告诫，见我违规，又语重心长地再教导："不可越'界'！"一是文小生之"界"，二是人物之"界"，三是"悲逢"甚至全本《琵琶记》风格之"界"。在此，我也将"不可越'界'"赠送给愿学演《书馆悲逢》的艺友。

蔡伯喈 （唱【摇板】）

哎呀——二爹娘！
想儿上京求名之时，
双亲苦逼，
大公苦劝，
彼时二老言了两句话不好：
二爹娘情愿饿死，
不愿耽误儿头上功名。
而今果中前言了——
二爹娘！
五娘，可有人道我不孝？

赵五娘 陈留郡人人道你不孝。

蔡伯喈 慢道陈留郡，就天下人他、他、他，都骂我——

（唱【下山虎】）

蔡邕不孝，（重）
养育恩一旦撇抛。
早知二老形衰老，
牛丞相——

何苦留我不辞朝。（蔡扶五娘起，牛小姐随起）

五娘，请受我一拜！

赵五娘 不敢当得。

蔡伯喈 （唱）哎呀……五娘妻！

（唱【二流】）

想我伯喈爹娘，

生是你养，

死是你葬，

葬是你祭，

祭是你哀。

你倒替我伯喈，

伯喈实实难效你了——

五娘妻！

多蒙你葬我爹葬我娘，

你的孝名天下扬。（伯喈施礼，五娘举画受，紧接视图——）

赵五娘 （唱）哎呀二公婆！（伯喈复跪、五娘、牛小姐亦跪）

朝日里思念你伯喈孩儿，

暮日里也思念你伯喈孩儿，

到而今他顶冠束带跪在面前，

二公婆怎不叫一声了……

二公婆！

蔡伯喈 那是画的都嘛！

赵五娘 （唱）是这样看将起来，

养儿何曾防得老！

蔡伯喈 （唱）说什么养儿防老，

是你贤孝媳妇好。（“媳妇好”自由行腔——腔中扶起五娘，牛小姐亦随起）

赵五娘 我好啥哟!

蔡伯喈 你好!

赵五娘 她……才好!

蔡伯喈 (无言以对)……

这苦知多少,

那苦知多少,

养育恩德实难抛。

蔡伯喈 (关切地)五娘,你是怎样到京华的呀?

赵五娘 (唱)陈留郡到京华,

云山万里,

一路上无盘费,

逢人下……

蔡伯喈 (急止,对牛)夫人,你姐姐来了许久,怎不去捧杯茶呀?!

牛小姐 捧啥茶哟,我都知道了!

蔡伯喈 ……(转对五娘低声地)向她说了?

赵五娘 不向她说,又怎见你呀!?

蔡佰喈 说了?

赵五娘 说了。

蔡伯喈 说了……(慢慢转面)夫人,来……

牛小姐 来则甚?

蔡伯喈 来……(抽泣地)听你姐姐——诉苦哇……

赵五娘 (唱)逢人下礼求乞讨。

蔡伯喈 (含泪地)五……娘,苦了你……

赵五娘 (唱)哎呀伯喈夫……

你妻来时苦了你妻,

你妻不来又苦了谁了?!

伯喈夫!

启程之时嘱咐于你:

我家爹娘比不得别人爹娘，

好一似风前烛瓦上霜；

你早间高中，

午间修书，

午间高中，

灯下修书，

你人不回连信都没有了！？

伯喈夫！

蔡伯喈 我写了的，写了的！

赵五娘 （唱）是这样看将起来，

你为臣不能尽其忠，

为子不能尽其孝。

三纲有损，

五常有亏。

你是那名教中的……大罪人了！

伯喈夫！

慢道说双亲成饿殍，

你来看——

妻的容貌差多少。（伯喈抚五娘视，背身拭泪）

牛小姐 姐姐，请受我一拜！

（唱）多蒙你葬我公葬我婆，

你的孝名天下扬。（牛小姐哭拜，五娘还礼，伯喈转身扶五娘对牛）

蔡佰喈 你在拜哪个？

牛小姐 拜姐姐。

蔡伯喈 又在哭谁？

牛小姐 哭公婆。

蔡伯喈 嗨呀——

（唱）不知事的夫人！

你姐姐不来你就不拜，

双亲不死你就不哭，

你哭也哭迟了，

拜也拜迟了！

这是你误我爹，误我娘，你误我——

不孝名儿天下扬！

你效不得妻贤夫祸少，

往下站！（语轻）

五娘妻！

才效得妻贤夫祸少。

牛小姐 （唱）说什么妻贤夫祸少，

二公婆——

活活被你断送了！

蔡伯喈 哎！（退坐椅上、面颊微微抖颤）你,你,你……（三个“你”，先低后重）……

（唱）这句话……活活把人气坏了！（先（慢）抑后（疾）扬，蔡伯喈在腔后的激紧锣鼓里起、冲至台中）

头上揭去乌纱帽，

身旁脱下紫罗袍。

◎蔡伯喈在帮腔中取冠（发垂鬓旁）卸袍放桌，双手捧图，返身；赵、牛阻行——

蔡伯喈 （唱）手捧双亲真容貌，

面见圣主即辞朝。

赵五娘
牛小姐 （同）你没有本章？

蔡伯喈 哎呀!

（唱）五娘妻呀!

双亲不死，

五娘不来，

便要辞官本章。

到而今手捧双亲真容，

跪在吾皇近前——

万岁爷!

（唱【摇板】）

我朝中文武官员却也不少，

他们爹娘，

不是老死，便是病死，

唯有我伯喈爹娘活活——饿（吸气。“饿”字仅张嘴不吐字——紧接）死了……

（泣声低帮）

万岁爷呀!

（唱【二流】）

圣天子有道君，

看他忍（稍停再轻唱）心不忍心。

那时节慢道是夫人，

就是令尊大人——

留得住来留不住？！

牛小姐 相公！（缓唱）

戴起乌纱帽，

穿起紫罗袍。

◎帮腔中：牛小姐、赵五娘劝伯喈戴冠着袍（也可披官衣即可）……

牛小姐 （唱）你去辞圣上，

我去辞爹娘，

三两人两三人——

同回故乡。

蔡伯喈 伯喈爹，蔡邕娘，我的妻呀！

牛小姐 相公……

蔡伯喈 五娘妻呀！

帮　腔 （帮【莫词歌】）……

◎【莫词歌】中，蔡伯喈抚妻痛泣；五娘示意……伯喈左手持画，又手拉牛小姐，赵扶伯喈，三人缓缓地下场……

·剧　终·

注：剧本有微小删减。

附　记

川剧“高腔四大本”的《琵琶记》又称“孝琵琶”，属“中国十大古典悲剧”之一（另有《窦娥冤》《汉宫秋》《赵氏孤儿》《精忠旗》《娇红记》《精忠谱》《长生殿》《桃花扇》《雷峰塔》），原作者乃元代的高明字则诚，号菜根道人。

川剧传统《琵琶记》场次众多，分上中下三本，蔡伯喈有戏的场次不少——《大堂别》《南坡（浦）别》《坠马》《大小骗》《刻碑三打》等，但以蔡邕为主能单折演出的犯功戏却不多——仅有《伯喈辞朝》《赏夏》《书馆悲逢》，经我整理的《思亲诘问》是将“思亲”“诘问”合二为一，也算多了一个以蔡伯喈为主、可单演的折子戏。

“生不能养，死不能葬，葬不能祭”——“三不孝”的蔡伯喈，又是“不肯赴试，不肯作官，不肯再婚”——“三不从”的蔡伯喈，这反映了在一定历史条件下这个艺术形象的特殊性；"富贵之苦"，也是这个人物的复杂性。

以蔡伯喈为主的四折（含我整理的）戏，唯《书馆悲逢》观众爱看，演员爱演（也难演好）。自然，乃一己之见也。

剧本口述记录于 2009 年 3 月 28 日

2014 年 7 月 12 日

39 三擒薛丁山（高腔）

彭天喜◎传授　夏庭光◎整理

剧情简介

西凉兵犯大唐，太宗御驾亲征，被困锁阳城。程咬金回朝请援，监国太子李治启用薛仁贵率师解救。寒江关遇樊梨花，薛丁山三次被擒，梨花以身相许，愿献关助唐西征。

人　物：樊梨花（武　旦）
　　　　薛丁山（武　生）
　　　　土　地（老丑丑）
　　　　报　子
　　　　女　兵
　　　　男　卒

◎樊梨花戴孔雀冠配雉尾，穿女儿靠，下绣花跑裤、花打靴，持女儿大刀；后捆花头，着玉色帔，下同色裙、彩鞋，持羽毛扇。

薛丁山戴“马超盔”，扎白靠，同色花彩裤，穿同色花靴，持花枪；后头扎高桩水发，穿白绣花袍捆鸾带，持马鞭。

土地画老丑脸谱，挂白五喜口条，戴矮纱，穿短红官束带，下红裤青薄底靴，持拐杖；后戴白抓子，着土黄色茶衣系短白裙加深色素风带，下古桐色裤、夫子鞋（或草鞋），拿系绳的千担、斧头。

女兵梳古妆头加“兜子”，穿女“武身子”，足下花打靴，持水银刀。女兵甲后取“战裙”，加长背心捆风带，打靴换彩鞋。

男卒穿戴“褂子服”全套，持枪。

报子戴帔帔巾，穿袍捆带加“金钱褂”，下跑裤、打靴。

◎“西凉”，参看前《出祁山》。

起　兵

【空场。樊梨花上——“推衫子”……

樊梨花　（念诗）

头戴雀冠飘雉尾，

锁字连环甲生辉。

桃花宝马蹄声碎，

绣鸾金刀显雄威。

奴，樊梨花。唐兵犯境，父兄出战，屡败于薛家将之手。今奉父命，率师出战，誓雪前耻。顺马抬刀！

【女兵甲抬刀，樊梨花持刀跨马，女兵下，樊梨花“耍下场”后下。

迎 敌

【空场。男卒、薛丁山上“起霸”……

薛丁山 （念诗）

浩浩荡荡出奇兵，
寒江弹丸焉抗衡。
今日略展平生技，
扫灭狼烟定太平。

俺，二路元帅薛丁山。

报 子 （内：报下！上）寒江关女将樊梨花绕营骂阵，专要二路元帅出马！

薛丁山 再探！（报子下）黄毛丫头，不知天高地厚，待俺出阵，生擒活捉樊梨花。抬枪带马！

【男卒甲抬枪，薛丁山持枪上马，卒下，薛丁山“耍下场”后下。

◎“耍下场”，川戏术语，则是舞刀弄棍耍枪花……

一 擒

【空场。男卒、女兵由上下场马门两边上，薛丁山、樊梨花上，“过合”……

薛丁山 丫头纳名？

樊梨花 樊梨花。来将……

薛丁山 看枪！

【交战——打“大刀枪”……薛丁山落马被擒，男卒下，女兵“挖开”。

女兵甲 擒下唐将！

樊梨花 将败将押过来！

薛丁山 啥败将！？啥子败将？！被你擒到就是败将嗦？！

樊梨花 少将军！

薛丁山 这还差不多。

樊梨花 请问少将军尊姓大名！

薛丁山 二路元帅薛丁山！

樊梨花 啥？！

薛丁山 薛丁山！

樊梨花 哎？！

薛丁山 薛丁山！薛丁山！薛丁山！

樊梨花 啊……

（唱【红衲袄·二流】）

听说他是薛丁山，
梨花心喜开笑颜。
自幼黎山把武练，
黎山老母把艺传。
下山时师尊叮咛谈，
奴与……他前世修来今世缘。
千等万等把他盼，
这真是——
千里姻缘一线牵。

◎“大刀枪”结束后，梨花以刀挑枪，然后以刀把点丁山后心，薛碎步单膝点地（落马），被擒。

◎【红衲袄·二流】既是主要唱段又是点“睛”之处，演员须特别注意。帮腔的“千里姻缘一线牵”是帮梨花内心深处之情，亦要行腔柔，声音柔，方达情柔之感。

◎“黎山老母”，参看前《祝英台打店》。

樊梨花 少将军，奴有一言，不便启齿……

薛丁山 有话就说！

樊梨花 奴有心……

薛丁山 杀了我？

樊梨花 奴有心……

薛丁山 放了我？

樊梨花 奴有心……

女兵甲 哎呀，我们小姐有心面托终身！

薛丁山 哎！

女兵甲 这样的好事，你还不干哪！？

薛丁山 这……

樊梨花 将军若允，奴禀父劝兄献关投唐！

薛丁山 啊……

（唱）混沌初开天地宽，
何曾见临阵谈姻缘。
若不允亲难脱险，
若允亲帅父军法严。
是允不允难决断，
好叫俺左难右也难……
要允亲依俺事一件，
若再擒俺便从权。

◎人非草木岂无情，军令如山焉敢违。丁山饰者要注意唱出这二者的矛盾之情。

樊梨花 听将军之言，还要与我大战八百合？！

薛丁山 慢说八百合，就是八千合也不在话下！

樊梨花 好！请将军上马。

【女兵甲为薛丁山抬枪带马。

薛丁山 （上马）明知打不赢她，还是溜之大吉。（急下）

樊梨花 冤家不守信，绊马绳擒他！（率兵追下）

二　擒

【空场。薛逃樊追，交战——“九埋头”前段完，樊以刀把点丁山背—— 薛碎步向前——马惊，薛退，樊再以刀把打丁山“抢背”——薛被绊马绳绊马蹄，落马、丢盔卸甲遭擒。

◎“丢盔卸甲”，“丢盔”容易——只需要演员操作；“卸甲”艰难——不仅是演员，更须扎靠的二衣箱师傅的技巧。临场，饰丁山者能否拉一绳脱全靠，关键在扎靠人。若有难度，可取下场弃盔甲再押上——这是不得已的“应付”办法。

樊梨花 少将军……

女兵甲 （羞薛）……

薛丁山 羞哉，愧哉！

樊梨花 还有何说？

薛丁山 ……大丈夫一言九鼎，允亲就是。

樊梨花 只恐将军心口不一。

薛丁山 盟誓表心。（跪）下跪弟子薛丁山，祝告过往诸神——（细声）你们该在睡觉吓！……我若允亲再悔，我就……我就……（对樊）我就做啥呀？

樊梨花 （笑而不答）……

薛丁山 啊啊啊……我就上不沾天，下不沾地！

樊梨花 请将军上马。

【女兵甲为薛丁山带马。

薛丁山 （上马对观众）你看，我骑在马上，岂不是上不沾天，下不沾地嘛！？这样的誓言她也信啰！（下）

樊梨花 冤家果然背约。土地何在！

土　地 （上）姑娘有何差遣？

樊梨花 你速……（吹……手语）

土　地 小神遵命。

【樊梨花、女兵下。

土　地 （念）土地土地，
有点灵气。
变化樵夫，
演场好戏。（下）

三　擒

【下场方竖置一桌，桌头下放脚箱，桌后放椅，桌上放一背向外的椅子，椅上搁丝绦，素色摆场——桌椅拟山、树，绦拟藤。

薛丁山 （上，唱【扑灯蛾】）
急忙忙紧挥鞭，
战马如飞四蹄翻。
望前面大路宽，
返回唐营倾刻间。
心儿喜谢苍天，
苍天助我薛丁山。
催座马往前赶……（圆场）

吓！（大惊）

大道缘何变险山。

奇哉呀怪异！时才明明看见一条大道，可通唐营，行至此间，大道无影，却是高山，观看此山，左无小径，右无便道，未必只能原路而返呀！？

土　地　（边呕“山歌”边踩椅登桌再上椅）

高山打樵（嚜）年复年（啰喂），

卖了柴薪换现钱。

有了铜板买米面，

再喝二两（嚜）老白干（啰喂）。

薛丁山　呀！那高山之上有一打柴的老翁。待我问问路径。老翁！

土　地　有风？！哪的有风啊？

薛丁山　老伯！

土　地　天黑？！还早哦！

薛丁山　老人家！打樵的老人家！

土　地　哪个在喊哦？

薛丁山　是我！

土　地　（左右看）……

薛丁山　在这里！

土　地　哦！是位少将军喃！有啥事哟？

薛丁山　请问老人家，这里有路否？

土　地　有路，有路。

薛丁山　有路！好哇！路在哪里？

土　地　你回头看——那不是路吗？！

薛丁山　那是我来的路。

土　地　啊……你是问到唐营去的路。

薛丁山　正是，正是。

土　地　到唐营也有路。

薛丁山 路在哪里？

土 地 在这座山上。

薛丁山 如何上山？

土 地 往回走，向左转右，转右向左，再向左再转右，转右向左，向左转右，还要……

薛丁山 还要转到啥时候哦？

土 地 转一百多点点路，眨个眼睛就转完啦！

薛丁山 老人家，路在山上，我从这里上山，岂不省事呀？！

土 地 你又不早说。

薛丁山 如何从这里上山？？

土 地 爬嘛！

薛丁山 如何爬呀？

土 地 你看！（示绦）

薛丁山 葛藤！

土 地 攀藤而上。

薛丁山 我这战马？

土 地 葛藤拴马，老汉把它拉上来

薛丁山 多谢老人家。

【薛丁山下骑拴马，土地拉马。丁山攀藤……

薛丁山 老人家，我上不去呀！？

土 地 把你那个拴起，你坐上面，老汉拉你上来。

薛丁山 老人家，你拉得动吗？

土 地 四五百斤的大肥猪我都拉过。

薛丁山 笑话了。（拴枪、坐）老人家，请问你高姓大名？

土 地 我姓铿，名使仁。

薛丁山 老人家，你这姓怪，名字更怪。

土 地 （边说边拉）我是铿锵的铿，使唤的使，仁义的仁。我就叫铿使仁。哎呀！我饿啦……等一下，我回家吃了饭再来拉你。

薛丁山 （站脚箱上）哎哎哎……你把我拉上去再吃饭嘛！

土　地 我饿起拉不动。

薛丁山 哎……老人家，你回家有多远？

土　地 不远，就在“内场”，你喊我都听得到。（藤拴树上——椅上，下）

薛丁山 哎哎哎……老人家！铿使仁！吔，你硬是坑死人哪！

（唱【锁南枝】）

半山遇坑死人！

坑死人！

半山遇坑死人，

铿使人硬是坑死人。

薛丁山背时倒了运，

薛丁山背时倒了运，

一个丫头战不赢。

适才间疆场——

大交阵，

（唱【一字】）

樊梨花两次将俺擒。

两次生擒不取命，

要我临阵允婚姻。

俺若能把婚姻允，

她投唐献出寒江城。

无奈假意来承认，

她要我盟誓表诚心。

只说是赌个冤枉咒——不要紧，

又谁知也会犯咒神。

这真是上也上不去，

下也下不成，

葛藤悬俺在半天云。

呼天天不应，

叫地地不灵。

观音菩萨 ——

救八难！

为何不救我落难人。

耳畔又闻风声紧，

【风起，猴、虎上……

猿猴戏颈虎扑身。

救命啦！……救命啦……

【樊梨花素装持羽扇上，女兵甲素装随上，帮腔中挥扇——猴、虎下……

樊梨花 （唱【二流】）

闻丁山呼救声……（重唱）

声声叫得奴的心尖尖疼。

谁叫你允婚不守信，

谁叫你盟誓心不诚。

神灵易骗奴难骗，

神不罚你奴罚君。

冤家受苦奴的心不忍……

但愿他心合我心。

女兵甲 （为樊搬椅后）喂！是哪家的娃儿恁个千翻，在半岩上打秋千啰！？

薛丁山 你眼睛没有吃油哇！堂堂一位大将军，你看成娃儿！我被吊在半岩，上不能上，下不能下，哪个在打秋千 ！

女兵甲 你想不想下来呀？

薛丁山 你才问得怪，你默到吊起好耍呀！？

女兵甲 那就求我——家小姐嘛！

薛丁山 你家小姐在哪里?

女兵甲 你看!（指樊）

薛丁山 哎呀，是她!

女兵甲 求不求吗?

薛丁山 求求求!

女兵甲 等到!（转身禀……返回——下同）我家小姐不听你嘴说，要你心说!

薛丁山 好好好，你听我心说……听到没有?

女兵甲 没听到。

薛丁山 我都没听到。我一千个守信，一万个真诚，至死不变了!

女兵甲 等到!（禀、返）小姐说，如何信你?

薛丁山 我赌咒……

女兵甲 上不沾天，下不沾地。

薛丁山 不不不，重新赌过，我若悔亲，今后必死!

女兵甲 呸哟!人都要死，不算数!

薛丁山 我若悔亲，马上就……

樊梨花 （挥扇）……

女兵甲 好啦，下来了!

薛丁山 （闭目站地上）下不来!

女兵甲 你看!

薛丁山 （睁眼看脚箱）嗨!早晓得，我自己就下来了啥!深谢小姐!（跪）

樊梨花 将军!（扶起）

樊梨花 （唱）请将军回营禀（重唱），

梨花投唐情意真。

只要君守信，

三日后即献寒江城。

薛丁山 （唱）干戈化玉帛，

谢你三放恩。

小姐宽心等，

且听传佳音。

樊梨花 将军请上马。(摇扇——马鞭飞出)

薛丁山 我的座骑被坑死人拉上了山，咋个又在这里呀！？有马却无路呀？？

樊梨花 将军你来看！（挥扇）

◎旧时演出，此处是土地、打杂师同上，搬桌等道具下。薛丁山说“大山都搬家了！”现今打杂师退幕后，故改。

薛丁山 嗨！山右就是大道呀！

薛丁山 （唱）樊梨花有本领，(重唱)，

移山倒海法术精。

薛丁山服了卿！

樊梨花 （唱）望君一诺——

望君一诺重千金。

【薛丁山上马，樊梨花送别………分下。

·剧　终·

剧本2007年3月22日整理于重庆市急救中心住院部内三28房

附　记

《三擒薛丁山》又名《樊江关》。其实，传统戏名的“樊”应作“寒”——《寒江关》。寒江关即石包城，位于肃北蒙古族自治县石包城乡政府西北三公里处。

《三擒薛丁山》，据师傅说，是《三休樊梨花》的起缘——有点因果成份。

事出小说《薛家将》。

这是一出武旦、武生应工的“耍耍戏”。但，它是传统剧目中不可缺少的花色品种。

2014 年 7 月 28 日

附14 诓 关（高腔）

夏长清◎传授 夏庭光◎整理

剧情简介

西凉犯境，唐太宗亲征，被困锁阳城。徐军师荐程咬金突围搬兵。程知硬闯难过，故行“骗”闯营。此乃大幕《锁阳城》的一折。

人　物：程咬金（老丑丑）
　　　　苏宝童（花　脸）
　　　　番　将（花　脸）
　　　　番　兵（褂　子）

◎程咬金老丑丑。画绉纹脸谱，挂白五喜，戴雪帽穿黄龙箭，捆黄鸾带，披雪子，下红裤青靴，拿马鞭。

苏宝童靠甲花脸。五彩翻山脸谱，插红耳发，挂红喳口条，戴全插配双翎，垂胡球，扎红靠，斜穿红蟒束带，下红裤青靴。

番将画各式花脸，戴额子（色异）扎蓬头，坠短胡球，穿软靠（色异），下跑裤、打靴，拿不同兵器。

番兵褂子服饰，拿短刀。

【中场一桌二椅，红色摆场。

【大锣大鼓激奏后冷场……

程咬金　（骑马缓上，对“场面”—— 乐队）打鼓匠，大锣、大钹、二鼓打滥了，你不花钱买，就不心疼嗦？

谨防东家老板要找你说“聊斋”哟！（走两步停）我都出马门了，你还是给我打点小锣、铰子噻！

【乐台奏“小打”……

程咬金 对了哦！

（唱【占占子】）

大锣大鼓我心烦，

才而乃乃敲得欢。

唐主被困锁阳城，

徐三哥荐我把兵搬。

若是硬闯定完蛋，

软绳才能把虎拴。

程咬金只用一个字——

帮　腔 （帮【红衲袄·一字】）

骗……

程咬金 知我者，帮腔也！

帮　腔 （帮）“尾腔”……

程咬金 （唱）不骗咋个混过关。

我不顶盔把甲换，

宣花斧儿藏腰间。

高头大马我不选，

骑上一匹遛遛马摇摇摆摆像走竿竿。

到番营只听得一声呐……

【番兵番将内吼“翻山调”——“ 吙哦”…… 随即在［冲头］锣鼓中“二龙出水”急上，列队小八字。

程咬金 （大声地）啥子！我“喊”字都还没唱出来，你们就——

（唱）精乌呐喊，

把你爷爷嚇得打偏偏。

番将甲 唐蛮胆敢闯营，与我……

程咬金 拿下——是不是？你一个“豆瓣”就把我“拿下”了，这场戏咋个演得完啦？！（咳几声后，放开喉咙）听到！喊你那个元帅来接爷爷！

番将甲 爷爷？！

程咬金 你喊爷爷不够格。快点去通禀！

番将甲 （向内）有请元帅！

苏宝童 （乘马上）何事？

番将甲 营外来一老头，自称是元帅的爷爷。

苏宝童 哦？！（下马）你是什么人？

程咬金 我是你爷爷！

苏宝童 爷爷？

程咬金 喂！宝童小孙儿哪！你死去的老汉没有给你说吗？我就是你的程咬金程爷爷！

苏宝童 程爷爷？！

程咬金 喂！小孙儿哪！你爷爷叫苏林，你老汉叫苏成，对不对？

苏宝童 对！对！

程咬金 在长安时，我跟你爷爷喝过血酒，磕过头，是拜把兄弟。

你老汉被囚禁，是程爷爷悄悄地把他放了，他都没有给你说哇？怪不得，你不晓得程爷爷啊！

嗯！你老汉没有说好！他要是那时跟你说，万一被人窃听，你程爷爷恐怕早就脱不到爪爪啊！

苏宝童 啊……我父的救命恩公——程爷爷请！

【苏亲扶程下马，恭请进帐，番兵番将“挖开”站八字队。

苏宝童 程爷爷请升，受孙儿一拜！

程咬金 莫讲礼，磕两个头就是了。

【吹……苏拜程。

苏宝童 看宴来！程爷爷请上坐。

【程、苏分坐左右，番兵端酒盘上……

苏宝童 程爷爷请!

程咬金 宝童孙儿请啰!

【吹……两杯酒后,程端杯假含泪叹气,放杯。

程咬金 小孙儿哪,你兴兵犯唐,把爷爷害苦了哦!

苏宝童 (关切地)从何说起?

程咬金 唐王知道我和你爷爷是拜把弟兄,也不知他从何处晓得你老汉是我放的,故说我串通你兴兵犯唐,要将我问斩……

苏宝童 哼!他敢斩程爷爷!?后来啦?

程咬金 要我劝你退兵,就免我死罪。

苏宝童 要我退兵?!我还要唐王写降表!

程咬金 对!要李世民小子写降表,万万不能退兵。

苏宝童 程爷爷,你也不要回去了。

程咬金 我回去送死呀!

苏宝童 你就留在孙儿营中。

程咬金 爷爷就是这样打算的。

但是,光吃闲饭不做事,会让人笑话。

我想以世民小子命我搬兵为名,返回长安,劝说其他的国公、大臣降顺西凉,来个里应外合。

锁阳城你围而不攻。

到时,孙儿亲率骑兵,先端这小子的老窝,还愁他不降!

苏宝童 此计甚妙!程爷爷何时动身?

程咬金 趁他们还蒙在鼓里,我即刻就走。只是……

苏宝童 过来,取二百银子来。

番将甲 喳!(取银呈上)

苏宝童 请程爷爷收下。

程咬金 小孙儿孝顺!(接银)只是……

苏宝童 路费不够?

程咬金 够啦,够啦!你看我那匹遛遛马,走一步,喘口气,何年甚月才走得拢啊！

苏宝童 这有何难，孙儿的花斑豹宝驹，日行千里，程爷爷骑起去。

程咬金 只是出了孙儿的大营……

苏宝童 孙儿送爷爷金牌一块，畅行无阻。

程咬金 乖孙儿想得周到。

【苏宝童掺程出营，为咬金带马。

苏宝童 爷爷请上马。

程咬金 （上马）乖孙儿咧！

（唱【二流】）

有了这花斑豹——

时日缩短，

眨个眼睛返长安。

暗约国公大臣来会面，

爷爷巧妙要舌尖。

上上下下齐打点，

你率轻骑来把老窝端。

（唱快【二流】）

长安失人心乱，

返师再回锁阳关。

世民闻信骇破胆，

管叫他十万精兵化灰烟。

苏宝童 好好好！摆队送爷爷！

众番将 摆队送爷爷！

程咬金 乖孙儿，孙儿乖！

帮　腔 （帮【合同】）

咬金嘴能善舌辩，

轻轻巧巧混过关。

【（合同）中，番兵番将站下场方“壕子口”，苏宝童为程咬金拉缰绳缓行下。

·剧　终·

附　记

《隋唐演义》等小说，描写程咬金的外形是：身长八尺，虎背熊腰，面如蓝靛，发似朱砂，外号混世魔王……川剧多数的“程派”传统戏，却是以小丑应工这一人物，别具一格。

2014年7月29日

40 关王庙 （胡琴·西皮）

刘玉书 薛艳秋◎传授 夏庭光◎整理

◎“花子巾”，就是将素栏梳的里面翻戴。“富贵褶子”，即是补巴巴的青衫。川戏前辈把破衣滥衫取个“富贵褶子”，有趣有味。

剧情简介

宦门公子王金龙，在青楼万金罄尽，被鸨儿逐出院门，数九寒天居于破庙。苏三得金哥报信，携银票，冒风雪，赶往关王庙，激励心上人发奋。

人　物：王金龙（文　生）
　　　　苏　三（花　旦）

◎王金龙，俊扮色淡，戴“花子巾”，穿“富贵褶子”，下着青裤、白布袜、青夫子鞋或草鞋。

苏三，古妆头，着古装，加雪帽雪衣，脚下花彩鞋。

【台中一桌插神帐——黄色摆场，宜色淡；桌后放一板凳和打狗棍、讨饭碗。

【冷场，继后风声三次——先弱后强；神桌的桌围随风的大小抖动——王金龙颤抖地从桌下钻出——再一次更烈的寒风袭来……

◎登场的人物不由“马门”上，而从桌下钻出，既别致，又点缀出落魄公子的卧榻——神桌下，凄哉惨哉！以前演出无幕布，演员需先藏桌下随“打杂师”搬桌而出场。

王金龙 （牙打牙地）天老爷呀我的老天爷呀！你吹风就莫下雪，你要下雪就莫——吹——风……嘛……（又一次风声，抖颤越凶）关老爷呀我的关大王哦，枉自你一世英名，而今居这冷坛破庙，大门残缺，香火不旺，供品皆无。若有两扇门，也可给我遮风御寒；若有三牲九礼，也能为我果腹充饥……哎！这真是：人穷怪屋基，瓦漏怪桷子稀。想我王金龙，父乃吏部天官，母是一品诰命，大哥在户部，二哥在刑部，我本宦门公子，吃穿不愁，为所欲为。谁料今日……吔！我倒想起一桩往事：想生初入学之时，母亲为我请来一位八字先生与我相面。那位先生一见赞不绝口：好相，好相呀！公子天生贵人相。日后不作宰相，便是将军！嗨！这位八字先生真是铁嘴神算哪！我现时而今眼目下，头戴花子巾，身穿滥襟襟，左捧讨饭碗，右拿打狗棍，是一个不折不扣的伸手“大将军”哪！

◎上段“造片”既介绍前情又叙述现状。演员要随词意作情绪、节奏的转换。

（唱平起【一字】）

王金龙关王庙自思自叹，

思从前叹现在泪湿破衫。

想那日初进勾栏院，

苏三姐似嫦娥步下九天。

美腰肢好比——

（唱【二流】）

赵飞燕，

弹一曲胜过昭君杨玉环。

笑一笑恰好似西施再现，

秋波闪闪赛貂蝉。

一杯茶三百银我慷慨随便，

二一次带银两三万六千。

修南楼造北楼望月亭建，

买手饰购玉器又添丫鬟。

与三姐朝夕常相伴，

如鱼似水情意绵。

又谁知……时光不长银两短，

三万六千雪花纹银用得来——干干净净净净干干。

恨龟婆数九寒天将生赶，

宦门子落魄在街前。

身无分文宿客店，

神桌下面把身安。

白日手捧讨饭碗，

到晚来思三姐想苏三……

（唱【浪里钻】）

雪花飘风透骨浑身……打——颤，（音抖身颤）

肚又饥身又凉头晕目眩。（头晃身摇）

一霎时似觉得天旋地转，

（唱【二流】）

以神帐裹身体御御风寒。（放下神帐，入帐内）

◎唱是前“造片”的延伸，仍需注意以上说过的话。

◎苏三的【倒板】前，乐台再以风雪效果的锣鼓造足气氛。

苏　三　（内唱【倒板】）

金哥报瞒妈娘（上）私自离院……（随腔行占占步，滑闪）

（唱【三板】）

哪顾路滑雪满天。

朔风吹雪花迷双眼……（碎步圆场后转行“线八字”滑步、懒翻身（“懒翻身”非快速，更不宜连数个——着重表现人物心急步艰情绪即可、跌坐）

冰天雪地举步艰。

抬头看关王庙离此不远……（挣扎起，艰难行圆场，进庙）

公子在哪里！？（反复）吓……

（唱）呼不应令奴把心担。

关王爷呀关王爷呀！（跪）保佑公子平安无恙，愿减奴三年之寿。

王金龙　（伸头出帐）哎呀，好耳熟的声音哪！？莫非是苏三姐？！……（一个响亮的喷嚏）

苏　三　（惊起）吓！你你你……你是公子呀！？

王金龙　你你你……你是苏三呀？（拨帐出）

苏　三　公子……（趋前拥抱）

王金龙　（惊叫）三姐！（跳开）你看我衣衫褴褛，臭气难闻，你千万莫要靠近我呀！

苏　三　哎呀，公子呀……（继趋前紧紧拥抱）

王金龙　（感动地泣呼）三——姐——呀！

苏　三　（唱【倒板】）

见公子把奴的肝肠痛断……

王金龙　（忍禁不住，再次打喷嚏）……

【（一字）行弦中，苏三解披风为王御寒。

苏　三　（唱【一字】）

忍不住伤心泪泪湿腮边。

【（一字）行弦中：王欲以袖为苏拭泪又止，再用披风……苏三推开，用金龙衣袖拭泪；王从桌后端板凳请苏坐，苏三欲坐，王阻，以破衫擦凳被苏拉住，继扶金龙坐……

苏　三　（唱【大过板】）

想当初奴的三公子何等体面，

又风流又文雅——

（唱【二流】）

气度不凡。

用万金把南楼北楼建，

情深意笃为苏三。

恼恨妈娘见识短，

不重情义只认钱。

瞒着奴悄悄把公子撵，

苏三闻讯魂飘然。

奴求人四处去打探，

也不知公子是否回家园。

思公子朝夕眉不展，

思公子昼夜坐不安。
思公子难饮茶一盏，
思公子粒米未曾粘。
思公子懒把衣衫换，
思公子无心弄琴弦。
思公子日日闭门人不见，
思公子夜夜辗转难安眠。
思公子……奴欲悬梁作了断……

（唱快【二流】）

多感金哥把信传。
关王庙得见公子面，
一扫愁云心也宽。
银票三百君收捡，
望君发奋读诗篇。
若得一朝鱼龙变，
好救奴苦命的苏三离深渊。

王金龙 （收银票，唱慢【二流】）

三姐待生情非浅，
金龙永世记心田。
若折丹桂鳌头占，
凤冠霞帔谢钗环。

苏　三 （唱）终身伴君奴心愿，
只恐公子庭训严。

王金龙 （唱）金龙若负苏三姐，
粉身碎骨尸不全。

苏　三 （唱）苏三若负三公子，
七尺红绫丧黄泉。

王金龙 （渐快唱）

三姐意坚情无限，

苏　三　（唱）公子对奴情更坚。

王金龙　（唱）望三姐多保重休把生怀念，

苏　三　（唱）望公子勤发奋休把奴挂牵。

王金龙　（唱）望三姐须小心龟婆暗算，

苏　三　（唱）望公子须谨慎祝君平安。（“架桥”）

公子，出庙不远，有一悦来小店，君可暂住几日。留在院中的衣物、书籍，请金哥即刻送到。望君速返，勤奋攻读，苏三候君佳音。

王金龙　三姐叮咛，牢记于心。金龙定不负卿重望。三姐速回，免生事端。

苏　三　奴看着公子去了，我就走。

王金龙　生看着三姐去了，我就走。

苏　三　你先走！

王金龙　你先走！

苏　三　你走！

王金龙　你走！

苏　三
王金龙　（同）你……好好好，我们一同出庙！（携手出）

【风声……王金龙解披风为苏三披上。

苏　三　公子……

王金龙　我心头热呼呼的，身上就不冷了。

苏　三　公子慢行！

王金龙　三姐……（突然）哎呀……

苏　三　你忘了啥？

王金龙　两件“宝贝”！（急入庙拿打狗棍、讨饭碗，复出）就是它！

苏　三　（一笑）公子……

王金龙　生效昔年越王勾践“卧薪尝胆”—— 将此“宝贝”常置书案，

不忘今日之耻矣！

◎“卧薪尝胆”：《史记·越王句践世家》：越王句（勾）践被吴战败，为吴所执，“吴既赦越，越王句践反国，乃苦身焦思，置胆于坐，坐卧即仰胆，饮食亦尝胆也……”王金龙借此典故喻不忘耻，勤发奋之决心。

苏　三　公子有志，苏三之幸也！

【“架桥”止，起［大分家］……王金龙、苏三恋恋不舍地两边退下……

·剧　终·

剧本整理于 2000 年元月 27 日

附　记

《关王庙》乃全本弹戏《玉堂春》之一折，另有弹戏路子——与《审苏三》（又名《三堂会审》）既有高腔又有弹戏一样。

早年同艺伴苹萍演出时，已摒除了王金龙与苏三在关王庙欢娱的情节和与此情节相联的台词——如“叫花子哪见得白米干饭”等。此次整理，仅在台词上作了点修改。

2014 年 8 月 24 日夜

41 秦琼哭头 （弹戏）

夏长清◎传授　夏庭光◎整理

剧情简介

秦琼（字叔宝）奉命红台山押粮，归途中惊闻单通（字雄信）被绑赴法场，明日午时问斩。叔宝心急如焚，命军士昼夜兼程返京。当秦琼赶至法场，单已人头落地，叔宝悲恸万分……

人　物：秦　琼（正　生）
八兵卒（褂　子）
探　子（杂）

闻 报

【空场。

秦　琼　(内唱甜皮【倒板】)

秦叔宝金銮殿受君差遣……

【兵卒(褂子服饰全套，四人挂腰刀，四人背水银刀、持车旗)押、推粮车上，挂刀与推车兵卒交叉其间“挖开”列八字形；秦琼头戴大帽，内扎高桩水发，嘴挂青三，身穿红色绣花袍，敞穿红绣花褶，腰捆同色带，下红裤青靴，策马(双锏戏中无用，假设插于马鞍)上于中场。

秦　琼　(唱【一字】)

押运粮草红台山。(◎1)
吃君禄又何惜山高路远，(2)
纵万死为臣者无有怨言。(3)
此一番命俺押粮为哪件，
一路上费思量颇感不安。
单雄信被生擒牢中囚陷，
为五弟俺秦琼常把心担……(4)

◎1. 兵卒圆场后站横“斗方”；
2. 反圆场后站横“斗方”；
3. 往外翻后站正“斗方”；
4. 往里抄继走“线八字”……

(唱【二流】)

常把心担。
单五弟报兄仇矢志未变，

怕的是龙颜怒头悬高竿。
虑的是单五弟身有危难，
俺押粮（略思）……
哼……徐军师用的是调虎离山。

◎兵卒走“线八字”停，站秦琼身后“一品墙”。

昨夜晚——
（唱【夺子】）
得一兆甚是罕见，
梦见五龙到榻前。
披头散发形凄惨，
默默不语泪涟涟。
霎时天空风云变，
五龙被斩头高悬。
醒来秦琼——
（唱【二流】）
浑身汗，
单五弟吉凶忧心间。
因此上粮草办齐即速返，
但愿五弟无祸端。
众儿郎推粮车不可怠慢……

◎“五龙”，传说单通是五龙星下凡，故京剧的《斩雄信》又名《锁五龙》。秦唱“不可怠慢”后，兵卒走快圆场，于下场方站双层“梭字块”的斜“一品墙”。

探　子（内喊：报下！上场上）单五爷明日午时三刻法场问斩！

秦　琼　吓！

探　子　（重复）……（下）

秦　琼　（唱【三板】）

闻言报这件事事觉突然。

听说五弟被问斩，

秦琼心似乱箭穿。

（唱【霸腔】）

众儿郎！

火速把路赶……

◎“霸腔”，原为武生专用腔。用于表现人物的英武、激情……以较一般腔型音域超高3至8度的高亢激昂腔调，表达人物激动昂扬情绪。

【吹［炮火门］……圆场后众站斜“一条枪”——

兵卒甲　禀帅爷，大江阻隔！

秦　琼　哎！（唱【三板】）

大江岂能把路拦。

众儿郎架飞舟飞越天堑！（加唢呐伴腔）

【挂刀兵卒架舟，推车上船，秦下马、拉马登舟，众兵“挖开”……

秦　琼　（唱）众儿郎奋力把橹搬！

众　（合唱）

把橹搬！（加唢呐伴“搬”字腔）

【兵卒奋力划船……船拢岸，弃舟登岸。

兵卒甲　禀帅爷，天色已晚！

秦　琼　啊！

（唱）心急偏偏时辰短，

苍天为何不助俺。

众儿郎举火夜行不容缓！

【挂刀兵卒下点燃火炬复上，九人分“品”字形三堆速走“三穿花”，乐台奏“雷雨锣鼓”……

兵卒甲 禀帅爷，风狂雨猛，灯火熄灭！

秦　琼 啊……

（唱）咬牙捶胸怨苍天。

霎时雷鸣电又闪，

倾盆大雨降平川。

众儿郎！冒雨行！顶风趱！休惧艰险！

【兵卒、秦琼急圆场后推车上山，秦下马牵马登山……兵卒下，秦琼上马“遛马”………

秦　琼 黄骠马呀黄骠马！单五爷的性命系在尔的四蹄之上，你与我——快走哇！

（唱）但愿救得五弟还。（旋马鞭、右急转，速冲下）

【幕闭。

哭　头

【法鼓声……幕启，空场。

秦　琼 （内唱苦皮【倒板】）

黄骠马飞驰（上）如箭矢……

（唱【三板】）

救五弟急如火火烧在眉。

【二通法鼓……

秦　琼 （唱）忽听得法场内锣鸣鼓起………（催马急行圆场）

【急促地三通法鼓响……

秦　琼 （下马急呼）刀下留人！

【乐台奏斩声效果，内：禀献头！

秦 琼 哎呀！（抛帽、脱褶甩衣、向左直线旋转——发随身甩“平转发”……接“彩头”——人头）单通！雄信！五弟呀！（抖髯、搌步至台中、跪）

（唱【一字】）

怀抱着血淋淋的人头令某悲泣。
想当初俺秦琼病卧异地，
恰好似虎落深潭鱼虾欺。
好五弟真算得疏财仗义，
赛昔年孟尝君不差毫厘。

◎“孟尝君”：列国，孟尝君名田文，齐威王孙，齐滑王堂弟，群雄纷争，各国的执政大夫都想法招揽英才。齐国贵族孟尝君以善养门客闻名天下。

弟兄们三十六人贾家楼结义，（起）
同生死共患难贫富相依。
投大唐弟兄散纷纷离异，
为的是保国耀门楣。
兄劝弟投唐顺天意，
弟兄们在朝阁共扶社稷。
怎奈弟报兄仇早已决意，
弟誓死不降唐与李氏为敌。
到如今被生擒害了你自己，
落得个笼中鸟网内之鱼。

（唱快【夺子】）

恨只恨俺秦琼押粮远去，
中途路闻凶讯晴空霹雳。
日夜兼程为救弟，
又谁知三炮响——

（唱【二流】）

我的好五弟……你人头落……身首异处魂归西呀……

弟兄今生难重聚，

只望来世再相栖。

弟有灵与为兄相会梦里，

兄来世变犬马报恩万一。

秦叔宝只哭得惊天动地……惊天动地！

这一阵肝肠断声嘶力竭。

单五弟！等着，兄来也！（冲下）

·剧　终·

剧本整理于 1998 年 9 月 15 日

附　记

《秦琼哭头》是《斩单哭头》的二分之一，是学须生的“发蒙戏”，也是“犯功戏”。场序是《闻报》《斩单》《哭头》。《斩单》（独立演出名《斩单通》），另有高腔、胡琴路子，亦可与《哭头》作“二下锅”（两种声腔）合唱。据我知，三种声腔的《斩单通》常演，连《哭头》一起乃罕见——因会《哭头》的“秦琼”极少。

2014 年 8 月 28 日

㊷ 赵云救主 （胡琴·西皮）

彭天喜◎传授　夏庭光◎整理

剧情简介

刘备兵败至当阳，命赵云护家眷先行。曹兵势众，穷追不舍，赵云与甘、糜夫人被冲散。赵云返入重围寻主。时糜夫人腿负箭伤，以阿斗托云，跳井而死。赵掩井后，藏斗于甲胄内，跨战马杀出。

人　物：赵　云（武　生）
糜夫人（青　衣）
曹将甲（杂）
曹将乙（杂）
曹　兵（袝　子）

◎赵云俊扮抹淡油，戴白包巾额子或白杂（盔），扎白大靠，下着白绣花裤、靴，持白色枪、马鞭。

◎糜夫人淡色俊扮抹油，捆大头，蓝色绫裹头，余绫坠左面侧，浅蓝色“苦褶子”，腰系风带，下白裙、素彩鞋，外披素色雪子，怀抱“耍太子”（婴儿道具的行称）。

◎曹将甲乙分别揉黑、红底色，勾画花脸，挂黑、红一条龙口条，戴黑、红色包巾额子，穿黑、红软靠，下穿同色跑裤、打靴。

◎曹兵（两堂——八人）穿全套褂子服，拿枪。

一

【下场方设靠背椅——拟井，场中偏左置一脚箱——拟断墙残壁，素色摆场。

【曹兵上场出挖开，二将上于中场。

曹将甲 （念）银铠少将屡闯阵，

曹将乙 （念）丞相要收小赵云。

曹将甲 丞相大令下：赵云若是再次闯阵，只许围困生擒，不许暗放冷箭，违令者斩！

曹　兵 是。

曹将乙 紧守要道。

【兵甲、乙为将抬枪，二将持枪上马，曹兵合拢下场入，曹将涮枪并排亮相下。

二

赵　云 （内唱【倒板】）

只身单骑——（“出将”口上“九龙口”停）

入重地（拖腔行快圆台于中场止）……

(唱【三板】)

寻找主母事紧急。

赵云便说。俺奉主公之命保护家眷，殊知曹兵来势凶猛，将二位夫人冲散，且喜寻得甘夫人，杀出重围，请三将军护送。俺云独骑返阵，寻找糜夫人去者!

◎上段讲白,边讲边比划——“殊知”至“杀出重围”, 比划中运用花枪、马鞭的配合舞动，动作宜简忌繁。

(唱) 只求苍天顺人意，

何惧曹操万千骑。

【鼓声、喊杀声起，曹兵将上，交战……赵云冲下，曹兵将尾追下。

◎鼓声先敲，喊杀声紧随。“交战”：曹兵“二龙出水”上，赵云插马鞭于腰，以枪分拨；二将上与赵同涮枪、“过合”继打顺反“枪架子”；曹兵被云拨开后,遂行顺反圆台——围云（与顺反“枪架子”配合）后站“火巷子”,赵云拨开二将，从“火巷子”中冲入下场；曹兵两边翻成双随二将追下。

三

糜夫人 (内唱【倒板】)

长坂坡杀声阵阵起……（下马门上，艰难地行慢碎步反圆台至下马门方作抚腿伤动作，继将阿斗移抱左手，舞右袖花与左右足“交叉步”摧行配，然后闪腰跌坐）

(唱【三板】)

身带箭伤步难移。(挣扎起)

恳求天公施恩义，

保存刘家后代苗裔。（行“线八字”唱【二流】）

（唱【二流】）

愁只愁无有脱身计，

曹兵围困似铁壁。

赵将军不知在何地，

心急如焚暗悲啼。（昏倒在断墙边）

赵　云　（上，唱快【二流】）

一场鏖战不在意，

马蹄如飞把主觅。

勒定缰绳看仔细（右足独立，随“看仔细”行腔左旋转——下垂的马鞭同时向左转花一圈）……

糜夫人　好苦哇……

赵　云　吓！（收式，惊喜地）糜夫人！糜——夫——人……（喊声延，行小圆场，见糜）

（唱）果然夫人藏断壁。（翻身下马）

末将赵云参见主母。

糜夫人　（闻声见赵）将军……请起。（欲起，腿上箭伤痛，抚伤）

赵　云　（搀扶糜坐）俺云保主不周，使夫人受惊，云之罪也！

糜夫人　敌众我寡，将军已尽全力，何罪之有。

【战鼓声、喊杀声……

赵　云　夫人！曹兵临近，请夫人快快上马，突出重围！

糜夫人　哎呀将军！你看曹兵多如牛毛，势若潮水；

四面布阵，恰似铁桶；

你无坐骑，如何杀敌？如何脱险？

何况我腿带箭伤，移步艰难，岂不成将军累赘！

赵　云　吓！哎，夫人！

（唱慢【二流】）

惊闻夫人受箭伤，
捶胸顿足痛断肠。
恨只恨曹贼八路分兵将，
逼主公弃新野走樊城奔襄阳。
众百姓愿随主公逃难往，
一路上携老扶幼悲悲切切切切悲悲心惶惶。
贼追兵如同潮水样，
节节败退至当阳。
俺云奉命把家眷保，
又谁知冲散各一方。
俺赵云数次把阵闯，
蒙天祐寻得夫人在断墙。
只可叹夫人中箭身有恙，
一骑马御重兵要突围实无良方。
若不救夫人……俺云何颜对主上，
赵子龙枉称七尺貌堂堂。
请夫人休忧虑快把马上，
俺赵云拚一死万夫难当。

糜夫人 （唱）赵将军话虽这样讲，
为大将无战马怎御强梁。
求将军保阿斗冲出罗网，
奴纵死九泉下笑对穹苍。

赵　云 夫人！
（唱【三板】）
保夫人保幼主某责在肩上，

糜夫人 （唱）难两全尤恐怕两者皆伤。

赵　云 （唱）万无奈跪求夫人（单膝点地）把马上（随腔跪步）……

糜夫人 （唱）事急迫跪求将军保儿郎（跪）……

【鼓声、杀声传来，赵、糜惊起……

赵　云　（唱）耳畔又闻战鼓响……

糜夫人　（唱）糜氏这阵作了忙。

千钧一刻无容多想……

赵将军，你看！

【赵云转身巡视……

糜夫人　（唱）免将军一心挂两肠。（放阿斗于地、投井）

赵　云　（回身见，惊呼）夫——人！（急步上椅，猛抓披风）哎呀！（抛披风——同起倒蝶子，再跪步至井边）

（唱）夫人投井把命丧……

夫人！糜夫人！主母哇！

（唱）留下美名天下扬。

执战枪推断墙把井掩上……

【赵云掩井，阿斗啼……

赵　云　吓！幼主！

（唱）忙将幼主甲内藏。（藏阿斗于甲内——置脚箱后）

【战鼓、杀声再起……

赵　云　（唱）战鼓如雷杀声嚷……（持枪上马，插马鞭于腰间）

挥战枪杀（“杀”字腔登足——展示“威武将军”气势）

尔个（一重锤——“壮”）尸横山岗。

【曹兵成双上，列小八字，曹将上……

曹将甲　少将纳名？

赵　云　姓赵名云字子龙，瞎了儿的狗眼！

◎曹将问名同时出枪刺赵，云压枪，“瞎了儿的狗眼”——绞枪、拨枪，挑甲硬抢背，曹众惊退；赵云缓缓离去。

曹将乙　放箭、放箭……

曹将甲 （起）放啥箭？！你不要命，我要脑壳。慢慢地追。

【曹兵将慢条斯理地追下。

·剧　终·

剧本整理于1980年元月

附　记

《赵云救主》又名《葵花井》，乃大幕《长坂坡》的一部份。《长坂坡》人物众多，场次繁琐，唯“救主”一段可独立成戏单演——即或去掉曹兵将亦无碍。

老师传授《长坂坡》时，已年逾花甲，还特意为学生示范演出《赵云救主》。上椅、抓披、倒蝶照翻，令我一身一世难忘。

2014年9月13日

㊸ 五郎出家（高腔·弹戏）

彭天喜◎传授　夏庭光◎整理

剧情简介

北宋。辽邦请宋太宗赴金枪会。杨继业知其有诈，命貌似宋王的大郎践约，二郎保护，自率诸子接应，与太师潘仁美大军形成夹攻之势——孰料太师按兵不动。席间，辽邦伏兵四起，大郎以袖箭杀辽王后殉国，二郎中乱矢自刎，三郎被马踏，四、八郎失散，五、六、七郎保父杀出重围。太宗追封死者，嘉奖杨家。五郎不愿受封，立志削发为僧，父子金殿痛别。

人　物：杨继业（老生、花脸）
杨五郎（武　生）
杨六郎（武　生）
杨七郎（娃娃生）
宋太宗（正　生）
探　子（杂）
八褂子
上天龙
内官子

◎1. 北宋太宗皇帝乃太祖赵匡胤之弟赵光义。

2. 辽邦——辽国。公元916年契丹领袖耶律阿保机建，国号契丹，两年后建都皇都（今内蒙古巴林左旗南波罗城）。公元947年改国号为辽(983——1066年间曾重称契丹)，改皇都为上京。是统治中国北部的一个王朝。1125年为金灭。共历九帝，统治210年。

3. 戏上的杨继业乃史书上的杨业，作过郑州防御史、代州刺史，担任守边御辽重职。因作战英勇，人称“杨无敌”。

4. 唱词中提到的“赤州”也可能是池州、磁州、石州。

5. 台词提到“潘杨之仇”，乃潘洪（仁美）之子潘豹在天齐庙设擂，口出狂言，杨七郎游庙，怒而上台，打死潘豹。

◎杨继业抹淡红，挂白三（花脸应工则勾画白眉，挂白满），捆黄绫帕，扎白蓬头，戴金塔墩盔（后戴大帽），穿黄龙箭，披黄雪子，腰悬宝剑，红裤青靴。杨五郎俊扮，戴帅盔，内打高桩水发，扎白靠，内穿白绣花袍，下绣花白彩裤、绣花白靴或红裤青靴，持长把开山斧。杨六郎俊扮，戴玉色包巾额子，着同色绣花袍束带，挂剑，红裤青靴。杨七郎画黑霸儿脸，戴黑包巾额子，着同色袍束带，拿鞭，红裤青靴。宋太宗俊扮，挂青三，戴王帽，穿黄蟒束带，红裤青靴。探子戴披披巾，穿袍捆带套金钱褂，跑裤打靴，持探旗（也可令旗代）。褂子先持大旗后分拿枪、刀。上天龙持“站堂刀”。

出兵受挫

【台中设“虎头案”。八兵卒持大旗“站门”后列八字，杨继业上。

杨继业 （念诗）

南征北战数十秋，
金刀一举神鬼愁。
万马军中吾为首，

杨家威名贯九州。

本帅，杨继业。恼恨辽邦常常出兵侵我疆土，杀我边民。

今在金沙滩设下金枪盛会，邀请吾皇赴会。

某想那辽主庆天王诡计多端，宋王若不赴会，有失国体；若是赴会，恐中辽邦之计。

因此，某献楚汉相争时，纪信替主之策。

吾儿大郎延平深明大义，自愿假扮宋王践约，吾次子延安请命随行护兄。

老将与太师潘仁美议定：金枪会倘有变故，某率杨家军前后攻敌，太师领兵左右夹击。

既可接应赴会的大郎，又可乘机挫辽邦锐气。

命得六郎、七郎暗查金沙滩敌情，迄今未归，宝帐稍待。

【杨六郎、杨七郎上。

杨六郎　（念）奉命探敌情，

杨七郎　（念）果然有伏兵。

【杨六郎、杨七郎下马进帐。

杨六郎
杨七郎　（同）参见帅父。

杨继业　暗查一事？

杨六郎　金沙滩埋有伏兵！

杨七郎　金枪会刀光剑影！

杨继业　果不出本帅所料。六郎听令：命儿三哥、四哥、八弟火速起兵，绕道敌后，闻三声炮响，奋勇杀敌！

杨六郎　遵命。（上马往“入相”门下）

杨继业　七郎听令：命儿五哥作为前队，火速起兵，放信炮三声，即攻辽邦中军，为父大队即刻接应。

杨七郎　帅父！我军前后攻入敌军腹地，若辽兵左右两翼包抄，我杨家军有被困之危！

杨继业 哎！儿哪知道，父与潘太师早已商议：太师带兵左右夹攻，那辽邦焉有还手之力！？

杨七郎 哎呀帅父！潘太师与我杨家有仇，恐他言而无信！

杨继业 哎！潘杨之仇，私矣；辽宋之战，公矣！那潘仁美身居当朝太师，岂不知孰轻孰重！？

杨七郎 帅父……

杨继业 休得多言。速速传令去！

杨七郎 遵命。（上马“出将”门下）

杨继业 大令下：全军齐出！

【杨继业上马，兵卒“合拢”往下场门下，杨继业“亮相”后催马行“半月形”至台口右方加鞭——战马突然嘶鸣（出师不利的预兆）……杨轻抚马头，再缓行下场。

【空场。杨五郎上，“推衫子”……

杨五郎 （念诗）

赵家江山千斤重，
杨家肩负八百斤。
整顿人马待父命，
但愿一战破辽兵。
五郎杨延德。

内 七将军到！

杨五郎 请！

杨七郎 （上，下马入帐）五哥！

杨五郎 七弟到来，莫非传帅父之令？

杨七郎 金沙滩四面皆有辽邦伏兵，帅父命五哥火速起兵，靠近辽邦前寨，细察会场动静，若有变故。放信炮三声，即攻辽邦中军，帅父大队即刻接应。

杨五郎 好！大令下：（四卒持枪分上）将士含枚，战马裹蹄，悄地进军速抵辽邦前寨。

【兵甲为杨五郎抬斧，兵乙为杨七郎带马，兵下，七郎、五郎分下。

【台中置一桌（桌后放脚箱）——拟山。内：信炮三响，喊杀声起，吹……五、六、七郎先后率持枪兵卒绕场下——杨五郎率兵上场出下场入；杨六郎率兵下出上入上场；杨七郎率兵行“三穿花”后分下……杨继业领兵（持水银刀）上“挖开”。

杨继业 （念）赤胆忠心保大宋，
天不佑某其奈何。

探　子 （内喊“报下”即上）我军前后攻敌之师被辽邦分割包围！

杨继业 （惊）吓！潘太师左右夹攻之兵，战况如何？

探　子 左右两翼不见太师一兵一卒。

杨继业 （大惊）啊……（一“闷锤”再干鼓伴抖髯）潘贼误国呀！（吹……挥手，探子下）登高一观！（上山观望……吹套打——夹杂马嘶声、喊杀声）观看辽兵越杀越多，越杀越广……鸣金收兵！

【吹……杨五郎率兵绕场下。

杨继业 鸣金！

【吹……杨六郎、七郎分上，对抄绕场下。

杨继业 再鸣金！

【吹……五、六、七郎上行“三穿花”，四兵卒两边上包抄后列八字站定。

杨继业 （只见三子）哎呀！（侧身，捶胸跺足、抛冠（飞入上场内）、再背向观众甩雪子，昏——硬倒——四兵接，空中雪子落下盖身）

众 帅父！元帅！

杨五郎 奋力突围！

【众护杨继业下——四兵抬由上场门下，杨六郎、杨七郎退行下；杨五郎断后——幕内："放箭！"——乱矢声，持枪兵"二龙出水"上，以枪拨箭，"倒脱靴"下；五郎挥斧御箭——舞斧花——"背花"继转身舞"绞花"退步——至射程外，亮相下。

金殿削发

【金殿：中设前后两桌，前桌上放"文房四宝"，桌右角方置一椅；后桌上置坐箱，桌下搁脚箱，金黄或红色摆场。吹……上天龙、内官子、宋太宗上。

宋太宗 （念）辽宋不和战事频，

幸有杨家保乾坤。

【六、七郎扶父上，五郎（弃斧）后随，站左方。杨继业参驾跌倒，太宗下位扶，亲为杨披衣（黄褶）赐坐。

探　子 （内喊"报下"后上）大将军延平在金枪会上，以袖箭射死庆王后，为国尽忠！

众 吓！

探　子 二将军延安身中乱箭，自刎殉国！

众 吓！

探　子 三将军延定被辽将马踏如泥！

众 吓！

探　子 四将军延昭，八将军延顺下落不明！

众 哎呀……

【探子下。

众 （唱【锁南枝】）

闻噩耗<u>如雷炸</u>！

杨继业 （同时）大郎！二郎！三郎！

杨五郎
杨六郎 （同时）大哥！二哥！三哥！
杨七郎

宋太宗 （同时）延平！延安！延定！

众 （唱）闻噩耗如雷炸！

宋太宗 （唱）好似钢剑把心扎。
延平舍死替孤驾，
延平舍死替孤驾，
二郎自刎染黄沙。

杨继业 （唱）三郎儿马踏如泥骨肉化，

杨五郎
杨六郎 （唱【一字】）四哥八弟失散天涯。
杨七郎

杨继业 （唱）出征时——

杨六郎 （唱）九人九骑马，

杨五郎 （唱）到而今——

宋太宗 （唱）只剩下三员少将——

杨继业 （唱）我这年迈苍苍苍苍年迈的老白发。
回府时夫人若问话，
用什么言语去回答。
叹杨家天下闻名谁不怕，
辽邦胡儿怯惧咱。
自古道胜败常理本不假，
金沙滩遭惨败呀……
只恨潘贼他他他——
一兵不动用心毒辣。
万岁爷！
出征前潘太师与臣早谋划，

杨家将前后攻敌他左右两翼把敌杀。

谁知他行奸诈，

报私仇毁全局害杨家。

宋太宗 （唱）老皇兄节哀请坐下，

孤王心中也乱如麻。

潘太师贻误军机其罪大，

论国法……

杨七郎 斩！

杨继业 请万岁……

宋太宗 （唱）此事呀……

孤还要细详查

大郎延平替孤赴会，弩杀元凶，以死殉国，忠心可嘉，追封为冥王。

杨继业 臣代子谢恩。

宋太宗 二郎延安追封护国王。

杨继业 谢恩。

宋太宗 三郎延定追封为忠烈王。

杨继业 谢恩。

宋太宗 四、八郎下落不明，孤即派人查访。

杨继业 老臣感恩不尽。只是那潘太师……

宋太宗 七郎延嗣进位。

杨七郎 臣。

宋太宗 封卿猛勇王。

杨七郎 臣谢——恩。

宋太宗 六郎延昭进位。

杨六郎 臣。

宋太宗 招为郡马，柴郡主下嫁杨府。

杨六郎 谢恩。

宋太宗 五郎延德进位。

杨五郎 ……臣。

宋太宗 金沙滩一战，爱卿奋勇杀敌，杨家军突围，只身断后，杀退辽兵，其功不小。封卿为前殿王。

杨五郎 （摇头）……

宋太宗 后殿王。

杨五郎 （摆手）……

宋太宗 孤效昔汉高祖刘邦，封卿为天齐、地齐、人齐——三齐王。

杨五郎 臣不愿受职！

宋太宗 吓！……老皇兄，五郎不受职，却是为何？

杨继业 待老臣问过，再回禀万岁。

宋太宗 好。起驾！

【杨继业恭送太宗，上天龙、内官子随下。杨六郎为父移椅。

杨继业 七郎，叫你五哥问话。

杨七郎 是。五哥，帅父叫你。

杨五郎 来了。见过帅父。

杨继业 侍立。

杨五郎 谢帅父。

杨继业 儿哪，万岁封儿王位，然何不肯受职？

杨五郎 帅父哇，哎，老帅父！

金枪会一战，我杨家儿郎以死报国，四哥八弟而今下落不明，生死难料。

此战，非帅父运筹之误，也非杨家将士征战之过，实乃太师潘仁美假公报私，误国误民。

万岁……赏罚不公。

儿还受的什么职？！为的什么官？！

儿看破红尘，愿到五台山削发为僧！

杨继业 吓！五郎，你你你……你在说什么？

杨五郎 儿要出家!

杨继业 你要出家呀?!……儿哪，舍得你那贤淑的马赛英妻子吗?

杨五郎 夫妻恩爱，儿舍得!

杨继业 舍得你的六弟、七弟、八姐、九妹吗?

杨五郎 手足之情，儿舍得!

杨继业 难道你也舍得为父和你那太君老娘吗?

杨五郎 帅父、太君哪……儿——也——舍——得!(跪)

杨继业 舍得，舍得……咦!娃娃，你好狠心哪!(左手高举，双签同下"把"、抖掌、颤髯。干鼓先缓后激，掌猛击己腿，重重一锤——"壮")。唱【调子】)

(唱)五郎儿说的糊涂话，

说什么不愿为官愿出家。

娃娃说的糊涂话，

说什么不愿为官愿出家。

你忍心让你那贤德的马氏守活寡，

你忍心将手足之情抛天涯。

你忍心割舍父子之情——不怕万人骂，

儿哪儿，父的五郎儿哪，

你也忍心别下生你养你朝夕思念儿的太君老白发。

儿哪，你不愿为王，父也把官辞了罢，

我杨家男男女女老老少少回转赤州火塘去种庄稼。

杨六郎
杨七郎 (同)帅父，有损您一世英名哪!

杨继业 (唱)一世英名算个啥，

儿哪!

只要你五哥不出家!

杨五郎 帅父!

(唱【锁南枝】)

叹昔年净饭王掌天下——

【杨继业扶杨五郎起。

杨五郎 （唱【一字】）

天竺国太子名悉达。

化外国发檄文把战表打，

要将天竺一马踏。

悉达太子志气大，

赴化外——

射穿了九重铁鼓，

举起了千斤象塔。

化外国招赘太子为驸马，

净饭王传位黄袍把身加。

那悉达受燃灯四门（此处指人生的生离死别）点化，

不愿为君愿学佛法。

雪山修炼传佳话，

西方的释迦牟尼就是他。

老帅父把儿舍了罢，

决心五台去出家。

杨继业 五郎！（唱【二流】）

小奴才不听话！

小奴才不听话，

气得为父咬碎牙。

哪一个再说出家事，

三尺青锋呀（气势凶凶）——

（对六、七郎低语）拉到哦——

（唱）我要把儿——杀（“杀”要弱唱，遂昏靠椅上）呀！

杨六郎
杨七郎 （同）帅父，帅父！（阻、拉）

杨五郎 （唱）说尽千言万句话！

说尽千言万句话，

帅父不准我出家。

帅父不准——

（唱弹戏·苦皮【二流】）

我出家！

（唱【霸腔】）

罢罢罢！

（唱【二流】）

头上金盔来摘下，

身旁脱去连环甲。（下，持靠腿复上）

（唱【一字】）

见铠甲激起我思绪千万，

这上面积有俺血汗斑斑。

铠甲呀…… 随俺千里转战，

铠甲呀！曾随俺万里驰援。

铠甲呀——曾随俺经艰历险，

铠甲呀——曾随俺同乐共欢。

（唱【夺子】）

金枪会父运筹稳操胜算，

定能保大哥二哥平安还。

潘仁美害杨家早怀鬼念，

两翼兵不出击战势转难。

大哥死二哥亡三哥遭马践，

四哥八弟失落在辽番。

今日里在金殿亲眼所见，

宋王爷只封官无意惩奸。

辜负了杨家将忠肝义胆，

辜负了杨家将——

（唱【二流】）

血洒山川！

（唱【一字】）

想前番随宋王五台还愿，

智聪师用禅语开导于俺。

临行时赠小匣嘱我细看，

却原是剃发金刀度牒半纸劝俺参禅。

今方知智聪禅师早预见，

杨五郎与佛门前世有缘。

从怀内取金刀（金色匕首）——

（唱【三板】）

将发割断……（抛靠腿，取刀剃发——解下水发，掩好“高桩”坐子）

捧青丝跪呈在（飞跪）帅父面前。（放发于父腿上，急下）

杨七郎 帅父，五哥去了！

杨继业 啊……（揉眼）他回府去了？

杨七郎 五哥割下青丝，做和尚去了！

杨继业 吓！（见发）五郎！延德！咦，你、你、你你你（“吹髯”——干鼓配）……快快快……快把你五哥追回来呀！

【杨继业起身前窜跌——单膝点地——“摆髯”跪步……杨六郎、杨七郎搀父起急追下……

·剧 终·

剧本整理于2002年10月6日

附 记

《五郎出家》又名《金刀削发》,乃高腔《金枪会》,弹戏《杨五郎出家》大幕中的两场。两戏声腔不同,人物众多,情节无异,场次有十多场——“观表献策”至“五台出家”。共同之处是重点场都是“金殿削发”,主角皆为杨继业、杨五郎。老师既教了我《金枪会》的杨继业、杨五郎,也教了我《杨五郎出家》的杨五郎、杨继业。

此次整理,将两种声腔合二为一,成为“两下锅”。整理时的“出兵受挫”,删去了辽邦兵将及打杀场面。“金殿削发”,吸收了表演艺术家金震雷(花脸)、宋怀清(武生)的个别唱词。

无论《金枪会》或《杨五郎出家》,要想重现川剧舞台,实非易事,保留该两戏的主场,供后来艺友阅读——若能搬演,更是万幸。

2014 年 10 月 14 日夜

㊹ 吕布败归 选场（弹戏·甜皮）

彭天喜◎传授　夏庭光◎整理

◎下邳，即今江苏省睢宁县古邳镇，别称邳国、下邳郡。沂、泗河，沂河是淮河流域泗、沂、沭水系中较大河流。位于山东省南部与江苏省北部。

剧情简介

《吕布败归》乃大幕《水淹下邳》之一部份，事出《三国演义》。曹操领兵20余万围下邳，吕布不纳陈宫之言，首战失利……后操决沂、泗两河，水淹下邳，布被生擒。

人　物：吕　布（武　生）
貂　蝉（花　旦）
严　氏（青　衣）
马　童（杂）

◎吕布淡色俊扮（酒色过度，面如白纸——大幕中有吕布照镜、下令全军“戒酒百日”，侯成买马归向布献酒遭杖责，侯怀恨，联络“兄弟伙”乘布疲眠之机，缚布献曹事），“败归”前的吕布印堂处仍画“风流红”（又名“一线红”——“印堂红”的名称之一——请参阅拙著《川剧品微·印堂红》165页），此时已被一抹淡黑色替代，加抹淡油（显大败惨状），戴配雉尾的全插，穿黄色大靠（有割踞称王之意——详情请阅拙著《川剧传统导演手法选例·吕布着黄靠》4页），红裤青靴，持戟。貂蝉、严氏均捆大头、着色异的帔、裙。马童俊扮——粗眉浓眼，捆黑绣花打帕，穿同色打衣、跑裤、打靴。马童乃严氏之兄严虎——吕布的“贴心豆瓣”。大幕中有吕布送女遭阻，返城鏖战时严虎以身护布阵亡情节。

【台中设一桌和桌后及左右各一椅——红色摆场。启幕前紧锣密鼓——反映幕内厮杀气势，继转“文场”锣鼓……貂蝉、严氏忧虑地由下场上。

严　氏　（唱【二流】）

曹孟德领人马二十余万，

下邳城被围困铁桶一般。

貂　蝉　（唱）吕温侯从早间率兵出战，

久不归叫貂蝉时刻把心担。

【幕内，吕布：马童！回——府……（以低颤音吐“回府”二字）马童翻上复翻回引布上——吕布勒缰冲出、埋首“抖翎”——“丑丑丑……”——【大分家】锣鼓配……布至台右挥戟，马童从左翻筋斗至右单膝点地牵马，布右手挽戟，脚踏童左腿定相。

吕　布　（唱【杏花天】）（【杏花天】乃川剧“粗昆”——（以唢呐伴唱的行称）之一）

败北，（“败北”后，本可不用逗号点断，因见《跌冠图》饰李国栋者将“败北非”连起唱，再唱“为敌狂”，词

意大变；也见四川出版集团巴蜀书社出版的《四川戏剧选》第六卷上川剧《铁冠图》里将“败北非”误为该曲牌名，遗留笑话）

非为敌狂；（布与童换位，布挽戟、抱戟定相）

思娇妻倚门悬望。

回府！

【马童、吕布小圆场，貂、严闻蹄声出迎。

吕　布　貂蝉，严氏！

【布下马险跌倒，貂、严右左掺，马童下……吕左右微“摆翎”，于场中仰身微“抖翎”，貂为布移椅中场，严扶布坐，布昏靠椅……

吕　布　（唱【倒板】）

曹操贼领雄兵猛将派遣，（【一字】行弦中布醒，手抚额——盔上双雉随“过门”速度微“转翎”）

（唱【一字】）

贼妄想灭俺布独霸中原。

万不料徐州城被贼攻陷，

困下邳又怎奈无有外援。

适才间下邳城（从【倒板】至此，皆以微声弱唱）一场鏖战，

只杀得天欲坠山倒地翻。

曹八将如猛虎埋伏四面，

偏遇着刘关张三马连环。

（唱【夺子】）

大耳贼手执着双股宝剑，

关云长偃月刀——刀光刺骨寒。

（唱快【夺子】）

燕人张飞猛勇汉，

丈八蛇矛打将鞭。

双剑刺，青铜砍，

虎尾鞭打得某（“刹一脚”——突停，干唱）

（唱【二流】）

吐——红（弱渐强——伴奏起）抱鞍。

吕奉先经历过千阵百战，

论厮杀何惧他小小桃园。

皆因为思妻儿无心恋战，

因此上鸣锣收兵还。

严　氏　温侯神勇，天下皆知；胜败常理，何足挂齿。

貂　蝉　妾备美酒，与夫压惊；改日出战，定胜阿瞒。

吕　布　真不愧俺——布——之妻！

【间奏中：严氏背身拭泪下，稍时端酒复上；貂蝉摄椅。吕布下意识地以手抚胸，貂蝉关怀，布突展笑颜携蝉转身，以右手捶腰……二人上桌。

严　氏　一杯酒，温侯请！

吕　布　严氏请！

貂　蝉　温侯请！

吕　布　貂——蝉请！

严　氏
貂　蝉　（同）温侯请！

吕　布　请！（吹）

马　童　（内喊报下后急上）刘关张讨战！

吕　布　吓！（放杯俯首“转翎”）抬戟（鼓眼：打、打）带——马！（“马”音延长登足——在妻妾面前显耀已一如常态；接下来的“开四门”——“推衫子”的一种，也是勉强表现布英姿如故，让貂、严勿需担忧）

◎川剧的传统程式“推衫子”有四种推法：推中堂、推两角、推三面、推四方（又叫“开四门”）。据我知，“推四方”唯此戏用——反映吕布败不认输，强作挣扎之情。“推衫子”，请参阅拙著《川剧品微·续集》中的《武生的“四子功”》（167 页）。

【吕布喊“抬戟带马”后，马童下，“推衫子”后，马童抬戟复上。吕布上马——左腿右翘、斜身倾倒，马童助布上马。又一次表现吕布强弩之末，攀鞍上马亦艰难也。

【三通战鼓，继套打吹［收江南］……间接展示吕布与桃园三杰鏖战情境——大幕演出，貂、严下场，吕布负伤出战“三圣”，又遭惨败而归。

严　氏　（唱【二流】）

战鼓敲得人心乱，

貂　蝉　（唱）但愿温侯能平安。

吕　布　（内唱【倒板】）

战鼓激杀声烈——（布脱冠，打高桩水发，面弹水珠——汗水，靠袖搭肩——败象更惨。马童持刀引布上）

刀光似电……

回府！（小圆场，下马跌，严、貂扶布坐桌左角椅）

（唱【三板】）

失金冠险些儿——（掩嘴、乐断、离座、低吟）性命难全。

我若纳公台（陈宫字公台）计焉有此惨变……（【扫黄板】……捶胸顿足，严、貂扶布归坐）

◎【扫黄板】乃传统程式齐（唱完结束）、留（留腔待唱）、甩（给他人接唱）、黄之一。【扫黄板】即是以伴奏的乐器盖板子代下句唱词。它既省词节时，更反映剧中人的激、急情绪。【扫黄板】除弹戏的【二流】【三板】用外，还用于高腔的【飞梯子】。【飞梯子】的【扫黄板】则以锣鼓奏替下句词。

马　童　（内喊报下后上）刘关张讨战！

吕　布　（大声）带马……

貂　蝉
严　氏　（急阻）将军！

吕　布　（的确无力出战，低念）侍——候……

马　童　是。（下）

严　氏　将军武艺，天下无敌；怎奈敌众我寡。

貂　蝉　以妾之见，求兵袁术，下邳之危可解。

吕　布　哎！前已修书，派人求救袁术，袁术斥我杀他来使赖婚。若非先送吾女至淮南，袁术断无发兵相救之举。

严　氏　事已至此，将军何不从袁术之意。

吕　布　这……只好如此了。

貂　蝉　只是敌军将下邳围得水泄不通，又如何送女出城？

吕　布　不难！（起身）我命张辽、高顺引三千军马，安排小车一辆，将吾女以绵缠身，用甲包裹，负于俺背，我亲送出百里之外！

貂　蝉
严　氏　（同）如此甚好，只是将军你……

吕　布　咹！俺视天下英雄如同草芥，区区阿瞒，我何惧哉！严氏，速为女儿梳妆。貂蝉，看酒来！

【间奏：严氏叹气下。吕布坐，貂蝉奉酒，布饮两杯后，喂蝉饮，布放杯。

吕　布　貂蝉休虑，静候好音！

（唱【三板】）

曹孟德纵然有雄兵百万，

我观他也不过鼠辈一般。

方天戟举一举神惊鬼颤，

赤兔马（三字唱【霸腔】）越山峰如履平川。

【吕布随“如履平川”做勒马式趱步、跌；貂扶起，布内伤发着，无法控制——口溢鲜血……

貂　蝉　将军……

吕　布　（拭血后仍强挣）不妨事！

【布强忍，携蝉下。

◎血，行称为彩，吐血亦叫“口彩”。“口彩”有喷、溢两种。此处是“溢”——布不愿当蝉面丢丑，强忍而溢出。

“口彩”要注意放彩隐，拿彩巧，衔彩妙，才能“保密”。

·剧　终·

剧本整理于1989年1月11日

附　记

戏中吕布运用了“抖”“摆”“转”三式的“翎子功”（翎子要法的名称繁多——如“凤点头”“太极图”“扫落叶”“一根葱”“天门柱”等等。彭老概括为点、转、扫、摆、抖、竖、扳、衔八字——详情请参阅《川剧传统导演手法选例 · 舞翎》126页），皆为用翎入戏，用技于人而设。

2014年10月23日

㊺ 杀　惜（吹腔）

姜尚峰◎传授　夏庭光◎整理

◎【吹腔】亦称【吹吹腔】,伴腔主乐乃竹笛。因是笛子伴唱，误被人归入昆腔家族。其实，它像【安庆】【七句半】，都独立于五种声腔之外。但，其他声腔皆可“免费”借用——自然是据我知。《杀惜》,是川剧唯一一个以【吹腔】演出的全折剧目。

剧情简介

《杀惜》又名《杀惜姣》《宋江杀惜》，乃全本《乌龙院》之一折。

宋代。郓城县押司宋江（字公明）接梁山晁盖书信，恰遇阎婆强邀至北楼。宋遭惜姣冷淡，郁郁不欢。夜闻县令急传，慌乱中遗失招文袋。惜姣拾得袋内书信，要挟公明，宋江一一依从。惜仍以书信告发相逼,宋忍无可忍,怒杀惜姣。事出《水浒传》“宋江怒杀阎婆惜”。

人　物：宋　江（正　生）
　　　　惜　姣（花　旦）
　　　　阎　婆（老　旦）

◎宋江，历史真实人物。据《宋史·侯蒙传》记载：宋江“以三十六人横行齐、魏，官军数万无敢抗者”。

◎郓城，属今山东省。

◎押司——书吏，也就是做文书工作。

◎梁山，在今山东济宁市梁山县境内。由梁山、青龙山、凤凰山、龟山四主峰和虎头峰、雪山峰、郝山峰、小黄峰等七支脉组成。

晁盖，当时的梁山寨主

◎招文袋，是佩带于宋江身上、贯串全剧始终，也是杀惜的导火线。剧情和表演都是围绕着招文袋（袋内的重要书信）而展开、深化。老师授戏时特别强调“示袋”“落袋”“寻袋”“拾袋”。

◎宋江俊扮，挂青三，头戴高方巾，身穿蓝青鸳鸯褶，佩招文袋（内放信、银），红裤青靴，持扇。

惜姣俊扮，捆花头，着粉红褶裤，前坠“排带”，花彩鞋，持手帕。

阎婆抹淡红，麻发头饰，穿泥巴色衣系风带，油绿色裙，夫子鞋。

【舞台场中设一桌二椅，绣花摆场，桌上置彩烛，桌后放“文房四宝”。

宋　江　（以稍慢的台步，事难决断的心情缓缓地上场出，念诗）

晁盖修书柬，
约我上梁山。
满怀心腹事，（以扇指袋，鼓眼“打”配——“示袋”：身躯微右侧，亮出左边佩带的招文袋，再用扇尖一点，示意袋内有重要之物，为后面由招文袋而引起的一系列矛盾作伏线）
岂向外人言。

阎　婆　（从下场口上）宋爹，宋爹！

宋　江　妈娘。

阎　婆　这几日为何不到北楼？

宋　江　那北楼么？！俺公明再也不去了！

阎　婆　女儿不是，老身赔礼了。

宋　江　今日衙中有事，改日再去……

阎　婆　宋爹，走啊（拉衣），走啊！

宋　江　（点头）好！（唱中慢行圆场）

（唱）非是我不把北楼上，

惜姣不喜我宋三郎。

【阎婆请宋江进门、关门、闩门。

阎　婆　宋爹请坐。（转身向内）惜姣！

惜　姣　（内）妈娘，啥子事？

阎　婆　你三哥哥来了！

惜　姣　（内）哪个三哥哥？

阎　婆　她平素喜的张三，恶的宋三……嗯，你心爱的三哥哥！

惜　姣　（内）妈娘，将他罚跪楼口，待儿梳妆完毕，再来发放于他！

阎　婆　等久了！（转身点烛）

惜　姣　（内）来了！（双手舞巾由上马门上，见是宋江，转对妈娘）张三便张三，宋三便宋三，你老颠冬了，老糊涂了！

【宋欲走……阎赔礼阻。

阎　婆　站到做啥，上楼！（持烛引路）

惜　姣　走嘛！

【圆场，阎婆交烛与惜姣，姣右侧身见宋，嘴一瘪，继上楼进门，宋欲离去，阎陪笑，江亦上楼入门，阎跟尾……惜姣重重触椅，宋江也端椅轻触。

阎　婆　惜姣……

惜　姣　讨人嫌！

阎　婆　宋爹……

宋　江　惹人厌！（语轻）

阎　婆　唉！一个说我讨人嫌，一个说我惹人厌；老身在此不方便。（出门、拉门）我将门儿上锁……

宋　江　妈娘，门儿不用锁，我衙中有事。

阎　婆　啊 ,我扣着就是。(扣门,摸着下楼)唉！那张三有什么好啊！(下)

惜　姣　惜姣自叹：母女来至郓城，若非宋爹，焉有今日。不免上前叫他一声，把以往之事就丢达开了！（近宋，以肘触）

宋　江　什么人在这北楼之上走来走去?

惜　姣　宋爹，是我惜姣呀!

宋　江　大姐? 俺公明身旁有胶？（玩笑）

惜　姣　无胶!

宋　江　把你粘着了!

惜　姣　把你粘着了!

宋　江　把你粘着了!

惜　姣　把你粘着了！（气坐）

宋　江　哈哈哈……看看船儿要拢岸，却被俺公明这一篙（挽扇，扇把夹于食指、中指间作篙撑出）——又撑远了。既然她有回心，俺应有转意。(近惜、开扇对姣微摇)

惜　姣　什么东西在北楼之上摇来晃去?

宋　江　是俺公明。

惜　姣　宋爹，我惜姣身上有糖?

宋　江　无糖。

惜　姣　把你粘着了?

宋　江　倒把你粘着了!

惜　姣　倒把你粘着了!

宋　江　我原是不来的。

惜　姣　哪个不懂事的东西喊你来的?

宋　江　你妈!

惜　姣　……（坐）

宋　江（解衣搭椅，取袋、挽袋，谨慎地放袋于椅上，叹气）宋江自叹：想她母女流落郓城，俺为他新修北楼安身。今日她如此冷落于我……惜姣哇惜姣，你太薄情了！

（唱）耳听得谯楼起初更，

北楼上睡融女钗裙。

我本得上前去将她呼醒（欲呼即止，水袖前后交叉甩动退步），

闷闷恹恹靠椅倚（唱“啧”字音）。

惜　姣（唱）耳听得谯楼起二更，

北楼上睡融宋公明。

我本得将他来呼醒（“琐线”、手帕舞小花退步），

猛想起文远我的（甜蜜地唱）意中人。

【内“传宋江”“老爷在传”呼声反复——当宋开窗倾听和开门时呼声大于前，显室内外之别。宋江醒，开窗听后关闭，慌忙拿衣、拾袋、拉门、夹袋、双手拉门，掉袋——因门反扣，夹袋于腋下，双手猛拉门——“落袋”：注意力被疾促的传呼声吸引和猛拉门的倒退步声掩盖，故有一锭银在内的招文袋落地声，也未发觉。演员要将拉门掉袋做得合乎情理，顺乎自然。摸黑下楼、出门、关门、快碎步急下。瞬息后，惜姣醒，“伸懒腰”，手触烛，灯熄……

惜　姣 喂！你不是说衙内有事吗？走得了啊？！（无回答，摸到宋坐椅）哎呀，他几时走的，我都不晓得呀。这下下楼睡觉去……（脚触袋）啥子东西呀……（拾起，摸袋）哦，是宋爹的捞食口袋。（摸袋内）有一锭银子，老娘跟你走了。还有一封信，是拆了的……楼上无灯……啊！东方渐渐发白，待我推窗一观。（端椅至窗前，推窗、坐观信）

（唱）上写着晁盖多拜上……

晁盖？……啊！张文远常说，宋江私通梁山晁盖，今有此信

为凭，宋江！你才认得我呀！

（唱）多拜郓城弟宋江。

兄在梁山把令掌，

弟在郓城当典房。

望贤弟速把梁山上，

齐齐整整反汴梁。

说开刀先杀宋皇上……

咦！皇帝老倌你都敢杀呀！？

（唱）兄保贤弟坐朝堂。

观罢了书信藏身上，

待天明去找张三郎。（关窗、端椅回，靠椅坐，吹……）

【宋江脸抹淡油（切不可加浓眉、眼，印堂处也莫抹黑杠杠，把形像弄成恶煞神）急上，右手拈髯微颤亮相后至台口思：书信失落，若交与县令，我将被绑赴刑场问斩。“咋！”微蹲弯身行半月形快台步寻袋至北楼，推门（【五锤半】）独脚定相，再行半月形至楼口登梯、回视楼梯后继转身至房门，推门、亮相，行至桌旁，摸桌寻椅，略思：啊！我失落去县衙的路上，急出门急步下楼——心急步快——“硬梭坐”（老师此技仅用于此戏）、单膝跪“抛髯”（切不可来“硬背壳”再倒“硬人”，损戏风格），抚腿捶腰，速起，疾步出门、寻下；吹……惜姣从桌后端“文房四宝”放桌上，微微冷笑：欲逼宋写休书；宋江复出，双手拈褶，沿路再寻，入门登楼寻找无果，推窗凝视，再摸寻——褶子前后襟平旋转，仍无踪影；坐椅回思……至双手拉门时——“咋！”独脚磨步寻看楼面——当目光移到惜姣——“嗯……”无疑是她捡到——“寻袋”结束。

宋　江　（坐椅，气喘不止连喊连喘）大姐醒来……大姐醒来……大姐醒来！（以手拍桌助声）

惜 姣 你在喊魂嘛喊命啰?

宋 江 一非喊魂，二非喊命。可拾得俺公明一个物件?

惜 姣 是不是你那捞食口袋?

宋 江 咋咋咋！（伸手接）

惜 姣 （取袋、示袋、丢袋）……

宋 江 哈哈……哈哈……啊，哈哈哈……（转忧成喜，笑自低渐高，移步近袋、“拾袋”、捏袋——喜变惊）哎呀，空的！（掷袋）我袋内有……

惜 姣 一锭银子……

宋 江 送给大姐买花戴。还有……

惜 姣 是不是那梁山晁（拖椅向前）……

宋 江 （急掩惜嘴——双手对惜嘴做收拢状——莫声张！大锣厂、厂、厂三声配，继出门瞭望、倾听，惜姣随配——“他要做啥？”继返回换位）大姐，你在晁些什么，那是俺家大老爷一封紧急公文。拆不得，看不得，念不得！

惜 姣 拆了看了念了喃?

宋 江 宰手挖目拔舌！

惜 姣 哎哟，啷门凶嗦！拆到不是我拆的。但是我看也看了，念也念了，我的眼还在，舌还在。哪的是大老爷的紧急公文，明明是梁山晁盖给你的书信！

【宋江大惊坐椅、撣袖、抖袖、颤髯……

惜 姣 （见宋惊骇状，冷笑后唱）

阎惜姣低头巧计生，
北楼上试探宋公明。
假意儿上前双跪定，
问宋爹封奴哪宫人。

宋 江 （挽袖掩惜嘴，全段词轻声吟唱）

哎呀我的阎……我的——阎大姐呀……

说话莫高声，

墙内说话墙外听。

自从得盘古天地分，

哪有个书辦坐龙庭。（欲扶姣）

惜　姣　（起身唱）

你那里休得巧言论，

这封书信是把凭。

宋　江　（乃如前低唱）

莫奈何（三字干唱后，乐进入）上前好言哀恳……

哎呀我的阎……

惜　姣　（讽刺地学唱）

哎呀我的阎……

宋　江　（唱）我的阎……

惜　姣　（唱）我的阎……

宋　江　（唱）我的阎大姐呀……

请将书信退公明。

惜　姣　（唱）若要我退你这封信，

要依我三件（干唱）大事情。

宋　江　大姐！只要退俺公明书信，慢说三件，十件八件件件依从。首一件？

惜　姣　这北楼你要少来！

宋　江　不来就是。二一件？

惜　姣　我母女的事，你要少管！

宋　江　你母女的事繁，也管不了。三？

惜　姣　给我个了断！

宋　江　什么了断？

惜　姣　写封休书，把我休了。

宋　江　你非我妻，写甚休书。

惜　姣　你不写，我咋个另外嫁人喃？！

宋　江　好，下楼取文房四宝。

惜　姣　你看！（指桌上）

宋　江　（视）啊，你早就有心。

惜　姣　三月间的菜头，起了这么点点心。

宋　江　好啊，我与你写！（写）嫁与哪家哪户，我好落名。

惜　姣　冷口嗆不住热汤，我要嫁给张文远。

宋　江　吓！张文远与我有师徒之名，这封休书我实实难写呀！

惜　姣　那封信我也实实难退呀！

宋　江　这……好好好，我——与——你——写！（写）拿去！

惜　姣　（看后）缺两样。

宋　江　哪两样？

惜　姣　脚模手印。

宋　江　你怎么知道？

惜　姣　有人教我。

宋　江　行家！

惜　姣　也不差。

宋　江　久做！

惜　姣　才一回。

宋　江　害了我！

惜　姣　一个不为多！

宋　江　啊，她还不为多！（盖后）拿去！（掷地）

◎两个“写”字和一个“多”均以唢呐吹配，演员唱的音量按次序升级——表现彼时宋江忍，再忍，忍无可忍——为“杀惜”作了有力的预示。这里也表现出川剧唢呐的艺术功能。有兴趣的读者可参阅拙著《川剧传统导演手法选例·唢呐子明白》（20页）。

惜　姣　（拾休书，看后揣怀，欲走）……

宋　江　（阻）我的书信！？

惜　姣　要退书信，这也不难。天也明了，我们去到县衙，大老爷叫我退，我就退！

宋　江　诈……（顿髯、拨髯、挽髯——代略思）你不退俺书信，只怕我要绝情！

惜　姣　你打把刀刀，把我杀啦？！

宋　江　杀人哪（抓惜衣领，实无法忍受）……

惜　姣　量你不敢！

宋　江　（忍无可忍、怒冲斗牛）贱人！

【宋江打惜耳光，关门后从靴统内拔刀——仍以索信为目的……惜姣惊骇……欲伸手开门呼救，宋抓手、挽手，索信不成，怒杀惜姣……

·剧　终·

注：剧本略有变易——主要减去了杀惜后阎婆上场、买棺的一小节戏。我在2007年重庆市川剧院为老师姜尚峰举办诞辰一百周年的纪念演出会上演出此戏，院资料室存有演出实况的光盘。演出时，鄙人已年逾古稀，不敢用“硬梭坐”了，改为快促步跌、单膝点地，希年轻艺友切莫效仿。另：演出时，难免出现误差，请以剧本为准。

此戏传授重庆市川剧院年轻艺友张强时已将“寻袋”改为“一次清”，可参考院资料室存有的录像。

2007年2月23日写于重庆市急救中心内三病房28床

2013年4月13日夜8点30分写完电子文本

附 记

上世纪50年代初，老师传授的《杀惜》，本无意纳入“演出剧本选”。今见少许艺友把该戏的宋江演得凶煞煞、火辣辣，用尽做绝“拌死肉”等诸多技巧，故收进之。若能起警示要“技”不顾“戏”的艺友万分之一，也算万幸也。

2016年19月7日修改

46 借赵云 （弹戏·甜皮）

彭天喜◎传授　夏庭光◎整理

剧情简介

曹嵩接子阿瞒手书，全家老小四十余人，带从者百余，车百余辆，望兖州郡而去。路经徐州，陶谦欲结纳曹操，以礼迎，特差都尉张闿率五百兵士护送。闿乃原黄巾余党，见财起意，杀嵩全家劫财而逃。曹操报父仇，起大兵，欲洗荡徐州。谦求援，刘备因兵寡将微，向公孙瓒借三千人马、大将一员，救徐破曹。《借赵云》，行称“耍路”，是大幕《借云破曹》中一场。事出《三国演义》。

人　物：赵　云（武　生）
　　　　刘　备（正　生）

◎赵云（字子龙）俊扮，戴白杂或包巾额子，鬓垂露发，扎白大靠，下白绣花裤、白绣花靴，后用白色马鞭。刘备（字玄德）俊扮，戴硬玉儿巾或玉儿巾，红龙箭束大带，披同色雪子，下红裤、青靴，左挂剑，右腰间插令旗，持红色“马挽手”。

【台中一桌二椅，绣花摆场，下场左角放一白色马鞭。

赵　云　（上，念诗）

苍天生俺降尘凡，
中途路上遇奇男。
大鹏展翅扬万里，
一翅飞越万重天。

俺，赵云字子龙。初投袁绍，老儿目不识人，命俺磐河放马。那日，杀声四起，见两员胜将追赶一员败将。那胜将好似猛虎扑食，那败将恰如绵羊遇虎。想俺出世，逢难救难，遇敌当先。彼时头上无盔，身旁无甲，跨骑敞马无鞍，手提马棒，一马扑入阵中，一阵地好杀！棒打颜良，脚踢文丑。救下败将，不是别人，乃我主北平太守公孙瓒。我主虽有忠君爱民之心，但不思进取。南关之外高筑一台，每日参经念佛，不以天下兴亡为怀。俺云误投其主，我才好悔也！

◎以上讲白从“杀声四起”至“我才好悔也”均需以踢靠、拍靠、勾靠等诸多动作配合。动作须简而有力。

（唱【二流】）

俺赵云校场怨苍穹，
苍天何苦困英雄。
俺好比伍员未得临潼志，

又好比范增遇重瞳。

哎！俺云差矣！背地言主之过，道主之非，若被军士听见，岂非笑柄。从早奉了主公之命，操演金锁八门，时才红旗官将令追转。言徐州来了借兵官一员，命俺率三千人马，救徐破曹！但不知这借兵官是谁（望）……吓！校场之外来了一人，白面长须，好似磐河相遇的刘使君……不是使君还则罢了，若是使君，俺云要与他谈论天下！（下）

刘　备　（上，唱【二流】）

在宝帐辞别了公孙仁兄，
他赐我三千兵大将子龙。
行来在校场地细观行动，

【赵云上。

刘　备　（唱）将台上站一人凛凛威风。

观看将台之上站定一人，好似磐河棒打颜良、脚踢文丑的赵将军。待我冒叫一声：将台之上，白旗之下，莫非是赵将军！？

赵　云　将台之下，莫非是刘使君？

刘　备　正是我备。

赵　云　等着，俺云下将台来了！（下将台）刘使君！

刘　备　赵将军！

赵　云　请！

刘　备　请！

【二人分宾主同坐。

赵　云　俺云甲胄在身，未曾远迎，使君恕罪。

刘　备　将军过谦了。请问将军全身披挂到校场莫非演阵？

赵　云　从早奉了主公之命，操演金锁八门，时才红旗官将令追转，言徐州来了借兵官一员，命俺率三千人马救徐破曹。但不知这借兵官可是使君？

刘　备　正是我备。

赵　云　磐河一别，云常思念，今与使君共事，真乃三生有幸。

刘　备　我备亦然。（取令旗）赵将军请传令。

赵　云　刘使君请传令。

刘　备　还是将军传令。

赵　云　有僭了。大令下！三千人马下徐州！

【吹……内人马声。

赵　云　刘使君请！

刘　备　赵将军请！

赵　云
刘　备　（同）请！

【刘备欲为赵牵马，云阻；赵云欲为刘牵马，备换位急拦；二人同时牵马。

刘　备　将军请！

赵　云　使君请！

【二人上马、斜对定相。

刘　备　赵将军！

赵　云　刘使君！

【挽鞭花、搌步换位——锣鼓中配以马铃声响（下同）。

刘　备　三千人马前行，你我何不马上闲谈闲谈。

赵　云　使君有兴，俺云奉陪。但不知使君所谈何事！

刘　备　方今兵患四起，群雄各踞，日后谁可荡平天下，堪为真主。

赵　云　俺云怎敢妄议天下。使君识高，何不列举几人，俺云领教。

刘　备　领教不敢，闲谈而已。哦，我备马上思得一人。

赵　云　何人？

刘　备　河北袁绍。

赵　云　袁本初（袁绍字——下同）！？他有何能？

刘　备　袁绍四世三公（四代出三位公侯）门多故吏，战将有颜良文丑，日后荡平天下，他一定是真主。

赵　云　袁本初谋而不断，色厉胆薄，遇大事而惜身，小利而忘命。他么，不能！

刘　备　我备又想起一人。

赵　云　谁呀？

刘　备　淮南袁术。

赵　云　公路！？他有何能？

刘　备　袁公路兵将如云，谋士如雨，得传国玉玺，驾坐寿春，日后的真主必定是他。

赵　云　袁术虽得传国玉玺，僭号寿春，无非仗他兄之势。俺云将他好有一比……

刘　备　比作什么？

赵　云　手中凡弹，抛去不知早晚；杯中之水，倾去只在顷刻。

刘　备　他也不能？

赵　云　不能！

刘　备　如此，赵将军请！

赵　云　刘使君请！

【二人挥鞭上碰，转身下碰，搭鞭搌步，弓箭桩定相……

刘　备　赵将军！

赵　云　刘使君！

【二人收式换位。

刘　备　我备想起一人。

赵　云　谁？

刘　备　荆州刘表。

赵　云　刘景升吗？老儿何能？

刘　备　刘表占踞荆襄九郡，有蔡中蔡和辅佐。后来……

赵　云　老儿常在妇人女子头上弄事，胸无大志。不能！

刘　备　备又思得一人。

赵　云　谁？

刘　备　西蜀刘璋。

赵　云　刘季玉……他有何能？

刘　备　刘璋威镇西蜀，前有长江之险，后有剑阁之雄，物产丰厚，人才济济。后来……

赵　云　刘璋暗弱，好比守户之犬。不能！

刘　备　刘璋也不能？

赵　云　不能！

刘　备　备又思得几人。

赵　云　哪几人？

刘　备　韩遂、马腾、张绣……

赵　云　碌碌庸才，不堪一提！

刘　备　如此赵将军请！

赵　云　刘使君请！

【二人对面举鞭，向里挽鞭花、举鞭勒缰定相……

刘　备　赵将军！

赵　云　刘使君！

【二人右侧身打马、左行换位。

刘　备　我备想起一人。

赵　云　还有谁？

刘　备　你主公孙瓒！

赵　云　我主何能？

刘　备　你主忠君爱民，兵精粮足，又得将军辅佐，将来定能……

赵　云　我主虽有忠君爱民之心，但无进取之志。他么，难成大事！

刘　备　你主也不能？

赵　云　不能！

刘　备　那就无人了！

赵　云　天下岂无英雄！

刘　备　哦……备思得一人。

赵　云　谁呀？

刘　备　就是赵将军！

赵　云　俺云……又有何德何才哟？

刘　备　将军真定（顶）常山发派，熟读兵书，武艺超群，磐河一战，诸侯闻名。日后定能……

赵　云　使君，你取笑俺云了。俺云乃马前武夫。日后，哪家明主出世，投效帐下。远来者枪扎，近来者剑劈，一将足也。

刘　备　这样说来，实实无人了。

赵　云　眼前有一人！

刘　备　又是谁呢？

赵　云　还有谁咧，就是使君！

刘　备　我备何能啰？

赵　云　使居大树楼桑发派，中山靖王之后。桃园结拜，关张辅助。日后荡平天下，必是使君无疑！

刘　备　我备么，不成。

赵　云　必成！

刘　备　莫命。

赵　云　一定！

刘　备　吓！我说不成，他说必成；我说莫命，他说一定。又道是：天上无云不下雨，匣中无剑怎杀人哪！

（唱【二流】）

刘玄德生来命运薄，

七品县焉能掌山河。

光阴似箭，

赵　云　日月如梭；

刘　备　堪叹人生，

赵　云　能有几何。

刘　备　是呀，人有几个二十岁哟！？

赵　云　咋……（头顶旋鞭，遂马鞭靠背右转至右台口）俺云误投其主，我才——好悔也！

（唱）俺赵云（三字唱【霸腔】）马上（低唱）怨苍穹……

刘　备　（唱）刘玄德帐下少英雄。

赵　云　（唱）俺好比孤星无月照，

刘　备　（唱）自有明月照当空。

赵　云　哦……（左右反挥鞭，继打马勒缰）使君！俺云愿闻使君之志？

刘　备　哦！将军要问我备之志么……

（唱）有朝一日风云动，

　　步步腾云上九重。

正所谓：有美玉于斯，

赵　云　韫椟而藏诸。

刘　备　可惜他崑山玉，

赵　云　得俺云价值千金。

刘　备　未必你肯投我。沽之哉呀，沽之哉！

赵　云　哦！（坠鞭绞旋）使君有收俺云之意……（略思）使君！（坠鞭回旋）俺云愿投使君帐下，不知使君之意……

刘　备　我备么，求之不得呀！

（唱）伸手要摘天边月，

　　怎奈足下不生云。

【赵云直冲下场方下马，提靠反转。弓箭桩定相；刘备左转配。

赵　云　云到！

刘　备　云在哪里？

赵　云　使君思云，俺名赵云，有青云扶凑！

刘　备　子龙玲珑，吾四弟也！

赵　云　谢大哥！（扳鞍上马）

刘　备　（唱【三板】）

得将军玄德心高兴，

赵　云（唱）投明主子龙慰生平。

【二人勒马对叉、反转、搭鞭、起左右腿定相，继同下。

·剧　终·

◎1. 兖州，古称昌邑。今山东省兖州市。

2. 徐州，郡名，治所在郯县，今山东郯城县。汉末移治下邳，在今江苏邳县东。三国曹魏移治彭城，即今江苏徐州。辖境相当于江苏长江以北及山东南部地区。

3. 黄巾，以张角为首的义军。

4. 使君，刘备曾任豫州牧（辖境约今淮河以北、皖北与江苏丰沛两县地），使君，是对州刺史或州牧的尊称。

5. 荆州，囊括今湖北、湖南及江西省的大部份地区。下辖九郡：南阳、南部、江夏、零陵、桂阳、武陵、长沙、襄阳、章陵。三国时的州大于一个省。时分九州，另有青、冀、徐、兖、豫、扬、雍、凉。也有十三州之说，加益（蜀）、幽、并、司隶（司隶就是国都所在地的直属州）。若再加夷州（台湾岛），乃十四州。

6. 北平，请参阅《出祁山》。

7. “俺好比伍员未得临潼志，又好比范增遇重瞳”，伍员，楚国名将，赴临潼“斗宝”——比武获胜，受各路王侯称赞。临潼，位于陕西关中平原中部，是古都西安的东大门；重瞳，眼里有两个瞳孔。在上古神话里记载有重瞳的人，一般都是圣人。这里，指西楚霸王项羽。范增乃项谋士，向项进策不纳，致使刘邦在鸿门宴上逃脱。

8. 河北，三国时的河北是冀州和并州的部份地区。

9. 淮南，含寿春、汝南、合肥。

10. 西蜀，有时亦称后蜀，十六国时期由汉人谯纵建立政权。其统治区大抵以四川盆地为范围。

11. 韩遂、马腾同镇西凉。张绣镇宛城。

12. “有美玉于斯／韫椟而藏诸”：出自《论语·子罕》第九。“韫”，藏意。“椟”，柜子意。韫椟，即把东西收藏柜内。子贡（姓子名贡，孔子学生）认为孔子有学问，不愿出山做官，因此以美玉形容。孔子曰：“沽（卖意）之哉！沽之哉！我待贾者也。”——等待真正识玉者来买。

注：1. 剧本整理，仅在唱、讲部份作了小的减法；由此，省掉了一些“换头”锣鼓，将原40分以上的戏浓缩到约30分钟。

2.1998年10月1日重庆市川剧院老艺员演出团成立时演出该剧，有实况录像，光盘存于院资料室，可供艺友参考。实况录像必有演出中的差错，请以剧本为准。

剧本整理于1998年8月28日

附　记

彭老传授此剧时，特别强调：靠甲武生的气势和赵云的大将气度。请愿学演的艺友注意。

2014年11月15日

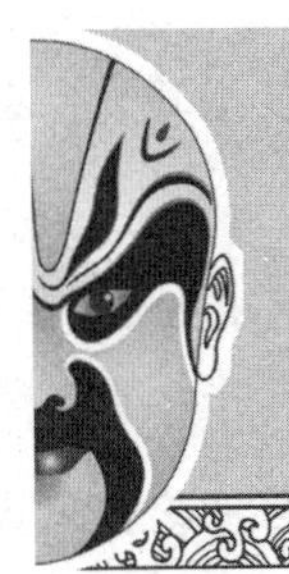

㊼ 收姜维（胡琴·西皮）

杨子澄◎传授　夏庭光◎整理

剧情简介

《收姜维》乃大幕《天水关》的主要场次——“传令”“收维”：孔明兵出祁山，老将赵云被姜维战败。诸葛亮为延揽奇才之士，用反间计收降姜维。事出《三国演义》。

人　物：孔　明（老　生）
　　　　姜　维（武　生）
　　　　魏　延（花　脸）
　　　　马　岱（正　生）
　　　　关　兴（武　生）
　　　　张　苞（花　脸）
　　　　童　儿（娃娃生）
　　　　卦　子
　　　　车　伕（杂）

◎孔明，抹淡红，捆黄（蓝）绫帕，嘴挂麻三，戴万卷书，穿八卦衣，红裤青靴，持鹅毛扇。

姜维，红霸儿脸——“鼻胆”画太极图，坠露发，戴全插配翎，穿绿靠，红裤青靴，拿枪。

魏延，画“黑三块瓦”（两颊紫色），挂黑满，鬓插耳发，戴帅盔，穿酱色花袍束大带，同色裤青靴，后拿大刀。

马岱，俊扮，挂青三，戴帅盔加苍缨顶，穿红花袍束大带，同色裤青靴，腰悬佩剑。

关兴，红霸儿脸，坠露发，戴绿包巾额子，穿同色花袍束大带，同色裤青靴，拿大刀。

张苞，黑霸儿脸，插耳发，戴黑包巾额子，穿同色花袍束大带，同色裤青靴，拿鞭。

童儿，俊扮，戴孩儿发，穿茶衣全套，白统袜、夫子鞋，抱令箭三支。

褂子，两堂——八人拿花枪、双水银刀。

车伕，俊扮，戴披巾，穿袍束带套龙头，红裤打靴，拿车旗。

【场中设“虎头案”（红色摆场）。锣鼓小打——孔明上。

孔　明（念引）

大举貔貅出祁山，

复兴汉室伐中原。（坐）

吾武乡侯、领益州牧、丞相诸葛亮。前番老将赵云刀劈韩德五虎，魏兵闻风丧胆。吾略施小计，生擒夏侯楙，兵进南安。天水郡太守马遵闭关不战，故用诱敌赚城之谋，专候好音。

关　兴
张　苞（上场上）参见丞相。

孔　明　起去。战势如何？

关　兴　不知何人识破丞相诱敌赚城之计，我埋伏之兵反中埋伏！

孔　明　赵云老将军？

张　苞　攻城之时，被一少将杀得大败！

孔　明　啊……此少将莫非姓姜名维字伯约？

关　兴　正是。

孔　明　识吾玄机者，此人矣！二位将军后营稍息。

关　兴
张　苞　是。（分下）

孔　明　嗯……（离位）想吾自出茅庐以来，遍求贤者，欲传授吾平生之学，恨未得其人。今遇伯约，吾愿足矣！吾又如何收降伯约？……嗯。久闻伯约事母至孝，吾不免暗遣王平轻骑袭取冀城，将伯约老母接至汉营，吾再使反间之计……童儿！

童　儿　（下场上）在。

孔　明　速命王平……（以吹代讲）

童　儿　遵命。（下）

孔　明　打鼓站队！（归坐）

【起鼓后，魏延、马岱、关兴、张苞、童儿分上。

众　将　参见丞相。

孔　明　站东列西，听吾一令。（从童儿手中接令箭——下同）

（唱【二流】）

一支大令往下传，
传来了镇北将军好魏延。
自从你长沙来降汉，
随山人征战有多年。
东西杀南北战，
好容易才争下——
前营后营左营右营，
马步兵丁一个先行官。
此一战比不得往常战，
比不得七擒孟获征南蛮。

吾收伯约来降汉，
你假扮伯约去诓关。
黑夜难把真假辨，
马遵定中计反间。
若遇伯约来交战，
不准胜只准败
败败败败到凤鸣山。（交令——锣鼓配“咚、当”——下同）

◎在川剧胡琴声腔的传统剧目里运用灯调戏常用的“咚当”作为唱段的“换头锣鼓”，唯此戏的“三传令”。此手法源自传统戏中“请令，令出”，颇算别致也！

二支大令往下传，
平北将军马岱听吾言。
曹贼把你叔父斩，
你弟兄（指马超）举兵反潼关。
曹操帅师谓平乱，
割须弃袍丑难堪。
自从你弟兄来降汉，
经历战阵万万千。
此番引诱伯约战，
不许胜只许败——
败到凤鸣山。
三支大令往下传，
龙骧将军虎翼将军——
关兴张苞听吾言。
你父麦城把命染，

你父阆中命归天。

父是英雄儿好汉，

强将手下无弱男。

驰骋沙场风云卷，

扫灭狼烟定中原。

复兴汉室先帝愿，

伯约能把吾重担担。

交战时先把伯约后路断，

引他进入凤鸣山的埋伏圈。

嘱军士不可放暗箭，

千金易得一将难。

若得伯约降了汉，

诸将军功劳标凌烟。

叫儿童看过四轮辇……

【四兵卒为四将牵马，四将上马由下场下；另四兵卒持双刀上、合拢至下场方站“壕子口”；车伕推辇上，孔明登车。

孔　明　（唱）为汉室收姜维天助其缘。

【从嚎子口中下，童儿尾随，四兵卒成对下。闭幕换场：中设高台——两桌并排，桌上置椅，前桌左右各设一背向观众椅，彩色摆场——拟山。幕在喊杀声、战鼓声中开……

姜　维　（唱【倒板】）

战鼓声声惊雷响……

【蜀、魏兵由上下马门分上，魏延、姜维上，“过合”，刀枪同举，八兵卒钻、分下。二人再“过合”，魏诈败——下场下；马岱迎战，诈败下；关兴、张苞迎战，三人“过合”，刀、鞭、枪举，蜀、魏兵分上、钻、复下；三人行“三穿花”，八蜀兵分上、正反包抄——示伯约被围。众复下……

姜　维　（唱【三板】）

喊杀声声震山岗。

往左杀——

【魏延下场上，挥刀拨姜枪砍“腰锋”……

姜　维　（唱）又遇魏延挡，

往右杀——

【马岱上场出，挥剑拨维枪刺“腰锋”……

姜　维　（唱）马岱将军阻道旁。

三军儿郎齐声嚷……

【四蜀兵连喊“伯约降汉”…… 继分上对抄、站八字；关、张随。

姜　维　（唱）都说伯约把汉降。

耳畔又闻车轮响……

【孔明乘车上、下辇登高台；童儿立身左侧后，持双刀四兵分左右一排，兵甲乙站左右椅。

姜　维　（唱）但见孔明在山岗。

纵马提枪把山上……（举枪刺孔明）

【蜀兵甲乙举刀架枪。

孔　明　（唱）叫声将军不用忙。

要投投个真明主，

为何投个篡位王。

魏　延　（唱）狮子抬头把宝亮，

马　岱　（唱）麒麟妄想吞太阳。

关　兴　（唱）四面天罗和地网，

张　苞　（唱）是降是战你细思量。

姜　维　（唱）遍山都是蜀兵将，

姜伯约被困阵中央。

曹丕篡位效王莽，

俺何苦助纣臭名扬。

弃暗投明把先贤仿，

姜维下马把汉降。（下马弃枪跪）

众　将　伯约降汉！

孔　明　（唱【倒板】）

阴阳八卦如反掌……

众　将　伯约降汉！

孔　明　哈哈哈……

（唱【一字】）

果然是伯约把汉降。

我喜将军韬略广，

更喜你是一个行孝儿郎。

姜　维　（唱）望丞相开笼把雀放，

冀城中还有我白发苍苍。

孔　明　（唱）将军母吾早已安排停当，

命王平接回了将军老娘。

姜　维　谢丞相。

孔　明　（唱）出祁山我收了这员战将……（下高台，请姜起，命兵设座）

这都是天有眼汉运盛昌。

（唱【大过板】）

愁只愁五丈原吾的大限降……

◎杨老此戏的【大过板】唱法独特："愁只愁五丈原"，锣鼓下一重重的"闷锤"，紧接低吟快唱，然后一停转慢速哼完【大过板】尾腔，将人物预料之情展示无余。此戏【大过板】的处理，是我闻所未闻，见所未见的。

姜伯约他便是——

（唱【二流】）

汉室的栋梁。

将军请坐莫谦让，

细听山人话衷肠。
刘先帝三顾茅庐将吾访，
山人才出卧龙岗。
初入汉营把令掌，
博望坡首战威名扬。
曹孟德统领了八十三万雄兵将，
要把东吴化海洋。
周公瑾主战把敌抗，
鲁子敬请吾过长江。
苦肉计多亏公覆黄老将，
阚泽舍死献诈降。
定火攻吾与周郎同此想，
庞士元巧献连环世无双。
曹孟德自恃聪明反上当，
借东风风助火势火更狂。
只烧得曹操贼——
一半儿郎水中丧，
一半儿郎火中亡。
只剩下一十八骑残兵将，
华容道又遇关云长。
若非云长仁义广，
曹贼焉能回许昌。
张永年西川地图献主上，
坐蜀川鼎足三分为帝王。
为荆州二刀公麦城把命丧，
三将军阆中遇刺亡。
先帝因此兴兵将，
彝陵吴蜀摆战场。

误中火攻吃败仗，
白帝托孤吾把重担当。
（唱快【二流】）
扶保幼主把业掌，
出祁山吊民伐罪讨强梁。
老赵云七旬单三打败仗，
将军武艺非寻常。
反间计吾把马遵诓，
为收将军把汉降。
只要你忠心辅皇上，
吾把这奇门遁甲、燮理阴阳、
样样付与你——
时时刻刻牢牢紧记在胸膛。
来来来转到（携维手）中军帐……

【兵将“挖后拥”……

孔　明　（唱）吾与你再叙叙取天水郡好良方。

【孔明携伯约慢行下，将兵“暴腰”下。

·剧　终·

剧本整理于 2006 年秋

附　记

“传令”（行俗称“三传令”）“收维”的整理，作了极大的浓缩。

1. 省去了赵云败归唱【浪里钻】一节戏；
2. 弃掉了四将接令后唱段、下场；
3. 减了魏延诓关和马遵拒伯约入城；
4. 将姜维战魏等的“过场戏”合为“一场清”；

5. 孔明“收维”的唱词削了三分之一。

《收姜维》是须生的“唱功戏”，也是杨老的“买米戏”之一。此戏和他的《纪信替死》的西皮唱腔别有味道。奈，除谱腔外，实难用文字描写。幸我 2007 年 2 月 3 日在重庆市川剧院金汤街重啤剧场演出《收姜维》时，曾祥明先生摄有实况录像，可供愿学的艺友参考。但有三点说明：没有摄到开场，仅从“传令”起；演出中亦有误差；岁月不饶人，鄙人嗓音业已“下字”，唱的调低，其“味”不足——即或嗓好时也仅仅有杨老腔味的百分之几——非谦虚，乃实话。

2014 年 11 月 28 日

附15 纪信替死（胡琴）

杨子澄◎传授　夏庭光◎整理

剧情简介

《纪信替死》，行称“纪信滚帐”，乃大幕《困荥阳》的两场戏。楚汉相争，项羽兵围荥阳，酷似刘邦的纪信，假扮汉王诓楚。霸王设冠诰、油鼎诱逼，纪信扑鼎殉主。

人　物：纪　信（正　生）
项　羽（花　脸）
楚　将
楚　兵
内官子
彩　女
车　伕

【空场。

纪　信　（唱二黄【倒板】）

夜色哀天地惨残云相送……（乘车上）

（唱【夺子】）

风萧萧草瑟瑟，

草瑟瑟风萧萧，

哀鸿遍地遍地哀鸿。

（唱【一字】）

皆因为楚汉相争刀兵动，

兵围了荥阳城水泄不通。

（唱【一字】）

张良军师把计用，

要纪信扮汉王瞒哄重瞳。

别汉王出荥阳诚惶诚恐，

忽听得孤鸿鸣惊破长空。

又听得战鼓响人声潮涌……

我好比雀鸟投牢笼——

（唱【三板】）

投牢笼！

生死关头义为重，

为臣岂能不尽忠。

眼见楚营大兵拢，

纵然一死且从容。

【楚将率兵上。

兵　甲　拿下刘邦！

楚将甲　押回去！

【楚兵将押纪信等下。楚兵上，项羽上坐高台。

项　羽　（念）楚汉相争摆战场，

孤王领兵围荥阳。

刘邦已成笼中鸟，

量他展翅难飞翔。

孤，项羽。时才闻报，拿下刘邦。孤的令下：一旁设下五花冠诰，一旁设下九鼎油锅。你与我——带刘邦！

纪　信　（唱西皮【倒板】）

大吼一声肝肠碎……（被楚兵将押上）

（唱快【二流】）

攘的攘来推的推。

旌旗招展千百对，
车马良将把驾随，
我不做高官不受累，
不食爵禄不吃亏。

（唱慢）

叹当年攻书在寒窗内，
三更五点把圣人陪。
幼习兵书学对垒，
好容易东挡西杀南征北战才把汉王的驾来随。
想当初遇一个八字先生本姓魏，
他把我八个字儿推一推。
他算我后来有帝王位，
到而今我头戴王帽、身穿皇袍、腰系玉带、脚履皂朝、
宫娥彩女把驾随。
看来是场假富贵，
假皇帝我也做一回。
皆因为项羽兴兵来对垒，
兵围了荥阳城水泄不通雀鸟展翅也难飞。
汉王闷倒龙棚内，
陈平无计才把张良推。
张军师召集文武齐聚会，
大家商议怎解围。
众文武一个一个如酒醉，
恰好似泥塑木雕无话回。
张军师他又打比譬，
他说道东周列国齐晋交兵、冯丑父替主赴会解过危。
他又说我与汉王的面貌对，
他要我假扮汉王解燃眉。

我想到汉王待臣情义美，
明知艰险也要为。
彼时去到龙棚内，
汉王一听喜微微。
好汉王拜我三拜加恩惠，
他扮就乡间的农人出重围。
看起来我才是个替死鬼，
我不舍生谁解危。
耳听得——

（唱快）

金鼓儿咚不隆咚紧紧擂，
又听得金锣儿当不啷当急急催。
我此时如痴如泥如酒醉，
恰好似钢刀万把万把钢刀扎胸帷。
我老娘——

（唱慢）

今年八旬单三岁，
娘在家中望儿归。
我有个李氏妻子多贤惠，
母亲甘旨她侍为。
还有个宝童孩儿刚刚满七岁，
儿在家中盼父回。
我好比路边小草偏遇巨石坠，
又好比一盏孤灯偏遇狂风吹。
把项羽好比五殿阎罗鬼，
苦苦把我性命追。
从今后若要老娘贤妻宝童一家团圆会，
除非是谯楼上当当当更鼓三点南柯梦一回。

（唱渐快）

为尽忠哪顾得老娘八旬单三岁，

为尽忠哪顾得李氏贤妻守春闱。

为尽忠哪顾得宝童才七岁，

子袭父职尽成灰。

为尽忠哪顾得文武不能再相会，

为尽忠哪顾得不能把汉王驾来随。

用袍袖揾干腮边泪，

大丈夫生何欢死何悲。

请了，请了！

项　羽　下站刘邦，见了孤为何不跪！？

纪　信　我乃汉王驾下之臣纪信纪老爷。瞎了尔的狗眼！

项　羽　啊！你主刘邦向哪里去了？

纪　信　我主么，早已离开荥阳了。

项　羽　哟哟　……你既被孤所擒，就该归顺，赐尔高官厚禄。

纪　信　呸！要杀开刀！要吃张口！何需饶舌！

项　羽　你往上看！

纪　信　（视左）五花冠诰。

项　羽　往下看！

纪　信　（观右）九鼎油锅！

项　羽　若不归顺，那油锅就是你的下场！

纪　信　你在骇谁？你在骇谁？你在骇谁呀！

（唱【三板】）

纪老爷岂是怕死鬼，

既来之则安之任你施为。

将身跳进油锅内，

留得美名万古垂。

站开些，纪老爷来了！（下）

项　羽　好一个烈性的忠臣。孤的令下：追赶刘邦!

·剧　终·

剧本写于 1998 年夏

附　记

大幕《困荥阳》,除《纪信替死》两场外,前面还有项羽“发兵”“围城”,刘邦“观阵”,张良“议事”,汉王“出逃”。

此戏与《收姜维》毫无瓜葛,但与传授人相联,故附之。

2014 年 11 月 29 日

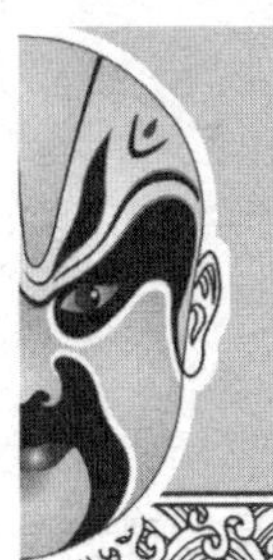

㊽ 洪锦观山（高腔）

彭天喜◎传授　夏庭光◎整理

剧情简介

事出《封神演义》。洪锦奉纣王旨屯兵三山关阻周军，先行阵亡。罗宣又被托塔天王李靖收服。亲自出阵，遭邓婵玉五花石击，又遇龙吉公主助阵，破了旗门阵大败。途中驾土遁逃，被龙吉生擒。月下老人至周营，劝洪归顺，遂与公主成配。“观山”乃大幕《双旗门》（又名《洪龙配》）中的一场。

人　物：洪　锦（武　生）

◎洪锦，开红霸儿脸，鼻胆画太极图，额部画扁蝴（请参阅《川剧词典·川剧脸谱》中我画的《双旗门》之洪锦），打高桩水发，盘于左耳旁，戴额子插雉尾，穿绿色绣花打衣——或黑色代，腰捆鸾带，外套道帔，下穿同色跑裤、打靴，持花枪马鞭。

【台中设一桌，桌后置脚箱，素色摆场——拟山。

洪　锦　（内唱【园林好】头子）

打败仗扫人兴！

【洪锦催马冲上至“九龙口”亮相，继反身后视——可有追兵，再转回，挥鞭勒马行半月形，左转身于中场定相。

洪　锦　（唱）杀得本都溃全军

（唱【二流】）

九重金阙领王命，
三山关前扎大营。
头阵先行废了命，
二阵罗宣丧残生。
本都闻言满腔愤，
抖擞精神战周兵。
土行孙土内把身隐，
我指地成钢欲擒土行孙。
邓婵玉挥刀来助阵，
我措手不及败她人。
杀不赢摆下旗门阵，
五花石打得本都鲜血淋。
今晨本都再出阵，
偏遇着龙吉公主来助兵。
龙吉公主有本领，
本都武艺不如人。

杀不赢我又摆旗门阵，
丫头会摆内旗门。
内旗门外旗门，
内旗门破了我的外旗门。
枉自我仙山悟道性，
杀个丫头杀不赢，
哎呀呀——这才羞人……（放腔）

◎【园林好】唱腔虽与【梭梭岗】同类，但帮腔有别；【园林好】可放【头子】，还可唱【一字】。

◎上段唱词，演员可据词意，适当地配以动作助词意的表达。

到不如催马上山岭
我看一看姜子牙布阵排兵。（放腔）

◎催马上山，运用盔上的双翎：左右勒马、独足探身“点翎”，原地旋转、独脚旋转“转翎”，至桌后翎触桌面“摆翎”，继上桌勒缰左向右和右向左及中俯身垂首“点翎”，以表现山险道艰。遂瞭望周营……

上山来观动静，
姜子牙层层叠叠排刀兵。
倚山把兵屯，
遇水扎连营。
左有青龙现，
右有虎翻身。
一字长蛇阵，
二龙绕海滨。
三才天地阵，

四门出奇兵。
五虎擒羊阵，
六鹤遍山林。
七子七仙阵，
八卦阴阳分。
九宫太阳阵，
十面埋伏兵。
你看他庆得胜赏三军，
个个脸上笑盈盈。
划拳饮酒，
笑语欢声。
人人说个个论，
拿着洪锦把官升。（放腔）
我本待回朝复圣命，
失掉关隘要问斩刑。（放腔）
道不如驾土遁，
回仙山求师尊，
赐法宝把贼平，
杀周兵片甲不存

【洪锦下马、抚马，吹仙气踢马（鞭）飞入"马门"。扳双翎望后，站"探海"，继起连续的"翻身蝶"；再俯卧、侧身行——用"转翎""点翎"示其土内潜行——锣鼓以【半登鼓】、鼓眼配合；最后扳翎、压翎抖结束入场。

·剧　终·

附　记

老师授戏中说，《双旗门》是武生的长靠（前着绿靠）短打戏。唱念做（尤翎子功——请参阅《川剧品微·续集》167 页《武生的“四子功”》）打皆有，万年台演，还要“飞台口”（请参阅“续集”327 页《竞技台沿》），重头戏乃“观山”。此场的唱要唱好，翎要舞好，才有看头。

2014 年 12 月 6 日

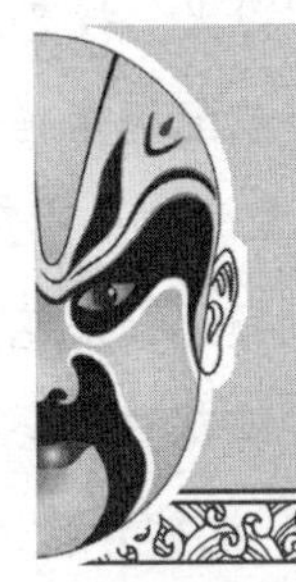

㊾ 火烧吕布 （胡琴·西皮）

彭天喜◎传授　夏庭光◎整理

剧情简介

濮阳城火烧曹孟德，马陵山火烧吕奉先。曹操率师征讨濮阳，中陈公台火攻之计，被烧得焦头烂额，幸典韦救，死里逃生。

吕布恃勇轻敌，不听陈宫劝阻，领兵奔袭截丧，马陵山中操火攻，亦被烧得狼狈不堪。张辽援兵至，布始返濮阳。

人　物：吕　布（字奉先·武生）
陈　宫（字公台·正生）
张文远（武　生）
马　童（杂）
吕四将（杂）
吕　兵（褂　子）
探　子（杂）
曹　操（字孟德·花脸）
于　禁（小　丑）
典　韦（花　脸）
曹八将（杂）
曹　兵（褂　子）
上天龙

◎一座仿古戏台：台中画有福、禄、寿三星——昔“万年”的“三星壁”，右左书有“出将”“入相”的上下“马门”，门簾则绘寒山、拾得和合二仙。乐队坐于“三星壁”前伴奏——“打明台”。不用通常演出时的大幕、二幕，打杂师（现今的捡场者）自由出入搬桌挪椅、显示“粉火”技艺。

◎吕布俊扮（面部印堂处抹散淡红加风流红），戴配翎全插，穿白靠，绣花白裤，白绣花战靴，持戟。陈宫，俊扮，青三，戴学士巾，穿褶套长架架（蓝色）系丝绦，红裤青靴。张文远，俊扮，包巾额子，绣花袍（白色）束带，红裤青靴，持枪。马童俊扮，捆黑色花打帕，绣花打衣全套，打靴。吕四将，脸谱各异，戴包巾额子，穿软靠（色各异），红裤青靴，兵器用大刀长枪。探子俊扮，戴穿褂子服全套，加金钱褂斜穿，持探旗（或令旗代）。曹操“粉壳壳”，挂黑二满满（火烧濮阳时黑满——长须被烧成短撮撮），戴太师巾，穿红蟒，红裤青靴。于禁小丑脸谱，挂“一撮金”口条，戴矮方巾。穿红褶套长架架（另色）系绦，红裤青靴。典韦画“红三块瓦”，戴红杂插翎，坠胡球，戴孝，挂黑满，穿黄靠（若条件允许扎红靠），红裤青靴，持双戟。曹八将脸谱各异，戴、穿各色包巾额子、大靠（坠胡球、戴孝），持不同兵器。吕兵、曹兵（戴孝）穿异色褂子服，持枪和藤牌、刀。上天龙戴孝。

◎曹将非番人，为何需用胡球？恐是川剧前辈沿习“尊刘（备）贬曹”的传统观念，在某些戏中而用之。

（一）

【台中设一椅（绣花摆场），吹［将军令］吕兵将耀武扬威地成对由“出将”门上，陈宫从“入相”门出，见状叹息摇首，吕布喜形于色地上——显示得胜之骄情。

陈　宫　温侯，为何见了曹操不杀？

吕　布　谁是曹操？

陈　宫　双手紧握温侯画戟者！

吕　布　哎呀！（抛戟、反骗马下骑）气煞（捶胸跺足）俺布！（扳翎、

飞坐椅）

（唱【倒板】）

闻一言似惊雷狂风雨暴，

【陈宫挥手——兵将、马童牵马退下。

吕　布　（唱【一字】）

吕奉先心中如插万把刀。

曹孟德报父仇横行霸道，

伐徐州杀百姓如同草茅。

此一番贼回师把濮阳索讨，

是灯蛾扑烈火他自把祸招。

头一阵杀曹兵山崩海倒，

二一阵贼偷营血洒荒郊。

陈宫台施巧谋软绳把虎套，

火攻计烧曹贼全军溃逃。

（唱【大过板】）

只恨某（①）眼无珠让曹操逃掉，

未必然是天意——（下椅）

（唱【二流】）

不灭曹操。

濮阳城风火猛贼命难保，

我料想曹孟德命丧阴曹。

曹操死某也把伍子胥效（②），

劫灵车杀他个魂散魄消。（坐）

①扳双翎、左脚踏椅背——“金鸡独立”唱完【大过板】。老师早年演和年逾花甲授此戏都是用两把传统戏竹椅背靠拴牢（无条件定制专用木椅），可见其功力非凡。

②楚将伍员字子胥。楚平王纳媳乱伦，屈斩伍氏满门，伍员逃国。后

伍伐楚，开棺鞭平王尸雪恨。

陈　宫　温侯！

（唱）杀贼时机错过了，

不急今日待来朝。

曹操用兵多奸狡，

三思而行方为高。

吕　布　哎！操贼亲率大军索取濮阳，本都尚且不惧，何况而今中我火攻之计，全军惨败，我何惧之有！

报　子　（内）报下！（上）曹操兵败马陵山安营扎寨，全军披麻戴孝。

吕　布　再探！

报　子　得令！（下）

吕　布　果不出某所料！曹营全军披麻戴孝，必是操贼已死无疑。本都做个死都不容，我要毁他灵堂！开棺鞭尸！杀他个——片甲不留！

陈　宫　温侯不可！曹操多奸多诈，恐中埋伏！

吕　布　公台多虑！本都有赤兔马日行千里，方天戟万夫莫敌。慢说他无有埋伏，纵有埋伏，又其奈我何！本都只带五千人马，轻骑兼程，出其不意，攻其无备。

陈　宫　温侯……

吕　布　众军！站东列西，听我一令！

【吕布上椅，吕兵持单刀由上场直冲出站斜线弓箭桩，陈宫移位布右侧欲再进言……

吕　布　（唱快【二流】）

宝帐传令号，

三军听根苗。

会使刀刀出鞘，

多带狼牙箭几条。

战饭要用饱，

鞋儿紧登牢。

赤兔马多多加草料，

此一去杀曹兵他无路再逃。

【陈宫欲再谏，吕布不纳。兵下，马童抬戟带马上，吕布上马急下；陈宫无奈，上马……

陈　宫　温侯转来！去不得！去不得呀！（急追下）

（二）

【打杂师搬椅，空场。乐台奏更鼓声——适时配以干鼓、单锤。马童“轻跳”——探路观查——用小武功。然后放信号（乐台用大锣边及胡琴滑玄表示）后反下。四兵上——蹲身行曲线，继以蹦子、旋子、蝶子、俯卧爬行下。马童牵马引吕布上，马童配布“溜马”舞蹈……马铃声后锣鼓转大，陈宫飞马急上阻行，二马相撞，马惊，陈宫跌下马；吕布急下马扶……打杂师为陈置脚箱于上场方。

吕　布　公台兄，公台兄……（扶陈坐）公台兄，你快马赶来莫非同本都奔袭曹营！？

陈　宫　小某恐温侯中贼“挖坑待虎”之计。故飞马赶来，请温侯速速返回，从长计议。

吕　布　“挖坑待虎”？！　……操贼已亡，计从何来？！“从长计议”？！　……岂不贻误战机！

陈　宫　温侯，那曹操尚在呀！

吕　布　你怎知道？

陈　宫　曹操若亡，定秘不发丧，封锁消息，悄悄地运尸撤兵。为然何在山险道艰的马陵山安营扎寨！？为何还要全军戴孝，设灵祭奠！？这岂不是有意诱我军袭击吗？！

吕　布　（大笑）哈哈哈……公台兄足智多谋，怎么此时也受贼迷惑！？

陈　宫　小某受贼迷惑？！

吕　布　用兵之道：虚者实之，实者虚之。曹贼亡后，惧怕本都率乘胜之兵击其操堕归之师，故全军戴孝，设灵祭奠，虚张声势，令我疑彼设有重兵埋伏，不敢轻进，他便可缓缓退兵，免去受我军追击之忧。此非"挖坑待虎"，实乃曹兵"色厉内荏"。本都已识破彼的雕虫小技，以速雷不及掩耳之势，杀他个人仰马翻！

陈　宫　温侯，曹操濮阳失利，元气未伤，更何况曹营兵多将广，谋士如云。温侯如此草率奔袭，凶多吉少呀！

吕　布　公台兄！

（唱【二流】）

公台兄休得絮滔滔，

你三番两次阻某行为哪遭。

说什么曹操多奸计谋妙，

说什么曹营将士多英豪。

俺吕布威名谁不晓，

方天画戟战虎牢。

刘关张三马连环把俺胜不了，

天下英雄谁敢与某比低高。

公台兄濮阳候捷报，

且看本都毁敌巢。

轻骑把贼灵堂捣，

杀他个尸横遍野血流成河神嚎鬼哭天地摇。

庆功酒宴早备好……

陈　宫　温侯……

吕　布　（唱）你若是再阻行军法不饶。

【吕布上马，陈宫死死拉住马鞭……

吕　布　公台兄,恕布失礼了！［鞭击陈宫(陈饰者“背壳”着地),急下］

陈　宫　(唱【倒板】)

温侯不听吾劝告，

(唱【三板】)

遣援兵求一个亡羊补牢。

【陈宫上马反圆场，兵甲上接马。

陈　宫　快请张爷!

兵　甲　是!（急下）

【打杂师端椅（绣花椅帔，椅背放令旗）置中场。

张　辽　(急上）公台兄有何吩咐?

陈　宫　文远弟！温侯不听劝阻，率五千军士奔袭曹营。我料此行，定中操“挖坑待虎”之计。弟率众将，带三千精兵，速至马陵山救援，若遇追兵，切记不可恋战。再命高顺、薛兰领兵五千，埋伏马陵山至濮阳的要塞之处，倘曹兵追至，放过前队，拦腰杀出，弟再回兵，形成夹击之势，可转败为胜。

张　辽　(接令）遵命!

【张辽挥动令旗，众兵（拿藤牌单刀）将绕场下，张辽辞陈宫急去。

陈　宫　(叹气一口）唉!

(唱）盼望文远早时到，

救燃眉吾只此拙计一条。(下)

(三)

【打杂师置上场斜场的一桌二椅（红色摆场)，二上天龙端酒盘上、摆酒，另二人向内恭请。曹操上；更鼓三点。

曹　操　(唱【二流】)

听谯楼起三更时交半夜，

盼吕布盼得孤心切意切。

夺濮阳娃娃敢把老夫惹，

恨陈宫火攻计险把吾命绝。

马陵山挖坑待虎兵伏四野，

管叫娃娃入虎穴。

烧吕布胸中怨气始方泄……（入座）

于　禁　（上，唱）

进小营讨酒喝——

明公！该不吝啬。

曹　操　于禁，又来白吃老夫的酒！？

于　禁　天天吃惯了，一天不来，小某的喉咙发痒。

曹　操　哈哈哈……你看！酒杯都为你摆好了。

于　禁　谢过明公。(入座)来迟一步，自愿罚酒三杯。(执壶倒酒连饮)

曹　操　哈哈哈……（凝视于禁）……

于　禁　（发觉）……明公，你丁咕眼把小某盯倒，看得我诧乎乎的。

曹　操　你为何不戴孝？

于　禁　明公活得硬梆梆的，小某为明公戴孝，岂非咒你早死呀！

曹　操　吾下令全军戴孝，此乃因计所需。你不戴孝，若泄漏机密，岂不坏了孤的大事！

于　禁　明公你看！（袖内取孝）小某在进来前刚刚取下，不会坏明公之计。

曹　操　嗯！于禁，你说吕布小儿会不会来？

于　禁　依小某看呀！……（掐指一算）……嗯！吕布小儿来了就来了；没有来，他就没有来！

曹　操　哈哈哈……你再算算，这一回哪个着？

于　禁　（掐算）……算出来啦！总有人着！

曹　操　那还用你算。

【典韦上。

典　韦　参见明公。

曹　操　吕布可有动静？

典　韦　适才探马来报：吕布小儿亲率五千军士轻骑兼程，离马陵山仅数里之遥。

曹　操　好哇！灵堂内外的硫磺烟硝可曾埋好？

典　韦　早已妥当。

曹　操　四面的伏兵？

典　韦　隐蔽多时。

曹　操　吕布的归路？

典　韦　末将带兵堵截。

曹　操　好好好！（对于禁）你看老夫今夜火烧吕布！

于　禁　要得！小某陪明公边喝酒边看闹热！

（唱【二流】）

将计就计计不孬，

曹　操　（唱）挖坑待虎把敌灭。

典　韦　（唱）吕布纵是善战者，

曹　操　（唱）一把火烧他个焦头烂额。

三　人　（同笑）哈哈哈……

【分下——于禁拿酒壶，上天龙“暴腰”随下

（四）

【空场。吕布率兵上——兵行“线八字”，后站上场“一品墙”。

吕　布（唱【快二流】）

濮阳城战曹操连胜三阵，

趁敌败率轻骑直插曹营。

眼望马陵咫尺近……

报　子　（上）参见都督。

吕　布　（唱）快快禀报敌详情。

报　子　灵堂传出超度亡灵的法器之声以及一片哀泣。

吕　布　曹营诸将?

报　子　齐聚灵堂。

吕　布　曹营军士?

报　子　士气低落。

吕　布　再探!

报　子　是。（下）

吕　布　本都若纳陈宫之言,岂非铸成大错！众军！（众低应——下同）听我一令!

（低唱）

悄悄地，莫高声，

人含枚，马摘铃。

向马陵山速速挺进,

管叫那曹孟德尸骨不存。

【圆场，兵站中场“一品墙””。报子上。

报　子　禀都督：前面灯光之处，便是灵堂。

【法器之声（奏【哭黄天】）传来……

吕　布　好哇！本都令下：将灵堂团团围困，你看本督单人独骑，马踏他的灵堂!

【兵包抄下，马童、探子随布下。

（五）

【奏［哭黄天］……灵堂：打杂师摆灵桌，中有“镇东将军曹操之灵位”牌，再抱纸人金童、玉女（人扮）置左右两侧。吕布入灵堂惊疑……

吕　布　吓！为何空无一人……莫非本都中计？！哎！纵然是计，有何惧哉！捣毁灵堂！

【同时：吕布提戟扎灵牌；报子、马童毁纸人——灵牌倒，一声巨响，火光冲天——打杂师打粉火“滚龙抱柱”；打杂师举火炬于纸人面前，纸人口中吐松香粉末——“吐火”——报子、马童抢背接硬人倒地死；吕布“变脸”（变淡黑色）。

吕　布　（唱【倒板】）

一声巨响如雷震……

【打杂师撤灵桌、抱纸人下。内呼“吕布”声反复，布寻声迹——竖单翎——“一根葱”，遂上天龙持标子旗上站一品墙，曹操站立高碑（打杂师置的椅上。椅前放脚箱），于禁持壶立于侧旁。

曹　操　吕布！你看老夫是谁！

吕　布　（见操惊）吓！

曹　操　让你娃娃尝尝被火烧的味道！

吕　布　曹贼！（挥戟上脚箱直取曹操）

曹　操　杀！（同于禁等隐下，打杂师撤椅、箱）

【粉火“冲天炮”，吕抛冠（打杂师接）硬抢背落马，喊杀声起……

吕　布　（唱【三板】）

火光冲天起烟尘。

往左杀……（牵马上坐骑）

【二曹将上战布……将退下，吕布追，又被烟火（粉火“荷花灯”）隔断……；

吕　布　（唱）只见浓烟滚，

往右杀——

【二将上战吕布退下，布追，打杂师双手打粉火“二龙出海”。

吕　布　（唱）熊熊烈火阻归程。

四面火海难出阵……

【粉火：高低圆台“水波浪”——吕布“骗腿”原地旋转接飞叉落地……

吕　布　（唱）未必然吕奉先火中丧身。

罢罢罢！

拼一死杀出绝境，

纵战死不负俺一世英名。

【众兵将上围布，高呼“活捉吕布”！继兵下，将“架烟囱”，吕布反复“钻烟囱”，后奋力突围冲出重围逃下——粉火“金龙出海”冲布身后。曹兵将追下。

（六）

【冷场。于禁偏偏倒倒地喝酒上。

于　禁　（念）今夜好热闹，

大火冲天烧。

濮阳明公挨，

这吓吕布着。（对壶饮一口）

打……打……打杂师！

【于拉打杂师上。

于　禁　你打粉火的技巧不错。烧烧烧濮阳你打了“太公钓鱼”“黄龙缠腰”“仙女花”“二龙出海”“双柱冲天”、口吐“连珠炮”……烧吕……吕布你又打了“滚龙抱柱”、高低“水波浪”……你再打一个“莲花灯”，给我烧……（粉火打“莲花灯”烧于禁……）

于　禁　啥子？！

【“莲花灯”又现……

于　禁　你眼睛花啦！？我喊你给我烧烧烧……（粉火又起）烧吕布！咋个按到我烧，哦……哎呀！衣服角角都燃起啦！（倒酒淋火）

【又一个“莲花灯”……

于 禁 呸呸呸呸呸……我也喝醉了，啷个倒酒灭火呀！？

【再一个“莲花灯”……接连三个……

于 禁 咦！

（念）打杂师安心扭倒筆，

差点烧掉一撮毛（指胡须）。

烧得于禁鬼火冒，

你再烧——砍你一糖关刀！（打杂师下）

哈哈哈……（喝酒下）

（七）

【张辽、高顺、薛兰率兵将上；张辽与高、薛手语（吹）后率兵将急下；高顺、薛兰命军士埋伏下。

【吕布狼狈逃上，典韦带兵阻上……

吕 布 天绝俺布矣！

【典韦、吕布激战……典韦挑吕布落马——张辽上敌典韦，吕兵救布下，张、典战后分下。吕、曹兵上，打“腾牌枪”（打中锣鼓停，结束时锣鼓复奏）曹兵败下……曹八将率兵上欲追——站梭字块“一条枪”……

典 韦 （上）众位将军且慢！明公早有吩咐：吕布若有援兵相救，万万不可追赶，恐中陈公台埋伏。鸣金收兵！

【曹兵将原路返回，典韦冲入“出将”门时，打杂师抛门帘。

（八）

【吕布等上，陈宫迎上。

陈 宫 温侯……

吕　布　羞哉，愧哉！

（唱快【二流】）

俺不听公台言悔之不尽，

千悔万悔悔不赢。

濮阳城烧曹操他侥幸逃命，

马陵山烧俺布贼就计而行。

若非是公台兄派兵救应，

吕奉先丧火海覆灭全军。

中贼计受贼凌怨布任性，

羞得人头难抬入地无门。

陈　宫　胜败常理，何须挂怀。小某备有酒宴，与温侯贺功……

吕　布　你……

陈　宫　啊啊啊……与温侯压惊。

吕　布　哈……（哭笑不得）哈哈哈……

陈　宫　哈哈哈……

众　将　（大笑）哈哈哈……

【“挖后拥”下。

·剧　终·

注：

1.《火烧吕布》与新改排的《濮阳之战》合在一起连演的场序：“一”乃是“七”。

2. 此戏的打杂师从传统的一人增加到四位。

3.《濮阳之战》于 2009 年 4 月 1-4 日在渝中区金汤街重啤剧场演出，重庆市川剧院资料室存有演出实况录像。因多种原因与“表演概述”有一些差异，特此说明。

附　记

《火烧吕布》是《三国演义》书上没的“三国戏”，也是川剧早先传统戏中没有的传统戏，更是我老师彭大王独有的“私房戏”——欲知“戏源”，请阅《川剧品微 · 续集》122 页《〈濮阳之战〉的龙门阵》。从中，还可看到其他知识。

2014 年 12 月 10 日夜

附16 濮阳之战（胡琴·西皮）

改编◎夏庭光（执笔）◎王德云

一

【会战。曹兵、上天龙、曹洪、许褚、李典、徐晃、乐进、毛瑜、夏侯惇、夏侯渊、典韦、曹操；吕兵、高顺、薛兰、宋宪、侯成、郝萌、成廉、曹性、魏续、马童、吕布同时分上。

曹　操　回师濮阳擒吕布！

吕　布　自来送死诛孟德！

曹　操　请了！

吕　布　请了！

曹　操　吾与汝自来无仇，何故兴兵，夺我濮阳、兖州？

吕　布　汉家城池，诸人有份，岂容尔独占！？

曹　操　三姓家奴，敢出狂言，典韦战！

【曹操下。吕布、典韦厮杀；双方兵将交锋，曹方败，吕布胜归（马童随上）……

二

【陈宫迎布……

陈　宫　小某料事如何！？

吕　布　你看本都的战法！

（唱【二流】）

曹孟德纵偷过泰山小道，

方天戟战典韦望风而逃。

只杀得曹兵将神嚎鬼叫……

【马童牵马下。

吕　布　摆宴！

（唱）庆功酒与诸将痛饮通宵。

陈　宫　温侯！

（唱）某观阵操虽败队伍尚好，

我军胜只可惜阵脚动摇。

操此败焉不把仇报，

贼必定偷营劫寨行险招。

吕　布　啊……依公台之见？

陈　宫　留下空营，伏兵四面。

吕　布　好！

（唱【三板】）

留下了空营盘侯敌来到，

埋伏兵做一个以逸待劳。

【众将领兵分下；马童抬戟带马，吕布上马下；陈宫下。

三

曹　操　（内唱【倒板】）

濮阳城打一仗鹰飞兔走……（上）

我操败了！

（唱【一字】）

我营将被杀得甲卸盔丢。

吕奉先真果是能战惯斗，

陈公台辅吕布帷幄运筹。

叹汉主登大宝懦弱年幼，

董卓贼上欺君下压诸侯。

（唱【大过板】）

在董府去行刺机密败漏，

我假试马力——

（唱【二流】）

鱼儿脱钩。

中牟县被捉拿幸陈宫相救，

只可惜他离孤择主另投。

王司徒为除贼日夜焦愁把心烦透，

连环计多亏得貂蝉女流，

凤仪亭为貂蝉他父子斗口，

在衡门刺董卓一命归幽。

李傕贼犯长安来势突陡，

汉献帝临危难束手无谋，

只杀得吕奉先东逃西走，

只逼得王司徒尽忠坠楼。

李傕贼入朝阁更是禽兽，

汉江山好一似浪里行舟。

曹孟德散家财把义兵招就，

一心心勤王除奸扶汉刘。

恨陶谦贪财下毒手，

杀吾父结下了不共戴天的冤仇。

领雄兵伐徐州取陶谦之首，

恨吕布夺去我濮阳兖州。

势紧急报仇事权且放后，

先平布再回师剿灭陶囚。

濮阳城头阵败天不把孤佑，

【于禁上，入帐见操施礼……

曹　操　（唱）何日能取濮阳令孤心忧，

唉！濮阳难得哟！

于　禁　濮阳易得呀，濮阳易得呀！

曹　操　何言濮阳易得呀？

于　禁　小某在高碑望阵，我军虽败，退却有方；吕布虽胜，队伍大乱。吕布小儿恃勇多骄，首战获胜，必然庆功。明公今夜偷营劫寨，定获全胜。岂不是濮阳易得嘛！

曹　操　此计甚妙。起鼓聚将！

【于禁辞下，众兵将上。

众　将　参见明公。

曹　操　众位将军！于禁献策：吕布得胜，必要庆功，乘他不防，今夜孤亲自率兵偷营劫寨，定能一战成功。

典　韦　明公不可！吕布虽然无谋，只是陈宫多计，岂无防备！

曹　操　于禁之策，正合孤意。机不可失，不必多言。大令下：悄地进兵！

【曹操、众将上马，圆场。

兵　甲　来到敌营！

曹　操　杀进营去！

【杀进营，四处张望……

兵　甲　空营一座！

曹　操　吓……老夫中计！

【号炮声响，喊杀声起……

【吕布率众将士包围曹兵将。曹操逃。一场鏖战……吕布率众将士追杀……

【曹操等上，于禁上。

于　禁　恭喜明公，贺喜明公。偷营却寨，一战成功！

【曹操招手，唤近身……

曹　操　呸！（下）

【众兵将下。

于　禁　（冷场片刻，用手掐算……）哦！掐错了桥！（下）

四

【吕布得胜而归，陈宫出迎……

陈　宫　小某之计……

吕　布　本都战法！

（唱【二流】）

曹操贼来偷营又遭大败……

【马童牵马下，兵将挖开分列。

吕　布　（唱）方天戟杀叫他片甲不回，

叫儿郎与本督忙把宴摆

与公台饮三杯再把枚猜。

陈　宫　温侯且慢排宴，小某还有一计。

吕　布　曹操连败两阵，量他不敢造次。再有妙策，本督不纳。

陈　宫　小某告辞！

吕　布　公台何往？

陈　宫　操贼此来，势在必得濮阳。小某要去保家眷。

吕　布　你有家眷，难道本督无有！？

陈　宫　温侯不纳小某之计。

吕　布　本督用你之策！？

陈　宫　那我又……

吕　布　坐哟！（同坐）公台兄还有何妙计？

陈　宫　（视左右）……

吕　布　尔等退下！

【兵将分下。

吕　布　公台兄请讲！

陈　宫　曹操从徐州回师，意在速战，攻克濮阳。莫如假本城巨富田舍翁之名修书与曹，内云：吕布往兖州阅兵，濮阳交高顺、薛兰料理。殊之二将日搂民财，夜奸民女，众百姓怒声载道，推田舍翁为首，迎明公进城挂榜安民。操取濮阳心切，必乘机而来。那时，四门放火，外设伏兵。曹操虽有经天纬地之才，到此安能得脱矣！

吕　布　全城百姓？

陈　宫　暗传将令，迁往他处。

吕　布　命何人下书？

陈　宫　非文远不可！

吕　布　好！公台兄速速修书。

陈　宫　小某笔迹，曹操见过。

小某假田舍翁的口气，温候的笔迹。

吕　布　后营作书！

（唱【二流】）

公台兄设此计神鬼难解，

陈　宫　（唱）四城门多预备芦禾干柴。

吕　布　（唱）濮阳城布下了乾坤口袋，

我担心曹孟德……

陈　宫　温侯放心！

（唱）他一定会来！

吕　布　哈哈哈……

陈　宫　哈哈哈……

【同下。

五

【曹操上。

曹　操　（唱【二流】）

濮阳城败二阵孤心焦碎……

我操又败了!

(唱)偷营劫寨竟成灰。

不料误入牢笼内,

凤凰反被乌鸦追。

陈宫与吾累作对,

中他诡计累吃亏。

我不杀陈公台枉居镇东将军位,

我不杀吕奉先枉自把人为。

不杀贼人笑我龙头蛇尾,

不杀贼人笑我惧敌之威。

取濮阳无良方食不甘味……

于　禁　(上。唱)

进小营见明公喜笑微微。

濮阳易得呀,濮阳易得呀!

曹　操　你又叫老夫偷营劫寨!?

于　禁　不!不不不……

曹　操　你为何又说濮阳易得?

于　禁　时才来了濮阳巨富田舍翁的家人投书,愿作内应,请明公进城,挂榜安民。岂不是濮阳易得呀!

曹　操　有这等事!?

于　禁　决无虚假。

曹　操　老夫要亲自盘问。

于　禁　传下书人!

【张辽上。

张　辽　叩见明公。

曹　操　仰起面来。

张　辽　(抬头)……

曹　操　斩！

于　禁　哎哎哎……明公，一言未问，为何就喊砍脑壳哟！？

曹　操　分明是吕布差来的细作，难道还瞒得过老夫，推出去斩了！

于　禁　明公，观看此人面不失色，身不打战，哪有这样胆大的奸细！？

要是我，早就吓趴了啰！

曹　操　嗯……尔奉何人所差？

张　辽　我家主人。

曹　操　到此则甚？

张　辽　呈送密信。

曹　操　呈书上来。（观信）信中情由，尔可知晓？

张　辽　略知一二。

曹　操　斩！

于　禁　明公，哪个又喊斩啰？

曹　操　既是家人，怎敢擅拆主人密信偷看！？

于　禁　我都问过，其中有个棉布。

曹　操　啥！？

于　禁　原故。

曹　操　有何原故？

于　禁　明公一问便知。

曹　操　哦……你如何知道？

张　辽　行前，我家主人再三叮咛，此信事关主人全家性命，若遇不测，将信毁掉，由小人向明公讲述信中的事由。

曹　操　嗯……如此，你照实讲来。

张　辽　容禀。

（唱【二流】）

田舍翁修书多多奉拜，

望明公施恩德体民情坏。

吕奉先阅兵去兖州地界，

濮阳事高顺薛兰一手安排。

恨二贼贪酒色军纪败坏，

贼不该抢民女强掠民财。

众百姓陷水火实难忍奈，

盼明公进濮阳解黎民祸灾。

曹　操　什么时候进城？

张　辽　黄昏时候。

曹　操　有诈！

于　禁　明公。何言有诈？

曹　操　为何白日不去，要黄昏进城？岂非有诈呀！

于　禁　清光白日，易被发现。黄昏进城，混杂难分。

黄黄昏昏按进去，这就叫打黄昏仗，杀黄昏子！

曹　操　打黄昏仗，杀黄昏子！？

于　禁　哦！

曹　操　什么为号？

张　辽　白旗为号。

曹　操　有诈！

于　禁　又啥子有诈？

曹　操　吕布用白旗，为何老夫也用白旗？

于　禁　这都不懂哇！？吕布用白旗，我军也用白旗，高顺、薛兰必认为吕布兵回濮阳。

这就叫二混三，吃混糖锅魁。

曹　操　对！吃混糖魁。又以什么为记？

张　辽　烟火为记。

曹　操　咦！要用火呀！

（唱【浪里钻】）

听说是火为记汗流遍体，

于　禁　以火为记，火速成功，好吉兆。

曹　操　（唱）此事儿叫老夫不得不疑。

于　禁　莫得啥子疑头。

曹　操　（唱）莫不是陈公台暗用鬼计，

于　禁　那陈公台还赶得到我哇！

曹　操　（唱）把老夫哄进城好捉现的。

于　禁　哪有那莫撇脱！

曹　操　（唱）叫一声下书人你往下跪……

你是田舍翁的家人？

张　辽　正是。

曹　操　你是陈公台派来的！？

张　辽　我是我家主人派来的。

曹　操　你主人是陈公台！？

张　辽　田舍翁。

于　禁　我都盘问过，莫得假。

曹　操　……爷再问你：何时进城？

张　辽　黄昏时候。

曹　操　以何为号？

张　辽　白旗为号。

曹　操　以何为记？

张　辽　烟火为记。

曹　操　（突快）何为记？

张　辽　烟火。

曹　操　何为号？

张　辽　白旗。

曹　操　何时进城？

张　辽　黄昏。

曹　操　好！迟则生变，就是今日。

（唱【快二流】）

回主人言老夫修书不及，

白旗烟火要牢记。

把干柴和硫磺多多办些，

黄昏时迎老夫须谨慎仔细……

你速回去！

张　辽　告辞（起身欲行）

曹　操　转来！

（唱）回濮阳切不可走漏消息。

张　辽　小人知道。（下）

于　禁　（尾随张辽下，急返回）下书人出营了。

曹　操　有无可疑之处？

于　禁　莫得。

曹　操　天助我操。

于　禁　机不可失！

曹　操　即刻起兵！

于　禁　要遭！

曹　操　……哪个遭？

于　禁　明公，你猜！

曹　操　吕布！

于　禁　吕布仗方天戟、赤兔马，他不得遭。

曹　操　陈公台！

于　禁　足智多谋，不得遭。

曹　操　老夫……

于　禁　兵多将广，还有典韦左右不离，也不得遭。

曹　操　哦……你要遭！

于　禁　小某又不去，哪个得遭。

曹　操　吕布不遭！？

于 禁 不遭。

曹 操 陈宫不遭！？

于 禁 不遭。

曹 操 老夫不遭！？

于 禁 不遭。

曹 操 你也不遭！？

于 禁 不遭。

曹 操 到底哪个遭！？

于 禁 二虎相争，必有一损。总有人遭！

曹 操 那还用说。

于 禁 （对观众）你们都晓得，哪个遭！

曹 操 打鼓站队！

【兵将上。

曹 操 众将官！吕布小儿阅兵兖州，濮阳由高顺、薛兰代理。二将不以军事为重，日搂民财，夜奸民女，众百姓苦不堪言。公推田舍翁为首，差人献来密书，愿为内应，接我军进城挂榜安民。

典 韦 明公不可！犹恐又中陈公台之计！

曹 操 哎！陈宫之计，焉瞒得过老夫！

典 韦 明公……

曹 操 吾意已决，不用多说！

报 子 （内）报下！（上）

于 禁 命汝所探之事，速禀明公。

报 子 吕布兖州阅兵，濮阳由高顺、薛兰代理。高薛二将贪酒好色，强抢民财，闹得鸡犬不宁，不少百姓，举家外逃！

曹 操 如何？果然不假！

【报子下。

曹 操 （对于指天）前去看来！

于　禁　（看后）禀民公，时近黄昏。

曹　操　正是这个时候。兵贵神速，听吾一令！

（唱【三板】）

时黄昏打白旗全军速起……

【于禁下。曹操、众将上马绕场一圈。

曹　操　（唱）睁大眼看城楼是不是白旗。

兵　甲　来至濮阳，城楼高插白旗一杆。

【张辽上。

曹　操　你家主人现在何处？

张　辽　正诓高薛二人饮酒，守城兵士喝得烂醉，城门已开，请明公全军进城。

曹　操　前面带路。（对众兵将）跟随老夫黄黄昏昏按进去，打黄昏仗，杀黄昏子！

【进城。张辽潜下。

兵　甲　报！田舍翁家人不见！

曹　操　吓！……速速查看，城中可有百姓！

【兵卒查看……

兵　甲　空无一人！

曹　操　可闻犬吠？

兵　甲　寂静无声！

曹　操　哎呀！我操又中计！

【杀声突起。吕布率兵包围彼，一场大战……操逃，兵将溃散；吕布穷追曹操……

曹　操　（狼狈逃上。唱【三板】）

中计被围心惊诧……

【吕布追赶，曹操窜逃下……

曹　操　（上。唱）

吕有小儿好杀法。

急急忙忙下坐马……（脱帽解衣）

扮个小兵躲卡卡（隐藏）

小 军 （上。唱）

濮阳城中把仗打……（见曹衣帽）

趁乱该我把财发。

我穿起……盔来……戴起……甲（哟）……

吕 布 （上。唱）

一戟将儿染黄沙！（下）

曹 操 （出，看）吓！你戴了老夫的盔，吃了吕布娃娃的亏；穿了老夫的甲，你就脱不了夹夹！嗨！下濮阳才是你着哟！

（唱）发横财发成枪下靶，

你死后切记再莫“打起发”。

【曹操慌忙逃下。

六

【张辽率持火具的兵卒上。

张 辽 四门放火！

【持各式火具（火棍、火流星）的兵卒起“火舞”（打杂师粉火衬托）……众舞火分下。

曹 操 （唱【倒板】——边唱边上）

濮阳城中焰火炸……

【粉火：“太公钓鱼”……

曹 操 （唱【三板】）

四门大火一齐发。

【粉火：圆台“水波浪”

走东门……

【粉火：“黄龙缠腰”……

东门火势越发大，

身陷火海莫办法。

看着看着楼房垮……

【粉火："双柱冲天"……

我曹氏门中的先人你们双眼瞎。（昏倒）

典　韦　（上，唱）

明公不听典韦话，

中贼埋伏被围杀。

闯进濮阳去救驾……

寻不着明公心乱如麻，

典韦紧催坐下马……

【喊杀声起。吕布率兵上，战典韦……典韦败逃……

吕　布　（唱）众三军齐奋勇与某追杀！（下）

【雷声……

曹　操　（唱【倒板】）

隐隐雷声似鼓打……

【曹操"变脸"、俯伏台口"撑地翻身"……

【粉火：点燃设置台口的火药，另"仙女散花"、口吐"连珠炮"……

曹　操　（唱【三板】）

把老夫烧成糊锅粑。

远远望见赤兔马，

定是吕布那娃娃。

吕　布　（上。戟刺曹咽喉）可见曹操？！

曹　操　（双手紧紧握戟）前面骑黄马者便是！

吕　布　站过去！（戟拨操，冲下）

曹　操　（一踉跄——拾斗笠，观望四周——"舞斗笠"……冷场片刻）

早晓得他不识我，我该说我是曹操呀！（戴笠转笠）

【大雨声……

曹　操　（唱）吕布娃娃眼睛大，

遇着老夫他不杀。

天不灭曹把雨下，

我曹氏祖宗也保孤家。

烧不死再次点人马，

擒吕布捉公台破腹把心挖。

【曹操圆场，典书等上相遇……

曹　操　典将军咧！（丢斗笠——打杂师接）

众　明公苏醒！

曹　操　（醒、视众）唉！下濮阳才是老夫着哟！（片刻停顿）哼哼，哈哈，哦，哈哈哈……

众　将　明公为何发笑！？

曹　操　他这一烧，把老夫的妙计烧出来了。

典　韦　明公有何高策？

曹　操　前面什么所在？

典　韦　马陵山！

曹　操　地形如何？

典　韦　山险路曲！

曹　操　好！濮阳城中风大火猛，吕布必认为老夫葬身火中或被火烧伤身亡。兵扎马陵山，高设灵堂，全军带孝。吕布小儿定然趁危追袭，待他来时，以火回敬，给他一烧……

【曹操座椅下火起……

曹　操　吓！哪里来的火？

众　明公带回来的。

曹　操　笑话。我军四面埋伏，只待灵堂起火……

【操椅脚火又起……

曹　操　咦！莫非是天火！？……是地火？！……

【打杂师持火捻正欲再次……

曹 操 (一把抓住打杂师)嗨！原来是打杂师在烧老夫的“阴阳火”！(甩开打杂师) 大令下：马陵山伏兵，孤要火烧吕奉先！吕布！三姓家奴！这一回就该你娃娃遭哟！

【众下场。打杂师端一桌置于舞台正中前，乐队退场——休息。

七

(“七”，即《火烧吕布》)

·剧 终·

剧本于2007年9月7日完稿

9月10日修改

9月15日再改

附 记

《濮阳之战》，根据王德云、夏庭光提供的吴晓雷、彭天喜传授的《火烧濮阳》《火烧吕布》改编而成。

2014年12月11日

50 李肃说布（弹戏·甜皮）

彭天喜◎传授　夏庭光◎整理

剧情简介

东汉。何进无谋，引狼入室。西凉刺史董卓入京不久，召百官设宴温明园。席间提出废少帝，立陈留王事，遭荆州刺史丁原反对，董卓怒叱丁原，欲拔剑斩之。突见丁原义子吕布手执方天画戟，怒目而视，不敢妄动。董卓纳李肃谏，以黄金、珍珠、赤兔马诱说吕布。见利忘义的吕布杀丁原，投董卓。

《李肃说布》，又名《杀丁原》，有弹戏、高腔两种戏路演出。故事源自《三国演义》第三回“议温明董卓叱丁原馈金珠李肃说吕布”。

人　物：李　肃（正　生）
　　　　吕　布（武　生）
　　　　马　童（杂）
　　　　军　校（杂）

◎李肃，俊扮，戴蓝色花学士巾，挂青三，穿同色绣花褶，下红裤青靴。

吕布，俊扮，印堂画“风流红”，坠露发，戴加雉尾的全插盔，内穿白龙箭束大带，同色绣花裤，白花靴，外着白绣花褶。

马童，俊扮，头捆青打帕，穿黑色绣花打衣加风带、跑裤、打靴。

军校，俊扮，戴绿色包巾额子，穿同色花袍捆鸾带，下红裤青靴。

【舞台正中设一桌二椅，彩色摆场，桌后置一脚箱。李肃上场出。

李　肃　（唱【二流】）

温明园议废立董公受阻，

都因为吕奉先从中搅局。

携金珠带良马游说吕布，

三寸舌必说动负义之徒。

（念）吕布见利必忘恩，

此去定能大功成。

【军校下场上。

李　肃　烦劳通禀吕将军，故友拜访。

军　校　请稍候。（向内）禀将军，有故友拜访。

吕　布　（内）故友甚多，请通姓名。

军　校　是。（对李）将军言道：故友甚多，请通姓名。

李　肃　九原李肃。

◎九原：原五原郡九原县，今内蒙古包头九原区。

军　校　请再稍候。（向内）禀将军，来访者乃九原李肃。

吕　布　（内）啊……原来李肃仁兄驾到，吩咐备宴。敞开寨门相迎！

军　校　敞开寨门，有请！

【吹……吕布上迎李肃，军校下端茶复上。

吕　布　李肃兄！

李　肃　奉先弟！

吕　布　请！

李　肃　请！

【李、吕分坐，军校奉茶，二人端杯……吹止。

李　肃　贤弟，你可记得弟兄何时分别？

吕　布　……黄巾动乱。

李　肃　是呀——

（念）弟兄一别已数春，

有幸偶而见令尊。

吕　布　（念）家父仙逝数年整，

相逢除非梦里寻。

李　肃　兄说的令尊，乃荆州刺史丁原丁建阳耳！

吕　布　丁原，乃俺……（羞于启齿，含混低语）义——父。某寄人膝下……亦出无奈。

李　肃　哦、哦、哦……

吕　布　（示杯）请！

李　肃　请、请！

【续吹……二人饮茶毕，军校接杯下。

李　肃　贤弟别来无恙！

吕　布　承问了。弟兄久不相见，兄今居何处？

李　肃　愚兄才薄能微，现忝任太师手下虎贲中郎将之职。

吕　布　太师……就是那面善心狠、在温明园妄议废立、欲为篡逆的豺狼董卓！

李　肃　贤弟此言差也！天子乃万民之主，无威仪不可以奉宗庙社稷。今少帝刘辩懦弱，不若陈留王刘协聪明好学，仁智过人，可承大位。董公欲废少帝，立陈留王之举，乃上合天意，下顺民心。效法先朝伊尹、霍光——废无德，立有德，实为汉室天下，其心可嘉，何谓篡逆耳！

◎伊尹：夏末商初人。曾辅佐商汤王建立商朝。被后人称为中国历史上的贤相，奉祀为“商元圣”。

◎霍光：字子盖，西汉河东平阳（今山西临汾西南）人，是名将骠骑将军霍去病的同父异母兄弟。遵汉武帝遗诏辅弗陵（昭帝）继承皇位。

【平起［一字］……在［一字］“过门”中，吕布：看宴来！军校端酒上、置杯斟酒后下。

吕　布　仁兄请！

李　肃　贤弟请！

（唱）黄巾乱锦绣河山濒临破碎，
十常侍杀何进良臣心灰。
汉少帝无德无能怎居大位，
陈留王仁智聪慧舍他其谁。
董太师效伊霍独主立废，
浅识者诬篡逆无事生非。
董太师才算得忠良之辈，
不避嫌立贤君挽汉室之危。

（唱【夺子】）
奉先弟武艺精谁不敬佩，
方天戟群英惧显弟雄威。
是良禽居高枝方可无愧，
是大将投贤主名垂丰碑。

贤弟有擎天驾海之才，力敌万夫之勇，四方孰不钦敬？功名富贵，如探囊取物，何言无奈而在人之下乎？

吕　布　恨不逢其主耳……兄观何人为世之英雄？

李　肃　愚兄遍观群臣，皆不如董公仲颖，太师为人敬贤礼士，爱将如宝，赏罚分明，智高识远，终成大业。董公久慕贤弟大名，盼弟，如盼甘霖。临来之时，董公命肃将黄金千两、珍珠百颗（取礼单付布），奉献贤弟。还有董公心爱的赤兔胭脂宝马赠当今英雄。见机不早，悔之晚矣！

吕　布　呵……

（唱【二流】）

李肃兄一席话沁人心肺，

指点俺愚昧人迷途返回。

俺吕布投董公——

李　肃　贤弟莫要一时冲动啊？！

吕　布　（唱）决不后悔，

李　肃　好好好！

（唱）奉先弟不愧是英雄之魁！

马童，牵马上来！

【马童牵马上。

李　肃　奉先弟请来看！赤兔马日行千里，渡水登山，如履平地。浑身上下，火炭般赤，嘶喊咆哮，有晴空霹雳之状。有诗为证：奔腾千里荡尘埃，渡水登山紫雾开。掣断丝缰摇玉辔，火龙飞下九天来。

吕　布　好马呀，好马！观此赤兔，真乃世间罕有的龙驹！

李　肃　贤弟何不一试马力？！

吕　布　正有此意。

李　肃　贤弟请！

吕　布　备马侍候。

【吕布解衣、整装——“推衫子”（推左右两角）攀鞍上马；李肃出帐绕至桌后上脚箱（拟高处）观望；马童翻跌配合吕布“溜马”：吕布饰者以趱步、占步、探海、舞翎、旋鞭等，最后以“双飞叉”（与马童同时）结束。布下马，肃返回，同入帐。

吕　布　太师赐此龙驹，将何以为报？恨无涓埃之功，以为进见之礼。

李　肃　（视马童，挥手令马童离去）贤弟！（低语）功在翻手之间，恐弟不肯为耳。

吕　布　……（略思，低语）吾欲杀……

【“闷锤“后起“架桥”…… 吕、李左右察看后，“架桥”终。

李　肃　贤弟莫非要杀……

吕　布　杀丁原，投董公。如何？

李　肃　若能如此，莫大之功。但事不宜迟，弟当速决也！

吕　布　就在今夜！

李　肃　好！兄陪董公，明晨恭迎贤弟！兄告辞。

吕　布　弟送兄。

【起“架桥”…… 李肃阻布送——恐被人瞧见。李肃原路下。更鼓声响。

吕　布　（唱【倒板】）

　　听谯楼起初更昼转黑夜……

【军校掌灯上，放灯，复下。

吕　布　（唱【一字】）

　　吕奉先这一阵满心喜悦。

　　怨只怨与李肃重聚晚也，

　　若早逢俺怎投丁原老贼。（执壶倒酒，发现已空）

呈酒来！

【二更响。军校捧壶上，换壶下。

（唱）董太师重贤士令俺称谢，

　　俺吕布投名主展翅飞越。

换大盏！

【三更声。军校捧大盏上，复下。

（唱）投太师必须把老狗头借……

【“架桥”…… 吕布畅饮，谯楼四鼓频传。

吕　布　正是这个时候。(取剑、拔剑)丁建阳！老狗！休怪俺布心狠！

(出帐，小圆台，入丁寝帐……)

丁　原　(内)逆子何为?

吕　布　(内)吾乃堂堂丈夫，安肯为汝子乎！(手起剑落)

丁　原　(内惨叫)哎呀……

【五鼓鸡鸣。

吕　布　(提“彩头”——人头上)带马！

(唱【三板】)

杀丁原(唱【霸腔】)

投董卓(喜情微声吟)再认干爹。

【马童带马，吕布飞身上马，疾行圆场，李肃迎上，吕布下马，马童牵马下。

李　肃　董公帐外恭迎贤弟！

吕　布　恩父！(单膝跪)儿吕布献丁原首级来(运用“吼喊”登足延长)——也！

董　卓　(内)哈哈哈……

【李肃扶布起……

李　肃　贤弟请！

吕　布　请！

【吹……二人携手下。

·剧　终·

附　记

老师授戏时，作了两处增改。一是添了吕布“试马”，为戏增强了看点。二是将原吕布唱【三板】“投太师必须把老狗头借”后即【扫黄板】、提剑下结束，加了杀丁原，献头投董的“尾巴”，为观众对见利忘义、杀一干爹又认一干老汉的“三姓家奴”既有直观感，又留下“想头”。

2015年2月10日

51 断　桥（高腔）

姜尚峰◎传授　夏庭光◎整理

剧情简介

白氏主仆寻夫，鏖战金山，败归断桥。许仙奉师法海命，至断桥与白氏相会。青儿怒不可遏，经白氏劝说方罢。

人　物：许　仙（文　生）
　　　　白　氏（武　旦）
　　　　青　儿（武　生）
　　　　小和尚（小　丑）

◎许仙，俊扮，戴玉色栏苏，内打矮桩水发，穿玉色褶，内着青褶，下文生彩裤、白袜、朝鞋，持伞。

白氏，俊扮，“印堂红”——“一颗印”描金，素头饰打水发，着素白色衣裤，捆风带，下素白鞋。

青儿，花脸面揉肉色底，粗眉浓眼，印堂加画“冲天红”，头打高桩水发，穿长袖黑色对襟衣，下着同色跑裤、打靴。

小和尚，俊扮加“豆腐干”，戴“猪腰子”——僧帽，穿红褶系绦，挂佛珠，下着素色裤、夫子鞋，拿拂尘。

【舞台正中并放二椅——素色椅帔。帮腔：【阴山坡】……

◎【阴山坡】【莫词歌】乃川剧高腔曲牌中只帮不唱的无词腔。表现戏中悲愁、苦、无奈等情绪，据说，这是川剧前辈自创曲牌之一。

白　氏　（内）小青！（下场上）

青　儿　（内）娘娘！（上场出）

白　氏　小青！

青　儿　娘娘！

◎白、青右左互寻，继反回——望见惊喜——白占步，青趱步靠近台中……

白　氏　（唱《山坡羊》）

含悲泪，

喽呀！

小青儿！

白　氏　（唱）金山寺中把仗打，

战败我三千鱼鳖虾。

扶我断桥且坐下，

这阵心中乱如麻。

【许仙、小和尚在帮腔的尾腔中由上马门上。

许　仙　师兄，前面就是断桥了。

小和尚　把雨伞给我。

许　仙　师傅说过，伞与命相连。

小和尚　说破不灵。

许　仙　好！呈去。

小和尚　我回金山寺复命去了。

许　仙　师兄，师傅说过，你要把我送拢呀！

小和尚　要送拢呀？……（惊颤）好嘛（免强地）我把你送拢。

许　仙　嗯……你这个人狡滑得很。我要把你拉到走。

小和尚　要得，（轻拉许衣小襟递仙）拉到走。

许　仙　师兄呀，（边走边说）我那白娘子到还好见，只是小青有些难见，要是他发起气来你要帮我劝到啊！（小和尚溜下）师兄……师兄……师兄（见已无人，又见自拉己衣，丢弃）吔，你送到不管呀！师兄去了，我也回金山寺去！（踢褶右转身欲行）

白　氏　喽呀……

许　仙　师傅说过，我们夫妻断桥还有一会。既到断桥，焉有不去之理。要去，要去……（欲行又止）我那白娘子性情温柔，到还好见。只是小青性情刚烈，实实有些难见呀……（略思）哎！我是一主，她是一仆，未必我就打（右掌举——鼓眼“打”继“才乃……”配，颤抖的手掌收，眼视掌）抖啥，抖啥！（左手打右掌——“才扎”）说打嘛，还没有打噻，你怕啥？不用怕。不用……（抬腿颤抖）抖啥，抖啥！（落足——“才扎”）要是小青追起来，劳你跑快点，二天买双文履与你穿。不用怕，不用怕。我都不怕，你们怕……（右手拈胸前褶微抖——“打打打……”吸口冷气）口说不怕，心头呀——咚呀咚的跳哇！会着白娘子，这张嘴你要乖巧些啊，要是小青追起来，这双脚哇，（左足抬）劳你跑快些呀！（原地“梭步”——配合“梭步”“才、才、才……”右脚抬——“才乃……”后落，左足后撤——“才扎”）桥头之上站定一人，好似小青（壮胆喊），小青！小青！

青　儿　（闻声转面）啊！你是姑爹？！

许　仙　是……我。（音颤）

青　儿　（怒语）你回来了？！

许　仙　（音更颤）回……来了。

青　儿　等着，奴婢接你来了！（怒火暴发，转身，脸变红色）

【许仙惊，掸褶后襟“假坐”，举抖颤的手——“我要打你”；小青扑许，仙从小腋下钻过，“眼镜圈”，青抓许仙头巾，许原地“平甩发”，继掸双袖急逃去；小青见是头巾，抛去。

青　儿　娘娘！姑爹回来了！

白　氏　（喜）在哪里？

青　儿　在那里！（欲追）

白　氏　（惊，拉青）……

青　儿　（甩掉白氏，追下）……

白　氏　小青！转来！莫把你姑爹吓到了！（脚尖占步行曲线行下）

【帮腔帮［阴山坡］……

……许仙急上，原俊扮的眼圈扩大，印堂淡抹黑色，唇呈乌紫，颊现油光，双手提着衣襟，浑身发抖，吃力地抬腿，“插步”接“挫步”“硬背壳”跌倒。青儿怒吼“哪里走！”出场，一个“窜　”越过“背壳”，返身怒视用衣衫掩头的许仙，一把揪其衣领，走半圆台，再抬腿跨过其身；许仙由青胯下“金蝉脱壳”——脱掉外衫，现出内穿之青褶，失魂落魄地甩动“交叉发”……疲乏无力，手竟搭青儿肩喘息。待惊魂稍定，才知是青儿，忙转身走“朝天步”奔跑、跌地，“单膝跪步”下。小青只见衣衫，怒不可遏，扬手飞褶，脸变黑色。白氏高呼“小青”赶至拉住。青儿气得跺足，恰踏住白氏足——白腾空盘腿“坐莲”落地；青儿无暇顾及，复追下。白氏一面呼喊“官人快跑！小青快转来！”一面忍着腹痛足疼，挣扎起身、跌倒。走圆台“地旋子”继双膝“跪步”下。

许仙再次逃上：两眼发直，嘴唇痉挛，举步难行，双手抱腿向前挪动，又闻小青吼声，更为惊慌，微垫步——示鞋脱脚，猛抬足，朝鞋脱落面前，右手接住。小青追至，白氏赶来。许独脚与青、白走“三穿花”。白氏终将二人隔开，叱小青退下。许仙晕头转向、独脚甩发原地旋转，与左手褶、右手鞋三位一体；继举鞋乱打……白氏心疼地抱住，连呼“官人”。许呆，见是白喜惊若狂，张口欲呼无声，急得用手抓喉，白轻拍仙胸，许仙才喊出：“白娘子！你把小青拉到下呀”举止失措地以鞋擦鼻，又将鞋作帽戴；经白氏指明，才知是鞋，但仍不辨倒顺，白见更心酸，二人抱头抽泣……

白　氏　（唱【江头桂】）

回忆往事，珠泪双落……

【青儿又复冲至，许仙吓得龟缩一团，白氏一手护许，一手拦青，单脚独立台沿——

白　氏　（唱）回忆往事，珠泪双落（重）……

【青儿愈加愤怒，一声狂吼：许仙吓得掸褶跌坐，白氏“梭台口”接“倒趴滚”复立，青儿“假抢背”起——黑面变金脸，白再叱退小青。许仙甩手摇臂，踢脚蹬腿、似疯了一般乱打——左脚微曲，右足立，两手握“凤捶”向前不停地击出——“打草鞋”；白氏扶许急呼“官人……”许渐清醒——

许　仙　小青她要吃人哪！

白　氏　（唱）心中好似钢剑戳。

一把手拉夫——

断桥坐……

【白氏拉许小圆场，同坐。

白　氏　（唱【一字】）

妻把这从前事儿对夫说。

四月八佛祖——

（唱【二流】）

讲经莲台坐，

你的妻白莲池中挣断了铁索。

下凡尘为的哪一个，

都只为钱塘我的许仙哥。

夫妻恩爱本不错，

夫不该带回雄黄药。

现原形夫惊死奴心急如火，

拼一死盗回来灵芝宝草将夫救活。

（唱【一字】）

千错万错夫有错，

不该听法海来挑拨。

◎白氏唱段，主要采用琼莲芳（张文卿）老师，并参考杨云凤老师，陈艺（丽）华、竹畹秋（方少华）艺友的唱词。后接受众多老戏迷建议，作了大大的“减法”。

许　仙　（唱）娘子妻休得埋怨我——

卑人有话对你说。

那日打从金山过，

偶遇法海念弥陀。

他劝我把红尘来看破，

四大名山僧占多。
千错万错我有错，
不该金山把家出。
从今就在家庭坐，
再不出外惹风波。

◎许仙头尾“放腔”唱【江头桂】原腔，中间则唱“流水腔”（即【四朝元】腔），有别白氏唱腔的情绪。下面青儿亦唱“流水腔”，唱腔却更加“火暴”，才与“冒了火”相符。

青　儿　（恢复俊扮面孔上。唱【二流】）
站着站着冒了火——
【许仙躲白氏身后。
青　儿　（唱）急得小青双顿足。
娘娘为你惹大祸，
小青为你熬过药。
娘娘休要挡着我，
待我将他吞下腹。
【许仙惊，白氏拦青……
白　氏　（唱）哎呀呀小青切不可，
娘娘言话听明白。
此事儿休怪你的姑爹错，
只怪法海太可恶。
【白氏护肚……
许　仙　娘子，娘子！（急趋前搀扶白氏坐，与白捶背）
青　儿　姑爹，过来！
许　仙　我有事。
青　儿　叫你过来！

许　仙　我在经佑人。

青　儿　我要跟你说话。

许　仙　听得到。

青　儿　（大声）叫你过来！

许　仙　来啦，来啦，说嘛，说嘛！

青　儿　我问你，哪个叫你当和尚？

许　仙　是那……

青　儿　把脑壳扭啦！

许　仙　是那金山寺的法海和尚。

青　儿　秃驴！娘娘身怀有孕，在哪里安身？

许　仙　腾王府。

青　儿　天火焚化！

许　仙　吓！

帮　腔　（帮【莫词歌】）……

许　仙　到我姐丈家中安身。

青　儿　他的心？

许　仙　比我……

青　儿　坏！

许　仙　好得多！

青　儿　嗯！娘娘有孕，快去搀扶。

许　仙　啥？！（拿出主人的气派）我把你这个不懂事的东西！（“才”）为奴作婢之人，不去搀扶，留你来穿衣！（“才”）吃饭！（“才”）你这个糊涂虫！（“才”）糊涂虫下的糊涂蛋！（又派又酸，手指随“才乃……”转动）

青　儿　我累啦！

许　仙　我还不是累啦！

青　儿　你为啥累啦？

许　仙　我跑累啦！你呢？

青　儿　我追累啦!

许　仙　你不追，我就不跑!（反复）

青　儿　你不跑，我就不追!（反复）哼!

许　仙　搀到啦，搀到啦!

青　儿　贱皮子!

【在帮腔帮［莫词歌］中,白氏微笑斥小青,然后携青手,同下。

·剧　终·

附　记

川剧《断桥》，另有以唱为主的弹戏《陕断桥》。(顾“陕”字，即知来自秦腔——因早些年曾有一段“川陕合班”演出的历史)川剧高腔《断桥》的“三追三赶”，有别于任何一个戏曲剧种的任何一个《断桥》，它是川味十足的“麻辣烫”表演。

“三追三赶”不仅是该剧的重点，也是饰许仙、白氏、小青者各显神通、以技塑人的重点。

2015年2月27日

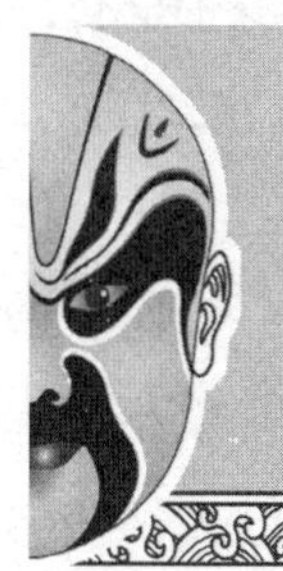

52 醉战雍州（高腔）

姜尚峰◎传授　　夏庭光◎整理

剧情简介

穆居易被逼战雍州，醉醺醺厚脸苦哀求。卢瑞英偏爱弱醉将，化干戈喜订凤鸾俦。

人　物：穆居易（武　生）

卢瑞英（武　旦）

【空场。穆居易俊扮抹淡油，打高桩水发，穿绣花白袍（不戴袖头）束带，下红裤青靴，持马鞭、战枪，醉醺醺地冲上。

穆居易 打仗来！

【卢瑞英俊扮，戴女帅盔插翎，穿女武身子全套，足登打靴，持马鞭、双头枪上。穆打酒嗝，作欲吐状。

卢瑞英 穆将军，你醉了！

穆居易 多喝两杯，有点醉啦！

卢瑞英 醉了，就去睡嘛！

穆居易 哎呀，咋个睡得着！

（唱【红衲袄·冒子】）

雍州城打一仗天昏地暗……

【二人“过河”，穆以枪把胡乱戳对方……

卢瑞英 穆将军，倒啦，倒啦！

穆居易 倒啦，再打一壶来坐起！

卢瑞英 啥哟？

穆居易 酒嘛！

卢瑞英 只晓得酒！

穆居易 啥子倒了啦？

卢瑞英 你的战枪拿倒了！

穆居易 笑话，安心来打仗，会把枪拿倒……（右手触及枪尖）哎哟……当真拿倒了哇！拿倒了，掉转来！

【穆掉枪刺卢，瑞英拨开，居易前窜……

穆居易 （唱）天昏地暗，

（唱【二流】）

昏沉沉分不开东北西南。

耳畔内忽听得马嘶人喊，

听战鼓紧紧擂心如箭穿。

揉一揉昏花眼定神观看，

但则见女将军雄跨雕鞍。

我问你（哟）夺雍州为的哪件？

把你的造反事细说一番。

卢瑞英 （唱【冒子】）

战鼓儿咚咚响三遍……

【二人“过河”，卢连续枪刺穆……

穆居易 啥子，我防到的！

卢瑞英 （唱【二流】）

响三遍，

军阵上竟来了醉将一员。

我观他文呆呆不像个武汉，

为然何到军阵执锐披坚。

勒坐马停战枪我把话谈，

叫一声穆将军细听奴言。

你朝中——

（唱快【二流】）

贼朱陶真乃大胆，

他不该估逼奴要效良缘。

怒恼了父女们插旗生反，

初开兵就夺你雍州广南。

我观你醉醺醺不该来交战，

死在了奴枪下哪些了然。

我劝你回营去换将来战，

若不然我将你刺死马前。

穆居易 （唱快【二流】）

听她言不由我酒醒大半——

我朝中竟出了无耻谗奸。

恨朱陶做的事他好大胆，

他不该估逼她要效良缘。
怒恼了他父女插旗造反，
初开兵就夺我雍州广南。
为雍州险些儿我被问斩，
为雍州两腿上鲜血不干。
为雍州我只得带伤出战，
要夺回怕只怕千难万难。
女将军下马来我有话谈……

【卢下马，穆下马弃枪，瑞英枪刺居易被抓住。

穆居易 我抓到啦！

（唱【一字】）

拉着枪手扒肩……（左手下意识地抚卢肩）

卢瑞英 啥子！？

穆居易 我给你说话

卢瑞英 说嘛！

穆居易 （唱）口叫可怜……

卢瑞英 穆将军，你哪些可怜？

穆居易 我可怜得很啰！

（唱）昨日里在疆场大交一战，
纤纤手杀得我卸甲回还。
女将军，你有几个指头？

卢瑞英 十个指头。

穆居易 哎呀，怪不得我打败仗，我才五个指头。

卢瑞英 一只手五个，一双手十个嘛！

穆居易 啊，一只手五个（举手视），一双手（再举）……

卢瑞英 （抽枪）……

穆居易 （即抓枪）吓！你狡滑呀！

（唱）回营去元帅怒将我问斩……

卢瑞英 穆将军，你说白！

穆居易 我从来不说谎。

卢瑞英 你家元帅把你杀了，你咋个还在呢？

穆居易 没有杀成噻！

卢瑞英 为啥喃？

穆居易 （唱）说讲情多亏得满营的将官。

卢瑞英 看不出来，你还维得有朋友？

穆居易 笑话，吃粮当兵人，没有几个朋友还行嘛！

卢瑞英 这吓就好了。

穆居易 好啥哟！三岁孩童吃黄瓜，苦的还在后头。

（唱）死罪免重责我四十大板，

只打得两腿上鲜血不干。

卢瑞英 哎呀穆将军，你挨了打呀？

穆居易 是嘛！

卢瑞英 打起痛不痛？

穆居易 咋个不痛，还精痛哟！

卢瑞英 痛嘛痛你的！

穆居易 咦！你这个女娃子，心痛人都心痛不来呀？！

卢瑞英 哪个心痛你哟！

穆　易 （唱）受刑后又命我带伤出战，

夺不转雍州城死不回还。

卢瑞英 那就请嘛！

穆居易 请啥？

卢瑞英 请上马交战噻！

穆居易 我问你哟，战败之将？

卢瑞英 焉敢言勇。

穆居易 斗败之鸡？

卢瑞英 焉敢比翅！

穆居易　好道。我要是打得赢你，又不会失雍州了哟！

卢瑞英　那咋办喃？

穆居易　女将军喃，你要做好事哟！

（唱）女将军你若把雍州退转，

犹如你吃长斋拜佛朝山。

女将军，你要做好事哟！

卢瑞英　哎呀，看你说得可怜兮兮的，我又是个糍粑心。

穆居易　遇到糍粑心就好了。

卢瑞英　我是过了三个六月的糍粑，刀都砍不进！

穆居易　咦！有哪个硬哪？你说退不退？

卢瑞英　不——退！

穆居易　你敢说三个不退？

卢瑞英　不退、不退、不退……

穆居易　咦！你要逼出人命来哟！

（唱）女将军你若是不行方便，

我情愿碰死在你的枪尖。

【卢用枪抛穆倒地。

穆居易　啥子！掀啥子？

卢瑞英　哪个掀你？起来！

穆居易　起来做啥？

卢瑞英　交战！

穆居易　好！等我睡一觉起来，我们大战八百合！（仰睡）

卢瑞英　（唱）穆将军带了酒死不要脸！

穆居易　（起坐）哪个不要脸？

卢瑞英　你不要脸！（重复）

穆居易　你不要脸！（重复）不要脸，不要脸，不要脸啰！（侧卧）

卢瑞英　（唱）你看他醉醺醺倒卧平川。

倒不如执银枪把他的命染……

穆居易 啥子！？（起坐）

卢瑞英 我把你杀啦！

穆居易 你站着，我睡着；你拿着枪，我空着手。杀了我不算英雄！

卢瑞英 管他英雄不英雄，把你杀了算啦！

穆居易 好嘛！我有两句话，说完你再杀。

卢瑞英 杀了再说！

穆居易 杀了拿啥子来说哪！

卢瑞英 早说早死！

穆居易 女将军喃，你不晓得哟……

卢瑞英 杀杀杀……

穆居易 啥子！？

卢瑞英 说完两句话，我就杀噻！

穆居易 两句话嘛是开头一句，煞各一句，中间还有一么多噻！

卢瑞英 快说！

穆居易 女将军喃，你不晓得哟，你把我杀了倒是小事，我屋头还有十几岁一个妈，七八十岁一个婆娘，她们靠哪个哟！（假泣）

卢瑞英 （笑说）穆将军倒啦！

穆居易 倒了打一壶来坐起！

卢瑞英 只默到酒！

穆居易 啥子倒了嘛？

卢瑞英 话说倒了！

穆居易 我哪句话说倒了？

卢瑞英 你说七八十岁，当然是你的妈哟？！

穆居易 是嘛！

卢瑞英 十几岁就是你的婆……

穆居易 嗨！七八十岁是妈，十几岁咋个是婆哟！？

卢瑞英 我还没有说完。

穆居易 那你说嘛！

卢瑞英　七八十岁是你妈？

穆居易　是嘛！

卢瑞英　十几岁，是你的……

穆居易　啥子吗？

卢瑞英　这个……

穆居易　哪个？

卢瑞英　那个……

穆居易　哪个吗？

卢瑞英　哎呀！

穆居易　我屋头没得“哎呀”呀？！

卢瑞英　我还没有说出来。

穆居易　那你说嘛！

卢瑞英　七八十岁是你的妈噻？

穆居易　是嘛！

卢瑞英　十几岁是你的婆（含羞）——娘！

穆居易　嗨！姑娘家家的，晓得啥子叫婆娘呀？我到没得婆娘，想给我当婆娘。羞哦，羞哦！（以手刮脸，侧右卧倒）

卢瑞英　（唱）穆将军借酒醉口出胡言，

倒不如退雍州偃旗息战。

穆居易　（一跃而起）三军听着！回营报功，我夺回了雍州哇！

卢瑞英　夺夺夺！（以枪佯戳穆）

穆居易　啥子！？

卢瑞英　你夺回了雍州噻？

穆居易　你说把雍州退给我。我不说夺回，多没得面子呀！

卢瑞英　我呵（哄骗）你的！

穆居易　呵我做啥？

卢瑞英　呵你起来交战！

穆居易　看不出来，人不大的还会呵人。好嘛，交战就交战（起，欲行又退）……

卢瑞英　噫，你脑壳有点昏？！

穆居易　嗯，（头摇动）是有点昏。

卢瑞英　眼睛有点花？！

穆居易　（眼无光）是有点花。

卢瑞英　脚还有点软？！

穆居易　（偏偏倒倒）站都站不稳　……

卢瑞英　你莫又睡倒啊？！

穆居易　哎呀，你不说，我还搞忘啦！（倒地睡——仰卧跨腿）

卢瑞英　哎呀，焦人啰！

（唱）你看他借酒醉又卧平川。

倒不如回营去不与他交战……

穆居易　（坐）她咋走得呀？！三军听着：黄毛丫头战我不过，败下阵去了！

卢瑞英　战战战！（举枪）

穆居易　啥子！？

卢瑞英　说我战你不过嚜？

穆居易　战得过我咋个走哇？

卢瑞英　你睡倒，未必我等你一天呀？！

穆居易　好好好。你开口言战，闭口言战，你就竟懂得好多战法？

卢瑞英　水战、陆战、把火夜战……

穆居易　今天一不水战，二不陆战，三不把火夜战。我们来个舌战！

卢瑞英　舌战？！

穆居易　说得赢就赢，说不赢就输。

卢瑞英　我先说！（反复）

穆居易　我先说！（反复）

卢瑞英　好好好，让你打败仗的人先说！

穆居易　对哪，打了败仗，是要吃点欺头嚜！女将军，我问你哟，你们父女插旗造反为了啥哟？

卢瑞英 我爸爸老子当皇帝。

穆居易 你爸爸老子好大高寿？

卢瑞英 七旬单三。

穆居易 离死不远了！

卢瑞英 啥哟！

穆居易 人活百岁，也难免一死。你爸爸死后喃？

卢瑞英 我当皇帝。

穆居易 （笑）人家听到，都会笑落牙巴，尘世之上，哪有女儿成龙的道理。

我们天朝兵多将广，不会都像我这样瘟啰！

要是兴兵前来，将你父女擒捉，绑出营门，齐眉毛一刀！

你爸爸七十多岁，死得着啦，只是你——人又生得好，武艺又精通，不晓得二辈子变个 × 子，变个麻子，变个驼子，还有这么好看没得！？

我都替你担心，不晓得你——着不着急啊！

卢瑞英 啊……

（唱）穆将军说的是金石良言。

想当初阴阳树父会过他面，

穆居易可算是有志儿男。

倒不如军阵上面许姻眷，

回营去对父说必然喜欢。

退雍州要依我大事一件，

若应允我退你雍州广南。

卢瑞英 起来！

穆居易 起来做啥？

卢瑞英 把雍州退给你。

穆居易 呵我的。

卢瑞英 当真的。

穆居易 （挣扎起又跌倒）当真起不来了。拉我一下！（伸手）

卢瑞英 哪个拉你哟！

穆居易 拉一下嘛！

【卢递枪把，穆拉枪把起。

穆居易 拿来！拿来！

卢瑞英 啥子哟？

穆居易 雍州噻！

卢瑞英 雍州又不是粑粑饼饼。

穆居易 那我回营报功。

卢瑞英 莫忙哦！雍州我退给你，还要依我一件。

穆居易 十件八件，都给你缝。

卢瑞英 啥子哟？

穆居易 衣服嘛！

卢瑞英 哪个要你衣服。我说的是一件事。

穆居易 那你说嘛！

卢瑞英 雍州我退给你。你要答应我的姻亲。

穆居易 新兵，有好多一下收到。

卢瑞英 啥子新兵啰！？

穆居易 是啥吗？

卢瑞英 雍州我退给你。你要答应我的……这个……

穆居易 哪个？？

卢瑞英 那个……

穆居易 哪个？

卢瑞英 哎呀！

穆居易 哎呀是个啥东西？

卢瑞英 我还没有说完。

穆居易 你说嘛！

卢瑞英 雍州我退给你……

穆居易 是嘛!

卢瑞英 雍州我退给你。你要给我……当个婆娘!

穆居易 你给我当个婆娘还差不多!

卢瑞英 (含羞点头)……

穆居易 好! 说了就作数!

卢瑞英 你的记性?

穆居易 记性好。忘性也大。

卢瑞英 喝了酒……

穆居易 啥子都不晓得了!

卢瑞英 你这个人……(视大带)嗯……你回营是不是要报功?

穆居易 要报功。

卢瑞英 元帅是不是要给你庆功?

穆居易 要庆功。

卢瑞英 你喝不喝酒?

穆居易 当然要喝酒。

卢瑞英 喝不喝醉??

穆居易 喝酒不喝醉,不如喝水呀!?

卢瑞英 喝醉了去不去睡?

穆居易 喝醉了就睡,免得惹祸。

卢瑞英 你要宽衣?

穆居易 要宽衣。

卢瑞英 要解带?

穆居易 要解带。

卢瑞英 在你那丝鸾大带上打个疙瘩。

穆居易 才说姻亲,就打疙瘩,二天难得算疙瘩账啰?!

卢瑞英 我怕你搞忘了。

穆居易 好! 元帅在高碑望阵,我们假战三合。

卢瑞英 我上了马，就认不到人啰！

穆居易 伤到我，是你的事哟！

【二人一笑上马。

卢瑞英 （念）将军勒马且从容，

穆居易 （念）姻亲大事我依从。

卢瑞英 （念）假战三合为表记，

穆居易 （念）我赖战雍州成了功。

【二人“过河”，卢挥枪乱刺……

穆居易 啥子！（示带）你搞忘啦！

卢瑞英 （羞笑）……

穆居易 请了！（走）

卢瑞英 转来！

穆居易 哎呀，原说不安家，安家就逗咦啦！

卢瑞英 我们刚才说的话哪？

穆居易 说的话多。

卢瑞英 最要紧的一句话？

穆居易 退雍州。

卢瑞英 比雍州还要紧！

穆居易 莫得了！

卢瑞英 哎呀，才一吓吓就把人家搞忘了！

穆居易 哎哎哎……莫着急！啥子事嘛……（低头想，见带）哦！你的事在这里！（示带）

【二人笑，分下。

·剧　终·

附　记

《醉战雍州》乃全本《阴阳树》中的一折“要耍戏”。讲白主要是“生活化”，演员要说得自然流畅。饰穆居易者注意演个“赖”字。

2015 年 3 月 10 日

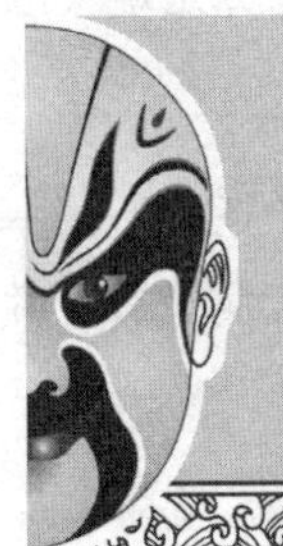

53 银屏绑子 （胡琴·西皮）

张松樵◎传授　夏庭光◎整理

剧情简介

唐代，驸马秦怀玉之子秦英在金水桥垂钓，詹太师路过，强令秦英让道，英不予理采，詹下轿猛推秦，失足落水废命。詹妃哭诉太宗驾前要为国丈报仇，太宗命银屏绑子上殿。太宗念秦家功劳和长孙皇后、银屏苦求，但又碍詹妃情面，两为其难……最后，太宗命公主向詹妃敬酒索情，终以“和为贵”了结。

人　物：唐太宗（老　生）
银　屏（花　旦）
皇　后（老　旦）
詹　妃（花　旦）
秦　英（娃娃生）
太　监
徐　勣（老　生）
上天龙
宫　女

◎唐太宗，脸刷淡红，捆黄绫帕，戴王帽，着黄袍束带，挂白三，下穿红裤青靴。

银屏，俊扮，戴状元头加套龙、垂冕旒，下穿绣花彩裤、扎花靴，持朝笏。

皇后，面抹淡红，麻发，捆黄绫帕，戴凤冠，着女儿蟒束绦，白花裙、夫子鞋，持龙头杖。

詹妃，俊扮，戴伴架，穿小宫装或帔裙、绣花彩鞋。

秦英，红霸儿脸，头扎高桩水发，坠露发，绣花绿袍捆大带，绿花裤、打靴，披罪绳。

太监，俊扮，戴珠珠盔——又称“金棒捶”——太监帽，穿褶、红裤、青靴，拿拂尘。

徐勣，刷淡红，捆蓝绫帕，戴相貂，穿蓝蟒束带，红裤青靴，挂麻三，持朝笏。

上天龙，持“站堂刀”。

宫女，戴翠桥，穿古装，持提炉。

【台中设前后两桌，前桌搁“文房四宝”后桌前置脚箱，桌上放坐箱，左右各一椅，红色摆场。

唐太宗 （内唱【倒板】）

每逢朔（每月初一）望（十五）王登殿……

【上天龙、宫女上，行“站门”，列八字；太监、太宗上。

唐太宗 （唱【二流】）

龙行御步上金銮。

想当初父王身遭难，

多感恩公来救援。

那恩公跨骑黄骠马，

手持一对锏，

单人独骑赴阵前。

杀得匪徒四野窜，

父王才保活命还。
彼时间父王把恩公姓名探，
那恩公扬长而去不答言。
我父王为恩公塑像如真人再现，
朝夕供奉把香燃。
后方知恩公乃山东一好汉，
秦叔宝义名天下传。
开唐国公十八位，
秦叔宝功劳大如天。
恩公死后王怀念，
恩公德绩记心田。
且喜得恩公有子秦怀玉，
子袭父职在朝班。
秦怀玉能征善贯战，
东挡西杀南征北剿保孤大唐锦江山。
许凤儿配怀玉了却孤思忠心愿，
他夫妻和和美美喜把秦英外孙儿添。
他夫妻相敬如宾齐眉举案，
孤闻知常常笑开颜。

（唱快【二流】）

又谁知下邦夷蛮反，
烧杀抢劫侵边关。
蝼蚁焉把大树撼，
命驸马统兵剿夷蛮。
秦驸马韬略世间罕，
运筹帷幄股掌间。
为然何今日尚无捷报转，
寡人为此把心担。

求苍天保驸马凯旋而返，

求苍天保大唐万年万年万万年。

【太宗坐，詹妃急上。

詹　妃　万岁呀！（哭）

唐太宗　詹妃，啼啼哭哭来到金殿，成何体统！？

詹　妃　恼恨秦英，在金水桥前，将我父打死呀！

唐太宗　啊……自有寡人作主。内侍，传孤口诏：命银屏公主着驸马冠诰，绑子上殿。

太　监　遵命。万岁口诏下：银屏公主着驸马冠诰，绑子上殿！

银　屏　（内）领诏。

（唱【倒板】）

秦王府绑孽子肝胆气炸……

【秦英、银屏上，秦英欲挣脱罪绳——

银　屏　奴才！

（唱快【二流】）

骂一声秦英儿肇事冤家。

娘允儿金水桥钓鱼玩耍，

你不该将太师命染黄沙。

把儿的犯罪情对娘说罢，

娘看儿该生还是该杀。

秦　英　（唱【二流】）

母亲娘休生气休把儿骂，

你的儿将实情细说根芽。

从早间金水桥钓鱼玩耍，

詹太师打道锣惊动儿的鱼虾。

你的儿上前去好言叙话，

他不该出恶语把儿欺压。

他一推儿一让——我的妈吔——他自己跌下，

这是他自找死儿未犯王法。

银　屏　（唱快【二流】）

小奴才嘴喳喳说的啥话，

死一个詹太师未犯王法。

他的女在西宫陪王伴驾，

满朝中文共武谁不惧他。

（唱慢【二琉】）

来来来同为娘金殿见驾……

儿外公不杀儿看儿的缘法——儿哪儿你就跪在这达。

【秦英跪中场。

银　屏　银屏叩见父王。

唐太宗　凤儿平升。

银　屏　谢。（向詹妃见礼，詹不里，忍气侍立；见秦英欲起，“嗯”——制止）

唐太宗　儿可知罪！？

银　屏　不知罪犯何条？

唐太宗　教子不严，打死太师，尔还不知！？

银　屏　太师乃失足落水，并非秦英打死。儿已将秦英绑至殿角，请父王详查。

唐太宗　王子犯法与庶民同罪，推出午门去……

【上天龙押秦英下。

银　屏　父王……（转身向内）刀下留人！

（唱【三板】）

刀斧手停刀且慢斩，

公主还要把情宽。

难坏银屏无主见……

【太宗为银屏暗示……

银　屏　啊……

（唱）后宫去把国太娘搬（急下，扶长孙皇后上）

皇　后　（唱）闻凶讯急忙离宫院，

外孙儿要问斩事出突然。

慢说儿父要把秦英斩，

五阎王他要命为娘承担。

银屏儿随娘把君见……

恭身施礼拜龙颜。

参见万岁！

唐太宗　（暗怀喜悦）平升赐座。

皇　后　谢。

【银屏扶国太坐。詹妃向皇后施礼，皇后视而不见，詹回坐。太宗挥手——太监命宫女退——分下，太监随下。

唐太宗　不在后宫静养，上殿则甚？

皇　后　请问万岁，午门所绑何人？

唐太宗　孽子秦英。

皇　后　所犯何罪？

唐太宗　金水桥打死詹太师，理应问斩！

皇　后　万岁不可！詹太师乃失足落水，与秦英何干？！况秦恩公有功于国。斩了秦英，岂不断了忠良之后。

唐太宗　哎！前番秦英打伤巡城兵马司，你来讲情；今打死太师，又来讲情，你太多事了！

皇　后　万岁呀！

（唱【二流】）

此件事系社稷请君衡量，

詹太师自不慎落水身亡。

误斩了外孙儿岂非冤枉，

更要念秦门中两代忠良。

银　屏　（唱）银屏女在金殿启奏圣上，

哭啼啼再一次哀求父王。

秦英儿纵有罪不致杀丧，

虽念他是秦门独苗单秧。

詹　妃　（唱）有詹妃在金殿忙拿本上……

皇　后　你在做啥?

詹　妃　妾在奏本。

皇　后　本后在此，哪有你说话的地方！

詹　妃　哎呀万岁！皇后母女奏得本，难道妾就奏不得嘛！？（泣）

唐太宗　是呀！你母女奏得本，詹妃为何奏不得！？詹妃，你有十本八本，尽管奏来，寡人与你作主。

皇　后　银屏，儿有一百本、八十本，尽管奏，为娘与你作主。

银　屏　遵命。

唐太宗　唉……

詹　妃　万岁呀！

（唱）尊一声万岁爷贤德的君王。

慢道说打死了皇亲国丈，

打死了庶民家也要把命偿。

万岁，要斩秦英哪！

唐太宗　要斩……

银　屏　父王，斩不得！

唐太宗　斩不得……

詹　妃　要斩！

唐太宗　要……

皇　后　要赦！

唐太宗　赦……斩……

詹　妃　斩！（反复）

皇　后
银　屏　（同）赦！（反复）

唐太宗 莫吵……莫吵喂！

【银屏扶皇后坐，詹妃亦归坐。

唐太宗 （唱【一字】）

金殿上恰好似雀鸟叫嚷，

这一阵令寡人无有主张。

詹太师死有因应把秦英放……

詹　妃 老爹爹！

（唱【哀腔】）

尾呀……我冤死的老爹爹呀！

唐太宗 （唱【一字】）

詹贵妃哭国丈珠泪两行。

到不如惩秦英祭奠国丈……

银　屏 秦英，儿哪！

（唱【哀腔】）

喽呀……我痛心的儿哪！

唐太宗 （唱【一字】）

银屏儿哭秦英好不惨伤。

（唱【大过板】）

这件事孤还要细思细想……

皇　后 （同唱）

这件事请老王细思细想……

银　屏 （同唱）

这件事请父王细思细想……

詹　妃 （同唱）

这件事请老王细思细想……

（唱【哀腔】）

喽呀，我的老爹爹呀！（后同重唱）

银　屏 （唱）喽呀，我的痛心儿哪！（后同重唱）

唐太宗 （唱）喽呀，我的老国丈！（后同重唱）

皇　后 （唱）喽呀，我的外孙儿！（后同重唱）

唐太宗 （离位至中场唱【一字】）

放也难斩……（止弦微声干唱）更难——（复弦）

（唱【二流】）

难坏了孤王。
秦恩公对李家恩高无上，
斩秦英孤何颜面对忠良。
更何况太师死是失足命丧，
这件事和为贵两不损伤。
叫詹妃近身来孤有话讲，
贤妃子你还须大肚宽肠。
国丈死孤传诏予以厚葬，
孤王为他修庙廊。
午朝门塑座金身像，
再为他请道士请和尚做七七四十九天大道场；
风风光光光光风风祝他灵魂上天堂，
贤妃子这件事就此收场。（回座）

詹　妃 （唱）听君言不由妾珠泪长淌，
人已死修啥庙做啥道场。
君并非前朝的昏王杨广，
为然何将是非颠倒阴阳。

唐太宗 哈哈！

（唱快【二流】）

詹贵妃尔竟敢出言无状，
用一个无道君来比为王。
姑念你话无心不把罪降，
下二次再胡言逐出宫墙。

詹　妃　（唱【三板】）

君发怒吓得奴魂飘魄荡，

进也难退也难心中彷徨。

老爹爹等儿在黄泉路上，

父女同见五阎王。（欲碰柱）

唐太宗　拉到，拉到！

【太监上阻詹后，为詹搌椅，复下。

唐太宗　（唱【二流】）

见詹妃要寻死人情难讲……（略思）

啊……

（唱）银屏儿近身来父有良方。

常言道好话一句三冬暖，

软绳能把猛虎降。

为父赐儿葡萄酿，

跪一膝用好言哀告姨娘。

银　屏　这……

（唱）老父王在金殿错把旨降……

母后哇……

父要儿捧佳酿去求姨娘。

你的儿原本是凤生龙养，

跪偏妃岂不是贻笑大方。

皇　后　（唱）银屏儿说的话欠了思想，

儿父王传此诏搅心费肠。

敬杯酒便可能平风息浪，

跪一膝为秦英又有何妨。

银　屏　（唱）父有旨娘有命我不敢违抗……

呈酒来！

【太监捧酒上，银屏接酒盘，太监复下。乐台起［小机头］……

银　屏　（唱）银屏上前来哀告我的——

【皇后示意银屏……

银　屏　（唱）姨娘。（跪）

愿姨娘与父王同把国掌，

愿姨娘与父王福寿绵长。

愿姨娘与父王康健无恙，

愿姨娘与父王效比翼鸳鸯。

我姨娘平素间宽宏大量，

我姨娘平素间最敬忠良。

我姨娘识大体人臣敬仰，

我姨娘顾大局国运盛昌。

望姨娘开金口笼开雀放，（借用滇剧腔）

望姨娘恕却了秦英儿行。

望姨娘为秦英去把情讲，

望姨娘为秦家留一苗秧。

望姨娘（借用弹戏【盖天红】腔再回到胡琴腔）饮下这葡萄佳酿……

我姨娘的美名儿万古流芳。

姨娘呀！（拭泪）

詹　妃　（唱）银屏女跪殿角悲声大放，

不准情尤恐怕开罪老王。

罢罢罢接过了葡萄佳酿……（饮酒）

银　屏　（接杯拜谢，起）……

詹　妃　（唱）请老王恕却了秦英儿郎。

唐太宗　哈哈哈……

（唱）詹贵妃一句话云开雾放……

解下来！

【秦英、上天龙、太监、宫女、徐勣上。

徐　勣　（唱）老徐勣禀战势叩见吾皇。

秦驸马兵困边关，战势危急。请君定夺。

唐太宗　啊……（吹）秦英!

秦　英　孙儿在。

唐太宗　命你军中为帅，边庭解危，将功赎罪。

秦　英　领诏。

唐太宗　后宫设宴，与外孙儿饯行。

【吹：徐勣退下。“挖后拥”，詹妃暗拭泪，太宗示意皇后……携银屏、秦英下，皇后携詹下，太监尾随下，众“暴腰”下。

·剧　终·

附　记

1.《银屏绑子》乃大幕《金水桥》的一折。此折，行称“女绑子”。《姚期绑子》，称“男绑子”。旧时常变易剧名，招徕观众，亦正式为剧名宣传。

2.银屏穿戴，据我老伴苹萍讲，源于薛艳秋老师。因银屏公主下嫁秦府，无由上殿，只能着驸马冠诰。银屏的大板唱词和其中的两句唱腔都是薛老师所教。

3.《银屏绑子》是我父亲所教，为何将传授人标上张松樵大名？原因是：父亲教戏时就给我说，他是“偷”好友张松樵的。尤开场的唱段与众大不相同。其他人是从隋文帝杨坚唱到隋炀帝杨广，但张老的唱词主要是唱秦家，与戏紧贴；太宗碍于詹丧父之情，只好将英暂绑至午门，当银屏无计可施时又以眼暗示公主去请皇后；太宗见“救兵”搬到，挥手令太监、宫娥退下，设朝问政的金殿，顷刻变成处理家务的“后宫”和“更难”二字的婉转低吟，都是张老演此戏的“私房货”。

2015 年 3 月 28 日

54 独木关 选场（胡琴）

彭天喜◎传授　夏庭光◎整理

剧情简介

《独木关》，又名《枪扎安殿宝》。唐朝。张士贵在独木关被猛将安殿宝所败，并擒去张子志龙、婿何宗宪。士贵无计可施，乞求病中的伙头军薛仁贵。薛带病出战，枪扎安殿宝。

人　物：薛仁贵（武　生）
安殿宝（花　脸）
张士贵（小　丑）
周　青（花　脸）
兵　卒（褂　子）

◎薛仁贵，俊扮红淡，抹少许青油——显示病状，打高桩水发，垂露发，捆长青绫后坠，内穿白素袍套金钱褂束大带，下青跑裤、打靴，外穿青褶系白腰裙，杵竹棍，后持枪。

安殿宝，开五彩脸，挂红喳，插红耳发，戴配翎全插，垂胡球，扎红靠，下红裤青靴，拿双锤。

张士贵，画二饼饼，挂草登喳，戴尖纱加套龙，穿蓝蟒束带，下红裤青靴。

周青，画黑霸儿脸，插黑耳发，戴兵盔子，穿黑素袍捆大带，外套金钱褂，下着黑跑裤、打靴，持鞭。

骂　阵

【中置“虎头案”。吹［炮火门］［接三枪］……兵卒持彩旗行圆台后挖开列队。安殿宝冲上。

安殿宝 （唱【扑灯蛾】）

唐营有兵无一将，

兵　卒 （唱）无一将哪！

安殿宝 （唱）个个皆是鼠辈郎。

兵　卒 （唱）鼠辈郎哪！

安殿宝 （唱）独木关铜墙铁壁样，

兵　卒 （唱）铁壁样哪！

安殿宝 （唱）谁闯关叫他见——阎——王！

兵　卒 （唱）见阎王，见阎王！

【吹……兵卒吼“翻山调”，安洋洋得意地“亮相”——左右视军威，登位坐。

安殿宝 （念诗）

一对铜锤天地惊，

拔山举鼎数某能。

打尽天下无敌手，

何惧唐营百万兵。

本都，安殿宝。

恼恨唐蛮儿兴兵犯界，本都仅出一战，活捉张士贵之子张志龙！张士贵之婿何宗宪！唐营闻风丧胆，免战高悬。张士贵这个鼠辈既不退兵，又不出战，令本都烦躁不安。

儿郎们！

众 喳！

安殿宝 随定本都绕营骂阵！

【吹［四面镜］……安乘马，兵卒站左右四角“一条枪”，随安反复呐喊“唐营无将，唐将鼠辈！安殿宝天下无敌！”再行圆场，继列“壕子口”，安冲下，兵卒成对下。

出 征

【场中一桌，桌左、后置椅，素色摆场。

薛仁贵 （内唱二黄【倒板】）

薛仁贵生不逢辰时运不顺，（上）

（唱【夺子】）

怨只怨苍天不睁眼，

恨只恨病魔缠吾身，

俺仁贵好似猛虎坠深坑——受犬凌。

（唱【一字】）

叹仁贵家住山西龙门郡，

双亲故丢下某孤苦伶仃。

上无片瓦下无寸土，

只得寒窑来栖身。

某自幼不会经商作贩运，

也不会务农把田耕。

只喜舞枪弄拳棍，

只喜拉弓射红星。

且喜得祖宗有德月老显圣，

娶一个妻子柳千金——我的贤妻柳迎春。

吃粮投军图上进，

一片丹心——

（唱【二流】）

报国门。

（唱【梅花板】）

俺也曾摆过龙门阵，

俺也曾瞒天过海哄圣君。

俺也曾地穴探险境，

俺也曾枪挑梅月英。

俺也曾三箭射三将——把天山定，

俺也曾百部云梯——云梯取凤城。

俺也曾羊蹄擂鼓，

俺也曾卧马摇铃。

俺也曾救驾凤凰岭，

俺也曾单人独骑大战盖苏文。

只——说——是（情绪激动，唱速渐快）出生入死经百阵，

落得个封侯挂印换门庭。

又谁知张士贵张总兵，

他说道唐主爷见不得穿白之将着白之人。

他要俺暂隐姓暂埋名，

暂做一个——（弦止干唱）作个火头军。（复弦，唱速转慢）

独木关遇强敌大兵难进，

安殿宝骁勇阻万军。

又闻说元帅子被贼捉，

元帅婿被贼擒。

恨只恨俺仁贵患重病，

不能够执锐披坚披坚执锐去出征。

为国分优为元帅解困，

思绪如铅压吾心——

（唱【二流】）

军情紧急系吾心。

【薛坐，周青由下场端药上。

周　青　大哥请服药。

薛仁贵　有劳贤弟了。

张士贵　（慌忙由上场上）哎呀，薛将军哪！

薛仁贵　（欲起，身无力，又坐）元帅为何如此惊惶？

张士贵　（唱【二流】）

薛将军何故假动问，

薛仁贵　（唱）小人怎知其中情。

张士贵　（唱）安殿宝骁勇甚凶狠，

薛仁贵　（唱）兵来将挡水来土屯。

张士贵　（唱）吾儿被捉身遭困，

何宗宪爱婿又被擒。

恳求将军去出阵，（跪）

薛仁贵　折煞小人了。（起身请张起）

张士贵　（唱）若不然顷刻毁全军。（起身回座）

薛仁贵　元帅，你看俺身染重疾，举步艰难，俺仁贵是心有余，力不及呀！

张士贵　将军不肯出战，眼见我大唐声威毁在旦夕啊！（假哭）

薛仁贵　元帅何出此言？

张士贵 那安殿宝每日骂阵，说我唐营皆是鼠辈，无人敢与他对阵！

薛仁贵 吓！（解裙）他他他……他说什么？

张士贵 他骂唐营皆是鼠辈，无人敢与他对阵哪！

薛仁贵 唉！（登椅上桌）气煞俺——也！（踢飞药碗）

（唱【三板】）

听一言激起俺心中愤恨（唱“三出头”）！

安殿宝口出狂言目中无人。

俺仁贵拼一死带病出阵，（解衣抛衫、下桌险跌，周扶）

请元帅回小营静候好音。

张士贵 好。仁贵听令：赐你五百人马，大战安殿宝。胜者有功，败者……（手先比“斩”，继摇动）无罪。

薛仁贵 得令！

周　青 大哥……

薛仁贵 （唱）周青弟与为兄抬枪把马顺！（整装上马）

你看兄抖擞精神破敌兵。（吃力地催马冲下）

周　青 （恨张一眼）哼！（急随下）

张士贵 （冷笑）哼……

（唱【二流】）

不枉我又哭又跪失身份，

几句话激他去出征。

且到小营把酒饮，

他生死胜败都合我心。

哈哈哈……

扎　安

【空场。战鼓声激……

薛仁贵 （内唱西皮【倒板】）

声声战鼓……

【薛仁贵、安殿宝分上……

薛仁贵 （唱）如雷震……

安殿宝 （怒吼）尾呀！哈哈！病夫不得活！

（唱【三板】）

病夫也敢来逞能。

安殿宝力举千钧鼎，

病夫看锤！（双锤击仁贵）

薛仁贵 （举枪迎，唱）

他铜锤震得俺虎口疼。

遇猛将绝不可斗勇取胜，

常言四两拨千斤。

虚晃一枪把敌引……

安殿宝 哪里走！

【薛假败，安猛追——圆场后，仁贵回身刺安，殿宝双锤夹枪……仁贵用力收枪纹丝不动，遂突然松力——安双锤自击其胸；仁贵虚以枪把打头，安双锤忙接，仁贵掉枪尖刺殿宝颈——“看枪！”安一声惨叫落马——“硬人”倒地……周青上扶薛……

薛仁贵 贤弟！

（唱）快、快、快——夺关救先行。

周　青 夺关！

【兵卒绕场下，周、薛冲下。

交　令

【中场一桌一椅，桌上置文房四宝和令筒，红色摆场。兵卒上挖开列队，张士贵上。

张士贵 （唱【二流】）

病中仁贵去出阵，

不知能否胜敌兵。

仁贵败我就传斩令，

仁贵胜功劳仍归我女婿身。（坐）

薛仁贵 （内唱【倒板】）

独木关前大交阵……

【兵卒上站“一品墙”，周青堤“彩头”—— 安殿宝人头上，仁贵上。

薛仁贵 （唱【三板】）

险中取胜天助成。

快快回营交将令。

【兵卒“挖进去”列八字队，周青入，仁贵下马入内。

薛仁贵 向元帅交令。

张士贵 胜败？

薛仁贵 元帅！

（唱）枪扎了安殿宝——（腔登足拖够）

【周青举“彩头”。

张士贵 好！

（唱）仍作伙头军。

【周青气极以“彩头”打张，士贵下，兵卒分下，薛阻周……

薛仁贵 （喘息低唱）

周贤弟我的好周青，

休发怒息雷霆。

不怨天不怨人，

只怨兄命中注定，

只能做一个——伙头军。

周　青 （气得跺足）哼！

薛仁贵 哎哟！（揉脚）

周 青 大哥，大哥！（扶住薛）

薛仁贵 你呀！

【周扶薛下。

·剧 终·

1990 年 5 月

附 记

“骂阵”,是重要的“过场戏”,着重演出“骄”的气氛,亦为“扎安”——安殿宝藐视病夫薛仁贵铺垫。“骄兵必败”，即是“骂阵”的艺术效果。

“扎安”，薛仁贵带病出战，枪扎安殿宝，传统的演法是黎山老母遣童儿相助：当猛将安殿宝用双锤死死夹住薛仁贵枪尖，仁贵前刺无力，收枪亦难时，仙童一挥拂尘，枪尖直入安咽喉。彭老早年演出已改为了上述的处理。不仅弃掉了神助，更表现了薛仁贵以巧取胜的智慧。

老师传授此戏时，就明白地告诉我，《独木关》源于京戏。关键是老师将它“川化”，无丝毫“京痕”。用老师编的顺口溜说，就是“学京不显京，切莫硬抬京”这亦是海纳百川的川剧用他山之石,攻己之玉的一贯传统作法。

2015 年 4 月 6 日

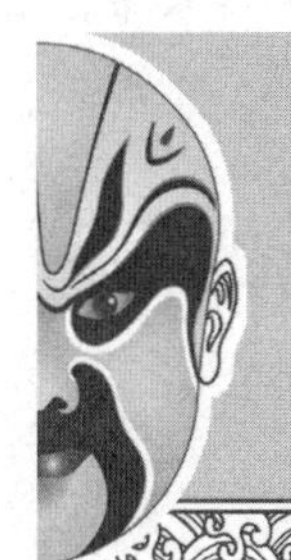

55 下河东 选场（胡琴·二黄）

徐文帆◎传授　夏庭光◎整理

剧情简介

宋，河东白龙反。赵匡胤挂欧阳方为帅，呼延凤（字寿廷）为先锋，御驾亲征。欧阳私通敌方，白龙夜袭，幸呼延救驾；欧阳方反诬寿廷谋反，在御营乘机杀死呼延，并欲刺驾，匡胤施展拳脚，制伏奸相。但，赵匡胤被困河东。

人　物：赵匡胤（红　生）
欧阳方（花　脸）
呼延凤（武　生）
白　龙（花　脸）
报　子（杂）
上天龙
褂　子

◎赵匡胤，画红脸，挂青三，戴绿杂（盔），后戴软王帽，内扎高桩水发，扎无靠旗的绿铠，披同色雪子，后穿绿龙箭外套黄褶，下红裤青靴，持蟠龙棍。

欧阳方，画粉壳壳，挂黑满，先戴武相貂，穿黑蟒束带，后戴耳黼纹加帅盔顶，扎黑靠，下红裤青靴，用大刀，御营时挂宝剑。

呼延凤，俊扮，挂青三，戴帅盔，内打高桩水发，穿红靠，内着红绣花袍捆大带，下红裤青靴，执枪。

白龙，开浓眉暴眼嘴叉的黑白全脸，插黑耳发，打黑蓬头，戴额子配双翎，坠胡球，着白靠，下穿红裤青靴，执鞭。

报子，俊扮，戴帔帔巾，穿袍捆带套龙头，下穿跑裤打靴，执“探”字旗。

上天龙，跟赵执站堂刀。

褂子，两堂执枪，一堂后跟赵执单刀。

◎“河东”：宋时的河东，又称河东路。含太原、隆德、平阳三府及绛、泽、代、忻、汾、辽、宪、岚、石、隰、慈、麟、府、丰十四州。

“红生”：属川戏的“文昌会”——须生行。其行包括挂青三的正生，戴麻三、白三的老生以及青、麻、白“短戳戳”胡子的老末角，另即是画红脸的红生，也叫“红头子”。如《镇华夏》的关公，《挡幽》的申伯侯，《挡谅》的康友才，《战南昌》的赵德胜，《假投降》的姜维等。

闻　报

【中设一桌一椅，桌上置文房四宝，黑色摆场。上天龙、欧阳方上。

欧阳方　（念坐诗）

官居首相压百僚，

图王霸业势位高。

眉头一皱千条计，

暗地杀人不用刀。

老夫欧阳方。宋室为臣，官居一品，权压百僚，执掌兵马钱粮事宜。今乃问事之期，人来，两厢侍候。

报　子　（上）门上人请了！烦劳通禀，边报求见。

上天龙　往上报。

报　子　报，报子告进。上是相爷，参。（跪）

欧阳方　打探哪路军情，缓缓报来。

报　子　河东白龙生反，马踏宋室疆土。

欧阳方　赏银牌一面，再探再报。

报　子　谢赏。（下）

欧阳方　老夫自叹！

河东白龙生反，当奏何人出征……嗯！

我想呼延凤与老夫有打牙之仇，少时上殿，请主上御驾亲征，老夫为帅，呼延凤马前作先。

相机行事，要除仇敌，要谋江山，就在早晚。

人来，升轿上朝。

【吹。上天龙“合拢”下，欧阳方冷笑下。

起　驾

【中设“虎头案”，红色摆场。

赵匡胤　（内唱【倒板】）

老龙殿辞国太身披甲胄……（上场门出）

（唱【夺子】）

看孤王头顶盔身贯甲，

顶盔贯甲恰似天神降九州，降九州，

天神降九州。

（唱【一字】）

叹孤王不得时江湖行走，

闯关东和关西四海名留。
董家桥打董虎结识好友，
柴大哥推车卖伞三弟卖油。
忆那日弟兄们花园饮酒，
家院报御河内鬼嚎神愁。
有寡人闻此言气冲牛斗，
独一人到御河去把妖收。

（唱【老调】）

左张弓右搭箭显显身手，
箭中了那鱼妖顺水飘流。

（唱【一字】）

第二日上金殿孤夸海口，
不用兵不用将单人独骑诛王侯。
下燕京……下燕京挥剑把刘化斩首，
上高关……上高关借刎了鹞子人头。
陈桥兵变孤把业受，
皇尊嫂送来了王冠冕旒。
孤登基何曾把太平享受，
河东地又反了白龙贼酋。
小白龙他竟敢与孤争斗，
孤传诏御驾征亲统貔貅。
御校场众将士精神抖擞……

【欧阳方、呼延凤率执枪褂子分上，上天龙执刀两边上，列八字。

赵匡胤 （唱【三板】）

此一去奏凯歌马到功收（腔唱“三出头”“收”字登腔向上——唢呐配腔；腔完接吹……视兵容后上坐）

（念）寡人移步离皇宫，

龙腾九霄气概雄。

统领雄师十万众，

亲伐河东剿白龙。

孤，大宋天子乾德王赵。

河东白龙生反，命欧阳方为帅，呼延凤为前部先锋，孤王御驾亲征。元帅！

欧阳方 臣在。

赵匡胤 传孤口诏：文武免送，得胜门起驾。

欧阳方 遵命。万岁口诏下：文武免送，得胜门起驾！

【吹：上天龙、褂子带马后“两边翻”……

报　子 （上）来到河东，不见白龙一兵一卒。（下）

赵匡胤 呼延凤！打探敌军虚实！

呼延凤 得令！（下，吹……复上）禀万岁，空城一座。

赵匡胤 吓！孤王来到河东，怎不见白龙迎战？！

欧阳方 白龙鼠辈，闻天威不战而逃。留下空城，正好养精蓄锐。

呼延凤 万岁！贼留空城，恐中其计！

赵匡胤 这个……

欧阳方 大令下：全军进城！

【吹……众“两边翻”，内战鼓声起……

报　子 （内：报下！上）白龙伏兵四起，将城围困！（下）

赵匡胤 孤王中计！（吹）先行出上一阵！

呼延凤 得令……

欧阳方 （阻凤）休要败坏阵头！（催马下，褂子一堂随下）

赵匡胤 呼延凤！随后接应！

呼延凤 得令（率兵下）

赵匡胤 紧守城池！

【上天龙“合拢”下，赵思索缓步下。

◎“柴大哥推车卖伞三弟卖油”：柴大哥即柴荣，乃“五代十国”后周、继太祖郭威后的世宗。三弟乃助匡胤“陈桥兵变”创宋的北平王郑子明。

交　战

【中场设一桌，桌后搁一椅，桌上放文房四宝，黑色摆场。

【欧阳方、白龙领兵分上，会战……双方兵卒下；白打欧阳坠马，呼延凤上救方，欧阳上马急下，呼延战败白龙，追下。欧阳兵卒“挖进去”站八字，欧阳、呼延上，下马入帐。

欧阳方　先行救本帅有功，后营歇息去。

呼延凤　谢。（下，凤兵随下）

欧阳方　若非呼延凤相救，本帅险遭不测。

待我与他记功……老夫险将此事错为。

我二家有打牙之仇，我与他记什么功啊！

倘若太平回朝，他先行有功，我元帅无功。

这这这……（略思）哼！

本帅自有道理。过来！传先行！

【呼延凤及兵卒上。

呼延凤　参见元帅。

欧阳方　胆大！时才军阵，本帅假败，用计擒贼，谁知你贪功误事，放走白龙。过来！与我斩！斩！斩！

凤　兵　（跪求）先行救帅有功！

欧阳方　胡说！救本帅是——假，放敌是真。死罪……暂免，重责四十，打、打、打！

【方兵押凤下，内责打报数声……凤弃盔甲复押上。

欧阳方　呼延凤！

呼延凤　在。

欧阳方　本帅可打得公？

呼延凤 ……公。

欧阳方 可打得你服?

呼延凤 服啊……

欧阳方 不公要你认公，不服要你服！观看先行两腿皮开肉绽，待本帅用剑帮你将腐肉割去。

【欧阳拔剑欲杀呼延,凤兵端枪护主,双方对恃………方无奈。

欧阳方 哼！（挥手与己兵离去）

呼延凤 欧阳方！好贼呀！

（唱【三板】）

欧阳方老贼心肠狠，
有恩不报反用刑。
老贼未忘打牙恨，，
寿廷今后须小心。

【兵卒扶凤下。

通　敌

【下场方设一椅——椅背向外，素色椅帔。欧阳方带弓箭（箭头绑信）上，兵卒行“线八字”，后站上场“一品墙”。

欧阳方 （唱【二流】）

昔年有个王莽臣，
松棚会药毒平帝君。
他二人尚且是亲眷，
何况老夫是外人。
时才灯下修书信，
相约白龙夜偷营。
杀昏王又报私仇恨，
宋江山必落吾掌心。（射箭）

【白龙持信上登椅，白兵上站“一品墙”。

欧阳方 白龙太子请了！

白　龙 请了！

欧阳方 飞箭传书，可曾看明？

白　龙 书中之言已明。得了你主江山，老元帅不可失信。

欧阳方 老夫一诺千金。

白　龙 请问元帅，那青纱帐棚？

欧阳方 老夫营寨。

白　龙 红纱帐棚？

欧阳方 呼延凤。

白　龙 黄纱帐棚？

欧阳方 昏王的。

白　龙 以何为号？

欧阳方 举火为号。偷宫之时，命尔三军人人高呼呼延凤造反！

白　龙 记下了。

欧阳方 两下一请！（率卒下）

白　龙 众儿郎，站东列西，听本帅一令！

【兵卒“挖开”。

白　龙 （唱【三板】）

营中传下一支令，
帐下儿郎仔细听。
偷营人人要奋进，
呐喊呼延叛宋君。
弄他鱼目把珠混，
杀个皂白也难分。

【白龙上马执鞭，卒绕圆场。

兵卒甲 （低禀）来在宋营！

白　龙 呼延凤造反！杀！

兵　卒 呼延凤造反！杀

【兵卒“抱抄”下，白龙下。

偷　营

【空场。幕内杀声大作……赵匡胤戴软王、穿龙箭套黄褶、观书上。闻杀声出帐察看，速返回脱衣整装，上天龙为赵带马抬棍后下；赵挥棍对敌——“砍啰啰”——白兵下，白龙上……

赵匡胤 来者何人？

白　龙 （变声）呼延凤。

赵匡胤 来得好，与孤杀！

白　龙 正要杀你！

【赵措手不及败阵，呼延凤上救主，赵下。

呼延凤 来将纳名？

白　龙 呼延凤。

呼延凤 爷才是呼延凤！

【呼延枪挑白龙“抢背”落马，白兵上“包抄”救龙下，呼延追下。白兵行“龙摆尾”—— 败兵行走“程式”，白龙狼狈逃上。

白　龙 呼延凤出马，偷营难成。将宋君与我紧紧围困。（率兵行反顺圆场——示围下）

惩　奸（原名《斩凤》）

【场中置二桌，后桌前放脚箱，桌上放坐箱，黄色摆场。

赵匡胤 （内唱【倒板】）

下河东（上）龙游浅水遭虾困……

【欧阳方佩剑上，见赵便刺，匡胤以棍压剑。

（唱【三板】）

来将是谁快报名。

◎【倒板】后接唱一句，称为“一起一落”，令戏节奏紧凑。

欧阳方 （声异回答）呼延凤。

赵匡胤 来将是谁？

欧阳方 呼——延——凤！

赵匡胤 声音有异，御（羽）林军掌灯！

【四褂子持单刀、甲乙执灯笼，上天龙执站堂刀分上；方兵卒下场上站“一品墙”。

赵匡胤 啊！却原是你呀？！

欧阳方 是……老臣。

赵匡胤 为何乱杀起来了！？

欧阳方 黑夜茫茫，老眼昏昏。老臣杀花了眼！（又刺）

赵匡胤 （棍压）孤知你……杀花了眼。转过御营！

【赵兵右翻弃灯笼站右，匡胤右转下马入帐上坐，方兵左翻，欧阳随，终停于左；上天龙“两边翻”列匡胤左右。

赵匡胤 欧阳方！为何假称呼延凤之名？

欧阳方 ……万岁！白龙偷营，怎不见你的御先锋保驾？

赵匡胤 孤在问你为何假呼延凤之名？！

欧阳方 万岁！白龙劫寨，遍营皆是呼延凤造反之声，这是何故啊？

赵匡胤 此乃敌人反间之计。孤问你为何假冒呼延凤？！

欧阳方 万岁口诏：传呼延凤！

【呼延凤上，欧阳方欲拔剑，赵匡胤离位阻……

赵匡胤 你在做啥！？

欧阳方 臣代君劳！

赵匡胤 有孤在此，你往下站！（携呼延进帐归位）

呼延凤 参见万岁。（跪）

欧阳方 胆大！白龙偷营，身为御先锋向哪里去了？

赵匡胤 孤若非呼延爱卿救驾，早丧白龙之手！

欧阳方 万岁！白龙偷营，为何皆是呼延凤造反之声！？

呼延凤 请万岁详察。

赵匡胤 哼哼　……我朝之中，谁奸？谁忠？孤龙心自明。幸在河东，若在汴京，早将你（恨视方）这佞臣……

欧阳方 斩！（拔剑杀凤）

赵匡胤 （惊）哎呀……

【欧阳方欲乘机刺赵，御林军护驾，宋兵对方兵……片刻后，欧阳带兵离去。上天龙呈呼延头……

◎赵讲“我朝之中，谁奸？”匡胤眼视欧阳，方怒指呼延；“谁忠”——匡胤悦目视凤，方奸笑指己；赵讲余下的台词时，欧阳擦拳磨掌、紧握剑把……

赵匡胤 呼延凤！寿廷！孤的忠良呀！

（唱【三板】）

欧阳方下毒手孤的忠良丧命……

呼延凤！寿廷！哎呀！

（唱）将人头抱王怀痛煞孤心。

卿保宋室忠心耿，

随孤王东西战南北征。

悔不该挂贼元帅印，

孤忘了你两家打牙仇深。

卿救贼贼杀卿天理何顺？

欧阳方比豺狼狠毒十分。

御林军白绫裹尸暂安定，

凯旋时搬尸回厚葬孤的功臣。

耳畔又闻人声震……

【欧阳方脸抹清油，加插两鬓旁的黑耳发（戴黑满的粉脸插耳发，唯此戏此场的欧阳方），一声狂叫，带兵上，入御营，仍居左方。赵离位。

赵匡胤 （唱）欧阳方怒气冲冲杀气腾腾。

是是是来孤明白了，

贼断孤膀臂还想弑君。

孤若此时传斩令，

贼兵权在握孤难号令三军。

事至此孤要……（抑怒低吟）忍忍忍，

待时机杀贼慰忠魂。

开笑脸——叫爱卿——（强笑）元帅请听……（扭欧阳持剑手）

无宣诏从今后休来御营。（松手）

欧阳方 （背赵，痛苦地活动右膀后，宝剑入鞘。目中无人地念——两个“你”字的篾视口气要特别注意）我乃当家官社稷臣，有你的圣诏，我要来上一来，无你的口喻，我也要走上一走！

赵匡胤 （再抑怒冷笑）孤的好臣僚，在孤近前称起你我来了。孤未传诏，为何将御先锋斩首！？

欧阳方 像他这样不忠之臣，我不杀他几个，他……（眼右斜视赵）不晓得我的利害！

赵匡胤 （强抑怒冷笑）……

欧阳方 （得寸进尺）昏君！你可知道这是什么地方？

赵匡胤 小小河东。

欧阳方 你也知道！这小小河东，不是你的汴京。你要打点！你要小心！你要好自为之！

赵匡胤 咋……奸贼欺孤太甚……欧阳方！孤的威名别人不知，难道你也不晓。孤拳打关东！脚踢关西！下燕京杀刘化！上高平杀鹞子！三十六路王侯，七十二路令公，兵似兵山，将似将海，孤王尚且不惧，何惧尔小小河东！

◎赵讲“孤的威名”起，边比边讲，“杀鹞子”后比、讲加速。双手招式总不离欧阳眼部——“虚”式；“何惧尔小小河东”时腿扫欧阳前扑，足踏方背——“实”招。御林军举刀防欧阳兵卒。方“蝶子”着地，借用面部的粉底、浓眉、清油将脸揉成瓦灰色——“变脸”的手法之一“揉”。少许后，匡胤收足……

欧阳方 （慢慢地挣扎起身，声嘶力竭地）哼哼……哈哈……咳咳咳……老夫带了“箭”（受内伤之意）啦……（在锣鼓低奏声中，带卒缓缓出营，方兵搀扶下，宋兵“挖开”）

赵匡胤 反了，反了，反了！

（唱【幺板】）

说千恨道万恨孤自悔恨，
悔不该御驾离汴京。

（唱【梅花板】）

悔不该误把欧阳信，
悔不该命贼率全军。
悔不该把空城进，
害得孤内无粮外无援兵。
恨只恨欧阳贼奸佞，
屈杀孤的忠良臣。
寿廷死孤的膀臂损，
王落得孤家一个寡人……

（速快）

回头来传皇令，
御林军仔细听。
营房把守紧，
望哨加小心。
防老贼暗把御营进，
防白龙再次来偷宫。
凯旋回朝把功请，
尔等个个把官升。
封王侯封公卿，
子孙代代都享荣——

众 （唱）谢圣君！

【“挖后拥”，赵下，众“暴腰”下。

·剧终·

剧本整理于2001年5月13日夜

附 记

1. 大幕《下河东》的整理中，删去了白龙《发兵》，呼延凤《别府》两场以及《发兵》后的报子“过场”，欧阳方《闻报》后的“奏板壁”，呼延金定女扮男装随兄出征、凤被杖责后，金定欲拔剑找欧阳算账小节。

2. 教我《下河东》的徐文帆老师，我们在20世纪50年代初的重庆市胜利川剧团有过短暂的同班接触。徐老师能演靠甲、袍带须生。但他身材矮小，故不擅长。他之所长是《盗书打盖》的鲁肃，“翠半本”《翠屏山》的杨雄，《四进士》的杨春，《范生赠银》的老叟，《上门问婿》的王父等老末角，尤其是《二堂释放》的县令吴吉，演得憨厚老诚，毫无官气，给人印象深刻。

2015年4月13日

附17 龙虎斗（胡琴·二黄）

徐文帆◎传授　夏庭光◎整理

剧情简介

《龙虎斗》是《下河东》的后续故事。呼延凤之哑儿呼延赞得真武大帝梦中取“哑骨”——开口说话，又受大帝梦中传艺。呼延赞从罗家寨起兵至河东为父报仇，鞭打白龙，马踏御营。赵匡胤出阵不利，幸火龙护体，赞降宋王。

后赞杀奸相欧阳方，保赵匡胤返回汴京。

人　物：赵匡胤（红　生）
呼延赞（武　生）
报　子（杂）
褂　子

◎赵匡胤，穿戴与《下河东》同，先仍披雪子。面部红色减淡，黑眉上加画白粉，头上加捆黄绫帕，嘴挂麻三。上阵执大刀。

呼延赞，画黑霸儿脸，插黑耳发，戴全插配翎，横搭白色长绫（带孝），穿黑靠，下红裤青靴，拿双鞭。

报子，穿戴同《下河东》，加戴黑色“下架”口条。

褂子，两堂·持枪。

【舞台正中设“虎头案”，黄色摆场。宋兵上行“站门”，赵匡胤上。

赵匡胤　（念引）

白龙生反侵吾疆，

叛国通敌贼欧阳。
出师未捷忠良丧，
河东困坏乾德王。（坐）

（念诗）

寡人御驾下河东，
十万精兵气若虹。
误陷白龙空城计，
小小河东困蛟龙。

孤，大宋天子乾德王赵。河东白龙生反，孤受奸相欧阳方诓驾，亲征河东，中贼空城之计；奸佞欧阳通敌叛国，杀孤保驾良臣呼延寿廷，断孤膀臂。而今内缺粮草，外无援兵，愁煞孤也！

报　子　（内喊“报下”后上，跪）参见万岁！

赵匡胤　（念）探子来得急，
免跪且站立。
敌情定有异，
详细报朕知。

报　子　容禀！
（念）奉命昼夜去巡营，
罗家寨发来一股兵。
鞭打白龙废了命……

赵匡胤　（喜）好哇！孤的援兵到了！

报　子　（念）长趋直入踏御营。

赵匡胤　（惊）吓！再探！

报　子　遵命。（下）

赵匡胤　可叹呀可叹！探子报说，罗家寨发来一股人马，鞭坠白龙，马踏御营，是敌？是友？令孤难辨也！

（唱【幺板】）

闻言报令孤喜令朕惊诧，

罗家寨这支兵出自谁家？！

（唱【一字】）

小白龙蝼蚁辈妄撼大厦，

孤统兵御驾征把敌讨伐。

恨只恨欧阳方诡秘奸诈，

杀忠良令孤王龙陷泥沙。

且喜得罗家寨发来人马，

灭白龙解孤危实实堪夸。

又挥师踏御营为的是啥？

乾德王难猜透其中根芽。

孤马上创基业谁不惧怕，

纵然是天兵至朕也不惧他。

御林军抬刀带过黄骠马……（解披风整装上马）

（唱【二流】）

看孤王挥金刀把敌擒拿。（率兵下）

【空场。

呼延赞 （内唱【倒板】）

罗家寨发大兵数万之众……

兵　卒 吙哦……（吼“翻山调”后“站门”）

呼延赞 （上，唱【夺子】）

浩浩荡荡至河东——鞭坠白龙。

（唱【一字】）

欧阳方杀父仇不共戴天重，

恨昏王杀姑母情理难容。

诛昏君杀奸相祭父坟塚，

也不枉真武帝授某神功。

传号令众儿郎人人奋勇，

（唱【三板】）

直捣御营你与我冲冲冲！（率兵下）

赵匡胤 （率兵上，唱【二流】）

乾德王打马离御营，

抬头得见两座坟。

这一旁葬的是蟠龙棍误伤的呼延金定，

这一旁葬的是孤忠心耿耿的呼延寿廷。

你兄妹阴灵要显圣，

保佑孤早日回汴京。

耳畔又闻战鼓紧，

会一会罗家寨领兵之人。（率兵下）

赵匡胤 （内唱【倒板】）

两军……

呼延赞 （内唱【倒板】）

战鼓……

赵匡胤
呼延赞 （同唱）惊雷震……

【赵匡胤、呼延赞率兵分上。

赵匡胤
呼延赞 （同唱【二流】）军阵上来了黑煞神（红脸人）。

赵匡胤 （唱）我观他……

呼延赞 （唱）头戴绿盔……

赵匡胤 （唱）挂白孝，

呼延赞 （唱）金刀透寒星。

（唱）我观他

赵匡胤 （唱）钢鞭重千斤。

问声少将你贵姓？

呼延赞 （唱）呼延赞威名贯全军。

少爷本是将门种，

呼延凤就是某父亲。

赵匡胤 （唱）听说他是呼延后，

一阵喜来一阵惊。

喜的是苍天不绝忠良后，

惊的是他报父仇要错怪寡人。

呼延赞 （唱）问声来将是哪个，

张王李赵通姓名。

赵匡胤 （唱）官卑职小何需问，

我就是——巡宫望哨的小小总兵。

呼延赞 （唱）凤眼卧眉有福份，

你就是无道的乾德昏君。

赵匡胤 （唱）少将军麻衣神相准，

孤正是马上创业的赵匡胤——我不是昏君。

呼延赞 （唱）我父保你忠心耿，

为何屈死在御营。

赵匡胤 （唱）寡人并未传斩令，

怪只怪欧阳方这个千刀万剐的老奸臣。

呼延赞 （唱）哪有君王不开口，

臣下焉敢乱杀人。

赵匡胤 （唱）兵权落在奸贼手，

半由天子半由臣——孤拦都拦不赢。

呼延赞 （唱）我姑母因何丧了命，

此事又由谁担承。

赵匡胤 （唱）你姑母御营把罪问，

蟠龙棍误伤她——孤已发配充军。

呼延赞 （唱）一任你嘴能舌辩推干净，

难保你红头祭忠魂。

赵匡胤 （唱）少将军保孤回汴京，

王把江山与你三七分……

呼延赞 不要!

赵匡胤 （唱）平半分，

呼延赞 不要!

赵匡胤 （唱）要不然你为君我为臣——让你坐龙庭。

呼延赞 不要!

（唱）万里江山小得很，

杀父冤仇海样深——你活不成!

赵匡胤 可恼!

（唱【三板】）

赵匡胤不是文皇帝，

孤本是马上创业——刀山剑海早历经。

奋力举起蟠龙棍! （视械）

哎哟，才是刀呀!

呼延赞 看打!

【赞、赵对阵，赞鞭击赵，匡胤败逃，赞杀散御林军。

呼延赞 （唱）追昏王我谅他无路逃奔。（率卒追下）

赵匡胤 （慌忙逃上，唱）

这一仗只杀得地裂山倒……

乾德王从未遇这样的英豪。

呼延赞人小力不小，

虎尾钢鞭似铁篙。

震碎王的护心镜，

打断王的丝鸾绦。

黄骠马快些跑，

少将追来要命交。

乾德王催马上古道……

呼延赞 （内）哪里走!

【赞鞭打赵——匡胤俯扑马上昏迷，火龙护体——大锣边“厂浪……”

呼延赞 （唱）火龙护身闪光毫。

真武帝梦中谆谆教，

火龙现要俺降赵保宋朝。

将身下马跪古道，

口口声声求恕饶。

赵匡胤 （唱【倒板】）

时才间梦见了呼延寿廷……

呼延赞 万岁苏醒！

赵匡胤 啊……

（唱【二流】）

但见少将跪埃尘。

马上擒孤不能够，

诓孤下马一股擒。

呼延赞 （唱）臣跪古道是降顺，

请求圣君恕为臣。

赵匡胤 （唱）好一个聪明的少将军，

他不叫昏王称圣君。

你父梦中早祝贺，

他说孤要收保国臣——就是将军。

呼延赞 万岁！

（唱）臣父姑母的坟茔地？

赵匡胤 （唱）将军上马随孤行。

【赞上马，御林军、呼延兵分上，行圆场八字列队，赵、赞圆台。

赵匡胤 （唱）这是儿的姑母呼延金定，

这是儿父呼延寿廷。

呼延赞 帅父！姑母！

（唱【三板】）

下坐马整冠礼恭敬……（大礼参拜）

万岁！

（唱）欧阳方贼又在何处藏身。

赵匡胤 （唱）欧阳老贼早逃遁，

儿头关找！二关寻！

拿着贼绳绑索捆、剥皮抽筋……

呼延赞 （唱）破腹掏心、祭奠亡灵！

赵匡胤 好好好！

（唱【幺板】）

御林军听王命，

设御宴为将军——

洗尘迎风，

迎风洗尘；

君与臣臣与君，

通宵畅饮，

畅饮通宵——促膝谈心——促膝谈心。

哈哈哈……

【吹……“挖后拥”，赵携赞下。

·剧 终·

附 记

《打哑问路》《送京娘》《踏五营》以及《下河东》的赵匡胤，都 或使用蟠龙棍，为啥此戏用大刀？《下河东》最末还有一场《复仇》（一般都不演），即是女扮男装的呼延金定，闻兄御营被斩，率兵找赵理论。匡胤念忠良之妹，欲以蟠龙棍挑金定下马再说，谁知误击金定。赵怒，将蟠龙棍发配“充军”，故用大刀。

2015 年 4 月 15 日

56 李存孝显魂（弹戏）

彭天喜◎传授　夏庭光◎整理

剧情简介

《李存孝显魂》又名《青州坟》。唐时，十三太保李存孝显魂，救了扫墓的义父晋王李克用，惊退兵围青州坟的水寇王彦章。并向昏迷中的父王追述了打虎相遇、收为义子的往事，南征北战的功绩，以及手足相残、被害屈死的经过。然后，率阴兵返回地府。

人　物：李存孝（武　生）
王彦章（花　脸）
李克用（花　脸）
王彦龙（武　丑）
李存勖（小　丑）
虎　形（杂）
喽　啰（杂）
八云牌（杂）
副　将（杂）

【中场设“虎头案”，素色摆场。王彦章上。

王彦章 （念对）

常怀英雄恨，

终有出头期！（坐）

（念诗）

黄河渡口逞英雄，

偏遇存孝力无穷。

铁篙折成弯弓样，

隐姓埋名居山中。

某，王彦章。父母早丧，与弟彦龙游荡江湖。黄巢生反，群雄四起。某自幼勇力过人，独霸黄河渡口，劫财营生。那日，李存孝率兵渡河拒巢，某将这个娃娃渡至江心停舟，向他索取重金，娃娃不允，反出言不逊。恼了俺的情性，挥动铁篙，劈头打下。这个娃娃真是忙者不会，会者不忙。右手擎住铁篙，左手抓住某丝鸾，往上一举，往下一抛——连人带篙丢入江中。是某爬上岸来，藏于李存孝必经之路的暗处，存孝到时，某举篙便打，谁知这个娃娃夺篙在手，轻轻用力，铁篙竟成弯弓。感存孝不杀之恩，某对天盟誓：永不反唐。只可叹英雄命短，李存勖欲施小计，李存孝被五牛分尸而亡。存孝一死，某便在孟津举旗造反。命弟彦龙，四处打探，未见回山，寨中稍坐。

王彦龙 （上，念）

探得重要事，,

报与大哥知。

参见大哥！

王彦章 起去。

王彦龙 谢。

王彦章 四处打探，有何消息？

王彦龙 探得晋王李克用，三月清明到青州坟为十三太保李存孝扫墓。

王彦章 好哇！报仇雪恨时机已到。众弟兄走上！

众喽啰 （上）参见大王。

王彦章 起去！

众喽啰 谢。（分列两旁）

王彦章 众弟兄！站东列西，听我吩咐！

（唱甜皮【三板】）

寨中传下一支令，
众家弟兄仔细听。
李克用清明去扫墓，
随从所带无几人。
众弟兄战饭要饱饮，
刀枪弓箭紧随身。
兵贵神速下山岭……（脱衣持棍）

【众绕场，站“一条枪”。

喽啰甲 禀大王，前面便是青州坟地界。

王彦章 好哇！

（唱）团团围困青州坟。

【众喽啰行反顺圆场后下，王彦龙下，王彦章舞棍显威下。

◎王彦章画“黑三块瓦”，鬓插黑耳发，口条黑喳，戴黑色“唐二巾”，穿黑打衣系白短裙加大带，下黑裤、长白统袜、布草鞋，拿大型纸扇，后执黑色棍——拟铁篙。王彦龙画武丑脸谱，戴“棕帽”，黑打衣全套，打揹绦，捆大带，足穿打靴，背插水银刀。众喽啰抹“烧腊”捆打帕，黑打衣全套，捆带，足下打靴，拿单刀。

【场左一桌，桌前置脚箱——拟坟；场中一椅，拟石墩，都用红色摆场。副将捧香盘，李克用、李存勖乘马上。

李克用 （唱【二流】）

自从存孝废了命，

每晚思儿到五更。

三月清明祭爱子……

李存勖 来到坟台。

李克用 接马。

（唱）望儿灵魂登天廷。

祭礼排开！

【奏［哭黄天］……排祭礼。

李克用 为父本得拜儿一拜，恐将儿折煞。存勖代为父一拜。

李存勖 是。（至坟前心颤地）十三弟呀十三弟，你在阴灵莫怪哥子们啰，要怪只怪你自不量力，自己逞能啊！（施大礼）

李克用 存孝，儿哪，孤的乖乖儿啊！

（唱）想当初收儿飞虎岗，

叹今朝祭儿青州坟。

只怨父子少缘份，

也怨天公不顺人。

李存勖 父王节哀。（扶李坐）哎，青州坟冷冷清清，莫得点派头。（望）吓！那坟前有红缨大炮，待我点响，那才有晋王扫墓的威风嘛！（取香点炮）

【吹［炮火门］，副将收香盘下，王彦章、王彦龙率喽啰上，包抄下。

李克用 （惊）娃娃！谁叫你点炮？

李存勖 点响红缨炮，才有父王扫墓的派头。

李克用 点响红缨炮，若惊动草寇，岂不坏事！？

李存勖 哪有那样凑巧啊。

【内杀声四起……副将急上。

副　将 报下！王彦章兵围青州坟！

【内喊：杀！喽啰上杀退副将，王彦龙上杀退李存勖，王彦章上，两抱后抓李克用草王帽，李逃……

王彦章 活捉李克用！（追下）

◎李克用画畸型脸——左眼大如龙，右眼细如凤，挂白满口条，戴草王帽（盔），穿黄龙箭束带，红裤青靴，外加黄雪帽、雪子，佩剑，持马鞭。李存勖画小丑脸谱，戴狗儿盔，穿绣花黑袍捆带挂剑，红裤青靴，拿马鞭。副将俊扮，戴紫色包巾额子，穿同色绣袍，红裤青靴，腰挂剑。

◎李存勖继后为五代十国后唐的庄宗。

【云牌、虎形、座纛旗簇拥李存孝上，“过场”……下。

◎李存孝俊扮（色宜淡），印堂“冲天红”，满脸刷油——为“吹变”金脸备用。戴配翎全插，盔上横搭泡花青绫，扎黄靠，红裤青靴，后执笔砚抓（川剧以鸡爪抓代用）。座纛旗上仍横搭泡花青绫。

◎“过场”：云牌由下场“二龙出水”上，继圆台，李存孝上于中原地左转，雉尾随即向左“转”翎，虎、旗跟上；云牌变前后低高两层，干鼓配存孝俯首转翎至中场，再“点”翎；击乐起【半登鼓】，云牌变椭圆形，存孝扳双翎亮相，旗举于云牌后，虎于存孝前；存孝左手握双翎、右手抚虎头（虎形横），再反之做同样动作；云牌变前后两层，中高两头低斜，存孝嘴“含”翎，双手虎掌由翎圈伸出，下部“骑马桩”，虎站前排云牌腿，亮猛虎扑食相；云牌圆场后停于上场方，存孝双手压翎“抖”，继退下，旗、虎随下，云牌成对退下。

【王彦章穷追李克用，李存孝上救李，李坐椅昏迷，虎扑王彦龙“硬人”倒地，存孝变金脸——旗、云牌“三滴水”形，虎随存孝身后，奏［冬冬罗］，彦章大惊……

王彦章 李存孝……快逃哇！（率众狼狈逃下）

李存孝 （唱苦皮【倒板】）

◎云牌掩彦龙下后于中场高低两排，虎爬前云排中，旗举于云牌后排，存孝扳双翎高举定相……

◎存孝唱【一字】前，扳双翎站左斜弓箭桩、虎退李身后右侧立式举虎掌。

满腔怨气高万丈……

（唱【一字】）

权将这悲痛之情心底藏。

想当初……

◎存孝扳双翎经脚箱"飞坐"桌上，虎爬脚箱，云牌成〈型于存孝身前后，旗于桌后。

想当初俺放羊南山上，

打猛虎相会老父王——

（唱【二流】）

相会老父王。

◎李存孝下桌，虎入上马门，云牌列八字，座纛旗至中场。

（唱【夺子】）

父喜儿胸中韬略广，

父喜儿十八般武艺件件强。

感父王收儿为义子，

十三太保赐儿行。

儿随父东西杀南北闯，

出生入死驰骋沙场。

那一日……（锣鼓中舞弄翎、独足磨步）

那一日率兵行至黄河渡口上，

偏遇水贼王彦章。

彦章贼无端索银两，

怒恼儿连人带篙打下江。

贼二次阻行高坡上，

他不识时务妄逞强。

儿将铁篙折成弯弓样，

三拳两足把贼降。

王彦章对天发下洪誓愿，

永世不再反大唐。

叹只叹太平儿未享，

恨只恨——

（唱【二流】）

手足相残自相伤。

◎李存勖逃上，虎扑（穿猫）勖，再扑，存勖连呼“救命”；存孝斥退虎——虎绕云牌至后。

早间死了李存孝，

孟津河反了水寇王彦章。

山河破碎人神怨，

生灵涂炭民遭殃。

（唱【一字】）

老父王三月清明把坟上，

你孩儿深深感激记胸膛。

彦章贼闻听红缨炮，

青州坟摆下了杀人战场。

若非儿领阴兵救驾亲往，

险些儿老父王——我的老父王……

（唱【二流】）

被贼所伤。

儿愿父洪福从天降，

儿愿父效彭祖八百寿长。

有千言和万语实难尽讲……（跪别）

李克用 （苏醒）存孝，存孝……

李存孝 （唱）父子们再见面相逢梦乡。

李克用 存孝！儿哪……

【李存孝上桌，虎上脚箱，云牌成二字形拥存孝身前后，旗于桌后，李克用呼存孝：儿哪！……

·剧 终·

剧本整理于 2004 年 4 月 1 日

注：重庆市川剧院资料室存有我 2004 年 5 月 22 日演出实况录象。但，演出中演员、摄像都出了差错，请以剧本、表演概述为准。

附 记

1. 有的武生饰李存孝，先就勾画全金脸。老师演出则采用“变脸”法的“吹”变金脸，加强了舞台的艺术气氛。

2. 李存孝盔上，旧时配用黄表纸折成的“马耳朵”——披挂黄钱，演出时不易购买，故改为横搭青绫。

3. 李存孝出场一段和惊退王彦章时，以前都要显示打杂师的粉火技巧助存孝显魂之神威。因打杂师隐居幕后多年，不宜因一戏及戏之一处现身，故忍痛舍去。

2015 年 4 月 27 日夜

57 上关拜寿（弹戏·苦皮）

姜尚峰◎传授　夏庭光◎整理

剧情简介

大幕《失岱州》之一折。明崇祯时，李自成围攻岱州。宦官王忠献城，岱州失守。主帅周遇吉无心恋战，上关为母祝古稀大寿。周母责子失却岱州，赐周家祖传宝剑，逼子收复岱州。后全家自焚，遇吉战死。

人　物：周遇吉（靠甲正生）
周　母（老　旦）
周　妻（正　旦）
周　子（娃娃生）
家　院（杂）
马　童（杂）

◎周遇吉俊扮（淡红抹青油少许），戴用苍缨顶的帅盔，穿红铠，下着红裤青靴，拿花枪、马挽手。周母抹淡红，麻闶头，着酱色帔，腰围白裙，白袜，足穿酱色夫子鞋。周妻俊扮（色宜淡），捆大头，穿玉蓝帔，腰系白裙，下穿深色彩鞋。周子俊扮，头上粉红玉儿巾，身上同色褶，下同色裤，足下同色夫子鞋。家院抹“烧腊”（刷点干红），戴黄罗帽，穿黄褶捆鸾带，下深色裤、长白袜、黄夫子鞋，挂白三。马童俊扮（色淡加油），打帕打衣全套，穿打靴。

【舞台正中设前后两桌，后桌上置坐箱二，桌前搁脚箱。前桌中、左（稍远）、右各一椅，红色摆场。

周　妻　（上。念对）

华堂地结彩张灯，
祝婆婆福寿康宁。

【老院上。

老　院　参见夫人。

周　妻　寿宴可成齐备？

老　院　早已备好。

周　妻　好。拜请婆婆。

【周子扶婆婆上。

周　母　（念引）

七旬古稀寿，
忧国事份外愁。（坐）

媳妇，请为婆出堂，莫非为祝寿之事？

周　妻　正是。

周　母　唉！国家多事之秋，这寿……还祝它则甚？！

周　妻　婆婆大寿，理当祝贺。

周　母　好……（视华堂）那就稍待片刻。

周　妻　是。

【内——周遇吉："马童！上关！"马童引周遇吉上。

周遇吉 （唱【杏花天】）

失岱州非敌兵强，

恨王忠献城奸党。

马　童 来至府门！

周遇吉 接马。

老　院 参见帅爷。

周遇吉 老夫人可在华堂？

老　院 正在华堂。

周遇吉 烦你通禀，本帅上关祝寿。

老　院 是。（入内）禀老夫人，帅爷上关祝寿。

周　母 啊……他身着戎装还是素服？

老　院 身着戎装。

周　母 身着戎装？！……叫他更服来见。

老　院 是。[下，捧袍（红蟒上带）复出]

周遇吉 老夫人怎样传话？

老　院 请帅爷更服参见。

周遇吉 家院，将袍展开。

【吹……穿袍，马童牵马下，周遇吉进府。

周遇吉 孩儿遇吉见过母亲。

周　母 军务劳累，免礼坐下。

周遇吉 谢。

【周遇吉与妻互见礼，周子拜父，遇吉坐。

周遇吉 （向妻）可曾拜寿？

周　妻 正等老爷。

周遇吉 家院，撤了拜毡。

【吹……依序拜寿。

周遇吉 将宴排开。

【吹……老院摆宴、移桌前椅于桌左角，周母携孙坐，吉、妻坐。

周遇吉 一杯寿酒，母亲请！

周　母 我儿请。

周　妻 婆婆请。

周　母 贤媳请。

周　子 婆婆请。

周　母 乖乖孙儿请啰！

众 请！（吹）

周遇吉 （唱【倒板】）

周遇吉上关来双眉愁皱……

（唱【一字】）

禁不住泪珠儿暗往下流。

崇祯主——臣的主登了基洪福无有，

普天下十三省齐动兜鍪。

张献忠剿四川李自成断后，

只杀得尸骨堆山血水倒流。

奉君命统雄兵镇守隘口，

恨闯王带人马要夺某的岱州。

昨日里擒洪基某显身手，

李闯王在城下哀恳叩头。

他求某放他爱子他撤兵退后，

某怎能放虎归山再添祸忧。

一任贼再三求某将洪基斩首，

众诸将在营房为某把功酬。

昨夜晚带了酒三更时候，

恨王忠……

（唱【二流】）

恨王忠……

恨王忠贼卖国……某才失却了岱州。
今日里在沙场与敌争斗，
猛想起我老娘华诞千秋。
因此上无心战拨马便走，
上关来却怎么心冷嗖嗖。
老苍头看过了一杯寿酒，
祝老娘效彭祖八百八秋。

◎“周遇吉上关来双眉愁皱”是全折戏、更是饰周遇吉者的主要唱段。

1. 起【倒板】锣鼓、“过门”中，周遇吉表现心事沉重，酒难沾唇……

2. “双眉愁皱”后再重唱：双眉（鼓眼“把”——稍停，低吟）愁皱。

3. 锣鼓缓慢伴奏里遇吉向母敬酒，拱手向母“请便”，继迈沉重步伐至台口再转身到左稍远的椅坐，在【一字】行弦中，右手拈右绺须随节奏抖动——“抖髯”。

4. “兜鍪”——古代打仗时戴的盔。此全句形容战火遍起。此句后，节奏转快，“血水倒流”完，回原速唱。

5. “某显身手”——下锣鼓，周离位步近台口。

6.“贼卖国”腔登拖足——唱出胸中的满腔愤恨。“失却了岱州”“刹一脚”遂行“婉转腔”——唱出人物此时此刻复杂的心绪。

7. “心冷嗖嗖”后，周妻暗示丈夫敬酒。“祝老娘”双手擎杯跪敬。

周　母　好，呈酒来。

【家院接杯奉周母，遇吉起归位坐……

周　母　吓！我儿为何面带泪痕？

周遇吉　……儿是迎风泪。

周　母　迎风泪……

【周遇吉拭泪痕。

周　母　我儿上关，心事重重。若不实言，为娘不饮。

周遇吉 哎呀母亲！恼恨闯王围攻岱州，更恨王忠卖国，儿才失……

周　母 失什么？

周遇吉 失却岱州！

周　母 哎呀……

（唱【倒板】）

闻儿言恰好似晴空雷吼，

小奴才失汛地自该刎头。

周遇吉呀小奴才！我周家累受皇恩，你身为统帅，失却岱州，还有何面目上关与为娘拜寿。家院，呈剑来！

【老院下，捧剑上呈周母。

周　母 此剑，乃周家祖传。儿此番夺回岱州再来见娘，若夺不回岱州呀……死也休来！（赐剑）

周遇吉 （唱【倒板】）

听娘命令遇吉魂惊魄抖，

（唱【二流】）

周遇吉这一阵万弩穿喉。

我周家食君禄皇恩享受，

某岂能辱祖先骂名永留。

母亲娘受孩儿大礼参叩，

贤夫人受本帅一礼拜求。

（唱【夺子】）

母年迈望夫人晨昏侍候，

儿年幼望贤妻教诲细周。

某此番收复岱州……胜负难料就，

为大将马革裹尸无怨尤。

叫马童与爷带走兽……

◎接剑坐椅抖摆髯口配【倒板】“过门”——为【倒板】词造势；“魄抖”

唱【霸腔】;"大礼参叩",剑交家院,整冠掸尘,行大礼跪拜;"一礼拜求"欲拜被周妻阻;"叫马童"拍左掌翻袖亮相再接唱。

【马童抬枪牵马上,马嘶不驯——预示出战不祥;周遇吉脱袍、挂剑、辞母、别妻、周子:帅父!(跪)遇吉抚子头,含泪挥手,继以缓沉步出府上马……

周遇吉 (唱【三板】)

舍死忘生战敌酋。

【至上场方骤反身勒马抖枪——【大分家】锣鼓配……遂侧身拭泪,再挥鞭策马急下。

老 院 禀老夫人,帅爷下关去了。

周 母 啊……你家帅爷此番出征,凶多吉少。家院!

老 院 老奴在。

周 母 多备芦禾干柴,你帅爷若胜,这就罢了;你帅爷若败呀……老身自焚!

周 妻 婆婆,媳妇愿尽节。

周 子 孙儿愿尽孝。

老 院 (跪)老奴愿尽义。

周 母 好!忠、孝、节、义尽出我周门矣!正是:(离位杵杖至中场念对)

吃王爵禄当报国,

忠孝节义垂竹帛。

【周妻、子扶周母,吹[尾煞]下;家院拱手对天许愿……

·剧 终·

剧本整理于 2011 年 12 月 31 日 地母亭小区

注:重庆市川剧院资料室存有我演出实况录像。因演出中小误不少,

如临场演出时琴师没有唢呐，【杏花天】只好不唱。请以剧本为准。

附　记

大幕《失岱州》(有人在《川剧剧目辞典》中用京剧《宁武关》介绍剧情(70页)，不合适。据我浅知，川戏从不用《宁武关》作戏名)，还有两砣有啃头的戏:《对刀》《拜恳》。我在《川剧品微·续集》《艺土荧火》篇中的《“对刀·拜恳”》(324页)有简短的品说，在此就不赘言了。

有人错将“粗昆”(唢呐伴唱之行称)《杏花天》用昆词“败北非”作曲牌名，误导演员把“败北，非为敌狂”，唱成了“败北非，为敌狂”。又，“败北，非为敌狂”是句通关台词，凡失利的武将都可用。如《吕布败归》的吕布唱：败北非为敌狂，思娇妻倚门悬望)，这是不应该的。

2015 年 5 月 17 日

㊿58 药毒杨勇（胡琴）

夏长清◎传授　夏庭光◎整理

剧情简介

《药毒杨勇》乃全本《隋朝（宫）乱》之一折。

隋朝，杨广篡位，矫诏降杨勇“不奔丧，不朝贺”之罪，杨勇及妻萧妃被押回京。杨广欲杀兄，萧妃以曹植“七步诗”求情。广见萧美，假恕勇。御园设宴，毒杨勇而亡。杨广欲纳萧妃，萧不从，欲饮毒酒殉节，谁知受骗。

人　物：杨　广（小生·丑）
杨　勇（武　生）
萧　妃（花　旦）
杨　素（老　生）
四校卫（杂）
四宫女

◎杨广俊扮，垂露发（文生、小丑演不用），戴独独冠倒插双翎，穿红、黄鸳鸯褶，下红裤青靴，持白扇；“御园”一场，捆文生网巾，戴软王帽。杨勇俊扮，垂露发，戴全插，内打高桩水发，着红蟒，下红裤青靴；更衣后，弃蟒穿褶套粉红帔。萧妃俊扮，捆大头，戴凤冠，内打水发，穿女儿蟒，腰围绣花裙，穿彩鞋。杨素刷干红，戴中纱加套龙，挂麻三，穿酱色蟒围玉带，下红裤青靴。四校卫俊扮，戴披披巾，穿缎袍捆大带，斜穿“金钱褂”下红裤打靴，挂腰刀。宫女俊扮，梳古妆、戴翠翘，穿粉红古装，足下彩鞋。

（一）

【场中、右各一椅，玉色摆场。

杨　勇　（上，念引）

愁锁双眉间，

意乱心又烦。（坐）

（念诗）

困龙伏居在浅潭，

满腔怀恨向谁言。

土内明珠有宝色，

何时拨云能见天。

本御杨勇。可恨御弟杨广，伙同叔王杨素，设计陷害，父王误信谗言，将本御谪贬北海。近闻父王病危，本御无诏，不便回朝探视。好不忧闷人矣！

◎“北海”：当时的北海，即今广西壮族自治区的北海市。

（唱二黄【倒板】）

离朝阁别父王一十三载，

（唱【夺子】）

思想起当年事双腮泪湿泪湿双腮。

（唱【一字】）

小杨广设诡计本御遭害，

恨杨素对父王谎奏龙台。

父不该信谗言将杨广宠爱，

将本御贬北海十三载度日如年苦难挨。

我好比中秋月乌云遮盖，

我好比夜明珠土内藏埋。

我好比笼中鸟难把翅摆，

我好比井底龙难把头抬。

昨夜晚得一梦真乃奇怪，

见紫微突然间坠落尘埃。

莫不是老父王龙归沧海，

思在前想在后——

（唱【二流】）

解之不开。

萧　妃　（上，唱）

昨夜晚得一梦十分难解，

见雄雁被弹打雌雁悲哀。

上前来见殿下躬身参拜，

问殿下为然何愁绪满怀。

杨　勇　御妻免礼。请坐。

萧　妃　殿下为何愁眉不展？

杨　勇　御妻有所不知，昨夜偶得梦兆不祥。

萧　妃　得何梦兆？

杨　勇　见紫微星突然坠落。近闻父王病危，朝阁恐生变故！

萧　妃　昨夜妻妃也得一梦。

杨　勇　梦见何物？

萧　妃　雌雄二雁，雄遭弹打，雌雁悲泣。

杨　勇　你在怎说？

萧　妃　雄雁中弹，雌雁啼鸣。

杨　勇　吓！如此说来，你我夫妻就要分离了！

（唱【三板】）

我自幼主东宫父王宠爱，

又谁知小杨广诡计安排。

父信谗将本御贬至北海，

十三年未能够返回龙台。

萧　妃　（唱）殿下梦紫微坠父王遭害，

妾梦见孤雁泣夫妻有灾。

生与死存与亡人力难解，

吉与凶祸与福听天安排。

杨　素　（内）圣旨下！

【杨素带校卫上。

杨　素　圣旨下！杨勇跪听宣读。

杨　勇　久跪。（跪）

【萧妃亦跪

杨　素　老王晏驾，子不奔丧，则为不孝。新主登基，臣不朝贺，则为不忠。押解进京，听候新主发落！

杨　勇　哎呀！

（唱）听说是父晏驾把人哭坏……

父王！老父王呀！

（唱）无圣旨被贬人怎叩金阶。

萧　妃　（唱）小杨广篡王位从中作怪，

不孝名不忠罪天外飞来。

杨　素　带走！

【校卫押杨勇、萧妃下，杨素随下。

（二）

【台中设前后两桌，后桌上置坐箱，后桌前放脚箱，红色摆场。

杨　广　（内唱西皮【倒板】）

孤酒醉游耍了——游耍了三宫六院，（上）

（唱【二流】）

后宫中无佳丽令孤生烦。

想那日炳灵宫假把病探，

陈姨娘生得来倾国倾城貌赛——貌赛天仙。

孤封他为昭阳她不情愿，

龙泉下死美人实在可怜。

陈妃虽死王常念，

梦里常思两三番。

杨广虽坐金銮殿，

看起来易得江山要求一个美美貌貌的绝色佳人难（呀）上难。

陈姨娘死后若复返，

我杨广愿舍大隋的锦江山。（一笑）

口里话虽这样谈，

为江山我何惜气死父王逼死母后同胞骨肉自相残。

韩擒虎率兵捉逆叛，

昨日已获捷报传。

伍云昭弃关远逃窜，

孤量他小泥鳅难把巨浪掀。

命叔王去北海尚未回转，

杨勇不除孤心怎安。（坐）

杨　素　（上）启禀万岁，杨勇、萧妃押解回京。

杨 广 叔王辛劳，回府歇息。将他二人，带进宫来。

杨 素 是。（向内）带进宫来！（下）

杨 勇 （内唱【倒板】）

大鹏鸟入网罗双翅难展……

【校卫押杨勇、萧妃上——站小“壕子口”。

杨 勇 （唱【二流】）

又好比蛟龙困沙滩。

萧 妃 （唱）凤凰展翅毛衣短，

羊落虎口难生还。

杨 勇 （唱）今日归来大改变，

大兴市上不如先。

萧 妃 （唱）都说杨广把位篡，

孽子谋朝坐江山。

杨 勇 （唱）父王龙榻把驾晏，

母后逼死在宫前。

萧 妃 （唱）陈姨娘不从剑下斩，

竟将人伦颠倒颠。

杨 勇 （唱）进宫去把昏王见……

【校卫押杨、萧入内，分列。

萧 妃 （唱）心中怨恨难尽言。

◎“大兴”，隋朝的都城。隋在长安城东南筑新城，名大兴。在今陕西西安城东、南、西一带，即后来唐朝的长安。

杨 勇 请了请了！

杨 广 下站何人？

杨 勇 为兄杨勇，你瞎了眼嘛！？

杨 广 孤认得你。（对萧）你喃？

萧　妃　为嫂萧妃。

杨　广　萧妃……你转过身来！

【萧妃转身。

杨　广　哎呀……有鬼呀！（梭坐脚箱，抚桌抖“点翎”）有鬼呀！（躲于后桌）

【四宫女分上。

宫　女　万岁！万岁！哪里有鬼？

杨　广　那不是死在孤剑下的陈妃嘛！？

萧　妃　为嫂是萧妃。

杨　广　（定神、步近萧视）萧妃……陈妃……陈妃……萧妃，哎呀，又一个美人啰！（转身跳坐桌上翘右腿、展扇亮相——脸上多了一块白色“豆腐干”——“变脸”）

（唱【浪里钻】）

观萧妃与陈妃一样的美貌，（左转扑身卧、腿后翘“点翎”再翻身下桌）

小杨广灵魂儿（手指转扇）飞上九霄。（随“霄”字腔延原地向左“转翎”，遂中指平旋扇，又行至萧身后细瞅，开扇、右手大、二、中指夹扇抛、接，再绕身“转翎”后返回）

观头上戴珠冠身着绣袄，

又不长又不短更显妖娆。（抛扇，继俯首“摆翎”挑逗）

眉新月眼丹凤嘴含微笑，

指如玉金莲小杨柳细腰。（踱行几步）

（唱【二流】）

这样的美人儿天下难找，

这是孤有艳福天赐娇娇。

不管她是陈妃还是皇嫂，

美人儿孤岂能随手再抛。

纳萧妃更须把杨勇除掉……

杨勇！（踢褶绞褶，回位）

（唱）尔身犯三大罪罪罪难逃！

杨　勇　为兄无罪，权当有罪。问你这首一罪？

杨　广　你听！

（唱【三板】）

父王死你不来陪灵守孝？

杨　勇　（唱）无圣旨回朝阁自把祸遭。

二一罪？

杨　广　（唱）你不该在北海练兵屯草？！

杨　勇　（唱）防外寇兄焉能不把兵操。

三一罪？

杨　广　（唱）孤登基不朝贺其罪非小？

杨　勇　（唱）篡王位乱人伦——你罪犯律条！

杨　广　胆大！

（唱）御林军刀剑齐出鞘，

把杨勇推出宫立即开刀！

萧　妃　且慢！为嫂有辈古人，弟王可愿听。

杨　广　我的……皇嫂要说话，孤都愿听。

萧　妃　弟王请听！

杨　广　慢慢说，慢慢说。

萧　妃　三国时，有一曹子建，乃曹操三子也。

子建多才博学，曹操甚喜，欲立为世子。

因群臣阻谏，操始立曹丕。

后曹丕为帝，欲杀子建，逼子建七步成诗。

子建吟诗曰：煮豆燃豆萁，豆在釜中泣。

本是同根生，相煎何太急。

曹丕闻之，消杀弟之意，弟王何不效之呀！？

杨　广　讲得好，说得妙呀！

（唱【二流】）

萧美人人美貌嘴儿乖巧，

七步诗想把孤杀心动谣。

为买得美人心——暂且罢了……

御林军退下！

【校卫分下。

杨　广　（唱）叫宫婢快备好美酒羊羔。

皇嫂受惊了，请后宫待宴。孤要在御园设宴与皇兄饮酒畅谈。

宫婢，侍候王爷更衣；传孤口诏：请众家娘娘好好陪伴萧妃。

杨　勇
萧　妃　（同）谢弟王！

【宫女分伴杨勇、萧妃下。

杨　广　杨勇！念你与孤是一母的同胞手足，孤不杀你……哼哼……孤要赏你一副全尸！孤又如何致死杨勇，又能得到萧美人的芳心呀……（略思）嗯！

想孤有扭丝转壶一把，左转三转出美酒，右转三转出药酒。

杨勇哇杨勇！

（念）你纵能神机妙算，

难逃孤壶内机关。（右手反抓双翎亮相）

（唱【二流】）

扭丝壶装毒酒又盛佳酿，

管叫你想提防无从提防。

御花园布下了天罗地网，

毒杨勇纳萧妃如愿能尝。

除杨勇孤的江山就稳当，

纳萧妃不枉杨广为帝王。

孤今日真算得双喜同降……

哈哈哈……（下）

萧　妃　（思索缓上，唱【一字】）

有萧妃这一阵心中彷徨。

小杨广一时假作慈祥相，

奴料他定有诡计胸中藏。

（唱【大过板】）

思殿下安与危系奴心上，

满桌的山珍海味——

（唱【二流】）

无心尝。

怕杨广多变生异样，

怕杨广暗箭害贤良。

怕杨广御园设宴是虚谎，

怕杨广毒药壶内装。

不放心亲往御园去观望……（急下）

【二宫女急上，急追下。

（三）

【中场竖置一桌，左右各一椅，玉蓝色摆场。细乐中二宫女上摆宴后分左右侍立。

杨　广　（内）兄王请!

杨　勇　（内）弟王请!

【杨广、杨勇上，分宾主坐。

杨　广　不用尔等侍候，退下。

【宫女分下。

杨　广　兄王请!

杨　勇　弟王请!

杨　广（唱【一字】）

兄一杯弟一盏慢叙家常。

天书召老父王龙归沧浪，

按理说该兄王执掌朝堂。

明日里弟脱袍就把位让，

兄为君弟为臣料也无妨。

杨　勇（唱）父晏驾该弟王来把业掌，

有愚兄镇北海愿辅弟王。

（唱【大过板】）

求弟王开天恩将夫妻释放，

回北海晚点灯——

（唱【二流】）

早焚信香。

若不然兄愿出家作和尚，

远离尘世别帝邦。

你我本是同娘养，

恳求弟王切莫把手足伤。

杨　广（唱）兄说的弟也是这样想，

孤岂能害兄昧天良。

亲执银壶把酒斟上……（向右扭三下壶盖）

兄王北海返京，旅途辛劳，这第一杯酒，与兄接风。

杨　勇（饮）……

杨　广（唱）二杯酒好事——好事要成双。

这第二杯酒……与兄压惊。

杨　勇（饮）……

杨　广这第三杯酒……

杨　勇愚兄不胜酒力呀！

杨　广兄王！

（唱）请兄王开怀放海量，

这三杯酒喝他个如痴如狂。

时才孤王险些误斩皇兄，促成大错。这第三杯酒，是孤的赔罪酒。

杨　勇　弟王言重了，怎敢弟王赔罪。

杨　广　兄王若不怪罪，就饮了此杯。

杨　勇　为兄吃不得了。

杨　广　兄王不必推却，孤王也赔饮一杯。（向左扭三下壶盖）

杨　勇　为兄实实吃不得了！

杨　广　兄王不愿饮此杯，孤王跪敬了！（欲跪）

杨　勇　哎呀，折煞愚兄了。我吃我吃……

杨　广　吃了这一杯，你就无事了！孤王先干为敬（饮酒）

杨　勇　（勉强饮酒……腹痛）哎——呀！（掷杯）

（唱【倒板】）

饮下了三杯酒神魂飘荡……

哎呀！（抛冠甩发）

（唱【三板】）

肚痛肝裂欲断肠。

哎呀！（脱衣抛衣，抢背接乌龙绞柱）

（唱）小杨广在酒中暗把毒放，

我变鬼要活捉你（呀）小昏王！（扑向杨广欲抓，被广踢倒蝶子，挣扎起再扑，又被杨广扇戳其胸——“硬人”倒地气绝）

杨　广　（冷笑）哼哼哼……

【萧妃急上，二宫女紧随上。

萧　妃　殿下！（抛冠，膝行甩发）夫哇！

（唱）一见殿下把命丧……

殿下，夫哇！

（唱）七窍流血中毒亡。

萧氏女哭得泪长淌，

泪珠儿殷红痛断肠。

杨　广　孤的皇嫂哇！

（唱【二流】）

兄王饮酒不自量，

酒串心肝一命亡。

皇嫂不必悲声放，

死了兄王有孤王。

萧　妃　小昏王！（打杨广耳光）

（唱快【二流】）

满腔悲愤骂杨广，

心似蛇蝎如虎狼。

炳灵宫气死文帝主，

昭阳宫逼死国太娘。

陈姨母在尔剑下把命丧，

灭绝人伦败纲常。

药酒毒死你的亲兄长，

有何面目掌朝堂。

要纳奴为妃你妄想……

殿下！夫哇！等着妾身来也！

【萧妃执壶，宫女欲夺壶，杨广止；萧狂饮后抛壶，广接……

萧　妃　（唱）随殿下黄泉作鸳鸯。（倒卧杨勇侧旁）

杨　广　（将壶盖右扭三下，再左扭三转，冷笑）萧妃呀孤的萧美人！

你想死？孤又咋个舍得你死啊！

（唱慢【二流】）

萧美人聪明自上聪明当，

饮美酒美人儿醉倒在一旁。

叫宫婢扶美人在孤的龙床——你们要轻轻放……

【二宫女扶起萧妃……

杨　广　（唱）萧美人是神女孤效襄王。

哈哈哈……

·剧　终·

剧本整理于 1999 年 4 月 1 日

注：重庆市川剧院资料室存有 1999 年 12 月 6 日重庆市川剧院老艺员演出团演出全本《隋朝乱》的实况录像。

附　记

1. 全本《隋朝乱》有《定计》《问病》《逼宫》《登殿》《药毒》五场，常演者《问病逼宫》。《药毒杨勇》一场几乎绝迹舞台。

2. 全本演出，饰《问病》《逼宫》陈妃的旦角，后扮演萧妃——“代角”。

3.《药毒杨勇》老的结尾是：杨广欲封萧妃为正宫，萧不从，广跪求；萧妃以厚葬杨勇为条件方允，杨广诺，结束。杨勇刚被杨广毒死，萧妃虽有“厚葬”为由便顺从，总觉得是“《放裴》的小生——‘来得快’”——情感上转变得太速，故作了改动。

4. 川剧对杨广这个角色，除旦行外，都可扮演。其特点是，都要以本行当的表演来塑造杨广其人。不同行当饰杨广，连装扮亦有差异。笔者在《川剧品微 · 续集》的《导演因素——〈陈全波舞台艺术〉浅析》(90 页）篇稍有涉及，请参阅。

2015 年 5 月 23 日

附18 定　计（胡琴·西皮）

夏长清◎传授　夏庭光◎整理

剧情简介

晋王杨广召杨素入宫，密议谋位之事。。

人　物：杨　广（小生·丑）
杨　素（老　生）
宫女甲

【舞台正中及左各设一椅，红色摆场。

杨　广　（上，念对）

金冠紫绶，
玉带龙袞。

（念诗）

父王染疾病沉疴，
时该本御掌山河。
胸藏龙韬伏虎志，
何惜同室再操戈。

本御杨广。我父文帝，吾母独孤皇后。所生弟兄二人，兄王杨勇，与本御意气不和，本御略施小计，在父皇近前花言巧语，挑拨事非，父王恼怒，将兄王谪贬北海。而今，父王病重，时机成熟，大隋江山唾手可得！恐谋划不周……宫婢！

宫　女　（上）在。

杨　广　请叔王悄悄进宫。

宫女甲 是。（下）

杨 素 （上，念）

运筹如范蠡，

决策似陈平。（入宫）

老臣杨素参见千岁。

杨 广 叔王免礼，请坐。

杨 素 千岁召老臣进宫，莫非为了大隋的江山？

杨 广 知我心者，叔王也！而今父王病势垂危，时机已熟。叔王何计教我。

杨 素 千岁免虑。老臣昨夜夜观天象，紫微星不明不暗，老王恐离阳世不久！千岁以问病为由，探个虚实；老臣带五百短刀手，埋伏五凤楼前，时机若熟，千岁可见机行事。

杨 广 好！大事若成，富贵共之呀！

（唱【一字】）

我叔王知天文神机妙算，

短刀手埋伏在五凤楼前。

叫他们要谨慎莫露破绽，

切不可让外人识破机关。

有本御炳灵宫假把病探，

时机熟带校卫逼印夺权。

（唱【大过板】）

好叔王快去把伯王会见，

请伯王快笼络——

（唱【二流】）

文武两班。

文武归顺免内患，

再密令宇文成都派人守边关。

须提防兄王杨勇兴兵转，

做一个君子防范于未然。
待等生米成熟膳，
杀杨勇在我股掌间。
大隋江山归孤管，
富贵共享不失言。
话说毕叔王快去办。

杨　素　遵命。

【杨广视宫外后，再向素挥手，杨素施礼离去。

杨　广　（唱）天助我杨广驾坐金銮。
哈哈哈……（下）

·剧　终·

附　记

前些年，见某川剧团挂出《隋朝乱》宣传粉牌，结果是前无《定计》，后没有《药毒》。鉴于此因，故附《定计》。

59 杀熊虎（高腔）

夏长清◎传授　夏庭光◎整理

剧情简介

《杀熊虎》，又名《步月杀熊》。

东汉，冯显字寿长，河东解良人，幼习春秋，武艺超群。一夜，闻叫苦声，问其情由，叫苦汉子姓张名辽字文远，因恶豪熊虎强抢其妻，囚他于地牢。冯显好打不平，救出文远，杀了恶绅熊虎，救出张妻韩娘子。官府画影缉拿冯显。冯显逃至观音堂，观音大士为其改换容貌。出关时，冯指关为姓，更名关羽逃离险境。

人　物：冯　显（武　生）
熊　虎（花　脸）
张　辽（文　生）
韩娘子（青　衣）
家　丁（杂）
捕　快（杂）
衙　役（杂）

◎冯显俊扮，戴白色软包巾或包巾，鬓旁垂露发，穿白缎袍捆同色鸾带，下着同色裤、青靴，外着同色绣花褶。

“软包巾”，而今的川剧院团皆无，故加了“或包巾”。“软包巾”其实简单：形同包巾，无绒球，巾的中端嵌以五片树叶形的玉色（根据不同帽色变异）素绸衬托一银元大的拱形泡泡，帽后坠飘带两根（可同叶片或帽色）。“软包巾”一堂为五顶，其他四件为黄、红、绿、黑。这种“软包巾”，别于武将，又异于江湖豪侠，乃此巾的特殊性。

熊虎画二饼饼，挂草登喳（胡须），戴蓝色员外巾，内穿红褶外加蓝色帔，下红裤青靴。

张辽俊扮（色淡），戴青二生巾，着青褶，下青裤、白袜青夫子鞋。

韩娘子俊扮（色淡），捆苦头打水发，蓝色苦褶子，腰白裙、捆风带，脚穿素彩鞋。

家丁揉脸（浓眉大眼凶像），戴花罗帽，穿花袍，捆大带，跑裤打靴，腰插短刀。

捕快画畸形脸，戴皂隶帽，穿绣花袍捆带，下跑裤打靴，背插鬼头刀。

衙役抹“烧腊”，戴皂隶帽，穿青袍加大带，跑裤打靴，拿水银刀。

一

【台中一桌，桌后一椅，桌上置文房四宝、彩烛，椅后放宝剑，素色摆场。

冯　显　（内唱【点绛唇·帽子】）

幼习春秋，

【“武机头”……　冯显上。

冯　显　俺，姓冯名显字寿长。河东解良人氏。不幸父母早丧，多感舅父抚养成人。俺好读春秋，喜练弓马，盼有朝一日，为国报效，为民解难，方显英雄本色。长夜漫漫，俺不免将春秋熟读一番。正是：时日莫闲过，青春哪再来。窗前勤苦读，

马上锦衣还。(上桌观书)

◎"河东解良人":河东乃黄河之东,解良乃今山西运城。据说,解良(梁)是金代地名,应是河东解县人。

冯　显　(唱)莫费时光。

细端详!

(唱【一字】)

几人(儿)争名利,

几人(儿)逞霸强。

几人(儿)凌烟阁上,

几人(儿)青史名扬。

观天下战火纷飞灾难降,

好男儿当定国安邦。

观看今夜一轮皓月,俺不免练剑一番则可。(脱衣挂剑)

(唱【一枝花·帽子】)

昆吾剑(拔剑在帮腔中起舞)——

闪放毫光,

昆吾剑把某威壮。

◎昆吾剑——昆吾,是古代宝剑名,周穆王伐昆戎,昆戎献昆吾之剑,是查拳短器械中的一种。十大神器中排行第三,剑中之祖。轩辕将此剑送回姬水旁边的九天玄女门,后再未出世,传说被西王母带走。

张　辽　(内)好苦呀!

冯　显　(惊)吓!(唱【二流】)

叫苦声声声大放,

悲泣声声声凄凉。

叫苦声声声大放,

悲泣声声声凄凉。

这声音来自何方……

张 辽 （内）好苦呀！

冯 显 （倾听）……

张 辽 （内）好——苦——哇！

冯 显 啊……

（唱）近咫尺只隔粉墙。

【冯显在帮腔中开园门，小圆场，张辽从下场口上……

冯 显 叫苦汉子，家住哪里？姓甚名谁？

张 辽 本地人氏，姓张名辽字文远。

冯 显 何故被囚在此？

张 辽 我纵有冤枉之事，杰士也无能为力。

冯 显 既不明言，待俺猜上一猜。

张 辽 杰士不用猜了。

冯 显 （唱【一字】）

莫不是将人打伤？

张 辽 不是。

冯 显 （唱）莫不是欠人钱粮？

张 辽 不是。

冯 显 啊……

（唱【二流】）

这不是来那不是……

这不是来那不是，

叫苦连连为哪桩？

你若有天大冤枉，

俺为你诉讼上公堂。

张 辽 哎呀杰士！只因昨日观音盛会，携带吾妻进庙上香，偏遇恶绅熊虎，强抢吾妻，将我囚禁土牢。

冯　显　啊！光天化日之下，强抢民妇，难道官府不管吗？！

张　辽　熊虎财压一方，势踞一县，官绅一气，有苦无处言，有冤无处申呀！

冯　显　可恼呀可恨！熊虎恶名，早播四方。既然官府任纵，俺便替他管了！汉子,往后退！（挥剑劈门,救出文远）随我来！（圆场）你在暗处隐避，待俺进府，救出你家娘子！

张　辽　杰士小心！

【二人分下。

二

【台中前后两桌，前桌放酒具、纱灯，后桌放坐箱，桌下搁脚箱，红色摆场。

熊　虎　（上，念引）

否极泰来，

这一方数我发财。（坐）

（念诗）

也不贫来也不富，

家有十个金银库。

府尹见面称大哥，

县官见我喊叔叔。（饮酒）

某，熊虎。昨日观音堂，抢回一民妇，虽不是倾国倾城，也算得艳压群芳。只说是与她拜堂，谁知她宁死不从。我命几个婆娘相劝，哪晓得她不找绳绳上吊，就寻花剪觅死。今晚，再把她带来，看看是不是会回心转意。过来！

家　丁　（上）见过老爷。

熊　虎　把那个犟拐拐民妇韩娘子给我带上来。（端杯）

家　丁　（大声）喳！

熊　虎　（一惊洒洒）胀多了哇？吼啥子？声气轻点嘛，莫把爷的乖乖吓倒了。

家　丁　（细声）喳！

熊　虎　对了哦！去去去！（饮）

【家丁押韩娘子上。

熊　虎　韩娘子呀，我的美人，爷的乖乖哟！只要你顺从大爷，从今后吃的是绸，穿的是油……

家丁甲　（近身低语）老爷，说倒了。

熊　虎　老爷是有钱人，我要吃绸穿油，把我啷个？！站过去哟！（转对韩）反正，你一辈子不愁吃，不愁穿。我的美人乖乖咦！

熊　虎　（唱【一枝花 · 二流】）

韩娘子性儿莫犟，（重）
虎爷是菩萨心肠。
你应允就把你男人放，
免得他死在牢房。

韩娘子　哼！

（唱）要成亲尔痴心妄想，
除非是日出西方。
夫若死奴也不愿活世上，
黄泉路上不凄凉。

熊　虎　（唱）这死字你想都不要想，
听虎爷倾心亮肚肠。（下位近韩）

（唱【占占子】）

八字先生看过相，
说你是织女星爷是牛郎。
他又算今晚是佳期，
正好拜花堂。
拜花堂，

入洞房；

洞房内金锦帐，

金锦帐内象牙床；

我与你颠鸾倒凤倒凤颠鸾，

恩恩爱爱百年长。

韩娘子 （气极）无耻！（打熊一记响亮的耳光）

韩娘子 （唱前腔）

熊虎贼廉耻尽丧！

（唱快【二流】）

熊虎贼廉耻尽丧，

白昼行抢胜豺狼。

舍身把柱撞，

一死见阎王……

【韩娘子欲碰柱，熊虎拉，韩用力推开虎，欲再碰……

熊　虎 （急呼）拉到！挡到！

【二家丁拉住韩娘子。

熊　虎 过来！

家　丁 （细声地）喳。

熊　虎 没有吃饭哪？！大声点嘛！

家　丁 （大声拖长应）喳！

熊　虎 啥子？把老爷都吓一跳。答应个不大不小的声气就行了嘛！把韩娘子捆在柱头上——捆轻点吓！

【家丁捆韩于下场方柱上。

冯　显 （内唱【帽子】）

恨熊虎——

（唱【一字】）

霸一方……

【冯显上。

（帮【二流】）

横行乡党民遭殃。

熊虎贼恶贯满盈，罪行昭彰。

凭俺匣中剑，

除暴救善良。

开门！

熊　虎　谁在叫门？！

家丁甲　哪个在叫门？

冯　显　县衙送贺礼。

家丁甲　禀老爷，县衙送贺礼。

熊　虎　问他送的啥子礼？

家丁甲　送的啥子礼？

冯　显　一非干礼，二不是水礼，乃是冷冰冰、亮堂堂、光闪闪、两面生锋的见红礼。

家丁甲　禀老爷……

熊　虎　我听到了。见红有喜。叫他派个会说话的先进来。

家丁甲　派个会说话的先进来！

【家丁甲开门，冯显入。

熊　虎　吓！你不是县衙当差人，你是住在我府隔壁的那个冯……冯……

家丁甲　冯显！

熊　虎　对对对，你叫冯显。冒充县衙人，私闯熊爷府，你可知罪？！

冯　显　呸！有罪的是你！（拔剑逼熊）

冯　显　（唱【二流】）

熊虎贼尔好狂妄，

熊虎贼尔好狂妄，

仗势强抢人妻房。

尔若将人放，

干休则罢场。
倘若不释放，
管叫尔——
昆吾剑下亡。

熊 虎 胆大狂徒，与爷拿下！

【家丁拔刀围杀冯显——刀剑“五梅花”（“五梅花”，川戏打杀的“挡子”之一，另有“手五梅”“枪五梅”。此戏的刀剑“五梅花”宜缓打），均被冯显杀散。熊虎欲逃，冯显飞身上后桌，擒住熊虎，虎梭坐脚箱，爬前桌……

熊 虎 好汉饶命呀！

冯 显 尔求迟了！

（唱）打蛇不死被蛇咬，
打虎不死被虎伤。
昆吾剑叫尔尝，
送尔见无常。

【冯显杀熊虎，救韩娘子出府，张文远上，夫妻抱头痛哭……

张 辽 杰士救命之恩，受夫妻一拜。（吹）请问杰士尊姓大名……

冯 显 好打不平，乃俺份内之事。何须留名，后会有期。俺去也！（下）

张 辽 回家收拾行李，速离解良。（下）

三

【观音堂：台中设神桌神帐，黄色摆场。城门：下场方置一背朝观众的单椅，素色椅帔。捕快持画图带四衙役上。

捕 快 （念）熊虎大爷丧了命，
老爷出脱大财神。

弟兄们！冯显小子，杀了虎爷。老爷有命，将这图画（展图）——四门张贴，缉拿凶犯！

众衙役 喳!

【衙役包抄下，捕快举图下。

【冯显逃上。

冯　显 哎呀不好！差役四处搜查，俺又何处藏身……观音堂。待俺进庙。(入庙拜神）观音大士在上，下跪弟子冯显。因手刃劣绅熊虎，官府画影缉拿于俺。求菩萨护佑，化险为夷。(吹……变红霸儿脸——转身亮相）奇哉呀怪异！（起）求神之时，耳畔忽闻善财童儿言道：苦萨念你为民除害，将你面容改变，尔可大胆出关无虞！不知是真否……待俺池边一观（吹……池畔照容）果然不假！再谢观音菩萨显灵!

【吹……跪拜后出庙，行圆场，至城门；捕快举图插于椅侧——拟画贴城门，四衙役随上分列。

捕　快 站住！（端详冯，又看图……）姓甚叫啥?

冯　显 俺——（抬头望城门）姓关名——羽（恨无羽翼飞越之意)。

捕　快 关羽……

衙役甲 大哥，你看他那个长像与画图上的人一点都不像，何必多费口水哟!

捕　快 (再细观图画和冯显）去吧!

冯　显 多谢!

【冯显出关反圆场，捕快、衙役退下。

冯　显 若非菩萨改容，焉能出关。正是：

非冯显行事鲁莽，
杀熊虎除暴安良。
神灵助逃出罗网，
效大鹏展翅飞翔。

·剧　终·

注：剧本整理于20世纪50年代，被“文化大革命”“火葬”。幸脑储存，经回忆，再改写。

附　记

这是一出《三国演义》书上没有的川剧“三国戏”，也是旧时川剧伶人课徒的武生“发蒙戏”。“改容”一节，饰者必须在短短的吹奏中勾抹出半截红脸——这是川戏“变脸”之一的“画变”（请参阅《川剧传统导演手法选例·变脸》——84页）。

2015年5月30日

60 闻三报（高腔）

彭天喜◎传授　夏庭光◎整理

剧情简介

《闻三报》乃《太平仓》（又名《江东桥》）之选场，故事源于《英烈传·太平城花云死节》。元末明初，北汉王陈友谅派陈英杰攻太平城。花云奉命辅朱元璋侄文逊驻守，孰料帅将不和，强令分兵，继遭英杰偷袭。花云急闻三报，抛妻儿，赴战场。

后，朱文逊不纳花云之谏，贻误时机，双双被擒。朱屈膝被杀，花云斥谅，被缚高竿，陈以箭威胁，花挣断绑绳，夺刀力战，终因中箭伤重，自刎而死。

人　物：花　云（武　生）
大夫人（正　旦）
二夫人（青　衣）
朱文逊（武　生）
家　院（杂）
报　子（杂）
四陈兵（袵　子）

◎“太平”及后朱文逊提到的“建康”：

1. 太平城，据说是当涂。乃今安徽省马鞍市下辖的一个县，位于安徽省东部，介于南京与芜湖之间。

2. 建康，即南京。南京，在历史上有许多名字——金陵、秣陵、建邺、建业、江宁、升州、集庆、应天。

◎花云俊扮（色淡，印堂、嘴唇抹淡黑，刷油少许），打高桩水发，穿绣花白袍捆带，下白绣花裤、粉底乌靴，持大刀（不用马鞭）。大夫人二夫人俊扮（色淡），捆大头，着绣花帔、裙（宜深浅色），足下彩鞋。朱文逊俊扮抹油，头上高桩水发，穿黄龙箭捆大带，下红裤青靴，持大刀、马鞭。家院刷干红，挂麻三，戴罗帽，穿褶（皆酱色）加黄鸾带，下彩裤（同褶色）、长白袜、酱色夫子鞋。探子持探旗，化妆、服饰与陈兵同（俊扮、不同色的褂子服装）。

【台中一椅，浅蓝色摆场。

【激烈战鼓、厮杀声后，大夫人、二夫人（抱“耍太子”——婴儿）与家院分上。

大夫人
二夫人 （唱【水荷花】）

战鼓频传杀声吼，

好叫人时刻担忧。

【花云上，下马入府，两位夫人关怀扶坐，讯问战势，云摇头作答。

报　子　（内）报下！（上）陈英杰讨战！

花　云　带马！

【报子下。花云上马，杀退敌兵。下马入府。

报　子　（内）报下！（上）陈英杰讨战！

花　云　带马！

【报子下。花云上马，杀退敌兵。下马入府。朱文逊上。

朱文逊 老院哥！

家　院 参见千岁。

朱文逊 你家帅爷可在府中？

家　院 正在府中。

朱文逊 本御无脸见他。有几句话，请院哥转达。

家　院 千岁请讲。

朱文逊 听道！

（念）谯楼三鼓响，
　　贼兵偷营房。
　　惊死老皇太，
　　悬梁贾氏亡。
　　若念君臣义，
　　保主回建康。
　　不念君臣义，

老院哥！

（唱【红衲袄】）

　　稳坐太平仓。

【朱文逊下。家院入内。

家　院 禀家爷：千岁来至府门，有几句话要老奴转告。

花　云 快讲！

家　院 请听——

（念）谯楼三鼓响，
　　贼兵偷营房。
　　惊死老皇太，
　　悬梁贾氏亡。
　　若念君臣义，
　　保主回建康。
　　不念君臣义，

家爷——

（唱【红衲袄】）

稳坐太平仓。

花　云　哎呀！（捶胸顿足）……

报　子　（内）报下！（上）陈英杰讨战！

花　云　带……马……

【花云身疲心碎，勉强出战，马嘶失控……坠马吐血，家院、夫人急扶入府坐。

◎ 1. 花云的三次“带马”，第一次嗓音登足，“马”字延音；二三次嗓音逐渐减弱，反映花云连续征战，身乏力竭，劳累不堪。

2. 一二次皆用“砍啰啰”程式。第一次以砍死一陈兵（飞蝶）完，接亮相、舞刀，突出“绞手刀花”，然后杵刀、推抛刀（或“大刀走路”家院接）下马；第二次背手横刀杀一陈兵（抢背），紧接舞“背花”，遂涮刀、弹刀（家院接）、下马；三次，勉强持刀跨马，马嘶、举掌旋刀、抛刀（家院接）、坠马（软抢背）、吐血结束。

大夫人
二夫人　（同时）老爷……老爷……喂呀……

家　院　（同时）家爷……家爷……

大夫人　（唱【红衲袄·二流】）

一见老爷把血呕——

二夫人　（唱）好叫姊妹心内忧。

大夫人　（唱）恼恨英杰蟊贼寇，

二夫人　（唱）不该黉夜把营偷。

大夫人　（唱）江东桥一战已失守，

二夫人　（唱）太平仓恐怕难保留。

大夫人　（唱）妻比莲花夫比藕，

只怕夫妻不到头。

花　云（唱）闻三报急得人（呀）把血呕——，

朵朵莲花涌咽喉。

吾主登基洪福有，

河清海晏遍神州。

万国朝庆皆俯首，

普天同乐乐无忧。

我恨只恨陈友谅年迈苍苍为反寇，

抢州夺郡民遭蹂。

下犯上好比日月并行走，

又好比长江滚滚水倒流。

老蠡贼无非是跳梁丑，

以卵击石终必休。

刘伯温军师把本奏，

调兵遣将巧运筹。

吾主金殿旨传就，

幼主与某带兵防贼酋。

太平仓设防御敌寇，

恰好似泰山堵溪流。

昨日里千岁传某御营走，

命俺迎敌统貔貅。

疆场之上龙虎斗，

只杀得天昏地暗雀鸟把翅收。

看看要擒蠡贼寇，

小千岁城楼把兵收。

回营去君臣就斗口，

分兵扎营他少主谋。

谯楼打罢三更后，

陈英杰贼子把营偷。
首尾难顾江东桥已失守，
太平仓只怕难保留。
我劝君合兵来固守，
他要保宫眷虑不周。
时才千岁到府门口，
说的话儿急煞某。
惊死老皇后，
贾氏命归幽。
他又说道，
念君臣保主回朝走，
不念两罢休。
事到此叫我怎样救，
覆水在地实难收。
我好比断线风筝遇风骤，
猛浪偏击失舵舟。
又好比围猎断弓遇怪兽，
夜行程险些坠下无底沟。
虎落平阳不如狗，
龙困浅滩怎遨游。
到而今——

（唱快速）

要救不能救，
要丢不能丢。
要战不能战，
要守不能守；
欲进不能，
后退不能够，

左顾右盼费运筹。

为将不能把帅救，

将不顾帅……

夫人哪！

要刎人头。

（回原韵）

贤夫人搀我府门走，

【二位夫人手语：外出失仪……

花　云　（唱）生离死别你们还顾的什么羞。（放腔，出府）

二夫人抱过花家后——

（低声唱）

怀抱娇儿泪暗流。

只说养儿来防后，

父封王来儿封侯。

事到迄今不能够，

怕只怕半路把儿丢。

（复原）

舍不得娇儿咬一口……

【二夫人从花云手中抱过婴儿。

花　云　（唱）亲生的骨肉怎忍丢。（放腔）

大夫人　（泣）喂呀……

花　云　（唱）大夫人不用忧……

二夫人　（泣）喂呀……

花　云　（唱）二夫人你不用愁……

大夫人
二夫人　（泣烈）喂呀……

花　云　哎！

（唱快）

忧甚忧来愁甚愁，
忧愁二字两下丢。
大丈夫马革裹尸何足虑，
留得美名贯九州。
我把友谅量得就，
量他难取项上头。
家院带过银走兽——

【家院扛刀带马，花云执刀跨鞍……

花　云　（唱）忘生舍死战敌酋。

【花云下。夫人向天祈祷……

大夫人
二夫人　（唱【合同】）

但愿苍天多保佑，
家院带路上城楼。

【家院、夫人下。

·剧　终·

注：大幕《太平仓》剧本写于1999年5月—6月2日。重庆市川剧院老艺员演出团于该年7月1日演出《太平仓》，院资料室存有《闻三报》一场的实况录像，可供艺友参考。

附　记

1.《闻三报》一场的“闻三报”是核心唱段，尤“闻三报”“要刎人头”两句更须唱出花云此时此刻的急情愁绪。“量他难取项上头”以快速拍胸、击腿、亮相五个连贯的动作配合——反映花云舍死奋战的决心。

2.“坠马”，不需用“背壳”“硬抢背”，宜使“假（软）抢背”，莫让人物的身份降“格”。“吐血”，原是当场“吐彩”（“彩”即血），后接受观众建议，删掉。其因是:“吐彩” 后还有一长段戏——若演大幕，就更长了，形象实感不净，故省去。

2015 年 6 月 4 日

61 真武庙（高腔）

姜尚峰◎传授　夏庭光◎整理

剧情简介

《真武庙》（又名《追青赶狄》，行称“丢刀散发”）乃全本《双阳公主》（又名《八宝公主》《盗二宝》）之一折。事出《五虎平西传》。

宋代，狄青奉命统兵伐西夏取珍珠烈火旗、日月骕骦马二宝。误经鄯善国，被双阳擒，赘为驸马。西夏国王蓝天胤和其女海飞英侵鄯，专要狄青。双阳将计就计，修书示蓝，以狄换二宝，蓝允。军阵献人换宝时，狄乘机夺宝，不辞公主而别。双阳单骑追夫，狄在真武庙以“扑面金钱”改容，瞒过公主，返宋复命。

人　物：狄　青（武　生）
　　　　双　阳（花　旦）

◎真武，是奉玉皇之命镇守北方的统帅。历代帝王封其为真君、帝君、上帝、大帝。真武，原称玄武。宋代皇帝因避其祖赵匡胤、玄朗名讳，改玄武为真武，沿用至今。

◎狄青俊扮，头扎高桩水发（前出《点将夺宝》时戴大帽，在“献宝换人”时，大帽被海飞英抓去），身穿白龙箭捆鸾带，外披白雪子，下红裤青靴，腰挂剑，拿马鞭。双阳俊扮，捆大头，打“兜子”，水发盘头顶，穿女武身子全套，足登绣花打靴，拿女儿刀（亦称秀鸾刀）、马鞭。

◎双阳在全本中是旦行的武旦、花旦交替应工。前《出战擒狄》，后《反延安》武旦出演；《拜寿闻惊》《点将夺宝》以及此折，皆由花旦饰。

【前空场，后庙堂。狄青、双阳乘骑分上，行“眼镜圈”，对面……

狄　青　公主，你来得好快哟？！

双　阳　驸马，你跑得更快哟！

◎“驸马”，“驸”是形声字，从马，付声。副马，本义是指驾副车或备用的马，又指驾副车的马。引申几匹马共同拉车，位于旁边的马叫“驸”。汉代有“驸马都尉”的官，原来是近侍官的一种，后来是皇帝的女婿常做这个官，“驸马”就成了公主丈夫的专称。——摘自曾祥明先生《观剧者说·驸马公》。

狄　青　下马来。

双　阳　要下马才对得起人啰！

【二人分别下马。

狄　青　公主，时才一场激战，你伤着哪里没有？

双　阳　那海飞英怎会伤着我。驸马，你伤着哪里没有？

狄　青　托公主之福，毫发无损。

双　阳　二宝可成到手？

狄　青　已经到手。

双　阳　为妻可喜可贺。

狄　青　大家有喜。

双　阳　二宝到手。驸马，我们上马快走嘛！

狄　青　公主，去哪里呀？

双　阳　你才问得怪呢？！自然是回鄯国向父王国母报喜呀！

狄　青　公主！本宫实不相瞒，二宝到手，我要回天朝复命。

双　阳　啊！怎么说，驸马二宝到手就要回朝复命了！？好嘛，那为妻就不与你饯行，也不远送了吓！

狄　青　真是贤德的公主。本宫回朝复命之后，定奏明公主助我夺宝之功。宋王一定降旨命本宫派人伕轿马迎接公主。（欲行）

双　阳　站到！说走就想走哇？！哪个敢走，我到认得你是驸马，只怕我手中的刀……认你不得！

狄　青　哎呀公主！本宫当初钦奉王命，盗取二宝。谁知误入鄯国，被公主所擒，招为驸马。临阵招亲，已犯死罪；而今珍珠烈火旗、日月骕骦马二宝已经到手，若再不回朝复命，我那囚禁天牢作质的三百口家人，也难免倒悬之苦。本宫回朝，恐难免一死，不回朝也是罪人……也罢！趁公主手中的刀快，来来来！你把本宫杀了！

双　阳　要杀……（举刀即止——“两边翻”……反复）看刀！（杵刀、挥刀砍狄来回“埋头”——势凶杀假）

狄　青　（抓刀跪）公主，公主，你杀了本宫，你又依靠何人呐？！

双　阳　……

狄　青　公主，你依靠哪个吗？

双　阳　哎呀，我的夫哇！（扶狄、抛刀、打狄一记耳光——高举轻打——要打出响声。二人拥抱，头上水发交叉互搭对方肩上——这就是此剧的内盘戏名《丢刀散发》）

（唱【锁南枝】）

大朝人，莫良心，

大朝人莫良心，

二宝到手忘恩情。

负心男儿古有训，

负心男儿古有训，

痴心女对负心人。

想当初夫把雄兵领，

（唱【一字】）

为夺二宝别宋君。

谁知误入我国境，

一战就把君家擒。

父王国母见君好人品，

招赘驸马在宫庭。

这真是姻缘有缘份，

千里姻缘天助成。

恨只恨南天胤海飞英，

兴兵要夫狄皇亲。

妻在宫中把计定，

她献宝妻献人。

时才大交阵，

战败海飞英。

夺宝心欢庆，

谁知添愁云。

二宝到手你要复圣命，

你呀！

真是忘恩又忘情。

狄　青　（唱【二流】）

贤公主休怨恨……（重）

本宫言话卿细听。
我朝有老奸佞，
贼的名儿叫庞文。
每日上殿谎奏本，
诬俺狄青罪欺君。
二宝到手不复命，
三百口家眷活不成。

双　阳　（唱）闻夫言心生愤，（重）
恼恨奸佞贼庞文。
妻在鄯国把兵领，
反宋朝诛佞臣。
既然昏君德行损，
妻保驸马坐龙庭。

狄　青　（唱）自从盘古开混沌，
哪有臣下去反君。

双　阳　（唱）自从盘古天地分，
哪有妻子杀夫君。

狄　青　（唱）狄皇亲难舍双阳女，

双　阳　（唱）双阳女难舍夫狄青。

狄　青　（唱【一字】）
夫难舍！

双　阳　（唱）妻难分！
难割难舍恩爱情。（重）

◎“狄皇亲”，狄青妹乃宋王妃子。

◎全折仅此一段唱，要唱好腔，唱出情。

狄　青　（背）公主情深意厚，若是苦求，亦难离去。这这这……如何是好……（略思）有了。（对双阳）公主，公主！本宫时才所言，乃戏尔。我在试你对本宫是否真心？！

双　阳　啥？我对你是真情还是假意，你都不晓得呀！？

狄　青　本宫知道了。

双　阳　你早就该知道。话明气散，这下我们走嘛！

狄　青　来呀！

双　阳　此处无人，驸马叫谁呀？

狄　青　本宫在叫你来！

双　阳　我是公主，咋个是“来”——哟！？

狄　青　把你公主暂时放到，给本宫先当下“来”！

双　阳　好嘛，本公主就来嘛！来做啥？

狄　青　给本宫带马。

双　阳　哎呀，带马有马娃子嘛！

狄　青　本宫今天就要你来带马！

双　阳　本公主就不带！

狄　青　你敢说三个不带？

双　阳　只说一个：不带！

狄　青　那我就不回鄯国哟！

双　阳　带嘛，带嘛！

【双阳为狄带马，狄将双阳马缰绳捆死……

双　阳　你在做啥？

狄　青　我为公主带马啥！

双　阳　不劳驸马，妻自带罢了。

狄　青　好。本宫就把马拴好。（再系牢）

双　阳　驸马请！（带马）

狄　青　有劳公主。（上马）

双　阳　你呀……

狄　青　公主请上马！

双　阳　驸马等着我。（转身）

狄　青　公主！本宫去了！（冲下）

双　阳　驸马！驸马！（转身解缰绳，无法解开，刀劈绳，上马）驸马！你跑慢点嘛！妻来了！（追下）

狄　青　（上）公主追赶甚急，我在哪里躲避呀……（望）真武庙！待我下马，进庙躲避一时好了。（下马，拉马进庙，藏马）待我使了扑面金钱！（戴“加官壳”）

双　阳　（上）驸马前面走，我在后面追，追来赶去，为何不见……（望）真——武——庙！想是庙中躲避，待我进庙。（下马进庙寻……见狄）啥子都像驸马，就是这张脸……不像哇！（出庙、上马下）

狄　青　（取壳，出庙）公主！

双　阳　（内）唉！（急上）

狄　青　哎呀！（急入庙，慌乱中倒戴面具）

双　阳　（下马入庙寻——注视狄）啥子菩萨都见过，没有见过胡子倒起长的菩萨哇！

帮　腔　（帮【莫词歌】）……

双　阳　驸马呀驸马，妻祝你一路平安了！（出庙上马下）

狄　青　（倾听后取壳视庙内庙外，再视面具，一笑）公主没有见过胡子倒起长的菩萨，我也没有看到过哇！（收壳，拉马出庙，上马）公主哇公主！本宫回朝奏明宋王，定派人伕轿马前来接你呀！

帮　腔　（帮【莫词歌】）……

【狄青下。

·剧　终·

剧本写于2000年2月22日夜

附　记

1. 此折与前面的《拜寿闻惊》都是川剧传统课徒教高腔的“发蒙戏”，也是“耍耍戏”。

2. 此折中的叫“来”“捆死缰绳”“戴扑面金钱”与后面戏《反延安》完全一样。不是雷同，而是前后呼应。倘演全本，喜剧效果尤佳。

3. “扑面金钱”（“人面兽”）的传说：北宋时，狄青统领雄师征讨西辽，奈容貌俊秀，与番邦交锋对垒时缺少威慑敌方的气势。故制铜面具罩脸。按此说法，戏上应用狰狞的面具，鉴于旧时戏班不富，故以“加官壳”（“加官壳”，请阅《川剧品微·续集》之《艺土荧火·脸壳》（309 页））代之。

2015 年 6 月 30 日

附19 拜寿闻惊（高腔）

苹 萍 夏庭光◎演出本

剧情简介

宋时，狄青奉命征西，夺取珍诛烈火旗、日月骕骦马二宝，误经鄯善国，被双阳生擒，赘为驸马。国王、国太寿诞时，闻西夏兴兵犯境。双阳定计，助狄夺宝。

人 物： 双 阳（花 旦）
狄 青（武 生）
国 王（老末角）
国 太（老 旦）
波 罗（老 生）
四宫女

【吹。狄青、双阳上。

狄 青 （念引）

结彩张灯，臣民同庆。

双 阳 （念）祝福二老，松柏长青。

狄 青 公主，今乃父王、国母七旬大寿，你我夫妻一同拜请。

双 阳 有请父王、国母。

【吹。四宫女上，国王、国太上。

国 王 （念）人活七旬古来稀，

国 太 （念）夫妻同寿古今奇。

狄 青
双 阳 （同）父王国母七旬大寿，请升受夫妻一拜。

国　王
国　太 （同）好，受驸马、皇儿一拜。

狄　青 撤了拜毡。

【吹，拜。

狄　青 寿筵排开。

【吹，排宴，国王、国太上坐，狄青、双阳分坐左右。

宫女头 宴齐。

狄　青
双　阳 （同）一杯寿酒，父王、国母请！

国　王
国　太 （同）驸马、皇儿请。

【吹……波罗上。

波　罗 （唱【不是路】）

心急如焚，

急急忙忙报信音。

进宫庭……

国　王 丞相何故惊惶？

波　罗 （唱）南天胤发兵围城。

国　王 （唱）为何因？

波　罗 （唱）不要江山和玉印，

要附马狄皇亲。

国　王 丞相宫外歇息去！

波　罗 是。（下）

国　王 南天胤！好贼！

（唱【锁南枝】）

闻言报，心作惊！

闻言报心作惊，

天胤何故发大兵。

两国相交无旧恨，

两国相交无旧恨，

无缘无故欺寡人。

叹孤王登基国昌盛，

（唱【一字】）

风调雨顺百业兴。

国　太（唱）老王从来施仁政，

邻邦和好享太平。

国　王（唱）南天胤无端把兵领，

为何专要狄皇亲。

国　太（唱）兵来将挡是古训，

岂容贼兵围皇城。

国　王（唱）孤王年迈怎出阵，

国　太（唱）自有能人去出征。（指狄、双）

双　阳（唱）南天胤发大兵（重）

围困鄯国一座城。

双　阳（唱）今乃是父王国母千秋庆，

夫妻双双拜寿辰。

正在席前把酒饮，

波罗丞相报信音。

南天胤贼子把兵领，

围困皇城要动刀兵。

开言骂声贼天胤，

再骂一声海飞英。

为什么不要江山不要印，

单要驸马夫狄青。

你不去访一访来问一问，

狄皇亲是本公主的什么样的人。

父王国母心忧闷，

驸马一旁不吭声。

观驸马举棋尚难定，

我要去逗一逗驸马开开心。

走上前来——

（唱【二流】）

把话论，

尊声驸马我的好夫君。

南天胤的武事不足论，

论武艺要数他的女儿海飞英。

三把飞刀硬是凶得很，

还有一根啥子又叫捆仙绳。

不要江山不要印，

偏要驸马狄皇亲。

她要你你就去出阵，

后宫的事儿有妻身。

倘若驸马废了命，

双阳女这一辈子都不嫁人。

清明节妻到坟前把酒敬，

祝夫灵魂上天庭。

狄　青　（唱【一字】）

贤公主作事孩童性，

兵临城下她还寻开心。

想本宫曾奉宋王命，

为取二宝统雄兵。

谁知误入鄯国境，

一战就被公主擒。

多感父王国母把亲定，

招赘驸马暂栖身。

夫妻婚后多和顺，

又怎奈二宝未得添愁云。

南天胤兴兵把鄯国侵，

我正好破敌夺宝返宋京。

怕只怕此战难取胜，

操胜券除非公主去出征。

二老在此怎好请，

话到嘴边难启唇。

国　王　（唱）观驸马欲言把话忍，

国　太　（唱）凤儿一旁笑盈盈。

国　王　（唱）二老且把后宫进，

寿星宫去养精神。

【宫女扶国王、国太下。

狄　青　（唱）一霎时宫中多清静，

正好求公主去出征。

狄青撩袍忙跪定，

尊声公主我的贤卿卿。

恳求公主去出阵，

一退敌二夺宝助我功成。

双　阳　（唱）驸马下跪心不忍，

双阳亦非无情人。

来来来融墨（扶狄起）修书信——

狄　青　文房四宝侍候！

【宫女头捧笔砚上，收酒具复下。

双　阳　来！

狄　青　来呀！

双　阳　驸马，你在叫谁哟？

狄　青　公主在叫人来嘛。

双　阳　我就是叫你来！

狄　青　我是驸马噻！

双　阳　把你驸马暂时放一下，给公主当下“来”！

狄　青　我就不——来！

双　阳　你不来？！

狄　青　不来！

双　阳　你不来？！本公主就不写了！

狄　青　来嘛，来嘛，哪个说不来嘛！来做啥？

双　阳　来融墨。

狄　青　吓！融墨乃下人之事。我堂堂驸马爷，怎会来融墨哟！

双　阳　你融不融？

狄　青　不融！

双　阳　你敢说三个不融？

狄　青　我只说一个不融！

双　阳　好嘛，本公主就不写了！

狄　青　我融，我融，哪个说不融嘛！

双　阳　你才是个……（笑）

（唱【二流】）

多多拜上海飞英，

明日疆场来对阵，

你献二宝我献狄青。

狄　青　搁到啊！你写些啥啊！？

双　阳　妻约海飞英明日对阵，命她献出珍珠烈火旗、日月骕骦马二宝。你得此二宝，岂不是完成了你夺宝的使命吗？

狄　青　对……为啥要把本宫献给他？

双　阳　海飞英兴师动众，不要我鄯国疆土，指名要你，妻不献你，她又怎会献出二宝！？

狄　青　那咋要得嘛!

双　阳　瓜呆子!兵不厌诈,这只不过是一句谎话。要真把你给她,妻还舍——不——得!

狄　青　啊……那就多写两句。

双　阳　一句就够了!

（唱）修罢书来盖上印,

快请丞相进宫庭。

狄　青　（向内）请丞相!

【波罗上。

双　阳　（唱）亲手交你一封信,

他国下书见机行。

【波罗下。

双　阳　（唱）见丞相出宫庭,

波罗丞相去送信,

双阳这阵放了心。

驸马!

平素间总是展嘴劲,

十八般武艺件件能。

些须小事拿不稳,

跪地求妻——羞不羞人。

今夜晚——

铜壶滴漏起初更,

与父王国母问安宁。

铜壶滴漏打二更,

夫妻双双回宫庭。

铜壶滴漏三更尽,

看妻筹划怎样用兵。

哎呀呀我的驸马夫,

狄皇亲，

瓜呆子，

（唱【一字】）

你要领教才得行，

要领教才得行。

【双阳、狄青携手下。

·剧 终·

附 记

以唱为主的“要耍戏”，要唱出“戏”味，观众才有听头。

剧本写于2000年2月14日

2013年6月15日夜

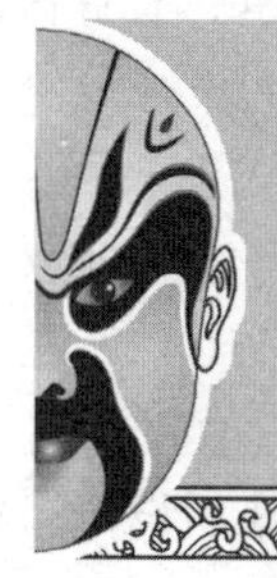

62 朱寿昌寻母（高腔）

夏长清◎传授　夏庭光◎整理

剧情简介

《朱寿昌寻母》又名《辞官寻母》《寻母》，乃中华传统倡孝教育的“二十四孝”之一。

宋神宗时，广州通判朱寿昌，与生母分离四十余载，不知母流离何所，朝暮泣念，青丝骤白，遂辞官寻母，终相遇于大同街头。神宗闻喜，宣寿昌入京升官进爵。

人　物：朱寿昌（正　生）
　　　　刘　氏（老　旦）
　　　　家　院（老末角）

◎朱寿昌，俊扮，戴东坡巾，内穿青褶束绦，外套蓝帔，下红裤青靴，挂青三，拿白扇。后换戴高方巾，加雪帽，脱帔换雪子）

刘氏，抹淡红，麻阋头，老旦浅色衣裙加风带，穿夫子鞋，杵竹棍）

家院，刷干红，戴黄罗帽，穿黄褶加大带，泥色裤，长白袜，夫子鞋，挂麻二满满。后背包拿伞）

思　母

【台中一桌，桌上放文房四宝及书籍，桌后设椅，彩色摆场。朱寿昌心事沉重地由上马门　步出。

朱寿昌　（念引）

终朝思亲，

四十载珠泪盈盈。（坐）

（念诗）

母子分别四十春，

天涯海角无处寻；

乌纱紫袍何足贵，

冠裳难割骨肉情。

下官广州通判朱寿昌。天长人氏。吾父朱巽，曾为阆州守将。大娘王氏无出，娶我母刘氏为妾，所生下官。可恨大娘在父前朝日搬弄是非，逼母出走。而今父亲、大娘，相继仙逝。下官与生母四十余年，未通音信，不知流离何方？思想起来，肝脑欲裂也！

（唱【解三醒】）

思亲母眼泪汪汪，（帮腔中离坐）

四十载南柯一场。

（唱【哀子】）

忆幼时慈母把儿养，

（唱【一字】）

点点滴滴永难忘。

曾记得那年三岁上，

豆麻病魔甚凶狂。

扁鹊在世无法想，

即是华佗亦无方。

哎呀呀疼儿母——我的亲娘……

四处奔波把医访，

四大名山托人烧香。

娘白昼为儿熬汤药，

到晚来衣不解带守榻旁——

夜夜如常至天光。

人成心神感应——闯过豆麻关儿身无恙，

又谁知大祸起萧墙。

大娘挑非把母诽谤，

父发怒赶娘出朱氏祠堂。

从此后母子无只字来往，

天南海北居异乡。

儿今为官皇恩享，

无时无刻不思娘。（以袖拭泪）

儿难效孟宗哭竹冬生笋，

也难效笼负母归的鲍出文芳。

儿难效亲尝汤药的汉文帝，

更难效卧冰求鲤的孝子王祥。

吾朝夕——（随帮腔抽泣）

（转【合同】）

泪洗面梦中望……

求苍天鉴吾心愿，（重帮后回位，枕桌泣思。换鬟）

垂怜寿昌！（重）

家　院　（捧茶下场上念）

家爷终日锁双眉，

不知何日解心郁。

四十余载无笑容，

怎不令人暗悲泣。（拭泪后入房）

家爷请用茶。

朱寿昌　（拭泪，缓缓抬头——青鬓变白）……

家　院　吓！（大惊——茶盘落地）家爷，你、你、你……

朱寿昌　家院，何故惊慌？！

家　院　家爷你——青须变白了！

朱寿昌　唉……你是戏文看多了。是不是才看了伍子胥过昭关一夜须白呀？

家　院　不不不……家爷你自己看嘛！

朱寿昌　啊……（视鬓）吓！（起立弹鬓）唉！（坐）这是吾日夜思念你家老夫人所致呀！家院，今日衙中无事，又天朗气清。不用惊动他人，你随爷出外一游便了。

家　院　是。（拾杯盘放桌后）

【二人出，圆场。

朱寿昌　（望）此山巍然，不知何名？

家　院　此名云台山。

朱寿昌　登高一观。（上山）登上山头，得见云山叠叠，野旷天低，不知秦岭究在何方？家院！你可知衡山何处？

家　院　距此很远，不能得见。

朱寿昌　你看那云海深处，隐隐现出一群高山，那是什么所在？

家　院　那……（细看）那便是庾岭。

朱寿昌　啊！那就是庾岭？！

家　院　正是。

朱寿昌 尾呀……

家　院 家爷为何见了庾岭又落泪呀？

朱寿昌 爷幼时偶听吾父与大娘闲谈，言我亲娘尚在陕西。这庾岭之北，便是衡山，衡山西北即是秦岭了。母亲，疼儿的娘呀！（拭泪）。

家　院 秦岭……陕西……家爷！那年老夫人被逐出朱门，欲在松林自尽，幸遇一陕西客商相救，带回陕西的什么……什么州……

朱寿昌 ……同州？！

家　院 对！是同州。

朱寿昌 你然何不早说呀？

家　院 （跪）老太爷曾谆谆告戒，不准外传。老太爷、大老夫人在世之时，小人焉敢泄漏半个字呀。

朱寿昌 嗯……这也难怪你了。（示意家院起）庾岭云横，群山雾漫，望不见秦岭——

（唱犯【下山虎】）

怎不令人泪长倾！
遥望秦岭，
倍想娘亲；
珠泪颗颗湿衣襟。

（帮【解三醒】原腔）

求苍天怜悯寿昌思娘心！
朱寿昌为官未把德行损，
恳求苍天要垂怜。
若念寿昌思娘苦，
助我化鸟驭空行。
飞越千山万重岭，
转瞬即赴同州城。

（唱【二流】）

访街市寻乡村，
讯千镇问万人。
涉风浪历艰辛，
一心要把亲娘寻。
若得母子重相会，
早焚香晚点灯，
谢苍天酬神灵。

（转快）

回衙即修辞官本，
收拾行装待登程。
宋主爷有道君，
倡孝治天下，
定能——

（唱【一字】）

施隆恩御准辞呈。（重）

朱寿昌　家院，回衙。（急速下山行反圆场从上场下）

◎“通判”，乃通判州事的省称。由皇帝直接委派，辅佐郡政。有直接向皇帝报告的权力。

“天长”，今安徽天长市。“阆州”，乃四川阆中。“云台山”，现广州白云风景区内。“庚岭”，在陕西丹凤县境。“衡山”，五岳之一，在湖南衡阳市南岳区。“同州”，在陕西大荔县。“秦岭”，被尊为华夏文明的龙脉，在陕西宝鸡市境内。

◎唱词中的孟宗哭竹、笼负母归、亲尝汤药、卧冰求鲤（王祥卧冰）皆二十四孝的故事。

寻　母

【台左置脚箱——拟石。

刘　氏　（下场上唱、帮【孤舟令】）

瑞雪满空飞，
朔风猛烈吹。
身寒心欲碎，
更愁家断炊。
回忆往事，
令人伤悲。

（念）恨王氏阴谋计诡，
怨老爷不查是非。

老妇刘氏。四十年前，王氏设谋，言我以蛊惑之术，咒老爷早亡。谁知老爷不曾究竟，信以为真，将我逐出朱门。老身松林寻死，幸遇陕西客商相救。将我带回同州，如宾相敬，老妇感恩，遂结为夫妻。四十年来，令老妇放心不下的是我那豆麻刚愈的三岁娇儿寿昌，迄今也音信杳无。更不幸，我那老伴前年病逝，所遗家产，付货款，还欠债，弄得来将一干二净。老妇孤苦一人，无依无靠，赴黄泉只在早晚之间。只是我那昌儿，不知他……而今怎样啊……（从怀内摸出百家锁的半片凝视）寿昌！儿哪！娘痛心的儿哪！

（唱）娘盼儿——
学业有长进，
耀祖光门楣。
欣慰！
娘只盼哪！
母子南柯会一回。

【刘氏昏昏沉沉地坐石靠树，半片百家锁掉地。朱寿昌、家院上场出。

朱寿昌 （唱、帮【不是路】）

风雪寒天，

街坊寂寂朱门掩。

皆访遍，

无处查找寻根源。

数月间……

亲娘音信无半点……（见刘氏）

吓！

见一老妇树下眠。

【朱寿昌见地上的百家锁半片……

朱寿昌 家院，你看那是什么？

家　院 （收伞、近瞧、拾起）半片百家锁。（呈主人）

朱寿昌 吓！（惊）半片百家锁……（从怀内取残缺的百家锁相对……惊喜）这定是老妇之物。老人家苏醒！（重）

刘　氏 儿哪！（醒见朱寿昌）哎呀！你这位老伯伯是问路吗？

朱寿昌 在下不问路。我见老人家在风雪的路天瞌睡，恐怕……

刘　氏 唉！时才老妇正与我那分别四十余年的昌儿言话，却被你无端打断！

朱寿昌 吓！（惊喜）老人家！你说什么？

刘　氏 你打断了我与昌儿相会的好梦呵！

朱寿昌 老人家！你的昌儿，是不是叫朱——寿——昌？

刘　氏 （惊）是叫朱寿昌。你怎么知道？

朱寿昌 哎呀，娘哇！（跪）

【家院亦跪。

刘　氏 （惊起）哎呀呀呀……你这位老伯伯，咋个乱喊娘哦！？

朱寿昌 我就是娘的昌儿哪！

刘　氏　哎呀呀呀……老伯伯，你看你的胡子比老身的头发都白，你莫乱认啰！

朱寿昌　娘！你看！（示半片百家锁）

刘　氏　这是我昌儿的半片百家锁。

朱寿昌　为何只有半片？

刘　氏　（抖颤的双手拿过半片百家锁，眼含泪水）哎！四十年前，我家老爷误听大房王氏谗言，要将老妇赶出朱家。临行时，取下昌儿项上的百家锁，用柴刀劈下半片……

朱寿昌　娘！你再看！（双手呈锁）

刘　氏　（见百家锁激动难抑，接锁相配）……寿昌！昌儿！娘痛心的——白胡子儿哪！

朱寿昌　娘哪！

【吹……刘氏坐，朱寿昌跪，家院跪，母子痛哭……

帮　腔　（帮【吊子】）

弃官寻母世间罕，
孝心动地情感天。

【帮腔中，刘氏扶朱寿昌起，家院随起。

太　监　（内）圣旨下！朱寿昌接旨。

【朱寿昌、刘氏、家院面向观众跪。

太　监　（内）爱卿辞官寻母，孝感天地。圣朝以孝治国，倡孝化民。今母子重逢，朕心甚喜，着卿偕母返京，加官进爵。旨罢，山呼！

朱寿昌　万岁、万岁、万万岁！

【吹……朱寿昌扶刘氏起，家院亦起。寿昌将雪帽、雪子为母盖头披身，家院为主张伞……

·剧　终·

◎“蛊惑”：蛊，把许多毒虫放在器皿里，使互相吞食，最后剩下不死的毒虫叫蛊。蛊惑，使人心意迷惑的一种巫术。

附　记

《朱寿昌寻母》乃大幕戏，现删去了遇盗、舟险、旌表，添了“内白”——相似“画外音”。其结束，用了类似现时写戏常用的“尾声”，让观众得到更圆满的结局。

全出【解三醒】是唱的重点。唱孝心，颂孝道。

2015 年 7 月 9 日

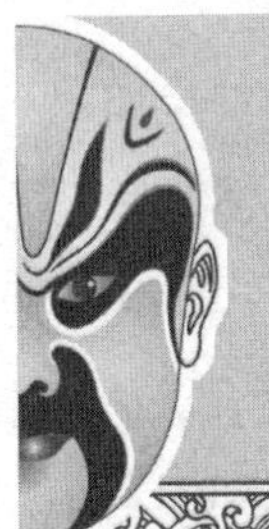

63 烤火下山注① （弹戏·甜皮）

曾广荣 薛艳秋◎传授 夏庭光◎整理注②

◎注①，此折天明后，原还有袁龙赠银、赠马、亲送下山一节戏。但历来单演时，都被省掉，故只“烤火”并无“下山”。为沿传统的习掼用法，仍名《烤火下山》。注②，整理本是根据夏庭光、苹萍演出本以及李正方老师早年在重庆市胜利川剧团观看我们演出后提的宝贵建议——如李荣的“简介”，倪俊身挂彩红以及两段平起【一字】等整理而成。

剧情简介

《富贵图》（行称《小富贵图》，又简称《小富贵》。因与另一写“路遥与马力”故事的《富贵图》同名）之一折：袁龙聚少华山落草，闻义弟解元倪俊赴京试路过，接上山款待。又劫污吏臧昂女眷尹碧莲，为报前仇，强要倪、尹成婚，否则斩杀碧莲。尹本不愿嫁丑陋的臧昂，即允；倪为解救尹，假诺。洞房中，倪俊遵圣贤训，不越雷池，尹碧莲倍加敬仰，二人认为兄妹，天明离去。

人　物：倪　俊（文　生）　　尹碧莲（花　旦）
　　　　李　荣（小　丑）

◎少华山位于陕西渭南市华县少华乡。因山低于西岳华山，故名。

解元，中国古代对乡试第一名的称谓。一省才一个。

◎倪俊，俊扮，戴玉色角角巾，穿同色褶，下浅色裤、白袜、朝鞋，身披彩红。

尹碧莲，俊扮，捆大头，穿红色裙袄、彩鞋，持红手帕。

李荣，刷点干红，画小丑脸，戴帔帔巾，穿缎袍捆鸾带，下跑裤打靴。

【舞台正面插耳帐——床，台中心放火盆，左右置一椅，台左设桌，桌上放文房四宝、书、灯，桌后一椅，红色摆场。更鼓声后“架桥”：李荣打起“哈哈”上——

李 荣 （念）千里红绳月老牵，

今生夫妻前世缘。

非我道此话，硬有奇事发。我飞天豹袁龙袁大哥的义弟倪俊倪解元赴京试路经少华山，被邀请上山作客；凑巧，又劫来贪官臧昂的未婚妻尹碧莲，大哥报前仇，欲杀那女子，解元施恻隐求情。大哥则说，不杀可以，除非贤弟娶她，倪解元为救人，权且应允，我大哥来了个热炒热卖——当场拜花烛，马上就入洞房。你们说，这是不是前——世——缘！哈哈哈……

【李荣入房查看后出门迎新人。倪俊闷闷不乐地上，入房；尹碧莲满心喜悦，含羞垂首入房坐右椅——

李 荣 恭喜解元公！（出门欲走反回）啊啊……（低语）大哥吩咐，你门不用闩。怕……（指尹）

倪 俊 （不视李指）那是自然的。你外面不用扣！

李 荣 （学倪）那是自然的。

倪 俊 唉！你大哥害了我哇！

李 荣 害了你？（一笑）这样的好事咋个不来害我哈！？

【倪俊取彩红套李项——一锤干大锣“当”（下同），掩门上书案；李荣视红笑下。尹缓慢地放下掩面手帕窥倪，俊放书、走向火盆，二人对视——“当”，尹掩面，倪侧坐火盆左椅，面向左，“架桥”停，静场少许……

尹碧莲 （起）解元公，请来受奴家一拜！

倪　俊 （起）小娘子拜我何来？

尹碧莲 时才救奴活命，此恩当谢！

倪　俊 不过一时行权，何劳致谢。

尹碧莲 要谢要谢！（施礼）

倪　俊 还礼还礼！（施礼）

【二人对视——“当”，紧接锣边“厂浪浪”——火苗的反映，倪急收袖，尹忙收帕，二人回坐。

尹碧莲 请问解元尊姓高名？

倪　俊 学生姓倪名俊字顺天，河南新野人氏。新科发解，为赴京考，路经少华，大王与我同乡，又是结义兄弟，故邀生上山待宴。不期相遇小娘子被劫……

尹碧莲 相公，尊府还有何人呢？

倪　俊 小娘子要问，请听！

（唱【一字】）

叹孤身少昆仲父亡母寡，
有荆妻（“当”——尹如当头一棒）……
有荆妻在寒舍织绢纺纱。
奉高堂侍甘旨生放心得下，
因此上为大考赶赴京华。

尹碧莲 （含羞地）原来家中还有婆婆、姐姐呀！（“当”）

倪　俊 （急讲）小娘子，你不该如此称呼！时才为救你性命，不过一时行权。你怎么认起真来了哇！

尹碧莲 （唱）拜花烛入洞房岂能是假？！

倪　俊 啥！？（“当”，在【一字】“过门”里插白——下同）哎呀呀呀……这本来就是——假的呀！

尹碧莲 （唱）与君家前世姻今生缘法。

倪　俊 我们前世今生都无缘。

尹碧莲 （唱）感君家救奴命恩比天大，

倪　俊 恻隐之心，人皆有之，勿需挂怀。

尹碧莲 （唱）同姐姐奉婆婆略表报答。（唱中不要“过门”，板上停腔断乐）

倪　俊 （“当”）哎呀呀呀……你越说越远了！

（唱【二流】）

你本是臧昂妻千金之价……

尹碧莲 （在【二流】行弦里插白——下同）狗官臧昂，仗势逼婚，非奴自愿。若至县衙，奴将以死相拼。

倪　俊 （唱）假行权应婚事惜玉怜花。

尹碧莲 感谢袁寨主搂奴上山，逃过逼婚劫难；更谢君家行权救奴……

倪　俊 （唱）你既知是行权生无多话……

尹碧莲 虽则行权。只是拜完花烛，同入洞房，男女居室，旁人闻知……

倪　俊 吓！（“当”）哎呀呀呀……

（唱）怨只怨袁龙兄把事做差。

【接“架桥”，更鼓三点……

尹碧莲 夜已深了，解元请安歇。

倪　俊 你看——这一床一帐，学生不便安歇。还是……

尹碧莲 暂时行权何妨。（“当”）

倪　俊 （大惊）哎呀呀呀……这万万不可行权呀！

尹碧莲 （一笑）如此，奴家失赔了。（上床放帐）

倪　俊 天哪天呀！你咋个还不亮哟！（上桌）

（唱）时三更交半夜寒气增大，

今日事令学生心乱如麻。

袁大哥好心肠雀桥错架……（略思）

待天明下山去各奔天涯。（“架桥”…… 观书，“厂浪浪”—— 寒风吹来，下桌近火盆看书……）

尹碧莲 （拨帐下床，唱）

奴观他行端庄举止俊雅，

既风流且正派谁能比他。

奴终身托此人——哎呀，恐缺造化……

【谯楼四鼓声，“架桥”：尹见倪昏昏入梦，淡淡一笑。轻脚轻手地移火盆，倚椅假睡；“厂浪浪”——风声冷醒倪，见火盆移位，也轻步近盆，端盆至己椅边；碧莲觉冷，再悄悄向火盆靠近，蹲身动手端盆，倪俊举脚踏火盆——“当”——

倪　俊 小娘子为何早起？

尹碧莲 （起）与解元腾床。

倪　俊 学生尚无睡意。

尹碧莲 （微笑）那奴家赔解元说说话好吗？

倪　俊 如此小娘子请坐。

【倪将火盆移回原位。尹端椅靠拢俊坐椅，倪见，将椅儿稍稍移远……

倪　俊 小娘子有话请讲。

尹碧莲 解元请听！（“架桥”终止）奴父尹天成，奴名碧莲。恼恨新野县令臧昂，强逼为婚。父女不愿，欲逃往他乡。谁知被大王抢上山来，幸遇解元行权相救，令奴感激不尽。

倪　俊 啊……

（唱）小娘子抗权势令生赞夸。

【五鼓鸡鸣。

倪　俊 天色已明。你我少时下山，就各行其道了。

尹碧莲 吓！（“当”）奴孤身一人，如何是好呀？！

倪　俊 这这这……若孤男寡女同行，被人查问……

尹碧莲 就说是夫……（“当”）

倪　俊　（惊）……

尹碧莲　（急改口）兄——妹……可行权吗？

倪　俊　这个……只好行权也。

李　荣　（上）解元公请……

倪　俊　（开门）何事呀？

李　荣　大哥在聚义厅设宴，为解元夫……

倪　俊　带路。

李　荣　请！

【吹［尾煞］……倪、尹出房，李荣拉住倪俊低语，［尾煞］中止——

李　荣　欢娱嫌夜短，

倪　俊　行权恨更长。

李　荣　咹！（“当”摸不着头脑）……

【倪俊莫可奈何之情，碧莲抿嘴羞笑……吹［尾煞］后段……

·剧　终·

附　记

据前辈说，这是一出川剧使用“干大锣”最多的折子戏。

整理中，适当地作了点删减。愿学此戏的年轻艺友，还可酌情处理。但，“干大锣”不可不用，否则会失去此戏的主要看点。

2015年7月16日夜

64 双相容（胡琴·西皮）

彭天喜◎传授　夏庭光◎整理

◎“燕王朱棣即后之成祖。茶陵州地处湖南东部，现隶属株州市。茶陵，因中华民族始祖炎帝“崩葬于茶乡之尾”而得名。

剧情简介

明朝。燕王朱棣奉命访贤，偶遇与己貌似的赴考武举屈孝先结拜。棣至茶陵州，见恶少孙洪调戏民女徐凤英，抱打不平，将孙毙命。徐父误认棣乃女婿孝先，拉回家中……

人　物：朱　棣（武　生）
徐凤鸾（花　旦）
徐凤英（闺门旦）
徐　宽（老生·花脸）

◎朱棣画红覇儿脸，垂露发，戴大帽，穿绿龙箭，披同色雪子，束鸾带，下红裤青靴。徐凤鸾、凤英捆花头，着裙袄（色异）。徐宽戴鸭尾巾（又称英梳），挂白三（花脸挂白满），穿黄褶，下穿黄泥色裤、长白袜、黄夫子鞋，拿羽毛扇。

【台中设床，台左设桌，桌上文房四宝、书藉，房内左右一椅，绣花摆场。“架桥”…… 徐凤英持灯上，推门、入门、放灯、理床、放耳帐。徐凤鸾拉朱棣上、入门、扶朱坐……

徐凤英 姐姐，快来睡哟！

徐凤鸾 妹妹，你到上房去睡。

徐凤英 我不！

徐凤鸾 快去！

徐凤英 我不！

徐凤鸾 （出房，变声）二女子！

徐凤英 来啦，来啦！

【凤英下床、出房，凤鸾关门，凤英碰门，“架桥”止。

徐凤英 哎哟……二天姐夫走了，喊我做伴，我才不干了咧！（笑下）

徐凤鸾 （闻更鼓声）屈郎，夜已深了，请安寝。

朱　棣 （示意对方先睡）……

徐凤鸾 为妻失陪了。（拨幔上床）

朱　棣 奇怪呀！

（唱【二流】）

听谯楼起二更夜深人静……

奇怪！奇怪呀！（起武“机头”）

思想起今日事一团乱麻理（呀）——理不伸。

这娘行我与她素不识认，

为然何一见面把我叫夫君。

那老者他因何将我错认，

小姑娘叫姐夫她喊个不停。
世间上虽常有同名共姓，
纵貌同何至有这样的奇闻。
莫不是奸佞臣故设陷阱，
用一个美人计借刀杀人。
二莫非是本御误入仙境，
云游仙府会洛神。
三莫非遇强梁谋财害命，
四莫非他一家是鬼怪妖精。
左一猜，右一想，
左猜右想猜不定，
吉凶祸福难预平。
有朱棣在小房细观动静……（掌灯左右视，再拨帐…）

呀……

（唱）观佳人生得来倾国倾城。
到不如上床去与佳人合枕……（放灯、近床、止步、后退）

不可，不可！

（稍快唱）

帝王家戏民女其罪非轻。
男子名女子节岂能玷损，
为此事孤怎好南面称尊。
我这里靠椅眠将她候等，
待娘行醒来时再问分明。

徐凤鸾　（唱【倒板】）

耳听得谯楼上三更已近……（拨帐看）

呀！

（唱【二流】）

屈郎夫为然何靠椅而歎（唱“烹”音——靠着椅而眠意）

徐凤鸾下床去将夫唤醒……（下床）

屈郎，屈郎，屈郎！

（唱）问屈郎你何故独伴孤灯。

朱　棣　（唱）上前来施一礼把大姐动问……

徐凤鸾　搁倒！你喊的啥子啦？

朱　棣　大姐。

徐凤鸾　两口子喊大姐，人家听到要笑落牙齿！

朱　棣　大姐呀！

（唱【浪里钻】）

问大姐你贵姓叫何芳名。

徐凤鸾　哎呀！我姓啥，你都不晓得呀？！

朱　棣　（唱）那老者他与你是何身份，

徐凤鸾　我的爸爸（读“达”音），你的岳父嘛！

朱　棣　（唱）小姑娘又是你什么样人。

徐凤鸾　我的妹味呀！

朱　棣　（唱）再问你亲夫主姓甚叫甚，

徐凤鸾　哎呀！你姓啥都不晓得呀？！

朱　棣　（唱【二流】）

为然何你把我当成夫君。

徐凤鸾　哎呀，疯了疯了！

（唱）屈郎夫你莫非遇魔失性？

朱　棣　请大姐明告。

徐凤鸾　好嘛！

（唱）你要问我一一说给你听。

我的父名徐宽告职回原郡，

徐凤鸾徐凤英姐妹二人。

你若问亲夫主他姓甚叫甚，

他姓屈名孝先（哎呀）就是你本人。

朱　棣　啊！！

（唱快【二流】）

听她言不由我如梦初醒，

屈孝先却原来是她夫君。

难怪得她一家将我错认，

我不说她怎知其中隐情。

转面来见尊嫂以礼恭敬……

徐凤鸾　搁倒！你喊啥子呀？

朱　棣　尊嫂。

徐凤鸾　一下（读“哈儿”，一会儿之意）一下喊大姐，一下喊尊嫂，再隔一下怕要喊老表咧！

朱　棣　尊嫂呀！

（唱）待小弟将详情禀告嫂听。

我的父朱洪武执掌朝政……

徐凤鸾　搁倒！你的老汉是朱洪武？

朱　棣　当今皇上。

徐凤鸾　皇帝佬倌。你等一吓！（手巾搭头顶，作杵杖行，变嗓）你看我是哪个？

朱　棣　尊嫂嘛！

徐凤鸾　我是朱洪武的妈——老皇太！

朱　棣　（一笑）折煞你了！（◎平起【一字】“过门”……二人分坐左右椅）

（唱【一字】）

我的母马皇后正宫慈尊。

我本是四皇子名叫朱棣……

徐凤鸾　莫忙！你说你是哪个嘞？

朱　棣　皇子。

徐凤鸾　皇帝佬倌的儿嘛！（伸手欲摸朱额被止）我看你烧不烧。烧得你打胡乱说！

朱　棣　尊嫂哇！（◎鸾端椅向棣靠近）

（唱）金枝玉叶岂能妄称。

（唱【大过板】）

老父王得一兆身陷绝境，（◎鸾轻轻拉椅向棣靠拢）

梦儿里又得见——（发现鸾椅贴身，挪椅离鸾）

（唱【二流】）

飞虎护身。

第二日圆梦兆军师谏本，

遇飞虎父必得保国良臣。

因此上老父王传下皇令，

命本御乔装扮访贤出京。

为访贤我何辞鞍马劳顿，

为访贤我何惧奔波艰辛。

为访贤行多少山山岭岭，

为访贤宿多少古庙凉亭。

那一日天炎热人乏马困，

正行程抬头见一座柳林。

下坐马进柳林暂解其困，

青石板见一人睡卧沉沉。

我观他虎背熊腰好人品，

观面貌与本御不差毫分。

常言道少年受湿老来得疾病，

因此上唤醒了梦中之人。

我二人闲谈中互道名姓，

他姓屈名孝先求名进京。（◎鸾觉事异，移开椅儿）

话投机志相同结为刎颈，

屈孝先大一岁兄长相称。（◎鸾再次移椅）

我赐他金马鞭权作引进，
弟兄们依依不舍话别在柳林。
我行至茶陵州偶遇恶棍，
恨孙洪他要抢你妹妹成婚。
有本御见此情满腔愤恨，
挥皮拳惩恶少抱打不平。
二公差拿我到公堂受审，
怨州官张凤岐是非不分。
在公堂责打我四十刑棍，
一面枷将本御示众街心。
你父女到长街把详情探问，
孙洪贼他再次戏民女仗势欺人。（见鸾距离太远，唱中无意向鸾拉椅）
见此情那达儿忍无可忍，
取铁枷将狗子命丧残生。
你的父在长街将人错认，
一把手将本御拉回了家庭。
你妹妹叫姐夫她真假不认，
贤尊嫂喊夫主你皂白不分。（朝鸾再挪椅）
难到说亲夫主没有个辨认，
貌相同为必然辨别不出假真。
话说明贤尊嫂（有意猛拉椅靠近鸾）我们同去安寝……（故意伸手拉鸾）

徐凤鸾　（急离座）规矩点，规矩点哈！

朱　棣　（唱）叔嫂们做一个颠到人伦。
哈哈哈……（将椅移中，取书坐）

徐凤鸾　规矩点哈！
（唱）听他言不由人半疑半信，

吓得奴心儿惊香汗淋淋。
难道说亲夫主都不能辨认……（略思）
屈郎夫有肉痣生在耳根。
徐凤鸾上前去细观细审………（将椅搬原处，细观右耳）
哎呀……
（唱）这一阵羞得奴脸起红云。
急忙忙开房门把妹妹叫应……
妹妹快来哟！

徐凤英（内应：来了！上，唱）
好姐姐叫小妹有何事情。

徐凤鸾（唱）老爸爸在长街将人错认，
将一个四皇子带回了家庭。（与凤英耳语）

徐凤英（羞唱）
姻亲事媒妁言父母之命，
哪有个闺中女面许终身。

徐凤鸾 你去不去？

徐凤英 不去！

徐凤鸾（唱）一把手拉妹妹把小房来进……（拉妹入房关门）
到上房对爸爸禀告详情。（下）

朱　棣（唱）为什么一个出一个又进，
我问你跪尘埃所为何因。

徐凤英（唱）老爸爸在长街将皇子错认，
姐叫奴到小房来讨……

朱　棣（唱）本御心明。
我这里掌银灯细观人品……（持灯观英）
恰好似天仙女降下凡尘。
本御日后登九鼎，
封你朝阳掌印人。

徐凤英 （唱）施礼谢恩把爸爸叫……（出门叫：爸爸快来哟！）

徐　宽 （上，唱）

你姐姐对为父已说详情。

退下！（进房）老臣徐宽参见幼主。

朱　棣 老爱卿请起。

徐　宽 请幼主恕臣错认之罪。

朱　棣 区区小事，何罪之有。

徐　宽 备有酒宴，与幼主接风。请！

朱　棣 请！

【吹……二人同下。

·剧　终·

剧本写于1986年4月

附　记

大幕《双相容》（单演亦用此名或用《小房封宫》），又名《贬北海》（可能是贬至北平——今北京作燕王，但戏中无“贬”的情节，何故有此戏名，还未弄醒豁）。

戏中用“红霸儿脸”来解决两人同貌的难题，可见前辈的聪明处理。在戏的结构上无法一人双演，又难找到相貌极似的两位演员，用“红霸儿脸”来扮演同是武生应工的朱棣、屈孝先，增强了艺术效果，可谓高招。

2015年9月19日

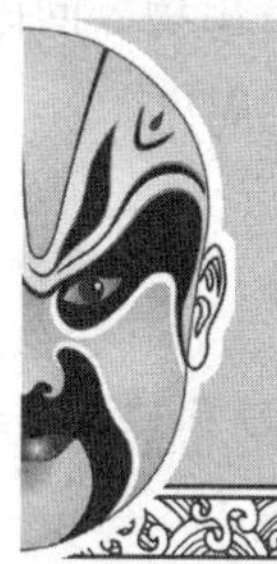

65 酒楼晒衣（高腔）

姜尚峰◎传授　夏庭光◎整理

剧情简介

全本《珍珠衫》之一折。蒋兴（外出经商随舅性，名罗德）与陈商偶识于望江楼。值夏炎热，互解衣畅饮，蒋见家传宝衣珍珠衫起疑。蒋装醉询衣源知其密……

人　物：蒋　兴（文　生）

陈　商（文　生）

◎蒋兴、陈商戴栏梳，穿褶子、文生彩裤（色异），足登粉底朝鞋，拿白扇。

【台中竖置一桌，桌上放酒器，桌旁设椅，场中左右再放一背向外椅，彩色摆场。蒋兴、陈商背身出场、向内拱手（凭栏或窗口）送别因急事先离去的东道主周兄。

蒋　兴　（唱【红衲袄·二流】）

　　周兄去客留客礼恭谦让——

【蒋兴反客为主，请陈居客位（左——习称“大手边”）。

蒋　兴　（唱）我二人慢饮酒慢叙衷肠。

　　问兄台家住在何州哪巷，

　　把兄的姓和名细说端详。

陈　商　（唱）家住在徽州地新安僻壤，

　　我的名叫陈商人称大郎。

　　观兄台貌非凡斯文之相，

　　定出身官宦家世代书香。

蒋　兴　（唱）家住在枣阳城东街之上，

　　贱姓罗单名德贸易苏杭。

　　闲暇时请兄台敝舍一往，

　　炎阳天到寒家避暑乘凉。

◎徽州，现属安徽省黄山市。枣阳属湖北襄阳管辖，现为枣阳市。

陈　商　（唱）听说是枣阳人喜从心上，

　　猛想起王三巧美貌娇娘。

　　言话间不觉得红日高抗，

　　这一阵热气袭汗浸衣裳。

　　脱一件珍珠衫搭在椅上……

◎陈商闻“枣阳”二字，心花儿开——喜眉笑眼，沉浸在风流艳事之中……热气袭来，与蒋“手语”：宽衣再饮。蒋：好。陈先入场，蒋遂下；陈持衣上搭椅，蒋继上，搭衣椅上。转身慢步，忽见珍珠衫大惊（锣鼓“文”转“武”）——右脚踢褶，扇绞褶，左脚勾褶后襟右转急退，再趋前——

蒋　兴　（唱）有蒋兴见此衣大作一张。（略思。转快唱））
这件衣我家有别无二样，
为然何落在了陈商身旁。
莫不是我家中被人打抢，
那陈商定暗通大盗江洋。
下楼去呼四邻将他捆绑……（急欲出门突止、左转踢褶、掸褶、小跳步，再右转身，扇敲头思索向前，猛抬头，比划：要是他与她有勾搭（左手食指与右手扇尖反复交碰），我成了——“尖脑壳”——扇移左，右手大、中指于头顶，再扇回右手，左手大、食、幺指直伸掩面（“三指掩面”源于四川民间——羞人之意）——锣鼓在右手于头顶配“壮”，掩面去“丑”）
问到了难言处脸上无光。（转眼速想）
他只知我姓罗不知姓蒋，
用言语探此衣来自何方。
学一个带酒人装模做样……

◎以扇拍头戳巾——锣鼓配“壮丑”。“装”字出口与饰蒋兴者展扇的脆响声同步，演员在【一字清板】锣鼓中以“醉身子”（表现各式醉态的程式）走向陈）

蒋　兴　（唱【一字】）
尊一声（打酒嗝）……陈兄台细听端详。

这件衣是我（◎陈闻“是我”，以诧异的目光盯蒋）——

看要价值……

千两……

陈　商　何止啰！

蒋　兴　（唱）算得是无价宝盖世无双。

陈　商　哦！

蒋　兴　（唱）问兄台是祖传或朋友相让，

兄赐教有小弟愿闻其详。

陈　商　（唱）兄要问请挪坐望江楼上……

【二人移椅向前，坐。

陈　商　（唱）这件衣出在兄（腔先抑后扬）贵郡枣阳。

蒋　兴　我们那个地方水浅地头薄，莫得好吃喝。咋会出这样的宝衣？

陈　商　常言道：山山出俊鸟，处处有贤人。咋会没有宝衣喃！

蒋　兴　衣主是谁？

陈　商　（唱）枣阳城有一人他本姓蒋（◎重重的小锣、铰子合奏“仓”打饰蒋者的张眼——“仓”打出了蒋兴的第一次心里的震动）……

蒋　兴　蒋家湾，蒋家片，蒋家大河坝，蒋家是大姓。他叫啥名字？

陈　商　蒋兴。

蒋　兴　蒋兴是我（“壮”）——们枣阳的人哪？！

陈　商　我还默到你是蒋兴！？

蒋　兴　我叫罗德，咋个是蒋兴喃！

陈　商　对了啰？（自语）吓我一跳。你认得蒋兴？

蒋　兴　认不到。你认得到蒋兴？

陈　商　认不到。

蒋　兴　我们都认不到。你说！

陈　商　你听嘛！

（唱）他的妻王三巧——（一响亮的鼓签子“打”——蒋兴

的震动更深一层——打在了蒋的心尖上，与“打”同时，陈拉椅近蒋，翘二郎腿。）美貌（挽颈花，转脚花，眯眼睛，轻浮地回味低唱）无双。

蒋 兴 王——三——佬，我认得到。

陈 商 啥样子？

蒋 兴 高高长长，矮矮敦敦；肥肥胖胖，娘（lang，因“郎”阴平声）娘精精；一脸麻子，光光生生；没得胡子；稀啦稀啦有几根。

陈 商 你说的哪个哟？

蒋 兴 王三佬嘛！

陈 商 我说的是王——三——巧！

蒋 兴 啊！王三巧？我还默到是给我挑水的王三佬咧！哦！王三巧是你娘娘？

陈 商 到是你娘娘！

蒋 兴 那是你姑婆？

陈 商 到是你姑婆！

蒋 兴 既不沾亲带故，为何送你宝衣？

陈 商 这其中还有个缘故。

蒋 兴 好，我就听你这个缘——故！

陈 商 （唱）那一日闲游在东街之上，

王三巧在楼台望夫还乡。

她那里斜眼儿将我观望，

她看我我看她俩下情长。

蒋 兴 陈兄哇，谁家无妻室，哪个无姐妹。出门人咋个吊起眼睛看人家的妇女哟！？

陈 商 他好看我才看。

蒋 兴 哦！要是不好看？

陈 商 我才不看。

蒋 兴 看了好久？

陈　商　不久。从日出看到太阳落坡。

蒋　兴　看一伙，她就把衣服丢给你？！

陈　商　罗兄喂，这一下看出祸事来了哟！

（唱）回店房茶不思饭也不想，

得一个思花病倒卧在床。

蒋　兴　啊！你病哪？

陈　商　是嘛！

蒋　兴　吃药嘛！

陈　商　无效。

蒋　兴　求神嘛！

陈　商　不灵。

蒋　兴　该死！（“壮”）

陈　商　哎哎哎，君子绝交，不出恶言。你咋个咒我死呀？！

蒋　兴　兄台误会啦！你说你病了。我说吃药，你说无效；我说求神，你说不灵。我着急呀……就……该死——呀？！我在替你担心着急。哪个咒你死哟！我又不是你老汉。

陈　商　哎哎哎……话明气散。人不该死终有救。

蒋　兴　有救哇？

陈　商（唱）多亏得薛妈妈她把法想，

扮一个货郎子混进府墙。

王三巧带了酒我暗把楼上……（◎“闷锤”——锣钹重击切音。与蒋兴杵在“二郎腿”上的扇儿下滑紧紧相配。“闷锤”打得蒋兴“心如榨撞”）

蒋　兴　啊！你进了府，还上了楼？那蒋家是个啥样儿？

陈　商　双斗桅杆，八字粉墙，门上有大——夫——弟三字。

蒋　兴　那蒋兴是做啥的？

陈　商　跟你我一样。

蒋　兴　为何有双斗桅杆，八字粉墙，大夫弟三字？

陈　商　老兄还是枣阳人，都不知道哇？

蒋　兴　不晓得。

陈　商　蒋兴先父在朝为官，故有双斗桅杆，八字粉墙，大夫弟。

蒋　兴　哦……府外人人可见。那府内……

陈　商　进大门，过二门，经客厅，绕回廊，至花园，就到了王三巧的绣楼。

蒋　兴　到了绣楼，你敢上去呀？

陈　商　自然要上去！

蒋　兴　那楼梯……

陈　商　上七下八。

蒋　兴　七步就七步，八步就八步。为何上七下八？

陈　商　三巧脚小。蒋兴疼爱妻子，安了一块垫脚石，上楼不用，故尔上七下八。

蒋　兴　楼梯都记得清楚。上了楼也不敢做个怎么样！？

陈　商　自然要做个怎么样！（摇头晃脑）

蒋　兴　你——（怒极语重——“闷锤”，瞬间、强制、语缓）哥子好大的胆子哟！（手拍陈胸）

陈　商　莫得胆子（扇儿重拍胸膛）敢做这些事呀！

（唱渐加快）

我二人鱼水欢情意绵长。
我赐她玉镯藤戴在手上，
她赐我珍珠衫穿在身旁。
罗兄台你替我想上一想，
<u>看小弟为此事算不算情狂</u>。

◎蒋兴强遏情绪，挪开椅儿；陈商越说越起劲，拉椅近蒋——反复。帮腔中，蒋指陈椅，陈拱手致歉。然后，二人端椅回原位。

蒋　兴　（唱）这狗子不奉情——（开扇遮面——“壮”）

当面就讲，

这一阵羞得人脸上无光。

上前来辞兄台我先把路上，

陈　商　（唱）问一声罗兄台要向何方。

蒋　兴　（唱）货办齐我即刻转回乡党，

陈　商　（唱）修封书请罗兄带回枣阳。

蒋　兴　（唱）陈兄台用口讲俱皆一样，

陈　商　（唱）有许多知心话内中包藏。

蒋　兴　（稍快唱）

你莫非要做个妇随夫唱，

陈　商　（唱）亲口许做夫妻地久天长。

蒋　兴　（更快唱）

她有个亲丈夫把他怎样，

陈　商　（唱）一副药管叫他（咬牙切齿）命见吾赏（右手以扇头下点，眼射凶光，脸露杀气）。

蒋　兴　吓！……（拈褶转身，展扇于头，扇褶抖颤，面呈惊恐愤怒……少许后，抑情缓步近陈）

（唱）这句话幸喜得呀（重拍陈肩，帮时，显关怀意）——

你对我讲，

陈　商　（唱）是外人我焉道肺腑其详。

蒋　兴　（唱）既如此修书信休得停当，

陈　商　（唱）施一礼辞罗兄下了楼房。

【蒋见宝衫，羞恨陡增，插扇撕衣……陈返回发现大惊，夺衣查看……再掷衣于蒋索赔；蒋视衣后手语：这是撕破的呀？——示陈小衣襟。你这个——拈陈褶的小衣襟，是谁撕的？又拈己小衣襟示，又是哪个撕破的？我替你折衣服。丢衣还陈。陈看后致歉：失礼！蒋问陈书信呢？陈答：马上就写。复下楼……

蒋　兴　（唱）听他言我心中（挽扇前戳——“壮”）——

犹如榨撞，

蒋　兴　（唱）王三巧损名节败坏夫纲。

归家去我二人难得算账……

陈　商　（上唱）

这封书请罗兄好好收藏。

你见了薛妈妈赐银十两，

有晴云和煖雪罗帕二张。

你见了王三巧多多拜上（◎陈施礼一拜，蒋气极举拳欲去，即转为扶）——

拜上，

陈　商　（唱）你言我秋八月定去枣阳。

蒋　兴　（唱）我把你知心话记在背上……

陈　商　哎……

蒋　兴　肺上。

陈　商　哦！

蒋　兴　（唱）背上！

这封书交本人不会遗忘。

施一礼辞兄台弟把路上，

恨不得生双翅飞回枣阳。

【蒋拿衣出门至楼口突止，想起陈“一副药”之言，他会不会踢（微抬脚）我……转身对陈：信呢？陈：给你了。蒋袖内一摸：没有。是不是在桌上？！陈返回寻，莫有，再至楼口；蒋已下楼，向陈示左袖：在这里。二人出店，蒋拱手作别，速行……

陈　商　转来！这封信……

蒋　兴　（返回）嗯！（离去）

陈　商　转来！这封信要亲交……

蒋　兴　（又返回）哦！（急走）

陈　商　转来，转来哟！

蒋　兴　（停、猛转身，眼怒视，慢步近陈）你说嘛！你讲嘛！大街之上，呼上唤下，成何体统！我不念周兄介绍，我到（日你妈哟！——只动唇，不出声。展扇、转身、冲下）

陈　商　……（见蒋一反常态，短暂“木”瞬间“闷”，眼“呆”视观众，再似笑非笑地：“哧！”——）

（唱）观此人上了路——

装模做样，

不知他因何故突然反常。

莫不是与蒋家稍有来往……（垂首以扇敲头，继而扇下滑，收扇抬头）

哎！

除了她亲丈夫谅也无妨。

陈　商　哦！（面呈喜色，右转扇开，洋洋得意而去）

·剧　终·

附　记

此戏，按传统的分工习惯是大小生（当家人）饰蒋兴，二小生演陈商。蒋兴是“盖面菜”，陈商是“红苕底”。其实，两个角色的戏都是“半斤八两”，各有“搞头”。

源自《喻世明言·蒋兴哥重会珍珠衫》的《珍珠衫》，是川戏传统全本戏中单折最多的唯一一个整本戏。能成折演出的就有：《登楼望夫》《卖花入宅》《酒楼晒衣》《蒋兴休妻》《上门问婿》《三巧挂画》《平氏还衫》《二堂释放》《双瓶醋》，这是一笔值得研究的宝贵的财富。

2015 年 10 月 17 日

附20 马房放奎（胡琴·二黄）

夏长清◎传授　夏庭光◎整理

剧情简介

奎荣避祸陈府，陈文古见奎家传至宝瑞霓罗帐而邪念顿生，囚奎于马房，遣老仆陈容杀之。容经绣楼遇陈翡桃小姐盘问，吐露实情。翡桃恶父作为，求容放奎。容至马房，奎苦苦求饶，容不忍加害，放奎逃命，为免复命受责，遂自刎而死。

人　物：陈　容（老　生）
　　　　奎　荣（文　生）

【空场。

奎　荣　（下场上唱【二流】）

陈文古见宝设圈套，
不念与父是故交。
囚马房生死实难料，
苦无双翅出笼牢。（隐下）

陈　容　（提灯笼上场出唱【三板】）

明亮亮灯光往前照……（更鼓声）

呵！

（唱【二流】）

耳听谯楼三鼓敲。

（叹息）哎……

家爷见宝心坏了，

只怕人饶天不饶。

赐我短刀再三告，

马房去杀小儿曹。

黄犬不住汪汪叫……（风吹灭灯）

呵吙！晚风吹来灭灯梢。

（唱【三板】）

黑沉沉摸行马房道……（摸行小圆场，足下一滑）

脚软险些跌一跤。

这搭儿才知年纪老，

一步低来一步高，

手拍马房低声叫，

二相公！二相公！吓……

连呼不应事蹊跷。

何人把消息泄漏了，

莫非奎生已脱逃。

陈容便说，想我奉家爷之命，来至马房杀奎二相公。不知何人走漏风声，他竟逃走。罢了罢了，他既逃走，我复命去……

奎　荣　（内）好苦呀……

陈　容　嗨咦！未行三五步，耳听叫苦声。哎……二相公哇二相公……（取钥匙开锁）这就怪不得老汉了（推门）二相公！老汉杀你来了！

【陈取匕首颤抖举刀，奎荣上，闻言惊："吓！"——躲避……

奎　荣　老伯饶命呀！（跪）

（跪唱【三板】）

陈文古囚生为夺宝，

老伯你何故举起杀人刀？

求老伯将生释放了，

你的恩德比天高。

陈　容　（唱）二相公跪尘埃苦苦哀告，

口口声声求恕饶。

不如将他释放了……

家爷岂肯把我饶。

执短刀将他来杀了……（奎求饶，掉刀）

他他他无辜人怎受这一刀。

杀他好还是放他妙——把人难、难、难难难坏了……

想起小姐陈翡桃。

陈容便说：我奉家爷之命，到马房杀奎二相公。往绣楼经过，被小姐瞧见，彼时小姐叫道一声：陈容哪老哥哥！你若大年纪，深更半夜要向何处而去？老汉谎言答道：奉家爷之命在屋前屋后、屋左屋右巡查防盗。小姐说：哪里是巡查防盗，明明是我那不顾奎陈两家旧谊的狠心肠的爹爹，为谋奎家祖传的瑞霓罗帐，命你去杀奎生，是也不是？问得老汉哑口无言。小姐赠我纹银一锭，又谆谆嘱咐：见了二相公杀也在你，不杀也凭在于你。言罢之后，眼含珠泪，返绣楼而去。常言道：有恩须当报，无仇不结冤。二相公，老汉不杀你，逃命去罢！（拾刀）

奎　荣　多谢老伯！（起身出门，去而复返）哎呀老伯！府庭犹如铜墙铁壁，如何逃生呀！？

陈　容　呵！……后花园有半堵残墙，老汉送你往花园而逃。

奎　荣　好苦呀！

陈　容　（急掩奎嘴）你要低声些呀！

（唱【阴二黄】）

二相公休得心悲痛，

切莫高声你要从容。

老汉违命将你纵，

是小姐的良言启愚蒙。

翡桃小姐恩义重，

你得人点水当报九重。

老汉今夜把你送，

叮咛之言你要记心中。

（唱二黄【三板】）

花园残墙转瞬拢，

快走！

奎　荣　（唱）谢老伯放生出牢笼。（施礼急行）

陈　容　转来！

奎　荣　（返回）老伯莫非……

陈　容　身旁可有路资？

奎　荣　分文皆无。

陈　容　纹银一锭，你且收下。

奎　荣　老伯厚恩，受生一拜。

陈　荣　且慢！此银乃小姐所赐。要拜，照着绣楼红灯多拜几拜。她……才是救你的大恩人呀！

奎　荣　明白了！

（唱）向着绣楼躬身拜，（跪）

千拜万拜理应该。

倘生后来有冠戴，

结草衔环报裙钗。（起身行，略停即返）

哎呀老伯！你今放生逃走，如何向陈文古老儿复命哪？

陈　容　这这这……（思）是呀！放走奎生，必遭杖责，饱受皮肉之苦……（思索）也罢！

（唱）家爷做事心肠歹，

放走奎荣难交差。

常言人死无大碍，（拔匕首）

不如自刎赴泉台。（刺喉）

奎　荣　哎呀老伯！（跪）

（唱）老伯放生你遭害，

鲜血淋淋染尘埃。

大恩大德深似海，

奎荣永世记心怀。（拜后起身急下）

·剧　终·

附　记

我几岁时就演唱“陈容老哥哥”。父亲专请管饰扎头的师傅为我备一嘴过膝的特长白三，一出马门就获满堂彩，一句“明亮亮”精呜呐喊，又是彩满堂。非我演好了戏，唱出了情。而是观众喜欢：这个娃儿乖！

年逾半百，懂点戏的道道后，也偶演《马房放奎》，自然勿需特长的白三，也不“精叫唤”唱“明亮亮”——愚意认为那与情境、人物、台词都不合适。只平平而唱，在“向前照”时用趱步向前，以摆抖髯口配合，效果仍佳。惜乎，近观多位已“不惑”之年的艺友演《马房放奎》，还是沿习“高歌猛震”。其次，是那段【阴二黄】的“昔日曹操走华容”几句亦与陈容送逃奎生无丝缕之联。故将父亲传授他的好友张松樵前辈的演出本纳入附件，供艺友参考。

2015 年 10 月 30 日

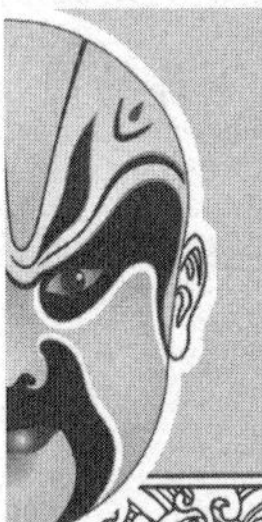

66 盗书打盖（弹戏·胡琴）

彭天喜 夏长清◎传授 夏庭光◎整理

剧情简介

大幕《盗书打盖》属全本《战船图》之一，事出《三国演义》。

曹孟德率八十三万人马欲灭东吴，剿群雄，一统天下。孙、刘联合抗曹，孔明过江，共议破曹事。周瑜用反间计除水军劲敌蔡瑁，张允；黄盖为报主恩献苦肉计；周瑜为破曹大计，痛心杖责公覆。

蒋干盗书自恃聪明，曹操斩将事后方醒；

黄盖献计义胆忠心，周瑜打盖苦肉计成。

人　物：周　瑜（武　生）　蒋　干（小　丑）

黄　盖（花　脸）　曹　操（花　脸）

鲁　肃（老末角）　孔　明（正　生）

甘　宁（杂）　徐　胜（杂）

丁　奉（杂）　蔡　瑁（杂）

张　允（杂）　蔡　中（杂）

蔡　和（杂）　曹营兵（褂　子）

东吴兵（褂　子）

遣　干（弹戏·甜皮）

【台中设前后二桌，前桌放文房四宝，后桌放坐箱，两桌间搁脚箱，桌左偏中一椅，红色摆场（以下各场同）。曹兵“挖开”，曹操上、坐。此场人物均上场出，下场入。

曹　操　（念）孤王奉诏剿群雄，
　　胜算在吾掌握中。
　　百万雄师兵将勇，
　　何惧刘备孙仲谋。

孤，天车大将军曹。前发檄文，晓谕孙权，同伐刘备。谁知仲谋（孙权字）不识时务，恼恨周瑜小儿毁孤檄文，斩孤信使。又接卧龙懒夫过江，欲联兵抗孤，真是螳臂档车，自不量力。

蒋　干　（上）参见丞相。（操挥手后坐）

曹　操　蒋先生进营何事？

蒋　干　于禁、毛玠初战失利，我军大败！

曹　操　吓……（吹）兵精将勇，然何大败！？

蒋　干　北军不习水性，焉能不败。

曹　操　这……（思）传蔡瑁、张允！

蔡　瑁
张　允　（上）参见丞相。

曹　操　挂你二人为水军都督，训练水军，技艺成熟，早报孤知。

蔡　瑁
张　允　遵命。（下）

曹　操　周瑜小儿，孤心之患。

蒋　干　丞相，小谋愿过江东，劝说周瑜来降。若得周郎归顺，何愁孙权、刘备不灭。

曹　操　先生你……

蒋　干　我与周郎幼年同窗。要劝说他来降，好有一比……

曹　操　好比什么？

蒋　干　泡菜坛子抓海椒——手到擒辣（拿）。

曹　操　你在怎说？

蒋　干　手到擒辣。

曹　操　啊……

蒋　干　啊……

曹　操　哈哈……

蒋　干　哈哈……

曹　操
蒋　干　哈哈哈……

曹　操　（离位唱【二流】）

蒋先生一句话把孤提醒，

你好比昔年的张仪苏秦。

蒋　干　（唱）论才学我蒋干胜过公谨，

些小事不过是纸上谈兵。（掩嘴——用词不当）

曹　操　啊？！……

蒋　干　啊……

曹　操
蒋　干　哈哈哈……

【曹携干同下，褂子内挖随下。

◎曹操画“粉壳壳”，戴武相貂，着天官蟒束带，下红裤青靴，挂黑满。

◎蒋干刷干红，描眉画眼，画长方形大豆干脸谱，戴黑吊吊口条，戴矮纱，穿红官束带，下浅色裤青靴。

◎蔡瑁、张允揉脸，戴包巾额子，穿绣袍捆带，外加龙头（色异），下红裤青靴，挂黑草登喳、一条龙口条。

◎兵卒穿褂子服全套。（东吴兵卒同）

◎“东吴”，亦称孙吴。建都于吴（今苏州），后移石头城建业（今南京）。

◎张仪、苏秦乃战国时期的纵横家。

◎“纸上谈兵”：战国时赵国名将赵奢子赵括只有兵书知识，“言兵事，以为天下莫能当”，后与秦国交战，全军覆灭。

◎“些小事也不过纸上谈兵”，原词是：请丞相坐营中静候佳音。此句唱词是我师爷罗清明（外号罗怪物，重庆裕民科社十大领首之一）改的。他将蒋干不作谋士而作“戳拐生”演，来了句“纸上谈兵”，弄得曹操和自己都哭笑不得。

剑　宴

【中设“虎头案”。甘宁、徐盛、丁奉、太史慈随八兵卒由“出将”门上，“站门”、列队，周瑜上。

周　瑜　（念大引子）

虎帐聚群雄，
运筹笑谈中；
古今英雄众，
谁人能比某。（吹……挥袖视兵容后上坐）

本都，周瑜字公谨。曹操率兵八十三万，号称百万之众，妄图吞并江东，剿灭群雄，一统天下。吾竭力主战，大耳刘备遣孔明过江，联合抗曹。只是那孔明足智多谋，又添吾心中一患。日前江夏一战，大挫曹兵锐气，他北方之兵，不知水性，操贼此番必丧师于江东矣！

鲁　肃　（上场上）禀都督……

周　瑜　何事？

鲁　肃　曹操江夏败阵之后，任蔡瑁、张允为水军都督。

周　瑜　吓！（惊起、顶袍提袍、侧身抖翎）子敬（鲁肃字）！（下位）那蔡瑁、张允可是刘景升（刘表字）帐下第一上将、惯习水战者？！

鲁　肃　正是。

周　瑜　（闭目思）此二人不诛，我军难胜！

鲁　肃　都督，还有一事禀告。

周　瑜　还有何事？

鲁　肃　蒋干过江。

周　瑜　啊……（张目转眼）大夫，你说什么？

鲁　肃　蒋干过江。

周　瑜　哈哈，哈哈，哈哈哈……（笑声自低渐高）

鲁　肃　蒋干此来，必为曹游说。都督何故发笑？

周　瑜　天助本都！（喜携鲁手唱【倒板】）

闻一言令本都（哈哈哈——以笑代腔）转忧成喜……（抓住鲁双手左摆右摇，圆圈转翎（肃配帽翅上下摇动），恰似孩童嬉戏）

（唱【二流】）

天助某破曹兵必胜之机。

鲁大夫近身来须听仔细……（耳语，手作写状）

哈哈哈……

切不可对孔明（低声干唱）泄露机密。

鲁　肃　是。（由“入相”门去）

周　瑜　故友来访。摆队相迎。

【吹［将军令］……兵将里挖成对向上场下，周撩袍、端带、摆翎——示心中暗喜随下。撤“虎头案”，空场。“小打”……蒋干上场出“遛马”：将褶前襟捏做“马头”，蹲身起腿——左腿与左“太阳穴”平行，“马头”转动，左脚挽颈花，右手晃鞭，遂“三起三落”；至中场时，头顶甩鞭、右足立左脚骗腿旋转；下场前，右脚后蹬褶，再蹲身双足交叉跳步，直入内场。吹继续……兵将下场出列八字，周瑜上撩袍视上场，再执袍左右转——舞转翎，遂舞前点后仰翎；蒋干上，见周下马，解飘带，吹止——

蒋　干　公谨……

周　瑜　歹！……（跺足顶蟒、提蟒右旋——蒋拈褶蹲身旋配）汝是窥探本都水寨，还是来作说客？！

蒋　干　我我我……（颤）我们是同窗好友啊！

周　瑜　啊！（抓干衣领提——蒋双袖垂浑身抖配）……是子翼（蒋干字）兄！

蒋　干　公谨弟！

周　瑜　（松手）子翼兄今来江东……

蒋　干　访友叙旧。

周　瑜　啊！？

蒋　干　啊！

周　瑜　哈哈……

蒋　干　哈哈……

周　瑜
蒋　干　哈哈哈……

周　瑜　请！

【吹续……周携蒋，兵将圆台后列两边，左右一卒搬椅……

周　瑜　请坐。

蒋　干　谢坐。

【分宾主坐，吹停。

周　瑜　子翼兄！弟当兄与曹操作说客而来，却原兄是访友叙旧。若作说客……（拉椅近干）弟兄幼年同窗，知己知彼。兄纵效蒯文通、张子房，口似悬河，舌似利刃，也说不动我铜打铁石之心！

蒋　干　知弟者，愚兄也。我蒋干既无蒯彻之唇舌，张良之才华，焉能劝说贤弟降……

周　瑜　来呀！……

【众应：喳！蒋干惊……

周　瑜　（视干微微一笑）看宴来！

【吹……四将至中前场一排，褂子左右设桌（右桌上放宝剑）、挪椅、置酒具；周请蒋入席，吹断。

周　瑜　太史慈听令：命汝监酒。今日席前，只讲朋友之情，不提南北交锋之事，违令者——斩！（剑抛太史慈）

太史慈　遵命。都督令下：今日席前，只讲朋友之情，不提南北交锋之事，违令者——斩！（对蒋剑出鞘）

蒋　干　（惊呆——梭爬桌沿）……

周　瑜　子翼兄……（重）

蒋　干　啊啊啊……（回神）

周　瑜　（举杯）请！

蒋　干　请　！

【吹……太收剑回位，周、蒋同饮。

周　瑜　子翼兄，幼年一别，相隔至今。小弟忝列水军都督之职。请兄来看……（离位引蒋指）东吴之兵精否？！

蒋　干　精，精！

周　瑜　请兄再看！东吴之将勇否？！

蒋　干　勇，勇！

周　瑜　请兄随我来……（引干面向观众）粮草足否？！

蒋　干　足，足！

周　瑜　啊……

蒋　干　啊……

周　瑜
蒋　干　哈哈哈……

周　瑜　太史慈！（与干里翻亮相唱【倒板】）

撤去小杯（【霸腔】）换大斗……（请干入席）

（唱【二流】）

弟兄们饮一个不醉无休。

【周、蒋举杯同饮：瑜假饮、倾酒；蒋欲倾酒不便，无奈强饮。以下如是。

蒋　干　（唱）战兢兢席前喝苦酒……

【周举杯请干同饮……

蒋　干　（唱）面装笑容心内忧。

只说是劝他跟我走，

又谁知话未出唇卡在喉

周　瑜　（唱）周公谨举杯敬好友……（故意偏偏倒倒离席，走向蒋）子翼兄，小弟军务在身，常不饮酒。今日故友重逢，小弟舍命相陪，再敬兄一杯，弟先干此斗！（饮）斟酒！

（唱）常言道一醉解千愁。（饮）

助兄酒兴弟献丑……

呈——剑——来！（抛杯、脱蟒、拔剑起舞——“醉剑”——此乃川戏舞台上的“醉剑”。醉虽假，但剑式的每招都带“醉”，增加了一定的难度。“醉剑”中的“点剑挑杯”“挽剑转翎”，更加艰难，还要不忘戏弄蒋干。“醉剑”，为《剑宴》点题生辉）

蒋　干　好……哇！

（唱）公谨弟舞……剑天下一流。（拭汗）

后会有期，愚兄告辞！

周　瑜　慢！（以剑挡干）喜的……相逢，恨……的……离离……离别。（剑尖在干面前晃）今夜晚下，弟与兄抵足（剑点地，干收脚）而眠，彻夜长……谈。过来！（抛剑——史慈接）好好搀扶……蒋……先……生。（侧身一笑，遂复“醉”态）

【四兵分扶周、蒋入下场，其余兵将分下。

◎周瑜俊扮，戴配翎全插，内着红龙箭捆鸾带，外穿红蟒束带，下红裤青靴，《盗书》时，盔换玉儿巾，敞穿玉色褶。

◎蒋干戴矮方巾，飘带系帽上，穿红褶，下白长统袜、夫子鞋。

◎鲁肃刷干红，戴中纱，穿紫官束带，下红裤青靴，挂青二满满。

◎甘宁、徐胜、丁奉俊扮（色淡），戴包巾额子，扎大靠（色异），下红裤青靴。甘、丁戴青三，徐戴麻三。太史慈画彩色花脸，盔靠同前。

◎“江夏”，今湖北江夏区，素有“楚天首县”之誉称。

◎“蒯文通”，蒯彻字文通，范阳（今河北徐水北固镇）人。曾为韩信谋士，先后献灭齐之策和三分天下谋。后辅汉，称辩才无双，封舌辩侯。

◎“张子房”，张良字子房，韩国新郑（今河南新郑）人。西汉谋略家，与萧何、韩信并称汉初三杰，封留侯。

盗　书

【中设耳帐，左置桌，桌上放文房四宝、书籍、纱灯，桌后搁椅。“架桥”中鲁肃下场上入房，袖内取信放桌……后将信夹书内，原路下。四卒分扶周、蒋上场上、入房、为二人脱靴——为干真脱，放帐、出门拉门下。

蒋　干　（穿鞋离帐）哎呀讶……天咋个还不亮啊！

（唱【二流】）

　　这个日子实难过，
　　翻来复去睡不着。
　　说好恼火有好恼火……（“架桥”中上桌阅书）

“心战为上，力战为下也。守为左也，攻为……”（合书，换书略翻……又换书，见信，取信阅）蔡瑁张允……（惊、视……下桌近帐）公瑾弟！公谨弟！（转身持灯于一隅放灯蹲观）“蔡瑁张允上达周都督：前都督来函，敢不从命。为报故主之仇，也应尽全力。

奈近无法下手。请都督宽限几日，定刎曹贼首级来献！”哎呀！好险哪！

（唱）若非我丞相就掉脑壳。（“架桥”，藏信，放灯，近帐）

公谨弟！公谨弟……（脱鞋上床）

◎“攻心为上”：孙子兵法《攻谋篇》。

【更鼓，鲁肃上，推门入。

鲁　肃　都督，都督！

周　谕　（拨帐穿靴）低声些！子翼兄，子翼兄……（示意出门）何事？

【蒋拨帐伸头偷听……

鲁　肃　蔡瑁……

【周掩鲁嘴，蒋缩头，瑜进门……

周　瑜　子翼兄，子翼兄！（闻蒋鼾声，出门拉门）低声！

【蒋赤脚急至门后偷听……

鲁　肃　蔡瑁、张允差心腹过江，求都督再宽限些时日，定取曹贼首级。

周　瑜　回话来人：限他三日之后，取曹贼首级来献！

【蒋比三指大惊……

鲁　肃　是。

周　瑜　去。

【蒋速上床，鲁下，周推门入关门。

周　瑜　子翼兄！子翼兄！（微笑后入帐）

【更鼓声……蒋拨帐穿鞋下床。

蒋　干　咦！果然是真呵！

（唱）谯楼上响四鼓心急如火，

再不走怕的是溜之不脱。

曹丞相见此信必然尝我，

这才叫无心插柳柳树活。（轻开门出，视左右，急逃下）

鲁　肃　（上，见干逃，入门）都督醒来！（吹……周拨帐穿靴起）

周　瑜　蒋干？

鲁　肃　逃了！

周　瑜　书信？

鲁　肃　（查后故惊）哎呀，被他盗去了！

周　瑜　（故意）哎呀！如此机密信函，被他盗去，速速派人追赶，务必把他……

鲁　肃　追——不回来！

【二人同笑……

周　瑜　（唱）那蒋干太聪明——

鲁　肃　（唱）聪明太过，

未必然曹孟德——

周　瑜　（摇首唱）

棋高一着。

鲁　肃　（点头）……

【二人同笑……分下

错　斩

【中场前后桌——与［遣干］同，桌前设椅，左侧一椅。

曹　操　（上，唱【二流】）

蒋干过江作说客，

此去必然功显赫。

事成把他头功写……（坐）

蒋　干　（急上）丞相呀！

（唱）不得了硬是了不得。

曹　操　先生归来了，请坐。过江劝说周瑜，定是马到功成。

蒋　干　周瑜小子心如铁石，非言词可动。

曹　操　如此说来，劳而无功。

蒋　干　非但有功，小谋功莫大焉。我若不往江东，丞相你死定了！

曹　操　此话从何说起？

蒋　干　丞相请看！（取信呈）

曹　操　（接信阅——吹——大惊）哟哟哟……打鼓站队！

蒋　干　传蔡瑁、张允！

【四兵卒持刀分上，蒋移中、左椅于前桌左右，蔡、张上。

蔡　瑁
张　允　参见丞相。

曹　操　水军技艺可熟？

蔡　瑁
张　允　尚未成熟。

曹　操　何时成熟？

蔡　瑁
张　允　请丞相宽限几日。

蒋　干　（近操身耳语，并示三指）……

曹　操　（会意）还需三日吧？！

蔡　瑁
张　允　（对视后）三日之后……

曹　操　三日之后，孤的首级早献周瑜小儿？！

蔡　瑁
张　允　……

曹　操　推出营门，斩！

蔡　瑁
张　允　（不知何故）丞相……

【兵卒押蔡、张下。法鼓声……曹细阅信，有所悟，三通法鼓毕……

曹　操　（急呼）招转来！

【斩声效果……

蒋　干　已斩了。

曹　操　呵嘀……（“架桥”起）

蒋　干　（得意地至操右侧）丞相……

曹　操　命于禁、毛玠接任水军都督。

蒋　干　是。（转至操左）丞相……

曹　操　命蔡中、蔡和少时见我，孤有差遣。

蒋　干　是。（又至桌前蹲身仰面）丞相……

曹　操　嗯……

蒋　干　此番盗信，小谋是头功哦！（摇头晃脑）

曹　操　哼！你看！（掷信）

蒋　干　（拾信细看……惊）哎呀！这笔迹……（转对曹）

曹　操　呸！（下位）

（唱）妄称才高办事孬，
笔迹差异不辨别。
两员大将冤死也，
断孤膀臂心痛切。（拂袖下）

蒋　干　唉……

（唱【夺子】）
走山路偏遇漆黑夜，
我想中扬反受责。
鹅毛小字哪是蔡张写，
我鼓起眼睛认不得。（垂首摇头下）

◎曹操换戴太师巾，天官蟒御带。

献　计（胡琴·二黄）

【中设一桌，桌上放纱灯，桌前置椅，桌右再放一椅，

周　瑜　（内唱【倒板】）

曹孟德点人马八十三万……（“武机头”……持书上）

（唱【夺子】）

贼妄想灭东吴吞并江南，剿群雄，一统中原。

（唱【一字】）

我两家聚雄兵对峙两岸，

蔡张贼练水军操如虎翼添。

盗降书多感得庸才蒋干，

借曹手除却了劲敌两员。

诸葛亮（孔明名）施小计草船借箭，

察天时果算得神人一般。

我与他写火字互相观看，

用火攻破曹兵所想亦然。

破曹贼也须除心腹隐患，

寻时机杀孔明我江南方安。（坐）

甘　宁　（上）参见都督。

周　瑜　免礼。

甘　宁　曹将蔡中、蔡和过营投降。

周　瑜　（略思）……好！前蒋干盗书，曹操误斩蔡瑁、张允，今命此二人诈降我东吴，以为奸细。吾欲将计就计，留在东吴，让他二人与曹贼传递消息。少时进帐，拨在你的手下听用，你可殷勤待之，就里提防。至出兵之日，先斩二人祭旗。务须小心，不可有误。

甘　宁　是。

周　瑜　传降将。

甘　宁　降将进帐！

【蔡中、蔡和上。

蔡　中　（念）丞相机关巧，

蔡　和　（念）谨慎最为高。

蔡　中
蔡　和　参见都督。

周　瑜　将军请起。

蔡　中
蔡　和　谢。

周　瑜　二家现为仇敌，将军过营莫非约战？

蔡　中　非也！恼恨曹贼斩了吾兄蔡瑁，又诛知己张允。我弟兄欲报兄仇，今带军士五百，投降都督，望乞收录，愿为前部。

周　瑜　好！操之为人，本都深知。既来投降，暂屈居甘将军帐下听用，异日建功，自有重尝。

蔡　中
蔡　和　谢过都督。

甘　宁　随我来！（带中、和下）

鲁　肃　（急上）见过都督。

周　瑜　子敬慌慌张张，为了何故？

鲁　肃　时才何人进帐？

周　瑜　蔡中、蔡和过营投降。

鲁　肃　必是诈降，不可收用！

周　瑜　哎……彼因曹操错杀其兄，欲报仇而来，何诈之有。你如此多疑，安能容天下之士乎！？

鲁　肃　都督……

周　瑜　歇息去吧！

鲁　肃　……告退。（出）哎！明明是诈降，他偏偏说不是哟！（叹气下）

周　瑜　子敬真老诚矣！

（唱【二流】）

鲁子敬人老诚赤心可鉴，

怎知我计中计回击阿瞒。

二降将弃私怨令人称赞，

东吴将焉无他义胆忠肝。

【黄盖内：“小军，掌灯！”二卒持灯笼上列小八字，黄上。

黄　盖　（念）昼夜思想良方计，

唯有火攻可破曹。（挥手命二卒下，入帐）

参见都督。

周　瑜　老将军请起。（移中椅于左侧，请黄坐）

黄　盖　谢都督。（礼拒，坐右）

周　瑜　老将军深夜来访，必有良策教我。

黄　盖　曹众我寡，不宜久持。

周　瑜　无有妙计，怎样破曹？

黄　盖　如要破曹，离不得火……

周　瑜　老将军火些什么？

黄　盖　离不得火攻！

周　瑜　曹操累累失败在火，他岂不防备吗？

黄　盖　操防备在陆，不防于水。

周　瑜　谁教公献此计？

黄　盖　谋出己意，非他人所教。

周　瑜　本督正欲如此，故留蔡中、蔡和诈降之人，以通我方消息。但恨无一人为我诈降曹操耳。

黄　盖　老将愿行此计！

周　瑜　曹操多奸多诈，怎肯轻信。

黄　盖　老将愿献苦……

周　瑜　（即止、察看、掩门、低语）老将军，敢莫非是苦——肉——计！？（黄点头作答。激动地紧携盖手）老将军偌大年纪，怎受得……

黄　盖　某受孙氏厚恩，虽肝脑涂地，亦无怨悔！

周　谕　老将军愿行此苦肉计，江东万幸也！请升受我瑜一拜！（跪）

黄　盖　折煞老将！（亦跪）

周　瑜　（唱【三板】）

老将军真算得忠心赤胆，（唱“三出头”）

苦肉计去诈降曹贼阿瞒。

愁只愁刑杖下你……你……你你你皮开肉绽，

年纪迈怎经得严刑摧残。

◎“三出头”：老将军（锣鼓“弄壮”）真算得（“壮共壮”）忠心（“壮丑”）赤胆——“三出头”的唱法，表现彼时人物的激感情绪。下面，黄盖的第一句唱法同周，表达报主的赤诚决心。

黄　盖　（唱）受吴侯三世恩其恩匪浅，

老黄盖亦当效犬马报还。

纵粉身和碎骨老将心愿，

献此计报主公死无怨言。

【大分家】：周扶盖起，开门视后送黄，分下。

◎周瑜仍戴玉儿巾，穿褶套帔（紫红色）。黄盖画“垮垮脸”，戴金塔埻（盔），扎无旗黄靠，披绿色雪子，挂白满。

打　盖

【中场设点将台（高台），桌上放令旗、戒方（又称惊堂木、“令牌”）台左右侧各置一椅。吹[点江]……甘宁等四将依序单上，站台前“一品墙”。

甘　宁　（念）久镇江南数十秋，

徐　盛　（念）能征贯战神鬼愁。

丁　奉　（念）万马军中取敌首，

太史慈 （念）不破曹兵誓不休。

甘　宁 甘宁。

徐　盛 徐盛。

丁　奉 丁奉。

太史慈 太史慈。

【四将“挖开”。

甘　宁 请了。都督升帐，辕门候令。（与徐等互礼后分下）

【孔明、鲁肃下、上“马门”上。

鲁　肃 孔明先生。

孔　明 鲁大夫。

鲁　肃 先生来得早哇！

孔　明 都督升帐，焉不早候。

鲁　肃 先生请坐。我肃有急事相告。

孔　明 （坐左侧椅）大夫有何急事？是否又要山人造箭？

鲁　肃 不不不……火烧眉毛的大事！

孔　明 究竟何事哟？

鲁　肃 蔡中、蔡和前来东吴……

孔　明 约战！

鲁　肃 约啥战啰！来投东吴。

孔　明 好！

鲁　肃 好啥？！明明是诈降！

孔　明 诈降……

鲁　肃 我家都督偏说不是。

孔　明 那就不是。

鲁　肃 啥！？你也说不是？说你聪明，你咋个跟……一样笨　！

孔　明 哦……都督升帐了。

鲁　肃 哼！（气……至右侧椅坐）

孔　明 （望着生气的鲁肃淡淡一笑）……

【八兵卒内吼“翻山调”，持大旗上场出——“站门”，列队。周瑜上，肃起身施礼，瑜还礼；鲁手语：孔明先生早至了，随即欲招呼孔见周……瑜止。我去拜见。遂近孔躬身施礼；鲁扬手叫孔：快还礼……孔不知肃扬手意，翘“二郎腿”，不予理睬……“干鼓”配瑜气抖双翎……拔剑对孔，鲁惊慌阻周；瑜忍收剑。继挥袖、掸袖、踢蟒上高台就坐。

周　瑜　（念）自幼生长在舒诚，

一十二岁统雄兵。

虽无韩侯灭楚计，

行兵布阵效孙膑。

来呀！传众将！

◎“舒城”，今安徽舒城县。

◎“韩侯”，指“楚汉相争”时的淮阴侯韩信。“孙膑”，孙武的后世子孙，齐国人。著有《孙膑兵法》

【甘宁等分上。

众　报，众将告进。（站一排）参见都督。

周　瑜　侍立。

众　谢。（分立两旁）

周　瑜　众将官！操引百万之众，连络三百余里，非一日可破。甘兴霸（甘宁字）！

甘　宁　候。

周　瑜　传令下去：各营诸将，领三月粮草，准备御敌。

甘　宁　请令，令出。都督大令下：各营诸将，，领三月粮草，准备御敌。

黄　盖　（内）住了！

甘　宁　何人阻令？

黄　盖　（内）黄公覆（黄盖字）。

甘　宁　随令将台答话。（返回交令）

黄　盖　（内）来了！（上）

（念）吴侯恩义重，

舍死报主公。（入帐与孔明、鲁肃、诸将互礼）

参见都督。

周　瑜　老将军请起。

黄　盖　谢。（立将台右）

周　瑜　老将军何故阻令？

黄　盖　都督！操贼领兵百万，声势浩大。莫说三月粮草，就是三十个月粮草，也无济于事，必须速战破敌！若不能破，只可依张子布（东吴谋士张昭字）之言，弃甲倒戈，北面降曹。

【众将、鲁肃惊，孔明微笑，周瑜环视……

周　瑜　黄盖呀，黄公覆！本都奉主公之命，率师抗曹。曾再三言明，若有人敢言北面降曹者，必斩不恕！今两军相敌之际，汝敢出此言，慢我军心，该当何罪！？

黄　盖　呸！你在吓谁！？你在吓谁呀！

（唱【二流】）

某曾与孙将军转战数载，

创江南征六郡哪有你来。

当着了众三军藐视黄盖，

恨不得将乳子抓下将台。

周　瑜　哼！

（唱【三板】）

吴侯爷在大堂挂我为帅，

黄　盖　好大点元帅！

周　瑜　（唱）江东的大小事本都安排。

黄　盖　你安排不了！

周　瑜　（唱）初行兵敢把我军风败坏，

黄　盖　败坏就败坏，你把我其奈何哉！！

周　瑜　（唱）叫三军将老狗刎下头来。

【兵卒押黄盖下。

甘　宁　刀下留人！（跪）黄公覆乃东吴旧臣，望都督宽恕。

周　瑜　胆大甘兴霸！汝何敢多言，乱吾法度。逐出去！

【甘宁起归位。

鲁　肃　哎呀孔明先生哪！黄老将军出言不逊，都督大发雷霆，绑至营门问斩。

孔　明　不会杀他。

鲁　肃　哎呀，绑都绑起了，咋个不会杀哟？！

孔　明　我说不会杀就不会杀嘛！

鲁　肃　你是请来的客人，快去讲个情嘛！

孔　明　我去讲情……

鲁　肃　都督一定会准。

孔　明　他一定会（手作刀式——“斩”）……我讲不准（刀式变摆手）。

鲁　肃　算啦算啦！求人不如求已。众位将军快来哟！（招呼众将同跪）启禀都督，黄老将军罪固当诛，但于军不利。望都督宽恕，破曹之后，斩亦未迟。

周　瑜　咋！……（视讲情者非孔明——抚桌转翎——见孔明摇扇微笑，气竖翎……）

解下来！

黄　盖　（被兵卒押上）怎的不斩？！怎的不杀？！

周　瑜　若非江南诸公讲情，你那狗头（眼视孔明）早已落地！

黄　盖　你杀不了！

周　瑜　老狗还在性烈，死罪可免，活罪难饶。来呀！满杖八十打、打、打！（与“打”同时，怒拍戒方）

【兵卒押黄盖下。内：一十、二十、三十、四十……

鲁　肃　（急呼）且暂住手！打了好多？

兵　卒　（内）打了四十，皮开肉绽。

鲁　肃　打不得了，打不得了。哎呀，孔明先生呀！这会你一定要……（见孔明闭目摇扇不理）咦！你硬稳得起哟！不要你讲情。（转身跪）启禀都督在上，都督在上。黄老将军偌大年纪，杖责四十已皮开肉绽，如何挨得起八十哟！我子敬愿替他挨四十大板。三军，你们打嘛！一十、二十、三十、四十。哎哟，打死人啰！

周　谕　咋！（视肃叹气——你怎不邀他——见孔明稳坐摇扇微笑，气点双翎……）解下来！

黄　盖　（卸靠，在兵卒搀扶下上，体不支，跪地）……

周　瑜　黄公覆！

黄　盖　周公谨！

周　瑜　黄盖！

黄　盖　周瑜！

周　瑜　老鄙夫！

黄　盖　小畜牲！

周　瑜　本都可打得公？

黄　盖　公哟！

周　瑜　本都可打得你服？

黄　盖　服哟！

周　瑜　不服（眼视孔明）要你服！（“服”字同时戒方猛击）眼下破曹事急，暂寄下四十军棍，再有怠慢，二罪俱罚！正是：曹操领兵百万众，虎视眈眈气凶凶。本都令出山岳动，老狗！违令虽知法不容！（扳双翎）

（唱【倒板】）

大令一出扬威武……（抛翎背身）

鲁　肃　（走近孔明，生气地）起来！你客位不自为。求你讲个情，你却一言不发，袖手旁观。你气我！你怄我！

孔　明　（微笑离座）他们是一个愿打，一个愿挨。

鲁　肃　一个愿打，一个愿挨？……好嘛，我就愿打，你来挨！（扬拳）

孔　明　真老诚。今日公谨打黄盖，乃其计。

鲁　肃　计？啥子计？

孔　明　你附耳来（耳语）……

鲁　肃　哦，是苦——苦口婆心也劝不动你，饮酒去。

孔　明　公谨若问，切莫言亮知此计。

鲁　肃　我晓得。

【鲁肃、孔明同下。兵将“挖后拥”，周下将台，见黄心酸，不由自主地近盖，双手颤抖地欲为黄盖抚伤……黄察觉即阻——

黄　盖　哼！

周　瑜　（警觉）老狗！（抬腿踢盖——势凶力轻）

（唱快【二流】）

开言骂声黄公覆。
曹操大兵发南路，
要把东吴化海湖。
檄文到难坏吴侯主，
众文武一个个纷纷议论，
议论纷纷未把良策出。
本都竭力把战主，
吴侯命我掌兵符。
本都传令谁敢阻，
黄公覆老鄙夫你真是越老越糊涂。
若非江南文共武，
这一剑——定刎尔头颅。

黄　盖　你敢！

【周瑜拔剑高举，众将跪求情，瑜顺势落剑、拾剑、收剑、挥手将起……瑜缓行、回首见盖、手抚己胸……掸袖欲拭泪……黄盖见状大惊——

黄　盖　哼……（大声地）乳子！

周　瑜　（猛醒）哼！（拂袖急冲下）

【甘宁、徐盛扶黄下。众“暴腰”下。

·剧　终·

演出本写于 1987 年 12 月 15 日

注：重庆市川剧院资料室存有我 2002 年 6 月 8 日演出实况录像。演出中差错难免，以剧本为准。

附　记

1. 全本《战船图》为高、弹、胡“三下锅”声腔。能单演的还有《舌战群儒》《激瑜激权》《草船借箭》《借东风》《华容道》。

2. 大幕《盗书打盖》演出时间过长，故稍作了些精减。

3. 戏中的周瑜等几个主要人物，我在“重庆老艺术家作品丛书”、重庆大学出版社 2008 年出版的《川剧品微》中略有描述，请参阅该书的 13–23 页。

2015 年 11 月 23 日

67 海瑞参相（高腔）

夏长清◎传授　夏庭光◎整理

剧情简介

明嘉靖时，海瑞（字刚峰）任浙江淳安县令，廉洁爱民，天子爱其才，召入京升刑部云南司主事。按例，三日内必叩相府参谒严嵩。却受门官严苟索门礼所拒。海瑞略施小谋，戏要门官，巧应奸相。

人　物：海　瑞（正　生）
严　苟（小　丑）
严　嵩（花　脸）
海　安（杂）
侍　女

【舞台正中一桌，桌前及右各一椅（红色摆场），台左一椅（黑色椅披）。海瑞俊扮，戴中纱，着红官束带，青三口条，下红裤青靴，执扇上；海安俊扮，戴黑罗帽，穿青褶，捆大带，下黑裤、长统袜、夫子鞋，背包袱，捧木匣随上。

海 瑞 （唱【红衲袄·二流】）
严嵩权势压群僚，
压群僚，
众公叩府鼠见猫。
海瑞生来性直傲，
宁丢纱台（扇移左手，右手拍帽——中纱歪斜）——
不折腰。

海 安 禀家爷，来至严府。

海 瑞 待爷观看。嗨咦！府门重重闭，像座大牢狱。偌大一座府庭，一人皆无，也应该有一条看——门——狗！

严 苟 （内应）来——啦！（脸画“豆腐干”，嘴挂“一撮金”口条，戴矮纱，穿蓝官束带，下红裤、薄底青靴上）是哪个不懂事的东西敢喊我严苟的大名？！（见海，近身细瞧）又是你呀！？（返身坐）

海 瑞 （步近严）是我。你就是这守门的狗？

严 苟 啥子守门的狗！？本大人是严府的门官，性严名苟。

海 瑞 还是严府的狗！

严 苟 我是苟且偷生的苟，不是黄狗、黑狗、哈爬狗的狗！

海 瑞 终归也是狗！

严 苟 苟与狗不同！

海 瑞 不同还是狗！

严 苟 好好好……跟你这种学识浅薄的人说不伸展。你又来做啥？

海 瑞 严狗……

严 苟 哎哎哎……跟你打过招呼，来参拜相爷的文武官员，都不准叫我严苟，要尊称严二大人。

海　瑞　严狗……

严　苟　不听招呼嗦！

海　瑞　严……

严　苟　二！

海　瑞　你排行居……

严　苟　我家相爷……

海　瑞　严嵩……

严　苟　（急掩海嘴）你咋个直呼相爷名讳！

海　瑞　当今天子有国号，三岁孩童有乳名。名讳就是用来叫的嘛！

严　苟　不准！要称严相爷！

海　瑞　承教，承教！

严　苟　我家相——爷……

海　瑞　哦……

严　苟　你"哦"啥子？！莫开腔！我家相——（手捂海嘴）爷，是严府的老大，我是相爷的"打心捶捶"，自然是老二啰！

海　瑞　哦！严儿……

严　苟　严二！

海　瑞　严儿！

严　苟　严二！

海　瑞　严儿！

严　苟　二！（反复）

海　瑞　儿！（反复）

严　苟　哎哎哎……你有毛病哪？！

海　瑞　我身健无恙呀！

严　苟　你无病，为啥要把二念儿耶？

海　瑞　下官是广东粤人，我们家乡土话二就念儿！

严　苟　呵……那我严二，就是严儿？

海　瑞　就是我的儿!

严　苟　我是你的儿?

海　瑞　是我念的儿。严儿——大人。

严　苟　那还差不多。闲话少扯，你今天来——

海　瑞　参见严嵩——相爷。

严　苟　你今天来得……

海　瑞　合适?!

严　苟　不凑巧!我家相爷上朝未归。

海　瑞　已散朝多时，怎会未归?

严　苟　你枉戴顶纱帽，穿件官衣，既不识趣，，更不懂事!（伸手作要钱式）

海　瑞　下官明白。

严　苟　这下才明白?你要早明白,就不会跑十回冤枉路啦!（又伸手）

海　瑞　你开个数。

严　苟　你这种人不长记性!手伸出来嘛!（袖内捏）就是这个整，少一个都不行!

海　瑞　严儿——大人，你看!（指海安包袱）

严　苟　（近安细瞧，再用手捏包，返回坐）你包袱里只有这个数（伸两指)，还差这个数（伸食指）!

海　瑞　再看!（指匣）

严　苟　你麻烦!把话一次说完嘛!害我多动一次金驾。(近安开匣看)

海　瑞　够数吧?

严　苟　将就!（返回坐）送过来!

海　瑞　慢!

严　苟　啥意识?

海　瑞　下官还有小小的隐私。

严　苟　（大声）啥子隐私?

海　瑞　（伸手撮五指——示意小声，再挥手示意海安背身）此银两是我夫人积储多年的私房，钗环手饰是我夫人的赔嫁。临行再三告诫：只准用于送门包的正道……

严　苟　有见识！

海　瑞　不准走花街、行柳巷、进赌场、上酒楼挥霍！

严　苟　（大笑——笑得死去活来、前躬后仰、椅倒人翻）……

海　瑞　严儿——大人（扶严起）你要注意龟体呀！

严　苟　（笑说）你——们家乡土话读贵是——

海　瑞　龟！

严　苟　我龟体无恙。

海　安　（暗笑）……

海　瑞　你龟头？

严　苟　（摇头）莫得事。

海　瑞　你龟手龟足？

严　苟　（活动手脚，再横伏椅脚作乌龟爬沙状后起身）莫得事。

海　瑞　你龟身？

严　苟　（转腰）我龟身也莫得事！

海　瑞　严儿——大人何故大笑？

严　苟　（仍笑）我……我……我笑、笑你是个妻管严！

海　瑞　下官没有气管炎！

严　苟　啥气管炎　！我说你是妻——管——严！（又笑）

海　瑞　我那河东狮子吼实在利害呀！

严　苟　（继笑）好——好——好……本大人收门包，从不写这个……念你是个怕老婆的粑耳朵，今天破例给你写一张……哈哈哈……（下）

海　安　家爷，临行你向夫人、小姐承诺“完璧归赵”，如今进了狗嘴……

海　瑞　他会乖乖地吐出来！

严　苟　出来啦！过来看！（坐椅脚上）

海　瑞　写好了？

严　苟　写得清清楚楚，明明白白，落了我的大号，盖了我的大印。拿回去报账，不会跪踏板啦！（仍笑）

海　瑞　见笑，见笑！（收条于袖）

严　苟　（伸手）……

海　瑞　（示意安）……

海　安　（送银、匣，呈手本）……

严　苟　（摸银视匣内）稍待，我去禀报。

海　瑞　严嵩——相爷回府了？

严　苟　刚刚回来。

海　瑞　怎未见进府呀？

严　苟　相爷喜欢走后门。

海　瑞　严府有后门？

严　苟　哪座府宅莫得后门！就是——（低语）皇帝佬倌的宫庭……也有后——门。你在旁边的莫德水茶社去等到。（欲行又止）……转来！

海　瑞　严儿——大人还有何吩咐？

严　苟　（低声）孝敬我家相爷的……

海　瑞　在这里！（以扇指袖内）

严　苟　不会少罢？

海　惴　下官——（扇点心）有数！

严　苟　你不但识趣，还懂窍！

海　瑞　呵！

严　苟　呵！

海　瑞　哈哈！

严　苟　哈哈！

海　瑞　哈哈哈……

严　苟　哈哈哈……

【严苟下，海瑞下，海安尾随；严苟持手本复上。

严　苟　请相爷！

严　嵩　（内咳嗽一声）……

侍女甲　（内）相爷出堂！（其他侍女接传）

【侍女（梳古妆头穿艳色古装）扶严嵩（粉壳壳脸，挂黑满，戴太师巾，穿天官蟒，红裤青靴，执扇）缓上……

严　嵩　（念引）

一人之下万人之上，
势压朝堂；
女居昭阳吾乃国丈，
世代风光。

【侍女搀嵩坐，两人捶背，两人捶腿……

严　苟　禀相爷。

严　嵩　有何要事？

严　苟　海瑞参拜相爷。（呈手本）

侍女甲　（接本示）……

严　嵩　（视）海瑞……可是那原淳安知县、现升刑部云南司主事的海刚峰？

严　苟　正是。

严　嵩　此人秉性耿直。在淳安廉洁奉公，爱民如子，有海清天之誉称。前番我那亲家张志伯奉旨巡视，各州府县无不盛迎送礼。唯海瑞一毛不拔，还大有揭钦差受贿之势，堪称胆识过人。海瑞才智非凡，若归顺老夫，吾如虎添翼也。严苟！

严　苟　在。

严　嵩　尔不可索取海大人的门包！

严　苟　哎……没、没有，一分一厘都没有取——（背低语）只按例收三百两。

严　嵩　不可待慢，请！

严　荀　……是。（背）今天相爷“不丁对”呀？！（转身出府）哎哎哎，过来！

海　瑞　（上）严嵩——相爷喜见吗？

严　荀　我说了一“铺浪子”的好话，相爷才肯见你。见了相爷，要好好回话哟！

海　瑞　下官会说话。

严　荀　好。请！

海　瑞　（视中）府门紧闭，从何而入？

严　荀　走——后——门！

海　瑞　下官从不走后门。

严　荀　（盯瑞帽，自语）不走后门，你那顶帽儿就戴一辈子。不是相爷吩咐，我才不会将就你。（向内）敞开中门！（对海）请嘛！

海　瑞　哦！这才是正道麻！（吹……缓缓行）

严　荀　酸啥子？！（也学瑞慢走）

【吹奏中，二人迈方步、对叉、又走“眼镜圈”……

海　瑞　参见相爷。

严　嵩　免礼。赐座奉茶！（挥手侍女停捶）

严　荀　是。（背）太阳从西边出来啦！（下）

【侍女为海摆椅，瑞施礼后就坐；荀端茶上奉严，嵩眼示海……

严　荀　（背）今天相爷有病哪？！（茶奉瑞）

海　瑞　（慢条斯理地看荀、视茶，翘腿、收扇、放扇、挽袖、伸手、缩回，故谦让示意送严）……

【严荀端茶至嵩，嵩命送海；荀至海，瑞又谦让——反复……最后，海起身对严拱手，再归位，又翘腿、挽袖、慢慢地伸手欲端茶……

严　荀　（悄语）派啥子，手都端软啦！

【海微笑，端杯，荀恨瑞一眼，海又微笑作答；荀再向严献茶。二人饮后，荀接杯下。吹止。

严　嵩　海大人，久闻贵司廉介，颇有仁声，故天子特迁都曹。

海　瑞　卑职自愧浅薄末才，辜负堪虞，伏乞相爷复加训诲。

严　嵩　此乃天子盛意，吾——（捡个人情做）为国举贤，略进其责。望大人今后……（以扇下点）

海　瑞　卑职理会。

严　嵩　那小小刑部就是海大人——（手握拳）

海　瑞　卑职明白。

严　嵩　哈哈……

海　瑞　哈哈……

严　嵩
海　瑞　哈哈哈……

严　嵩　贵司何时到京？

海　瑞　本月初五，初六上任，时已半月。

严　嵩　海大人真是公务繁忙……

海　瑞　卑职赴任后，本应即叩府参拜，多次到府，只是……

严　嵩　何故言而又忍？？

海　瑞　卑职有委曲下情，求恕罪，方敢禀。

严　嵩　无罪，无罪。贵司但说无妨。

海　瑞　卑职多次叩府，拒之门外。

严　嵩　啊……

海　瑞　严荀大人要门包三百银。还称是相爷定的规习！并说：每位参谒相爷者，必献千金为寿。我想相爷廉洁奉公，绝无此陋习。定是小人舞弄，败坏相爷名声！

严　嵩　这……严荀！

严　荀　（上）侍候相爷。

严　嵩　胆大！爷何时命尔索取门包？！

严　荀　是……（跪）

严　嵩　掌嘴！

严　苟　是。（自打三耳光——下同）

严　嵩　爷又何时要参拜官员献千金为寿？

严　苟　是……

严　嵩　掌嘴！

严　苟　是。（自打）

海　瑞　下官无奈，东借西贷，并用拙荆闺中金饰，凑足三百两……

严　嵩　严苟！（背）爷叫尔不可索他门包！

严　苟　没……没……

海　瑞　（袖内取纸条）相爷请看！

严　嵩　（观条气得抖两手，颤两颊，吹胡子）……

严　苟　（见状，反复打脸）……

海　瑞　（低声微笑）……

严　嵩　（背）愚蠢！愚蠢之极！还不如数退还海大人！（揉掷纸条打苟）

严　苟　是。（起，捡纸条下，抱包袱、匣上，还海）我遭了你的“门门门”！

严　嵩　海大人才智，老夫早已耳闻。惜乎相见（咬牙切齿地）恨——（假笑）晚也！

海　瑞　相爷过赞。卑职告辞！

严　嵩　代爷送海——大——人！（拂袖下，侍女扶严随下）

严　苟　送——瘟神！（甩袖头子、跺足下）

海　瑞　（畅笑）哈哈哈……

（唱【红衲袄·二流】）

　　堪笑堪笑——

　　<u>实堪笑</u>，

【海安上接包、匣。

海　瑞　（唱）奸贼严嵩智不高。

　　三寸舌软绳把虎套，

尔费心贪婪枉徒劳。

恨只恨居一品不思把社稷保，

媚君害臣还恋钱钞。

海老爷立志摧尔冰山倒，

一片丹心辅圣朝。

海　瑞　哈哈哈……（整冠、掸袖、摇扇笑下）

海　安　（看银、匣）哈哈哈……（下）

·剧　终·

附　记

《海瑞参相》又名《海瑞戏门官》，是我父好友张松樵先生的“私房戏”。张老饰海瑞，我父演严苟。他们多年合作，台上默契，妙趣时出，观众捧腹。据我知，这是川剧传统戏中唯一一出海瑞当主角的折戏。

2016年8月10日 8月14日改

68 数州县（灯调·弹戏·高腔）

天生吾 夏长清◎传授 夏庭光◎整理

剧情简介

夫妻双双赶庙会，沿途笑语趣味生。

人　物：王恍恍（小　丑）
田蜜蜜（花　旦）

◎王恍恍戴素色栏梳，穿茶衣加短白裙、捆风带，浅色裤，白统袜，夫子鞋，背香筒，拿雨伞，脸上画“豆腐干”。田蜜蜜捆花头，穿素色衣裤，足下彩鞋，挎篮持巾。

【空场。

【乐台奏“咚当”接［望山猴］过门——幕启乐止……

◎“灯调”，亦习称灯戏，即是以灯调声腔演出的剧目。“咚当”，二鼓、大锣单奏，常用于灯调戏的开始和灯调戏唱段的开头；【望山猴】乃灯调小曲的曲名。

田蜜蜜 （内）老公喂！

王恍恍 （内）老婆喂！

田蜜蜜 （内）走快点嘛！

王恍恍 （内）来了噻！

【田蜜蜜、王恍恍在［望山猴］弦律音乐套小打中欢快地从上马门上。

田蜜蜜 娃儿的爹，走噻！

王恍恍 娃儿的妈，走嘛！

田蜜蜜 （唱【望山猴】）

清早起来茶泡饭，

王恍恍 （唱）跳水咸菜味道鲜。

◎“跳水咸菜”泡的时间短少——如头晚泡，翌晨吃，其菜鲜嫩，乃四川泡咸菜的特色之一。

吃过早饭——

田蜜蜜 （唱）巧打扮，

王恍恍 （唱）身上穿件——

田蜜蜜 （唱）花衫衫。

夫妻灵山——

王恍恍 （唱）还香愿，

身背香烛——

田蜜蜜 （唱）我提纸钱。

此去灵山有多远……

◎走“线八子”，边行边唱。

（唱【占占子】）

为啥子翻了一匹坡，

赶了两回船。

住了三次店，

又走四五天，

六月底出门，

七月到梅湾。

八方拜菩萨，

九九重阳只剩十来天。

还要走好远——

（唱【望山猴】）

累得我腿疼腰杆酸。

◎放下竹篮，坐地。

王恍怆 说远也不远，还要走点点。

田蜜蜜 点点！？你这点点有多远啰？

王恍恍 老实给你说，还要过几个县。

田蜜蜜 几个县……哪几个县?

王恍恍 给你说了还是还，你不晓得!

田蜜蜜 啥子咧!（起立）哪样线我不晓得。

王恍恍 你晓得啥子县?

田蜜蜜 蓝线白线，丝线棉线，还有……

王恍恍 算了哦!你说的线，不是我说的县。

田蜜蜜 我晓得。你说的县，不是我做针线活的线。

王恍恍 对啰!

田蜜蜜 我还是晓得。

王恍恍 你又哪个晓得咧?

田蜜蜜 那才怪吓!我经常听住在我们隔壁那位讲评书的老先生摆“龙门阵”，他说了我们四川好多好多的县，我也晓得好多好多的县名。

王恍恍 咦!冲壳子不怕牙巴痛!你也晓得好多好多的县名!?

田蜜蜜 你“告”一下嘛!

王恍恍 要得。反正这下太阳大，我也走累了，在树子底下歇口气。嘴巴空，我俩口子就来数县名。

田蜜蜜 好嘛!

王恍恍 莫忙啊!说不出县名，输了咋个说?

田蜜蜜 我输了……把我的姓反起写。你输了哇?

王恍恍 我……也把我的姓倒起写嘛!

田蜜蜜 ……王恍恍，把你王字倒起写，还不是王呀!

王恍恍 田蜜蜜，把你田字反起写，还不是田哪!

田蜜蜜 好好好，输了我当妈!

王恍恍 啥子妈?哪个的吗?

田蜜蜜 娃儿的妈!

王恍恍 算了啰!输赢你都是妈……

田蜜蜜 喂!

王恍恍 你会估"欺头"呀？

田蜜蜜 你莫跟娃儿争到喊噻！

王恍恍 我们不赌输赢了。闲话少讲……

田蜜蜜 说起来！

王恍恍 说起不好听，我们过唱！

田蜜蜜 啷个唱？

王恍恍 像我们街上唱川戏玩友啷个唱。

田蜜蜜 对嘛！

王恍恍 你会唱？

田蜜蜜 你忘啦？我还唱过一出花旦戏嘟嘛！

王恍恍 啊……那回我唱的小花脸。那就唱起来！

田蜜蜜 莫忙啊！啥子都莫得，未必干唱呀？

王恍恍 这个……

【传来川剧锣鼓声……

王恍恍 嗨！你看！（向乐队方向指）那院坝头在打玩友，请他们帮个忙。

◎"玩友"——川剧爱好者。"打玩友""打围鼓"，即是不化妆清唱（亦叫座唱）。

田蜜蜜 要得！

王恍恍 那位"坐桶子"的老师傅帮个忙打起来、扯起来！

◎"坐桶子""坐鼓棚子""打鼓匠"——即是鼓师，川剧乐队的指挥。

（内）唱啥子？

王恍恍 先唱弹戏嘛！

（唱弹戏【夺子】）

四川究竟有多少县，

先把数目谈一谈。

田蜜蜜 （唱）四川一百单八县，

县县的县名记得全。

你听我先背一遍……

王恍恍 （唱）死背县名太简单。

一问一答才把功夫见，

田蜜蜜 （唱）让你发问佔个先。

王恍恍 听到！

（唱）针鼻子莫眼咧……（“呼儿腔”）

针鼻子莫眼是啥子县？

田蜜蜜 （唱）针鼻子莫眼嘛……（“呼儿腔”）

针鼻子莫眼线难穿。

王恍恍 （快唱）

针鼻子莫眼啥子县？

田蜜蜜 （唱）针鼻子莫眼线难穿。

王恍恍 （唱）我问的针鼻子莫眼啥子县？

田蜜蜜 （唱）我答的针鼻子莫眼线难穿。

王恍恍 （唱）啥子县？

田蜜蜜 （唱）线难穿。

王恍恍 （唱）啥子县？

田蜜蜜 （唱）线难穿。

王恍恍 （唱）啥子？

田蜜蜜 （唱）难（南）穿（川）。

王恍恍
田蜜蜜 （同唱“坝儿腔”）……

◎“呼儿腔”“坝儿腔”，还有“盖天红”“霸腔”，皆为弹戏唱腔中一种专门腔的称谓。

王恍恍 算啦，算啦！唱了半天，没有把县名答出来。

田蜜蜜 我咋个没有答出来。你问的“针鼻子莫眼啥子县”，我答的“针鼻子莫眼线难穿”。“针鼻子莫眼”就是南——（难）川——（穿）县（线）！

王恍恍 对！就是南川县。你用困难的“难”，谐音南北的南，用穿着的“穿”，谐四川的川，用丝线棉线的“线”谐县城的县。我刚才咋个没想到咧！？

田蜜蜜 你笨！

王恍恍 好，又来！

田蜜蜜 又来，听我的！

（唱【红衲袄·一字】）

河底漏水是——哪个县？

田蜜蜜 （唱）啥子县的衙门多得数不完。

王恍恍 （唱）你说的就是两个县，

你画的圈圈你自己圆。

田蜜蜜 （唱）衙门多是万县，

河底漏水是永川（穿）。

王恍恍 （唱【二流】）

四门大敞——

田蜜蜜 （唱）叫开县，

水归大海——

王恍恍 （唱）是合川。

田蜜蜜 （唱）衣服开领城（成）口县，

端公上岩是巫山。

◎四川的跳“端公”与“巫师”作法相同，都是宗教意识浓厚的一种活动。

它以迎神驱鬼、纳吉治病、祷还愿事为主，还表演许多生动活泼的小型故事娱神。人们习称这一活动为“杠神”“庆坛”。“端公”的女性助手名“仙娘”，“巫师”的搭挡叫“巫婆”。

一生守寡奉节县，
仙娘投水巫溪边。
雾散日出云阳县，
玉女巧配是潼（童）南（男）。

◎习誉称幼女为玉女。

王恍恍 （唱）糯米团掉进纺车是巴县（线），
花开遍岭是秀山。
河边问渡江津县，
彭（盆）水洗脸洗得来干干净净净净干。
（唱【占占子】）
满河金银——
田蜜蜜 （唱）黔（钱）江县，
王恍恍 （唱）金银铁锡都不好——
田蜜蜜 （唱）铜梁（良）县。
王恍恍 （唱）白玉做杆杆——
田蜜蜜 （唱）石柱县，
王恍恍 （唱）三丈金莲——
田蜜蜜 （唱）大足县。

◎“金莲”，形容古代妇女的三寸小脚。

王恍恍 （唱）衣锦还乡——

田蜜蜜 （唱）荣昌县，

王恍恍 （唱）石灰成河——

田蜜蜜 （唱）江北（白）县。

王恍恍 （唱）三湖四河成一统——

田蜜蜜 （唱）綦（七）江县，

王恍恍 （唱）东南西北——

田蜜蜜 （唱）有忠（中）县。

王恍恍 （唱）彭祖诞辰——

田蜜蜜 （唱）长寿县，

◎传说彭祖活到八百零八岁。

王恍恍 （唱）红日不落——

田蜜蜜 （唱）酉（有）阳县。

王恍恍 （唱）人死后报到——

田蜜蜜 （唱）去酆都县，酆——都——县。

哎呀呀呀……唱完了，歇口气。

王恍恍 唱完了？半天云吹唢呐，还在“哪里哪”哟！

田蜜蜜 还要唱呀？

王恍恍 不唱？！这个戏还幺不到台！

◎“幺台”，川戏班行话，即一场戏演毕之意。

田蜜蜜 又唱哪里？

王恍恍 （唱【红衲袄·一字】）

唱了川东——还不算，

田蜜蜜 （唱）再来唱川西川北与川南。

王恍恍 （唱）县名前冠个“银”字——

田蜜蜜 （唱）岳池县，

◎岳池盛产大米，广安盛出包谷，历有“金广安，银岳池”之称。

王恍恍 （唱）大河张口吞小河——

田蜜蜜 （唱）是江安（淹）。

王恍恍 （唱【二流】）

一个冬笋有千斤重——

田蜜蜜 （唱）大竹县，

王恍恍 （唱）个十百千——

田蜜蜜 （唱）加万源（元）。

王恍恍 （唱）刘邦登基——

田蜜蜜 （唱）宣汉，

◎汉高祖刘邦灭秦除楚创汉。

王恍恍 （唱）玉皇洗澡——

田蜜蜜 （唱）天全（泉）。

◎玉皇，是道教中最高级的神明，天上的君主。

王恍恍 （唱）两眼一闭——

田蜜蜜 （唱）长宁县，

王恍恍 （唱）讨口子捡颗夜明珠——

田蜜蜜 （唱）乐至……哈哈哈……笑得那个眉毛弯。

王恍恍 （唱）张敞画的——

田蜜蜜 （唱）峨（蛾）眉——县，

◎“张敞”，西汉河东平阳（今山西临汾西南）人，字子高。初为太仆丞，宣帝时任太中大夫，后任京兆尹。传说，张敞夫妻情笃，为妻妆台画眉。

演戏乘骑——

王恍恍 （唱）挥马边（鞭）。

田蜜蜜 （唱）能使鬼推磨——

王恍恍 （唱）犍（钱）为县，

田蜜蜜 （唱）五岳欢笑——

王恍恍 （唱）是乐山。

◎传统戏中的人物乘骑，仅使用“马挽手”——马鞭；“五岳”，即是东岳泰山，南岳衡山，西岳华山，北岳恒山，中岳嵩山。

田蜜蜜 （唱）百岁老头添幺儿——

王恍恍 （唱）喜德（得）县，

田蜜蜜 （唱）锅魁沾蜂蜜——

王恍恍 （唱）巴塘（糖）——吃得来蜜蜜甜，那个蜜蜜甜。

田蜜蜜 （唱）十二岁的崽儿当丞相——

王恍恍 （唱）甘洛（罗）县，

◎“甘罗”，秦甘茂之孙甘罗，自荐使赵，圆满而归，秦王封为上卿，俗传甘罗十二为丞相。有诗为证：片言纳地广河间，上谷封疆又割燕。许大功劳出童子，天生智慧岂因年？

田蜜蜜 （唱）青城峨眉——

王恍恍 （唱）是名山。

◎“青城天下幽，峨眉天下秀”自然是名山（县）。

田蜜蜜 （唱）你娃儿喊我的姐姐——

王恍恍 （唱）大邑（姨）县，

田蜜蜜 （唱）富翁垮杆——

王恍恍 （唱）邛（穷）崃（来），莫怨天。

田蜜蜜 （唱）戎装戍边名威远，

王恍恍 （唱）剑阁堪称是雄关。

◎“剑阁”，素有“剑阁天下雄”之称。

田蜜蜜 （唱【占占子】）

两个娃儿屙尿双流县，

曲鳝滚沙仪（泥）陇（龙）县。

◎“曲鳝”，民间俗叫地龙。

礼仪待客宜宾县，

皇帝的妃子梓潼县。

王恍恍 （唱）涨水漫城是安（淹）县，

野外睡觉蓬溪（栖）县。

天天输钱新（心）繁县，

喜上加喜崇（重）庆县。

强租房屋古（估）蔺（赁）县，

白棉下染缸南（蓝）部（布）县。

老傢倌听话富（父）顺县，

糠壳高过谷子价米易县。

田蜜蜜 （唱）满屋辉煌金堂县，

开水不涨是郫县。

◎四川人说不涨的温开水是“水疲了”；说某人做事不急是“疲性子”。“疲”“郫”同音。

状元及弟是荣县，
染布要用垫（电）江（浆）县。
国术昌盛武胜县，
秀才聚会兴文县。
炸山引水开江县，
河边建楼邻（临）水县。

王恍恍 （唱）为老丈人搬新家安岳县，

◎“丈人”，亦称岳父。

夏禹王疏九河通江县。
大审玉堂春三台县，

◎川剧传统戏全本《玉堂春》中的《审苏三》，又名《三台会审》（以称《三堂会审》）。

城内小溪密如网是渠县。
自贡封井盐亭（停）县，
山巅巅筑城是高县。
和尚化缘什（十）邡（方）县，
弯弓背上建城池是珙（拱）县。
坝紮包笋绵（棉）竹县，
农村都市一个样乡城县。

田蜜蜜 （唱快【占占子】）

猪儿有名隆昌县，

◎荣昌出麻布，隆昌出肥猪。

王恍恍 （唱）高坡扎寨营山县。

田蜜蜜 （唱）河水炒菜江油县，

王恍恍 （唱）剪刀断水夹江县。

田蜜蜜 （唱）称砣跳水罗（落）江县，

王恍恍 （唱）多流汇总合江县。

田蜜蜜 （唱）三箭中靶射洪（红）县，

◎射箭射中箭靶红心为上乘箭技。

王恍恍 （唱）秋收万石稻城县。

田蜜蜜 （唱）繁华繁荣是茂县，

王恍恍 （唱）红日闪霞金阳县。

田蜜蜜 （唱）走帕扫地布拖县，

王恍恍 （唱）霹雳击浪雷波县。

田蜜蜜 （唱【红衲袄·二流】）

四川还有——不少县，

王恍恍 （唱）本想唱完莫时间。

帮　腔 （帮【合同】）

太阳偏西天将晚，

下场休息抽水烟。

◎“水烟”，是烟的一个种类，其价较为低廉。

【乐台奏“咚当”接起［望山猴］弦律……

◎全折戏以唱为主，演员务必口齿清晰，吐词无误；根据台词的内容，适当地变换方位和做一些少许的动作即可。

·剧　终·

2013 年 6 月 5 日再次修改

2013 年 9 月 15 日校改

附　记

说起《数州县》还有块（个）小小的棉布（缘故）。

儿时随父跑滩搭班于赤水县时，父亲就教我《数州县》，先后演过两次。后在江津白沙镇与父亲的同行天生吾同班，他又教我《数州县》，也先后唱过两盘。天老师（迄今我也不知天生吾是艺名或是他真的姓天）的《数州县》与父亲的此戏大同小异。我已学了《数州县》，为啥再学一个呢？！父亲说，天老师嗓子好，唱腔好，尤《数州县》《审百案》《战万山》甚至全本《天罡剑》中的一折《洛阳店》的配角家奴陶兴的一小段【红衲袄】都唱得会首为他鸣鞭挂红。天老师为人谦逊，每与我父见面总是尊敬地称夏老师，尤听说喊我跟他学《数州县》，更是推辞再三，由于我父亲态度诚恳坚决，天老师才勉为其难地答应。现在想来，两位前辈都是具有大家风范的老艺人。

2000 年的某日与一位川戏迷“吹春波啰”（聊天），扯到了《数州县》，他建议我把它恢复上演。本来，儿时学过唱过的戏，不易忘怀，但是，两个《数州县》在头脑里“打架”，增加了回忆的难度……2001 年 4 月总算忆写出初稿，易名《赶庙会》，用川剧的灯、昆、弹、胡、高五种声腔，由重庆市川剧院的许咏明、王蓓分饰王恍恍、田蜜蜜，于同年 5 月演出，后又复演一次，效果非常的好，有位戏迷看了两场，更是赞不绝口。那次回忆整理，主要是删改了原词中的低级庸俗句子。2005 年 8 月为剧院“三下乡”之需，又整理了一次，还了《数州县》原名，仅保留了三种声腔（原《数州县》是

一曲【红衲袄】到底）

现将该剧收入“剧本选”，一是不负天老师和我老汉的传授心血，二是为川剧舞台多留下一出“消痰化食”的“耍耍戏”。

附21 花木兰巡营（弹腔·甜皮）

夏庭光◎整理

剧情简介

隋代，突厥侵犯，边关告急，朝廷征兵。木兰父年老、弟幼小，花木兰乔装男儿替父。转战多载，屡建奇功。一夜巡营，发现宿鸟惊飞，料定贼兵偷袭，速禀元帅，设伏破敌。

此“巡营”，为全本《花木兰》之一场。

人　物：花木兰（武　旦）
　　　　二军校（杂）
　　　　马　童（武　行）

◎花木兰戴白色“木兰盔”，身穿白绣花缎袍束白鸾带，下着绣花白裤，登绣花白色虎头薄底靴，披白色绣花雪子，腰佩龙泉剑。

二军校戴包巾额子，着杂色绣袍，下穿杂色彩裤、打靴，挂剑。

马童捆绣花黑打帕，穿同色花打衣裤，脚下白长统袜、黑绣花打鞋。

【舞台中央置一椅，搭绣花椅帔。

【“大出场”锣鼓中，花木兰由“出将”方迈步登场。

花木兰　（念引）

突厥犯境，
代父应征；
光阴荏苒十二春，
朝夕难忘故乡情。（坐）

（念诗）

突厥入寇侵边庭，

大好河山烽火生。

报国不羡将军印，

誓扫狼烟定太平。

俺……（*左顾右视后，用女声*）花木兰。突厥侵犯，朝廷募兵，奴女扮男装，代父应征。历经数十余战，屡挫番兵，突厥退败嘉峪关。贼酋战也不战，和也不和，旷日持久，好不闷煞奴矣！

（唱【一字】）

花木兰在小营自思自叹，

哪一日哪一时不念故园。

皆因为突厥兴兵把境犯，

贼妄想长驱直入侵中原。

常言道覆巢之下无完卵，

巾帼有志不逊男。

十二载浴血沙场经百战，

出入虎穴闯龙潭。

但愿得早日平战乱，

卸戎装返乡梓还我红颜。

那时节进机房织布纺线，

同姐妹放风筝采桑养蚕。

闲暇时教弟弟舞枪弄剑，

弟成人也能够御敌戍边。

观看今夜，月明风高，四野寂静，似有一种不祥之兆哇！

（唱【二流】）

突厥王性残暴奸诈阴险，

此一番遭惨败定不心甘。

嘉峪关离我军一箭之远，

须提防突厥贼暗袭营盘。

（男声）军校走来！

二军校 （分上）参见将军。

花木兰 随俺巡营望哨。

二军校 马童，带马！

【花木兰整装，马童牵马上，一军校抱枪，一军校提灯笼，木兰出营……

花木兰 （唱【倒板】）

出小营望长空星稀月朗……

【花木兰上马。

花木兰 （唱【一字】）

花木兰防敌变夜巡营房。

往东营……（过场）

东营地静无声更鼓频响，

行西寨……（过场）

军士们枕戈眠睡梦正香。

巡南哨……（过场）

观南哨恰好似天罗地网，

查北岗……（过场）

夜巡军一个个斗志昂扬。

抬头望好山河秀丽雄壮，

月光下望不尽——

（唱【二流】）

田园风光。

（唱【霸腔】）

最可恨突厥王无故犯上，

（唱【二流】）

抢民财烧民房民遭祸殃。

边庭地战势急招兵募将，

（女声背唱）

花木兰代父征女扮——

（男声唱）

男装。

（唱【夺子】）

在边关经历了数十余仗，

突厥兵遭重创惨败落荒。

贼兵退嘉峪关毫无动向，

俺料想贼设谋诡计暗藏。

二军校夜巡营——

（唱【二流】）

小心为尚，

千里堤溃一穴切记莫忘。

【群鸟声……

二军校 将军你听！

花木兰 （唱）忽听闻群鸟声凌空叫嚷……

马　童 将军你看！

【众望天空群鸟……

花木兰 吓！

（唱【三板】）

夜深沉宿鸟飞事非寻常。

哎呀不好！归林宿鸟，深夜惊飞，必是突厥起兵夜袭。马童！

马　童 在。

花木兰 速返大帐禀告敌情，请元帅设空营之计，俺率左营将士伏兵峡口，断贼归路，突厥兵至，鸣炮为号，前后夹击，全歼来犯之敌！

马　童　记下了。（急下）

花木兰　二军校！

二军校　在。

花木兰　分往左右二营调兵，与我峡口会合，不得有误！

二军校　遵命！（交枪与木兰后分下）

【花木兰挥枪下。

·剧　终·

附　记

在我的“剧本选”里冒出一折武旦应工的戏，似乎有奇哉怪哉之感！

20世纪的五十年代，重庆市胜利川剧团编导组根据古乐府《木兰辞》和参照同名豫剧集体编写（组长刘俊夫执笔）了全本《花木兰》，由我导演，竹畹秋（本名方少华）饰花木兰，在胜利剧场连演月余，门庭若市。一次，到五〇七发电厂唱堂戏（即晚会，那时还习惯按旧时的叫法），一台六折小戏（那时的习惯，一场戏要演足三个多小时，否则，观众要喊退票），其中就有《花木兰·巡营》。孰料，竹畹秋突患重感冒，吃药打针后，也还是嗓音嘶哑得发不出一丝音。临时无法换戏，团长金震雷只好叫我这个导演“反串”解危。“无巧不成书”——五〇七厂的戏迷厂长偏偏在胜利剧场看过我在《满春园》“戏中戏”里“反串”（“反串”，就是男角行演女角，旦行唱男角——如《檄文诏》，花脸演皇太后赵姬，花旦唱秦王嬴政。观众看《满春园》，实是欣赏各行演员在“戏中戏”里的多出“反串”折戏）演出的《水涌金山寺》“驾舟”片段的白氏，团长一说，厂长就同意了。戏毕，在筵席上，戏迷厂长还给我敬酒开玩笑：“我要是会首幺公，今晚上定给你鸣鞭炮，挂彩红……”“你不喊‘罚戏’（旧时，会首喊‘罚戏’，戏班就白演了），就是万幸！——我也以玩笑话回答。

2002年，我的干亲家王（德云）大爷告诉我，想让蓓蓓搞个人专场之意，要我给她选择一个剧目。因此，想到了《花木兰》的《巡营》。惜乎，《花木兰》的油印本早在“文化大革命”时已付之火焚。只能靠一点一滴的慢慢回忆……终于同年三月写成，并作了少许的丰富整理。

近日，与我院的导演同行闲谈，提到此戏，他表示有兴趣排练，故也引发我将《巡营》作“附件”收入“剧本选”之念：一为“剧本选”添点“花椒面”;二为有兴趣的武旦艺友提供一出目前川剧舞台尚无的“木兰戏”，也算补缺。

2013 年 6 月

附录：夏庭光演出剧目选（存目）

<table>
<tr><th>剧　名</th><th>类型</th><th>声腔</th><th>角　色</th><th>行当</th><th>备　注</th></tr>
<tr><td>芙蓉画</td><td>全本</td><td>高腔</td><td>苏　生</td><td>娃娃生</td><td>未加注明者皆传统戏</td></tr>
<tr><td rowspan="2">洪江渡</td><td rowspan="2">全本</td><td rowspan="2">高腔</td><td>江流生</td><td>娃娃生</td><td></td></tr>
<tr><td>陈光蕊</td><td>文生</td><td></td></tr>
<tr><td>庙会</td><td>折子</td><td>高腔</td><td>老和尚</td><td>老生</td><td>洪江渡之一</td></tr>
<tr><td>三孝记</td><td>全本</td><td>高腔</td><td>安　安</td><td>娃娃生</td><td></td></tr>
<tr><td>乾隆游江南</td><td>全本</td><td>高腔</td><td>西瓜宝</td><td>娃娃生</td><td>又名：大打皮罗当</td></tr>
<tr><td rowspan="2">红袍记</td><td rowspan="2">全本</td><td rowspan="2">高腔</td><td>刘承祐</td><td>娃娃生</td><td></td></tr>
<tr><td>刘知远</td><td>武生</td><td></td></tr>
<tr><td>小放牛</td><td>折子</td><td>灯调</td><td>牧　童</td><td>娃娃生</td><td></td></tr>
<tr><td>醉打瓜精</td><td>折子</td><td>胡琴</td><td>刘知远</td><td>武生</td><td>红袍记之一</td></tr>
<tr><td>赏功访袍</td><td>折子</td><td>高腔</td><td>薛仁贵</td><td>武生</td><td>白袍记之一</td></tr>
<tr><td>独木关</td><td>大幕</td><td>胡琴</td><td>薛仁贵</td><td>武生</td><td></td></tr>
<tr><td>摩天岭</td><td>大幕</td><td>胡琴</td><td>薛仁贵</td><td>正生</td><td></td></tr>
<tr><td>目连传</td><td>连台本</td><td>高腔</td><td>傅萝卜
(目连)</td><td>娃娃生</td><td></td></tr>
<tr><td>书馆悲逢</td><td>折子</td><td>高腔</td><td>蔡伯喈</td><td>文生</td><td>琵琶记之一</td></tr>
<tr><td>伯喈辞朝</td><td>折子</td><td>高腔</td><td>蔡伯喈</td><td>文生</td><td>同上</td></tr>
<tr><td>思亲诘问</td><td>折子</td><td>高腔</td><td>蔡伯喈</td><td>文生</td><td>同上</td></tr>
<tr><td>摘梅、幽会、
放裴</td><td>折子</td><td>高腔</td><td>裴　禹</td><td>文生</td><td>红梅记之一</td></tr>
<tr><td>春秋配</td><td>全本</td><td>弹戏</td><td>石金甫</td><td>武丑</td><td>整理本
（武丑属武生行·下同）</td></tr>
<tr><td>捡柴</td><td>折子</td><td>弹戏</td><td>李春华</td><td>文生</td><td>老本春秋配之一</td></tr>
<tr><td>花田错</td><td>全本</td><td>弹戏</td><td>周　通</td><td>花脸</td><td>武生应工</td></tr>
</table>

剧　名	类型	声腔	角　色	行当	备　注
花田写扇	折子	弹戏	边　吉	文生	花田错之一
芙奴传	全本	弹戏	席贤春	文生	整理本
幽闺记	全本	高腔	蒋世隆	文生	整理本
庹世虎夜奔	折子	高腔	庹世虎	武生	幽闺记老本之一
逼侄赴科	折子	高腔	潘必正	文生	玉簪记之一
戏仪	折子	高腔	窦　仪	文生	五桂联芳之一
白蛇传	全本	胡·高·昆	许　仙	文生	讲经至断桥完
断桥	折子	高腔	青　儿	武生	白蛇传之一
玉堂春	全本	弹戏	王金龙	文生	整理本
关王庙	折子	胡琴	王金龙	文生	玉堂春之一
珍珠衫	全本	高腔	蒋　兴	文生	
酒楼晒衣	折子	高腔	陈　商	文生	珍珠衫之一
二堂释放	折子	高腔	吴　吉	老末角	同上
怒龙沱	全本	高腔	花逢春	武生	新编
牡丹园	全本	弹戏	苗　青	文生	整理本
禹门关	全本	弹戏	杨八郎	武生	整理本
景阳岗	全本	昆·胡·弹	武　松	武生	整理本
武松打虎	折子	昆腔	武　松	武生	
百花公主	全本	高·昆	海　生	文生	整理本
花仙	全本	高腔	陈秋林	文生	整理本
天门阵	全本	弹·胡	杨宗保	武生	
战洪州	大幕	弹戏	杨宗保	武生	
杜十娘	全本	高腔	李　甲	文生	整理本
活捉李甲	折子	高腔	李　甲	文生	老本百宝箱之一
窦玉姐	全本	高腔	南善复	文生	鉴定本

剧　名	类型	声腔	角　色	行当	备　注
董小宛	全本	高腔	冒辟疆	文生	新编
乔老爷奇遇	全本	弹戏	乔老爷	文生丑	整理本
梵王宫	全本	弹戏	花　云	武生	整理本
太平仓	大幕	高腔	花　云	武生	
打红台	全本	高腔	金大用	文生	
			肖　方	武生	
反徐州	全本	弹戏	徐达	正生	整理本
御河桥	全本	高腔	宣登鳌	文生	
			宣学贤	老末角	
金霞配	全本	高腔	三太子	武生	整理本
金串珠	大幕	高腔	金王生	文武生	
龙骨扇	上下本	高腔	龙凤卿	文生	整理本
拉郎配	全本	高腔	李　玉	文生	整理本
解字盘贞	折子	高腔	徐元宰	文生	玉蜻蜓之一
锦云裘	大幕	高腔	魏化龙	武生	
归正楼	大幕	高腔	贝　戎	武生	
绣襦记	全本	高腔	郑元和	文生	改编本
林丁投店	折子		林　丁	小丑	林丁犯夜之一
千里送京娘	全本	高腔	赵匡胤	武生	改编本
太岁庄	大幕	高腔	赵匡胤	武生	
斩四姑	大幕	高腔	赵匡胤	武生	
问路打哑	折子	胡琴	赵匡胤	武生	
斩　袍	大幕	胡琴	赵匡胤	红生	
下河东	大幕	胡琴	赵匡胤	红生	
龙虎斗	折子	胡琴	赵匡胤	红生	

剧　名	类型	声腔	角　色	行当	备　注
唐伯虎点秋香	全本	高腔	唐伯虎	文生	整理本
唐伯虎装疯	全本	高腔	唐伯虎	文生	移植本
盖三宝	大幕	高腔	伯夷考	文生	
闹齐庭	全本	高腔	齐桓公	老生	整理本
金殿审刺	折子	高腔	天启帝	正生	盘龙剑之一
顺天时	大幕	高腔	土行孙	小丑	
双旗门	大幕	高腔	洪锦	武生	
竹林堂	大幕	高腔	刘子荣	武生	
游株林	大幕	高腔	夏　舒	武生	
范氏醋	折子	高腔	徐首卿	文生	泥壁楼之一
郗氏醋	折子	高腔	萧　衍	武生	双飘带之一
盼新房	折子	弹戏	工　人		新编现代戏
接嫂嫂	折子	灯调	小　弟		移植现代戏
打鸟	折子	灯调	三毛箭	武生	移植本
杀惜	折子	吹腔	宋　江	正生	乌龙院之一
营门斩子	折子	高腔	薛丁山	正生	
醉战雍州	折子	高腔	穆居易	武生	阴阳树之一
翠屏山	全本	高腔	石　秀	武生	
翠香记	折子	弹戏	邱　山	文生	全本翠香记之一
银屏绑子	折子	胡琴	李世民	老生	金水桥之一
仙姬送子	折子	胡琴	董　永	文生	上天梯之一
焚香记	全本	高腔	王　魁	文生	整理本
三击掌	折子	高腔	王　允	老生	红鬃烈马之一
别窑投军	折子	高腔	薛平贵	武生	同上
三打薛平贵	大幕	高腔	薛平贵	武生	同上

剧　名	类型	声腔	角　色	行当	备　注
宫宴赶关	折子	胡琴	薛平贵	正生	回龙阁之一
寒窑会	折子	胡琴	薛平贵	正生	同上
重台别	折子	高腔	梅良玉	文生	二度梅之一
范生赠银	折子	高腔	范　生	文生	
			老　叟	老末角	
双相容	折子	胡琴	朱　棣	武生	大幕双相容之一
双洞房	折子	高腔	韩文玉	文生	八仙图之一
反潼关	大幕	弹戏	马　超	武生	
葭萌关	大幕	弹戏	马　超	武生	
黄鹤楼	大幕	弹戏	周　瑜	武生	
芦花荡	大幕	弹戏	周　瑜	武生	
卧龙吊孝	大幕	胡琴	孔　明	正生	
磐河桥	大幕	弹戏	赵　云	武生	
借云破曹	大幕	弹戏	赵　云	武生	
长坂坡	大幕	胡琴	赵　云	武生	
截江夺斗	大幕	高腔	赵　云	武生	
战汉水	大幕	高腔	赵　云	正生	武生应工
出祁山	大幕	胡琴	赵　云	老生	
李肃说布	折子	弹戏	吕　布	武生	
虎牢关	大幕	高腔	吕　布	武生	
连环计	全本	高腔	吕　布	武生	小宴至刺卓
辕门射戟	大幕	弹戏	吕　布	武生	
火烧吕布	大幕	胡琴	吕　布	武生	
水淹下邳	大幕	弹戏	吕　布	武生	
白门楼	折子	弹戏	吕　布	武生	

剧　名	类型	声腔	角　色	行当	备　注
战长沙	大幕	胡琴	黄　忠	老生	武生应工
			关　羽	红生	
盘肠战	大幕	高腔	罗　通	正生	
烤火下山	折子	弹戏	倪　俊	文生	小富贵图之一
望夫云	全本	高腔	青年猎人	武生	新编
长平之战	全本	高腔	赵　括	武生	新编
赵氏孤儿	全本	高腔	赵　武	武生	改编
平原作战	全本	弹戏	李　胜		现代戏
抱尸归家	折子	高腔	陈　采	小丑	西关渡之一
隋朝乱	全本	胡琴	杨　广	小丑	定计至药毒杨勇
南阳关	大幕	胡琴	伍云昭	正生	
伐东吴	全本	胡琴	陸　逊 刘　备	武生 老生	刘备发兵至白帝城托孤
刘谌哭庙	折子	胡琴	刘　谌	武生 正生	又名：哭祖庙。 两行皆饰演
藏舟	折子	胡琴	刘　瓒	小生 正生	两行皆演
义烈传	全本	弹戏	周　仁	文生	改编
祝英台打店	折子	高腔	熊文通	武丑	又名：百花楼
时迁盗马	折子	时迁	武　丑	武戏	
盗银瓶	大幕	弹戏	邱小乙	武丑	佛手桔之一
男女盗	大幕	弹戏	梁上君	武丑	
卖油郎	折子	高腔	秦　重	文生丑	独占花魁之一
镫打石雷	大幕	弹戏	石　雷	花脸	武生应工
打虎过山	折子	弹戏	杨七郎	花脸	同上
阳河堂	折子	胡琴	薛　猛	正生	

剧　名	类型	声腔	角　色	行当	备　注
法场换子	折子	胡琴	徐　策	老生	
举狮观画	折子	胡琴	徐　策	老生	
徐策观阵	折子	胡琴	徐　策	老生	
九焰山	折子	胡琴	薛　蛟	武生	
张良访韩信	折子	胡琴	张　良	文生 正生	两行皆演
韩信斩樵夫	折子	胡琴	韩　信	武生	
萧何追韩信	折子	胡琴	萧　何	老生	
韩信问卜	折子	胡琴	王　蝉	老生	
马房放奎	折子	胡琴	陈　容	老生	瑞霓罗帐之一
三娘教子	折子	胡琴	薛　保	老生	双冠诰之一
柳毅遇美	折子	弹戏	柳　毅	文生	蜃中楼之一
泾河牧羊	浙子	胡琴	柳　毅	文生	同上
三难新郎	折子	高腔	秦少游	文生	爱波涛之一
临潼会	大幕	高腔	伍　员	武生	
伍员出逃	折子	胡琴	伍　员	正生	斩伍奢之一
伍员奔途	折子	弹戏	伍　员	正生	鞭逃国之一
伍员须白	折子	高腔	伍　员	正生	又名：困昭关
渔夫辞剑	折子	胡琴	伍　员	正生	
渔禅寺	折子	胡琴	伍　员	正生	
鱼藏剑	大幕	高腔	王　僚	武生	
万山观画	折子	高腔	吴夫差	小丑	战万山之一
破洛阳	大幕	胡琴	岑　彭	武生	
云台观	大幕	胡琴	岑　彭	武生	
李陵碑	大幕	胡琴	杨继业	老生	

剧　名	类型	声腔	角　色	行当	备　注
杨六郎搬兵	大幕	弹戏	杨六郎	武生	
传枪踏营	大幕	胡琴	杨　艾	老生	
罗成修书	折子	胡琴	罗　成	武生	
罗成带箭	折子	胡琴	罗　成	武生	
罗成显魂	折子	胡琴	罗　成	武生	
三开张	折子		张　三	小丑	虎狼意之一
水牢摸印	折子	弹戏	董　宏	文生	双和印之一
空城计	折子	胡琴	孔　明	老生	
斩马谡	折子	胡琴	孔　明	老生	
天水关	大幕	胡琴	孔　明	老生	
骂王朗	折子	胡琴	孔　明	老生	
汤怀尽忠	大幕	胡琴	汤　怀	武生	
庆春园	大幕	高腔	王　庆	武生	
刺王庆	折子	弹戏	王　庆	武生	
杀瞿	折子	弹戏	瞿　乂	小丑	三异图之一
访周处	折子	高腔	王　浚	老生	除三害之一
三擒薛丁山	大幕	高腔	薛丁山	武生	
诓关	折子	高腔	程咬金	老丑丑	锁阳城之一
纪信替死	折子	胡琴	纪　信	正生	困荥阳之一
秦琼哭头	折子	弹戏	秦　琼	正生	
杀熊虎	折子	高腔	冯　显	武生	
收孝射袍	大幕	胡琴	李存孝	武生	
天鹅郡	大幕	弹戏	李存孝	武生	
			高仕杰	老生	
青州坟	折子	弹戏	李存孝	武生	

剧　名	类型	声腔	角　色	行当	备　注
盗二宝	全本	高·胡	狄　青	武生	狄青出师至反延安 双阳产子
三状元	大幕	弹戏	常九卿	武生	双白笔之一
双青天	全本	高腔	高毕道	正生	改编
斩贡遇刺	大幕	高腔	孙　策	武生	
玉清观	大幕	高腔	孙　策	武生	
五郎出家	折子	高·弹	杨五郎	武生	金枪会之一
			杨继业	老生	
朱寿昌寻母	折子	高腔	朱寿昌	正生	
盗书打盖	大幕	弹·胡	周　瑜	武生	战船图之一
刘介梅	全本	高腔	刘介梅		现代戏
审椅子	折子	弹戏	地　主		现代戏
母子会	折子	高腔	解放军		现代戏
八一风暴	全本	高腔	魏奇元		现代戏
天罡剑	全本	高腔	李九成	文武生	
洛阳店	折子	高腔	陶　兴	小丑	天罡剑之一
游泾河	大幕	高腔	廉　会	武生	
盗金菊	大幕	高腔	伍云光	武生	
菠萝花	大幕	高腔	赵　伟	武生	
八郎回营	折子	高腔	杨八郎	武生	
前帐会	折子	胡琴	杨四郎	正生	
长生殿	折子	胡琴	李隆基	正生	
盗冠袍	大幕	高腔	东方亮	老生	武戏
夜奔杀滩	折子	高腔	林　冲	武生	武戏
			徐　宁	武生	

剧　名	类型	声腔	角　色	行当	备　注
一箭仇	大幕	胡琴	史文恭	武生	武戏
水擒史文恭	大幕	胡琴	卢俊义	正生	武戏
水擒花蝴蝶	大幕	胡琴	蒋　平	武丑	武戏
水擒白玉堂	大幕	高腔	卢　方	老生	武戏
火烧向荣	大幕	胡琴	向　荣	老生	武戏
莲花湖	折子	胡琴	胜　英	老生	武戏
恶虎庄	大幕	胡琴	李　五	老生	武戏
闹龙	折子	胡琴	孙悟空	武生	武戏
双打店	折子		燕　青	武生	武戏
误打青面虎	大幕	胡琴	十一郎	武生	武戏
义救十一郎	大幕	胡琴	十一郎	武生	武戏
百凉楼	大幕	胡琴	吴　祯	老生	武戏
营门会	折子	高腔	韩世忠	武生	黑虎缘之一
上任请客	折子		县　官	小丑	
楚庄王	全本	高腔	楚庄王	文武生	新编
九龙山	大幕	高腔	杨再兴	武生	
三收何元庆	大幕	胡琴	何元庆	武生	
收黑虎	大幕	高腔	黑　虎	武生	
收王洪	大幕	弹戏	王　洪	武生	
三圣归天	大幕	弹戏	王　洪		
双带箭	大幕	胡琴	王伯当	红生	
双杀妻	大幕	胡琴	李　文	武生	
木卡令	大幕	高腔	燕　青	武生	修改本
二进宫	折子	胡琴	杨　波	老生	保国图之一
醉仙丹	全本	高腔	左良玉	武生	又名：仙鹤岭

剧　名	类型	声腔	角　色	行当	备　注
双杯记	全本	高腔	张廷秀	文生	整理本
杀狗惊妻	折子	弹戏	曹　庄	正生	忠孝图之一
帝王珠	大幕	高腔	铁木耳	武生	
柳林劝兄	折子	高腔	冯　金	文生	
堂会三拉	折子	胡琴	赵　宠	文生	贩马记之一
曲江打子	折子	胡琴	郑北海	老生	白天院之一
九江口	大幕	胡琴	张定边	老生	武戏
战南昌	大幕	弹戏	赵德胜	红生	
夺秋魁	大幕	高腔	岳　飞	武生	
数州县	折子	高腔	王恍恍	小丑	
失岱州	大幕	弹戏	李洪基	武生	
上关拜寿	折子	弹戏	周遇吉	正生	失岱州之一
乔子口	折子	弹戏	林友安	老生	血手印之一
挑仙、三打	折子	胡琴	王　英	武生	
凤凰屿	大幕	高腔	匡　忠	武生	铁弓缘之一
九龙屿	大幕	弹戏	余化龙	老生	
花木兰巡营	折子	弹戏	花木兰	武旦（反串）	改编花木兰之一

共计大小戏 251 出。

后　记

《夏庭光演出剧本选》从2012年始，历经数个寒暑，总算打个不圆的句号了。“剧本选”，能入同行、专家、戏迷之“选”吗？不敢奢望。“只管耕耘，不问收获。”对得起生我的父母，养我的川剧，教我的党，其愿足也！

2013年10月12日

2016年3月31日校改完

2016年9月14日再校